Le Club des Incorrigibles Optimistes

Jean-Michel Guenassia

Le Club
des Incorrigibles
Optimistes

ROMAN

Albin Michel

à Dominique et à Andrée

Club : nom masculin, d'origine anglaise (kloeb), cercle où l'on se rencontre pour causer, lire, jouer ; association d'amis.

Je préfère vivre en optimiste et me tromper, que vivre en pessimiste et avoir toujours raison.

(Anonyme)

Avril 1980

Aujourd'hui, on enterre un écrivain. Comme une dernière manifestation. Une foule inattendue, silencieuse, respectueuse et anarchique bloque les rues et les boulevards autour du cimetière Montparnasse. Combien sont-ils ? Trente mille ? Cinquante mille ? Moins ? Plus ? On a beau dire, c'est important d'avoir du monde à son enterrement. Si on lui avait dit qu'il y aurait une telle cohue, il ne l'aurait pas cru. Ça l'aurait fait rire. Cette question ne devait pas beaucoup le préoccuper. Il s'attendait à être enterré à la sauvette avec douze fidèles, pas avec les honneurs d'un Hugo ou d'un Tolstoï. Jamais dans ce demi-siècle, on n'avait vu autant de monde pour accompagner un intellectuel. À croire qu'il était indispensable ou faisait l'unanimité. Pourquoi sont-ils là, eux ? Pour ce qu'ils connaissent de lui, ils n'auraient pas dû venir. Quelle absurdité de rendre hommage à un homme qui s'est trompé sur tout ou presque, fourvoyé avec constance et a mis son talent à défendre l'indéfendable avec conviction. Ils auraient mieux fait d'aller aux obsèques de ceux qui avaient raison, qu'il avait méprisés et descendus en flammes. Pour eux, personne ne s'est déplacé.

Et si, derrière ses échecs, il y avait autre chose, d'admirable, chez ce petit homme, cette rage de forcer le destin avec son esprit, d'avancer envers et contre toute logique, de ne pas renoncer malgré la certitude de la défaite, d'assumer la contradiction d'une cause juste et d'un combat perdu d'avance, d'une lutte éternelle, toujours recommencée et sans solution. Impossible de rentrer dans le cimetière où on piétine les tombes, escalade les monuments et renverse les stèles pour s'approcher plus près et voir le cercueil. On dirait l'inhumation d'une vedette de la chanson ou d'un saint. Ce n'est pas un homme qu'on porte en terre. C'est une vieille idée qu'on ensevelit avec lui. Rien ne changera et nous le savons. Il n'y aura pas de société meilleure. On l'accepte ou on ne l'accepte pas. Ici, on a un pied dans la tombe avec nos croyances et nos illusions disparues. Une foule comme une absolution pour l'expiation des fautes commises par idéal. Pour les victimes, ça ne change rien. Il n'y aura ni excuse, ni réparation, ni inhumation de première classe. Qu'y a-t-il de pire que de faire le mal quand on voulait faire le bien ? C'est une époque révolue qu'on porte en terre. Pas facile de vivre dans un univers sans espoir.

À cet instant, on ne règle plus de comptes. On ne fait pas de bilan. On est tous égaux et on a tous tort. Je ne suis pas venu pour le penseur. Je n'ai jamais compris sa philosophie, son théâtre est indigeste et ses romans, je les ai oubliés. Je suis venu pour de vieux souvenirs. La foule m'a rappelé qui il était. On ne peut pas pleurer un héros qui a soutenu les bourreaux. Je fais demi-tour. Je l'enterrerai dans un coin de ma tête.

Il y a des quartiers mal famés qui vous renvoient dans votre passé et où il est préférable de ne pas traîner. On croit qu'on oublie parce qu'on n'y pense pas mais il ne demande qu'à revenir. J'évitais Montparnasse. Il y avait là des fantômes dont je ne savais pas quoi faire. J'en voyais un devant moi dans la contre-allée du boulevard Raspail. J'ai reconnu son pardessus inimitable en chevrons clairs, façon Humphrey Bogart années cinquante. Il y a des hommes qu'on mesure à leur façon de marcher. Pavel Cibulka, l'orthodoxe, le partisan, le roi du grand écart idéologique et des blagues à deux balles, altier et fière allure, avançait sans se presser. Je l'ai dépassé. Il avait épaissi et ne pouvait plus fermer son manteau. Ses cheveux blancs en bataille lui donnaient un air d'artiste.

– Pavel.

Il s'est arrêté, m'a détaillé. Il a cherché dans sa mémoire où il avait vu ce visage. Je devais évoquer une vague réminiscence. Il secoua la tête. Je ne lui rappelais rien.

– C'est moi… Michel. Tu te souviens ?

Il me scruta, incrédule, toujours méfiant.

– Michel ?… Le petit Michel ?

– Arrête, je suis plus grand que toi.

– Le petit Michel !… Ça fait combien de temps ?

– La dernière fois qu'on s'est vus, c'était ici, pour Sacha. Ça fait quinze ans.

On est restés silencieux, embarrassés par nos souvenirs. On est tombés dans les bras l'un de l'autre. Il m'a serré fort contre lui.

– Je ne t'aurais pas reconnu.

– Toi, tu n'as pas changé.

– Ne te moque pas de moi. J'ai pris cent kilos. À cause des régimes.

15

– Je suis heureux de te revoir. Les autres ne sont pas avec toi ? Tu es venu seul ?

– Je vais au boulot, moi. Je ne suis pas retraité.

Son accent traînant de Bohême s'était fait véhément. On est allés au Sélect, une brasserie où tout le monde avait l'air de le connaître. À peine étions-nous assis, le serveur lui apportait, sans qu'il ait rien commandé, un café serré avec un pot de lait froid et prenait ma commande. Pavel s'est penché pour attraper la boîte à croissants sur la table voisine et, ravi, en a englouti trois, parlant la bouche pleine avec une infinie distinction. Pavel avait fui la Tchécoslovaquie depuis près de trente ans et vivait en France dans des conditions précaires. Il avait échappé in extremis à la purge qui avait emporté Slansky, l'ancien secrétaire général du parti communiste et Clementis, son ministre des Affaires étrangères dont il était un proche collaborateur. Ancien ambassadeur en Bulgarie, auteur d'un ouvrage de référence, *La Paix de Brest-Litovsk : diplomatie et révolution*, dont aucun éditeur parisien ne voulait, Pavel était gardien de nuit dans un hôtel à Saint-Germain-des-Prés où il vivait dans une petite chambre au dernier étage. Il espérait retrouver son frère aîné qui avait gagné les États-Unis à la fin de la guerre et attendait un visa qui lui était refusé à cause de son passé.

– Ils ne me donneront pas mon visa. Je ne reverrai pas mon frère.

– Je connais un attaché à l'ambassade. Je peux lui en parler.

– Ne te casse pas la tête. J'ai un dossier aussi gros que moi. Il paraît que je suis un des fondateurs du Parti communiste tchécoslovaque

– C'est vrai ?

Il a haussé les épaules, fataliste.

– Quand tu étais étudiant à Prague dans les années trente l'alternative était claire. Tu étais soit pour les exploiteurs, soit pour les exploités. Je n'ai pas choisi mon camp. Je suis né dedans. J'étais jeune, convaincu qu'on avait raison, qu'il n'y avait pas d'autre solution pour notre pays. C'est vrai : j'ai été un responsable du Parti. J'avais un diplôme en droit. Je croyais que l'éducation des masses et l'électricité allaient accoucher d'un homme nouveau. On ne pouvait pas imaginer que le communisme allait nous broyer. Le capitalisme, on en était sûr. Pendant la guerre, c'était évident. Tu étais soit pour les communistes, soit pour les fascistes. Ceux qui n'avaient pas d'opinion, tant pis pour eux. On avançait avec enthousiasme. Je ne me suis pas posé la question. Après la libération, rien ne s'est passé comme on l'espérait. Aujourd'hui, que mes amis aient été pendus, que ma famille ait été tourmentée jusqu'à ce qu'elle me renie, ils s'en foutent. Ils ne veulent pas d'un vieux coco et j'ai décidé de les emmerder. Chaque année, je dépose une demande de visa. Ils refusent. Ça ne fait rien, je continue.

– Dis-moi, Pavel, tu n'es plus communiste ?

– Encore et toujours !

– C'est l'échec total. Ça s'écroule de partout.

– Le communisme est une belle idée, Michel. Le mot camarade a un sens. Ce sont les hommes qui sont mauvais. Si on leur avait laissé le temps, Dubček et Svoboda y seraient arrivés. Remarque, la roue est en train de tourner pour moi.

– Pourquoi ?

– Figure-toi que j'ai écrit à Cyrus Vance, le secrétaire

d'État de Jimmy Carter. Il m'a répondu. Tu te rends compte?

De son portefeuille, il sortit avec délicatesse une lettre restée dans son enveloppe d'origine et me la donna à lire. Cyrus Vance répondait à son courrier du 11 janvier 79 en lui disant qu'il le transmettait au service compétent.

– Qu'en penses-tu? demanda-t-il.

– C'est une formule type. Il ne s'engage pas beaucoup.

– En vingt-cinq ans, c'est la première fois qu'ils réagissent. C'est un signe. Cyrus Vance, ce n'est pas un républicain, c'est un démocrate.

– Avant, tu n'avais pas de réponse?

– J'étais con, j'écrivais au président des États-Unis. Il n'a pas le temps de répondre à ceux qui lui écrivent. C'est Imré qui m'a conseillé d'écrire au secrétaire d'État.

– Tu as peut-être frappé à la bonne porte. S'ils refusent encore, que vas-tu faire?

– Je ne suis plus tchèque. Je ne suis pas français. Je suis apatride. C'est la pire des situations. Tu n'existes pas. Je garde un petit espoir de revoir mon frère. Lui, il est américain. On se téléphone une fois par an pour se souhaiter une bonne année. Il est contremaître dans le bâtiment. Il a une famille. Il vit bien. Il n'a pas les moyens de venir en Europe. Je ferai une nouvelle demande l'année prochaine. Et la suivante.

Petit à petit, la brasserie s'était remplie d'une foule venue se reposer après les funérailles. Un groupe se dirigea vers notre table. Une femme voulut investir notre banquette.

– La place est libre?

– C'est pris!

La femme recula, surprise par son ton agressif. Le petit groupe s'éloigna.

18

– Non mais je rêve ! Tu as vu cette bande de cons qui se déplacent pour ce connard. Ils ont de la merde dans la tête ou quoi ?

– C'était un symbole.

– Moi, j'irai pisser sur sa tombe. Il ne mérite rien d'autre. Y a pas de quoi être fier.

– Il ne pouvait pas se renier.

– Il savait. Depuis Gide et Rousset. Je lui ai raconté pour Slansky et Clementis. Il n'a rien dit. Il savait pour Kravchenko. Il a condamné Kravchenko. Tu expliques ça, toi ? Hurler avec la meute. Mépriser les martyrs. Nier la vérité. Ce n'est pas être complice ? C'était un salaud.

Il est resté pensif, le front penché, le visage contracté.

– Je suis mal placé pour donner des leçons, je ne devrais pas dire ça.

– Je ne comprends pas.

– La moindre des choses, c'est d'avoir la reconnaissance du ventre. On survivait avec le pognon qu'ils nous filaient. Sans eux, on n'y serait pas arrivés.

– Qui vous filait du pognon ?

Pavel m'a regardé en coin comme si je faisais l'imbécile. Il a vu que j'étais sincère.

– Tous les deux. Kessel et Sartre. Ils nous pistonnaient pour des traductions, des petits boulots. Ils connaissaient plein de gens. Ils nous recommandaient à des revues, à des directeurs de journaux. On faisait des piges. Si on était raides, c'est eux qui payaient le proprio ou les huissiers. Comment on aurait pu s'en sortir ? On n'avait pas une thune. On avait tout perdu. S'ils ne nous avaient pas aidés, on aurait fini sous les ponts. Ça a été plus dur quand il est devenu aveugle et qu'il n'est plus sorti de chez lui. Il y a deux ans, ils ont dépanné Vladimir, tu te souviens de lui ?

– Comme si c'était hier.

– Il a eu des ennuis.

Ça le démangeait de me raconter. Je revoyais Vladimir Gorenko dans l'arrière-salle du Balto en train de distribuer ses victuailles.

– Que lui est-il arrivé à Vladimir ?

– Avant de passer à l'Ouest, il dirigeait le complexe pétrolier d'Odessa. À son arrivée, il a obtenu le statut de réfugié politique. Il n'a pas trouvé de travail. Aucune entreprise dans le pétrole n'a voulu de lui. Même ceux qu'il connaissait et avec qui il était en affaires. Personne n'a bougé le petit doigt pour l'aider. Tu sais pourquoi ? Ils avaient peur de Moscou. S'ils l'embauchaient, ils se mettaient mal avec eux. Ils gueulaient contre les cocos et ils faisaient du business avec eux. Marcusot, le patron du bistrot, tu te rappelles, c'était un brave homme, il lui avait trouvé une chambre de bonne chez un charcutier de la rue Daguerre. Vladimir s'occupait de sa comptabilité.

– Il le payait en nature avec des saucissons et des plats cuisinés. Enfin payer, c'est beaucoup dire, Vladimir râlait parce qu'il lui donnait les restes qu'il aurait jetés.

– On en a profité. Vladimir partageait avec nous. D'autres commerçants lui ont demandé de s'occuper d'eux. Petit à petit, il s'est fait une clientèle. Ça marchait bien. Ça n'a pas plu aux comptables du quartier qui ont déposé plainte. Vladimir, il a un paquet de qualités sauf que c'est un polytechnicien. Il a toujours raison. Ce n'est pas un diplomate, si tu vois ce que je veux dire. Quand les flics ont débarqué, au lieu de faire l'imbécile et profil bas, il s'est énervé et les a pris de haut : « Je n'ai pas eu peur du KGB et je suis sorti vivant de Stalingrad, ce n'est pas vous qui allez m'impressionner. Je travaille, je paie mes impôts et je vous emmerde ! » Il n'a rien écouté. Il a continué malgré les avertissements. Tu ne me croiras pas, ils l'ont mis en taule. Pour exercice illégal de la profession d'expert-comptable. Il a engueulé le juge d'instruction. Il a fait quatre mois de préventive. Tu te rends compte ? Un type qui parle six ou sept langues. Ils ont fermé son cabinet. Ça a été la faillite. D'après toi, qui l'a aidé ? Kessel est allé voir le juge et Sartre a payé l'amende.

– Et qu'est-ce qu'il fait maintenant ?

– Il bosse chez le comptable qui l'a dénoncé et il a récupéré sa clientèle. Il n'a pas le droit de passer le diplôme.

– Deux ou trois fois, Sacha l'avait évoqué. Je n'avais pas compris qu'ils vous aidaient.

– Je ne savais pas que tu étais ami avec Sacha. Je croyais que tu étais ami avec Igor. Sacha, personne ne l'aimait. C'était…

À ma façon de le regarder, Pavel s'est arrêté. On est restés là, silencieux, dans le brouhaha, avec ces souvenirs qui revenaient nous tirailler.

– J'étais ami avec les deux.

– On ne pouvait pas être ami avec les deux. C'était impossible.

– Pour moi, c'était possible. Un jour, Sacha m'a dit que Kessel lui avait payé le loyer de sa chambre de bonne. Il avait encore du retard et il n'osait pas lui demander.

– Kessel avait grand cœur. Jusqu'à la fin, l'année dernière, il nous a dépannés. Tu vois, moi aussi, je me comporte comme un petit salaud. Il ne faut rien espérer de personne. Tu fais le bien et on te crache à la gueule. C'est plus fort que

21

moi, je n'arrive pas à oublier ce que Sartre a dit, ce qu'il a laissé dire et surtout ce qu'il n'a pas dit. C'est pour ça qu'on ne l'aimait pas trop. C'était un sale con, un révolutionnaire de salon, mais il était généreux. L'argent, ça ne compense pas.

– Pendant toutes ces années, je n'ai rien vu. J'étais jeune. J'avais l'impression qu'il t'appréciait.

– Je lui racontais des blagues. Ça le faisait marrer. Lui qui avait une si bonne mémoire, il ne s'en souvenait jamais et me demandait de les lui répéter.

– Je me souviens de Leonid et de sa blague sur Staline et le soleil.

– Vas-y, raconte, j'aimerais l'écouter pour une fois.

– Attends, il faut que je m'en souvienne. C'est Staline, un matin, il se lève. Il fait très beau. Il s'adresse au soleil : Soleil, dis-moi qui est le plus beau, le plus intelligent, le plus fort ? Le soleil n'hésite pas une seconde : C'est toi ô Staline, lumière de l'univers ! À midi, Staline remet ça : Dis-moi Soleil, qui est le plus brillant, le plus génial, le plus remarquable homme de tous les temps ? Le soleil confirme : C'est toi ô immense Staline. Avant le dîner, Staline ne peut résister au plaisir de redemander au soleil qui est le meilleur communiste du monde. Le soleil lui répond : T'es qu'un malade, Staline, un psychopathe, un fou furieux et je t'emmerde, maintenant je suis passé à l'Ouest !

Pavel a éclaté de rire comme s'il l'entendait pour la première fois.

– Tu racontes mal les blagues. Les Français ne savent pas les raconter. Quand Leonid la racontait, ça durait une heure.

– C'est vrai. C'était extraordinaire. Tu crois vraiment qu'il l'a racontée à Staline ?

– C'est ce qu'il dit. Leonid, ce n'est pas le genre à se vanter. Dis-moi, tu étais ami avec lui, si je me souviens ?

– Très ami. J'aimerais le revoir.

– Pourtant, il haïssait Sacha.

– Ce sont de vieilles histoires qui n'intéressent plus personne. Aujourd'hui, ça n'a plus beaucoup d'importance.

Il n'a rien répondu, hésitant, et a haussé les épaules. Il a repris un croissant.

– Tu m'invites ?

– Au fait, ton bouquin sur la paix de Brest-Litovsk, il a été publié ?

– Tu parles ! Je l'ai retraduit, réécrit, modifié, raccourci. Il y a toujours une bonne raison. J'avais une touche avec un jeune éditeur. J'étais arrivé à 965 pages. Il voulait que j'en enlève 250. J'ai laissé tomber.

– Raconte-moi encore une blague, Pavel.

– Tu connais la différence entre un rouble et un dollar ?

J'avais déjà entendu cette blague foireuse. Si ça se trouve, c'était lui qui me l'avait racontée quinze ans plus tôt. J'ai cherché sans trouver.

– Non, je ne vois pas.

– Un dollar !

Il a éclaté de rire, ravi.

– Que s'est-il passé, Michel ? On a eu de tes nouvelles pendant un moment et tu as disparu.

– Après la mort de Sacha, j'ai continué à voir Igor et Werner. Les autres, tu les revois ?

– Il n'y a que toi qu'on ne voit plus.

Octobre 1959-
décembre 1960

1

Ce fut la seule fois de ma vie où j'ai vu mes deux familles réunies. Enfin, une partie et ça faisait déjà une vingtaine de personnes. Le jour de mon anniversaire, j'ai eu un mauvais pressentiment. Un danger inconnu, sans pouvoir l'identifier. Plus tard, j'ai décrypté certains signaux qui auraient dû me sauter aux yeux. J'étais trop jeune pour les comprendre, absorbé par la fête et les cadeaux. Je voyais mes camarades, ils avaient une famille et une seule ; moi, j'en avais deux, distinctes. Elles ne se côtoyaient pas. Les Marini et les Delaunay. La famille de mon père et celle de ma mère. Ce jour-là, j'ai découvert qu'elles se détestaient. Il n'y avait que mon père pour aller, toujours enjoué, de l'une à l'autre, le plateau de jus de fruits à la main en prenant la voix de Gabin ou de Jouvet :

– Un petit jus d'orange ? Vous pouvez y aller, il sort du fruit.

Les Marini se tordaient de rire. Les Delaunay ont levé les yeux au ciel.

– Paul, arrête, ce n'est pas drôle ! a dit ma mère qui avait horreur de ses imitations.

Elle restait assise à parler avec son frère Maurice qu'elle ne voyait plus depuis qu'il s'était installé en Algérie après la guerre. Mon père ne l'appréciait pas. Moi, je l'aimais car il n'arrêtait pas de blaguer. Il m'appelait Callaghan. Je ne sais pas pourquoi. Dès qu'il me voyait, il me lançait : « How do you do Callaghan ? » Je devais lui répondre : « Very good ! » Quand on se séparait, j'avais le droit à un : « Bye-bye Callaghan ! », accompagné d'un pseudo-coup de poing au menton. Maurice venait à Paris une fois par an pour suivre un séminaire américain de gestion. Il mettait un point d'honneur à être le premier à bénéficier des nouveautés. Ça s'appelait du management. Il truffait son vocabulaire d'expressions américanisées. Personne ne savait ce que ça voulait dire mais on faisait comme si. Il était emballé par son séminaire « Comment devenir un gagneur ? ». Il en expliquait les bases à ma mère qui buvait ses paroles. Mon père, persuadé que c'était de la fumisterie, ne l'a pas raté :

– Vous auriez dû me prévenir. On aurait envoyé les généraux de l'armée française suivre ce stage, a-t-il lancé avec la voix de De Gaulle.

Il a éclaté de rire et, avec lui, les Marini. Ça n'a pas contribué à détendre l'atmosphère. Maurice a poursuivi sans lui prêter attention, encourageant ma mère à s'y inscrire. À sa retraite, grand-père Philippe avait passé le flambeau à sa fille. Il avait tenu à ce qu'elle se perfectionne. Cela faisait pourtant dix ans qu'elle travaillait à ses côtés. Sur les recommandations de Maurice, il lui avait imposé de suivre une formation à l'américaine qui s'appelait « Devenir un manager moderne ». Elle était partie à Bruxelles pour quinze jours intensifs. Elle était revenue avec une collection de gros livres qui trônaient dans la bibliothèque. Elle en était fière, témoignage et preuve de sa compétence. Ça allait de « Gagner des clients difficiles » à « Constituer un réseau de relations efficaces » ou « Développer son potentiel pour être décisif ». Chaque année, elle suivait un séminaire de trois jours dans un centre luxueux de l'avenue Hoche et un nouveau livre s'ajoutait à la collection en cuir rouge. L'année dernière, elle l'avait accompagné au séminaire « Comment se faire des amis ? » qui l'avait transformée. Depuis, elle arborait un sourire immuable, clé de ses succès présents et futurs. Ses gestes étaient détendus, signe de sa tranquillité intérieure, sa voix posée et douce, preuve de sa force personnelle et, selon Dale Carnegie, concepteur de ces séminaires, c'était censé changer sa vie. Mon père n'y croyait pas. Pour lui, c'était une perte de temps et d'argent.

– De toute façon, on ne transformera jamais un percheron en cheval de course, a-t-il lâché avec un petit sourire en fixant Maurice.

Une semaine auparavant, j'avais demandé à ma mère d'inviter les Marini.

– D'habitude, on ne les invite pas. On fête les anniversaires en famille.

J'avais insisté. Son nouveau sourire l'avait abandonnée. Je n'avais pas cédé, au contraire. S'ils ne venaient pas, il n'y aurait pas de fête. Elle m'avait regardé d'un air désolé. Ma mère ne changeait pas d'avis. Je m'étais résigné. Quand mon père m'avait annoncé avec un sourire de connivence que les Marini étaient invités, j'avais été fou de joie, persuadé que, grâce à moi, la réconciliation aurait lieu. Je n'aurais pas dû lui forcer la main. Elle les a ignorés. Les seuls étrangers dans cette assemblée étaient Nicolas Meyer, mon unique ami qui s'ennuyait à mourir en attendant le gâteau, Maria, la bonne espagnole qui passait de groupe en groupe avec son plateau d'orangeade et son vin chaud, et Néron, mon chat tigré roux qui la suivait comme un chien. Longtemps, j'ai cru qu'avoir deux familles était un avantage, longtemps j'en ai profité. Ceux qui n'ont pas de famille croiront que je suis un petit privilégié qui ne connaît pas sa chance, mais avoir deux familles, c'est pire que de ne pas en avoir du tout.

Dans leur coin, les Marini se regroupaient autour de grand-père Enzo. Ils attendaient. Franck, mon frère, avait choisi son camp. Il parlait à voix basse avec oncle Baptiste et grand-mère Jeanne. Mon père est apparu en tenant un énorme gâteau nappé de chocolat et s'est mis à entonner : «Bon anniversaire, Michel» avant que les Marini le rejoignent en chœur. C'était une habitude chez eux. Dès qu'ils étaient ensemble, ils chantaient. Chacun avait son répertoire de prédilection et, quand ils se retrouvaient, ils faisaient une chorale. Ma mère me souriait avec tendresse. Elle ne chantait pas. J'ai soufflé mes douze bougies en deux fois. Philippe, le père de ma mère, a applaudi. Il ne chantait pas, ni Maurice, ni aucun des Delaunay. Ils applaudissaient et les Marini chantaient : «Joyeux anniversaire, Michel, nos vœux les plus sincères»... Et plus les Marini chantaient, plus les Delaunay applaudissaient. Juliette, ma petite sœur, applaudissait, Franck chantait. Nicolas aussi. C'est à cet instant précis que cette impression désagréable m'a envahi. Je les dévisageais sans comprendre, mon malaise couvert par ce vacarme. C'est peut-être de là que vient ma phobie des réunions de famille.

J'ai reçu trois cadeaux. Les Delaunay m'ont offert un

tourne-disque Teppaz à deux vitesses : 33 et 45-tours avec un gros chargeur pour les 45. C'était un cadeau d'importance et Philippe a insisté sur la fragilité du bras et le respect scrupuleux du mode d'emploi.

– Ta mère ne voulait plus que tu te disputes avec ton frère.

Enzo Marini m'a offert un gros livre : *Les Trésors du Louvre*. Il avait pris sa retraite de la SNCF et venait une fois par mois à Paris avec grand-mère Jeanne grâce à sa carte de réduction. Elle profitait de cette journée pour voir Baptiste, le frère aîné de mon père qui élevait seul ses deux enfants depuis que sa femme avait été tuée dans un accident de circulation. Conducteur de micheline sur la ligne Paris-Meaux, il paraît que, dans le temps, Baptiste était volubile et expansif. Lorsqu'ils parlaient de lui, mes parents échangeaient un regard ambigu. Quand je les interrogeais, ils éludaient la réponse et leur silence était plus pesant que le sien.

J'accompagnais Enzo au musée du Louvre. À Lens où il habitait, ou à Lille, il n'y avait rien d'intéressant à voir. J'ignore d'où il tirait son savoir. Il n'avait que son certificat d'études. Il connaissait les tableaux et les peintres avec une préférence pour la Renaissance italienne. On passait des heures à arpenter les couloirs immenses jusqu'à la fermeture. J'aimais ces journées où nous étions seuls. Il me parlait non pas comme à son petit-fils mais comme à un ami. Souvent, je l'ai interrogé sur sa jeunesse. Il n'aimait pas en parler. Son père avait quitté Fontanellato, dans les environs de Parme, poussé par la misère. Il avait émigré avec ses deux frères cadets. Ils avaient, tous trois, laissé la ferme familiale à leur aîné. Il s'était retrouvé dans le Nord à travailler dans une mine. Enzo était le premier à être né en France. Son père n'avait eu de cesse de devenir français, avait interdit qu'on parle italien à la maison, coupé les ponts avec son pays d'origine et perdu contact avec le reste de la famille. Enzo s'était marié avec une Picarde. Il était français, fier de l'être. Quand un imbécile, pour le blesser, le traitait de Rital ou de Macaroni, il répondait en souriant : « Enchanté, et moi, je suis le lieutenant Vincenzo Marini, de Lens dans le Pas-de-Calais. »

Mon père m'a dit qu'il lui était arrivé de se servir de ses poings pour se faire respecter. Pour lui, l'Italie était un pays étranger où il n'avait jamais mis les pieds. On a été surpris quand, ce jour-là, il nous a annoncé qu'il avait commencé à prendre des leçons d'italien.

Le Louvre a des vertus éducatives insoupçonnées. Enzo m'a appris à reconnaître les peintres, à distinguer les styles et les époques. Il a fait semblant de croire que mon attirance pour les statues de femmes nues était due à la seule perfection des lignes de Canova ou de Bartolini. Il me chambrait avec ça. Autant mon père n'avait pas dit un mot quand Philippe m'avait offert le tourne-disque, autant il s'était extasié sur le livre, s'exclamant sur la qualité des reproductions. Il tournait les pages avec des « Hou ! » et des « Oh ! la la ! » d'émerveillement, avec cette façon un peu excessive qu'il avait d'insister sur tout. Il s'était arrêté sur le *Saint Jean-Baptiste* de Vinci, avec son doigt brandi et sa chevelure bouclée, désorienté par le mystère de ce sourire si peu religieux.

– On ne dirait pas un saint.

– Pourquoi tu ne nous accompagnes pas au Louvre ? a demandé Enzo.

– Oh tu sais, moi, les musées…

Mon père a toujours su ménager ses effets. Il a disposé sur

la table un paquet cubique recouvert d'un papier glacé bleu nuit et ficelé d'un ruban rouge. Avant de l'ouvrir, je devais deviner ce qu'il y avait à l'intérieur. Non, ce n'était pas un livre. Mon père n'aurait pas eu l'idée d'en acheter un. Un jouet ?

– T'as passé l'âge qu'on t'en offre.

Pas un jeu de société non plus. Tout le monde s'y est mis sauf ma mère qui souriait. Ce n'était pas un camion en pièces détachées, ni un avion, ni un bateau, ni un train, ni une voiture en modèle réduit, pas un microscope, pas une montre, ni des jumelles, ni une cravate ou du parfum, ni une collection de soldats de plomb, ni un stylo à plume. Ça ne se mangeait pas, ça ne se buvait pas, ce n'était pas non plus un hamster ou un petit lapin.

– Comment tu peux penser que je mettrais un animal vivant dans une boîte ?... Non, il n'est pas empaillé.

On s'est retrouvés à court d'imagination. Je restais figé, convaincu que je n'aurais pas de cadeau.

– Il faut te l'ouvrir ? lança mon père.

J'ai déchiré le papier glacé avec précipitation. J'ai eu un frisson en découvrant la boîte en plastique translucide. Le Brownie Kodak ! Je n'aurais pas cru mon père capable de me faire un cadeau pareil. Deux semaines auparavant, en passant devant le magasin de photo de la rue Soufflot, je m'étais arrêté pour l'admirer et lui avais expliqué les nouveautés de l'appareil. Il avait été surpris que je m'y connaisse si bien en photographie. En réalité, je faisais illusion et il en savait encore moins que moi. Je lui ai sauté au cou pour l'embrasser et j'ai répété des mercis à la mesure du plaisir qu'il me faisait.

– Un peu aussi pour ta mère, c'est elle qui est allée le chercher.

En quelques secondes, fébrile, j'ai réussi à introduire la pellicule dans le boîtier. J'ai disposé la famille en un bloc compact, en face de la fenêtre, dirigeant la manœuvre comme j'avais vu opérer le photographe du lycée pour la photo de classe annuelle.

– Papy, souris. Tonton Maurice, mets-toi derrière maman. Souriez, bon sang, souriez !

Le flash a crépité. J'ai récidivé aussitôt pour me couvrir. Les vocations tiennent de la loterie. C'était décidé, plus tard, je serais photographe. Ça me paraissait un objectif prestigieux et accessible. Mon père a renchéri :

– C'est vrai, mon Michel, ça doit être sympa d'être photographe et ça rapporte.

Si en plus j'avais la bénédiction paternelle, une voie royale s'ouvrait devant moi. Franck, comme toujours, s'est ingénié à refroidir mon enthousiasme :

– Si tu veux être photographe, faudra faire des progrès en maths.

Qu'est-ce qu'il y connaissait ? À cause de lui, la discussion a pris un tour dangereux entre ceux qui soutenaient que la photographie était un art et que les maths ne servaient à rien et ceux qui affirmaient qu'on devait s'y connaître en perspective, optique, émulsion et plein de trucs techniques. Ils avaient l'air sûrs d'eux. Ça m'a mis mal à l'aise. Ils tentaient de se convaincre avec des tas d'arguments que personne n'écoutait. Je ne comprenais pas qu'on puisse être deux à avoir raison. Quant à Franck, il devait être jaloux. À mon âge, il n'avait pas reçu un cadeau aussi beau. La photo n'est pas une science, c'est une question de hasard. Cette photo historique de la famille réunie au complet, la seule du genre, a trôné trois ans sur le buffet. Elle a disparu, pour des motifs qui n'ont rien à voir avec ses qualités artistiques.

Longtemps, j'ai vécu dans l'ignorance la plus totale de l'histoire de ma famille. Tout était parfait ou presque dans le meilleur des mondes. On ne raconte pas aux enfants ce qui s'est passé avant eux. D'abord ils sont trop petits pour comprendre, ensuite ils sont trop grands pour écouter, puis ils n'ont plus le temps, après c'est trop tard. C'est le propre de la vie de famille. On vit côte à côte comme si on se connaissait mais on ignore tout les uns des autres. On espère des miracles de notre consanguinité : des harmonies impossibles, des confidences absolues, des fusions viscérales. On se contente du mensonge rassurant de notre parenté. Peut-être est-ce moi qui en attendais trop. Ce que je sais vient de Franck. C'est lui qui m'a révélé la vérité, après les événements du jour de l'inauguration du magasin, qui ont bouleversé notre famille.

Avec Franck, nous avons sept ans d'écart. Il est de 40. Son histoire, c'est celle de notre famille avec ses hasards et ses impondérables. Sans lui, je ne serais pas là. Notre destin s'est joué dans les premiers mois de la guerre. À cette époque, Philippe dirigeait son entreprise de plomberie-couverture-zinguerie. Avant guerre, il avait ajouté la vente de sanitaires et de cuisinières. Il n'avait jamais touché un tuyau de zinc ou un chalumeau de sa vie. Il se contentait de faire travailler les autres et, selon ses affirmations, c'était difficile. Il avait hérité cette affaire de son père et la gérait avec efficacité. Le début de ses ennuis peut être daté avec précision du 3 février 1936 quand il a embauché Paul Marini comme apprenti. Mon père avait dix-sept ans et aucune envie de respecter la tradition familiale où on était cheminot de père en fils. Lui, il voulait vivre à Paris. Le jour de l'embauche, il a impressionné grand-père Delaunay en réalisant une soudure à l'étain impeccable en un temps record. Les trois années suivantes, celui-ci se louait d'avoir recruté mon père qui séduisait tout le monde par son sourire, sa gentillesse, sa disponibilité et sa compétence. Il avait sans le savoir introduit le loup dans la bergerie. Sa fille Hélène est tombée folle amoureuse de ce beau gosse au regard de velours, aux cheveux ondulés et à la fine fossette, valseur infatigable et qui la faisait rire avec ses imitations de Maurice Chevalier et de Raimu. Ces années ont dû être les plus belles pour mes parents. Ils avaient dix-sept ou dix-huit ans, se voyaient en cachette et personne n'aurait imaginé qu'ils se fréquentaient. En ce temps-là, une fille de patron n'avait pas le droit de fréquenter un ouvrier, surtout fils d'immigré italien. C'était inconcevable. Chacun devait rester à sa place. Il est probable qu'avec le temps, les choses seraient rentrées dans l'ordre. La guerre approchait. Il n'y a rien de pire pour des amoureux que d'être séparés par la force des armes. J'imagine sans peine ce qu'ils ont vécu et la douleur de leur séparation. Mon père mobilisé, la drôle de guerre au fin fond des Ardennes avant la débâcle. Ma mère a caché qu'elle était enceinte à ses parents pendant six mois. Le médecin de famille avait diagnostiqué une anémie graisseuse. Elle a eu un malaise et on a découvert son état. Elle a refusé de dire qui était le père de l'enfant qu'elle baptisa Franck. Mon père est resté prisonnier quatre ans dans un stalag de Poméranie, sans recevoir aucune nouvelle. Convaincu qu'elle l'avait oublié, il a découvert la vérité à son retour en France. La jeune fille d'avant-guerre, insouciante et légère, était devenue une femme. Ils avaient changé et se sont à peine reconnus.

S'il n'y avait pas eu Franck, ils ne se seraient pas revus, ni remis ensemble. Ils auraient repris leur destinée et leur aventure n'aurait été qu'un souvenir de jeunesse, connu d'eux seuls, et qui se serait effacé de leur mémoire. S'il n'y avait pas eu Franck, mes parents ne se seraient pas mariés et je ne serais pas là aujourd'hui. Franck avait cinq ans. Il fallait régulariser. Ils ont assumé leurs responsabilités. Ils se sont mariés à la sauvette à la mairie du Ve arrondissement. Le matin de la cérémonie, les futurs époux sont passés en catastrophe chez le notaire des Delaunay et ont signé, sans le lire, un contrat de séparation de biens. Paul Marini aurait peut-être la fille mais pas la galette. Grand-mère Alice a eu ce matin-là une indisposition diplomatique et, comme Philippe ne voulait pas l'abandonner, ni l'un ni l'autre n'ont assisté au mariage de leur fille. Peut-être que si mon père avait été un peu diplomate, il aurait réussi à redresser la situation. Il a refusé le mariage religieux sous le prétexte idiot qu'il ne croyait pas en Dieu. Ce refus a aggravé son cas dans une famille Delaunay qui avait son banc réservé à Saint-Étienne-du-Mont depuis des lustres. Sur une photo en noir et blanc prise sur les marches de la mairie, on voit les jeunes mariés entourés de la seule famille Marini. Ils ne se donnent pas la main, le petit Franck est entre eux. Le jour du mariage de mes parents n'a pas été une bonne journée. Ils ont appris en fin d'après-midi que Daniel Delaunay avait été tué à Strasbourg. Le modeste repas prévu par les Marini a été annulé. Ils se sont mis en deuil pour une période d'un an. Alice avait oublié son indisposition et affirmait qu'elle n'avait pu assister au mariage de sa fille à cause de la mort héroïque de son fils au combat. Dans la famille

Delaunay, ce jour a toujours été commémoré comme étant celui de la mort de Daniel. Mes parents n'ont jamais fêté leur anniversaire de mariage.

2

Le lycée ne m'intéressait pas. Je préférais traîner au Luxembourg, à la Contrescarpe ou au Quartier latin. Je passais une partie de ma vie à me faufiler entre les mailles du filet. J'en faisais assez pour passer dans la classe supérieure. Mon entrée en sixième à Henri-IV avait été ric-rac. Grand-père Delaunay avait dû se fendre d'une visite au proviseur qui connaissait la famille. Franck y avait fait ses études. Malgré son décorum vieillot et son odeur de moisi, H-IV avait quelques avantages. Les élèves y étaient assez libres, ils entraient et sortaient sans contrôle. J'avais la chance que Nicolas soit le meilleur de la classe. Je ne me contentais pas de recopier ses devoirs de maths de façon linéaire. J'agrémentais. Je faisais des digressions ou je glissais de petites erreurs volontaires. Il m'est arrivé d'avoir de meilleures notes que lui alors que je n'avais fait que le paraphraser. Puis je suis passé de la petite triche bêtasse, le livre posé sur les cuisses pendant une composition, à l'organisation ingénieuse avec des anti-sèches indétectables. Je consacrais plus de temps à les préparer qu'il ne m'en aurait fallu pour apprendre. Je ne me suis jamais fait prendre. En histoire et en géographie, je n'en avais pas besoin. Je lisais une fois et le cours s'imprimait dans ma tête. Ça me permettait de renvoyer l'ascenseur à Nicolas.

C'était son point faible. On squattait les premières places. Je suis passé durant des années pour un bon élève et je ne fichais rien. Je mettais une application systématique à paraître plus vieux que mon âge. J'y réussissais sans problème. Je profitais de mon mètre soixante-treize pour faire croire que j'étais en seconde quand j'entrais en quatrième. Pour cette raison, je n'avais pas d'amis de mon âge, Nicolas excepté. Je fréquentais ceux de Franck que je retrouvais dans les bistrots de Maubert où ils passaient leur temps à discuter et refaire le monde.

L'époque était animée. Après une longue traversée du désert, de Gaulle était revenu aux affaires pour sauver l'Algérie française menacée par les terroristes algériens. On commençait à utiliser des mots dont le sens n'était pas très clair pour moi : décolonisation, perte de l'empire, guerre d'Algérie, Cuba, non-alignés et guerre froide. Je n'étais pas intéressé par ces nouveautés politiques. Comme les amis de Franck ne parlaient que de ça, j'écoutais sans rien dire, en prenant l'air de celui qui comprenait. Je m'animais quand la conversation arrivait sur le mot « rock'n'roll ». Quelques mois plus tôt, ça nous était tombé dessus sans prévenir. On écoutait la radio sans y prêter attention. Je bouquinais, vautré dans un fauteuil. Franck bossait. Une musique inconnue est sortie du poste. On a levé la tête en même temps en se regardant, incrédules. On s'est rapprochés de l'appareil, Franck a augmenté le son. Bill Haley venait de changer notre vie. Du jour au lendemain, c'est devenu notre musique qui envoyait les flonflons aux oubliettes. Les adultes détestaient, sauf papa qui adorait le jazz. C'était une musique de sauvages qui allait nous rendre sourds et plus bêtes qu'on ne l'était. On n'y comprenait rien, ça ne nous dérangeait pas. Franck et ses amis ont découvert un tas de chanteurs américains : Elvis, Buddy Holly, Little Richard, Chuck Berry et Jerry Lee Lewis sont devenus nos compagnons inséparables.

Il n'y avait pas que l'époque à être agitée, le Quartier latin l'était aussi. Le député poujadiste du Ve arrondissement s'appelait Jean-Marie Le Pen. Élu par les petits commerçants et les concierges, il faisait le coup de poing contre « les rouges », c'est-à-dire ceux qui ne partageaient pas ses idées. De véritables batailles rangées opposaient les étudiants des deux bords autour de la Sorbonne et du boulevard Saint-Michel. Le clivage traditionnel gauche-droite était dynamité par la guerre d'Algérie qui imposait chaque jour un peu plus son cortège d'horreurs. Désormais, on était pour ou contre l'Algérie française. Beaucoup de socialistes étaient pour, beaucoup de gens de droite étaient contre, et beaucoup changèrent d'avis, dans les deux sens.

Franck était pour l'indépendance. Inscrit aux Jeunesses communistes, il venait d'être admis au Parti et y croyait dur comme fer. Proche d'Enzo et de Baptiste, il les accompagnait à chaque fête de l'Huma. Ça faisait de lui un Marini. Grand-père Delaunay ne ratait pas une occasion de le railler et de lui manifester son aversion. Cette guerre larvée explique pourquoi Franck attendait avec impatience la fin de ses études de sciences économiques pour quitter la maison. Papa était le cul entre deux chaises. S'il s'était déclaré communiste, Philippe l'aurait mis à la porte sur-le-champ. Mon père connaissait la frontière à ne pas franchir. On le tolérait parce qu'il se disait socialiste, tendance radicale. Pour lui, il était plus important de revendiquer son indépendance vis-à-vis de sa propre famille. Il faisait tout pour arrondir les angles avec son beau-père et se faire accepter par lui. Il n'était socialiste qu'en paroles. Dans sa vie quotidienne, ça ne se voyait pas. Franck, au moins, s'efforçait de mettre en conformité sa vie et ses idées. Les repas dominicaux étaient plus animés que dans la plupart des familles. Ma mère refusait qu'on aborde les sujets d'actualité à table. Ce n'était pas facile d'y échapper. Comme le disait Franck, tous les sujets étaient politiques.

Chez les Delaunay, l'Algérie c'était la France. Ce n'était pas la véritable raison qui la rendait intouchable. Elle était sacrée car Maurice s'y était installé après la guerre quand il s'était marié avec Louise Chevallier, une pure pied-noir. Sa famille richissime possédait des dizaines d'immeubles à Alger et Oran. Maurice administrait les biens de sa femme et continuait chaque année à augmenter leur patrimoine en achetant des immeubles. Le mot « indépendance » était une impossibilité et une incongruité. Philippe et ma mère avaient pris fait et cause pour Maurice et l'arrivée au pouvoir de De Gaulle les rassura. Avec notre grand homme national, l'Algérie allait rester française. Ce n'était pas une poignée de terroristes dépenaillés qui viendrait à bout de la troisième armée du monde. Les fellaghas étaient une bande de dégénérés sanguinaires et ingrats manipulés par les Américains. Si les Delaunay admettaient que « les indigènes » puissent s'égarer dans cette impasse, ils vouaient une haine sans limites aux Français qui trahissaient leur pays et leurs compatriotes et soutenaient la rébellion. Entre Franck et Maurice, il y avait plus que de l'animosité. Chacun campait sur ses positions, mettait un point d'honneur à revendiquer son opinion, à provoquer l'adversaire et à lui faire part de son plus profond mépris. On évitait de les réunir. Quand ils étaient ensemble, ma mère interdisait qu'on aborde le sujet. Les mots : Algérie, guerre, attentats, autodétermination, référendum, généraux, colonels, Afrique, légionnaires, armée, et aussi : honneur, souci, avenir, salopard, torture, petit con, liberté, coco, pétrole, mauvais pour le commerce, étaient bannis de la conversation le temps de l'apéritif et du repas. Ça réduisait le champ de la discussion mais permettait de finir le gigot aux haricots sans insultes.

À cause de Franck, et pour éviter que je ne suive son chemin, Philippe et ma mère ont organisé comme un cordon sanitaire m'empêchant de fréquenter la famille de mon père et interdisant que je les accompagne à la fête de l'Huma. Longtemps, à leur façon d'en parler, avec un air entendu et les lèvres pincées, j'ai cru qu'il s'y passait des abominations dissimulées et inavouables. Ma mère n'a pas pu m'empêcher d'aller une fois par mois avec Enzo au musée du Louvre. Il ne faisait aucune tentative pour me convaincre et me faire passer dans son camp. Il était fataliste avant d'être communiste. Il est probable que c'est la même chose. Quand on naissait ouvrier, on était communiste ; quand on naissait bourge, on était de droite. Surtout, pas de mélange. Pour lui, la compromission, c'était les socialos. Il en voulait à mon père d'être passé à l'ennemi et lui reprochait d'avoir trahi la classe ouvrière. On n'avait pas le droit de changer de classe sociale. Le monde était simple, comme j'étais fils de bourge, je serais bourge. En réalité, leurs histoires, leurs convictions et leurs engueulades, je m'en fichais. Je n'étais ni d'un côté ni de l'autre. Leurs certitudes m'ennuyaient et m'étaient étran-

gères. Leurs batailles ne me concernaient pas. Ce qui m'intéressait dans la vie, c'était le rock'n'roll, la littérature, la photographie et le baby-foot.

3

Avec Nicolas, on formait une des meilleures paires au baby-
foot. Lui à l'arrière, moi à l'avant. Difficile de nous battre.
Quand on voulait jouer tranquille, on allait place de la
Contrescarpe. Nos adversaires étaient des étudiants du quartier ou les polytechniciens de l'école voisine, grosses têtes et
nuls au baby. On ne se gênait pas pour les chambrer. Certains
prenaient mal que des gamins qui avaient dix ans de moins
qu'eux leur mettent des raclées. On faisait comme on voyait
faire Samy. On les ridiculisait sans leur accorder d'attention.
   – Au suivant.
   Au début, on exultait. On manifestait notre joie. Après,
on a savouré en silence. On les ignorait. On fixait le baby,
la balle blanche et les petits footballeurs bleus et rouges.
Avant d'avoir commencé, ils savaient ce qui les attendait et
qu'ils ne pourraient pas nous battre. Le coup de l'ignorance était pire que le mépris. Pour avoir droit à un regard,
il fallait nous mettre en danger, nous mener au score ou
arriver à la balle de match. Il y avait pas mal d'amateurs et,
quand vous perdiez, vous deviez poireauter un long
moment pour rejouer. Avec l'accumulation des parties, on
finissait par fatiguer et, dès qu'on baissait de régime, on
était éjecté, avec un petit sourire en coin pour marquer la

passation de pouvoir. Il y avait les bons, ceux qui restaient au moins cinq ou six parties consécutives, et ceux qui ne faisaient que passer.

Quand on se sentait en forme, prêts à bouffer la terre entière et à se faire étriller, on allait au grand bistrot de la place Denfert-Rochereau. Au Balto, il y avait deux baby. Nous, on jouait avec les grands et on nous respectait. Il ne nous serait pas venu à l'idée de jouer sur le baby à côté des flippers, même s'il était libre ou quand des joueurs nous proposaient une partie. On gardait notre énergie pour affronter les cadors, ceux qui venaient de la banlieue sud. Samy était le plus fort. Il jouait seul contre deux adversaires et gagnait avec facilité. Il arrêtait quand il en avait marre ou que l'heure était venue pour lui d'aller bosser. Il travaillait de nuit chez un mandataire des Halles à trimbaler des tonnes de fruits et légumes. C'était un vrai rocker avec banane et rouflaquettes, une armoire à glace avec des biceps énormes et deux bracelets en cuir à chaque poignet, pas le genre de type à qui on manquait de respect. Il jouait avec une rapidité qui nous laissait pantois et frappait chaque balle avec une violence incroyable. On comptait sur les doigts de la main les joueurs qui avaient réussi à le battre. J'en faisais partie. Ça n'était arrivé que trois fois et de justesse et lui m'avait écrasé des dizaines de fois. Samy n'avait aucune estime pour les étudiants et les bourges. Il nous désignait d'un seul vocable : on était des brêles, et il nous méprisait du haut de son imposante stature. Il ne parlait qu'à ses semblables et à un petit nombre de personnes, dont Jacky, le serveur du Balto, un pote à lui, qui venait du même coin de banlieue. Il courait sur Samy des rumeurs qu'on se transmettait à voix basse et derrière son dos. C'était au hasard un petit voyou ou un grand. Personne ne savait si c'était son mauvais genre et son blouson noir qui lui valaient cette réputation ou si elle était fondée. Il m'avait à la bonne depuis que j'avais mis *Come On Everybody* sur le juke-box du Balto, un énorme Wurlitzer qui scintillait entre les deux flippers. Ça m'avait valu une tape amicale dans le dos et une moue de sympathie de sa part. De temps en temps, quand se pointait une paire de bons joueurs qu'il savait ne pouvoir battre seul, il me prenait comme arrière. Je mettais un point d'honneur à être digne de son choix et marquais toujours deux ou trois buts grâce à un tir difficile à parer que j'étais un des seuls à savoir faire. À part ces rares manifestations de sympathie, j'étais logé à la même enseigne que les autres. J'avais droit à son dédain, au surnom de « grande brêle », et j'étais désorienté par ces continuels changements d'attitude. Quand j'avais un peu de ronds, je mettais un disque de rock. Il respirait, soulagé, dès les premiers sons carrés des guitares, et me faisait un petit signe de tête pour que je le rejoigne à l'arrière. Ensemble, on n'a jamais perdu une seule partie.

Le Balto était un vrai bistrot d'Auvergnats. Les Marcusot étaient venus du Cantal après guerre et passaient leur vie dans ce troquet. Ils bossaient en famille sept jours sur sept, de six heures du matin à minuit. Le père Albert tenait son commerce d'une main de maître et affichait sa réussite sociale en exhibant des nœuds papillons anglais qu'il collectionnait et dont il rectifiait en permanence le parfait équilibre par un coup d'œil dans un miroir. Quand la recette avait été bonne, il tapait avec satisfaction des deux mains sur son ventre proéminent.

– La galette, elle est là et personne ne me la prendra.

Si les mots « bon vivant » avaient un sens, il devait ressembler au père Marcusot. Il parlait de repartir au pays, évoquait une belle affaire à reprendre à Aurillac ou Saint-Flour. Sa femme, la volumineuse Madeleine, n'avait aucune envie d'y retourner depuis que leurs trois enfants s'étaient installés en région parisienne.

– Ça sera assez de s'emmerder quand on sera au cimetière, ce n'est pas la peine de s'y enterrer de son vivant. Pour les vacances, ça suffit.

Les Marcusot faisaient tout venir ou presque du Cantal. Leur truffade était aussi fameuse qu'énorme avec des saucisses du Quercy qui vous remplissaient pour deux jours au moins et on venait de loin déguster leur entrecôte de Salers. La mère Marcusot était une fine cuisinière. Elle concoctait un plat du jour mijoté maison. Ce fumet prometteur vous accueillait à votre arrivée et lui avait valu trois articles de critiques gastronomiques accrochés sous un cadre doré à côté du menu. On disait beaucoup de méchancetés sur les Auvergnats. Ceux-là étaient généreux et ne regardaient ni aux portions ni aux ardoises qu'ils consentaient au fur et à mesure que le mois avançait mais qu'il fallait régler sans discuter au début du suivant pour avoir le droit d'être servi. Gare à celui qui l'oubliait et s'imaginait pouvoir changer de bistrot, le téléphone auvergnat avait vite fait de rappeler le mauvais payeur à ses obligations.

Derrière le bar, c'était le domaine des Marcusot. La salle et la terrasse appartenaient à Jacky. Il courait du matin au soir, prenait les commandes, les jetait à la volée au père Marcusot qui les préparait, empilait sur son plateau un enchevêtrement d'assiettes, de verres et de bouteilles, servait sans rien renverser, faisait les additions de mémoire sans se tromper, avec ce sourire et cette sollicitude qui lui valaient de généreux pour-boires. Jacky n'avait qu'une passion dans la vie : le football. Supporter acharné du Stade de Reims, il vouait une haine mécanique au Racing Club de Paris qui était un « club de tapettes », l'injure suprême. Le monde était organisé autour de cet affrontement. On était de l'un ou de l'autre camp. Il ne fallait pas le plaisanter avec ses héros : Fontaine, Piantoni et Kopa à qui il pardonnait mal sa « trahison ». Quand ils per-daient face au Racing ou au Real Madrid, c'était un jour de deuil et personne ne la ramenait, même les supporters du Racing, qui étaient les plus nombreux. Samy partageait cette passion du Stade de Reims avec son pote Jacky. C'était pour honorer leur maillot qu'il jouait avec les rouges au baby-foot. Quand il gagnait avec facilité, il ne disait pas un mot, mépri-sait le perdant, se contentait de prendre la pièce de vingt centimes posée dans le cendrier par ceux qui attendaient leur tour et de la mettre dans le monnayeur pour faire revenir les balles. Quand il avait eu du mal et devait se forcer un peu pour gagner, il ponctuait sa victoire d'un : « Reims vous emmerde ! »

Le Balto était un immense bistrot à l'angle de deux boule-vards. Sur l'avenue Denfert-Rochereau, côté comptoir et tabac, il y avait les baby, les flippers et le juke-box, et côté Raspail, un restaurant de soixante places. Entre les dernières tables, j'avais remarqué une porte derrière un rideau de velours vert. Des hommes d'âge mûr disparaissaient par ce passage. Je ne voyais personne en ressortir. Ça m'intriguait. Je me demandais souvent ce qu'il pouvait y avoir là. Je ne pensais pas à aller voir. Aucun de mes compagnons de baby ne le savait. Ça ne les intéressait pas. Je suis resté longtemps sans m'en préoccuper. Quand il y avait foule et que l'attente était longue, je prenais un bouquin et, sans consommer, je m'asseyais en terrasse au soleil. Jacky me laissait tranquille. Il avait vu ma déception quand Reims s'était fait battre en finale par le Real. Depuis ce jour, il ne me considérait plus comme un client. Le Balto, à cette époque, avec les Marcusot, Nicolas, Samy, Jacky et les habitués, c'était comme une seconde famille. J'y passais un temps fou. Je devais être à la maison avant le retour de ma mère du travail. Je rentrais chaque soir un peu avant sept heures, étalais livres et cahiers sur mon bureau. Quand elle arrivait avec mon père, elle me trouvait en train de travailler. Gare à moi quand elle rentrait avant et que je n'étais pas là. J'arrivais à la rassurer en jurant que je travaillais chez Nicolas. Je mentais avec un aplomb qui me rendait heureux.

Je trimbalais mon Brownie et m'exerçais à prendre des photos. Le résultat était médiocre. Les personnages étaient perdus dans le cadre, dressés comme des piquets. On ne voyait pas les visages. Mes photographies n'exprimaient rien. Je me suis rapproché des sujets. De temps en temps, j'arrivais à saisir une expression ou un sentiment. Comment photographier sans être vu ? Je devais gérer un ennemi imprévisible : Juliette ma petite sœur qui avait trois ans de moins. Elle n'avait pas eu à choisir son camp. C'était une Delaunay jusqu'au bout des ongles. Coquette, ses placards débordaient de vêtements. Elle affirmait qu'elle n'avait rien à se mettre et passait son temps à se demander comment s'habiller pour sortir. Avec son air ingénu, elle obtenait ce qu'elle voulait de mes parents. Son visage candide et innocent n'était qu'une apparence. Souvent, ma mère, qui avait une confiance totale en elle, lui demandait si j'étais rentré à six heures comme je l'affirmais. Juliette me trahissait sans remords d'un signe de tête.

C'était une incroyable, une incorrigible bavarde, capable de parler des heures sans qu'on se souvienne de quoi. Elle occupait le terrain de la conversation. Impossible d'avoir la moindre discussion avec elle. Elle ne vous laissait pas en placer une. On renonçait. On se laissait emporter par le flot ininterrompu de mots qui sortait de sa bouche sans qu'on puisse l'interrompre. Tout le monde se moquait d'elle. Grand-père Philippe, qui la portait aux nues, l'appelait « mon joli moulin à paroles ». Il n'hésitait pas à lui interdire de parler en sa présence. Elle le fatiguait. Enzo disait qu'elle avait une petite vieille dans le ventre.

– Tu es une *chiacchierona* comme ma cousine Lea qui vit toujours à Parme.

Ce surnom lui était resté. Elle le détestait. Quand on voulait l'embêter, on la traitait de *chiacchierona*. Ça la faisait taire. Des fois, elle prenait la parole au début du repas et continuait son monologue, intarissable. Notre père tapait de la main sur la table.

– Arrête, Juliette, tu nous soûles ! Quelle bavarde, cette fille.

Elle protestait avec véhémence :

– Je ne suis pas une bavarde ! Personne ne m'écoute.

4

J'avais horreur de perdre mon temps. La seule chose qui me paraissait utile, c'était de lire. Chez nous, personne ne lisait vraiment. Ma mère mettait une année à lire le Livre de l'année, ce qui lui permettait d'en parler et de passer pour une grande lectrice. Mon père ne lisait pas et s'en vantait. Franck avait des livres politiques dans sa chambre. Grandpère Philippe n'avait d'estime que pour Paul Bourget dont il avait adoré les romans dans sa jeunesse.

– On dira ce qu'on voudra, la littérature, avant guerre, c'était autre chose.

Il achetait des livres de collection dans les boutiques de la rue de l'Odéon. Il ne les lisait pas et se faisait une bibliothèque. Moi, j'étais un lecteur compulsif. Ça compensait le reste de la famille. Le matin, quand j'allumais la lumière, j'attrapais mon livre et il ne me quittait plus. Ça énervait ma mère de me voir le nez fourré dans un bouquin.

– Tu n'as rien d'autre à faire ?

Elle ne supportait pas de me parler et que je ne l'écoute pas. À plusieurs reprises, elle m'avait arraché le livre des mains pour m'obliger à lui répondre. Elle avait renoncé à m'appeler pour le dîner et avait trouvé une solution efficace. Depuis la cuisine, elle coupait l'électricité dans ma chambre. J'étais obligé de les rejoindre. Je lisais à table, ce qui horripilait mon père. Je lisais en me lavant les dents et aux toilettes. Ils tambourinaient à la porte pour que je cède la place. Je lisais en marchant. Il me fallait quinze minutes pour aller au lycée. C'était un quart d'heure de lecture qui s'étirait en une demi-heure ou plus. J'intégrais ce supplément et partais plus tôt. J'arrivais souvent en retard et me ramassais des colles à la pelle pour trois retards sans motif valable. J'avais renoncé à expliquer aux abrutis censés nous éduquer que ces retards étaient justifiés et inévitables. Mon ange gardien me protégeait et me dirigeait. Je ne me suis jamais cogné à un poteau, ni fait écraser par une voiture en traversant les rues, le nez plongé dans mon bouquin. J'ai évité les merdes de chien qui maculaient les trottoirs parisiens. Je n'entendais rien. Je ne voyais rien. J'avançais au radar et atteignais le bahut sain et sauf. Pendant la plupart des cours, je poursuivais ma lecture, le livre calé sur mes cuisses. Aucun professeur ne m'a attrapé. J'arrivais en retard quand quelques pages passionnantes m'immobilisaient sur le trottoir durant un temps indéterminé. Le pire, c'étaient les passages cloutés. J'y manquais plusieurs fois mon tour et, souvent, un klaxon me rappelait à la réalité.

J'ai fini par classer les écrivains en deux catégories : ceux qui vous laissaient arriver à temps et ceux qui vous mettaient en retard. Les auteurs russes m'ont valu une ribambelle de colles. Quand il commençait à pleuvoir, je me rangeais sous un porche pour poursuivre tranquille. La période Tolstoï a été un mois noir. La bataille de Borodino a entraîné trois heures de colle. Quand, quelques jours plus tard, j'ai expliqué à l'appariteur, un pion thésard, que mon retard était dû au suicide d'Anna Karénine, il a cru que je me foutais de lui. J'ai aggravé mon cas en avouant que je n'avais pas compris pour quel motif elle se suicidait. J'avais été obligé de revenir en arrière par peur d'en avoir manqué la raison. Il m'a collé pour deux jeudis : un pour ce énième retard, l'autre parce que c'était une emmerdeuse qui ne méritait pas autant d'attention. Je ne lui en ai pas voulu. Ça m'a permis de venir à bout d'*Emma Bovary*. Quand je m'en prenais à un auteur, je ne le lâchais plus, même si certains étaient difficiles à attraper. À la montagne ou à la mer, je faisais le désespoir de mes parents. Je passais mon temps à lire, indifférent à ce qui les intéressait. À la bibliothèque de la mairie, en face du

Panthéon, les bibliothécaires restaient dubitatives quand je leur ramenais les cinq livres auxquels on avait droit si peu de temps après les avoir pris. Elles me fixaient d'un air suspicieux. Je m'en fichais et continuais à m'occuper de mon auteur du moment en terminant son étagère avec détermination. J'ai dévoré les classiques avec des critères littéraires personnels. Je ne lisais pas un romancier. Je lisais sa biographie et je n'arrivais pas à aimer l'œuvre si je n'aimais pas l'homme. L'homme était plus important que l'œuvre. Quand la vie était héroïque ou illustre, les romans étaient meilleurs. Quand le bonhomme était abominable ou médiocre, ça avait du mal à passer. Saint-Exupéry, Zola et Lermontov ont longtemps été mes auteurs préférés, pas seulement pour leurs œuvres. J'aimais Rimbaud pour sa vie fulgurante et Kafka pour sa vie discrète et anonyme. Comment réagir quand vous adoriez Jules Verne, Maupassant, Dostoïevski, Flaubert, Simenon et une flopée d'autres qui se révélaient d'abominables salauds ? Devais-je les oublier, les ignorer et ne plus les lire ? Faire comme s'ils n'existaient pas alors que leurs romans n'attendaient que moi ? Comment pouvaient-ils avoir écrit des œuvres exceptionnelles en étant des êtres aussi répugnants ? Quand je posais la question à mes camarades, ils me regardaient comme si j'étais un Iroquois. Nicolas affirmait qu'il y avait assez d'écrivains dignes d'être lus pour ne pas perdre son temps avec ceux qui avaient trahi leur œuvre. C'était faux. Il y avait des cadavres nauséabonds dans tous les placards. Quand j'avais posé la question à mon professeur de français, il m'avait démontré qu'un écrivain qui figurait dans le Lagarde et Michard méritait ma considération et que, si on appliquait ces critères de moralité et de civisme, il faudrait épurer et éliminer au moins quatre-vingt-dix pour cent des auteurs du manuel. Il ne fallait garder l'anathème que pour les cas les plus extrêmes, ceux-là n'étaient pas dignes d'être étudiés et n'étaient pas lagardetmichardisés.

L'avis de grand-père Enzo fut décisif. Un dimanche où nous traînions au Louvre, je lui fis part de mon trouble. Je venais de découvrir que Jules Verne était un anticommunard hystérique et un antisémite forcené. Il haussa les épaules et me montra les toiles qui nous environnaient. Que savais-je des peintres dont on admirait le travail ? Si je connaissais vraiment Botticelli, le Greco, Ingres ou Degas, je fermerais les yeux pour ne plus voir leurs toiles. Devrais-je me boucher les oreilles pour ne plus entendre la musique de la plupart des compositeurs ou de ces chanteurs de rock que j'aimais tant ? Je serais condamné à vivre dans un monde irréprochable où je mourrais d'ennui. Pour lui, et je ne pouvais le soupçonner de complaisance, la question ne faisait pas débat, les œuvres étaient toujours ce qu'il y avait de plus important. Je devais prendre les hommes pour ce qu'ils faisaient, pas pour ce qu'ils étaient. Comme je n'avais pas l'air convaincu, il me dit avec un petit sourire :

— Lire et aimer le roman d'un salaud n'est pas lui donner une quelconque absolution, partager ses convictions ou devenir son complice, c'est reconnaître son talent, pas sa moralité ou son idéal. Je n'ai pas envie de serrer la main d'Hergé mais j'aime Tintin. Et puis, es-tu toi-même irréprochable ?

5

On jouait aussi au baby-foot au Narval, un bistrot de Maubert. On y allait à la sortie du bahut. Nicolas habitait à côté. Ça lui faisait loin d'aller à Denfert. Le niveau était plus faible mais il y avait plus d'ambiance grâce aux étudiants de la Sorbonne et de Louis-le-Grand. On était redoutés. On y battait des records de durée, accrochés aux poignées des heures durant. Certains spectateurs ne jouaient pas, pariaient sur notre victoire et nous payaient la tournée. Le Narval était le repaire de Franck et de ses copains. Dès qu'il m'apercevait, il me demandait de rentrer travailler. Longtemps, j'ai obtempéré sans discuter. Un peu après l'anniversaire de mes douze ans, je l'ai envoyé promener. Je me demande comment j'ai eu le courage de l'affronter. On venait de prendre notre tour. On jouait avec les bleus. Sur ce baby, c'était un petit handicap. La barre avant était raide. J'ai réussi un aller-retour qui a claqué et soulevé une clameur et les félicitations des spectateurs. Un d'entre eux n'a rien trouvé de mieux que de lancer à Franck assis en salle avec ses copains :

– Dis donc, ton frère se débrouille comme un chef.

Je savais qu'il allait arriver, mettre sa main sur la bordure, m'apostropher devant tous les joueurs. J'ai continué à enchaîner les buts sans lever la tête. Il était là, à me fixer. Je voyais ses doigts qui s'énervaient. Je jouais avec une force inaccoutumée. Les buts claquaient dans un silence de connaisseurs. J'ai fini sur un roulé de l'avant gauche qui les a mis fanny. Je m'apprêtais à prendre la pièce des suivants quand il m'a attrapé la main.

– Michel, rentre à la maison !

J'en ai vu qui souriaient, goguenards, convaincus que le môme allait obéir au grand frère et rentrer au bercail comme d'habitude. Soudain, j'ai crié avec véhémence :

– Jamais !

Il a été surpris de ma réaction :

– Tu m'as entendu ? Tout de suite !

Je me suis entendu hurler :

– Tu vas me frapper ?... Tu vas me dénoncer ?

Franck ne s'y attendait pas. Il m'a dévisagé sans comprendre. Il a senti que je n'allais pas me laisser faire. Il a haussé les épaules. Il est retourné au milieu de ses copains. Je lui jetais des coups d'œil à la dérobée. Il m'ignorait. On s'est fait sortir par une équipe de nuls qui se sont crus devenus des champions. Nicolas, qui avait mis la première pièce, voulait reprendre son tour. Je n'avais pas un rond. Il est reparti chez lui en râlant. Je suis allé m'asseoir sur la banquette à côté de Franck. Il parlait comme si je n'étais pas là. Je m'apprêtais à rentrer quand il m'a demandé de l'air le plus naturel :

– Qu'est-ce que tu prends ?

Je ne m'attendais pas à cette proposition. Je cherchais où était le piège.

– Je n'ai pas d'argent.

Assis en face de lui, Pierre Vermont est intervenu :

– C'est ma tournée, p'tit con. Prends ce que tu veux.

J'ai commandé un panaché bien blanc et levé mon verre à la santé de Pierre qui fêtait son départ en Algérie. Son sursis venait d'être révoqué. Il était soulagé d'avoir réussi la visite médicale et avait craint d'être réformé. Il était pion à H-IV chez les grands. Taillé en armoire à glace, il était pilier dans l'équipe de rugby du PUC. Il s'adressait aux élèves avec un « p'tit con » quasi systématique. C'était sa façon de parler. Au début, ça surprenait un peu. Pendant les deux mois qui ont précédé son incorporation, on s'est vus chaque jour. On est devenus amis. J'étais surpris qu'avec notre différence d'âge il m'accorde une telle considération. J'étais le seul qui lui prêtait attention. J'ai toujours aimé écouter les autres. Après Sciences po, il avait raté deux fois le concours de l'ENA. Il avait réussi deux fois l'écrit, mais il avait été recalé deux fois au grand oral. C'était, paraît-il, le seul dans ce cas. Il ne cachait pas ses opinions radicales et avait décidé de consacrer sa vie à la révolution. Avec ses cheveux longs, sa barbe mitée et son éternel costume en velours noir sur un pull en V en laine blanche torsadée d'Écosse, on se demandait comment Beynette, le proviseur de H-IV, l'avait accepté comme pion, lui qui était si pointilleux sur la tenue des élèves. Pierre venait de renoncer à devenir haut fonctionnaire. Le système était malin et l'avait rejeté. Il avait un ressentiment viscéral contre toute structure organisée et, plus encore, envers la famille, l'Éducation nationale, les syndicats ouvriers, les partis politiques, la presse, la banque, l'armée, la police et le colonialisme. Pour lui, il fallait tuer tous les cons. Quand il disait tuer, ce n'était pas un mot en l'air. Ça voulait dire les éliminer, leur faire la peau pour de vrai. Ça représentait un monde fou à massacrer. Ça ne lui faisait pas peur. Sa haine de la religion et des curés était sans limite. Une colère profonde.

– On les respecte trop, avec leurs singeries et leurs courbettes. Autant parler à un mur. Leur sacré est une invention de leurs esprits inquiets. Il faut éradiquer la religion et les religieux. Ne me dis pas qu'ils font de bonnes choses. On n'a pas besoin du commandement de Jésus comme justification pour avoir une morale. Ce qu'il détestait le plus, l'ennemi absolu du genre humain, c'était les sentiments. Et, pire encore, de les étaler.

– Si tu montres tes sentiments, t'es foutu. On ne doit pas savoir ce que tu ressens.

Quand il démarrait, il n'y avait plus moyen de l'arrêter. Nul ne pouvait l'interrompre pour lui apporter une contradiction argumentée. Il parlait vite, passait du coq à l'âne, partait dans une direction sans qu'on comprenne où il voulait en venir, se lançait dans des digressions inattendues et retombait sur ses pieds. Certains disaient qu'il s'écoutait parler mais il avait beaucoup d'humour et ne prenait rien ni personne au sérieux, à commencer par lui-même. En revanche, je n'ai jamais saisi pour quelles raisons il abominait le Tour de France.

C'était le meilleur copain de Franck bien qu'ils soient de virulents adversaires politiques. Ils passaient leur temps à ergoter, pinailler, s'engueuler et se réconcilier. Ils s'agressaient avec une incroyable violence verbale. On les croyait fâchés à mort et, un moment après, ils rigolaient ensemble. Je ne comprenais pas pour quels motifs les communistes détestaient les trotskistes qui, eux, les haïssaient alors qu'ils défendaient les mêmes gens. Pierre hurlait qu'il n'était plus trotskiste et qu'il les exécrait autant que Franck. Dorénavant, il était un révolutionnaire libre et sans attache. J'assistais à leurs dialogues de sourds sans oser intervenir, embarrassé qu'ils s'affrontent avec une telle hargne. J'avais du chemin à accomplir. Je passais des heures à écouter Pierre. J'étais assez d'accord avec lui sur la nécessité de détruire cette société pourrie pour reconstruire sur des bases saines, même si de nombreux détails de la destruction et de la reconstruction restaient obscurs. Je l'écoutais avec plaisir. Il était clair et convaincant. Quand je l'interrompais avec une question, par exemple :

– Pourquoi cette guerre est froide ?

Il me répondait, excédé :

– Ah, c'est trop long à t'expliquer, p'tit con.

Il me laissait dans le doute et l'inconnu. Sa plus grande haine était réservée au couple :

– Cette aberration qu'il faudra supprimer car il est appelé à disparaître.

Il avait décidé de façon arbitraire qu'aucune relation amoureuse ne devait durer plus d'un mois ou deux, maximum trois, sauf « cas exceptionnel ». J'ai osé lui demander de m'expliquer.

– Ça dépend de la fille. Un jour, tu comprendras. Ne jamais dépasser trois mois. Après, c'est toi qui te fais baiser.

Il larguait ses petites amies au nom de leur bonheur à venir.

– C'est malsain, tu comprends ? Nous sommes en train de construire notre prison future.

Pierre était toujours entouré de deux ou trois filles qui le suivaient et l'écoutaient comme le messie. J'ai mis un moment à réaliser que c'étaient ses ex. Peut-être espéraient-elles qu'il change d'avis ? Elles ne paraissaient pas jalouses de la nouvelle élue qui ignorait que son temps était compté et qu'elle allait bientôt les rejoindre sur le mauvais côté de la banquette. À l'écouter, l'amour était une foutaise, le mariage une ignominie, les enfants une saloperie. Il se produisait en Chine une révolution grandiose qui allait bouleverser le cours de l'humanité en supprimant les lois dictatoriales du marché et les relations pernicieuses hommes-femmes. L'élimination du sentiment, le balayage amoureux, avait commencé. On allait sortir de la tyrannie séculaire du couple. Même s'il proclamait le contraire, je crois qu'il préférait, et de beaucoup, les femmes à la révolution.

Il soutenait que, vu les résultats catastrophiques de l'espèce, il faudrait interdire à la quasi-totalité des humains le droit de se reproduire. Il espérait que les progrès de la science et de la biologie mettraient un terme à la reproduction anarchique des foules stupides. Sur ce point, sa théorie était en cours d'élaboration. Il avait trouvé son nom. Elle s'appellerait « le saint-justisme » en hommage au révolutionnaire et à son fameux « Pas de liberté pour les ennemis de la liberté ». D'après ses explications enfiévrées, nos maux venaient de la démocratie et des méfaits causés par le droit de vote accordé à la multitude des imbéciles. Il voulait remplacer la république de la masse par celle des sages. Il faudrait supprimer les libertés individuelles pour les remplacer par un ordre collectif où seuls les plus compétents et les plus instruits pourraient décider de l'avenir de la société. Il comptait sur le temps libre qu'il aurait en Algérie pour écrire un livre majeur et fondateur sur la question. Il profiterait de son incorporation pour tenter de trouver une alternative à l'élimination physique des opposants. Il sentait qu'il y aurait une difficulté à atteindre ses objectifs sans devenir un nouveau Staline.

– Il y a peut-être d'autres solutions à trouver pour la majorité. Mais on ne pourra pas éviter d'en tuer un paquet. Pour l'exemple.

Sa collection d'albums de rock'n'roll était unique. Il

possédait les disques de tous les chanteurs américains. Sans aucune exception. Des importations hors de prix. Pierre était généreux et les prêtait sans hésiter. Il avait un avantage sur nous. Il comprenait les paroles des chansons. Nous, on aimait la musique et le rythme. On saisissait par-ci par-là un ou deux mots. Le sens nous échappait et on s'en fichait. Il nous traduisait les paroles en temps réel. Quelquefois, on avait du mal à le croire :

– Tu es sûr qu'il parle de ses chaussures en daim bleu ?

On était déçu par les textes. On préférait qu'il ne traduise plus. Un jour il m'a parlé du nouveau disque de Jerry Lee Lewis, son chanteur préféré. Je l'ai accompagné chez lui pour le prendre et l'enregistrer. Je m'attendais à une chambre de bonne au septième sans ascenseur. Il habitait un appartement gigantesque, quai des Grands-Augustins, avec vue sur Notre-Dame. Son seul salon était aussi vaste que notre appartement. Des couloirs qui faisaient un labyrinthe où il déambulait avec naturel. Comme je m'extasiais sur le mobilier, il a répondu :

– C'est pas moi, p'tit con, c'est le paternel.

Il avait un piano à queue Schimmel. Il en jouait à merveille. Il mettait le disque, se précipitait sur le piano et s'amusait à suivre les vrilles de Jerry Lee à la même vitesse et avec la même virtuosité mais chantait moins bien que l'original. Pierre avait toutes les qualités sauf une. Il ne savait pas jouer au baby et tenait à apprendre. Le soir où il m'a offert le panaché après mon altercation avec Franck, il a tenu à ce qu'on fasse une partie. Je me suis mis avec mon frère. C'est la première fois qu'on jouait ensemble. Pierre suivait le joueur adverse, ce qui est une erreur. Si on veut le bloquer, il faut bouger le moins possible. Franck appliquait les consignes. Pierre faisait n'importe quoi, utilisait les barres pour faire des moulinets, ce qui est interdit. Il riait aux éclats. Plus je lui demandais d'arrêter, plus il continuait et plus je m'énervais, plus il s'excitait. Un joueur irrécupérable.

La veille de son incorporation, Pierre organisa une surboum avec ses copains. Quand il m'a invité, Franck a répondu à ma place :
– Les parents ne voudront pas.
J'ai protesté pour la forme. Le soir, j'ai tenté le coup. Ma mère m'a regardé, effarée.
– Michel, tu as douze ans !
J'ai essayé les arguments classiques : j'irais et reviendrais avec Franck, je rentrerais de bonne heure, avant minuit, avant onze heures, avant dix heures, juste l'aller-retour. Rien n'y a fait. Mon père qui, d'habitude, me soutenait, a surenchéri. Il n'avait eu le droit de sortir qu'à dix-huit ans. Et encore avec Baptiste, ils travaillaient. Voyant mon dépit, il m'a réconforté :
– Bientôt, quand tu seras grand.
Je n'ai pas insisté. Après le dîner, on s'est installés devant la télévision. J'ai fait semblant d'apprécier un abominable programme de variétés. Franck nous a quittés à neuf heures. Ma mère lui a dit de ne pas rentrer trop tard. Je suis allé me coucher comme si de rien n'était. Ma mère est venue me voir. Néron dormait, roulé en boule contre ma jambe. Elle a jeté un œil sur mon livre, *La Faute de l'abbé Mouret*. J'ai commencé à lui en parler avec enthousiasme. Elle était fatiguée. Elle ne se souvenait pas l'avoir lu. Elle m'a recommandé de dormir. J'ai obtempéré et fermé la lumière. Elle m'a embrassé avec tendresse et elle est sortie. J'ai attendu dans le noir. Je me suis rhabillé. Je me suis recouché. J'ai

guetté, attentif au moindre bruit. Le silence régnait. Néron
me fixait de son air énigmatique. Je me suis levé, l'oreille
aux aguets. Les parents dormaient. De leur chambre, au
bout du couloir, j'entendais le ronflement de mon père. Sur
la pointe des pieds, je suis passé dans la cuisine. J'ai ouvert
avec mille précautions la porte de l'escalier de service. Je l'ai
refermée à clef. J'ai mis mes chaussures sur le palier, j'ai
descendu l'escalier dans le noir, traversé la cour déserte
puis, comme un chat, le hall de l'immeuble sans attirer
l'attention des concierges. J'ai ouvert la porte d'entrée. J'ai
attendu quelques secondes. Je suis parti sans me retourner.

Paris la nuit. La belle vie. J'avais dix ans de plus. Je me
sentais léger comme une hirondelle. J'ai été surpris de la
foule dans les rues et les bars. Le boulevard Saint-Michel
était encombré. Les gens avaient l'air heureux de vivre. Je
craignais d'être repéré. Personne ne m'a remarqué. Je faisais
plus vieux que mon âge. Je pouvais passer pour un étudiant
comme un autre. J'ai mis les mains dans mes poches et relevé
les pans de mon blouson. Quai des Grands-Augustins, on
entendait la musique du trottoir. Carl Perkins réveillait les
couche-tôt. J'ai sonné. Une jeune femme que je ne connaissais pas a ouvert la porte. Elle était mince, les traits réguliers,
les cheveux noirs très courts, des yeux marron étonnés et un
sourire narquois. Elle s'est écartée pour m'inviter à entrer. À
peine avais-je franchi le pas que Pierre arrivait et faisait les
présentations :
— Tu connais ma sœur, p'tit con ?
J'ai bafouillé.
— Cécile, voici Michel, le meilleur joueur de baby-foot de
la rive gauche. Il est comme toi. Il n'arrête pas de lire. Cécile

fait une licence de lettres. Elle adore Aragon, tu te rends compte ? Aragon !

Son sourire s'est accentué. Elle a tourné les talons et a disparu dans la foule qui dansait le rock sur *Hound Dog*.

– Je ne savais pas que tu avais une sœur.

Pierre m'a mis la main sur l'épaule et m'a entraîné, suivi par deux de ses anciennes petites amies et la nouvelle, me présentant comme son meilleur ami. Il sentait l'alcool et fumait un cigare cubain acheté à Genève. Il me crachait la fumée dans la figure. Il m'a proposé un barreau de chaise et un verre de whisky. J'ai décliné. Une de ses ex tenait la bouteille pour le servir à la demande. Il m'a fixé, sérieux.

– Je suis content que tu sois venu, Michel. Je peux te demander un service ?

Je lui ai juré qu'il pouvait me demander n'importe quoi. Il allait partir en Algérie pour longtemps et ne savait pas quand il reviendrait. Pas avant un an au moins, peut-être plus. Les permissions n'avaient plus lieu en métropole. Il voulait me confier un petit trésor. D'après lui, j'étais le seul digne de le conserver jusqu'à son retour. J'ai protesté, c'était une lourde responsabilité. Il a coupé court à mes tergiversations en posant la main sur deux caisses d'albums de rock. Cinquante-neuf exactement. Ses importations américaines achetées à prix d'or. Je restais sans voix, bouche ouverte

– Ce serait dommage que personne n'en profite Je n'ai pas l'intention de jouer les héros pour l'armée française. Le temps d'écrire mon bouquin. À la première occase, je me fais réformer ! Dans six mois, je suis de retour. J'ai ma petite idée là-dessus.

J'ai voulu qu'on fasse une liste des albums qu'il me confiait. C'était inutile. Il les connaissait par cœur.

– Je pourrai les prêter à Franck ?

Pierre a tiré sur son cigare, haussé les épaules et fait demi-tour. J'ai insisté.

– M'en fous !

Je l'ai rattrapé. Je lui ai juré qu'il pouvait m'accorder une confiance totale.

– Au fait, est-ce que t'aimes la science-fiction, p'tit con ?

J'étais un peu pris au dépourvu. Je cherchais où il voulait en venir. J'ai fait non de la tête.

– Tu connais Bradbury ?

Je dus avouer mon ignorance. Il a attrapé un livre qu'il a mis dans ma poche.

– C'est le plus beau roman que j'ai lu. Sans fioritures.

Je venais de prendre le livre quand je suis resté pétrifié par ce que je voyais. Au milieu des couples enlacés, Cécile dansait sur une mélodie sucrée des Platters, serrée contre Franck. Ils s'embrassaient avec passion. Mon regard allait du couple à Pierre, persuadé qu'il allait leur sauter dessus et casser la figure à Franck. Au contraire, ça avait l'air de l'amuser. Je paniquais :

– Pierre, faut pas lui en vouloir.

Il n'avait pas entendu et apostrophait celui qui tenait la platine :

– Y en a marre des slows !

Il tendit vers moi un doigt vengeur :

– Dans le monde nouveau, ceux qui ne danseront pas le rock seront exécutés !

Un rock vigoureux rompit le charme ouaté. Soudain, Franck me découvrit. Il fonça droit sur nous, m'attrapa par le bras, me secouant avec vigueur.

– Qu'est-ce que tu fais là, putain !

Pierre s'interposa sans ménagement :
– Fous-lui la paix ! Ce soir, c'est la fête.

Il me lâcha, furieux. Cécile nous rejoignit, un peu inquiète. Pierre termina les présentations. Elle se tourna vers Franck :
– Je savais pas que t'avais un frère.

Il la prit par la main et l'entraîna danser. Pierre finit son verre et, les yeux perdus dans le vague, murmura :
– Aujourd'hui, on se parle et on ne se dit plus rien.

J'ai assisté à ma première boum comme un entomologiste examine une colonie de fourmis inconnues. J'ai fait banquette, buvant une demi-vodka orange qui me tourna la tête. J'ai accepté, pour me donner une contenance, une Boyard maïs de mon voisin. La première taffe m'a explosé les poumons. Franck m'a ignoré. Cécile me jetait des sourires en coin. Vers minuit, j'ai décidé de rentrer. Pierre était effondré sur un canapé, ivre mort. Devais-je prendre ses albums ? Il m'avait fait cette offre sur le chemin de l'ébriété. À son retour sur terre, il aurait changé d'avis. Je m'éclipsai sans que personne s'en rende compte.

Je fis le chemin en sens inverse. Avec le même luxe de précautions qu'au départ, j'ouvris la porte de service, immobile sur le palier, aux aguets. L'appartement était calme. Les parents dormaient. J'entrai dans la cuisine éclairée par un rayon de lune qui pénétrait par le vasistas, mes chaussures à la main, fermai la porte à clef et, sans un bruit, me retournais pour aller dans ma chambre quand la lumière s'alluma. Ma mère me faisait face. Avant que j'aie pu esquisser un geste, une baffe monumentale me fit faire un tour complet. Ma mère me tomba dessus à bras raccourcis. Je reçus la plus grosse raclée de ma vie. Elle y allait d'autant plus fort que sa peur avait été grande. Elle hurlait et frappait des mains et des pieds. Je me recroquevillais et faisais le dos rond. Ça n'en finissait pas. J'ai pensé mourir tellement elle me tapait sur la tête. Elle frappait aussi mon père qui essayait de nous séparer. Il lui fallut user de toute sa force pour l'empêcher de m'estropier. Il réussit à la maîtriser et à l'écarter. Elle piquait une crise de nerfs.

– Pense aux voisins ! criait-il.

Elle se calma. Il me propulsa dans ma chambre. La porte claqua. Ma mère se lamentait sur l'ingratitude des hommes en général et de ses fils en particulier. Mon père lui répétait que ce n'était pas grave. Le silence finit par revenir. J'avais le cœur qui battait la chamade, les joues en feu et les fesses endolories. Je restai dans le noir à reprendre ma respiration. J'attendais un sommeil qui ne venait pas. Malgré la branlée et les sanctions à venir, je ne regrettai à aucun moment cette escapade. Je sentis dans ma poche le roman donné par Pierre. J'allumai ma lampe de chevet et découvris le livre de Bradbury : *Fahrenheit 451*. Ce n'était pas un gros livre. Il n'avait pas souffert de la fureur maternelle. De nombreux passages avaient été soulignés par Pierre. Je commençai à les lire au hasard :

... je bazarde les enfants à l'école neuf jours sur dix. Je n'ai à les supporter que trois jours par mois à la maison ; ce n'est pas la mer à boire. On les fourre dans le salon et on appuie sur le bouton. C'est comme une lessive ; on enfourne le linge dans la machine et on claque le couvercle... Le mieux est de tout garder dans nos petites têtes, où personne ne peut voir ni soupçonner ce qui s'y trouve... Tenez, il y a un patelin dans le Maryland, seulement vingt-sept habitants, aucune bombe n'y tombera jamais, qui constituent les essais complets d'un certain Bertrand Russell...

Certains paragraphes étaient annotés. Son écriture en pattes de mouches était illisible, sauf une note au bas du chapitre 3 : « *Tous des Montag ?!* »

6

Les semaines suivantes furent pénibles. J'étais devenu une sorte de pestiféré qu'on montrait du doigt. La famille et le voisinage me regardaient de travers comme un petit voyou. Maria, d'habitude si affable, me dévisageait comme si j'avais craché sur la Croix. La mère Bardon, la concierge de l'immeuble, me considérait, navrée. Son mari, huissier à la mairie de Paris, se permettait devant ma mère des réflexions du genre :

– Faudrait voir à essuyer vos semelles sur le paillasson, jeune homme, faut respecter le travail d'autrui.

Ma mère renchérissait :

– M. Bardon a raison, Michel, tu ne respectes rien.

J'étais plus dépité des piques de ce poujadiste que des privations qui me tombaient dessus. Je me suis vengé. À chaque fois que j'apercevais une merde de chien, je marchais exprès dedans puis je m'essuyais la semelle sur son paillasson. Le jeudi, j'étais privé de télévision et devais travailler sans sortir de ma chambre. Si je manifestais la moindre velléité de ne pas obéir aux ordres, Maria avait pour consigne de téléphoner sur-le-champ à ma mère. Ce qui me valut des engueulades en règle. J'aggravais mon cas. Je refusais d'admettre ma faute et de baisser les yeux. Le peu de libertés obtenues s'étaient évanouies. Je redevins un enfant que sa mère accompagnait et venait chercher au lycée. Paniqué, j'ai tenté une démarche auprès de mon père pour lui demander d'intercéder. Il a hésité et changé plusieurs fois d'avis avant de laisser tomber, à moitié convaincu :

– C'est comme ça et ce n'est pas autrement.

Ma mère ne voulait laisser à personne d'autre le soin de me serrer la vis. Elle a décidé de reprendre mon éducation en main mais, pour éduquer, il faut être deux. J'étais déterminé à ne pas participer. Mon père a proposé de me récupérer le soir. Il revenait souvent avant elle. Il a essuyé un refus catégorique et n'a pas insisté. Franck a plaidé ma cause. Elle le considérait, du fait de ses mauvaises fréquentations, comme en partie responsable et l'a remis à sa place. Derrière son sourire de façade, elle dirigeait la maison comme l'entreprise Delaunay, en femme énergique et habituée à être obéie. Un moment, j'avais espéré que son emploi du temps l'empêcherait de venir à la sortie des cours. Elle a obtenu du proviseur que je reste chaque soir à l'étude jusqu'à dix-neuf heures. Fini les baby et les copains. Je ne travaillais pas plus. J'en profitais pour bouquiner. J'ai renoncé à la bibliothèque municipale et, contraint et forcé, fréquenté celle du bahut qui était anémique, composée des seuls ouvrages offerts en récompense des prix de fin d'année.

Le livre de Pierre m'a captivé. La lecture de Bradbury m'a conduit à choisir l'épreuve de force. Il faut savoir résister, ne pas composer, ni céder et accepter comme inévitable la domination de la force. La décision a été évidente et simple à prendre. Je résisterais avec mes armes. Je ne parlerais plus. À personne. Ce serait ma façon à moi de les punir.

Je me réfugiais dans un mutisme protecteur et répondais par borborygmes. Quand je sortais de H-IV après l'étude, ma mère m'attendait en voiture. Je montais sans répondre à ses questions sur mon activité de la journée. Le court voyage se faisait dans un silence pesant et réjouissant. Je passais à table et restais les yeux rivés sur mon assiette, éprouvant un plaisir certain à sentir le malaise que je suscitais. Je quittais la table sans prévenir et me précipitais dans ma chambre sans reparaître.

Au début, je jouais avec eux et ils ne le savaient pas. Combien de temps pouvait-on vivre sans parler à ses parents ? J'étais capable de tenir longtemps à ce petit jeu. Ils céderaient avant moi. Je ne parlais plus. J'étais assez content de me découvrir un pouvoir inconnu. Je n'aurais pas cru le silence aussi dérangeant. Néron en fit les frais et, en manque de communication, m'abandonna pour trouver refuge dans la chambre de Juliette, ravie de le récupérer. Passé quinze jours, j'ai senti des signes de lassitude. Mon père et ma mère s'engueulaient à mon propos, jamais devant moi. J'entendais avec délectation la clameur de leurs disputes. Ma mère n'était pas préparée à ce combat de sape. J'ignorais ses appels du pied ou ses tentatives de paix. Je les regardais s'agiter, me considérer en coin, parler de moi comme si j'étais un malade : « Peut-être qu'il a un problème qui ne se voit pas ? », s'interroger sur la possibilité de consulter un psychologue. Franck était le seul à ne pas être dupe. Il me pressait d'arrêter de « jouer au con ».

Grand-père Delaunay a fait intervenir un de ses amis, professeur de médecine, que l'on a invité à déjeuner un dimanche midi. Il m'a ausculté de loin pendant deux heures. J'ai su par Juliette qu'il m'avait trouvé fatigué et déprimé. Il a recommandé une activité sportive et une cure de vitamines. J'ai eu droit chaque matin à un jus d'oranges pressées. Je refusais d'être inscrit à l'équipe de foot. À chaque question qu'on me posait, j'attendais, je haussais les épaules, indécis, et retournais dans ma chambre pour bouquiner.

Juliette venait quelquefois me rejoindre. Elle s'asseyait au bord du lit. Néron s'intercalait entre nous. Elle me racontait sa vie en détail. Je continuais ma lecture. Je ne l'écoutais pas. Seul, Néron avait l'air de suivre. Au bout d'une heure ou deux, je l'arrêtais :

– Juliette, je vais dormir.

Elle s'arrêtait, me considérait avec sympathie et m'embrassait :

– C'est sympa quand on se parle de temps en temps.

Un soir, au cours du dîner, ma mère a évoqué la possibilité d'aller au cinéma le dimanche après-midi pour voir *Alamo* de John Wayne, le film dont tout le monde parlait. Je crevais d'envie d'y aller. Plusieurs mois avant la sortie du film, j'avais clamé mon admiration pour Davy Crockett. Mon père m'avait offert la toque avec la queue de renard en similifourrure. Ma mère savait que j'aurais du mal à résister. Mon père a fait celui qui ne s'attendait pas à cette proposition et s'est exclamé que c'était une idée formidable. Avant la séance, on irait déjeuner au Grand Comptoir. Il voulait aller dans un cinéma des boulevards. Son écran géant donnait au film un effet saisissant. Ils me fixaient et attendaient une réponse qui ne venait pas. Je me suis levé sans rien dire. J'ai quitté la table. Sur le pas de la porte, j'ai eu une inspiration. Je me suis retourné. J'ai ouvert la bouche pour m'exprimer. Je me suis retenu pour faire durer le plaisir. Je n'avais qu'à dire oui pour que cessent les hostilités et que la vie redevienne comme avant, avec en plus un film excitant à la clé. J'avais pris goût au masochisme et à la provocation. J'ai enfoncé le clou :

– L'année prochaine, je voudrais être en pension.

Mon père a paru effaré. Ma mère est restée bouche bée, sans comprendre. Franck a eu l'air surpris. Je n'ai rien ajouté. Je me contrefichais de leur réponse, positive ou négative. S'ils avaient accepté sur-le-champ, cela ne m'aurait fait ni chaud, ni froid. Ils se dévisageaient sans savoir quoi dire. Ma mère m'a demandé :

– Pourquoi ?

J'ai attendu pour ménager mon effet :

– Pour ne plus vous voir.

J'ai quitté la salle à manger. C'est pour ça que j'ai raté *Alamo* sur écran panoramique. Sur le coup, ça m'a fait mal au cœur. Ma seule consolation, c'est qu'ils l'ont raté aussi. Je suis resté dans ma chambre à hésiter. Il s'en est fallu d'un cheveu que je revienne faire amende honorable. J'allais céder. L'oreille collée à la paroi, j'ai entendu les éclats d'une dispute plus forte que d'habitude entre mes parents. Pour la première fois, mon père est parti en claquant la porte avec violence. Ma mère est entrée dans la chambre. J'ai fait semblant d'être plongé dans la lecture de *La Condition humaine*. J'avais les joues en feu. Mon cœur palpitait. Je m'efforçais de ne rien laisser paraître de mon trouble. Elle s'est assise sur le bord du lit. Elle me regardait, silencieuse. Je m'accrochais à ma lecture sans rien lire.

– Michel, il faut qu'on se parle.

J'ai baissé le livre.

– Z'êtes pas au cinéma ?

Elle me scrutait avec intensité, essayant de me comprendre. Comment aurait-elle pu y arriver quand j'agissais sans réfléchir ? Son désarroi était palpable. J'ai fait mine de poursuivre ma lecture.

– Tu me fais peur. Si tu continues, tu vas prendre la voie des perdants. Tu vas gâcher ta vie. Je ne pourrai rien faire pour toi.

J'ai levé le nez de mon livre, l'air surpris, comme si je n'avais rien entendu.

– Pour la pension, tu ne parlais pas sérieusement ?

J'ai répondu que c'était ce que je voulais. Elle a hoché la tête plusieurs fois :

– Qu'est-ce que tu as, Michel ?

J'ai failli éclater de rire, lui dire que c'était une mauvaise blague, que je ne le pensais pas. Quelque chose de plus fort m'a poussé :

– Je préfère. Ce sera mieux, non ?

Je lui ai tourné le dos. J'ai repris ma lecture. J'ai senti qu'elle se levait. Je ne l'entendais pas quitter la pièce. Elle devait attendre. Je me suis retourné. Elle me dévisageait. On est restés face à face. Je savais d'instinct que le premier qui parlerait aurait perdu. Je soutenais son regard sans arrogance ni insolence. Dans la salle à manger, le téléphone s'est mis à sonner. Personne n'a décroché. Ils étaient partis. On n'était plus que tous les deux. La sonnerie a duré, interminable. On se fixait sans un mot. La sonnerie a cessé. Le silence est revenu se mettre entre nous. J'ai vu son bras se lever. Il est resté en suspension avec un léger tremblement. Je n'ai pas bougé. Elle l'a balancé avec force. C'est Malraux qui a pris. Mon livre a valsé contre le mur. Elle s'est massé la main et a quitté la pièce. La porte d'entrée a claqué. J'ai entendu ses pas décroître dans l'escalier. J'étais seul dans l'appartement déserté. La sonnerie du téléphone a repris. Je l'ai laissée sonner. Ce soir-là, Néron a décidé que notre séparation avait assez duré. Il est revenu dans ma chambre et a retrouvé sa place au bout de mon lit.

Le lendemain matin, Maria m'a annoncé que j'irais au lycée seul. Ma mère ne viendrait plus me chercher. Dans l'après-midi, Sherlock, le surveillant général, m'a fait convoquer. C'était un homme sec et anguleux, à l'autorité naturelle. À sa seule vue, on se taisait. On arrêtait de courir et on inclinait la tête quand on le croisait. Il avait une façon de vous scruter qui vous rendait coupable. Pourtant, on ne l'avait jamais entendu élever la voix, ni maltraiter un élève. Pierre Vermont l'aimait beaucoup et jurait que c'était un des hommes les plus cultivés qui soient, agrégatif de philo qui avait renoncé à l'enseignement pour l'administration. Sherlock m'a demandé ma carte de sortie. Il l'a examinée de son air suspicieux. Il avait mon dossier scolaire ouvert devant lui. Son regard faisait des allers-retours entre ses fiches et moi qui me dandinais.

– Marini, vos résultats ne sont pas à la hauteur. Surtout en maths. Si ça continue, vous allez redoubler. Vous avez le dernier trimestre pour vous ressaisir. Vous avez une année d'avance, ce serait dommage de la perdre.

Il a déchiré la carte jaune pour la remplacer par une vert pâle, l'a signée, a récupéré ma photo pour l'agrafer dessus et a donné un coup de tampon. La carte verte voulait dire : sortie libre après le dernier cours. Il m'a tendu le passeport. Alors que je le prenais, il l'a retenu.

– Je ne veux plus vous voir traîner dans les bistrots. C'est clair ?

À cinq heures, j'ai attendu. Personne n'est venu me chercher. Un instant, j'ai eu envie d'aller voir ma mère au magasin. Pour m'excuser et lui dire que je regrettais. J'ai hésité. J'ai décidé de rentrer. Nicolas fut le premier surpris de mon changement d'attitude. J'ai refusé de l'accompagner au Balto ou au Narval. Je n'ai pas évoqué Sherlock. Il fallait que je me mette au boulot sinon… Nicolas était un garçon réaliste qui parlait sans arrière-pensées :

– Toi et les maths, c'est sans espoir. Ne te fais pas de souci, il y a une foule de métiers où on n'a pas besoin de maths.

Si Dieu existe, il est témoin que j'ai essayé. Vraiment. Je me suis accroché. J'y ai passé un temps fou. Franck aussi. Il aura tout tenté pour faire entrer ce foutu programme. Dans ma tête, c'était pire qu'un blocage, c'était le vide. J'avais l'impression de comprendre et de décoller. Dès qu'il me lâchait, je tombais. Il s'est entêté :

– Ce n'est pas compliqué. Faut pas s'énerver. N'importe quel imbécile est capable de résoudre ces exercices ! Tu dois y arriver et tu y arriveras.

On y a passé des soirées, des samedis, des dimanches et des vacances. On n'y est pas arrivés. Quand il m'expliquait un théorème, tout me paraissait évident mais j'étais incapable de l'appliquer seul. Deux de ses potes s'y sont mis puis ont renoncé.

– Ne t'inquiète pas. C'est une question de temps et de travail.

Un jour, il a laissé tomber. Il avait ses examens à préparer. Je ne lui en ai pas voulu d'arrêter. Il avait fait ce qu'un frère pouvait faire. Les maths et moi, on était fâchés. Personne n'y pouvait rien. Ce n'était pas la première fois qu'il y avait des choses inexplicables sur cette terre, pas la dernière non plus. Je préférais ne pas penser à ce qui se passerait si je redoublais. J'ai rangé le livre de maths sur l'étagère. J'ai rejoint Nicolas. Advienne que pourra. On a recommencé le baby-foot. On a pris des tannées. On en a donné plus encore. La vie quoi.

Un soir, Nicolas a voulu changer. À force d'insister, on est allés au Narval, à Maubert. Ça faisait trois mois, depuis le départ de Pierre, que je n'y étais pas retourné. Je ne voulais pas croiser Franck qui était persuadé que je m'escrimais sur Euclide, les faisceaux harmoniques et les équations du second degré. Quand il m'a aperçu au baby avec Nicolas, il a murmuré un «Je vois» qui en disait long. J'ai fait comme si de rien n'était. J'ai passé ma mauvaise humeur sur mes adversaires qui ont dérouillé. Un groupe de spectateurs s'agglutinait de part et d'autre du baby. Lors d'un changement d'équipe, j'ai jeté un œil rapide vers la table de Franck. Il avait quitté le bistrot sans un mot. J'ai senti une main sur mon épaule. Je me suis retourné. Cécile me souriait.

– T'avais disparu?

J'ai compris que Franck ne lui avait rien dit de mes déboires familiaux. Je n'ai pas jugé utile de m'étendre. J'ai pris un air évasif:

– J'ai eu... beaucoup de boulot.

Son regard pétillait. J'avais l'impression d'être transformé en flaque chaude. Je transpirais à grosses gouttes. Pour la première fois de ma vie, j'ai laissé mon tour au baby. Le visage stupéfait et incrédule de Nicolas, qui héritait d'un nouvel avant, accentua mon malaise.

– Qu'est-ce que tu prends?

75

On s'est retrouvés au comptoir. J'ai pris un café au lait comme elle.

– Tu sais que Pierre t'a laissé ses disques. Je ne vais pas te les apporter chez toi.

J'ai eu beau protester et tenter une ribambelle d'arguments, ça n'a servi à rien. Je lui ai promis de passer prendre les albums un samedi. En partant, elle m'a fait la bise. J'ai senti son parfum citronné. Cette nuit-là, j'ai mal dormi. Maria m'a dit qu'il ne faut pas boire de café au lait trop tard.

7

Depuis quelque temps, je me tenais à carreau. Je sentais ma mère distante. L'entreprise faisait l'objet d'un contrôle fiscal. L'inspecteur des impôts posait des questions perfides auxquelles elle ne pouvait répondre. Son sourire avait disparu. Elle passait un temps fou à colmater les brèches et redoutait un sévère redressement. Mon père, qui faisait office de directeur commercial, n'y connaissait rien en gestion. Elle ne manquait pas une occasion de lui rappeler qu'elle ne pouvait pas compter sur lui et devait supporter seule le travail ingrat de direction. Elle passait des heures au téléphone avec Maurice qui lui donnait d'utiles conseils. Pour la fête des Mères, mon père a fait livrer un immense bouquet de trente-neuf roses rouges et réservé une table à La Coupole. Quand ma mère est rentrée en coup de vent, un peu avant midi, je lui ai souhaité une joyeuse fête des Mères en lui montrant le superbe bouquet. Elle y a à peine jeté un œil, pressée qu'elle était de retourner au magasin pour régler avec l'expert-comptable les détails d'une convocation de l'inspecteur pour le lendemain. Elle nous a plantés sans un mot et elle est repartie avec précipitation sans remercier pour les fleurs qui sont restées sur la table. Mon père a fait comme si de rien n'était et a maudit les fonctionnaires sadiques, sans égard pour les mères de famille qu'ils obligent à travailler le dimanche. Il a mis les fleurs dans le vase en cristal sans les enlever de leur emballage. Nous sommes partis déjeuner sans elle. Son absence nous a coupé l'appétit. Quand elle est rentrée le soir, elle n'a pas touché au bouquet qui est resté dans son papier cellophane. Il s'est fané en deux jours. Maria l'a jeté.

Pour sa fête, je voulais lui apprendre mon passage en quatrième, sans révéler qu'il avait été acquis grâce à Nicolas. Même si je n'en étais pas dupe, je me disais que seul le résultat comptait. Je n'en ai pas parlé. Ni ce jour-là, ni un autre. Elle ne m'a pas posé la question. Pour elle, ça allait de soi. En revanche, mon père, qui avait arrêté après le certificat d'études, était fier et heureux. À chaque voisin qu'on croisait, il annonçait la bonne nouvelle avec autant de joie que si j'avais été reçu à Polytechnique. Il nous a invités au cinéma. Avec Juliette, on voulait voir *Le Voyage en ballon*. Il n'en avait pas envie. Il préférait *Ben Hur*. C'était complet. Il s'est résigné au *Voyage*. Devant le cinéma, une file d'attente faisait le tour de la rue. Mon père a essayé de resquiller. Malgré son habileté à s'intégrer dans la foule avec naturel et discrétion, il s'est fait repérer par des râleurs. On a déambulé sur les boulevards. On est arrivés près d'une salle qui jouait *À bout de souffle*. Franck nous en avait parlé avec enthousiasme. Personne n'attendait. La caissière nous l'a déconseillé. Ce n'était pas un film pour les enfants. Mon père nous a poussés dans la salle. Lui et Juliette ont détesté ce film. On est sortis avant la fin. Il pestait :

— Comment Franck a pu aimer un navet pareil ?

Je faisais l'imbécile. Au fond de moi, je savais pourquoi Franck avait tant aimé ce film. Si je l'ai adoré, c'est pour les mêmes raisons

Avec les épreuves du bac, le lycée s'évaporait. Nicolas et moi, on passait nos journées au Luxembourg, à bouquiner, à traîner ou à récupérer les bateaux en panne sur le bassin. En fin de journée, on allait au Balto pour notre baby quotidien. J'avais remarqué cette porte avec le rideau en velours vert au fond du restaurant, derrière les banquettes où se mettaient les amoureux. Un coin où on n'allait pas. Des hommes à l'allure bizarre, jamais de femmes, ne venaient au Balto que pour disparaître derrière cette tenture. Je m'étais souvent demandé ce qu'il y avait derrière cette porte. Aucun de mes compagnons de baby ne le savait. Le père Marcusot m'avait répondu un : « Ce n'est pas de ton âge » qui m'avait découragé. Jacky y disparaissait avec des consommations. Quand je l'avais interrogé, il avait haussé les épaules. Nicolas m'avait envoyé promener d'un :

— Qu'est-ce ça peut te foutre ce qu'il y a derrière cette porte ?

— Alors les brêles, vous jouez ou vous rêvez, lançait Samy, sûr de lui, et ça repartait pour un tour.

8

Fin juin, ce que je redoutais a fini par se produire. En face de moi, Cécile remontait le boulevard Saint-Michel. Je ne pouvais l'éviter. Elle m'a foncé droit dessus. Elle était fébrile et parlait sans finir ses phrases. Elle avait le même débit frénétique que son frère. Elle m'a demandé de l'accompagner à la Sorbonne sur un ton qui ne souffrait aucune contradiction. Sans attendre ma réponse, elle m'a pris par le bras et entraîné dans la faculté. J'ai été surpris du flot continu des étudiants qui montaient et descendaient les escaliers, se croisaient dans un brouhaha qui obligeait à crier pour se faire entendre. Elle a hésité, paniquée, prête à fuir, m'a serré la main très fort. Nous sommes montés au premier étage. Elle avançait, tendue, tête en avant, livide, fendant la masse compacte avec peine.

– Michel, va voir là-bas, s'il te plaît, dit-elle d'une voix plaintive.

J'ai tourné la tête et vu un groupe d'étudiants agglutinés face à des panneaux où étaient affichés les résultats des examens. Certains faisaient des gestes de victoire, d'autres s'effondraient ou pleuraient. Je me suis frayé un chemin. J'ai cherché son nom sur les listes interminables. Des mouvements imprévisibles me déplaçaient d'un mètre. Je jouais des coudes et des épaules pour me maintenir avec autant de conviction que si j'étais concerné. Son nom est apparu : «Cécile Vermont : reçue, mention assez bien». Je me suis extrait avec peine. Elle avait les yeux fermés. J'ai hurlé :

– Cécile, t'es reçue !

Je me suis précipité vers elle. Nous sommes tombés dans les bras l'un de l'autre. Elle me serrait à m'étouffer. Je sentais son corps, sa respiration haletante dans mon cou, son odeur, ses tressaillements. Cette étreinte m'a paru durer une éternité. J'avais la tête qui tournait. Nous sommes restés collés quelques secondes de plus que la seule explosion de joie des résultats ne le méritait. Je m'accrochais à elle avec délectation et suavité. Elle m'a pris le visage entre ses mains, a murmuré un :

– Merci p'tit frère, merci.

C'était la première fois qu'elle m'appelait comme ça. Cette nouvelle intimité me convenait à merveille. Quand elle m'a embrassé sur la joue, j'avais le cœur qui tambourinait. On a retraversé la faculté dans l'allégresse. Sur son nuage, Cécile riait, trépignait, embrassait tout le monde et remontait le moral des perdants. Comme une évidence, elle me présentait sans plus de précisions que mon prénom. Plusieurs étudiants m'ont dévisagé avec perplexité. Je sentais leurs regards dans mon dos. Je me sentais léger comme un moineau. On s'est retrouvés sur la place de la Sorbonne au milieu des groupes qui commentaient les résultats. Cécile a retrouvé sa plénitude et son calme naturels. Elle a aperçu Franck avant lui. Dès qu'il l'a vue si heureuse, il a compris et lui a ouvert ses bras. Il l'a fait tournoyer. Ils se sont embrassés longtemps. Franck nous a offert un pot dans un café bondé. Cécile s'est mise à parler de ses examens et des pièges qu'elle avait su éviter. Il était impossible de l'interrompre. Nous n'en avions pas envie. Avec ses cheveux courts et son physique de garçon manqué, elle ressemblait comme un miroir à Jean Seberg. Aussi belle, aussi lumineuse, avec la même grâce et la même intensité fragiles sauf que Cécile était brune et avait de grands yeux marron.

Elle a voulu qu'on aille chercher les disques que Pierre m'avait laissés. Mes protestations et celles de Franck ont été inutiles. On s'est retrouvés dans l'immense appartement du quai des Grands-Augustins qui aurait paru sinistre s'il n'y avait régné un désordre réjouissant. Cécile n'avait touché à rien depuis la soirée d'adieu donnée par Pierre : les bouteilles d'alcool vides, les livres en piles, les cendriers pleins, les assiettes sales et des tableaux sur le sol donnaient une vie étrange à ce lieu désert, trop vaste pour elle. Elle a débarrassé les vêtements entassés sur le canapé en les poussant par terre et nous a fait de la place pour qu'on s'asseye. Elle est partie à la recherche des disques. On l'entendait qui fouillait dans les armoires en pestant contre le bordel ambiant. Elle réapparaissait pour disparaître aussitôt. Franck m'a passé la main autour de l'épaule.

– Paraît que vous n'avez pas aimé *À bout de souffle* ?

– Moi j'ai aimé. C'est papa et Juliette. Ils n'ont pas compris pour quelle raison tu avais aimé ce film.

Franck est resté songeur : « … J'aime une fille qui a une très jolie nuque, de très jolis seins, une très jolie voix, de très jolis poignets, un très joli front, de très jolis genoux… »
Il avait les yeux humides et un mince sourire prisonnier aux lèvres. Cécile est entrée dans la pièce en portant une caisse de disques à bout de bras. Des disques, il y en avait trop. J'étais gêné de les prendre. Cécile a précisé les intentions de son frère :

– Pierre ne te les donne pas. Il te les prête.

Comme j'avais l'air sceptique, elle a pris un paquet

d'enveloppes attachées avec un élastique et nous a lu sa dernière lettre :

Ma Cécile,

Les vacances continuent. Il fait un temps idéal. La nuit, on se les gèle. On est toujours sur notre poste à Souk-Ahras. La ligne Morice s'étant révélée une vraie passoire, on la double avec la ligne Challe. Là, c'est du lourd. La clôture est électrifiée sur toute sa longueur à cinq mille volts et, sur certains points, ça passe à trente mille. Vaut mieux pas y toucher. Je bosse avec un gars d'EDF qui s'y connaît en haute tension et, avec mon habilitation militaire, si je ne trouve pas de boulot dans l'administration, je pourrai me recycler dans l'électricité. Aussi incroyable que ça paraisse, l'armée française a tiré les leçons des erreurs passées. Finies les fortifications lourdes et réputées infranchissables style ligne Maginot, la ligne Challe est un simple barrage destiné à détecter les franchissements et, pour ça, c'est assez diabolique. On a un système qui permet d'identifier à quel endroit il y a une coupure et on peut envoyer immédiatement des unités pour intervenir et empêcher les infiltrations depuis la Tunisie. Dès qu'il y a une alerte, on balance des obus éclairants. Avec les radars de surveillance et le réseau barbelé miné, le quartier est devenu trop calme. Depuis des semaines, il ne se passe plus rien. On se croirait dans Le Désert des Tartares. *Je me prends pour le lieutenant Drogo. Sauf que je n'ai personne avec qui discuter de quoi que ce soit. Buzzati a produit une œuvre imaginaire et irréaliste. Son fort a une incroyable densité d'intellectuels au mètre carré. Ici, c'est la vraie vie : une concentration d'abrutis. On regarde devant nous. Ils sont là. Dans cette direction. On se demande où. Il n'y a rien que des arbustes et de la pierraille. Peut-être qu'ils sont ailleurs. On passe nos journées à attendre les gars de l'ALN et on s'ennuie à mourir. Je passe des heures à surveiller les échos radar. À chaque fois qu'on a été alertés, c'était un sanglier qui s'était fait piéger. Au moins, ça améliore les rations. Finalement, ce qui m'emmerde le plus, c'est que je suis en train de changer d'opinion. J'étais persuadé qu'on était des salauds, que la population était contre nous et voulait l'indépendance. Chacun parle du haut de son perchoir avec sa petite théorie. Il faut voir ce qui se passe dans ces bleds. L'armée y fait un vrai boulot et faut pas croire les conneries qu'on raconte. Aujourd'hui, je commence à comprendre. On n'a le choix qu'entre des mauvaises solutions. Peu de gens ont dû dire autant de conneries que moi. À part Franck, peut-être. C'était à Paris. Ici, c'est différent. On n'est pas dans un bistrot à causer, on est les mains dans la merde. J'ai l'impression d'être une toupie. Je n'arrête pas de changer d'avis. Par moments, je me demande ce qu'on est venus foutre ici et après je réalise que, si on se barre, ça va être un sacré bordel. Ils ne rigolent pas les mecs en face. Mais ils ne viennent pas nous chercher des poux, ils savent qu'on est équipés. Ils n'attaquent jamais de front.*

Le saint-justisme prend forme. Après des débuts laborieux, j'ai rempli deux cahiers que j'ai trouvés à l'école voisine qui a été évacuée de ses élèves depuis plus d'un an. Je suis de plus en plus convaincu que la démocratie n'est qu'une supercherie inventée par la bourgeoisie pour diriger en permanence le système. Il va falloir tout foutre en l'air. Sans égard ni discussion. Les libertés individuelles sont des leurres et des chimères. À quoi ça te sert d'être libre de dire ce que tu penses si tu as un salaire de merde et que tu vis comme un chien ? Tu t'exprimes, tu jouis des libertés dites fondamentales de la pseudo-démocratie mais ta vie est pourrie. On a fait des révolutions et des guerres. On a renversé des gouvernements. Rien ne change. Les riches restent riches et les pauvres aussi pauvres. C'est toujours les mêmes qu'on exploite. La seule liberté qu'on doit donner aux citoyens, c'est la liberté économique. Il faut en revenir au fondamental : « À chacun selon ses capacités, à chacun selon ses besoins. » Plus que jamais, le seul vrai pouvoir est économique et c'est celui-là qu'il faut reprendre. Ce ne sera pas de gré mais de force. Tant pis s'il faut, de nouveau, éliminer les tenants de l'ordre ancien. Tant qu'on n'aura pas fait une nouvelle révolution et guillotiné ceux qui ont confisqué le pouvoir économique, on n'aura rien fait que bavarder. Les élections ne sont que des pièges à cons.

J'ai hâte d'avoir le résultat de tes examens. Je ne me fais aucun souci, tu vas réussir haut la main. Comme d'habitude. Il faut que tu apprennes à avoir confiance en toi. Dès que tu les as, préviens-moi. Est-ce que ce petit con de Michel est passé prendre les disques ? Je ne comprends pas ce qu'il attend. S'il n'en profite pas, tant pis pour lui. Je ne les prête à personne d'autre, sauf à Franck. À toi de voir. Je ne les donne pas, je les prête…

Cécile a voulu me réconforter :
– Tu sais, quand Pierre dit « p'tit con », ce n'est pas méchant.
Je ne voulais pas tout prendre. J'ai fait mon choix. J'en ai compté trente-neuf. Cécile a refusé de dresser une liste.
– Ne t'en fais pas, tu les lui rendras à son retour. Il ne t'en fera pas cadeau.

J'en ai laissé seize. Je pourrais les échanger si je voulais. Franck a ramené sa science, fidèle à lui-même. La lettre de Pierre avait dû le mettre mal à l'aise. Il faisait sa tête des mauvais jours.

– Tu ferais mieux de bosser les maths que d'écouter du rock. Où elles sont tes belles résolutions ? Envolées. T'as déjà renoncé ? L'année prochaine, tu vas te faire étendre et tu vas le regretter toute ta vie. Pierre a raison, t'es qu'un petit con.

Sur le coup, j'ai cru que j'allais lui sauter dessus. Cécile a pris ma défense. On avait un point commun. Elle était allergique aux maths. Blocage rédhibitoire et incompréhension fondamentale. Pierre s'était escrimé pendant des années. Il avait essayé tout ce qui était possible pour qu'elle progresse. Il avait hurlé. Il l'avait secouée comme un prunier. En vain. Elle avait eu la chance de s'en sortir en faisant une licence de lettres. Franck n'en ratait pas une :

– Voilà ! C'est ça que tu veux faire ? Une licence de lettres ?

Cécile l'a regardé d'un drôle d'air. Elle n'a pas apprécié. À cause de moi, des maths et de la licence de lettres, ils se sont engueulés. Le ton a monté en flèche, de plus en plus sec. Ils ont fini comme deux molosses qui aboient l'un sur l'autre. Il est parti en claquant la porte. Cécile était embêtée. Moi aussi. On est restés assis sur le canapé, silencieux. On pensait que Franck allait revenir. Il n'est pas revenu.

– Pourquoi on a ce problème ? murmura-t-elle.

– Faut pas lui en vouloir, des fois il n'est pas très malin. Il ne pense pas ce qu'il dit.

– Je te parle des maths, p'tit frère. On n'y comprend rien. Ce n'est pas normal.

– C'est dans notre nature. Il n'y a pas de honte. En

général, les matheux sont nuls dans les matières littéraires et ils en sont fiers.

Je ne devais pas être bon en explications. Elles n'ont servi à rien. J'avais l'impression d'avoir en face de moi une montagne en mouvement. Plus elle avançait, plus je rapetissais. J'ai renoncé. On devait régler ce problème. Puisqu'on avait le même, on allait s'associer. Si un mec doué n'arrivait pas à enseigner les maths à un nul, peut-être que deux nuls ensemble y arriveraient. C'est ça qu'elle m'a proposé. Elle ne voulait pas rester sur un échec. Je n'étais pas convaincu de la justesse du raisonnement. Si un éclopé court avec deux béquilles, ça ne fait pas un sprinter. Je n'étais pas de taille à résister. J'ai accepté la proposition des cours de maths en commun avec hypocrisie et conviction.

– C'est une très bonne idée.

Quand j'ai ramené les disques, ça a fait une histoire. Ma mère voulait savoir d'où ils venaient, qui me les avait donnés et pour quelle raison, sous prétexte qu'à elle, personne ne lui avait jamais rien donné, ni disques, ni quoi que ce soit d'autre. Franck a réussi à la rassurer. À cause des voisins, elle m'a imposé de les écouter en sourdine, ce qui, pour du rock'n'roll, est une aberration. À plusieurs reprises, j'ai trimbalé pick-up et disques chez Nicolas qui habitait un immeuble moderne. On en profitait pour écouter Elvis et Jerry Lee Lewis à en avoir les oreilles qui bourdonnaient. Malgré ses demandes insistantes, j'ai refusé de les lui prêter. Puis, nos voisins du dessus ont déménagé. Leur appartement est resté vide plusieurs mois. J'ai augmenté le son. J'attendais que ma mère s'en aille et, juste avant son retour, je le baissais au volume réglementaire. Une bouffée d'oxygène binaire dans un monde monastique. Enfin, on vivait. Je restais des heures sur mon lit à écouter les disques en boucle et, si je n'y comprenais rien, je connaissais les paroles par cœur. Maria s'en fichait. Juliette s'est crue obligée de faire des remarques. Au départ, fervent amateur de variétés, elle se délectait de Gilbert Bécaud. Elle a basculé et a fini par adorer. Le rock produisait sur elle un effet miraculeux : elle se taisait. On augmentait le son. Jusqu'à l'écouter au volume normal auquel le rock doit être écouté : à la limite des capacités du haut-parleur. On sonnait à la porte. Je coupais le son. La voisine du quatrième voulait savoir si, par hasard, c'était de chez nous que... mais il n'y avait aucun bruit.

Juliette s'est révélée sous un jour inattendu. Elle mentait mieux que moi qui étais un expert. Avec son ingénuité naturelle qui la rendait insoupçonnable de la moindre turpitude, elle ouvrait des yeux ronds, affichait une mine effarée, bouche bée, pour se plaindre de ce bruit infernal. En la voyant si innocente, aucune personne sur cette terre n'aurait imaginé que la vérité la plus absolue ne soit pas exprimée par ce visage angélique. Je n'ai pas résisté au plaisir de me moquer d'elle qui allait à la messe chaque dimanche, se confessait les jeudis et était dans les petits papiers du curé :

– Qu'est-ce qu'il en dit le père Strano ? Est-ce que tu confesses tes mensonges ?

Elle se contentait de sourire, avec un air ambigu. Bardon et certains voisins avaient des doutes sur mon compte. Juliette a eu une idée sublime. Elle poussait le vice jusqu'à mettre en marche le pick-up en mon absence. Elle l'allumait à fond. J'arrivais en bas de l'immeuble, l'air enfariné, et me plaignais à Bardon de ce boucan qui m'empêchait de travailler.

– On n'a plus le droit d'être tranquille chez soi ? C'est incroyable !

Elle m'a, à plusieurs reprises, prévenu de l'arrivée inopinée de notre mère. Notre manège a duré longtemps. Cet épisode anodin qui aurait dû nous rapprocher nous a, de façon paradoxale, séparés un peu plus. Que je mente ne prêtait pas à conséquence. Ces arrangements faisaient partie des contraintes de la vie et des outils dont un homme dispose pour survivre, mais qu'une fillette, pas encore une adolescente, qui était l'image de la pureté, puisse simuler et avec un tel aplomb, m'ouvrait des perspectives effrayantes sur l'âme humaine. Si elle était capable de mentir avec cette sincérité effrayante, capable de me faire douter, comment savoir quand elle dirait la vérité ? À qui se fier ? Je ne pouvais plus accorder ma confiance à personne. C'était une horrible révélation.

9

Il y avait foule au Balto. Dix personnes se pressaient autour du baby. J'étais dans une forme éblouissante. Les adversaires se succédaient, impuissants. Fidèles à notre habitude, on jouait tête baissée. On a d'abord vu ses bracelets de cuir avant d'entendre sa voix rauque :

– Salut les brêles. On a fait des progrès, on dirait ?

Samy a jeté sa pièce sur le tapis. Il avait son air suffisant. Avec Nicolas, on a échangé un bref regard. On était déterminés à le sortir avec perte et fracas. On était chauds, pas lui.

On avait l'intention de profiter de notre avantage. Samy m'a passé aux demis. Nicolas a fait la partie de sa vie. Il arrêtait presque tout. Il ne bougeait pas. L'arrière central un peu redressé pour bloquer les tirs de Samy qui s'énervait. Nicolas a mis quatre buts de l'arrière, dont trois bandes. C'est moi qui étais nul. Dès que je récupérais la balle à l'avant, Samy bloquait mes tirs comme s'il devinait à l'avance ce que j'allais faire. J'ai mis un misérable but en tirant alors qu'il avait à peine posé les mains sur ses barres. C'était limite. Samy, grand seigneur, n'a pas protesté. Sur la balle de match, il nous a baladés et il a aligné un aller-retour si rapide qu'on n'a pas vu la bille blanche disparaître dans le but. On a entendu un *clac* métallique suivi de « Salut les brêles ! ». Nicolas était furieux contre moi. Il y avait sept pièces dans les cendriers. Il en a remis une. Trois quarts d'heure à attendre notre tour pour se refaire étriller par Samy. Nicolas a fait un flipper sur le Liberty Belle. Il m'a proposé une partie. Pendant qu'il commençait à jouer, je me suis assis en terrasse pour bouquiner. J'étais en nage.

Au bout du restaurant, en face de moi, derrière les banquettes, la porte au rideau vert. Jacky en sortait avec des tasses et des verres vides. Je me suis renfoncé dans le coin. Il est passé sans me voir. Un homme mal rasé avec un imperméable élimé et taché a disparu derrière la tenture. Que faisait-il dans cette tenue en cette saison ? Il n'avait pas plu depuis des semaines. Mû par la curiosité, j'ai écarté le rideau. Une main malhabile avait inscrit sur la porte : « Club des Incorrigibles Optimistes ». Le cœur battant, j'ai avancé avec précaution. J'ai eu la plus grande surprise de ma vie. J'ai pénétré dans un club d'échecs. Une dizaine d'hommes jouaient, absorbés. Une demi-douzaine suivaient les parties, assis ou debout. D'autres bavardaient à voix basse. Des néons éclairaient la pièce ouvrant par deux fenêtres sur le boulevard Raspail. Elle servait aussi de débarras au père Marcusot qui y rangeait des guéridons, des chaises pliantes, des parasols, des banquettes trouées et des caisses de verres. Deux hommes profitaient des fauteuils pour lire des journaux étrangers. Personne n'a remarqué mon entrée.

La surprise, ce n'était pas le club d'échecs. C'était de voir Jean-Paul Sartre et Joseph Kessel jouer ensemble dans l'arrière-salle enfumée de ce bistrot populaire. Je les connaissais par la télé. C'étaient des gens célèbres. J'étais fasciné. Ils rigolaient comme des collégiens. Je me suis souvent demandé ce qui pouvait faire autant rire Sartre et Kessel. Je ne l'ai jamais su. Imré, un des piliers du Club, affirmait que Sartre jouait comme une patate. Ça les faisait marrer. Je ne sais pas combien de temps je suis resté là, sur le pas de la porte, à les regarder. Aucun d'eux n'a fait attention à moi. Nicolas est venu me chercher :

– C'est notre tour.

Il ne savait pas qu'il y avait un club d'échecs et s'en fichait. Quant à Kessel ou Sartre, leurs noms ne lui disaient rien. Nicolas n'avait pas de télé et la lecture n'était pas son fort.

– Je n'ai plus envie de jouer.

Il m'a dévisagé, incrédule :

– T'es malade ?

– Je vais rentrer.

Je m'empressai de raconter l'anecdote à Franck et à Cécile. J'aurais mieux fait de me taire. À cause de moi, ils se sont encore engueulés. Au début, je les ai fait lanterner. Ils ont passé en revue un tas de célébrités. Franck a déduit que c'étaient des intellectuels qui jouaient aux échecs. Il a fini par tomber sur Sartre. Il n'en revenait pas que je l'aie vu. Ils n'ont pas trouvé Kessel. Ils ne pouvaient imaginer que ces deux-là puissent jouer et rigoler ensemble. Le problème, c'était que Franck ne jurait que par Sartre et Cécile pas du tout. Elle adorait Camus. Franck le détestait. Je ne savais pas encore que c'était comme pour Reims ou le Racing Club de Paris, Renault ou Peugeot, le bordeaux ou le beaujolais, les Russes ou les Américains, on devait choisir son camp et ne plus en changer. Il devait y avoir un sacré contentieux entre les deux hommes pour que le ton monte si vite. Certaines subtilités de l'échange m'ont échappé. Ils utilisaient, à tour de rôle, les mêmes arguments pour essayer de se convaincre. Les mots : borné, histoire, complice, aveugle, lucidité, mauvaise foi, lâcheté, morale, engagement, conscience, revenaient de chaque côté. Cécile a pris le dessus. Peut-être son élocution de mitraillette et sa vivacité empêchaient-elles Franck de répondre. Débordé, il lui a lancé :

– Tu es et tu resteras toujours une petite-bourgeoise moraliste. Comme Camus.

Cécile fulminait. Elle a rétorqué d'un ton calme :

– Toi, tu es et tu resteras toujours un petit con prétentieux. Comme Sartre.

Franck est parti en claquant la porte. Nous sommes restés à l'attendre Cécile et moi. Il n'est pas revenu. Cécile ne m'en a pas voulu. J'ai essayé de la consoler et de plaider la cause de Franck. Elle faisait de cette discussion une affaire de principe. Quelque chose de vital, de primordial. Je ne voyais pas en quoi c'était capital. Elle m'a répondu :

– N'insiste pas. Il a tort.

Sur une des piles de bouquins entassés dans le salon, elle a pris un gros livre et me l'a tendu.

– *L'Homme révolté* d'Albert Camus.

– Je ne vais peut-être pas comprendre.

Elle a ouvert le livre. J'ai lu la première ligne : « Qu'est-ce qu'un homme révolté ? Un homme qui dit non. » Ça n'avait pas l'air compliqué. Je me suis senti concerné. Est-ce que ça voulait dire que j'étais un révolté ?

– Lis-le, tu verras. Ce qui les emmerde, c'est que Camus est lisible. Et lumineux. Pas Sartre. Ils le haïssent parce qu'il a raison, même si je ne suis pas d'accord sur tout avec lui. Il est un peu trop humaniste à mon goût. Des fois, il faut être plus radical. Tu comprends ?

Le soir, à table, je n'ai pas pu résister :

– Devinez qui j'ai vu en train de jouer aux échecs ?

Franck m'a jeté un œil noir. J'ai fait comme si je ne le voyais pas. Mon père était épaté et s'est cru obligé d'expliquer à ma mère que Sartre était un philosophe communiste célèbre.

– Il n'est pas communiste. Il est existentialiste.

Cette subtilité échappait à mon père.

– C'est pareil.

– Pas du tout !

Elle a cherché secours auprès de Franck, qui a confirmé :

– Il est proche des communistes. Il n'a pas sa carte. C'est d'abord un intellectuel.

Mon père a senti qu'il ne devait pas s'aventurer sur ce terrain miné. Persuadé d'être un bon joueur d'échecs malgré les raclées que lui donnait Enzo, il a entrepris de lui exposer les finesses du jeu et s'est fait clouer le bec d'un :

– Je te rappelle que lors de notre dernière partie, je t'ai mis mat.

– C'était après la guerre. J'irai peut-être un de ces jours jeter un œil dans ce club.

Au regard de ma mère, il a vu qu'elle n'avait pas envie qu'il aille perdre son temps dans un club d'échecs. J'ai senti l'orage arriver.

– Et toi, que faisais-tu dans ce bistrot ? Je t'ai dit cent fois que je ne voulais pas que tu traînes dehors ! T'as vu tes notes en maths ? Je t'interdis d'y aller ! C'est compris ?

Elle a tourné les talons. Franck avait un sourire jusqu'aux oreilles. Mon père a essayé de me consoler :

– C'est comme ça et ce n'est pas autrement.

Voilà comment, le même jour, j'ai découvert Kessel, Sartre et Camus.

10

Bien sûr, j'y suis retourné. J'ai poussé la porte. Petit à petit, j'ai fait la connaissance des membres du Club. C'étaient quasiment tous des gens des pays de l'Est. Des Hongrois, des Polonais, des Roumains, des Allemands de l'Est, des Yougoslaves, des Tchécoslovaques, des Russes, pardon, des Soviétiques reprenaient certains. Il y avait aussi un Chinois et un Grec. Une grande majorité partageaient la passion des échecs. Deux ou trois les détestaient, ne jouaient pas et venaient pourtant chaque jour. Ils n'avaient pas d'autre endroit où aller. Les Hongrois jouaient à un jeu de cartes dont eux seuls connaissaient les règles, incompréhensibles à qui n'était pas hongrois même quand ils vous les expliquaient. Dans un coin, il y avait un guéridon avec un jeu de dames. Personne n'y jouait à part Werner et le père Marcusot. Quand l'un d'entre eux voulait chambrer son partenaire, il lui disait en désignant la table :

– Les échecs, c'est trop compliqué pour toi. Tu devrais plutôt jouer aux dames.

Ils avaient plusieurs points communs. Ils avaient fui leur pays dans des conditions dramatiques ou rocambolesques, souvent en passant à l'Ouest lors d'un voyage d'affaires ou diplomatique. Certains n'avaient jamais été communistes et avaient dissimulé leurs opinions pendant des années. D'autres avaient été des communistes du premier jour, convaincus au plus profond d'eux qu'ils agissaient pour le bonheur du monde avant de prendre conscience de l'horreur du système et de découvrir qu'ils étaient pris à leur propre piège. Quelques-uns l'étaient toujours, même s'ils étaient reniés et rejetés par leur parti et le Parti communiste français pour qui ils étaient des traîtres. Pire, me disait Franck : des renégats ! Ceux-là se lançaient dans des discussions sans fin ou essayaient de se justifier et se posaient des questions impossibles à résoudre : Pourquoi ça a raté ? Où est-ce qu'on s'est trompés ? Trotski avait-il raison ? Est-ce uniquement la faute de Staline ou sommes-nous complices ? Ce qui voulait dire : sommes-nous des monstres ? Sommes-nous coupables ? Et la pire de toutes : La solution ne serait-elle pas la social-démocratie ? Ça donnait des palabres animées, tendues, haineuses et passionnées. Souvent, elles s'éteignaient faute de vocabulaire. Igor, l'un des deux fonda-

teurs du Club, imposait le français comme langue commune.
Il était intransigeant sur ce point et les reprenait sans cesse :
– On est en France, on parle français. Si tu veux parler
polonais, retourne en Pologne. Moi, je suis russe. Je veux
comprendre ce que tu dis.

Ils avaient choisi la liberté en abandonnant femme, enfants,
famille et amis. C'est pour cette raison qu'il n'y avait pas de
femmes dans ce club. Ils les avaient laissées au pays. Ils étaient
des ombres, des parias, sans ressources, avec des diplômes
non reconnus. Leurs femmes, leurs enfants et leur pays
étaient dans un coin de leur tête et de leur cœur. Ils leur
restaient fidèles. Ils parlaient peu du passé, préoccupés de
gagner leur vie et de trouver une justification à celle-ci. En
passant à l'Ouest, ils avaient renoncé à des maisons confor-
tables et à de belles situations. Ils n'avaient pas imaginé que
les lendemains allaient être si durs. Certains étaient tombés,
en quelques heures, du statut de haut fonctionnaire protégé
ou de dirigeant comblé d'entreprise publique à celui de sans
domicile fixe. Cette dégringolade leur était aussi insupportable que la solitude ou la nostalgie qui les taraudait. Souvent,
après bien des pérégrinations, ils s'étaient retrouvés en
France où on leur avait accordé l'asile politique. C'était
mieux que dans les pays qui les rejetaient. Ici, c'était la patrie
des droits de l'homme, à condition qu'ils la ferment et ne
soient pas trop exigeants. Ils n'avaient rien, ils n'étaient rien,
ils étaient vivants. Chez eux, ça revenait comme un leitmotiv :
« On est vivants et on est libres. » Comme me le dit un jour
Sacha : « La différence entre nous et les autres, c'est qu'ils
sont des vivants et nous des survivants. Quand on a survécu,

on n'a pas le droit de se plaindre de son sort, ce serait faire injure à ceux qui sont restés là-bas. »

Au Club, ils n'avaient pas besoin de s'expliquer ou de se justifier. Ils étaient entre exilés et n'avaient pas l'obligation de se parler pour se comprendre. Ils étaient logés à la même enseigne. Pavel affirmait qu'ils pouvaient être fiers d'avoir enfin réussi à réaliser l'idéal communiste : ils étaient égaux.

– Vouloir quoi, grand ?

Le premier à me parler fut Virgil, un Roumain avec un accent roulant et chantant qui m'a fait sourire. Ils avaient ça en commun. Des drôles d'accents qui leur faisaient manger la moitié des mots, conjuguer les verbes à l'infinitif, les mettre en début de phrase, bouffer les pronoms, confondre les homonymes, ignorer le masculin et le féminin ou les accoler dans des associations hasardeuses. Parfois, l'un d'entre eux rectifiait et entreprenait de donner un cours de grammaire française truffé d'erreurs. Des discussions interminables et inutiles s'ensuivaient et, même avec les années, prononciation et grammaire ne s'amélioraient pas. Pourtant, ils se comprenaient et arrivaient à s'engueuler en français, quand ils parlaient politique ou commentaient l'actualité, leur principale activité.

– Je peux rester ?

– Si toi taire, possible kibitz.

Il a vu que j'ignorais ce que ça voulait dire.

– Suivre partie sans parler. Pas intervenir.

Le silence était inhérent au Club. En réalité, c'était moins le silence qui était recherché que la tranquillité. On entendait les pièces avancer sur l'échiquier, les respirations et les soupirs profonds, les chuchotements étouffés, les craquements de doigts, les ricanements de victoire, le bruissement des pages de journal et, de temps en temps, le ronflement régulier d'un joueur endormi. Ils parlaient, rapprochés à se toucher. Seuls le mouvement des lèvres et l'oreille penchée évoquaient la conversation. Certains avaient encore l'habitude de mettre la main devant leur bouche pour dissimuler leur entretien. Il fallait s'habituer à ce chuintement qui leur donnait des allures de comploteurs. Igor disait que c'était une habitude prise là-bas, de l'autre côté du monde, où la moindre parole pouvait vous envoyer en prison ou au cimetière, où il fallait se méfier de son meilleur ami, de son frère, de son ombre. Quand l'un d'entre eux se mettait à hausser la voix, ils étaient surpris. Après une seconde qui leur rappelait qu'ils étaient à Paris, comme un allegro, ils s'en donnaient à cœur joie. C'était une surenchère d'éclats de voix qui se calmaient aussi vite qu'ils étaient venus. Sans y penser, j'ai pris l'habitude de me glisser entre les tables, de rester dans mon coin sans que personne me remarque, de parler en baissant le ton à en devenir inaudible, de m'exprimer du regard, d'un mouvement de sourcils ou de paupières.

Il y avait des après-midi où les périodes de silence étaient courtes et les rires ravageurs. Igor, Pavel, Vladimir, Imré et Leonid étaient des compagnons joyeux qui ne prenaient rien au sérieux, se moquaient de tout et d'abord d'eux-mêmes. Ils étaient les premiers à chambrer le joueur bougon qui réclamait le calme. Ils connaissaient un nombre illimité de blagues communistes qui les faisaient s'étrangler de rire. J'ai mis du temps à comprendre que leurs plaisanteries absurdes n'étaient pas loin de la réalité. Malgré leur quotidien, ils n'étaient ni tristes, ni mélancoliques. Au contraire, ils affichaient un humour permanent et semblaient insouciants, comme si aucun souvenir ne les encombrait. Gare à celui qui déprimait et manifestait son angoisse, il se voyait rappeler à l'ordre d'un : « Tu nous emmerdes avec tes problèmes. Tu es vivant, profites-en pour vivre. »

Avec eux, c'était le paradis ou l'enfer. Il n'y avait pas de milieu. Soudain, entre ceux qui haïssaient le système et ceux qui croyaient en l'avenir du genre humain, ça explosait. Deux ou trois commençaient à hausser le ton. Ils oubliaient le français pour reprendre leur langue d'origine, transgressant la règle édictée par Igor. Ils s'y mettaient en bloc, même ceux qui ignoraient les causes de l'altercation. Pendant dix minutes, c'était un capharnaüm babélique. Ils s'insultaient, donnaient l'impression qu'ils allaient se sauter au visage, se traitaient de tous les noms, se crachaient au visage les pires abominations. Quand je demandais à Igor de me traduire, il répondait en souriant : « Il ne vaut mieux pas. Ce n'est pas beau. On n'y peut rien : nous sommes des coupés ou des découpés. »

Un jour, Igor m'a expliqué cette définition byzantine qui séparait les membres du Club en deux catégories à jamais inconciliables. Les nostalgiques qui avaient rompu le cordon avec le socialisme et ceux qui y croyaient toujours et restaient empêtrés dans des dilemmes sans solution. Les blessures étaient à vif et douloureuses. Ces engueulades étaient brutales, comme un ouragan qui détruit une ville sur son passage, sauf qu'il passait aussi vite qu'il était venu et ne faisait aucun dégât. Des conflits ancestraux, des vieilles rancœurs d'Europe centrale remontaient à la surface. Les Polonais haïssaient les Russes qui les abominaient, les Bulgares détestaient les Hongrois qui les ignoraient, les Allemands exécraient les Tchèques qui méprisaient les Roumains qui s'en foutaient. Ici, les uns comme les autres étaient apatrides et égaux dans l'adversité. Les combattants, une fois qu'ils avaient vidé leur sac, se calmaient comme par miracle et reprenaient leur partie d'échecs. Leurs disputes ne laissaient aucune séquelle. Cinq minutes plus tard, ils rigolaient ensemble sans arrière-pensée. Ils buvaient sans modération. Les bonnes comme les mauvaises nouvelles justifiaient de trinquer et de finir quelques flacons. À cette époque, la vodka étant hors de prix, ils avaient découvert les productions locales et appréciaient le calvados, l'armagnac et le cognac. Ils s'offraient des 102, un double pastis 51, comme on se dit bonjour et se rendaient la politesse pour un rien. Ils avaient gardé une expression de Leonid Krivochéine qui, à son arrivée à Paris, ne parlait pas le français. Il ne savait pas dire : « Je t'invite à boire un verre » et disait : « On tombe bouteille ? » Depuis, ils faisaient tomber les bouteilles. De l'avis unanime, Leonid était un buveur hors pair. Personne ne l'avait jamais vu tituber. Même quand il descendait un ou deux 204.

Après avoir été abonné au journal unique, ils goûtaient à sa juste valeur le droit de pouvoir choisir la presse de leur opinion. Ils lisaient ce qui leur tombait sous la main, s'étonnaient qu'un journaliste critique un ministre sans être arrêté et fusillé ou qu'un journal mette en doute la parole du gouvernement sans se faire interdire. Le mercredi, c'était le jour du *Canard*. Vladimir, Imré ou Pavel lisaient à haute voix l'article de Morvan Lebesque qu'ils portaient aux nues pour sa véhémence, son inépuisable capacité à se rebeller et « sa poésie en bagarre ». La chronique du polémiste et sa littérature de combat les mettaient d'accord.

– Ce type devrait être déclaré de salubrité publique, affirmait Werner.

Je peux dire aussi qu'ils survivaient grâce à l'argent que leur donnaient Kessel et Sartre. Ils étaient riches, célèbres, généreux et discrets. Ils recommandaient leurs potes à Gaston Gallimard et à d'autres éditeurs pour qu'ils fassent des traductions mais il n'y en avait pas beaucoup. Pendant des années, j'ai vécu au milieu d'eux sans rien voir. J'ai appris la vérité, par hasard, quinze ans après la disparition du Club, en croisant Pavel à l'enterrement de Sartre.

J'ai abandonné mes potes du baby. Je suis devenu le plus jeune membre du Club. Je me suis lié d'amitié avec Igor Markish, un médecin russe qui m'a appris à jouer aux échecs. Il avait un fils de mon âge à Leningrad. Il m'a présenté à son pote Kessel avec qui il parlait russe. C'est ainsi que j'ai connu Sartre. Mon témoignage va à l'encontre de toutes les biographies. Sartre blaguait, était facétieux, trichait aux échecs en subtilisant des pions et éclatait de rire quand Kessel le surprenait en se demandant où était son cheval en f5. Il ne venait pas souvent. Il sentait l'animosité de plusieurs membres du Club qui lui reprochaient ses sympathies communistes mais acceptaient son argent. Il restait l'après-midi à écrire sur un bloc de papier, sans lever la tête, perdu dans son travail, tirant sur sa cigarette jusqu'au filtre, et personne n'osait le déranger. On le regardait de loin, un peu intimidés, avec l'impression d'être les témoins privilégiés de la création en action, et même ceux qui ne l'aimaient pas veillaient au silence :

– Ne faisons pas de bruit. Sartre travaille.

11

La fin de l'année était lugubre et Paris prisonnier d'un ciel gris et d'un froid polaire. Pour la première fois, on n'a pas fêté Noël en famille. Quelque chose s'était défait qui nous retenait ensemble. Franck qui préparait l'École des officiers de réserve avait été appelé pour une période d'un mois. Il crapahutait dans la neige au fond de l'Allemagne. Des rumeurs folles et contradictoires circulaient sur l'Algérie. Grand-père Philippe a décidé d'aller sur place pour se faire une opinion. On disait que les journaux étaient tous vendus et qu'on ne pouvait pas leur faire confiance, à l'exception de *L'Aurore,* et encore. Malgré les travaux au magasin, ma mère l'a accompagné, heureuse de retrouver son frère chéri et de profiter d'un peu de ciel bleu. Juliette était du voyage. Je n'ai pas voulu partir avec elles. J'ai prétexté du travail en retard au lycée.

– Comme tu voudras, a dit ma mère sans insister.

On est restés avec mon père comme deux célibataires. Je m'occupais de lui, faisais les courses et allais le chercher le soir avenue des Gobelins où il supervisait les travaux de l'énorme chantier qui allait bouleverser l'entreprise familiale. Je l'accompagnais dans un bougnat de la rue des Fossés-Saint-Jacques où il avait ses habitudes. Dans l'arrière-salle, il retrouvait ses potes pour un tarot. Au début, j'ai eu du mal à comprendre la règle du jeu. Ça s'est débloqué d'un seul coup. J'étais assis derrière lui et quand il hésitait sur la conduite à tenir, il m'interrogeait du regard pour savoir s'il devait tenter une prise ou une garde et s'il poussait le petit jusqu'au bout. Il n'avait que faire des réflexions désagréables de ses partenaires :

– Chez les Marini, on joue en famille.

Ensemble, on gagnait souvent. Après, on sortait. Il adorait la cuisine chinoise. On allait tous les soirs dans un petit restaurant de la rue Monsieur-le-Prince.

Pour la première fois, on a coupé à la messe de Noël à Saint-Étienne-du-Mont. La place du Panthéon était transformée en patinoire. On s'est fait une soirée télé en se goinfrant de bûche au grand marnier, de chocolats de chez Murat, de marrons glacés et en éclatant de rire en imaginant les gens du quartier qu'on connaissait qui allaient geler sur pied en sortant de la messe de minuit. Ce n'est pas très chrétien de dire du mal des bons chrétiens mais c'est agréable.

– À ta mère, il faudra lui dire qu'on y est allés. On est restés dans le fond de l'église tellement il y avait de fidèles.

– Pourquoi pas la vérité ?

– Ça évitera les discussions.

– On peut dire que j'étais malade et que tu m'as soigné. Il y a une épidémie de grippe.

Avant Noël, mon père s'était fait le plus beau des cadeaux. Une DS 19 Prestige. Il en parlait depuis un an. Ma mère n'en voulait pas et préférait une solide 403. Il a passé outre au veto maternel. Un soir, d'un air détaché, il a annoncé qu'il l'avait achetée.

– C'est comme ça et ce n'est pas autrement.

Il avait fait des pieds et des mains pour accélérer la livraison et avait obtenu d'être livré avec trois mois d'avance. On est allés chercher la voiture à la concession du boulevard Arago. Au cérémonial qui entoura la remise des clés, on peut se demander si le mot « voiture » était approprié. Des prêtres célébrant les saints sacrements n'auraient pas montré plus d'ostentation. Il n'y en avait qu'une. D'un noir éclatant, brillante comme un miroir, féline, vivante. On a tourné autour pour essayer de réaliser qu'elle était à nous, sans oser y toucher. Le chef d'atelier a expliqué à mon père comment s'en servir. Papa lui a fait reprendre plusieurs fois et il répétait pour s'en pénétrer. Il y avait des boutons partout, une radio stéréo et des coussins moelleux comme des fauteuils. Les débuts ont été un peu laborieux. Mon père avait des difficultés avec le levier de vitesse sur le tableau de bord derrière le volant. Elle avançait par à-coups comme un cheval qui se cabre et refuse de se laisser monter. Il calait et s'énervait. Et puis, il a trouvé le truc et la DS est partie. C'est elle qui conduisait, accélérait, freinait, dépassait. Il n'y avait rien à faire qu'à la laisser vivre. On est partis sur les boulevards des Maréchaux. Les gens se retournaient pour la voir passer. On a pris la nationale à la porte d'Italie. La DS filait, libre comme un oiseau dans le ciel. Aucune voiture n'essayait de lui résister. Elle les avalait comme des moustiques. Mon père était l'homme le plus heureux du monde. Il s'est mis à se moquer de grand-père Philippe en prenant l'accent gouailleur de Gabin qu'il imitait à merveille. J'ai éclaté de rire et plus je riais, plus il en rajoutait. J'ai eu le privilège de son répertoire avec Pierre Fresnay, Michel Simon et Tino Rossi. J'en avais les larmes aux yeux. Il a branché la radio. On a eu droit à Brassens. On a repris en chœur : *« Les amoureux qui s'bécotent sur les bancs publics, bancs publics, bancs publics ont des p'tites gueules bien sympathiques. »*

103

Le soir de Noël, mon père m'avait préparé une surprise. Il m'a emmené à l'Opéra de Paris. Comme il s'y était pris au dernier moment, il avait payé les places à prix d'or dans une agence. Il s'est mis sur son trente et un et, quand je suis arrivé avec mon costume gondolé, il m'a regardé, effaré.

– T'as rien d'autre à te mettre, on va à l'Opéra ?

– Je n'ai que ça.

– Je vais dire à ta mère de t'acheter des affaires. Allez, on va être en retard.

On s'est retrouvés au deuxième balcon, sur le côté. Malgré ses protestations, je lui ai laissé le fauteuil. J'ai hérité du strapontin. Il fallait se démancher le cou pour apercevoir le devant de la scène. L'Opéra était comble, les femmes en robe du soir et les hommes en smoking. Il était excité. Même le programme était exorbitant.

– Ton grand-père se serait damné pour voir *Rigoletto*.

Quand la lumière s'est éteinte, il y a eu quelques toux. L'orchestre a commencé. La musique était belle. Il ne se passait rien. On a attendu dans le noir avant que le rideau ne s'ouvre sur le palais ducal de Mantoue. Si je n'avais pas lu le programme je n'aurais rien compris. Ils chantaient en italien. Les spectateurs avaient l'air de comprendre ce qu'ils disaient. Mon père était aux anges et buvait les paroles. Je l'ai vu fredonner un air avec le duc. Dans la pénombre, je n'arrivais pas à lire le programme. Je me suis ennuyé à mourir. C'était interminable.

– Dis papa, c'est encore long ?

– Profites-en, mon fils, profites-en. Là, ça va être merveilleux.

Le problème, c'est que je ne savais pas de quoi je devais profiter. Je confondais les personnages qui restaient plantés comme des courges à écouter les vocalises puis enchaînaient avec conviction pendant des heures. Je gigotais sur mon siège, des fourmis dans les fesses. La voisine m'a lancé un «Chut!» agressif. Mon père s'est penché et m'a dit à l'oreille :

– Ferme les yeux, Michel. Écoute. Laisse-toi aller dans la musique.

Il avait raison. C'était mieux les yeux fermés. Je me suis retrouvé dans la DS qui roulait et me suis réveillé sans comprendre comment j'avais atterri là.

– Tu as aimé ?

– Oh oui, beaucoup. Un peu long peut-être. Surtout la fin.

– Moi, ça aurait pu durer toute la nuit.

Pour le jour de l'an, on avait prévu d'aller à Lens chez grand-père Enzo. Deux jours avant, il a annulé. Grand-mère Jeanne était fatiguée et devait se reposer. Mon père était contrarié. Pas seulement parce que sa mère était malade. Il crevait d'envie de montrer la DS à son père et avait balisé le chemin qu'on prendrait. Il avait projeté une tournée de ses vieux amis de la région. Il était dépité de se retrouver en plan. Quand Baptiste a téléphoné, c'est moi qui ai décroché, persuadé que c'était ma mère. J'ai été surpris. Il n'appelait jamais. Mon père et lui ne s'entendaient pas. Pris au dépourvu, mon père a accepté son invitation sans réfléchir. L'un devait se sentir obligé de faire un geste et l'autre de l'accepter. Baptiste était le frère aîné de mon père. Ils avaient un an de différence. On avait l'impression qu'il était plus vieux. Quand on les voyait côte à côte, on ne pouvait imaginer qu'ils étaient frères tellement ils étaient différents. Mon père avait acheté des jouets pour ses neveux et une belle pipe de bruyère sculptée pour son frère. De son côté, mon oncle n'avait rien acheté. Il a reproché à mon père de vouloir le rabaisser. Il n'a pas voulu des cadeaux et a refusé que ses enfants les ouvrent.

– Fallait me prévenir avant. J'aurais acheté des cadeaux. Tu ne m'as rien dit.

Mon père a fait profil bas. Mes cousins mouraient d'envie d'ouvrir les paquets et attendaient l'autorisation paternelle.

– Baptiste, on ne va pas s'énerver un jour comme aujourd'hui.

– Paul, tu sais que je n'ai pas les moyens. Tu as voulu me vexer.

– C'était pour les enfants. Tu ne peux pas refuser mes cadeaux.

– Tu nous empoisonnes la vie avec tes cadeaux. On n'en a pas besoin. Qu'est-ce que tu essayes de prouver, que tu es riche? OK, tu as gagné! Je crois que tu as un gros problème avec le fric.

– Tu dis n'importe quoi!

– Tu as oublié d'où tu viens, Paul, c'est ça ton problème.

– Je vis avec mon temps. Je profite de la vie et j'essaye d'en faire profiter les miens. Je veux qu'on soit heureux. Où est le mal?

– Tu es passé de l'autre côté! Tu es un bourge!

Mon père est devenu rouge. Il a serré les poings. J'ai cru qu'il allait lui sauter dessus.

– Pour être un type bien, il faut gagner un salaire merdique, s'emmerder dans un boulot de con et…

Il n'a pas fini sa phrase. On s'est mis à renifler une drôle d'odeur. Pendant qu'ils discutaillaient, la dinde continuait à cuire. Une fumée noire nous a rappelés à la réalité. Mon père s'est précipité sur la fenêtre pour aérer. Baptiste s'est brûlé en sortant le plat du four. La volaille était cramée. Les marrons calcinés ressemblaient à des cochonnets de pétanque. La dinde était carbonisée sur cinq centimètres. En s'acharnant sur les côtés, Baptiste en a tiré de minces lamelles grises et immangeables.

– Si tu avais accepté ces cadeaux sans provoquer d'histoires à propos de tout, on aurait mangé en paix. Il y en a marre de votre morale à deux balles. Vous nous étouffez !

– Si tu étais resté comme nous, rien ne serait arrivé.

Mon père mastiquait un marron récalcitrant. Il l'a craché dans l'assiette.

– Je n'ai pas changé ! C'est le monde qui change. Tu n'es pas capable de comprendre ça avec ta petite cervelle de coco ? Allez, il y en a marre, on fout le camp !

Il s'est levé, a jeté sa serviette sur la table, a attrapé sa veste sur la chaise et il est parti sans se retourner. Baptiste s'est précipité et l'a retenu par le bras.

– Arrête, Paulo, je vais préparer des spaghettis.

– Ne m'appelle plus jamais Paulo ! T'entends ? Je m'appelle Paul ! C'est fini Paulo ! Tu m'as coupé l'appétit ! Les mômes, les cadeaux, si vous n'en voulez pas, jetez-les à la poubelle ! C'est la dernière fois que je mets les pieds chez toi.

Furieux, il a quitté l'appartement. Je lui ai emboîté le pas. Baptiste nous suivait dans l'escalier, les cousins derrière lui.

– Allez, Paul, ne déconne pas.

Mon père n'écoutait pas. On s'est retrouvés dans la rue. Il avançait d'un pas rapide. Je lui tirais la manche pour le retenir. Derrière nous, Baptiste faisait, en vain, amende honorable. Mon père cherchait ses clés et n'arrivait pas à ouvrir la portière.

– C'est quoi cette bagnole ?

– Ça me faisait plaisir de te la montrer et maintenant, je vais avoir honte.

– Tu sais combien de temps il faut que je travaille pour m'acheter une voiture pareille ? Au moins cinq ans.

– Moi, il m'a fallu trois mois. C'est la différence entre nous. Et si tu voyais le magasin que je suis en train de refaire, tu en crèverais de jalousie.

On est montés. Il a claqué la portière. Il a démarré, s'est arrêté à la hauteur de Baptiste, a ouvert la vitre et lui a lancé :

– Ça ne s'appelle pas une bagnole, c'est une DS. Si t'es pas capable de comprendre ça, tu resteras un con de prolo !

Il a démarré sur les chapeaux de roues. Mon père conduisait à toute vitesse. Il n'avait pas l'air content. On est allés déjeuner au chinois de la rue Monsieur-le-Prince. Pendant le repas, il n'a pas desserré les lèvres. À la fin, il m'a demandé :

– Michel, je n'ai pas tort ?

– Les cousins, ils les ont adorés, les cadeaux.

– Pauvres mômes. Baptiste a toujours été un rabat-joie. Je commence à comprendre bien des choses.

– Quoi donc ?

– De vieilles histoires. Il vaut mieux ne pas en parler.

– Dis-moi.

– Quand tu seras grand. Au fait, que veux-tu faire plus tard ? L'avenir, c'est la télévision et l'électroménager. Penses-y.

Un soir, Baptiste a téléphoné pour lui souhaiter son anniversaire. Quand Juliette a voulu le lui passer, mon père a parlé fort pour qu'il entende :

– Dis-lui que je ne suis pas là. C'est inutile qu'il rappelle !
Il ne l'a pas invité à l'inauguration du magasin. Ils ne se
sont pas revus avant l'enterrement de ma grand-mère et,
même ce jour-là, ils se sont évités.

12

Je ne voulais pas quitter Paris. Pour rester avec Cécile. Franck
l'avait abandonnée pour faire l'officier. Comme elle était
seule, je lui ai proposé de venir dîner avec nous. Elle ne voulait pas rencontrer mon père. J'ai insisté. Elle refusait d'offi-
cialiser sa relation avec Franck. Elle préférait travailler sur sa
thèse qu'elle voulait présenter l'année suivante. La solitude ne
la dérangeait pas, au contraire. Elle aimait rester des journées
entières sans mettre les pieds dehors. Je lui faisais ses courses,
lui apportais du lait, du café en grains, du gruyère, du pain
d'épice, des pommes et du chocolat Poulain. Je ne sais pas
comment elle faisait pour en manger autant sans être écœu-
rée. J'essayais de la sortir, lui proposais d'aller au cinéma. Il
faisait froid dehors et elle ne voulait pas bouger de chez elle.
Elle m'a donné un trousseau de clés. Je n'aimais pas m'en
servir. J'évitais de débarquer trop tôt. Souvent, je sonnais à sa
porte un long moment. Elle apparaissait ensommeillée, vêtue
du pull écossais en laine blanche torsadée de Pierre qui lui
arrivait à mi-cuisses et enveloppée dans une couverture.
   – Quelle heure il est, p'tit frère ?
   – Onze heures.
   – Ce n'est pas possible !

Elle prenait une douche pendant que je lui préparais son petit déjeuner. Elle avalait des lampées de café au lait à longueur de journée. Chaque soir, elle me faisait une petite liste des produits dont elle avait besoin, me donnait l'argent pour et refusait que je lui rende la monnaie. Elle était frileuse. On faisait un feu de bois et on passait nos après-midi dans l'immense salon-salle à manger qui ouvrait sur le Palais de justice. De temps en temps, elle me donnait un livre et voulait, de toute urgence, savoir ce que j'en pensais. Quand je lui en parlais deux ou trois jours après, elle ne s'en souvenait plus ou elle n'avait pas le temps. Je restais affalé dans le fauteuil, à bouquiner. Dès qu'il y avait un rayon de soleil, Cécile ne tenait pas en place. On allait se balader. Elle cherchait l'occasion rare chez les bouquinistes, le livre inconnu. On arpentait les quais de Seine en discutant ou on faisait le tour du Luxembourg. Comme un aimant, le jardin l'attirait. On s'asseyait sous les platanes de la fontaine Médicis. C'était son coin. Le lieu où elle aimait se réfugier et travailler. On se cherchait un endroit à l'écart, le long du bassin, de préférence sur le côté droit pour attraper le soleil. Pour elle, c'était, et de loin, le plus beau monument de Paris. Elle pouvait rester longtemps à la scruter comme si elle y cherchait un secret caché. Pour moi, c'était une jolie fontaine. Elle a murmuré d'une voix rêveuse :

– Cette fontaine est un rêve impossible entre l'eau, la pierre et la lumière. Elle ne sert à rien qu'au plaisir des yeux. On peut passer à côté sans la voir. Dès qu'on l'aperçoit, on est captivé. C'est une déesse florentine qui jette ses sortilèges et te capture. Ses proportions sont idéales, sa perspective parfaite. Même si tu ne l'es pas, elle te rend romantique. Observe Acis et Galatée, les amants séparés, à jamais réunis. C'est le repère des amoureux et des poètes, gardien des confidences et témoin des serments éternels. Un jour, tu amèneras ici celle que tu aimes et tu lui réciteras un poème.

– Ça m'étonnerait.

– Ce serait dommage que tu ne viennes pas.

– Tu ne vas pas me dire que Franck t'a récité un poème ?

Elle m'a répondu avec une mine énigmatique.

– Il t'en a écrit un ? Non, je ne te crois pas. Pas Franck.

– N'oublie pas. Cette fontaine a un pouvoir. Elle nous rend meilleurs.

J'ai pris des photos de la fontaine. De près, de loin. Des détails. Des colonnes. Des sculptures. J'en ai fait une quantité considérable. Ça m'a coûté une fortune. Pour rien. Je n'arrivais pas à retrouver la perspective du bassin qui était écrasée sans que je comprenne pourquoi.

Pour sa thèse, elle lisait des montagnes de bouquins, prenait des notes. Il arrivait qu'on reste une journée, chacun dans son coin, sans se parler. Je passais beaucoup de temps à la regarder travailler, à scruter ses moindres gestes. Dès qu'elle bougeait, je plongeais le nez dans mon bouquin. J'imaginais ce qu'elle lisait, ce qu'elle pensait, ce qu'elle allait écrire. Elle était capable de rester un après-midi le nez collé sur ses polycopiés. Parfois elle levait la tête, absorbée, semblait me découvrir et me souriait.

– Si on se faisait un café au lait ?

Chaque jour, elle attendait le courrier avec impatience. J'avais une clé de sa boîte. C'est la première chose que je faisais en arrivant le matin. Y avait-il une lettre ? Pierre écrivait une fois par semaine. En un mois, Franck a envoyé une carte postale en noir et blanc, du Rhin à Mayence, avec au dos : « Je t'embrasse, Franck. »

– On ne peut pas dire qu'il se casse la nénette.

– Franck a horreur d'écrire.

Elle dissimulait son trouble derrière un sourire.

– Si on faisait un peu de maths aujourd'hui ?

– Tu crois ?

On plongeait dans *Compléments d'algèbre et de géométrie* de Lebossé et Hémery. On essayait de faire les exercices. Ce duo de tortionnaires avait une imagination illimitée. Cécile avait des critères de sélection personnels. Parmi la kyrielle d'exercices possibles, elle en a choisi un avec un cycliste.

– On se sentira un peu à la campagne.

– Je croyais que tu n'aimais pas la campagne.

– Ça sera plus sympa, non ? Les baignoires qui fuient, c'est déprimant, et les trains qui se croisent, ça ne sert à rien si tu ne bosses pas à la SNCF. Tu verras, c'est facile : « Un cycliste effectue un trajet comprenant 36 km de terrain plat, 24 de montées et 48 de descentes. Dans les montées, sa vitesse horaire diminue de 12 km/h ; en descente, elle augmente de 15 km/h. Sachant que la durée du trajet en terrain plat est le tiers de la durée totale du trajet et que la circonférence de la roue est de 83 cm : 1°) trouver la vitesse horaire du cycliste en terrain plat ; 2°) quelle est la durée totale du trajet, la vitesse moyenne réalisée et le nombre de tours de roues. »

On était un peu paniqués. On ne nous disait pas l'âge du cycliste, ni l'heure de son départ, ni s'il avait un dérailleur trois vitesses et s'il pédalait dans les descentes.

– Peut-être que si on prenait une carte Michelin, ce serait plus facile.

On a planché tous les deux, aligné les chiffres, réfléchi, soupesé le pour et le contre. On s'est mis d'accord sur la méthode. On était contents. Ce cycliste ne nous ferait aucune difficulté. On allait réussir notre pari et devenir des matheux. Cécile m'a laissé les multiplications et les divisions. Je suis doué en calcul. Je les ai alignées avec facilité.

– Il roule à… 4 645 km/h !

– Tu as dû oublier de diviser par cent. Il doit y avoir une règle de trois quelque part.

On a cherché. On n'a pas trouvé où. On a recommencé. On a trouvé le même résultat. Elle a tenu à refaire les calculs. Elle a trouvé 4 316 km/h. J'ai proposé à Cécile d'avancer la virgule. Elle a refusé. Je ne voyais pas l'intérêt de persister dans l'erreur. Il était probable que ce foutu cycliste pédalait à 46,45 km/h même dans les montées, ce qui démontrait des qualités athlétiques exceptionnelles et une certaine perversité mathématique.

– Personne ne le saura.

– Je le saurai !

– L'important, c'est le résultat.

– L'important, c'est de trouver le bon raisonnement !

– C'est pareil.

– C'est le contraire !

Je ne voyais pas la différence. Pour elle, il y en avait une et de taille. Cécile semblait soucieuse.

– C'est là où il y a cette barrière entre les hommes et les femmes, tu comprends, p'tit frère. On ne raisonne pas pareil.

Les procédés traditionnels ayant montré leurs limites, Cécile a décidé d'expérimenter sur moi une méthode pédagogique nouvelle qui allait révolutionner l'éducation et transformer les nuls de mon espèce en cadors matheux. Elle développait une théorie personnelle d'apprentissage des mathématiques basée non sur la réflexion et la progression mais sur la mémoire analytique et le travail inconscient. Il fallait laisser notre intelligence agir à notre insu. Si les mathématiques étaient logiques, il devait y avoir une porte d'entrée différente qui passerait par le subconscient. Il fallait trouver la bonne porte. Cécile se basait sur une étude américaine d'apprentissage des langues durant le sommeil. Un magnétophone répétait les phrases qui s'ancraient au fond de la mémoire. On devait pouvoir faire pareil avec les mathématiques. Je lui faisais réciter le bouquin qu'elle apprenait par cœur comme une récitation. Après plusieurs lectures, c'était mon tour. Et ainsi de suite. On finissait par assimiler les théorèmes de façon mécanique comme une table de calcul. Je dois reconnaître que ça a, en partie, fonctionné. L'abominable Lachaume, mon prof de maths, aurait été épaté de m'entendre raconter, décontracté :

– Le produit de la symétrie par rapport à un plan P et de la symétrie par rapport à un point O de ce plan est la symétrie par rapport à la droite D perpendiculaire en O au plan P.

On connaissait le manuel d'algèbre et de géométrie par cœur. On récitait les théorèmes avec des intonations convaincantes. Sur le fond, cette méthode, il faut l'avouer, n'a donné aucun résultat. Cécile affirmait que notre inconscient était bloqué, ce qui est fréquent, et que l'éducation pouvait se réduire aux fondamentaux de la plomberie qui consistent à déboucher des canalisations obstruées. Après quelques semaines de rabâchage, il a fallu se rendre à l'évidence, la méthode analytique était foireuse. Ce qui ne voulait pas dire qu'elle était mauvaise, elle aurait éventuellement pu réussir avec d'autres, mais que j'étais hermétique soit aux maths, soit aux méthodes dérivées de la psychanalyse pour apprendre les maths. Elle insistait, convaincue qu'il fallait laisser le temps à notre inconscient de s'approprier les théorèmes et que ça ressortirait tôt ou tard comme une résurgence ou un jaillissement lumineux. Il n'y a eu ni déclic ni connexion. Au bout de quinze jours, si je faisais illusion en récitant par cœur mon livre de maths, j'étais infoutu de faire un exercice. Pire et incompréhensible, la vitesse du cycliste était passée de 4 645 à 4 817 km/h ! On a recommencé. Il roulait à 4 817 km/h. On a longtemps cherché la porte d'entrée des mathématiques psychologiques. On ne l'a pas trouvée. Cécile, si convaincue par cette méthode, était dépitée. Je l'ai consolée comme j'ai pu. Je n'ai jamais été doué en consolation. La psychologie n'a rien à voir avec les mathématiques pas plus que la foi ne déplace les montagnes. D'après Cécile, je faisais un blocage d'ordre psychanalytique.

– Tu dois avoir un problème avec ton père, non ?

– On s'entend bien.

– Les mathématiques, c'est l'autorité. Quand on fait un blocage sur les maths, c'est qu'on a un problème avec le père et avec l'autorité.

Je suis resté pensif, essayant de me pénétrer de la profondeur de ce raisonnement. Plus j'y réfléchissais, moins c'était clair.

– À la maison, l'autorité, c'est plutôt ma mère.

– Tu veux dire qu'elle porte la culotte ?

– Mon père n'est pas quelqu'un d'autoritaire. C'est elle qui dirige. Lui, il s'en fout. Au contraire, pour lui, l'important dans la vie, c'est d'en profiter. Il raconte des blagues, il sourit et il vend ce qu'il veut. Si ce que tu dis est vrai, je ne devrais pas avoir de problèmes avec les maths.

– Tu as des problèmes avec ta mère ?

– Depuis quelque temps, ce n'est pas terrible.

– Elle représente l'autorité à la place de ton père. Elle s'est substituée à son image. C'est pour ça que tu es bloqué. Tu ferais mieux de choisir une filière littéraire. Qu'est-ce qui te plairait ?

– Peut-être photographe. Quand as-tu su ce que tu voulais faire ?

Elle n'a pas répondu. Elle est restée silencieuse. Elle plissait les yeux comme si elle cherchait au fond de sa mémoire.

– Je ne sais pas.

– C'est pas mal d'être prof.

– Soudain, ça m'angoisse. Tu te rends compte, p'tit frère, une vie entière face à des imbéciles de notre espèce ? Tu te casses les pieds pour eux et ils te détestent.

– C'est curieux, dimanche, mon père m'a posé la même question. Il veut que je fasse une école de commerce. Il dit que l'avenir c'est l'électroménager.

– Quelle horreur ! On ne peut pas aimer vendre des baignoires et des machines à laver.

– Il gagne beaucoup d'argent.

– C'est ça dont tu as envie ?... Ce n'est pas possible, Michel ! Pas toi !

Le lendemain, Cécile m'a annoncé qu'elle arrêtait ses études. Elle ne se voyait pas professeur de lettres à perpétuité.

– Peut-être des études de psychologie.

Je n'étais pas sûr que ce soit une bonne idée. Je n'ai rien dit.

– C'est grâce à toi, p'tit frère.

– Qu'est-ce que j'ai fait ?

– C'est parce qu'on s'est parlé. Tu es la seule personne avec qui je parle vraiment.

– Et avec Franck ?

Elle m'a regardé avec ce sourire triste qui me rendait chose, a haussé les épaules comme si rien n'avait d'importance. Puis son visage s'est métamorphosé. En une seconde, cette amertume avait disparu et elle était lumineuse.

– Cécile, je peux te prendre en photo ?

– Si tu veux. Tu ne peux pas savoir à quel point je suis soulagée de ne plus me traîner cette thèse.

– Tu avais l'air d'y croire.

– Mon directeur de thèse est communiste et veut faire plaisir à Aragon qu'il croise de temps à autre. S'il avait été maréchaliste, il m'aurait proposé Claudel. J'aime la littérature, pas l'enseignement. Il faut avoir la vocation et je ne l'ai pas.

Elle reçut alors une carte de Franck, toujours le Rhin à Mayence, qui avec son style télégraphique annonçait son retour prochain. Il y avait aussi une longue lettre de Pierre. Elle a décollé le rabat de l'enveloppe sans le déchirer, a sorti les deux feuillets avec délicatesse. J'entendais la voix de Pierre en lisant sur ses lèvres :

Ma Cécile,

Ça fait deux semaines qu'on n'a pas vu ou entendu un fellagha. Notre système de détection et d'interception est tellement au point qu'on arrête presque cent pour cent des tentatives d'infiltration. Ils passent par la côte ou par Tébessa plus au nord, mais chez nous et dans la région de Souk-Ahras,

117

c'est calme. On a eu un blessé, un couillon qui est tombé d'un toit en essayant de brancher une antenne radio. Notre plus gros travail consiste à déminer les abords de la ligne Challe. On trouve deux-trois mines de temps en temps. On a beau étouffer, c'est-à-dire rester en planque pendant deux jours d'affilée, on n'arrive jamais à choper les fellaghas. De toute évidence, ils nous évitent comme la peste. Quand ils nous tirent dessus, c'est de si loin qu'on ne s'en rend pas compte. Nous, on ne s'en plaint pas. On préfère être ici que de s'occuper du maintien de l'ordre à Alger ou à Oran. Si le gouvernement nous autorisait à franchir la frontière, on les aurait déjà passés à la moulinette. Ils sont de l'autre côté, en face de nous, et ils savent qu'on n'a pas le droit d'aller les chercher. On a l'impression qu'on se planque derrière nos barbelés et nos miradors alors qu'on est coincés par une frontière, une simple ligne dans le désert, qui nous sépare de la Tunisie où ils retournent se planquer, bien tranquilles. Ces mecs sont des lâches, capables de torturer et d'égorger des fermiers ou des paysans sans défense. Dès qu'ils nous voient, ils déguerpissent comme des lapins. On se disait qu'avec l'arrivée de De Gaulle, ça allait changer, qu'on allait leur rentrer dedans et les écraser comme des mouches une fois pour toutes, mais rien ne bouge. Plus personne ne comprend rien.

Tu auras une idée du degré de décrépitude dans lequel je suis tombé quand tu sauras que je passe mes journées et une partie de mes nuits à jouer à la belote avec trois mecs que je prenais pour des débiles mentaux il y a six mois et qui, aujourd'hui, sont mes meilleurs amis. J'ai décidé de tester sur eux les principes fondamentaux du saint-justisme. Après tout, si on doit se battre pour les opprimés, autant leur demander leur opinion et ce qu'ils veulent. Ça nous évitera de commettre à nouveau certaines fâcheuses erreurs. J'ai la chance d'avoir avec moi un échantillon idéal de prolos de la France profonde : le fils d'un agriculteur de l'Ardèche, un outilleur qui bosse dans une usine de mécanique à Saint-Étienne et un chauffeur routier du Havre. Niveau d'études : bac moins six. Leur conversation tourne autour des filles, du foot et des bagnoles. Leur principale préoccupation, c'est la bouffe. La politique, ils s'en foutent. Raison de plus pour essayer de savoir ce qu'ils ont dans la tête.

Mon livre avance. Je viens de finir le troisième cahier. Encore deux et ma théorie sera cohérente et inattaquable. Le rythme ralentit. Je dois résoudre des problèmes lourds de conséquence. Je ne mesurais pas l'étendue de la phrase de Saint-Just : « Il faudra tuer beaucoup d'opposants pour que triomphe cette cause. » J'espérais qu'on pourrait se limiter à quelques irréductibles, à des symboles de l'ordre ancien. Il ne faut pas se faire d'illusions sur la capacité de résistance de l'ennemi qui utilisera tous les moyens pour garder le pouvoir. Ce sera une vraie révolution ou rien du tout. Il y aura beaucoup de morts et je ne sais pas si on est prêt à verser autant de sang aujourd'hui. Est-ce que ça en vaut la peine ? Certaine-ment. Est-ce que le peuple sera avec nous ? J'en suis moins sûr. Asservi comme il l'est, il n'osera pas se révolter, de peur de perdre les misérables avantages concédés par la bourgeoisie. Pourquoi se battre pour des esclaves qui lèchent la main de leurs maîtres ? À dire vrai, je suis en panne sèche sur cette question. Jusqu'où doit-on aller pour faire le bonheur des hommes malgré eux ? Ce qui se passe en Chine est instructif et prometteur et nous servira de référence. Une révolution profonde est en cours dont on ne mesure pas les conséquences. Dès que je serai démobilisé, je partirai là-bas pour voir sur place comment ils font. Peut-être est-ce ma sensiblerie d'Occidental qui m'empêche de franchir le pas de la révolution. Il faudra peut-être une étape intermédiaire.

Rappelle à ce petit con de Michel ce que disait Albert Einstein : « Ne t'inquiète pas si tu as des difficultés avec les maths, je peux t'assurer que les miennes sont bien plus importantes. » On a rouvert l'école fermée depuis plus d'un an et le commandant m'a demandé de faire la classe en binôme aux petits indigènes avec un lieutenant de Poitiers qui leur apprend le français et a décidé de monter Bérénice. *Ces mômes sont avides d'apprendre et pigent à toute vitesse. On fait le programme d'un trimestre en un mois. On se retrouve à éduquer les enfants de nos ennemis. Est-ce logique ?*

Ça me fait marrer de penser à Franck qui se les gèle en Allemagne. La guerre sera finie avant qu'il arrive. Je lui ai écrit. Il ne m'a pas répondu. Je ne sais pas s'il a reçu ma lettre...

Cécile a arrêté de lire. Elle restait songeuse. J'ai pris la lettre. Je l'ai relue avec difficulté. Pierre écrivait comme un docteur.

– Il ne faut pas que tu t'inquiètes. Il est dans un coin tranquille.

– Il y a quelque chose qui cloche. Il doit y avoir une autre porte d'entrée. Il faut trouver la bonne clé. En attendant, demande à ton père de te payer des cours particuliers.

Cécile est allée préparer du café au lait. La cafetière chauffait. Elle a fait une liste des courses.

– Tu pourrais y aller.

– Tu ne veux plus me les faire ?

– Tu ne bouges plus de chez toi. Il y a au moins une semaine que tu n'as pas mis le nez dehors.

– Tu me les apportes ou non ces courses ?

Elle m'a tendu la liste avec deux billets de dix francs.

– La liste, ce n'est pas la peine. Je connais. Du café, du lait, du pain d'épice et des pommes. Tu vas tomber malade à la fin, à ne rien manger.

– Tu ne vas pas t'y mettre toi aussi.

Elle m'a pris par les épaules et a serré. Elle avait une force inattendue pour sa stature.

– Écoute-moi, p'tit frère. Je n'ai pas besoin qu'on s'occupe de moi, ni qu'on me protège. Ni toi, ni personne. Je suis assez grande pour me prendre en charge. Si tu veux qu'on reste amis, ne me dis plus jamais ce que je dois faire ! C'est compris ?

– Comme tu voudras. Mais tu es trop maigre.

Elle m'a envoyé promener dans le canapé, s'est jetée sur moi et s'est mise à me chatouiller. Cécile adorait me chatouiller. Parce que je suis très chatouilleux. Elle riait autant que moi. Plus j'essayais de me protéger, plus elle insistait. Je ne pouvais pas lui rendre la pareille. Elle n'est pas chatouilleuse. Entre deux hoquets et deux hurlements, j'ai réussi à me libérer en la soulevant à bout de bras. Je la tenais en suspension. J'étais en nage et hors d'haleine. Elle aussi. J'avais les bras qui tremblaient. J'ai tenu dix secondes. J'ai lâché prise. Elle est tombée sur moi. On riait encore, par réflexe, collés l'un à l'autre, épuisés et heureux. On a pris

notre énième café au lait de la journée avec ses galettes bre-
tonnes et son pain d'épice.

– Tu ne m'as pas dit ce que tu pensais de la théorie de
Pierre, le saint-justisme ?

– Il a cent fois raison.

– Ce sera une dictature !

– Aujourd'hui, c'est quoi ? Une démocratie ?

– C'est impossible. On ne peut pas programmer une tue-
rie.

– Il faut savoir ce qu'on veut dans la vie !

C'était un sujet dangereux. Il valait mieux changer de
conversation. Je ne voulais pas me disputer avec elle.

– Faut que j'y aille. Ma mère rentre ce soir.

Le samedi, on a fait une séance de photos au Luxembourg.
Je n'avais qu'une pellicule. Elle a posé devant la fontaine
Médicis, les sculptures du parc et sous le kiosque à musique.
Il faisait beau. Je prenais mon temps pour viser, trouver le
bon angle, accrocher la lumière. Elle était agacée. Elle me
disait de me dépêcher, qu'elle serait horrible et qu'elle les
déchirerait. Elle s'est assise au bord du bassin. Je l'ai cadrée
de près. À trente centimètres de son visage. Elle avait les
cheveux en bataille. Il y a eu un rayon de soleil qui l'a éclairée
sur le côté. À cet instant, elle a souri. Ses yeux souriaient. Elle
se détachait sur le ciel et les arbres. Elle était apaisée et épa-
nouie. J'ai attrapé son regard oblique. Ce sont les plus belles
photos que j'aie faites d'elle. Je les lui ai montrées. Elle ne les
a pas déchirées.

13

Ma mère et Juliette sont revenues bronzées de leur séjour en Algérie. Pendant qu'on avait un ciel plombé et qu'on gelait, elles avaient un grand soleil. On les a interrogées sur les événements. Elles n'avaient pas vu grand-chose. Sauf Juliette. Mon père lui a interdit d'ouvrir la bouche.

– Je n'ai pas le droit de parler ?

– Je ne veux pas t'entendre.

– Ce que j'ai vu, tu ne le sauras pas !

Seule ma mère a pu s'exprimer. Il y avait des parachutistes à chaque carrefour. De temps en temps, ils étaient réveillés en pleine nuit par les déflagrations des attentats et essayaient de déterminer au jugé dans quelle partie de la ville l'explosion s'était produite. Une fois, avenue Bugeaud, elles faisaient les magasins avec Louise quand un individu avec une casquette blanche a tiré deux coups de feu sur un homme qui lisait son journal sur un banc. Le tireur s'est précipité dans une 203 qui a démarré sur les chapeaux de roues. L'homme, assis sur le banc, s'est effondré. Personne ne s'est porté à son secours. Les passants le contournaient comme s'il n'existait pas. Une rigole de sang coulait le long du trottoir jusque dans le caniveau. Mais chacun passait son chemin. À part ça, c'était tranquille. Philippe était revenu rassuré d'Algérie. L'armée française avait la situation en main. On pouvait avoir confiance en elle et en de Gaulle. Bientôt, il n'y aurait plus d'événements.

– Jamais on n'abandonnera un département français. La rébellion est exsangue. Leurs chefs sont en prison.

Maurice et lui pensaient que c'était même le bon moment pour investir en Algérie. Il y avait beaucoup d'argent à gagner. La plupart des gens étaient prêts à vendre leurs immeubles pour une bouchée de pain mais tout devait se faire dans la discrétion, rapport à l'OAS qui ne voulait pas que les Français partent ou abandonnent leurs biens. Mon père n'était pas d'accord. Il n'avait pas son mot à dire. Quitte à investir, il aurait préféré qu'on ouvre une succursale.

– Mon pauvre Paul, tu as la folie des grandeurs, a affirmé Philippe. Tu t'es lancé dans des travaux pharaoniques, et je ne suis pas le pharaon. Je ne payerai pas un franc de plus que le devis. Les suppléments, tu les sortiras de ta poche. Remarque, c'est de ma faute, vu ton éducation, tu n'y connais rien en gestion. Je n'aurais pas dû te laisser seul à diriger ce chantier.

Mon père se tourna vers ma mère qui ne disait rien.

– Paul, tu aurais dû réfléchir, confirma-t-elle. Comment as-tu pu ordonner ces travaux sans nous demander notre avis ? On n'en voit pas la fin. Tu nous as mis dans une situation impossible.

Après le dîner, j'ai débarrassé la table et, dans la cuisine, ma mère m'a dévisagé :

– Tu n'as pas bonne mine, Michel, qu'as-tu fait durant ces vacances ?

– Des maths.

Elle m'a regardé, surprise. Elle ne me croyait pas.

– Chaque jour. J'ai appris mon livre par cœur. Je peux te le réciter, si tu veux.

– Tu as fait des progrès ?

– Les maths, c'est compliqué. Ce n'est pas parce qu'on apprend qu'on comprend, et quand on ne comprend pas, on ne sait pas pourquoi. On m'a dit que je faisais un blocage psychologique.

– Rien que ça.

– Il paraît que je n'en suis pas responsable.

– C'est la faute de qui alors ?

Mon père nous avait rejoints dans la cuisine avec une pile d'assiettes. J'ai failli répondre que c'était un problème d'autorité. Il était préférable de la fermer. Pour ne pas entrer dans des explications interminables. Les deux causes de mon blocage mathématique me dévisageaient et attendaient ma réponse. J'ai haussé les épaules. C'est l'inconvénient de la psychanalyse, quand on connaît l'origine du problème, ça ne le résout pas.

14

Quand je suis arrivé au Balto, j'ai senti une atmosphère inhabituelle. Les baby étaient libres et les flippers aussi. Tout le monde était accoudé au comptoir et parlait à voix basse. Au Club, personne ne jouait aux échecs. Ils étaient là, assis côte à côte, silencieux et attentifs à ne faire aucun bruit. Si le silence y régnait d'habitude, celui-là était forcé. Sartre était assis seul à une table, songeur. Une cigarette au coin des lèvres se consumait sans qu'il tire dessus. Une tige de cendres pendouillait dans le vide. Devant lui, deux verres vides et un troisième qu'il a bu jusqu'à la dernière goutte. Jacky est entré avec son plateau chargé de consommations qu'il a distribuées à chaque table avec une délicatesse inaccoutumée. Quand il est passé à proximité de Sartre, celui-ci a tendu son verre vide. Jacky s'est immobilisé, a fixé Sartre d'un air désolé et a quitté le Club. Il est revenu quelques instants après avec une bouteille de Black and White qu'il a posée sur la table. Sartre a levé la tête. Jacky lui a rempli son verre de whisky. Sartre a hoché la tête pour le remercier, a commencé à boire son verre à petites lampées puis s'est immobilisé et il est resté figé, les yeux dans le vague, les épaules basses, l'air fatigué. Sa main droite posée sur sa jambe tenait le verre vide. Ceux qui rentraient dans le Club se fondaient dans le silence ambiant. Ils fixaient Sartre avec commisération. Il a pris un stylo et a griffonné d'une main nerveuse. Je me suis approché d'Igor Markish avec qui j'avais sympathisé pendant les vacances. Il m'a adressé un sourire complice et m'a posé la main sur l'épaule comme pour me réconforter. J'ai chuchoté à son oreille :

– Il y a eu un décès dans sa famille ?

Igor a eu l'air surpris de ma question et m'a répondu d'une voix imperceptible :

– Camus est mort.

– Albert Camus ?

– En voiture. Mort sur le coup. Perte terrible.

– Il a l'air bouleversé. Ils devaient être très proches.

– Après guerre, ils étaient amis. À la sortie de *L'Homme révolté,* Sartre a démoli Camus. Il a été méprisant et blessant. Ils se sont fâchés.

– Une amie m'a donné ce livre. Je ne l'ai pas encore lu.

Sartre écrivait avec nervosité. On entendait le crissement rageur de son stylo-plume sur la feuille. Il rayait sans cesse et recommençait. Il s'est levé l'air sombre et a fini son verre cul sec. Il semblait fébrile et il est sorti avec précipitation en laissant la feuille sur le guéridon.

Avec Igor et les autres, on s'est rapprochés de la table pour voir ce qu'il avait écrit. La feuille était raturée dans tous les sens, presque illisible. Quelques lignes en surgissaient. Igor s'est mis à lire :

– « ... *Nous étions brouillés, lui et moi. Une brouille n'est rien – dût-on ne jamais se revoir – tout juste une autre manière de vivre ensemble et sans se perdre de vue dans le monde étroit qui nous est donné. Cela ne m'empêchait pas de penser à lui, de sentir son regard sur la page du livre, sur le journal qu'il lisait et de me dire : Qu'en dit-il ? Qu'en dit-il en ce moment ? ... Son humanisme têtu, étroit et pur, austère et sensuel, livrait un combat douteux contre les événements massifs et difformes de ce temps. Mais inversement, par l'opiniâtreté de ses refus, il réaffirmait, au cœur de notre époque, contre les machiavéliens, contre le veau d'or du réalisme, l'existence du fait moral... »*

Comme s'il ne croyait pas ce qu'il venait d'entendre, Pavel a pris la page des mains d'Igor et l'a décryptée pour lui. Vladimir l'a lue à son tour et l'a passée à Werner. La feuille a fait le tour du groupe. Chacun avait un avis différent. Imré ne comprenait pas :

– Je croyais qu'ils étaient ennemis ? Ça veut dire quoi « une autre manière de vivre ensemble sans se perdre de vue » ? On est fâchés ou on ne l'est pas !

– C'est un peu tard pour avoir des regrets, lança Vladimir.

Ils ont commencé à en discuter comme ils le faisaient d'habitude, en parlant sans prendre la peine de s'écouter mais en baissant le ton. Virgil vitupérait contre Sartre.

Gregorios le soutenait. Quand ils se disputaient, ils laissaient tomber le français qu'ils manipulaient plus ou moins bien pour reprendre leur langue d'origine, ce qui leur permettait de s'injurier plus facilement. Sartre est revenu accompagné de Jacky. Le brouhaha a cessé aussitôt. Il nous a vus regroupés en train de lire ce qu'il venait d'écrire. Il n'avait pas l'air content, il s'est précipité vers nous, a arraché la feuille des mains de Leonid, l'a mise dans son cartable, a sorti une poignée de billets pour payer la note et a quitté le Club sans un mot. Ils sont restés pétrifiés. J'ai demandé à Igor pourquoi ils avaient l'air si bouleversés.

– Parce que tous nos problèmes sont là.

15

Depuis plusieurs semaines, l'appartement bruissait de l'inauguration du nouveau magasin. La huitième merveille du monde. Mon père avait dû batailler ferme avec Philippe, qui ne voyait pas l'utilité de dépenser autant d'argent dans des travaux d'embellissement.

– C'est du tape-à-l'œil. La maison Delaunay a une réputation. Un petit coup de peinture pour faire propre, c'est normal. Tout casser pour du chiqué : pas question !

La bataille du magasin, mon père ne l'aurait pas emportée si ma mère n'avait fait pencher la balance de son côté :

– Écoute, papa, tu m'as laissé le magasin. Maintenant, c'est moi qui dirige. Comme tu as pu le constater, ça marche bien. Paul a raison, on doit se moderniser.

– Dépenser des millions pour une vitrine sur l'avenue, des marbres et des néons partout, des portes coulissantes, déplacer les bureaux au premier, l'atelier dans la cour, et remplacer mon enseigne qui était comme neuve, là ma fille je ne suis pas d'accord. Mettre de la musique ! C'est quoi cette connerie ? On n'est pas à l'Opéra. Tu diriges le magasin mais l'actionnaire, c'est moi. C'est trop grand, c'est trop beau. On a une clientèle populaire. Il ne faut pas l'oublier. Le luxe, ce n'est pas le genre du quartier. Dans les affaires, c'est comme dans la vie, faut pas péter plus haut que son cul.

Quand on la contrarie, ma mère n'est pas le genre de femme à réagir du tac au tac. Elle se tait, endure avec patience et le feu couve. Il ne faut pas se fier à son silence. Elle avait supporté son père durant des années. Ce dimanche midi, pendant que Philippe déversait sa bile, le visage de ma mère se durcissait.

– Papa, je suis désolée, aujourd'hui, la patronne, c'est moi. J'ai décidé. Ce sera comme ça et pas autrement !

Avec mon père et Juliette, nous nous sommes regardés, interloqués qu'elle reprenne à son compte l'expression paternelle. Philippe a eu l'air désorienté et, malgré ce qui les séparait, mon père a essayé de le consoler :

– Ça flatte les gens d'acheter dans un magasin qui en jette. On va leur en mettre plein la vue. Aujourd'hui, le petit commerce, c'est fini. On vendra avec moins de marge. On aura deux ou trois fois plus de commandes. On fera plus de bénéfices qu'aujourd'hui. On va faire de la pub.

– De la réclame dans le quartier, tu veux dire.

– De la publicité. À la radio et dans *France-Soir* !

Il s'est levé, nous a fixés comme si on était une bande de demeurés et, suivi comme son ombre par grand-mère Alice, il est sorti vexé. Nous ne les avons plus revus pendant six mois. Ils ont boudé l'inauguration.

Je suis passé avenue des Gobelins. La vieille enseigne qui me semblait immense avait été remplacée par une deux fois plus haute et scintillante qui clignotait à toute vitesse, donnait l'heure et la température. On la voyait de la place d'Italie. La veille de l'inauguration, le chantier s'est achevé dans un capharnaüm général. Le vieux commerce grisailleux et austère, qui n'avait pas bougé en un demi-siècle, avait laissé place à un magasin lumineux et ultramoderne avec une façade en marbre blanc et servait de hall d'exposition aux baignoires, salles de bains et matériel de cuisine. Ça gesticulait et s'agitait comme dans un film de Charlot. Ma mère après mon père parce qu'on courait à la catastrophe et qu'elle aurait dû écouter son père, mon père après l'architecte parce que rien n'était prêt. Il le menaçait d'un procès ruineux après lui avoir cassé la figure. L'architecte engueulait les ouvriers parce que ça n'allait pas assez vite, les ouvriers juraient que le retard était dû aux électriciens perchés sur des échelles et dans les faux plafonds qu'ils n'en finissaient pas de fignoler, et à qui personne ne disait rien parce que leur contremaître, un Italien de deux mètres, hurlait de sa voix de colosse pour couvrir le crachin musical de la chorale du *Pont de la rivière Kwaï* qui sortait du plafond. Il n'avait pas l'air commode. C'était un ancien éclairagiste de Cinecittà qui prenait son rôle au sérieux, s'affairait autour des spots et éclairait chaque cuisinière avec amour et inspiration comme s'il s'agissait d'une starlette. Les futurs vendeurs sifflaient en cadence : « *Hello, le soleil brille, brille, brille* » et s'affairaient à déballer et installer le matériel, l'astiquer et le lustrer. Mon père dirigeait comme à la parade et donnait ses instructions à la volée. Un bruit strident et perçant nous fit sursauter. L'homme qui réglait les haut-parleurs s'affola et débrancha la sono. Après plusieurs tentatives infructueuses, il réussit à faire repartir l'orchestre et batailla pour diminuer le son assourdissant des siffleurs. L'architecte courait après mon père en brandissant une vingtaine de feuillets que celui-ci refusait d'examiner. Il l'a renvoyé à ma mère qui a détaillé la liasse d'un œil méfiant. L'architecte lui tendait son stylo bille pour qu'elle signe les feuilles.

– Qu'est-ce que c'est ?

– Les suppléments pour les travaux.

– Le son, moins fort ! hurlait mon père.

Elle a parcouru les bordereaux, affolée.

– Ce n'est pas vrai. Ce n'est pas possible ! Je ne signerai pas. C'est de l'escroquerie ! Vous entendez ?

– Votre mari m'avait dit que...

– Demandez-lui qu'il vous paye ! Moi, je ne payerai rien de plus que le devis initial !

Ils se sont mis à crier et ont essayé chacun de couvrir la voix de l'autre. Ma mère n'était pas du genre à se laisser impressionner par un architecte, fût-il diplômé par le gouvernement, même s'il faisait deux fois son poids. Mon père qui ne s'occupait pas des questions d'intendance s'est souvenu qu'il avait un rendez-vous urgent à l'extérieur et s'est éclipsé par la porte de derrière. Ma mère et l'architecte l'ont cherché. Personne ne l'avait vu partir. Sa disparition les a excités. L'architecte avait la conviction qu'on le prenait pour un imbécile. Ma mère ne supportait pas la moindre trace de suspicion. Ils ont juré d'appeler leurs avocats qui étaient redoutables et se sont menacés des pires tribunaux. En plus, ils étaient sûrs de gagner : l'architecte avait le bras long et ma mère, des relations haut placées. À les écouter, l'un des deux allait le regretter le reste de sa vie. Ma mère a décroché le téléphone et a composé un numéro. Son avocat n'était pas là. Elle a refusé que l'architecte appelle le sien du bureau. L'architecte a ordonné aux ouvriers de quitter le chantier. Ma mère a menacé de ne pas les payer s'ils ne finissaient pas le travail et, pris entre les deux, ils ne savaient pas quoi faire. Mon père a choisi cet instant pour réapparaître. Loin de ramener le calme, sa présence a décuplé la fureur de l'architecte, de ma mère et du contremaître italien qui voulait être réglé sur-le-champ. Devant l'affolement, j'ai renoncé. Je suis retourné à la maison et j'ai commencé *L'Homme révolté*.

Mon père est rentré au petit matin, épuisé. Le magasin était prêt, hormis la sono. Il avait l'air content. Le problème – architecte furieux et suppléments de travaux – avait dû être résolu. Ils n'en ont pas parlé. Il s'est couché deux heures pour se reposer avant l'assaut final. Ma mère n'en finissait pas d'hésiter sur sa tenue quand elle m'a demandé mon avis. Je n'avais pas d'opinion précise, ignorant ce qui était préférable entre une tenue chic, pas très commerçante, et une tenue discrète, pas à la hauteur d'une inauguration décisive pour l'avenir de la famille. Pendant que je réfléchissais à ce dilemme, elle m'a détaillé comme si elle ne m'avait jamais vu.
– Et toi, tu vas mettre quoi ?
– Ben ça.
– Un blue-jeans ! Il est fou !
Elle a fait le tour de mon placard. J'avais trois pantalons gris qui m'arrivaient au bas des mollets et un costume en tergal fatigué, rapiécé aux genoux et trop petit.

– Pour aller au lycée, tu mets quoi ?

– Un de ceux-là. On n'a pas le droit de porter de blue-jeans.

– Il ne manquerait plus que ça. C'est de ma faute. Je ne prends pas assez soin de toi.

On s'est précipités dans un magasin du boulevard Saint-Michel. Le patron s'est occupé de nous. Elle en a profité pour l'inviter à l'inauguration, lui et sa dame.

– Il a besoin de vêtements. Le problème, c'est qu'il n'arrête pas de grandir

– Il faut prendre de l'élastiss, c'est la révolution dans le pantalon.

Je me suis retrouvé équipé de trois pantalons censés évoluer avec moi. On a attendu que les retouches soient prêtes.

– Vous avez trouvé une solution avec l'architecte ?

– Comment tu sais ça, toi ?

– Je suis passé au magasin hier soir.

– On a transigé avec lui. Je suis contente.

– Vous n'aviez pas arrangé ça à l'avance ?

– Avec ces travaux supplémentaires, il a voulu profiter de la crédulité de ton père. On l'a laissé venir et on l'a eu.

– Je n'aurais pas cru que...

– C'est les affaires, Michel. Un jour, tu comprendras.

J'ai hoché la tête d'un air entendu.

– Au fait, où est ton frère ? On ne le voit plus. Il a disparu.

– Franck ne me raconte pas ce qu'il fait.

– Il est peut-être avec... cette jeune fille.

– Il ne lui dit rien non plus.

– Il est chez elle ?

– Je ne crois pas.

– Alors, ce n'est pas sérieux entre eux. Il a peut-être changé de copine.

Je me méfiais un peu. Ma mère ne parlait jamais de façon spontanée comme le faisaient mon père ou la plupart des gens. Enzo lui avait dit un jour qu'elle s'exprimait avec sa tête comme si elle avait des arrière-pensées. Ça ne lui avait pas plu. Cette impression était accentuée par le sourire permanent accroché à son visage. Elle a continué à m'interroger. Si je la connaissais, comment elle était et ce qu'elle faisait. Je n'avais pas envie d'en discuter avec elle. Même si j'avais trouvé les mots, elle n'aurait pas pu comprendre Cécile. Elles étaient à des années-lumière l'une de l'autre. Franck ne pouvait être, entre elles, qu'une source d'opposition. J'ai fait l'imbécile. Elle a insisté. Elle savait beaucoup de choses ou faisait semblant. Elle était au courant que son frère était lieutenant en Algérie, que j'étais allé chez eux à sa boum de départ le fameux soir où j'avais quitté l'appartement, qu'ils vivaient seuls depuis la mort de leurs parents dans un accident de voiture. Franck lui avait donné quelques explications. J'ai ouvert de grands yeux, affiché un air innocent et haussé les épaules. Le silence s'est installé. Elle a regardé plusieurs fois sa montre avec impatience. Elle craignait de rater son rendez-vous chez le coiffeur.

16

Comme pour conjurer le mauvais sort, mon père avait choisi pour l'inauguration le 22 novembre, date de leur anniversaire de mariage. Ma mère ne voulait en entendre parler sous aucun prétexte. C'était celui de la mort de son frère Daniel. Devant son insistance, elle avait fait mine de céder. Mon père n'aurait pas dû croire qu'il lui avait imposé quoi que ce soit. En réalité, elle avait prévu à l'avance qu'avec ces suppléments de travaux, elle ferait coup double : l'ouverture serait décalée au moins de plusieurs semaines et ça l'affranchirait de la tutelle envahissante de Philippe.

L'inauguration était prévue à partir de quatre heures de l'après-midi et devait se prolonger dans la soirée. Je suis rentré pour me préparer. Juliette, jalouse des paquets que je ramenais, a entamé le grand air de : «Je n'ai rien à me mettre» et s'est fait rembarrer par mon père qui passait des coups de téléphone pour s'assurer de la présence de journalistes. À l'écouter, et il savait être convaincant, c'était l'événement commercial le plus important à Paris depuis l'ouverture du Drugstore. Il a raccroché, excité.

– *L'Aurore* va venir !

Il s'est replongé dans sa liste et il a appelé *Elle.*

Juliette est venue dans ma chambre jouer les indécises. Elle n'avait que l'embarras du choix dans sa garde-robe de petite fille modèle. Je l'ai mise à la porte. J'ai déballé mes affaires sous l'œil expectatif de Néron. Mon nouveau costume me donnait l'air d'un homme. Avec la cravate, si je me plaquais les cheveux et redressais les épaules, les mains dans les poches et sans sourire, on pouvait me donner seize ou dix-sept ans. Ma mère est revenue avec une permanente blonde, gaufrée et laquée, dont elle était très fière. Je faisais un demi-tour pour qu'elle admire le résultat de ses achats quand son visage s'est décomposé. De la salle de bains, on entendait mon père chanter à tue-tête :

– *La donna è mobile, qual piuma al vento, muta d'accento, e di pensiero...*

Elle s'est levée d'un bond. J'ai entendu les éclats de leur dispute :

– Tu es fou de chanter aussi fort ? Tout l'immeuble va t'entendre.

– On n'a plus le droit de chanter ?

– Pas en italien. Je n'ai pas envie d'avoir des réflexions des voisins.

– C'est *Rigoletto*. C'est Verdi !

La porte de la salle de bains a claqué. Les pas de ma mère ont retenti dans le couloir. Il s'est remis à chanter *La donna è mobile* avec sa voix de ténor.

Ma mère avait le talent rare de crier sans élever la voix.

– Paul, arrête immédiatement !

Depuis son retour d'Allemagne, Franck était insaisissable. On se voyait à peine. Il passait en coup de vent, se précipitait dans le réfrigérateur pour manger ce qu'il trouvait, s'enfermait à clé dans sa chambre, passait des heures au téléphone avec une mine de conspirateur et disparaissait sans prévenir. Cécile lui courait après. Elle appelait souvent et me reprochait de ne pas lui transmettre ses messages. Il ne lui donnait pas de nouvelles. Il ne couchait pas à la maison. Il n'était pas avec elle. Elle avait l'air inquiète. Personne ne savait ce qu'il faisait.

Le jour où il réapparut, Franck avait sa tête des mauvais jours, des cernes sous les yeux et une barbe d'une semaine. Ma mère l'a apostrophé. Sans hésitation, il a pris la défense de mon père.

– Ça fait des années que tu nous casses les pieds avec tes

voisins. On s'en fout de ce qu'ils pensent. On étouffe ici. On doit marcher avec des chaussons. On doit baisser la radio. Il y en a marre !

Ma mère était outrée.

– On doit respecter ses voisins. Ce sont des gens bien et je ne t'autorise pas...

Franck, sans y prêter plus d'attention, s'est attablé dans la cuisine pour liquider ce qui restait du poulet rôti. Elle a fait un effort pour surmonter sa colère.

– Je suis contente que tu sois rentré. Il faut que tu te prépares pour l'inauguration.

– Ah, ce n'est pas le jour. Je n'irai pas.

– Je peux savoir pourquoi ?

– On a une réunion de cellule. Je dois la préparer.

– Décidément, rien ne me sera épargné.

– Que je vienne ou non ne changera rien. Vous n'avez pas besoin de moi. En revanche, le Parti a besoin de moi.

– C'est pour une réunion de ton parti de merde que tu laisses tomber ta famille ?

– Ce parti de merde était le Parti des fusillés quand d'autres s'engraissaient au marché noir, si tu vois ce que je veux dire.

– Non, je ne vois pas, dit ma mère d'une voix glacée. Tu veux parler de quoi ?

– Ah, c'est vrai, j'oubliais que les Delaunay se sont comportés en héros pendant la guerre. Brave oncle Daniel. Il n'est pas mort pour rien celui-là.

– Je ne te permets pas ! Tu es ignoble.

– Les Delaunay ne se sont pas enrichis pendant la guerre ?

– C'est faux ! On a été blanchis.

Mon père sentait que la discussion prenait un virage dangereux et a essayé de calmer le jeu :

– Franck, c'est du passé. Moi, je me suis tapé cinq ans de stalag et aujourd'hui, on est amis avec les Allemands. On a tourné la page et c'est tant mieux. Je pense à l'avenir et à la famille. Tu devrais faire pareil.

– Écoute, papa, je dois aller à cette réunion. C'est important.

– Qu'est-ce qui peut être plus important que l'inauguration, je te le demande ?

– Tu verras !

On aurait pu en rester là. Une engueulade familiale comme il y en a des millions. Chacun boude dans son coin et, trois jours après, c'est oublié. Rien de fâcheux ne serait arrivé. Tout aurait continué comme avant. Ma mère s'est redressée et lui a dit, en pesant chaque mot :

– Tu vas t'excuser, Franck. Tu vas retirer ce que tu as dit.

Il y a eu un long silence. Elle avait les yeux brillants, le visage impassible. Je savais ce que Franck allait répondre et, au fond de moi, j'espérais qu'il le dirait, ce qui prouve à quel point on peut être stupide à cet âge.

– Je ne m'excuserai pas. C'est la stricte vérité.

– Tu retires ce que tu viens de dire ou tu prends la porte !

Franck s'est levé, sa cuisse de poulet à la main. Mon père a tenté une ultime démarche :

– Bon, on va se calmer. Écoute, Hélène, ça ne sert à rien de s'énerver. S'il n'a pas envie d'aller à cette inauguration, tant pis pour lui, il n'aura pas de champagne.

– Je n'ai pas l'intention de nourrir une vipère. Tu vas t'excuser tout de suite !

Franck a lancé la cuisse de poulet à travers la cuisine.

– Vous n'êtes pas près de me revoir !

Il s'est précipité dans sa chambre, a rempli un sac de vête-ments. Il est parti en claquant la porte. On essayait de réaliser ce qui venait de se passer. Dans les périodes de tension, il faut savoir se taire. Le premier qui parle a perdu. Mon père a grommelé :

– Tu n'aurais pas dû lui dire ça !

Elle a explosé. C'est lui qui a pris. Les voisins ont entendu. Qu'il avait mal tourné, qu'on payait aujourd'hui le prix de sa mauvaise éducation et des opinions politiques des Marini. On dira ce qu'on voudra, ce n'est pas chez les Delaunay qu'on aurait vu un enfant parler sur ce ton à sa mère et son père rester comme une endive sans réagir. Il s'est passé une chose inhabituelle. Mon père, au lieu d'encaisser sans bron-cher et d'attendre que l'orage passe, a tapé du poing sur la table. Si fort que le vase en baccarat s'est renversé. L'eau s'est répandue sur le parquet. Personne n'a songé à interve-nir.

– Tais-toi ! a-t-il hurlé. Tu as chassé ton fils ! Tu es contente ?

– Ne t'inquiète pas, il reviendra.

– Imbécile !

Ma mère est restée pantoise et nous aussi. Mon père est retourné dans la salle de bains. Il n'a pas chanté.

Une heure plus tard, on s'est retrouvés dans l'entrée. Mon père avait mis son plus beau costume, en alpaga noir, et s'était aspergé de parfum. Juliette attendait, assise à côté de lui dans le canapé du couloir, en balançant les pieds. Elle tenait la main de mon père. Je les ai rejoints. Ils se sont poussés pour me faire de la place. J'ai pris son autre main. Ma mère est arrivée dans son tailleur Chanel. Elle est passée devant nous sans un regard. On s'est levés.

– On est en retard, a observé mon père d'une voix neutre.

On n'avait pas l'air d'aller à l'inauguration de notre nouveau magasin mais à notre propre enterrement. On était sur le palier quand le téléphone a sonné. Mon père s'est précipité. On a pensé que c'était Franck. Il m'a tendu le combiné.

– C'est pour toi.

C'était Cécile. Elle avait une voix éraillée.

– Je t'en supplie Michel, viens !

– Qu'est-ce qu'il y a ? ai-je hurlé.

– Viens, je vais mourir !

Elle n'a pas eu besoin de me le répéter deux fois. Je me suis lancé dans les escaliers. J'ai entendu ma mère qui criait :

– Où il va ?

J'ai couru comme un fou. Je bousculais ceux qui ne dégageaient pas assez vite. J'ai dévalé le boulevard Saint-Michel sans m'arrêter. Je suis arrivé quai des Grands-Augustins. J'ai grimpé les escaliers trois à trois. Sur le palier, j'avais les poumons au bord de l'explosion. J'ai sonné et tambouriné à la porte en reprenant mon souffle. Personne ne m'a répondu. J'ai ouvert avec ma clé. Toutes les pièces étaient allumées. Je me suis mis à l'appeler en faisant le tour de l'immense appartement. J'ai trouvé Cécile inconsciente sur le sol de la salle de bains. J'ai crié, hurlé son nom. Elle ne réagissait pas. Elle était blême. Je l'ai secouée avec vigueur. Elle était aussi molle qu'une poupée de chiffon. J'ai posé mon oreille sur son cœur. Il battait à peine. J'étais paumé. J'attendais qu'elle bouge, qu'elle se relève. Elle restait inanimée. J'avais les jambes qui tremblaient. Une voix intérieure me disait :

Espèce de petit con, c'est pas le moment de paniquer. J'ai appelé les pompiers. Un homme m'a demandé l'adresse et m'a dit qu'ils arrivaient. Ça a été les vingt minutes les plus longues de ma vie. J'ai mis un gant d'eau froide sur le front de Cécile. Je lui ai embrassé la main. Je lui ai caressé le visage. Je lui ai murmuré une prière au creux de l'oreille : Ne t'en va pas, Cécile, reste avec moi, je t'en supplie. Je me suis collé contre elle. Je l'ai prise dans mes bras en la serrant le plus fort que je pouvais, pour la garder, pour l'empêcher de partir. Je la berçais comme un enfant. C'est alors que j'ai vu le flacon qui avait roulé sous le lavabo. Les pompiers sont arrivés et lui ont mis un masque à oxygène. Je leur ai donné le flacon. Ils ont fouillé dans l'armoire à pharmacie, saturée de boîtes de médicaments. Le pompier le plus âgé m'a demandé si elle était malade. Je voulais lui dire non. Je n'y arrivais pas. Ils lui ont fait une piqûre. Il a pris un sac en plastique et y a vidé le contenu de l'armoire. Ils l'ont descendue sur une civière. On a traversé Paris à une vitesse folle. La sirène faisait un bruit assourdissant. Par la vitre, je voyais Cécile qui ballottait, maintenue par deux pompiers. À l'hôpital Cochin, elle a été emmenée aux urgences. Un jeune médecin en blouse blanche, accompagné d'une infirmière, est venu m'interroger. Je n'ai rien pu leur dire d'utile si ce n'est que j'étais un ami et qu'elle m'avait téléphoné. Si j'ai bien compris, il y avait chez elle une flopée de médicaments qui n'auraient pas dû s'y trouver. Je suis resté à l'entrée des urgences, assis sur une chaise. Les pompiers et les policiers déposaient leur triste chargement d'agonisants et de blessés sanguinolents puis repartaient dans une navette incessante. Une infirmière m'a donné un bulletin d'hospitalisation à remplir. Il y avait une montagne de renseignements à fournir que j'ignorais. Un homme a emmené une femme qui hurlait, le ventre inondé de sang. D'après ce que j'ai entendu, elle avait tenté de s'avorter seule. J'ai fermé les yeux.

Dans un interminable couloir obscur, j'avançais à la recherche de Cécile. Je poussais les portes. Les chambres de l'hôpital étaient vides. Dans certaines, il y avait des traces de sang sur les murs. Des cris stridents de douleur me guidaient dans ce labyrinthe désert de corridors et d'escaliers et cessaient dès que je m'immobilisais pour en détecter l'origine. Une odeur immonde me suffoquait. Je découvris avec horreur que j'avais les mains pleines de merde. Soudain, un homme hébété est passé à proximité, sans me voir, le bras arraché de son épaule. Cécile hurlait et m'appelait. Je ne la trouvais pas. Au fond, j'ai aperçu la lumière verte d'une sortie de secours. Je me suis élancé pour m'enfuir. Plus je courais, plus la lumière reculait. J'entendais les appels de Cécile et leur tournais le dos. J'arrivais à la sortie de secours. Je poussais la porte pour me sauver. Une main gigantesque m'a attrapé par l'épaule et m'a secoué. J'ai sursauté et me suis redressé, engourdi de sommeil. Le jeune médecin m'examinait, avec son sourcil en accent circonflexe.

– Monsieur, monsieur… Votre amie est tirée d'affaire. Pour l'instant.

– Il y a un problème ?

– Elle a pris assez de médicaments pour endormir un éléphant. On lui a fait un lavement. On verra à son réveil.

– Il y a des complications ?

– Elle va le mieux possible.

– Je peux la voir ?

– Non. Elle dort. Revenez demain.

– Je ne partirai pas sans l'avoir vue !

Le médecin poussa un long soupir pour me signifier que je faisais partie de la catégorie des emmerdeurs. Il fit demi-tour et s'éloigna sans un mot. Il tint la porte battante pour m'inviter à le rejoindre. Cécile était dans une pièce avec cinq malades. Une vieille femme s'agitait et divaguait sur le lit voisin. Le souffle régulier, le visage tranquille, Cécile dormait, le bras droit relié à une perfusion.

– Elle se réveillera à quelle heure ?

– En fin de matinée.

Je suis rentré à quatre heures du matin. J'ai sonné à la porte qui s'est ouverte aussitôt. Mon père m'a pris dans ses bras.

– Ça va, mon grand ?

Ma mère m'a harcelé de questions. D'où je venais ? Qu'est-ce que j'avais fait ? Est-ce que je me rendais compte de son angoisse ? Qu'est-ce qu'elle avait fait au bon Dieu pour avoir des garçons pareils ? Mon père lui a dit de se taire et de me laisser tranquille. Elle continuait comme une mécanique. Pourquoi j'étais parti ? Est-ce que j'étais avec Franck ? Avec Cécile ? Pour quelle raison elle m'avait téléphoné ? Qu'était-il arrivé ? Je lui ai dit d'une voix calme :

– Il ne s'est rien passé.

Je suis allé dans ma chambre. J'ai fermé la porte. Ils étaient derrière à épier mes gestes et mes bruits. Je les ai entendus qui s'éloignaient. Je n'avais pas sommeil. Je suis resté assis sur mon lit avec Néron collé contre moi.

Ce fut l'un de ces jours noirs, chargés d'amertume, où votre vie bascule dans l'absurde, où elle vous échappe comme

143

du sable dans le poing. Un peu comme celui du mariage raté de mes parents où ils ont appris le décès de l'oncle Daniel. Cette journée a été aussi sombre. Pas seulement pour l'inauguration gâchée et la tentative de suicide de Cécile, mais à cause de la querelle entre ma mère et Franck. Sur le coup, personne n'y a vraiment prêté attention, ma disparition masquant leur altercation. Même si elle était la plus grave de toutes, on pensait que ça allait se calmer. Une dispute stupide comme il en arrive dans chaque famille : un peu de tension, d'énervement, de fatigue, le ton qui monte, une réflexion désagréable, des mots irréparables auxquels on ne croit pas vraiment et puis la grande scène du III. Ma mère et Franck sont d'un caractère entier et peu enclins aux concessions. Ils ne se sont pas revus ni parlé pendant vingt-cinq ans. Durant cette vie perdue, ils ont dû repenser à cette journée, se demander pourquoi et comment ils en étaient arrivés là et si ça valait la peine de se fâcher à mort pour des futilités, c'est-à-dire des choses qu'on finit par ne plus se rappeler. Notre mémoire est ainsi faite qu'elle efface les mauvais souvenirs pour ne conserver que les meilleurs. Vingt ans après, en bavardant avec mon père, il m'a posé cette question. Il avait oublié l'origine de cette dispute. J'ai dû faire un effort pour m'en souvenir. S'ils avaient su, ils se seraient rabibochés, mais personne n'est capable de deviner l'avenir. On ne vit qu'au jour le jour. Nos prévisions, nos projets réfléchis s'avèrent dérisoires et fumeux. Les petits calculs de ma mère se sont révélés catastrophiques. Cette inauguration qui aurait dû être un jour de fête et d'espoir pour notre famille s'est avéré être celui où le bel édifice s'est lézardé.

17

Igor Markish vivait en France depuis sept ans. Il avait quitté Leningrad dans des circonstances qu'il refusait d'évoquer. Comme les autres, il semblait que ce soit pour des motifs politiques. Quand j'abordais le sujet, il affichait un sourire distant. Avec Werner Toller, c'était un des fondateurs du Club. Ils servaient de bureau de renseignements pour les formalités administratives. Ils n'avaient qu'une idée en tête : avoir leurs papiers, ne pas être arrêtés lors d'un banal contrôle d'identité, ne pas se faire expulser, pouvoir enfin poser leur valise, laisser le passé derrière eux, recommencer une nouvelle vie, travailler. Être en règle, c'était leur obsession. Seuls ceux qui ont été en situation irrégulière peuvent comprendre l'angoisse permanente du réfugié qui, après avoir sauvé sa peau, doit lutter contre cet adversaire mystérieux : le fonctionnaire de la Préfecture. Ils discutaient souvent de leurs administrations respectives pour savoir laquelle était la plus tatillonne, imprévisible et cauchemardesque. Ils défendaient chacun leur pays, revendiquant avec véhémence le titre peu envié d'administration la plus stupide du monde. Ils racontaient des histoires à dormir debout dont ils avaient été témoins ou victimes : devoir prouver qu'on n'est pas mort ou qu'on n'est pas parent d'un homonyme traître à la patrie, ou qu'on n'est pas suspect, et la liste des accusations était infinie. Ils décidaient que l'administration russe était la plus terrible. Un Tchèque citait un exemple délirant qui lui valait le premier prix jusqu'à ce qu'un Polonais ou un Hongrois le lui ravisse. Leonid Krivochéine a raconté, de l'air le plus sérieux qui soit, une aventure qui lui était arrivée :

– Je me suis retrouvé dans une cellule avec deux autres Russes qui ne comprenaient pas la raison de leur arrestation. Moi, a dit un type de Kiev, je suis arrivé avec cinq minutes de retard : on m'a accusé de sabotage. Moi, a expliqué un homme qui venait de Novgorod, j'avais cinq minutes d'avance : on m'a accusé d'espionnage. Moi, a affirmé Leonid, je suis arrivé à l'heure et on m'a accusé d'avoir acheté ma montre à l'Ouest.

On a éclaté de rire. Leonid jurait que ce n'était pas de la rigolade mais une histoire vécue. Comme preuve, il nous montrait sa montre, une Lip Président avec son verre grossissant qu'on lui avait offerte lors d'une escale à Paris quand il faisait la ligne Moscou-Londres. De Gaulle et Eisenhower portaient la même. Il avait l'air offusqué qu'on ne le croie pas. Ça faisait partie du jeu. Leonid n'arrêtait pas de blaguer. Avec lui, on ne pouvait pas savoir quand il disait la vérité.

– Tu te moques de nous, lui lança Tibor. Tu n'as jamais été arrêté de ta vie. Je ne sais pas si tu es le roi des menteurs ou le roi des couillons.

Leonid s'arrêta de rire, finit son verre et fixa Tibor avec des yeux brillants.

– Si un jour, tu redis ce mot, je te tue. Je te le promets. Je t'étranglerai avec ces mains. Crois-moi, ça ne sera pas du cinéma.

La Palme d'or de l'absurdité hors catégorie avait été attribuée par ce jury de connaisseurs à Tomasz Zagielovski, qui avait été journaliste au *Trybuna Ludu* et détenait le titre envié de victime de première classe de l'administration polonaise.

Il avait été convoqué à la mairie de son quartier, dans la banlieue de Varsovie. Soupçonneuse, une fonctionnaire de l'état civil lui avait demandé qui il était. Quand il avait décliné son identité, elle l'avait traité d'imposteur. Le véritable Tomasz Zagielovski étant détenu depuis trois mois à la Bialoleka, la prison d'État. Tomasz avait réalisé que la police s'était trompée en arrêtant à sa place un malheureux qui protestait, en vain, de son innocence, prétendant s'appeler Piotr Levinsky. Il s'agissait en fait d'une terrible méprise : ce Levinsky était un bon communiste. Tomasz pensait qu'il était perdu et s'attendait à être arrêté quand la fonctionnaire qui n'était pas insensible à son charme (il était persuadé d'être un irrésistible apollon) lui avait révélé que Zagielovski avait fini par avouer ses fautes et avait été condamné à dix ans de prison pour trahison ! Tomasz s'en était sorti en lui racontant qu'il était le vrai Piotr Levinsky. Il se faisait, quelquefois, appeler Tomasz Zagielovski. Il vivait chez celui-ci, étant l'amant de sa femme. La fonctionnaire avait un petit doute mais Tomasz avait trouvé l'argument absolu :

– Si j'étais Tomasz Zagielovski, vous croyez que j'aurais pris le risque de venir ici sachant que je suis coupable de trahison ? Regardez-moi, est-ce que j'ai l'air d'un imbécile pour me jeter dans la gueule du loup ?

Elle ne pouvait rien répondre à un raisonnement aussi irréfutable. Il le lui prouverait en allant chercher ses papiers chez lui. La fonctionnaire l'avait laissé repartir. Il en avait profité pour s'enfuir sur-le-champ, avec les seules affaires qu'il avait sur le dos. Tomasz, dès son arrivée en France, avait écrit à l'administration polonaise pour lui signaler la méprise. Il ne savait pas quelle suite sa lettre avait eue. Les membres du club étaient certains que l'initiative n'avait servi à rien.

L'administration a horreur de reconnaître ses erreurs et de perdre la face. Et, comme l'avait observé Jan Paczkowski, ancien avocat à Varsovie, quand une condamnation était prononcée, il n'y avait pas de seconde chance, c'était irréversible, surtout dans un pays communiste. Cette histoire me faisait froid dans le dos. J'imaginais le pauvre Piotr Levinsky non seulement condamné pour des fautes qu'il n'avait pas commises mais à qui on avait enlevé son nom. Je ne comprenais pas pour quelle raison il avait fini par avouer les fautes d'un autre. Igor m'avait expliqué :

– Chez nous, un soupçon, c'est une certitude. C'est le fondement du système. Tu es coupable parce qu'on te soupçonne. Ce Piotr avait quelque chose à se reprocher.

– Il était innocent !

– Ce n'est pas suffisant. Il nous aurait fallu un peu de chance. C'est ce qui nous a manqué. Piotr, lui non plus, n'a pas eu de chance.

Après sa fuite épique de Pologne, Tomasz avait trouvé du travail comme vendeur dans un magasin de vêtements des Champs-Élysées où il gagnait bien sa vie. Bel homme, habillé avec élégance, grand séducteur devant l'éternel, il passait ses dimanches dans les dancings de la rue de Lappe et ne manquait pas de nous raconter ses conquêtes dominicales mais on ne l'avait jamais vu accompagné.

De l'avis général, l'administration française était un modèle de clarté et de simplicité si on la comparait à celle des pays de l'Est. Mais gare à celui qui tombait sur un ennemi sournois, tapi dans l'ombre du bois administratif : le fonctionnaire communiste haïssant les traîtres qui dénigraient l'URSS et les pays frères, patrie des travailleurs comblés.

L'objectif suprême, le sésame, c'était l'obtention du statut de réfugié politique. En toute logique, ça aurait dû être le document le plus simple à obtenir, quand on venait, comme eux, de l'autre côté du rideau de fer. Il y avait un obstacle imprévu et incontournable : l'abominable Patrick Rousseau, chef de bureau onctueux qui œuvrait au service de l'asile politique. Son sourire chaleureux était trompeur et sa compassion, une arme pour mieux vous détruire. Vladimir l'avait découvert en train de lire *L'Humanité* au comptoir d'un bistrot voisin et, confondu, il lui avait déclaré que les seuls réfugiés politiques dignes de ce nom venaient d'Espagne ou du Portugal où sévissaient des dictatures fascistes. Ce pervers s'arrangeait pour bloquer ou rejeter les dossiers de l'Europe de l'Est qui se débarrassait chez nous, disait-il, de ses délinquants et de ses asociaux. Il manquait toujours une pièce ou un tampon ou une attestation et quand, après vingt démarches, on croyait le dossier bouclé, un certificat s'était perdu ou était périmé et il fallait recommencer. Rousseau avait même réussi à faire perdre son calme au flegmatique Pavel Cibulka qui l'aurait étranglé s'il n'avait pas été accompagné d'Igor. Rousseau lui réclamait une fiche d'état civil, impossible à obtenir pour un fugitif, sous le prétexte qu'il était né en Bohême et que le statut de réfugié politique n'était pas destiné aux gens du voyage. Pour un ancien ambassadeur en Bulgarie, c'était une injure mortelle qui avait valu à Rousseau une gifle monumentale et à Pavel d'attendre trois ans de plus pour obtenir le bénéfice du statut. Igor connaissait chaque service de la Préfecture, de la mairie et de certains ministères, les papiers à réunir et en combien d'exemplaires, les noms des fonctionnaires à éviter et ceux qu'on pouvait acheter. À en juger par les difficultés rencontrées pour obtenir leurs papiers, ils en avaient conclu que les fonctionnaires du service des cartes de séjour à la préfecture de Paris étaient des cégétistes virulents.

Igor parlait le français avec un léger accent. On le prenait souvent pour un Alsacien. Il venait d'un milieu où on apprenait le français avant le russe. Son père louait une villa à l'année à Nice. Il se souvenait de ses vacances d'été sur la promenade des Anglais quand il était enfant. C'était avant guerre, la première. Igor n'aimait pas évoquer ses souvenirs. Il avait fait beaucoup d'efforts pour recommencer une nouvelle vie et ne voulait pas se faire happer par son passé. Sa famille était fortunée. Son père était un chirurgien célèbre qui avait sa clinique à Saint-Pétersbourg. Leur vie avait été balayée du jour au lendemain par la révolution. Il n'en avait aucun regret. C'était un monde nouveau qui commençait. Chacun participait à la construction du socialisme. Après son diplôme, Igor avait travaillé comme médecin dans un hôpital mais n'avait pas réussi à obtenir sa spécialisation de cardiologue. Il n'avait plus le temps de poursuivre ses études et devait faire vivre sa famille. Ils étaient heureux. Et puis, la Terre s'était arrêtée de tourner et avait explosé. Un dimanche en fin d'après-midi, il avait levé un coin du voile :

– Durant le siège et sur le front, j'ai fait le chirurgien. J'ai même pratiqué une césarienne pendant le bombardement de Gostiny Dvor. Comme anesthésique, on n'avait que de la vodka. La mère et l'enfant s'en sont sortis. Des opérations dont tu n'as pas idée. Si on me l'avait dit avant, j'aurais juré que c'était impossible. Pourtant j'y suis arrivé. J'ai vu des infirmières amputer des membres avec des outils chauffés à blanc. On n'a pas besoin de diplômes pour opérer en temps de guerre. L'important, c'est de survivre, non ?

La guerre avait détruit sa ville. Il s'était battu comme médecin dans l'Armée rouge, survivant par miracle au siège, puis il avait fait la campagne d'Allemagne. Il avait travaillé six mois comme terrassier pour reconstruire l'hôpital. C'est ça qui revenait en permanence. La destruction de Leningrad. Des décombres, partout, à perte de vue. Des cohortes de fantômes faméliques et dépenaillés se battant pour manger les chiens errants ou l'écorce des arbres. Les rues, les avenues et les canaux avaient disparu. Ils allaient reconstruire. Comme avant. Mieux même, plus grand et plus beau. Un chantier pharamineux à la taille de la Russie. Igor ne voulait plus parler de cette époque. Il fallait le forcer.

– Pourquoi tu es passé à l'Ouest ?

– Si je n'avais pas fui, aujourd'hui je serais mort.

– Pourquoi tu es parti ? Dis-le-moi.

– Si je t'expliquais, tu ne pourrais pas comprendre. C'est compliqué. Allez, joue. On dirait une bonne femme avec tes bavardages.

Je recommençais à jouer. Un peu plus tard, je posais une autre question. Il faisait semblant d'être absorbé par le jeu. Parfois, il racontait, par bribes, arc-bouté sur ses souvenirs. À moi de me débrouiller pour reconstituer un puzzle dont il manquait l'essentiel des pièces. Là-bas, il avait laissé une mère, une femme, un fils qui avait mon âge et une fille plus jeune. Il n'avait aucune nouvelle d'eux depuis huit ans.

– J'ai vécu plusieurs vies que j'ai oubliées.

– On ne décide pas d'oublier d'un claquement de doigts.

– Si. Tu oublies ou tu meurs.

Son silence, énigmatique, attisait ma curiosité. Sa façon

d'éluder mes questions, ses réserves laissaient supposer un passé mystérieux que je voulais deviner. Igor avait décidé de ne pas ressasser. Sa vie, la seule qu'il consentait à évoquer, commençait à son arrivée en France. Igor était chaleureux, sans effort ni calcul. Il avait une manière de vous parler, spontanée, qui vous mettait à l'aise. Je n'ai jamais entendu personne dire du mal de lui. Au contraire, tout le monde l'aimait et le respectait. C'était un bel homme qui ne passait pas inaperçu avec sa carrure imposante, sa chevelure ondulée, son regard bleu et son sourire fraternel. Il avait une petite ressemblance avec Burt Lancaster. On n'arrêtait pas de le charrier avec ça.

– Tu devrais te lancer dans le cinéma.

– Impossible, je ne sais pas mentir.

Igor m'a appris à jouer aux échecs. Il fut le premier à venir vers moi et à me proposer une partie :

– Tu sais jouer ?

– Un peu.

– Assieds-toi là.

Je me suis retrouvé en face d'un échiquier avec les blancs. Je n'avais jamais joué de ma vie. Au hasard, j'ai avancé un pion de deux cases comme je les avais vus faire. Il a déplacé son pion devant le mien. J'ai fait illusion deux coups puis j'ai bougé un cavalier comme un pion.

– Tu ne sais pas jouer !

– Pas trop.

– Je vais t'apprendre.

C'était un bon professeur. Au bout de quelques jours, je maîtrisais les règles et commençais à rouler les mécaniques. Je n'ai pas compris quand il m'a dit :

– Voilà, tu sais jouer aux échecs. Maintenant, il va falloir que tu deviennes un joueur. Ça va être plus long.

– Combien de temps ?

– Cela dépend de toi. Cinq ans, dix ans, plus ? Regarde Imré. Il a cinquante ans et bouge les pièces depuis trente-cinq ans. Avec un peu d'application, tu pourrais le battre. Rappelle-toi : beaucoup de concentration, un peu d'imagination.

On se retrouvait en fin de journée pour une ou deux parties rapides. La plupart du temps en silence.

– Si tu as envie de parler, va au bistrot à côté.

On passait des heures sans se dire trois mots. Il gagnait tout le temps. J'avais beau réfléchir à en avoir mal à la tête, commencer à prévoir, essayer de placer mes pièces, d'échafauder une stratégie et de dissimuler mes coups, il lisait mon jeu comme dans un livre ouvert. Il me voyait venir avec mes petits sabots. Mes tentatives de tactique l'amusaient.

– C'est bien de vouloir débloquer ta tour, mais fais attention de ne pas laisser la diagonale à ma dame, sinon tu seras mat dans trois coups.

– Comment tu sais que je voulais avancer ma tour ?

– Tu n'as pas d'autre solution. Ne va pas si vite. Tu attaques de façon désordonnée. Assure ta position. C'est plus facile de défendre.

– Si je n'attaque pas, je ne pourrai pas gagner.

Igor secouait la tête, affligé.

– Tu n'es qu'un âne. Et je suis méchant avec eux, ce sont des animaux intelligents. Pas comme toi. Tu n'écoutes pas. Tu devrais prendre des notes.

Pour progresser, je devais suivre les parties, reporter les coups de chaque joueur et les reprendre sur un échiquier de poche. De temps en temps, Igor se plongeait dans mon petit carnet. Il arrivait à reconstituer les parties à partir des seules notes, et une séquence de jeu comme : 1.e4 c5 2.Cf3 e6 3.g3 ; 3... d5 4.exd5 exd5 5.Fg2 De7 6.Rf1 ; 6... Cc6 7.d4 Cf6 8. Cc3 Fe6, lui inspirait des commentaires du genre :

– Il n'a pas fait de progrès, Vladimir. Toujours aussi tarabiscoté.

– Il a gagné !

– C'est Pavel qui a perdu. Si tu veux t'améliorer, observe Leonid. C'est le meilleur. La simplicité et l'efficacité.

Pendant deux ans, il a été mon seul et unique partenaire. Ceux qui savaient jouer ou le croyaient n'avaient aucune envie de perdre leur temps avec un débutant. Quand je leur proposais une partie, ils répondaient : « On jouera avec toi quand tu sauras jouer. »

Ils m'acceptaient parce que Igor m'avait accepté. Entrait et jouait au Club qui voulait mais c'était lui ou Werner qui décidait qui en serait membre. Il n'y avait pas d'autre critère que leur bon vouloir. Quand un importun se présentait, ils savaient le décourager ou l'écarter avec ménagement : « C'est un club privé. On n'accepte plus personne. Il faut vous inscrire sur la liste d'attente. »

Au bout de deux ans, je l'ai mis pat. On était à égalité. Ni vainqueur ni vaincu. Pour moi, c'était une victoire. Igor l'a senti.

– Encore deux ou trois ans, mon grand, et tu arriveras à en gagner une.

Il m'a fallu un an pour réussir à le battre. Il avait une excuse. C'était un jour où une sciatique le pliait en deux. Il avait du mal à tenir sur sa chaise. À son arrivée en France, Igor avait essayé de s'établir comme médecin. On le lui avait refusé. Son diplôme n'était pas reconnu en France. Il n'existait aucune possibilité d'obtenir une équivalence. Il avait quitté Leningrad dans la précipitation, sans papiers officiels ni documents. Rien qui puisse prouver ses dires. Ses états de service durant la guerre comme médecin militaire et ses médailles ne servaient à rien. Seule solution, comme le lui avait proposé avec affabilité un membre de l'ordre des médecins : reprendre de zéro. Pas facile quand vous avez cinquante ans de commencer des études de sept ans. En plus d'être sans aucune ressource, Igor affrontait un problème redoutable : il était devenu insomniaque. Depuis sa fuite d'URSS en mars 52. Arrivé à Helsinki, il était resté onze jours sans dormir, espérant qu'il finirait par s'écrouler d'épuisement et par briser cette malédiction. Son corps avait résisté au-delà du possible. Il demeurait éveillé et hagard, la tête brumeuse. Il s'était mis à délirer au milieu de la circulation, marchant torse nu par moins dix degrés en chantant à tue-tête. On lui avait fait une piqûre de sédatif. À son réveil, il avait refusé de prendre les somnifères qu'on lui prescrivait, jusqu'à ce qu'un médecin qui avait été lui-même confronté à l'insomnie infinie ne lui donne la solution : « Si vous n'arrivez plus à dormir la nuit, c'est que votre horloge biologique s'est inversée. La raison ? On n'en sait rien mais on s'en doute. Comment retrouver le sommeil ? Aucune idée. Peut-être retourner à Leningrad ? Le remède risquerait d'être pire que le mal. Faites comme moi. Dormez le jour. Travaillez la nuit. »

Igor avait suivi son conseil et retrouvé un rythme de vie régulier. À son arrivée à Paris, le mois suivant, il avait travaillé comme manutentionnaire aux Halles chez un mandataire en fruits et légumes en attendant la réponse de l'ordre des médecins. Son dos le faisant souffrir, il avait trouvé un boulot de veilleur de nuit dans un hôtel près de la Madeleine. Il s'ennuyait à mourir. Pendant deux ans, il avait été brancardier de nuit à l'hôpital de La Pitié. Il se demandait quelle faute gravissime il avait pu commettre pour mériter ce sort quand, la même nuit, il avait rencontré les deux hommes qui allaient changer sa vie.

Le comte Victor Anatolievitch Volodine conduisait sa Simca Vedette Régence rutilante en aristocrate et exerçait la noble profession de chauffeur de place de deuxième classe, c'est-à-dire qu'il était artisan taxi. Rue de Tolbiac, il avait ramassé un clochard sanguinolent qui avait été tabassé et laissé pour mort. Il avait failli lui passer sur le corps. Il avait freiné in extremis. L'homme n'était pas tout à fait mort. Pendant la guerre civile, Victor avait eu l'occasion de voir pas mal de blessés et de cadavres. Il avait coupé le nez et les oreilles de quelques rouges. Il s'y connaissait. Ce moribond avait mauvaise allure. On dira ce qu'on voudra sur Victor Volodine, que c'était un cuistre, un filou et un menteur, qu'il n'avait jamais été comte ni servi le tsar de la sainte Russie, mais il n'était pas non plus cousin et intime de Félix Youssoupov, l'assassin de Raspoutine, comme il le racontait avec conviction et force détails à ses clients épatés. Ses racontars expliquent les erreurs de certains livres d'historiens réputés qui ont pris pour argent comptant ses mensonges criants de vérité. Victor avait eu l'occasion de lui servir de chauffeur quand le prince était à Paris. Youssoupov refusait de s'exprimer sur la Russie mais consentait à parler russe avec un compatriote, persuadé qu'il était de l'écroulement inéluctable et rapide du régime communiste et de leur retour triomphal au pays. Victor Volodine avait été simple soldat dans l'armée du tsar et adjudant dans l'armée blanche de cet imbécile de Denikine puis de Wrangel qui n'était pas un tendre. Alors, il avait largué en pleine nuit ses deux clients pris aux Folies-Bergère à Pigalle pour charger le futur cadavre et le déposer à l'hôpital le plus proche.

À une heure vingt-cinq, Igor, brancardier, l'avait aidé à sortir le blessé de son taxi quand il l'avait entendu pousser un juron en découvrant sa banquette blanche maculée de sang. On a beau vivre en France depuis trente-trois ans et manier sa langue comme un Parisien, le jour où on pique une colère avec une bordée d'insultes, c'est dans sa langue natale. Et quand deux compatriotes chassés de leur pays se rencontrent à l'étranger, ils sont heureux de se retrouver et le passé n'a plus d'importance. Ils étaient programmés pour se haïr et se détruire. Ils tombèrent dans les bras l'un de l'autre. C'était bon d'entendre son patronyme. En France, on avait juste un prénom. Soudain, c'était un peu de l'odeur, de la musique et de la lumière de leur pays qui revenait, même si l'un était un Russe blanc, orthodoxe pratiquant, antisémite et misogyne, qui haïssait les bolchos, et l'autre un ancien ennemi, un rouge vif, convaincu et enthousiaste, qui avait participé à l'établissement du communisme. Ce genre de différences qui vous faisaient vous étriper lorsque vous étiez au pays disparaissaient ici. Surtout quand il s'agissait de deux Russes insomniaques.

18

Pour la première fois de ma vie, j'ai séché le lycée. Jamais avant ça ne me serait venu à l'idée. Même quand les cours étaient à mourir d'ennui, je les supportais avec résignation. Mais il y avait une raison capitale. Pas question de laisser Cécile seule. J'ai quitté l'appartement comme si de rien n'était. Je suis allé à l'hôpital Cochin. On y entrait comme dans un moulin. Dans sa chambre, il n'y avait plus que trois malades. J'ai demandé à l'infirmière dans quel service elle avait été transférée. Elle m'a dévisagé sans comprendre et s'est précipitée dans la chambre. Elle a eu l'air éberluée devant le lit abandonné et l'armoire vide.

– Elle s'est barrée !

Elle a agrippé le téléphone et, affolée, a prévenu le poste de garde de la disparition de Cécile. Elle a donné un bref signalement. Personne ne l'avait vue. Un professeur arrivait avec un groupe d'étudiants qui le suivaient comme son ombre. La mine déconfite, elle lui a annoncé la mauvaise nouvelle. Un quart d'heure auparavant, elle était passée dans la chambre, elle dormait toujours et puis. . Elle n'a pas fini sa phrase. Le professeur l'a traitée de tous les noms, avec une agressivité incroyable, l'insultant sans qu'elle réagisse. Il s'est retourné vers les étudiants et leur a lancé :

– Qu'est-ce que vous branlez, bande de cons, hein ? Vous attendez quoi pour vous bouger ?

Le professeur est entré dans une chambre en claquant la porte derrière lui, sans m'accorder le moindre regard. Les étudiants et l'infirmière se sont égaillés comme une volée de moineaux. Ils ont interrogé visiteurs et malades. Cécile s'était évaporée. J'ai quitté l'hôpital. Je l'ai cherchée dans les cafés en face. J'ai questionné les serveurs, personne ne l'avait aperçue. J'ai descendu la rue Saint-Jacques jusqu'à la Seine, scrutant l'intérieur des bistrots. Pas de Cécile. Avec un fol espoir, je m'attendais à la croiser. Je suis monté chez elle, quai des Grands-Augustins. L'appartement était dans le même état que la veille, après l'intervention des pompiers. Je m'y sentais mal à l'aise, un peu comme un cambrioleur débutant. Je l'ai attendue longtemps, à tourner en rond. Elle n'allait pas tarder. Dans une alcôve, il y avait une horloge franc-comtoise. « Elle sera là à dix heures. »

Quand le carillon a sonné, je me suis tourné vers l'entrée, persuadé qu'elle allait apparaître, comme par un coup de baguette magique. Il ne s'est rien passé. Par la fenêtre, je la guettais dans la foule. À dix heures et demie, la comtoise m'a surpris, le nez collé à la vitre. « Elle sera là à onze heures. Elle ne peut pas ne pas venir. »

Au onzième coup, mon espoir s'est envolé. Elle ne viendrait pas. J'avais été stupide d'y croire. J'ai quitté l'appartement en laissant mon trousseau de clés sous le paillasson. J'avais l'impression désagréable, poisseuse, qu'elle n'y reviendrait pas. Si elle faisait encore une bêtise, je ne le saurais pas. J'ai griffonné sur un morceau de papier que j'ai glissé dans l'interstice de la porte : « S'il arrive quoi que ce soit, prévenez-moi : Michel Marini », et j'ai noté mon numéro de téléphone. J'ai arpenté le quartier, les cafés et commerçants où elle avait l'habitude d'aller, la rue Saint-André-des-Arts et les environs de Saint-Sulpice. Personne ne l'avait aperçue. J'ai longé les grilles du Luxembourg, tête basse. Retour à la case départ.

Direction Henri-IV. Pas de quoi se réjouir. Je cherchais un motif d'excuse à donner à Sherlock. Un incontestable, en béton armé, qui ressemblerait comme une goutte d'eau à un vrai et qu'aucun surveillant général, même un malin comme lui, n'aurait l'idée de mettre en doute ou de vérifier. À cet éternel jeu du chat et de la souris, j'étais une petite bête paniquée à l'imagination pitoyable. À chaque cause d'absence que j'imaginais, il ne faudrait qu'une seconde à ce vieux matou de Sherlock pour me dépecer. Je me préparais à me faire crucifier quand je suis arrivé devant l'entrée proche du théâtre de l'Odéon. J'étais à quelques mètres de la fontaine Médicis. Je risquais de rater la sonnerie de quatorze heures. J'ai poursuivi mon chemin. Je me suis immobilisé. « Si elle n'est pas là, je ne la reverrai jamais. »

J'ai fait demi-tour. Je n'étais plus à cinq minutes près. J'ai couru vers la fontaine. Je n'ai vu que des lecteurs et les habituels couples d'amoureux tranquilles. Pas de Cécile. Elle m'avait souvent parlé de cette fontaine et de sa perfection, essayant de me faire partager sa passion. Je l'écoutais avec patience et sans intérêt. Soudain, j'ai aperçu les deux taches, verte et blanche, comme un écrin, au cœur de la fontaine. Sans pouvoir dire comment ni pourquoi, je me suis fait happer à mon tour. Je ne pouvais détacher mon regard de Polyphème, si beau et si monstrueux, si disproportionné et si pitoyable quand il surprend Galatée et Acis et qu'il va tuer le berger. Crime obligatoire et inutile. En arrivant au bord du bassin, j'étais plein de compassion pour ce pauvre borgne, dédaigné et désespéré. J'ai aperçu Cécile, dans un coin isolé. Elle dormait dans un fauteuil, la tête renversée, les bras ballants. Elle était d'une extrême pâleur, les joues creuses, le teint cireux. Aucun souffle n'agitait sa poitrine. J'ai posé ma paume sur son front. J'ai senti sa chaleur. Je l'ai recouverte avec mon blouson. Je me suis assis à côté d'elle. Cécile a ouvert les yeux. Elle n'a pas été étonnée de me voir, a esquissé un timide sourire et m'a tendu la main. Je l'ai gardée, serrée dans la mienne.

– Tu en as mis du temps, a-t-elle murmuré.

– Je t'ai cherchée partout.

– J'ai eu peur que tu ne viennes pas.

– Je suis là.

– Je t'en prie, ne me laisse pas.

– Ne t'inquiète pas. Tu veux rentrer chez toi ?

Elle a fait non de la tête. On est restés au bord de la fontaine. Je ne savais pas si elle dormait ou si elle se reposait. Je fixais Galatée abandonnée sur Acis, seuls au monde et béats de bonheur. Cécile m'observait avec attention.

– Ils sont beaux, non ?

– Ils sont inconscients du danger qui les menace.

– Ils sont heureux de vivre. Ils s'aiment. Rien n'a d'importance. Pour eux, le danger n'existe pas. Ils resteront amoureux pour l'éternité. Est-ce que tu as de l'argent ?

– Un peu.

– Tu m'offres un crème ?

Elle s'est levée avec peine. Elle avançait à petits pas et s'appuyait sur moi. Au bout de vingt mètres, elle n'avait plus besoin de mon aide. On est allés prendre un café au lait au Petit-Suisse, le bistrot en face. On s'est mis en terrasse.

– J'ai faim.

– C'est bon signe.

Elle a avalé deux croissants en un rien de temps et a demandé un autre crème. Elle a voulu s'exprimer, s'est interrompue.

– … Je peux te faire confiance, Michel ?

– Bien sûr.

– Il ne m'est rien arrivé. Tu as compris ? Rien du tout. On n'en parlera plus jamais. On fera comme si ça n'avait pas eu lieu.

– … Si tu veux.

– Promis ?

– Promis.

– Et pas un mot à Franck.

Elle a remarqué mon silence gêné et mes lèvres pincées.

– Il ne s'est rien passé ! Pour personne. Franck ne doit pas le savoir.

– Je ne peux pas ne pas lui dire. Si un jour il l'apprend, il me tuera.

– Si tu ne lui dis pas, si je ne lui dis pas, il ne le saura jamais. De toute façon, ça n'a plus aucune importance, on n'est plus ensemble.

– Quoi !

– C'est fini entre nous.

– Depuis quand ?

– Je ne sais pas. On ne se voit plus. Il s'est… évanoui.

– À la maison aussi, il a disparu.

– Quand on est avec quelqu'un, on ne le laisse pas sans nouvelles pendant des semaines si on n'a pas une bonne raison. Je l'ai appelé cent fois. J'ai eu ton père, ta mère, toi et ta sœur. J'ai déposé je ne sais plus combien de fois le même message, il ne m'a pas recontactée. La seule fois où j'ai réussi à l'attraper au téléphone, ça a duré trente secondes. Il était sur le pas de la porte, pressé. Il devait me rappeler le soir. Trois semaines ont passé. En général, quand un homme agit

comme ça avec une femme, quand il est… fuyant, c'est qu'il
a rencontré une autre femme et qu'il n'ose pas le lui avouer.

– C'est impossible. Pas Franck.

– Tu me jures que tu ne sais rien ?

– Je te le jure.

– Tu vois une explication à sa disparition ?

– Il doit y en avoir une. Je sais qu'il t'aime.

– Il te l'a dit ?

– Il me l'a fait comprendre.

– C'était quand ?

– On était chez toi.

– Je suis certaine qu'il y a une autre femme dans sa vie.

Je n'étais pas un grand spécialiste des relations amoureuses. Ma seule expérience venait de mes lectures. Je ne
voyais pas d'explication à ses absences permanentes. Depuis
son retour d'Allemagne, il n'avait pas dormi plus de trois ou
quatre nuits à la maison. Je me suis gardé de lui en parler.

– S'il a fait ça, c'est un vrai salaud.

Elle a haussé les épaules, a essayé de sourire. Ses joues ont
rougi. Ses yeux aussi. Elle s'est mordu la lèvre, elle a reniflé
et pris sa respiration puis elle a ravalé sa peine.

– Faut être conne pour se suicider pour un mec ! Maintenant, c'est fini. Faut s'endurcir.

– Je n'arrive pas à y croire. Ce n'est pas possible.

– C'est la vie qui est comme ça. Pourtant j'aurais juré
que… Je vais rentrer.

Le serveur nous a apporté l'addition. Cécile n'avait pas
un sou sur elle. Il me manquait deux francs soixante. Je ne
savais plus où me mettre. Le serveur était sympa et n'était
pas passé aux nouveaux francs.

– Deux cent soixante balles, ce n'est pas rien. Vous me les

apporterez. Je vous fais confiance. C'est que je paye la caisse au patron.

– Je vous les amène demain, sans faute, ai-je promis.

– Excusez-moi, lui a-t-elle demandé, vous n'auriez pas une cigarette ?

Il lui a donné une Gitane. Il a gratté une allumette. Elle a tiré dessus avec un bonheur infini.

– Je ne sais pas si c'est très conseillé.

– Écoute, Michel, perds cette habitude de me dire ce que j'ai à faire.

Je l'ai raccompagnée chez elle. On n'avait pas envie de parler. Elle s'est arrêtée deux fois, fatiguée par cette marche.

– Peut-être que tu ferais mieux de retourner à l'hôpital ?

– Michel, je te le répète, je n'ai pas besoin d'une nounou.

J'ai tenu à passer devant elle dans les escaliers. J'ai saisi le petit mot que j'avais glissé dans la porte sans qu'elle me voie. J'ai récupéré mon trousseau de clés sous le paillasson. Elle est rentrée chez elle. Je restais sur le palier.

– Ne t'inquiète pas. Ça va aller.

– Tu veux que je te rende tes clés ?

– Non, garde-les. À moins que tu ne veuilles plus venir.

– Ce n'est pas ce que je voulais dire.

Elle m'a embrassé sur la joue.

– Merci, p'tit frère. Merci pour tout.

– Je passerai peut-être demain.

– Quand tu veux.

À nouveau, j'ai fait le tour des bistrots. Cette fois, à la recherche de Franck. Personne ne l'avait vu. Il y en a deux qui m'ont chambré :

– Si ça se trouve, ton frère est avec Cécile ?

– Cécile, si je la trouve, je ne le dis pas à ton frère.

Je ne prenais pas la peine de relever. Partout, je laissais le même message : « Si vous le voyez, dites-lui qu'il contacte son frère. C'est urgent. »

Je suis passé chez Richard, son meilleur ami, qui habitait derrière la mosquée. Ils faisaient partie de la même cellule et vendaient ensemble *L'Humanité Dimanche* au marché de la rue Mouffetard. Il a semblé désorienté de me voir. Il s'était fait couper les cheveux à ras.

– Tu as eu un problème ?

– Qu'est-ce que j'ai ?

– Tes cheveux ?

– Michel, je suis occupé, tu veux quoi ?

– J'espérais que Franck était chez toi.

– Il y a un moment que je ne l'ai pas vu. Il t'a dit qu'il dormait ici ?

– Ça lui est arrivé. Je pensais...

– Il doit être chez Cécile.

– Si tu le vois, demande-lui de me contacter. C'est important.

– Je n'y manquerai pas.

On est restés face à face deux secondes de trop. Richard, d'habitude si chaleureux et spontané, était sur ses gardes. Il s'efforçait à l'impassibilité. Il y avait une raideur désagréable dans son attitude. Les bons menteurs lèvent la tête. Ils ne craignent rien. Les mauvais détournent les yeux. Comme pour se protéger. Il faudra que je m'en souvienne.

– Cette coiffure ne te va pas. Tu étais mieux avant.

Par acquit de conscience, je suis passé chez deux autres copains de Franck. Ils ne savaient pas où il était et m'ont promis de lui transmettre le message quand ils le verraient.

Au cours du dîner, ma mère m'a demandé :

– Comment ça s'est passé au lycée aujourd'hui ?

– Comme d'habitude.

– Qu'avez-vous fait ?

– En anglais, on a continué Shakespeare et en français, on a commencé *Les Plaideurs*.

– Tu es prêt pour ta composition de maths ?

– J'ai beaucoup travaillé avec Nicolas.

– C'est dommage, a poursuivi mon père, on ne le voit plus. Tu devrais l'inviter un dimanche.

Pendant une partie de la nuit, j'ai échafaudé la liste des excuses potables que je pourrais sortir à Sherlock sans qu'il sursaute, se doute de quoi que ce soit et vérifie. Je ne passerais pas à travers les mailles de son filet. J'ai mal dormi. Le matin, j'étais résigné à aller à l'abattoir quand, dans la poche de mon blouson, j'ai trouvé le bulletin d'hospitalisation que l'infirmière m'avait demandé de remplir lors de l'admission de Cécile aux urgences. J'y ai vu un signe du destin. Une sorte de renvoi d'ascenseur. Ça pouvait réussir parce que c'était gros. J'hésitais à trafiquer ce document. Je n'avais pas de solution de rechange. J'ai pris un stylo à bille noir et je l'ai rempli à mon nom. Avec un minimum de détails. À la ligne « blessures », j'ai mis « petites contusions ». À « cause de l'accident », j'ai inscrit « renversé par un cycliste ». Je me suis appliqué à écrire en petits caractères illisibles comme un médecin. J'ai signé d'un gribouillis. J'avais le cœur battant quand je lui ai tendu ce mot d'excuse. Il l'a examiné sans émettre de doutes sur son authenticité et s'est enquis de ma santé.

– Aujourd'hui, il faut se méfier de tout : des voitures, des autobus et des cyclistes. C'est une bonne leçon.
Il a fallu que j'en rajoute :
– Et il ne s'est même pas arrêté !
– Quelle honte ! Dans quelle époque vivons-nous ?
– Ce n'est grave, vous savez. Comme a dit le médecin, il y a eu plus de peur que de mal.
Pour la compo de maths, grâce à Nicolas, ça s'est bien passé. Il n'était pas obligé de m'aider. Il m'a laissé copier. Comme avant. Avec ces histoires, je l'avais un peu négligé. Il n'était pas rancunier. Pour me faire pardonner, je lui ai proposé un baby. On est allés à Maubert. Je n'en avais pas touché un depuis trois mois. Le baby, c'est comme le vélo, ça ne s'oublie pas.

19

Après avoir laissé l'agonisant à l'interne de garde débordé et qui ne savait par quel bout examiner le malheureux, Igor et Victor étaient allés faire connaissance au Canon d'Austerlitz. Bientôt, les réserves de vodka furent épuisées.
– Tu as déjà bu du whisky, Igor Emilievitch ?
– Jamais.
– Ça a un drôle de goût, mais on s'y fait vite.
– Je n'aime pas trop ce qui est américain.
– Attention, le vrai whisky, c'est écossais.
Igor but son premier verre de whisky à la russe. Moins agréable que la vodka, pas mal quand même. Les deux

hommes se jurèrent une fraternité éternelle, de ne plus se quitter et se racontèrent leur vie. Victor était malin. Il savait qu'un compatriote démasquerait vite ses bobards. Il dit la vérité. Toute simple. Il savait qu'après l'euphorie des retrouvailles, viendrait l'heure de la méfiance envers l'ennemi historique. Comme tous les menteurs, Victor ne pouvait pas croire qu'une personne dise la vérité et il ne crut pas Igor :

– Non, tu n'es pas médecin ! Ce n'est pas possible.

– Je te jure. Je suis diplômé de l'Académie médicochirurgicale de Leningrad. Le diplôme n'est pas reconnu en France. J'ai fait une spécialisation de cardiologie. J'ai exercé durant quinze ans. J'avais une consultation à l'hôpital Tarnovskij de Leningrad. Pendant la guerre, j'étais médecin militaire dans l'armée de Joukov avec le grade de lieutenant. J'étais un bon médecin. Mes patients m'adoraient.

– Tu racontes n'importe quoi. Tu es brancardier ! Tu t'y connais un peu en médecine à force de voir des malades et d'entendre les docteurs. On n'embobine pas le père Victor. On est pareils nous deux. Les malins peuvent rouler les ignorants et les imbéciles. Arrête de te foutre de ma gueule, camarade.

Igor se trouvait confronté à un problème insoluble. Comment prouver qu'il avait été médecin ? Ses explications, tentatives, démonstrations et croquis se heurtèrent à un mur d'incrédulité. Victor voulait une vraie preuve. En papier gaufré, avec des tampons officiels de couleur, des en-têtes, des signatures ministérielles. Le diplôme était resté à Leningrad. Victor souriait.

– Tu es aussi médecin que je suis le cousin du prince Youssoupov.

– Tu *es* le cousin du prince Youssoupov !

– Je raconte ça aux touristes pour rigoler. Je dois reconnaître que tu es doué. L'important, c'est de paraître. Je connais des grands-ducs et des comtes qui ressemblent à des concierges ou des cordonniers. Quand ils révèlent leur noblesse, on les traite de menteurs. Moi, tout le monde me croit.

Igor n'était plus d'un tempérament combatif. Sa fuite d'URSS et ses pérégrinations l'avaient amené à revisiter des notions comme la vérité ou le mensonge. À présent, il n'avait plus aucune certitude sur rien à part celle d'être vivant. Pour lui, c'était la seule et unique vérité sur cette terre : tu étais vivant ou tu étais mort. Le reste n'était que croyances ou constructions de l'esprit.

– Crois ce que tu veux, ça m'est égal. Tu as raison, ici je ne suis pas médecin, je suis brancardier.

Victor trouva dans ce renoncement rapide la preuve qu'Igor était un fieffé menteur et qu'il ferait donc un bon taxi.

– Combien tu gagnes avec ce boulot ?

– Pas grand-chose.

– Ça te dirait de bien gagner ta vie, de te payer ce que tu veux et d'être libre ?

– Qui refuserait une proposition pareille ? Si c'est honnête, j'accepte.

– Tu m'insultes ou tu blagues ? Je suis un ancien officier de l'armée du tsar, ne l'oublie pas. J'espère que tu n'es pas juif ?

– Je suis vivant, ça ne te suffit pas ?

Igor devint taxi pour le compte de Victor qui avait une notion de l'honnêteté élastique et qui ne s'appliquait pas à ses clients, surtout les étrangers.

– Tu as tort, Igor Emilievitch, de t'attacher à ces petits détails. Tu me connais, je suis croyant et respecte les commandements. Si Dieu a créé des pigeons, c'est pour qu'ils se fassent pigeonner.

Igor a mis du temps à devenir un vrai taxi parisien. Paris était une ville immense, les Parisiens des fous furieux, les Parisiennes des excitées, la banlieue embrouillée et les banlieusards des radins. Mais grâce à sa mémoire de médecin, il a fini par connaître par cœur le plan des rues. Les encombrements y étaient inextricables.

– Avant, ça roulait. À la Libération, c'était parfait. Ensuite, les 2 CV sont venues nous pourrir la vie et, depuis que Renault a inventé la Dauphine pour ces dames, c'est le bordel.

– J'accepte de travailler pour toi à une condition : ce sera de nuit. Je ne dors que le jour.

– Ce n'est pas évident. La nuit, c'est un métier.

– C'est à prendre ou à laisser, Victor Anatolievitch.

– Ma femme va te bénir. Celui qui me fait la journée me vole. Avec toi, je serai tranquille, les cocos n'ont qu'une seule qualité, ils sont honnêtes. Que pourrais-je prendre pour dormir ?

– Je ne connais pas les médicaments français. Je refuse de prendre des somnifères. Ça fait longtemps que tu as des insomnies ?

– Depuis mon arrivée à Paris, je ne dors plus. J'ai pris quarante kilos. Dans ma jeunesse, j'étais comme un moineau et dormais comme un sonneur. Tu es un sacré menteur, si tu étais médecin, tu saurais comment guérir tes insomnies.

Victor lui apprit les multiples astuces pour arrondir son mois qui lui avaient permis de se payer cette maison blanche dont il était si fier sur les hauteurs de L'Haÿ-les-Roses d'où il voyait Paris, la tour Eiffel et le Sacré-Cœur. Jusqu'à sa mort, douze ans plus tard durant les événements de mai 68, d'une crise cardiaque dans un encombrement monstre sur la nationale 7 aux environs d'Orly, avec un Texan qui hurlait parce qu'il l'avait baladé deux heures dans la banlieue sud, Victor fut persuadé qu'Igor était un affabulateur de première et n'avait jamais été médecin de sa vie. Il lui révéla, après lui avoir fait jurer sur une icône de Novodievitchni de n'en parler à personne, même à son confesseur, l'art de distraire l'attention du client pour tourner en rond en ayant l'air d'aller tout droit, comment prolonger la course en attrapant les feux rouges, quelles rues utilisaient les camions poubelles pour rester bloqué derrière, les parcours que suivaient trois fois par semaine les chevaux de la garde républicaine, l'intérêt de prendre les avenues en travaux plutôt que celles qui étaient dégagées, comment se retrouver coincé derrière un camion de livraison ou de déménagement sans que le client le soupçonne, et les mille et une combines qui vous permettaient de vous offrir un beau pavillon de banlieue en vingt ans d'honnête labeur. Il lui apprit aussi à se méfier comme de la peste des boers, ces flics sadiques que la Préfecture lâchait aux basques des taxis pour les persécuter sous n'importe quel prétexte, comment les reconnaître et s'arranger avec eux quand on ne pouvait pas faire autrement.

– Il y a un moyen imparable de les repérer, ils ne roulent que dans des 403 noires. Dès que tu en as une au train, tu remets ton drapeau comme il faut. Tu as de la chance, ils ne travaillent pas souvent de nuit.

Igor et Victor n'éprouvèrent pas le besoin de signer de contrat. Ils ont topé et ils se sont embrassés. Igor râlait qu'il se faisait exploiter par Victor mais continuait à travailler pour lui. Il ne suivit aucun de ses conseils, prenait le chemin le plus direct et le plus économique pour son client. Il aurait pu se mettre à son compte mais il était son propre maître et gagnait sa vie sans souci. C'est ce qui comptait pour lui. À l'opposé de Victor qui en profitait pour se faire mousser, Igor n'a jamais dit à aucun client qu'il était russe. Il lui est arrivé de conduire des dignitaires du parti communiste soviétique qui adoraient les cabarets russes de Paris. Il a entendu des conversations secrètes murmurées au fond de son taxi. C'est ainsi qu'il nous a annoncé quatre jours à l'avance que Nikita Khrouchtchev allait être limogé et remplacé par Leonid Brejnev et que, pendant ses séjours parisiens, l'inamovible et busterkeatonien Andreï Gromyko en profitait pour rendre visite à une amie très chère qui s'appelait Martine.

20

Franck était adossé à l'église Saint-Étienne-du-Mont et fumait une cigarette. Il attendait la sortie des cours d'Henri-IV. Il y avait fait sa scolarité. Je retrouvais les mêmes professeurs, sept ans plus tard, qui me scrutaient, dubitatifs.

– Vous êtes parent avec Franck Marini ?

– Oui madame, c'est mon frère.

– Il était plus doué que vous.

Dix jours auparavant, il était parti en claquant la porte. J'ai traversé la rue pour le rejoindre et là, au lieu de me serrer la main, il m'a fait la bise. J'ai mis ça sur le compte de l'émotion.

– J'ai eu ton message. Si on allait prendre un pot ? Tu as le temps ?

On a retraversé la rue Clovis. On a croisé Sherlock qui, en bon surveillant général, supervisait la sortie. Il s'est avancé vers nous et a serré la main de Franck avec sympathie.

– Comment allez-vous, Marini ?

– Très bien, monsieur Masson. Et Michel, ça va ?

– Dieu merci, son accident n'a pas eu de conséquences.

– Tu as eu un accident ? s'est exclamé Franck.

Mes jambes se sont mises à flageoler. J'avais la chair de poule. J'ai réussi à ânonner :

– Ce... ce n'est rien. Je t'expliquerai.

– Il faut être vigilant, Michel, a déclaré Sherlock. Je vous ai observé quand vous avez traversé la rue avec votre frère. Vous n'avez pas regardé.

– Je vous jure, monsieur, que je ferai attention.

– C'est incroyable, il est plus grand que vous mais il n'est pas comme vous, Franck. Il fait le minimum syndical. La moyenne, ça lui suffit.

– Ce n'est pas faute d'essayer, croyez-moi, monsieur.

– J'ai l'impression qu'il est plus doué pour le baby-foot.

– Ah, le baby c'est fini, maintenant c'est les échecs.

– Les échecs ? Vous m'intéressez, mon petit Michel, il faudra me montrer un de ces jours.

On est partis prendre un pot à La Chope, place de la Contrescarpe.

– C'est quoi cet accident ?

– Un baratin que je lui ai raconté pour justifier une absence.

– Tu es tombé sur la tête !

– Oh, je fais attention.

– Pour une bêtise pareille, tu peux être exclu de H-IV ! Tu imagines les parents ?

– Tu t'inquiètes pour eux ?

– C'est pour toi que je dis ça. Tu dois arrêter de faire le con et penser un peu à ton avenir. Faut bosser pour y arriver.

Le serveur a déposé sur le guéridon le demi pour Franck et mon panaché bien blanc.

– Toi, tu ne déconnes jamais ?

– Moi, j'ai mon diplôme. Je fais ce que veux. C'est quoi cette urgence ? Si c'est pour les parents, ça ne sert à rien.

– Cécile… Tu l'as déjà oubliée ?

– Qu'est-ce qu'elle a Cécile ?

– Elle a qu'elle est malheureuse. Tu lui avais dit que tu la rappellerais. Tu ne l'as pas rappelée. Depuis des semaines, elle est sans nouvelles de toi. Elle ne comprend pas ce qui se passe.

– De quoi tu t'occupes ?

– Je croyais que tu l'aimais, moi.

– Ce ne sont pas tes affaires.

– C'est une fille extraordinaire, formidable… « J'aime une fille qui a une très jolie nuque, de très jolis seins, une très jolie voix, de très jolis poignets, un très joli front, de très jolis genoux… » Tu te souviens ?

– Arrête ! À quoi tu joues ? Elle t'a demandé de venir me trouver ? De me faire la leçon ?

– Elle est persuadée que tu es avec quelqu'un d'autre et que tu n'as pas le courage de le lui dire en face !

– C'est des délires de bonne femme. Je ne suis avec personne.

– Tu la laisses tomber ?

Franck ne m'a pas répondu. Il a baissé la tête. Il me jetait des petits regards, l'œil noir. Il a pris une Gitane et l'a allumée avant de se rendre compte qu'il en avait une qui se consumait dans le cendrier. Il l'a éteinte.

– Tu es capable de garder un secret ?

– Tu ne vas pas t'y mettre aussi.

– J'ai devancé l'appel. Je me suis engagé. Je pars en Algérie.

– Tu es étudiant.

– J'ai fait révoquer mon sursis.

– T'es dingue !

– Essaye d'expliquer à une femme que tu la quittes pour t'engager dans l'armée. Tu peux y passer des années. Je ne lui ai rien dit. C'était inutile. Au-dessus de mes forces.

– Elle croit que tu l'abandonnes pour une autre femme !

– J'ai fait ça exprès. Pour qu'elle se détache de moi.

– Pourquoi tu ne lui as pas expliqué en face ?

– Parce que je l'aime, connard ! Je n'y serais pas arrivé. Je ne veux pas qu'elle m'attende. Je ne peux pas avoir un fil à la patte. J'avais décidé de partir sans en parler.

– Pour quelle raison, tu me le dis ?

– Tu as ameuté tout Paris ! Je croyais qu'il était arrivé quelque chose de grave.

– C'est arrivé !

– Quoi ?

– Va te faire foutre ! Tu ne la mérites pas !

Je me suis levé. J'ai quitté le bistrot. Franck m'a rattrapé sur la place. Il m'a agrippé par les revers de mon blouson et m'a secoué en hurlant :

– Qu'est-ce qui est arrivé, bon Dieu ?

Je ne l'avais jamais vu aussi tendu. On s'est assis sur un banc. Un clochard dormait, vautré sur le macadam. Je lui ai tout raconté. Il m'a laissé parler sans poser une seule question. Il avait le visage défait. À la fin, il était plongé dans ses pensées, épaules basses. Il était écrasé. Sa tête dodelinait.

– Merci, a-t-il dit, fragile. Elle… elle est sortie d'affaire ?

– Il aurait mieux valu qu'elle reste un jour ou deux en observation à l'hôpital. Elle n'écoute rien.

On a entendu une voix caverneuse qui montait du sol :

– T'es un vrai salaud !

Le clochard s'était redressé, avait écouté l'histoire et, assis sur le bord du trottoir, considérait Franck avec une moue de mépris, le doigt pointé.

– Faut être le roi des cons pour s'engager dans l'armée française et plaquer sa petite amie. Il est taré ce mec ! Ah, tu peux être fier de toi !

Franck était furieux. J'ai cru qu'il allait lui sauter dessus.

– De quoi tu te mêles ? Allez, casse-toi ou je vais t'en mettre une !

Le clochard a ramassé ses sacs, sa bouteille de pinard. Il s'est éloigné en maugréant, emportant son odeur acide avec lui.

– Des cons ! Tous des cons !

Il a disparu rue Mouffetard en gueulant et insultant les passants.

– Tu vas aller la voir ?

Il a fait non de la tête.

– Franck, c'est Cécile !

176

– Ça a été une décision difficile à prendre. En face d'elle, je n'aurais pas eu ce courage.

– Elle aurait pu mourir à cause de toi !

– Je regrette et je m'en veux. C'est trop tard. Je pars dans quatre jours. Quand je serai là-bas, je lui écrirai une lettre pour m'expliquer. À mon retour, on verra.

– Tu crois qu'elle va t'attendre ? Elle te déteste !

– C'est ma vie, Michel ! Je suis obligé.

– Putain, Franck, tu es vraiment con !

– Je te demande de ne rien lui dire. Pas avant mon départ. Laisse-moi m'en occuper.

– Tu as perdu la tête. Tu vas le regretter toute ta vie.

– N'en rajoute pas ! Viens, on va manger un morceau.

– Je n'ai pas envie. Je vais rentrer.

– Il faut que je te parle. C'est important.

J'ai hésité à le planter là. Il semblait paumé. J'avais l'espoir de le convaincre.

– Je vais téléphoner pour dire que je reste dîner chez Nicolas.

Il m'a invité au Volcan, un petit restaurant grec où la patronne cuisinait comme à Salonique. On est allés dans la cuisine, on a soulevé les couvercles et on a choisi au fumet. Ça sentait les aubergines, les courgettes et les poivrons mijotés avec des oignons confits, du cumin et du laurier. Ce soir-là, Franck m'a raconté l'histoire de notre famille, la rencontre de nos parents, la guerre, sa naissance, leur séparation durant cinq ans, leurs retrouvailles et leur mariage forcé. Il avait besoin de vider son sac. Je n'ai pas ouvert la bouche. Les enfants ne connaissent pas la vie de leurs parents. Quand ils sont jeunes, ils n'y pensent pas parce que le monde a commencé avec eux. Leurs parents n'ont pas d'histoire et ont la mauvaise habitude de ne parler aux enfants que de l'avenir, jamais du passé. C'est une grave erreur. Quand ils ne le font pas, ils restent toujours comme un trou béant.

– Elle me hait. J'ai mis du temps à l'admettre. À cause de moi, elle a été obligée d'épouser notre père et elle a raté sa vie. Si je n'étais pas né, elle aurait fait un beau mariage, avec un homme de son milieu.

Il avait raison. Je n'avais aucune objection à émettre.

– Et moi, elle me hait ?

– Toi, ce n'est pas de ta faute. Après, elle a voulu une famille. Pour elle, tu es un Marini, pas un Delaunay. Ne l'oublie pas. Je ne te dis pas ça pour te monter contre elle. Je ne lui en veux pas. Il fallait que tu saches.

Il y avait entre nous une différence encore plus grande. Je ne me sentais pas concerné. Je ne pouvais rien y changer. Seule Cécile m'intéressait.

– Pourquoi tu t'es engagé ?

– Si on ne bouge pas, on laisse un boulevard aux fascistes. Il est peut-être trop tard. Au moins, on aura essayé.

– Tu crois que toi, tu vas arriver à changer la société ?

– Je ne suis pas seul.

– Et papa ?… Lui, il ne te hait pas. Tu ne peux pas partir sans lui dire. C'est injuste.

– Papa, j'accepte. Mais pas un mot à Cécile !

J'étais révolté et impuissant. Lui cacher son engagement me paraissait une abjection. La lui révéler et je perdais mon frère. Il avait fait son choix et ce n'était pas Cécile. Je me sentais sali, coincé et plein de rage. Si j'avais été plus fort, je lui aurais cassé la gueule. J'ai un problème avec la logique. Je n'ai jamais compris comment on pouvait dire une chose et faire son contraire. Jurer qu'on aime quelqu'un et le blesser, avoir un ami et l'oublier, se dire de la même famille et s'ignorer comme des étrangers, revendiquer des grands principes et ne pas les pratiquer, affirmer qu'on croit en Dieu et agir comme s'il n'existait pas, se prendre pour un héros quand on se comporte comme un salaud.

21

Igor n'aimait pas boire. Il ne tenait pas l'alcool. Quand ça lui arrivait, il rattrapait les bouteilles perdues. Il se mettait à philosopher, et il détestait la philosophie et les philosophes.
– Il faut garder les pieds sur terre, disait-il. Chaque fois qu'on s'élève un peu, on tombe de haut.
Cette nuit-là, il est retourné à l'hôpital de La Pitié en titubant et s'est fait engueuler par l'infirmière-chef qui faisait l'admiration de ses collègues par la hauteur impressionnante de son chignon crêpé. Elle se contrefoutait comme de sa première petite culotte qu'il ait rencontré un compatriote et allait lui coller un rapport pour abandon de poste et ivresse pendant le service. Igor lui a éclaté de rire au nez. Il est allé chercher ses affaires dans son casier et s'apprêtait à quitter pour toujours l'univers nauséabond de l'hôpital quand il a aperçu dans le couloir l'homme que Victor avait amené. Il gisait sur le brancard depuis son arrivée. Personne ne daignait s'occuper de lui. Aucun médecin de garde n'était disponible. Le chef de service ne serait là qu'à huit heures et l'homme

allait mourir. Il était inconscient. Igor a examiné ses pupilles, a pris son pouls et sa tension. Il avait un écrasement du nez qui l'empêchait de respirer, une fracture de la mandibule, plusieurs dents cassées et le visage en sang. Igor a entrepris de lui ouvrir les mâchoires. L'homme geignait. Il a plongé la main dans la bouche, en a retiré les dents cassées et a dégagé la trachée. Il a attrapé une paire de ciseaux et a découpé ses vêtements. Il lui a palpé le thorax. Un point précis le tracassait, au niveau du plexus. Une protubérance indiquait une fracture thoracique. L'infirmière est arrivée.

– Qu'est-ce que vous faites ? Arrêtez ! Vous êtes fou ! Vous n'avez pas le droit !

– Je suis docteur ! Cet homme a un hémothorax. Il va mourir si on ne lui fait pas un drainage pleural. Trouvez-moi un drain, et vite. Il me faut de l'alcool iodé et de la xylocaïne.

– Je n'ai pas d'anesthésique.

– On s'en passera.

Igor a eu du mal à déshabiller le blessé. L'infirmière est revenue avec un drain semi-rigide sur mandrin et un flacon d'alcool iodé.

– C'est tout ce que j'ai trouvé.

– Aidez-moi à le redresser. Tenez-le sous les aisselles et faites contrepoids.

Ils ont relevé l'homme, qui était inconscient. Igor l'a fait asseoir, a nettoyé l'omoplate avec l'alcool, a repéré le deuxième espace intercostal et a piqué sans hésiter. Le patient a sursauté. L'infirmière le bloquait. Igor a retiré le mandrin, a adapté l'aiguille, l'a enfoncée et a ponctionné le sang avec la seringue. Le drainage a duré plusieurs minutes. Igor a retiré l'aiguille d'un coup sec et lui a nettoyé ses nombreuses plaies.

L'infirmière s'est précipitée dans la salle de garde et s'est mise à hurler au téléphone, menaçant son interlocuteur de prévenir la police et de le poursuivre pour non-assistance à personne en danger s'il n'arrivait pas dans les cinq minutes. En plus, elle lui a juré qu'elle lui arracherait les yeux. Igor l'a rejointe.

– Il continue de saigner. Il faut l'opérer, lui faire une thoracotomie. Ou ils l'opèrent tout de suite ou c'est moi qui le fais, avec ou sans anesthésie.

Deux internes sont arrivés cinq minutes plus tard et ont pris le relais, menant l'homme vers le bloc opératoire. L'infirmière s'est retournée vers Igor, blafard et épuisé. Ses vêtements étaient tachés de sang.

– Pourquoi ne pas m'avoir dit que vous étiez médecin ?

– Je suis brancardier.

– Ne vous inquiétez pas, je ne ferai pas de rapport.

Igor a hésité deux secondes, a haussé les épaules.

– C'est fini pour moi. Bon courage.

Il a quitté l'hôpital, a jeté sa blouse dans une poubelle et il est allé boire un dernier café-calva au Canon d'Austerlitz. En payant, il a trouvé le numéro de téléphone que Victor Volodine avait griffonné sur un paquet de Gitanes. Il faisait nuit noire. Il a demandé un jeton à la caissière et, du taxiphone, a téléphoné à Victor qui venait d'arriver chez lui.

– C'est pour te dire que je prends la place. Je commence quand ?

– Au début, je te montre. Tu m'accompagnes quelques nuits, si tu es d'accord.

– Sans problème.

– On se retrouve demain, enfin ce soir à dix-neuf heures. Tu connais la brasserie Le Royal, place de la Nation ?

– Je trouverai. Bonne nuit, Victor Anatolievitch.

– Toi aussi, Igor Emilievitch, dors bien.

Igor a renoncé sans regret à son métier de brancardier. En raccrochant sa blouse, il s'était juré de ne plus remettre les pieds dans un hôpital et de ne plus soigner qui que ce soit. Il a commencé sa nouvelle vie de chauffeur de taxi le soir même et en a été heureux.

Victor était un moulin à paroles. Avec lui, pas besoin de se demander de quoi on allait parler. Il tenait la conversation seul. Assis à l'avant, Igor l'écouta raconter à des Anglais abasourdis comment il avait failli participer à l'assassinat de Raspoutine avec son cousin Félix Youssoupov. Comment il avait attrapé une bronchite carabinée due au froid polaire et aux conciliabules dans les courants d'air des couloirs mal chauffés, sa femme, la comtesse Tatiana, fille de l'archiduc Orlov et apparentée aux Rostopchine, lui avait interdit de sortir de leur palais des bords de la Neva pour rejoindre la conspiration. Ils stationnaient place Vendôme, devant le Ritz, moteur arrêté et compteur tournant pendant une heure vingt. Ce n'était pas son record. Le temps d'un récit magique. Victor Volodine n'était pas un affabulateur. C'était un conteur. Il ajoutait des détails imprévus et ignorés, des précisions morbides ou scabreuses qui conféraient à ses propos l'aura de la vérité. Quand les clients le méritaient – il fallait qu'ils soient anglais ou américains –, il sortait de la boîte à gants une pièce de velours mauve lamée de fils dorés, qu'il dépliait avec religiosité et, comme un secret révélé, dévoilait aux touristes fortunés le poignard cosaque incrusté de diamants qui avait pourfendu Raspoutine et que Youssoupov lui avait offert en témoignage d'amitié. Les Anglais ont payé sans sourciller la plus grosse note de taxi de leur vie en laissant un pourboire royal à ce pauvre aristocrate, victime des bolcheviks. Rien ne pouvait démonter Victor. Il avait un toupet auquel aucun Britannique ne pouvait résister.

– Vous aviez quel âge lors de l'assassinat de Raspoutine ? Vous ne deviez pas être vieux ? lui a demandé l'homme, sans penser à mal.

Victor affichait son plus beau sourire. Pendant ce temps, il compulsait les dates.

– Vous me donnez quel âge, sir ?

– Environ cinquante-cinq ans, ce qui vous ferait dans les seize ans à la mort de ce Raspoutine, en 1916, je crois.

– Je vous remercie de votre gentillesse, my lord. Je n'ai pas été épargné par la vie. Je vais sur mes soixante et onze ans, dans deux mois, et toujours obligé de travailler pour nourrir ma famille.

– Dieu du ciel, vous ne les faites pas.

En ce mois d'avril 56, il faisait un temps d'été. Victor Volodine a descendu la vitre de la Régence et a respiré avec jouissance. Il venait d'avoir cinquante-six ans. Ce n'était pas un Anglais, fût-il lord et pair du Royaume, qui allait le coincer.

– Regarde comme c'est beau, dit-il à Igor.

La place Vendôme leur appartenait.

– On se croirait à Saint-Pétersbourg.

– Pour moi, ça s'appelle Leningrad.

– Si tu veux qu'on soit amis, ne prononce plus ce mot devant moi.

Igor n'allait pas se disputer avec son patron le premier soir de travail pour une question de vocabulaire. Quel que soit son nom, ils avaient la même ville dans la tête.

– Dis-moi, Igor Emilievitch, c'est vrai que la ville est détruite ?

– Il y a eu un siège de neuf cents jours, presque autant de bombardements et de pilonnages. Au moins un million de morts. Tu vois Hiroshima ? C'est pareil. On la reconstruit. Elle sera plus belle qu'avant.

Victor lui a offert une Gitane. Ils ont fumé en rêvant au palais d'Hiver d'avant-guerre. Igor était sous le charme et fut déçu d'apprendre que le poignard cosaque de la boîte à gants n'avait pas assassiné Raspoutine. Il était berbère et avait été acheté par Victor, pour la somme modique de trois cent cinquante francs, lors de l'Exposition coloniale de 31. Depuis, il se fournissait dans une boutique marocaine de Montreuil où il les achetait à la douzaine et en offrait à ses amis pour leur anniversaire. Victor avait juré, sur la tête des enfants qu'il n'avait pas, à un paisible couple de viticulteurs bordelais ébahis, qu'il avait reconnu l'archiduchesse Anastasia. Il n'y avait ni doute ni mystère à son sujet. Elle était, sans contestation possible, la dernière descendante des Romanov. Que Dieu la protège. Ils avaient joué enfants dans les jardins du palais de Petrodvorets où sa famille était souvent invitée.

– Tu vois, ce n'est pas compliqué. Plus c'est gros, plus tu touches de pourliche.

– C'est dans mon éducation. Je ne sais pas mentir.

– Je ne mens pas. Je leur raconte une histoire.

– Je ne suis pas sûr d'y arriver.

– Alors, dis adieu aux gros pourboires et tant pis pour toi. Ça ne m'étonne pas, avec cette éducation de coco à la con.

Cette première nuit, Victor était si content de sa recette qu'il a décidé de s'arrêter plus tôt que d'habitude. Igor s'est retrouvé largué, vers quatre heures du matin, à proximité de son petit hôtel près de la Bastille. Il n'avait pas sommeil. Il a repensé à l'homme qu'il avait soigné la veille, s'est demandé s'il avait survécu et, bien qu'il se soit juré de ne pas y remettre les pieds, est retourné à La Pitié. En le voyant, l'infirmière-chef a cru qu'il venait reprendre sa place. Igor voulait avoir des nouvelles de l'homme blessé.

– Il est vivant pour l'instant. Il a été opéré durant cinq heures par Mazerin en personne. Il n'a pas repris connaissance. Pronostic réservé. Le professeur a dit que vous lui aviez sauvé la vie. Comme il n'avait aucun papier d'identité sur lui, on ne connaît pas son nom. Vous ne voulez vraiment pas revenir ?

– Je peux le voir ?

– Pavillon Charcot, chambre 112.

L'homme au visage tuméfié était dans une chambre au rez-de-chaussée. Seul. Perfusé au bras droit, intubé, sous contrôle cardiaque et assistance respiratoire. Avec ses bandages autour de la tête, on aurait dit une momie. Igor a consulté son carnet de santé et le compte rendu opératoire. Pas brillant. Il s'est assis près de lui. Il régnait dans ce service un silence et une chaleur écrasants. Il lui a tenu la main gauche. Elle était grise, froide et ridée. Igor l'a réchauffée en lui soufflant dessus et en la frottant. Elle a repris un peu de couleur. Dans ce corps qui hésitait, quel combat se déroulait ? Que pouvait-il faire de plus ? Y avait-il un geste nouveau, un remède inconnu qui pourrait le sauver ? Son impuissance était-elle inéluctable ? Le moment était-il venu pour lui ? Arriverait-il à remonter à la surface ou se laisserait-il engloutir ? Il retrouvait ce sentiment oublié du médecin face à la mort. Cette volonté sourde de lutter contre elle, de lui contester son droit, cette

185

jouissance suprême de lui ravir ses proies. Il a revu les doigts soudés aux paillasses, les yeux hallucinés, les peurs innommables, les asphyxies inexorables, les visages de ceux qui lui avaient échappé, qui lui avaient filé entre les mains pendant l'interminable siège de Leningrad et sur le front, la foule innombrable des oubliés, des sacrifiés, qui comptaient pour rien, qui n'avaient aucune importance. Il retrouvait cette répulsion viscérale, cette amertume toujours recommencée et combattue. Cet homme inerte, en suspension entre la vie et la mort, lui était proche comme personne d'autre. Un frère humain. Celui-là, il le garderait. Il lui a serré la main et lui a dit en russe :

— Je te jure que tu vivras.

Il a réalisé à quel point son métier lui manquait. Un peu plus de quatre ans. Lui faudrait-il quitter la France pour pouvoir l'exercer à nouveau ? Partir en Afrique ? Peut-être en Amérique du Sud ? Dans quel pays son diplôme aurait-il une valeur ? Il devait se renseigner, ne pas se satisfaire de survivre, ne pas se laisser attraper par la résignation. À cinq heures, l'infirmière de nuit est passée pour les soins. Il s'est présenté à elle. À six heures, elle a trouvé Igor affalé dans le fauteuil en train de dormir. Il tenait la main de l'homme. À sept heures, l'infirmière de jour l'a réveillé par inadvertance. Il s'est excusé et éclipsé. Il est revenu en fin de journée. Il est resté un moment aux côtés de l'homme qui était dans le coma. Il est revenu de nouveau après sa nuit de travail et est demeuré une heure avec lui. À lui tenir la main. À lui parler à voix basse. Il a pris l'habitude de passer deux fois par jour. Il demandait aux infirmières des nouvelles de son malade et la réponse était :

— Stationnaire.

Une infirmière lui a rapporté que, dans la journée, un inspecteur de police du commissariat des Gobelins était passé pour l'interroger sur son agression. En voyant son état, il était reparti.

Igor a fait la connaissance du grand patron, le professeur Mazerin, un homme assez jeune, corpulent, avec de superbes nœuds papillons. Mazerin s'était rendu compte qu'Igor était médecin et le pressait de questions : comment avait-il réussi à pratiquer une ponction pleurale aussi parfaite ? D'où venait-il ? Qui était-il ? Igor ne répondait à aucune question. C'était lui qui l'interrogeait. Personne ne pouvait dire quand l'homme sortirait du coma et dans quel état. Il avait un traumatisme crânien, sans fracture du rachis. Seule bonne nouvelle, la tension artérielle, qui était basse, était redevenue normale. Mazerin hésitait à expérimenter un nouveau matériel canadien permettant de diminuer la pression intracrânienne. Igor a étudié la notice et a émis l'opinion que ça ne servirait à rien, le problème n'était pas une hypoventilation cérébrale. Il fallait attendre. Peut-être aurait-il de la chance ?

Igor venait chaque jour. Il examinait le protocole de soins, s'asseyait dans le fauteuil et lui prenait la main. Il lui racontait les contes de fées de Victor, les réactions des clients, le montant des pourboires, les nouveaux quartiers qu'il découvrait au fur et à mesure de ses courses. Il prenait le guide des rues de Paris et de banlieue et l'apprenait par cœur en vue de son examen. Victor lui avait recommandé de commencer par le plan du métro et des lignes d'autobus et de s'en servir comme points de repère. L'infirmière de nuit le faisait réviser et lui servait d'examinatrice. Elle n'était pas commode. Elle connaissait Paris comme sa poche, lui expliquait l'agencement des arrondissements et leur intérêt. Il y avait les quartiers de bourges et les autres. Quand elle entendait la sonnerie dans la salle de garde, elle se précipitait au chevet du malade. Suzanne était une vraie Parisienne, une brunette à la voix haut perchée qui avait toujours vécu aux Buttes-Chaumont. Elle parlait sans s'arrêter, heureuse de rencontrer enfin quelqu'un avec qui discuter.

– Je ne sais pas si tu réussiras ton diplôme de taxi. Si tu le rates, tu pourras rentrer à la RATP.

Elle n'était pas insensible à son charme, a commencé à l'interroger sur sa vie et lui a proposé de visiter la ville le dimanche. Il a mis aussitôt un terme à ses tentatives de rapprochement. Il était marié et père de famille nombreuse. Suzanne a tourné les talons, vexée. Les nuits suivantes, elle l'a ignoré, lui adressant à peine la parole. Il continuait à passer matin et soir. Il aimait cette ambiance d'hôpital avec ses odeurs de javel et d'éther et sa vie cadencée comme une ruche. Ici, c'était le luxe, la profusion et la modernité. Pourtant, ils chignaient et se plaignaient. Ils auraient dû suivre un stage à Tarnovskij qui n'était pas le pire hôpital russe, ils auraient compris ce que voulaient dire la misère et le désespoir et auraient cessé de se lamenter. Personne ne se rendait compte de sa chance, à commencer par les malades.

– On n'a pas le droit de râler quand on est favorisé, c'est insulter ceux qui n'ont rien.

– N'oubliez pas, Igor, rétorquait Mazerin, que les Français sont des râleurs congénitaux.

Igor réussit son examen du premier coup et commença sa vie de taxi parisien. Victor lui laissait la Simca Régence pour la nuit. Ils se retrouvaient le soir à la Nation et Igor la lui rendait le matin avec la recette.

Les semaines passaient. L'espoir que l'homme se réveille était devenu infinitésimal. Suzanne s'était fait une raison et lui parlait à nouveau. Pour elle, il perdait son temps. L'homme ne se réveillerait pas. Il allait décliner, accumuler les complications et faire un arrêt cardiaque. Igor refusait de céder au fatalisme. Sur le front, il avait vécu des miracles inexplicables. Il avait vu des opérations perdues d'avance bien se terminer, des cœurs se remettre à battre et des morts sortir en rampant de la fosse commune. Il ne croisait plus Mazerin ni aucun médecin. Lui ne renonçait pas, il s'asseyait près du blessé, lui prenait la main gauche et lui racontait en détail sa nuit de travail. Parfois, il avait l'impression que l'homme réagissait. Parfois, Igor basculait sans s'en rendre compte et s'exprimait en russe avant de se reprendre. Il finissait par s'endormir. Irène, l'infirmière de jour, le réveillait à sa prise de service.

Au cinquante-neuvième jour, l'inconnu est sorti du coma. Igor venait d'arriver et lui parlait d'un accident de la circulation entre trois voitures dont il avait été témoin au rond-point de l'Étoile quand il a senti la pression de sa main. Il bougeait. Il a appelé Irène. L'homme avait ouvert les yeux et les regardait, absent. Ce jour-là, Igor n'est pas rentré à son hôtel. Ils lui ont posé des questions. Il restait prostré. Pour Mazerin, cette aphasie était préoccupante. S'il ne récupérait pas la parole dans les vingt-quatre heures, cela signifierait qu'il avait des lésions irréversibles au cerveau.

Au bout de huit jours, le blessé n'avait pas dit un mot. L'administration envisageait son placement en maison de soins. Igor notait des progrès. L'homme levait les deux mains et bougeait les jambes. Il portait seul un verre d'eau à ses lèvres. Il lui avait souri à plusieurs reprises. Igor le massait avec vigueur. Ses muscles avaient disparu. Avec Irène, ils avaient réussi, en le tenant chacun sous un bras, à lui faire faire trois-quatre pas. Chaque jour, ils gagnaient un mètre.

Un soir, Igor était en train de lire *Le Monde* quand l'homme a éternué.

– À vos souhaits, a dit machinalement Igor.

– Merci, a répondu l'autre.

Igor a sursauté.

– Vous… vous venez de parler !

– Où je suis ?

– Vous êtes au pavillon Charcot, à l'hôpital de La Pitié.

Igor s'est précipité dans la salle de garde.

– Il parle !

Irène est revenue avec lui et a interrogé l'homme :

– Qui êtes-vous, monsieur ? Vous vous appelez comment ?

– Je ne sais pas, a-t-il répondu.

Suspicieuse, l'infirmière le dévisageait.

– Vous ne trouvez pas qu'il a un drôle d'accent ? a-t-elle demandé à Igor.

– Je n'ai rien remarqué.

– Quel est votre nom, monsieur ? Vous vous souvenez de votre prénom ?

– Mon nom ? Mon prénom ? Je ne me souviens pas. Je ne me souviens de rien, a dit l'homme avec un fort accent germanique.

– Merde, c'est un Boche ! s'est exclamée Irène.

22

Cécile avait décidé de changer. On voudrait souvent que notre vie soit différente. On rêve d'autre chose, rien ne bouge. On se fait des promesses. On avance avec des si qui n'arrivent jamais. On attend, on recule le moment où notre existence sera meilleure, et les jours, les années passent avec nos serments rassis ou évanouis. Cécile ne faisait plus de projets. Sur le palier, j'ai entendu un bruit de camion. L'oreille collée à la porte, j'ai cherché l'origine de ce vacarme. J'ai remis les clés dans ma poche. J'ai sonné, tambouriné. Le bruit de moteur a cessé. Cécile est apparue, noire comme un ramoneur, les cheveux en bataille, vêtue d'une chemise de Pierre qui lui descendait à mi-cuisses, un chiffon à la main.

– Qu'est-ce qui t'arrive ?

Elle m'a fixé, sérieuse, le sourcil froncé.

– J'ai fait un grand ménage dans ma vie, je fais un grand ménage dans mon appartement.

Elle s'est écartée pour me laisser passer et j'ai découvert un salon inconnu. En ordre, rangé. Comme si un bon génie sorti d'une lampe à huile avait, d'un coup de baguette magique, transformé ce lieu où seul le désordre régnait, où aucun chiffon n'avait touché un meuble depuis des années, où des piles d'assiettes sales de fêtes anciennes s'entassaient encore la veille au milieu de cendriers pleins à ras bord, de bouteilles d'alcool et de bière vides, de journaux empilés sur des polycopiés, de caisses déballées, de courriers entrouverts, de tracts froissés, de 33 et 45 tours dont les pochettes traînaient un peu partout et de vases débordant de fleurs fanées. Le canapé avait été écorché vif. Les coussins étaient dénudés. Les housses tachées et trouées gisaient sur le parquet en attente du tapissier. Ça sentait la cire fraîche. Ça brillait et ça resplendissait comme dans ces publicités vantant le bonheur de la femme moderne au Salon des arts ménagers.

– Qu'en penses-tu ?

– Incroyable.

– C'est nickel, tu veux dire. J'y ai passé une journée et une nuit. Rien que pour le salon, j'ai vidé dix sacs d'ordures. Ces trucs qu'on garde, ça devient étouffant. Je respire. Pas toi ? Je suis vannée.

Je faisais le tour du salon, méconnaissable, où chaque objet avait repris sa place d'origine. La bibliothèque, qui tapissait deux murs du sol au plafond, disparaissait sous les bouquins, revues et papiers entassés. Plus rien ne dépassait. Une douzaine de piles de livres d'un mètre de haut attendaient dans l'entrée de passer à la poubelle.

– Tu ne vas pas jeter des bouquins !

– En gardant ceux que j'aime et ceux de Pierre, je ne sais plus où les mettre. Ses disques, je n'y touche pas, c'est sacré. Pour le reste, il est d'accord, pas de pitié.

– Tu as reçu une lettre ? Comment il va ?

– Il demande si le p'tit con a fait des progrès en maths.

– Tu... tu lui as raconté pour Franck ?

– Je lui dis tout.

– Qu'a-t-il répondu ?

Elle a pris la lettre dans sa poche, l'a dépliée, a cherché dans le texte :

– «… on doit se débarrasser de ce qui nous encombre. Fais le ménage. Élimine l'inutile… »

Elle l'a froissée et jetée dans la poubelle.

– S'il y a des livres qui t'intéressent, prends-les. Sinon, on jette.

– C'est idiot. On peut les apporter chez Gibert. Ils reprennent les livres d'occasion.

– Si ça t'amuse, je te les donne. Vends-les. Et, à l'avenir, ne me parle plus de Franck ! Compris ?

Je suis tombé en arrêt face à une machine d'un mètre de haut avec un phare sur le devant et un volumineux sac rouge pendouillant sur un énorme carénage chromé.

– Qu'est-ce que c'est que ça ?

– C'est un aspirateur. Un Hoover. Mon père l'avait acheté aux États-Unis avant guerre. Je l'ai retrouvé par hasard au fond d'un placard. Je l'ai branché. Il est reparti du premier coup. Ça faisait plus de dix ans qu'il n'avait pas servi. Il est bruyant mais efficace.

– Tu ne peux pas le garder, on dirait un marteau-piqueur.

– C'est un cadeau de mon père à ma mère.

Je me suis penché pour examiner l'appareil. C'était une pièce de collection qui avait sa place dans un musée.

– Les voisins, je les emmerde. Si on se faisait un café au lait ?

Elle n'avait pas touché à la cuisine qui était, en partie, inaccessible. Dans l'évier débordant de vaisselle, elle a récupéré et nettoyé deux bols. On a attendu que le café passe et, comme d'habitude, je me suis fait un peu de place en poussant les plats et les bouteilles. Cécile a attrapé un sac-poubelle et y a jeté les innombrables emballages et cartons de traiteur. Ça a dégagé la table.

– Je ne peux pas continuer comme ça.

– Il faut reconnaître que c'est un peu encombré.

– On va jeter les cageots.

– Je les descends.

– Tu peux me rendre un service ?

– Avec plaisir.

– Est-ce que tu veux me donner un coup de main pour nettoyer l'appartement ?

J'ai eu une demi-seconde d'hésitation. Le temps de considérer la montagne de travail à venir.

– Tu veux briquer tout l'appartement ? Il y en a pour... des mois. Il y a des coins où c'est épouvantable. Tu peux te payer une femme de ménage.

– C'est à moi de m'en occuper. Je veux le retrouver comme dans le temps. Après, quand ce sera propre, je demanderai à la concierge et elle entretiendra.

– On va se tuer au boulot.

– Tu vois, Michel, j'ai réfléchi. J'ai fait fausse route. Je repars de zéro. Je me suis laissé déborder. C'est fini. Je commence une nouvelle vie. Je remets l'appartement en état. Je finis ma thèse... ou je fais psycho. Et... je fais du sport.

– Toi ?

– J'ai commencé. Une heure de gymnastique chaque matin, fenêtres ouvertes.

– Je ne te crois pas.

– On va s'y mettre ensemble.

– Moi ? J'ai horreur de ça.

– Si tu continues comme ça, dans vingt ans, tu auras du bide. On s'est trop occupés de notre tête.

– Je suis dispensé de gym.

Elle m'a donné un petit coup de poing sec dans le ventre qui m'a plié en deux.

– Tu n'as pas d'abdominaux. Tu es mou comme un flan. Merde, Michel, il faut réagir !

– Et quel sport ?

– Du patin. En plein air, à Molitor. L'hiver, on ira à la piscine Lutetia. Et l'été, à Deligny.

– Cécile, c'est dangereux le patin.

– Arrête de dire des conneries. On va revivre.

23

Comme Igor était le seul à lui manifester un peu de sympathie et d'attention, l'homme attendait son arrivée avec impatience. Ses souvenirs remontaient à son réveil. Ce qui précédait avait disparu. Une main inconnue avait effacé le tableau de sa mémoire. Il ne restait rien, ou si peu. De minuscules morceaux d'un gigantesque puzzle, comme ces fresques fantomatiques sur le mur des églises où il ne subsiste que des ombres perdues et des lignes incertaines. Igor ne posait aucune question directe. Il essayait de susciter des images et des associations d'idées. Il avait acheté un jeu de cartes pour enfants de trois à cinq ans, lui montrait des dessins d'animaux et d'objets pour qu'il les nomme et que ça déclenche une réaction cérébrale. L'inconnu s'arrêtait, yeux plissés, cherchait au fond de sa tête, raidissait le cou, insistait à en trembler. Igor avait l'impression qu'il était près d'y arriver, qu'il suffisait d'un rien pour qu'il bascule des ténèbres vers la lumière, qu'une connexion se fasse, comme une source prête à jaillir. Le visage et les épaules s'affaissaient. Il retombait dans son vide. Malgré ses efforts, il ne faisait aucun progrès. Des bribes indistinctes et éparpillées surgissaient sans logique ni cohérence. Il n'y avait rien à faire qu'attendre et espérer. Trouver la clé qui ouvrirait la porte mystérieuse. C'était un Allemand ou un Autrichien et il ne se souvenait de rien. Le peu qu'il arrivait à exprimer, il le faisait avec cet accent racleux et rude de sinistre mémoire. Ils avaient envisagé d'autres nationalités, à chaque fois ils en arrivaient à cette conclusion. Dans ces années-là, il ne faisait pas bon être allemand en France. Trop de rancœurs, trop de ressentiments. Chaque semaine, un film stigmatisait la barbarie nazie et faisait connaître aux Français l'héroïsme de la Résistance, et eux qui avaient eu si peu de courage se persuadèrent vite qu'ils avaient tous et toujours été des héros. Raison de plus pour régler son compte à celui qu'ils avaient sous la main. Cet homme, qui avait dans les quarante-cinq ans et devait être né autour des années dix, ne pouvait qu'avoir servi dans l'armée allemande.

— On les a eus pendant quatre ans, on a réussi à s'en débarrasser, on ne veut plus les voir chez nous.

Les infirmières si adorables, les garçons de salle si dévoués, les médecins si chaleureux n'avaient, sans exception, qu'un leitmotiv : dehors et tout de suite. À l'unanimité. L'homme restait étranger à l'agitation qu'il suscitait, assis toute la journée dans un fauteuil, abandonné à lui-même. Quand Igor arrivait le soir, il devait le laver et le nourrir comme un enfant. Aucune infirmière ne voulait s'occuper de lui. Igor ne pouvait endiguer le flot de haine. Il essaya de les convaincre et il se heurta à un mur incontournable.

— Si ça se trouve, c'est un Suisse allemand.

– C'est un Boche ! s'emporta Mazerin. Vous le savez comme moi.

– Vous n'avez pas le droit d'expulser un malade !

– Physiquement, cet individu se porte comme un charme On ne sait pas soigner l'amnésie. Ça peut durer dix ans ou toujours. C'est un hôpital, pas un hospice. Je vous laisse vingt-quatre heures. Après, je le fous dehors. Je n'ai pas envie de me retrouver avec une grève sur les bras à cause de ce type.

Il partit en claquant la porte. L'inconnu souriait. Igor tenta de lui expliquer. Difficile de lui faire comprendre qu'ils le haïssaient pour ce qui s'était passé il y avait plus de dix ans, quand sa seule mémoire remontait à cinq jours.

– Par où commencer ? Comment t'expliquer la guerre ?

On frappa à la porte. Un Noir à la carrure athlétique entra et présenta une carte de police.

– Inspecteur Daniel Mahaut. Commissariat des Gobelins.

Le policier venait interroger le blessé sur son agression. Il avait demandé qu'on le prévienne avant qu'il quitte l'hôpital. Igor lui raconta la fureur collective et l'expulsion sans prévenance. L'inspecteur se pencha vers l'homme assis.

– Je suis de la police. C'est pour l'enquête. Est-ce que vous déposez plainte ?... Vous vous souvenez de votre agression, monsieur ?... Vous savez qui vous a fait ça ?

L'homme le fixait sans répondre, avec un sourire fragile.

– Une agression, vous dites ? Je ne me souviens pas.

– Ils ne changeront jamais ! grommela l'inspecteur. Si la mémoire lui revient, il peut passer au commissariat. On est derrière la mairie du XIIIe.

Un peu plus tard, Mazerin passa pour lui dire qu'il avait besoin du lit, qu'il le ferait mettre à la porte le lendemain

matin. Il ne voulut pas accorder de délai et tourna les talons.
L'homme ne disait rien. Il fixait Igor avec un visage confiant.

– Je gagne à peine de quoi me payer une petite chambre
d'hôtel. Je ne pourrai pas m'occuper de toi. Si ça se trouve,
tu es le dernier des fumiers mais ça n'a plus d'importance.
Ne t'inquiète pas, je ne vais pas te laisser tomber. Tu vas
t'installer chez moi. On se débrouillera et si ça ne plaît pas
au patron, on changera de crémerie.

24

«Pas un mot non plus à notre mère. Elle, je ne veux plus
en entendre parler. Tu as compris ? Débrouille-toi comme
tu veux, sinon… »

Franck ne m'avait laissé aucune alternative. Avec Cécile,
je n'avais qu'à me taire et faire comme si je ne savais rien. À
la maison, c'était différent. Depuis qu'il avait claqué la
porte, Franck était un sujet tabou. Comme s'il n'avait jamais
existé. Pourtant, il était entre nous. Dans nos bonjours et
dans nos regards. Dans nos «Comment vas-tu ? » et dans
nos «Qu'as-tu fait aujourd'hui ? ». Dans une famille, on est
attachés les uns aux autres par des fils invisibles qui nous
ligotent, même quand on les coupe. À Juliette et à moi,
personne ne nous a donné la règle du jeu. On l'a appliquée
d'instinct. Mon père était absorbé par le nouveau magasin.
On ne le voyait plus. Il y passait sa vie. On dînait sans lui,
sans dire un mot. Il rentrait tard, fatigué. Je le retrouvais à la
cuisine où il se réchauffait un reste de repas. Il mangeait en

silence, les yeux dans le vague, faisant semblant de m'écouter, l'esprit ailleurs. Je voulais lui parler de Franck sans risquer d'être surpris par ma mère. C'était impossible dans l'appartement et au magasin. Je devais attendre le bon moment. Le temps filait. Je n'arrivais pas à être seul avec lui. Il ne restait plus que deux jours avant son départ quand, un matin au petit déjeuner, ma mère est apparue, pimpante dans un de ses tailleurs Chanel qu'elle sortait pour les grandes occasions. Elle allait suivre une formation « Développez votre leadership » pendant trois jours. Un de ces séminaires américains conseillés par Maurice.

Mes parents avaient au moins un sujet de satisfaction. L'inauguration du nouveau magasin avait été un événement qui nous avait valu une photo en page 8 de *France-Soir* que mon père avait fait agrandir, transformer en prospectus et distribuer dans les boîtes aux lettres des Ve, VIe et XIIIe arrondissements. L'effet ne s'était pas fait attendre. Le succès dépassait de loin ses prévisions les plus optimistes. Ils avaient le plus grand mal à suivre les commandes et livrer les clients. Mon père dirigeait son équipe sans en avoir l'air, un œil sur tout, souriant, décontracté, plaisantant, arbitrant les vendeurs en veste grenat, proposant aux clients qui n'avaient pas les moyens de payer comptant de bénéficier d'un échelonnement qui ramenait leur dépense à une somme modeste à débourser chaque mois. Il avait dû insister pour imposer cette idée à ma mère qui, malgré ses séminaires, restait attachée aux vieux principes du commerce traditionnel.

– Les pauvres étant plus nombreux que les riches, si on veut vendre beaucoup, il faut vendre à ceux qui n'ont pas d'argent et qui crèvent d'envie de s'acheter ce qu'ils n'ont pas les moyens de s'offrir. On doit leur accorder des crédits. Philippe Delaunay avait repris du service et donnait un coup de main pour répondre à la demande. Devant ses connaissances, il s'appropriait sans vergogne le succès de la formule. Mais à certaines réflexions, on le sentait amer. Il mesurait l'immoralité absolue et l'injustice profonde du commerce : un imbécile comme Paul Marini, un ouvrier sans instruction, pouvait faire fortune avec une bonne idée. Le négoce n'était plus ce qu'il était. Il n'était plus besoin d'avoir fait ses humanités pour réussir. Le monde de demain appartiendrait aux parvenus et aux roublards. Mon père ne ratait pas une occasion de lui rappeler ses prédictions funestes et remuait, avec plaisir, le couteau dans la plaie en observant qu'il avait multiplié le chiffre d'affaires par dix et les bénéfices par quinze. Ma mère additionnait. La calculatrice électrique crépitait et n'en finissait pas d'aligner des chiffres qui la laissaient rougissante de bonheur. On parlait d'ouvrir un autre magasin. Mon père avait trouvé un local à reprendre avenue du Général-Leclerc. Quand il avait annoncé le prix du fonds, ma mère avait fait machine arrière, effrayée par l'énormité de l'investissement, et ils s'étaient accrochés. Il ne renonçait pas et lorgnait un local rue de Passy, dans les beaux quartiers, en attendant de pouvoir réaliser le rêve de sa vie : ouvrir un magasin à Versailles.

– Les pauvres qui n'ont pas d'argent, ce n'est pas mal, les riches qui en ont un peu, c'est mieux.

Quand je suis entré dans le magasin, mon père m'a repéré, il a abandonné ses clients à un vendeur.

– Ça fait plaisir de te voir ici.

– Il faut que je te parle. C'est important. Viens.

Je l'ai entraîné dehors. Nous avons descendu l'avenue des Gobelins. J'ai eu du mal à lui expliquer. Il n'arrêtait pas de m'interrompre, de me poser des questions. Je perdais le fil de ce que je voulais dire. On s'est assis sur un banc, près de l'église Saint-Médard.

– Pour quelle raison attendre demain ?

– C'est ce qu'il a demandé.

– Où il est ?

– Je ne sais pas.

– À quoi il joue ? Hein ? Il avait un sursis. C'est à cause de sa copine, c'est ça ?

– Elle n'est pas au courant. Elle est désespérée. Elle a fait une tentative de suicide !

– Quoi ? Je suis ton père. Tu comprends ce que ça signifie ? Je suis la seule personne à qui vous pouvez faire confiance et vous me traitez comme un étranger !

– Je ne le sais que depuis deux jours. Avant, je croyais qu'il avait une autre petite amie.

– Ce n'est pas possible ! On ne s'engage pas comme ça ! Moi, j'étais obligé. C'était la mobilisation générale. On n'avait pas le choix. Si j'avais pu, je n'y serais pas allé. Personne n'est assez con pour s'engager par idéalisme. Il ne sait pas ce que c'est que la guerre. Ce n'est pas un jeu.

– Si tu connaissais Cécile, tu dirais qu'il est fou à lier.

– Je vais appeler Philippe, il connaît des gens au ministère des Armées.

– Ça ne servira à rien. Il refusera.

– Alors, on ne peut pas l'aider ?

– Il nous attend demain à quatre heures au Terminus,

c'est à la sortie du métro Château-de-Vincennes... Ah oui, il ne veut pas qu'on en parle à maman.

– À cause de cette dispute pour l'inauguration ?

– À cause de... je n'en sais trop rien. Tu lui demanderas.

– J'ai une montagne de boulot demain mais je viendrai pour l'embrasser.

25

Après sa nuit de travail, Igor est retourné à l'hôpital pour prendre l'homme avec lui. Il est passé voir Suzanne pour lui demander les médicaments qu'il devait emporter pour le soigner ou s'il pouvait avoir une ordonnance, elle a haussé les épaules.

– Il n'y a pas de médicaments !

Elle a quitté le poste des infirmières en l'écartant du bras. Igor était en train de ranger dans un sac en plastique les affaires qu'il lui avait achetées quand on a frappé à la porte de la chambre. L'inspecteur Mahaut est apparu, une feuille à la main.

– J'étais embêté avec cette histoire. J'ai fait une demande de recherche au service des personnes disparues de la préfecture de police. J'ai un ami antillais qui y travaille. C'est un Martiniquais mais, quand on peut, on se rend service. Il y a passé la nuit. Dans le fichier de signalement des disparitions non inquiétantes, il a trouvé une logeuse qui a déclaré l'absence de son locataire, un apatride d'origine allemande. On n'a rien d'autre.

– Vous pensez que...

– Je me suis dit qu'on pourrait passer la voir. Ce n'est pas loin. Ce sera plus rapide que si on doit la convoquer au commissariat. Au moins, on sera fixés.

– Allons-y. Il s'appellerait comment ?

L'inspecteur Mahaut a mis ses lunettes et a écorché le nom sur la feuille.

– Wener Teul... Werner Toller.

Igor a pris la main de l'homme, lui a souri.

– Vous êtes Werner Toller ?... C'est votre nom ?

L'homme réfléchissait.

– Werner Toller ?... Ça ne me dit rien. Je ne connais pas de Werner Toller.

– Ce n'est peut-être pas lui, a estimé l'inspecteur.

Ce mois de mai était triste à mourir avec son ciel plombé. Il bruinait sur Paris. Ils ont pris le métro à Saint-Marcel. L'inspecteur n'avait pas sa voiture de service. Pendant le court trajet, il a interrogé Igor et semblait sceptique :

– Si j'ai bien compris, vous étiez brancardier quand un chauffeur de taxi russe a amené cet homme blessé à l'hôpital, vous avez sympathisé avec ce compatriote. Maintenant, vous travaillez pour lui comme chauffeur de nuit.

– Lui est de nationalité française. Pas moi. En effet, ça s'est passé de cette façon.

– C'est un peu bizarre, vous ne trouvez pas ?

– C'est la vie. J'ai été obligé de m'adapter.

– Pourquoi vous vous occupez de lui ?

L'inspecteur a désigné du menton le supposé Werner Toller qui, le nez collé à la vitre, profitait du métro aérien pour emmagasiner les images de la ville inconnue qui défilaient.

– Il était seul. J'étais seul.

– Vous êtes...

– Homosexuel ? Oh non, pas du tout. En Russie, j'avais une famille, et je l'aurais encore si je n'avais pas dû fuir pour sauver ma vie.

– Vraiment, vous ne le connaissiez pas avant ?

– Je vous le jure.

– Si c'est vrai, il a eu de la chance de tomber sur vous.

Ils sont descendus à Denfert-Rochereau. L'homme semblait découvrir les lieux. La femme qui avait signalé l'absence de ce Werner Toller était censée habiter au 110, avenue Denfert-Rochereau. Le nom de Toller ne figurait pas sur la liste des résidents de l'immeuble et le concierge était absent.

– Vous n'avez pas idée du temps perdu à chercher des informations, a observé Mahaut. Il n'y a qu'au cinéma que ça va vite. Venez, on va demander au bistrot et je vous offre un crème. On l'a mérité.

Il a poussé la porte du grand café qui faisait l'angle des boulevards. Ça sentait le bœuf bourguignon et les oignons mijotés. À cette heure matinale, quelques habitués bavardaient près du bar. Quatre étudiants bataillaient autour d'un des deux baby-foot. Un homme d'une cinquantaine d'années à la bedaine rebondie s'est précipité vers eux.

– Werner ! Où étais-tu ?

Il l'a pris dans ses bras, heureux de le retrouver, et l'a serré avec force. Werner restait étranger à cette effusion. Il ne le reconnaissait pas. L'homme a fini par relâcher son étreinte, s'est retourné et a lancé d'une voix de stentor :

– Madeleine... C'est Werner ! Il est revenu !

Igor et Mahaut ont vu apparaître une femme volumineuse

en tablier blanc. Elle s'est immobilisée à la porte de la cuisine, derrière le comptoir, le visage illuminé.

– Werner ! C'est toi !

Elle l'a agrippé dans ses bras potelés et l'a soulevé du sol en l'embrassant, excitée et émue aux larmes.

– Ben, qu'est-ce qu'il a ? a-t-elle fait.

L'inspecteur Mahaut s'est présenté. Les patrons du Balto ont reconnu sans l'ombre d'une hésitation le nommé Werner Toller à qui ils louaient un studio rue du Val-de-Grâce, depuis plus de dix ans. Ils se sont tous assis dans l'arrière-salle du Balto. Werner s'est installé sur la banquette, un peu plus loin, étranger à la conversation. Igor a raconté aux époux Marcusot les épisodes de son amnésie et son état préoccupant.

– Ce n'était pas son genre de partir sans prévenir, a précisé Madeleine. On se doutait que ce n'était pas normal. Au commissariat à Edgar-Quinet, ils n'y ont pas cru. Ils disaient qu'il était retourné en Allemagne. Nous, on savait que c'était impossible. Dites, il va récupérer sa mémoire ?

– Personne ne peut répondre à cette question, a répondu Igor. Il a eu un traumatisme crânien lors de son agression. La lésion est-elle profonde ? Est-elle grave ou irréversible ? Nul ne le sait. Ça peut revenir demain matin à son réveil, dans six mois, dans dix ans ou jamais.

Igor a expliqué la façon dont Werner avait été expulsé de l'hôpital parce qu'il était allemand. Albert Marcusot est devenu rouge et a crié.

– Ce n'est pas possible ! C'est fou ! Dites-moi que je rêve ! Werner Toller est un Allemand antinazi ! Avec le réseau de la Monnaie, il était spécialisé dans l'infiltration des services allemands. Il est médaillé de la Résistance et il a sa carte de

FFI signée de Kriegel-Valrimont en personne. Dans quel pays vivons-nous ?

– J'ignorais qu'il y avait eu des Allemands dans la Résistance, a dit Mahaut.

– Au début de la guerre, il y avait ici des Autrichiens et des Allemands, au moins trois ou quatre mille, qui avaient fui leur pays dans les années trente. Beaucoup ont fait un énorme travail de renseignement, servi d'agents de liaison, de traducteurs, recruté des déserteurs de la Wehrmacht, fourni une montagne d'informations aux mouvements de résistance et ont été livrés par la police française. La plupart étaient des juifs ou des communistes. Mais il y avait aussi des chrétiens et des sociaux-démocrates ou des citoyens lambda qui n'étaient pas d'accord avec les nazis. Avant que débute la guerre, Werner avait déjà eu une vie de résistant. Il savait ce qui allait nous tomber dessus. Pas nous. On pourrait écrire un livre sur ce qu'il a fait et comment il est passé à travers les mailles du filet. Il a renié son pays. Après la guerre, il n'a pas voulu y retourner. Ce n'est pas facile d'avoir comme voisins de palier ou collègues de bureau des gens qui vous ont dénoncé ou arrêté et applaudissaient les bourreaux. Il refuse de parler allemand. Il lui reste ce foutu accent. Il n'a pas réussi à s'en débarrasser. Il lui colle à la langue. Quand il s'applique, il y arrive. On s'est fait arrêter une fois par une patrouille. Je l'ai entendu parler à ses compatriotes avec l'accent parisien. Il n'est plus allemand, il n'est pas français, il a le statut d'apatride.

– Que fait-il dans la vie ? a demandé Mahaut.

– Il est projectionniste dans un cinéma de la rue Champollion, a répondu Albert Marcusot. Le propriétaire l'a connu dans la Résistance et, avec ce métier, il ne parle à personne. Après son travail, il vient dîner avec nous. Il est presque de la famille. On se fait chaque soir une petite partie de dames.

– Werner avait des ennemis ?

– Pas à ma connaissance.

– Avant sa disparition, il n'a pas eu une dispute, une altercation avec quelqu'un ?

– Il ne m'a rien dit. Et à toi ?

– C'est un homme tranquille, sans histoires, a confirmé Madeleine.

– Pourtant, on l'a tabassé et laissé pour mort.

– Moi, ça me fait peur. On voit des actes gratuits qu'il n'y avait pas avant. Ça n'a peut-être aucun rapport avec la guerre ou le passé de Werner.

– J'aimerais vous croire, madame. Dans notre métier, il n'y a jamais de hasards, enfin pas souvent.

Pendant ce temps, Werner restait assis, à côté d'eux, sur la banquette, comme s'il n'était pas concerné. Difficile de croire que c'était l'homme dont parlaient les Marcusot. Igor est venu s'asseoir en face de lui.

– Comment allez-vous, Werner ?

– Ça va.

– Vous êtes content de retrouver ce bistrot ? Vous êtes chez vous ici.

– Je ne sais pas.

– Vous ne les reconnaissez pas ?

Il a fait non de la tête. Son œil s'est arrêté sur la table voisine où s'entassaient pêle-mêle plusieurs jeux de cartes, un échiquier avec des pièces dans une boîte, un jeu de dames avec les pions blancs et noirs empilés, un jeu de tarot, une piste de 421.

– Vous voulez jouer ? a demandé Igor.

Werner ne répondait pas, les yeux bloqués sur la table de jeux.

– Une belote ?

Igor attendait une réponse qui tardait à venir.

– Un 421 ?... Vous connaissez les règles ? Vous pourriez me montrer ? On joue l'apéritif, si vous voulez ?

Werner restait muet.

– Ou une partie d'échecs, peut-être ? Je n'y ai pas joué depuis quatre ans, je ne me débrouillais pas trop mal.

Werner, silencieux, continuait à scruter la table. Igor s'est retourné, un peu désemparé. Madeleine lui a fait un signe affirmatif de la tête. Igor a pris l'échiquier et l'a mis entre eux. Il y a disposé les pièces qui se trouvaient dans la boîte.

– On pourrait se faire une petite partie ? Ce serait agréable, non ? Tenez, je vous laisse les blancs. C'est un avantage. À vous de jouer.

Werner fixait l'échiquier, immobile, sans parler. Igor attendait. Les autres, à la table voisine, suivaient, dans un silence religieux, cette partie qui n'en finissait pas de ne pas commencer. Dans le fond, on entendait les vociférations des joueurs de baby-foot et la balle qui claquait dans les buts métalliques. Ça ne les dérangeait pas. Madeleine et Albert avaient des fourmis dans les jambes. Igor avait mal au dos. Personne ne bougeait. Ils attendaient que Werner joue mais Werner ne jouait pas. Il restait les yeux rivés sur l'échiquier, les sourcils arqués, le visage contracté, figé comme une statue de marbre. Face à lui, Igor patientait, sans s'énerver ni manifester d'agacement, un léger sourire complice aux lèvres comme il sied à un joueur digne de ce nom qui laisse son adversaire déterminer sa stratégie et réfléchir un peu avant de jouer le premier coup. Sauf qu'il n'y en avait pas. Au bout de deux heures et d'innombrables regards entre eux, Igor a senti la lassitude gagner l'assistance, des soupirs un peu appuyés, des raclements de gorge, des toussotements et la banquette qui grinçait sous les fesses endolories. Il a eu la conviction qu'il ne se passerait rien. Ils pourraient rester face à face pendant des années sans que Werner réagisse. Cette partie n'était pas une bonne idée, a pensé Igor en dodelinant de la tête, lèvres serrées, paupières clignotantes. Il a commis alors un geste non prémédité. Il a avancé son pion noir de deux cases sur l'échiquier. C'était une incongruité, une absurdité. Aucun joueur, depuis que le jeu d'échecs a été inventé, il y a plusieurs siècles, n'a jamais commencé une partie avec les noirs. C'était un sacrilège. Une impossibilité. Quelque chose qui ne pouvait pas se faire, ni se concevoir. C'était organique, consubstantiel aux échecs. Werner a redressé le visage, stupéfait et perplexe. Il avait la bouche ouverte, les yeux ronds, et dévisageait Igor. Il a secoué la tête en grognant, pour lui signifier ce que ce geste avait d'invraisemblable. Puis, sans hésitation, il a pris son pion blanc et l'a avancé de deux cases face au pion noir d'Igor. La partie venait de commencer. Igor a enchaîné avec un autre pion noir. Werner a répondu de la même façon. Quand Igor a poursuivi avec son troisième pion noir, Werner a bougé son cavalier. Tous les joueurs vous le diront, y compris les débutants, quand au troisième coup on déplace son cavalier, c'est qu'on a des intentions belliqueuses. Et tout le monde sait que, lorsqu'on est agressif, c'est qu'on ne se porte pas si mal. Werner a pris deux pions avec ce cavalier. Ils ont continué la partie une vingtaine de coups, puis, à la surprise générale, Werner a roqué et a mis Igor dans une situation périlleuse.

– J'ai l'impression que c'est mal parti, a admis ce dernier.

– Vous serez mat dans quatre coups.

– Vous avez gagné et j'en suis ravi, a dit Igor en renversant son roi.

– Puis-je me permettre une observation ?

– Je vous en prie.

– On n'a pas le droit de commencer avec les noirs. C'est interdit.

Ils étaient ébahis par cette mémoire revenue aussi vite que la foudre. On l'entourait. On le félicitait. On l'embrassait. On le pressait de questions. Werner se souvenait maintenant de tout ou presque. Il se rappelait sa vie avant et après son réveil. Mais rien sur l'attaque dont il avait été victime ou ses auteurs. L'inspecteur Mahaut avait l'air dépité. Igor a essayé de lui remonter le moral :

– L'important, c'est que ça finisse bien.

– Werner ne dit pas la vérité. Il connaît ses agresseurs.

– Qu'est-ce qui vous fait croire ça ?

– Son hésitation au moment d'en parler. Il a réfléchi et a inventé ce trou de mémoire.

– Moi, ça m'étonnerait. Il n'arrête pas de chercher ses mots. Un homme ne pense pas à mentir quand il retrouve la mémoire.

Albert Marcusot a offert de la clairette de Die qui ressemblait à s'y méprendre au meilleur champagne. Jacky, le serveur, a ouvert une demi-douzaine de bouteilles et une vingtaine de clients en ont profité. Certains ont cru qu'Albert avait gagné à la Loterie pour se montrer aussi généreux. Il n'avait pas la réputation d'arroser la galerie. Igor a déconseillé à Werner de boire du mousseux. Il a suivi son conseil et a commandé un demi sans faux col. Madeleine n'arrêtait pas

LE CLUB DES INCORRIGIBLES OPTIMISTES

de répéter que c'était un signe du Ciel avec qui elle avait une grosse ardoise. Avec l'âge, elle avait un retour de religion mais ne mettait pas les pieds à l'église. Le dimanche matin, elle était prise par son travail au Balto, s'en voulait de sa négligence et était persuadée que tôt ou tard, elle payerait son inconséquence et sa désinvolture. Elle se promit d'offrir un gros cierge pour remercier saint Antoine de son intervention. Pour Werner, le bon Dieu n'avait rien à voir dans sa guérison aussi rapide que miraculeuse. Werner était un mauvais client. Pas le genre à qui le Seigneur ferait un cadeau.

– Ce n'est pas bien de blasphémer, Werner. Dieu voit tout.

– Si c'est vrai, Madeleine, il n'a aucune excuse. Si je dois remercier quelqu'un, c'est Igor et lui seul. Il s'est occupé de moi et il a trouvé la clé. Merci, Igor.

Ils se sont embrassés. Était-ce l'effet de la clairette ou l'émotion, Igor avait la tête qui tournait un peu.

– Je n'ai rien fait d'extraordinaire. Le mérite revient à l'inspecteur Mahaut.

Cette citation à l'ordre du Balto lui a valu une salve d'applaudissements et la reconnaissance éternelle des présents. Il en a été bouleversé. Ce n'était pas tous les jours qu'il se faisait applaudir. D'habitude, c'était le contraire. En ce temps-là, la police et les policiers étaient mal aimés. Igor a proposé un toast. Cette idée a plu à tout le monde. Jacky a rempli les verres à ras bord.

– À la santé de Werner ! a clamé Igor avant d'engloutir le contenu de son verre d'un seul coup et de le lancer à ses pieds où il explosa contre le sol.

Tous l'ont imité, ont bu leur verre cul sec et l'ont balancé dans un élan communicatif. Les verres crépitaient sur le sol en mille éclats. À l'exception d'Albert, Madeleine et Jacky qui contemplaient, horrifiés, le désastre de leur verrerie pilée. Depuis cette date, on continue à fêter les grands événements au Balto mais les toasts à la russe y sont interdits par les patrons.

De petits groupes discutaient avec véhémence. Deux camps s'opposaient : les mystiques qui y voyaient une intervention divine et les mécréants qui ne constataient qu'un mystère de plus du corps humain. Cette guérison inexplicable relevait-elle du surnaturel ? Ou était-ce la preuve flagrante de notre ignorance ? Existait-il un matérialisme physique, voire corporel, comme il existait un matérialisme historique ? Le ton montait. On se coupait la parole. On s'excitait. Les uns et les autres n'étaient pas à court d'arguments et d'exemples édifiants. Il était triste de constater qu'aucune de ces brillantes démonstrations n'avait d'efficacité. Notre incapacité à convaincre l'autre est la preuve absolue de l'utilité, en fonction de nos moyens, de l'insulte pleine de mépris, du coup de poing, du couteau affilé, du pistolet automatique, du bâton de dynamite relié à un détonateur ou du porte-avion nucléaire. Nos malheurs ont une seule cause : nos opinions sont sacrées. Ceux qui refusent de changer d'avis sont des imbéciles et ceux qui se laissent convaincre aussi.

Assis sur la banquette, Igor et Werner se parlaient de leurs vies passées et restaient étrangers à cette agitation.

– Ça n'a pas dû être facile pour vous, lui a dit Igor.

– Ça n'a pas été facile pour vous non plus.

– L'important, c'est d'être vivant, non ?

– Oui, il faut penser à l'avenir.

– Si nous, nous ne sommes pas optimistes, qui le sera ?

C'est de ce 30 mai 56 que date la création officielle du Club. Werner n'a conservé aucune séquelle de son agression à part des maux de tête épisodiques et n'en a plus parlé. Le lendemain, il a repris son travail de projectionniste. Igor et lui sont devenus amis, ont pris l'habitude de se retrouver au Balto pour leurs parties d'échecs et la seule chose qui les ait jamais séparés était que Werner était du matin et Igor un oiseau de nuit. Très vite, Igor a fait partie de la famille et a pris l'habitude de dîner avec Werner, les Marcusot et Jacky. Il retrouvait Victor Volodine qui lui passait le taxi pour la nuit. Il avait obtenu de Victor que le passage ait lieu désormais à Denfert et plus à la Nation.

La première fois où il est allé au Balto, Victor a revu l'homme qu'il avait récupéré, quasi mort, rue de Tolbiac et déposé à l'hôpital. Il lui a réclamé le remboursement du nettoyage de sa banquette blanche maculée de sang. Igor a cru qu'il plaisantait. Victor ne rigolait pas. Werner a trouvé la note un peu élevée mais a mis un point d'honneur à rembourser Victor jusqu'au dernier centime et a refusé qu'Igor participe. Chacun doit payer ses dettes. Cela explique pourquoi Victor Volodine n'a pas été admis comme membre du Club.

Quand, quatre ans plus tard, Igor m'a raconté cette aventure, je lui ai fait une observation d'une banalité affligeante :

– C'est inimaginable.

– Il n'y a pas d'adjectif pour qualifier cette histoire, pas de mots pour décrire ce qui n'existe pas et qu'on ne peut concevoir. La guérison de Werner était inconcevable quelques secondes auparavant, m'a expliqué Igor. Cela nous amène à relativiser notre capacité d'imagination que l'on croit infinie et à nous interroger, au contraire, sur la faiblesse de notre imaginaire, que l'on confond souvent avec l'entendement. Le goulag, les génocides, les camps d'extermination ou la bombe atomique n'ont rien d'inimaginable. Ce sont des créations humaines, ancrées au fond de nous, et dont seule l'énormité nous écrase. Elles dépassent notre entendement, détruisent notre volonté de croire en l'homme et nous renvoient notre image de monstres. Ce sont, en réalité, les formes les plus achevées de notre incapacité de convaincre. Le point ultime de notre capacité créative. On peut imaginer des choses inimaginables comme voyager dans l'espace-temps ou trouver à l'avance les chiffres de la Loterie ou rencontrer la femme ou l'homme idéal et parfait, après tout certains ont inventé la peinture abstraite ou la musique concrète, on peut tout imaginer mais pas ça. Pas une guérison miraculeuse. Ça ne relève que du hasard ou de la chance.

Quand je passais par la rue Champollion, j'apercevais Werner. La cabine de projection donnait sur la rue en pente. Il ouvrait la porte pour ventiler. Son patron avait racheté le cinéma voisin et il s'occupait des deux salles. Il avait deux fois plus de travail. Comme les séances étaient décalées, ça ne le dérangeait pas. Quand il avait un moment de tranquillité, avant le changement des bobines, il fumait une cigarette sur le pas de la porte. On échangeait des banalités. Il me proposait de voir les films gratis. Le plus souvent, je déclinais son invitation. Parfois, au Club, il nous prévenait du passage d'un chef-d'œuvre à ne rater sous aucun prétexte. Dans l'étroite cabine, ce n'était pas très confortable et les projecteurs faisaient du bruit. Quand la salle n'était pas pleine, il obtenait de sa copine l'ouvreuse qu'elle nous laisse un strapontin. Les films étrangers sous-titrés qui passaient dans son cinéma étaient rasoir et bavards. Il les commentait en s'extasiant. Je n'osais pas lui dire que ça me cassait les pieds et j'évitais la rue Champollion. Il a dû le sentir et restait distant. Il y a des livres qu'il devrait être interdit de lire trop tôt. On passe à côté ou à travers. Et des films aussi. On devrait mettre dessus une étiquette : Ne pas voir ou ne pas lire avant d'avoir vécu.

26

En arrivant au métro Cardinal-Lemoine, j'ai croisé Sherlock qui stationnait en lisant *Le Figaro*. Difficile de trouver une excuse plausible. Il m'a toisé de son regard d'aigle.

– Vous n'avez pas cours de maths, Marini ?

– J'ai très mal au dos, monsieur. Je vais à l'hôpital Cochin.

– Je vous accompagne, mon petit.

– Ça risque de me prendre l'après-midi.

– J'espère que ce ne sera rien. Amenez-moi un mot de vos parents. Au fait, pour Cochin, ce n'est pas le bon métro, vous feriez mieux de prendre l'autobus. Le 27. Vous y serez plus vite.

Il a poussé l'obligeance jusqu'à attendre l'autobus avec moi. Quand je suis arrivé au Terminus, Franck n'était pas là. Deux appelés rigolaient autour d'un baby-foot. J'ai mis ma pièce et me suis retrouvé face à eux.

– Tu joues seul ? m'a demandé le plus vieux.

– Ça te pose un problème ?

J'ai sorti le grand jeu. Comme Samy. Je n'avais pas pratiqué depuis trois semaines. J'avais une énergie inconnue. Je les passais comme je voulais. Un vrai pro. Les balles claquaient dans un silence respectueux. Je les ai expédiés. Sans leur accorder l'aumône d'un regard. Les autres ont suivi le même chemin. J'ai aligné sept parties consécutives. Mes forces s'évanouissaient. Une main s'est posée sur mon épaule. Franck était face à moi, la boule à zéro.

– Tu as fait des progrès, on dirait.

On s'est assis en terrasse. Il était quatre heures moins le quart. Il a posé son gros sac par terre et il a commandé :

– Un demi et un panaché bien blanc.

– Dis donc, ils ne t'ont pas raté.

– Ils repousseront.

– Papa va arriver. Tu sais où tu vas être affecté ?

– C'est la grande muette. On ne sait rien. On peut se retrouver à Alger, à Djibouti ou à Berlin. On présume que ce sera l'Algérie. C'est là-bas qu'ils ont besoin de sous-officiers.

– Tu me diras où tu es ?

Franck a réfléchi.

– Non.

– Pourquoi ?

– Je ne veux pas que maman sache où je suis. Avec elle, j'ai coupé le cordon.

– Tu as promis d'écrire à Cécile.

– Comment elle va ?

– Si tu veux avoir de ses nouvelles, tu n'as qu'à lui en demander !

– Je t'en prie, Michel, parle-moi d'elle. Que fait-elle ? Elle a repris la fac ? Elle a avancé sur sa thèse ?

– Elle veut arrêter.

– C'est quoi cette histoire ?

– Tu n'es pas au courant ? Elle est paumée. Elle hésite à continuer. Elle est attirée par la psycho. Elle est douée pour ça.

– C'est quoi, ces conneries ? Avec sa thèse, elle sera prof de lettres. C'est un beau métier, c'est ce qu'elle aime et c'est la sécurité. Avec psycho, c'est l'inconnu. Il n'y a pas de boulot. Il faut l'empêcher de faire cette folie.

– Si tu es si fort, va lui dire toi-même. Moi, elle ne m'écoute pas.

Franck était furieux. Il réfléchissait, tête baissée. Sa main droite tapotait la table avec fébrilité.

– La seule personne à pouvoir agir, c'est Pierre. Je vais lui écrire.

– Tu sais où il est ?

– Il est basé à Souk-Ahras. La psycho, ce n'est pas son truc.

– Quand il lui écrira, qu'il ne parle surtout pas de toi, ni de moi. Elle est devenue susceptible. Dès que tu lui donnes un conseil, elle te saute dessus.

– Tu es devenu son ami. Elle... elle s'est confiée à toi ?

– Elle ne veut plus entendre parler de toi. Ne me demande plus de ses nouvelles.

– Il faut que tu t'occupes d'elle.

– Ne t'inquiète pas. Elle n'a besoin de personne.

– On a les mêmes opinions. Sur une foule de sujets, elle est même plus virulente que moi. Un peu comme Pierre. Cette guerre ne va pas durer longtemps. De Gaulle va liquider l'Algérie. Je rentrerai bientôt et on s'expliquera. Elle sera fière de ce que j'ai fait. Entre nous, c'est loin d'être fini.

– Elle ne te pardonnera jamais de l'avoir abandonnée. Si

217

tu avais eu le courage de le lui dire en face, elle aurait compris et elle t'aurait attendu. Tu lui as donné un coup de poignard. Elle ne s'y attendait pas. Elle t'a rayé de sa vie. Ne te fais pas d'illusions, tu ne la retrouveras pas à ton retour.

– Excuse-moi Michel, tu ne connais rien aux femmes. Elles disent blanc le matin, le soir c'est gris et le lendemain elles ont changé d'avis. Là, elle est sous le coup de la colère. À mon retour, on en reparlera.

Franck a jeté un œil sur l'horloge. Seize heures vingt-cinq.

– Tu lui as vraiment dit, à papa ?

– Il ne va pas tarder.

– Je dois y être à cinq heures.

On a repris deux consommations. Il m'a proposé une Gitane.

– Je ne fume pas. Je peux te poser une question ?

Il n'a rien répondu et m'a laissé continuer :

– Pourquoi tu vas là-bas ? Avec l'autodétermination, on sait comment ça va finir. À quoi ça sert ? Tout est joué.

– Tu te trompes. La partie est jouée si tu acceptes leur règle du jeu. Je n'ai pas envie d'en parler.

– Comment tu peux nous traiter de cette façon ?

Franck a hésité. Il cherchait ses mots. Ça avait l'air compliqué à formuler ou impossible à aborder.

– Si je te dis... révolution, ça veut dire quoi pour toi ?

– Tu veux faire la révolution ?

– Je n'ai pas le temps de t'expliquer. On ne pourra jamais combler le fossé entre les profiteurs et ceux qui se font baiser. C'est la seule et unique question : dans quel camp on est ? Il n'y aura pas de paix sur la terre et pas d'arrangement, pas d'avancée, pas de dialogue et pas de progrès social. Le temps est venu d'agir.

– On peut améliorer les choses, petit à petit. Essayer de se comprendre, même quand on n'est pas d'accord.

– Le respect, c'est ce que la bourgeoisie a inventé pour arriver à ses fins. Les prolos, personne ne les respecte.

– Tu vas te battre pour des gens qui s'en fichent.

– Le monde bouge. Le peuple en a marre. Et pas qu'en France, partout. La Troisième Guerre mondiale a commencé. Cette fois on ne nous volera pas notre victoire.

– Tu rêves ou tu prends tes désirs pour la réalité : l'écrasante majorité du peuple ne vote pas pour toi.

– On ne réfléchit pas de la même façon. C'est pour ça que ça ne sert à rien de discuter.

Il y avait un mur entre nous. On est restés sans savoir quoi se dire. J'ai entendu la porte d'entrée qui s'ouvrait. Le visage de Franck s'est éclairé. Je me suis retourné. Richard arrivait, avec un gros sac. Mon frère s'est levé.

– Je ne peux pas attendre.

Il a payé les consommations. On est partis tous les trois. On s'est dirigés vers le fort de Vincennes. De jeunes appelés y entraient, montraient une convocation à un des soldats de garde qui les laissait pénétrer à l'intérieur. Je guettais mon père. Il n'y avait qu'une foule anonyme. On est arrivés devant le petit pont-levis.

– Il a dû avoir un problème.

– C'est trop tard, Michel.

Il m'a pris par les épaules, m'a serré contre lui. On n'arrêtait pas de se taper dans le dos.

– Fais attention à toi.

Il a attrapé son sac et s'est engagé sur le pont-levis. Richard lui a emboîté le pas. Le soldat a vérifié leurs convocations et les a laissés passer dans le portillon métallique. Il est entré sans se retourner. À ma montre, il était cinq heures pile. J'ai fait demi-tour. Les yeux me picotaient.

Un taxi G 7 a pilé, face à l'entrée. Mon père en est sorti en hurlant après le chauffeur et lui a lancé un billet de cent francs à travers la fenêtre ouverte.

– Quand on ne sait pas conduire, on prend des leçons ! Je n'ai jamais vu une andouille pareille !

Il m'a aperçu et s'est précipité vers moi.

– Où il est ? Il n'est pas encore arrivé ?

– Papa, il est à l'intérieur.

Mon père a levé la tête et découvert le château fort, noir et hostile.

– Ce n'est pas vrai !

– Pourquoi tu es en retard ?

– Cette putain de DS est tombée en panne ! Plus d'embrayage. En sortant de Versailles. Saloperie de bagnole ! Va trouver un taxi au milieu de la forêt ! Personne ne m'a pris en stop. J'ai marché dix kilomètres. Et je trouve un taxi ! Une limace, je ne te dis pas. Il roulait à quarante ! Il s'arrêtait avant les feux rouges ! J'ai failli l'étrangler !

Avant que j'aie pu dire quoi que ce soit, il avait passé le pont-levis. Je lui ai emboîté le pas. Il est allé voir le soldat de garde qui lui a répondu qu'il était là pour vérifier les convocations des appelés. Il est parti chercher l'officier de service. Au bout de cinq minutes, il est revenu avec une armoire à glace qui ressemblait à Chéri Bibi. Mon père a essayé de lui expliquer. Il s'y est mal pris. Il a commencé par le magasin qu'il avait visité à Versailles, une belle affaire, un peu chère, la DS sous garantie, une pure merveille qui lui avait pété entre les mains en pleine forêt de Marly et le chauffeur de taxi débu-

tant. Chéri Bibi l'a interrompu. Trois appelés en retard attendaient qu'on libère le passage.

– Vous dérangez le service.

– C'est pour mon fils.

– Où il est ?

– À l'intérieur. J'aurais voulu l'embrasser avant qu'il s'en
aille.

– L'embrasser ?... C'est fini, monsieur. Vous devez quitter la passerelle.

– J'en ai pour cinq minutes.

– Vous êtes dans une zone militaire. C'est interdit de rester là.

– Cinq minutes. Ce n'est pas ça qui va changer la guerre.

– Il n'y a pas de guerre. Si vous ne partez pas, j'appelle la
police militaire et ils vous arrêteront.

– Et pour quel motif, s'il vous plaît ?

– Pour obstruction à l'incorporation des recrues. Déga-
gez !

J'ai tiré mon père par la manche. On a reculé et on s'est
retrouvés sur le trottoir.

– Quel con ! a-t-il crié. Je lui souhaite du courage. S'ils
sont tous comme ça, il va en baver.

Le sergent nous dévisageait de haut. Mon père soutenait
son regard. On était devant l'entrée de la forteresse. Mon
père lui souriait, mains sur ses hanches, arrogant. Le sergent,
bras croisés, restait immobile comme une statue. Une sorte
de bras de fer. Il s'est mis à pleuvoir dru. Le sergent a reculé
d'un pas sous la guérite. Un sourire goguenard a éclairé son
visage carré. D'un seul coup, la foule a disparu. Il ne restait
que nous sous la douche. Comme deux poireaux perdus.

– Papa, il ne nous laissera pas le voir.

– Pourquoi il a fait ça ?

– Je ne sais pas. Viens, on va rentrer.

À perte de vue, voitures, camions, autobus s'enchevê-traient dans un vacarme assourdissant. Ça puait l'essence et les gaz d'échappement. Les conducteurs trépignaient, for-çaient le passage, se bloquaient, klaxonnaient et s'insultaient. Un encombrement ordinaire sous une pluie parisienne, sinistre et grasse. On a cherché un taxi. Ils étaient occupés et ça ne servait à rien d'attendre. On a remonté l'avenue de Paris sur deux kilomètres jusqu'à la porte de Vincennes. On allait plus vite que les voitures immobilisées. On était trempés. Malgré mon insistance, mon père refusait de prendre le métro et cherchait un taxi.

– Je n'ai pas pris le métro depuis plus de quinze ans, ce n'est pas aujourd'hui que je vais commencer.

On a fini par attraper un taxi. Paris était paralysé.

– Pour la DS, j'irai demain matin. Ils vont m'entendre chez Citroën.

– Papa, il faut que tu me fasses un mot d'excuse pour le lycée.

– Pourquoi ?

– À cause de Sherlock... de M. Masson, le surveillant général. Je lui ai dit que j'allais à l'hôpital pour me faire soi-gner. Je ne pouvais pas lui dire la vérité, que mon frère est communiste, ça se serait mal passé. Il est pour l'Algérie fran-çaise.

Il ne m'écoutait pas. Il avait le regard perdu à travers la vitre ruisselante. Ses lèvres bougeaient. Il marmonnait des mots indistincts. Il m'a fixé, comme égaré.

– Qu'est-ce qu'il t'a dit ?

– Rien d'intéressant.

– Il aurait pu m'attendre.

– Surtout, pas un mot à maman.

Il s'est mis à dodeliner de la tête comme pour s'en persuader.

– Faut croire que c'est comme ça et que ce n'est pas autrement, a-t-il murmuré.

Durant le dîner, enchantée par son séminaire, ma mère a été intarissable, essayant de nous faire partager son enthousiasme. Mon père n'a pas mangé. À deux ou trois reprises, il a essayé de lui parler. J'ai frissonné et j'ai eu une crise d'éternuements. Un rhume carabiné qui a traîné.

Je suis resté à bouquiner à la maison pendant une semaine. Mon père m'a fait le mot d'excuse. Tout est rentré dans l'ordre. Je n'ai rien dit à Cécile. Elle ne posait aucune question. Quand on nettoyait les balcons ou qu'on astiquait les parquets, elle demeurait songeuse et arrêtait de frotter. Je n'avais pas besoin de l'interroger pour savoir à quoi elle pensait. J'attendais que Franck lui envoie la lettre annoncée. Je ne voulais pas le court-circuiter. Il devait réfléchir, peser chaque mot, tourner ses phrases pour expliquer le comment et le pourquoi, se faire pardonner, la convaincre que leur histoire n'était pas finie et qu'il y avait un futur pour eux. Les mois ont passé. L'amour et la révolution doivent être incompatibles. Il ne lui a jamais écrit.

Janvier-décembre 1961

1

Martha Balazs était une coquette qui s'ennuyait à mourir à Debrecen, un bled paumé au fin fond de la Hongrie où Edgar, son mari, ingénieur en chef des chemins de fer magyars, avait été muté en 1927 comme directeur régional. Elle regrettait sa vie insouciante de chanteuse d'opérette quand Offenbach et Lehar la faisaient chavirer. Le trac à vous couper le souffle avant le lever du rideau, le frémissement des salles aux morceaux célèbres, les dîners joyeux avec la troupe après le spectacle, les tournées interminables en train ou les trajets en autocar vers Bratislava, Bucarest, en Autriche et en Allemagne, les ovations des spectateurs qui lui donnaient la chair de poule et les rappels qui lui tournaient la tête, jusqu'à dix-sept à Zagreb. Elle conservait les articles de journaux dans deux grands cahiers vénitiens bleus et, même si elle ne comprenait pas la langue, elle retrouvait son nom. Ces coupures jaunies parlaient d'elle, de sa voix vrillante de soprano qui montait si haut qu'elle aurait dû lui ouvrir les portes de l'Opéra, le vrai où on chante Verdi et Bizet si... si... elle ne savait plus trop, si elle avait eu un peu plus de chance ou un peu plus de voix ou de courage. Elle aurait pu tenir encore quelques années si elle n'avait eu cette peur panique de l'avenir et de finir comme ces vieilles chanteuses boursouflées qui fournissaient le bétail des chœurs dans le fond de la scène et qu'on congédiait sans ménagement. Martha avait su se ranger à temps, faire un bon mariage, et elle tenait son rang en méprisant les petites-bourgeoises incultes de Debrecen avec leur accent rauque du Hajdu, cette province perdue où il n'y avait que des ploucs, des ours et des forêts.

Dans son exil, Martha avait deux passions, son petit Tibor, qui faisait l'admiration de tous pour sa beauté, son sourire angélique et sa gentillesse, et la France. Martha était allée à Paris après guerre. Elle avait été marquée pour le reste de ses jours par ces années folles qui, pour elle, n'avaient duré que six mois. Elle en parlait encore avec émotion comme de la grande époque de sa vie. Elle recevait chaque mois *L'Illustration* et *Le Petit Écho de la mode* tel un don du ciel. C'était la lumière des quais de Seine qui illuminait sa vie et celle des trois amies qu'elle avait converties à sa religion : être une Parisienne. Vivre, parler, marcher, manger, s'habiller comme une Parisienne. Martha cultivait le raffinement sous toutes ses formes. Dans ce pays où le summum culinaire était le ragoût archibouilli, elle s'ingéniait à porter haut la gastronomie française et, avec le temps, elle était devenue une cuisinière hors pair. Elle méprisait les sourires moqueurs des dindes locales qui s'habillaient chez la modiste de la place Arpad, laquelle croyait que le centre de l'univers était Vienne. Elle faisait venir ses vêtements de chez Madeleine Vionnet, qu'elle vénérait pour ses jupes corolles, ses coupes en biais et les petits mots d'amitié qu'elle lui adressait avec ses vœux de bonne année. Martha avait été la première Hongroise coiffée à la garçonne. Elle raffolait des chapeaux cloches et maintenait la tradition du langage des rubans mais les Hongrois étaient des balourds pour qui un chapeau ne servait qu'à se couvrir la tête. Ils ignoraient qu'un ruban avec un volant dressé disait que la belle était fiancée ou qu'une rose dans un ruban signifiait qu'un cœur était à prendre. Martha lisait les romans français que lui adressait un libraire de la rue du Bac. Ses dieux s'appelaient Radiguet, Cocteau et Léon-Paul Fargue, poète incandescent et insaisissable rencontré dans une fête à Montparnasse avec lequel elle avait eu une aventure. Il lui avait fait visiter Paris. Il était drôle, intarissable et connaissait tout le monde. Grâce à lui, elle avait côtoyé Modigliani, Picasso et Erik Satie. Elle conservait comme une sainte relique un petit recueil de poèmes d'amour qu'il lui avait écrits, rien que pour elle et qu'elle connaissait par cœur. Ils avaient correspondu durant deux ans puis il n'avait plus répondu à ses lettres. Avec les poètes nocturnes, c'est souvent comme ça.

Tibor Balazs a su parler le français avant le hongrois. Martha ne réussit jamais à faire disparaître cet accent qui l'exaspérait. Elle le reprenait sans répit pour rectifier sa prononciation. Le petit Tibor n'y arrivait pas. Elle écrivit une supplique à Cocteau qui avait une si belle voix pour lui demander conseil. Elle ne reçut pas de réponse. Elle se dit que ça lui passerait quand il grandirait et qu'il irait vivre à Paris. Elle n'imaginait pas qu'il puisse vivre ailleurs. Elle lui parlait pendant des heures en français. Le père ne supportait pas ces messes basses auxquelles il ne comprenait rien mais il n'était pas de taille à résister à Martha et la laissait à ses lubies de Parisienne, même s'il trouvait chaque mois la note un peu salée. Elle fit en sorte de développer les qualités artistiques de son fils qui fut reçu au conservatoire d'art dramatique de Budapest et allait entamer une brillante carrière quand l'Europe s'embrasa.

Ce fut partie remise et, à la paix revenue, malgré l'avènement du régime communiste, Tibor devint le jeune premier que les metteurs en scène hongrois s'arrachaient. Durant dix ans, Imré Faludy, son agent, fit monter pour lui les classiques français et allemands. Tibor triompha dans *Dom Juan, Bérénice, Lorenzaccio* et *Le Prince de Hombourg*. Les quelques réalisateurs qui arrivaient à faire des films l'engageaient. Tibor avait sa carte.

En 1952, un de ses films, *Le Retour des forains* d'István Tamás, fut sélectionné au festival de Cannes. Le film fut bien accueilli par la critique, un peu moins par le public. Les festivaliers eurent des discussions passionnées pour déterminer s'il s'agissait d'un subtil film de propagande ou d'une ode à la liberté disparue. Pendant une semaine, on parla de lui pour le prix d'interprétation masculine pour son rôle de salaud pathétique. Ce fut l'apothéose de sa carrière avec la montée des marches sous les ovations et les flashes des photographes. Tout était possible. Le monde lui appartenait, mais il y eut *Viva Zapata* et tous les comédiens semblèrent démodés. Marlon Brando rafla le prix et on oublia Tibor. La nuit du palmarès, Imré voulut profiter de la notoriété de Tibor pour demander l'asile politique à la France. Il avait pour lui des propositions de producteurs italiens pour un film de cape et d'épée dès le mois de septembre et un de gangsters au début de l'année suivante. Le scénario était adapté d'un roman de Chester Himes. Tibor accepta avec enthousiasme. Le cachet n'était pas énorme, avec un intéressement sur les entrées. Pour un film à petit budget, on ne pouvait pas être exigeant. Le principal, c'était de travailler.

– Et maman ?

– Tu sais que...

Tibor réalisa que, s'il passait à l'Ouest, il ne la reverrait jamais. Il y a un seuil d'abjection qu'aucun homme ne peut dépasser. Il l'imagina, seule, à Debrecen, à se demander sans fin pourquoi son fils chéri l'avait abandonnée. La mort dans l'âme, ils retournèrent au pays des travailleurs heureux, où Tibor était considéré comme un héros national et le meilleur des comédiens, victime de l'injustice impérialiste, et il réussit enfin à monter son *Galileo*.

On pouvait compter sur les doigts de la main ceux qui, en Hongrie, connaissaient la vérité. Le beau Tibor, l'acteur le plus populaire du pays, pour qui les Hongroises se seraient fait damner, était fou amoureux de son agent Imré. Ils vivaient un amour aussi passionné que dissimulé. Dans ces années-là, le Parti ne plaisantait pas avec les asociaux et leurs amours antiprolétariennes. Imré poussa l'intelligence jusqu'à marier l'homme de sa vie avec son assistante, ce qui désespéra plusieurs millions de Hongroises et les rassura sur les rumeurs qui couraient sur son compte.

Il y eut des craquelures dans le ciel de plomb. Des petites ouvertures inattendues, des espaces inconnus où soufflait un parfum de liberté. On fait un pas. On attend le sifflet du gendarme. Il n'y a pas de gendarme. On fait un deuxième pas, un troisième et d'autres encore. À un moment, on a tellement avancé qu'on ne peut plus reculer. On doit continuer. Quoi qu'il arrive. Ça s'appelle une révolution. Tibor avait monté *Galileo Galilei* au théâtre Vigszinhaz. Ce n'était pas la première pièce de Brecht qu'il jouait. Imré avait obtenu les autorisations officielles. Il n'y avait aucune raison de s'inquiéter. C'était un auteur marxiste et apprécié. À la troisième représentation, la pièce fut suspendue sans motif. Quelques rapprochements et parallèles stupides entre les intolérances et les dogmatismes. Auparavant, cette interdiction serait passée inaperçue. Personne ne se serait avisé d'en parler. Elle survint le 16 octobre 1956, à une époque d'effervescence et de contestation populaires. Les étudiants manifestèrent contre cette censure. En trois jours, Tibor devint le symbole des libertés brimées. Il accorda plusieurs interviews, affirma sa solidarité avec les émeutiers, brûla sa carte en public et encouragea ses compatriotes à se soulever et à résister. Comme les autres, il était persuadé que c'était la fin du régime honni et qu'ils allaient retrouver leur liberté. Exaltés, les acteurs de la troupe décidèrent, à l'unanimité, de jouer la pièce. Chaque soir, dans le grand amphithéâtre de l'université, ils bravaient l'interdit devant une foule enthousiaste qui intervenait sans cesse, huait le tribunal de l'Inquisition et applaudissait *Galileo*. Tibor n'était pas un héros. Rien dans sa vie ne le prédestinait à porter le drapeau. Il se laissa entraîner par la vague de rébellion qui submergeait le pays. Quand, le 4 novembre, les Russes investirent Budapest, il comprit qu'il ne servirait à rien de résister. On ne se bat pas à mains nues contre une armée de soixante-quinze mille hommes avec deux mille six cents chars T54 pourvus de mitrailleuses coaxiales. Durant une semaine, la résistance fut héroïque, désespérée et inutile. Tibor prit la route de Debrecen pour chercher Martha. Avec la grève, l'exode et la panique, l'entreprise s'avéra impossible. Dans la journée du 6, les hommes furent pris de folie. Les parachutistes anglais et français sautèrent sur le canal de Suez pour le récupérer. Dès que les Russes et les Américains leur firent les gros yeux, ils renoncèrent, la queue entre les jambes, et pendant que les Russes les menaçaient des foudres de leurs fusées atomiques, personne ne s'occupait de ce qu'ils faisaient en Hongrie.

Le 9, après trois jours passés à guetter et attendre dans le froid et la neige, Tibor et Imré réussirent à fuir en Autriche. Ils laissaient leurs biens derrière eux et se retrouvèrent à Vienne sans un sou. La vente de la voiture leur permit de subsister un mois. Quel travail espérer dans cette ville sinistre qui ressemblait à un décor d'opérette et où des milliers de compatriotes tournaient en rond, hagards et perdus ? « À Paris, on me connaît », affirma Tibor qui se souvenait de l'accueil cannois.

2

Je haïssais le sport. Je haïssais les sportifs. Ils étaient cons et ils puaient. Je courais pourtant comme un dératé derrière Cécile qui gambadait malgré ses deux paquets de clopes. J'allais avoir une syncope. J'avais le cœur qui tambourinait, les tempes en feu, les jambes en coton et je ne fumais pas. De temps en temps, elle jetait un œil derrière elle et ralentissait en tournant en rond pour me permettre de revenir à sa hauteur. Dès que je la rejoignais, elle me demandait sans reprendre son souffle :

– Ça va ?

J'étais cramoisi et en nage. De la fumée me sortait de la tête. Mon nez coulait comme une fontaine. J'avais renoncé à lui répondre car elle n'attendait pas et repartait en petites foulées. Je retenais des deux mains le short de Pierre qui menaçait de tomber par terre.

– Jamais on s'arrête ?

J'avais beau crier, elle continuait. Et si, derrière ce besoin stupide de faire de l'exercice, il y avait autre chose ? Et si, derrière son air angélique, se cachait un sourire hypocrite ? Qu'elle veuille se venger sur moi de ce que Franck lui avait fait ? Il n'y avait qu'à lire *Iphigénie*. Ce n'était pas à exclure. Je m'effondrais sur un banc. Elle s'éloignait. Quand elle ne me verrait plus, elle serait obligée de revenir. J'en avais marre de faire le tour du Luxembourg dans la poussière. C'était un jardin pour se promener. Pas un champ de courses. Un parc pour rêver et bouquiner près de la fontaine Médicis. Pas pour faire le guignol dans un caleçon trop grand pour moi.

Le matin, j'avais sonné dix minutes pour la tirer de son lit. Je lui avais préparé un café au lait très fort. Elle était apparue dans une combinaison jaune citron en jersey.

– Qu'est-ce que tu en penses ?

– C'est original.

– C'est américain. Je l'ai payé une fortune. Tes affaires, où elles sont ?

– Je croyais qu'on allait au Luxembourg pour se balader.

– Il te faut une tenue.

Elle m'a entraîné dans la chambre de Pierre. Depuis son départ, quatorze mois plus tôt, je n'y avais pas remis les pieds. Elle était dans l'état où il l'avait laissée. Le lit défait, les couvertures en boule, deux oreillers écrasés, une dizaine de piles de livres entassés, un tourne-disque sur le sol avec des 45-tours traînant partout, des vêtements disséminés au hasard, et sur la table, une bouteille de cognac débouchée et deux verres vides. Ce désordre et la poussière qui auréolait chaque objet donnaient l'impression d'une pièce morte comme si Pierre ne l'avait pas habitée. Cécile ouvrit l'armoire et en sortit des tas de pulls et de chemises qu'elle balança sur le sol. Elle attrapa un short blanc aux parements violets qu'elle me tendit comme un trophée.

– Tu n'espères pas que je vais mettre ça ?

– C'est un short à Pierre. Arrête de renifler, c'est énervant.

– Je me soigne. On pourrait en mettre deux comme moi.

– Avec une ceinture, ça ira.

Je me suis retrouvé fagoté avec ce short blanc et un maillot de rugby blanc au col violet du PUC, immense et maculé de boue, avec le dossard 14. J'ai découvert un clown en me regardant dans la glace.

– Tu as l'air d'un vrai rugbyman, me lança-t-elle.

– Tu ne préfères pas qu'on fasse du ménage ? Je pourrais m'attaquer à sa chambre. Il sera content de la trouver rangée à son retour.

– On la fera plus tard. Je dois trier ses livres.

On a sonné à la porte. La concierge apportait le courrier. Il y avait une lettre de Pierre. Cécile a déchiré l'enveloppe avec fébrilité et s'est mise à la lire. Son sourire s'est éclipsé. Elle a froncé les sourcils et, avant que j'aie pu intervenir, elle est devenue rouge, a déchiré la lettre et l'a jetée dans la poubelle.

– De quoi il se mêle ? Est-ce que je m'occupe de ses oignons ? Il me fait chier celui-là aussi !

Elle a quitté la pièce, furieuse. J'ai ramassé les morceaux et, sur la table basse, j'ai reconstitué la lettre, comme un puzzle, avec un peu de difficulté.

Ma Cécile,

Rien de nouveau depuis ma dernière lettre. On se les gèle comme à Paris. On passe notre temps accrochés à la radio à suivre les événements d'Alger. Tu dois en savoir autant que moi. Je n'ai résolu aucune des questions que je me posais. Ici, le temps n'a plus d'importance. Je ne sais pas si c'est le pays qui déteint sur moi, je deviens fataliste. J'ai exposé en détail ma théorie à mes trois copains de belote. Ils me prennent pour un fou. Entre deux parties, j'ai de longues discussions avec eux. Je leur ai lu plusieurs parties de mon bouquin. Je croyais qu'ils allaient applaudir et m'encourager. Ils ne comprennent rien de ce que je dis, ni pourquoi je me casse la tête à travailler sur une théorie de la révolution. Ils ne veulent pas en entendre parler. C'est d'autant plus intéressant que ce sont des ouvriers, des paysans ou des types sans boulot. Avant de me lancer dans la rédaction de la dernière partie, je vais entreprendre une enquête approfondie. Je pense pouvoir le faire car mes hommes me considèrent comme un sous-officier exceptionnel parce que je ne les insulte pas et que je ne leur hurle pas dessus du matin au soir. J'attends beaucoup de ce sondage grandeur nature pour m'éclairer sur la suite.

Où en est ta thèse ? J'aimerais que tu m'en parles un peu. J'attends avec impatience de voir comment tu vas aborder la question d'Aragon, du surréalisme et de sa rupture avec Breton. Il faudrait peut-être se demander quel était le fonde-

ment historique du surréalisme et qui a trahi quoi ou qui. Envoie-moi quelques feuillets. Tu dois t'accrocher. Je te connais. Tu vas avoir envie de changer. Ce serait une grosse erreur. La priorité, c'est ta thèse. Tu dois être reçue avec mention. Après, tu pourras faire psycho. Maintenant ce serait une connerie majeure. Tu n'as pas le droit de sacrifier des années d'efforts pour une lubie. Avec la psycho, tu es sûre de ne pas trouver de boulot alors qu'avec ton doctorat, tu auras un poste de prof et même si on râle, c'est un vrai boulot. Tu es faite pour ça…

Il y avait près d'une page du même tonneau. Question finesse, Pierre ne faisait pas dans la dentelle. J'étais en train de continuer le déchiffrage quand Cécile est revenue comme une furie.

– C'est toi qui lui as dit ?

– Non !

– Tu es le seul à qui j'en aie parlé !

– Je ne lui ai rien dit. Je ne lui ai pas écrit.

– Comment il sait que je veux arrêter ma thèse ?

– Je n'en sais rien.

– Ce n'est pas possible, Michel. Tu mens !

– Il en parle au conditionnel, comme d'une hypothèse. La preuve, ta décision n'est pas prise. Tu envisages d'arrêter. C'est normal que ton frère te donne un conseil.

– Je l'emmerde, lui et ses conseils à la con !

– Tu prends ta plume et tu le lui écris. Ça lui fera plaisir.

– De quoi tu te mêles ? Je t'ai demandé l'heure qu'il était ? Je suis sûre que c'est toi. Tu es un petit vicieux qui fait ses coups en douce.

– Comment j'aurais pu lui en parler, je n'ai pas son adresse ?

– Jure-moi que tu ne lui as pas écrit.

– Je te le jure !

– Parole d'honneur ? Regarde-moi dans les yeux.

– Tu as ma parole, Cécile. Pour moi, que tu fasses lettres ou psycho, c'est pareil.

– Il est perspicace, le frérot.

– Il te connaît.

– Il n'est pas près de la lire, ma thèse. Allez, viens, on va courir.

Sur le banc, je retrouvais mon souffle. Cécile revenait sur ses pas.

– Tu ne vas pas t'arrêter toutes les cinq minutes.

– Je suis épuisé ! Et ce short tombe.

– J'en ai marre. Tu râles tout le temps !

– T'es agréable, peut-être ? Tu es pénible ! Une vraie mégère ! Si tu veux courir, vas-y et amuse-toi bien. Sans moi !

– Pierre a raison, t'es qu'un petit con !

Furieux, je me suis dirigé vers la sortie du jardin. Ça nous était arrivé de nous accrocher. Jamais à ce point. J'ai atteint la grille sans entendre le son de sa voix. Je me suis retourné. Cécile avait disparu. Je ne pouvais pas rentrer à la maison dans cette tenue. J'avais laissé mes affaires chez elle. J'ai été obligé d'y aller. Je l'ai attendue une bonne heure, assis sur une marche de l'escalier. Elle a été surprise de me voir.

– Qu'est-ce que tu fais là ?

– Mes vêtements sont à l'intérieur.

– Allez, viens prendre un café.

– Je n'en veux pas.

– Je te fais un chocolat, alors ?

– Écoute, Cécile, je me change et je repars tout de suite.

– Tu n'es plus mon p'tit frère ?

Je n'étais pas de taille à lutter. Elle le savait.

– T'es devenue chiante.

– J'ai arrêté de fumer.

– Ce n'est pas vrai ! Depuis combien de temps ?

– Je n'ai pas touché une clope depuis une semaine. T'es le seul sur qui je peux passer mes nerfs.

Sur la table, elle a ramassé les morceaux de la lettre de Pierre, a appuyé sur la pédale de la poubelle et les a jetés dedans. On s'est retrouvés devant un café au lait. Elle n'avait plus de chocolat.

– Tu ne pouvais pas me le dire ?

– D'après toi, pourquoi je me suis mise à faire du sport ? J'ai pris un kilo deux.

– T'es bouffie.

– Je vais prendre sept kilos. C'est obligatoire. J'ai une copine qui en a prix dix. Je vais avoir des bourrelets. Tu trouves ça beau ?

– Ça ne se verra peut-être pas trop.

– Il n'en est pas question !

Elle a disparu. Elle est revenue avec un album photo. Elle en a pris une.

– C'est ma mère, avant son mariage. Elle faisait quarante-huit kilos.

Elle a tourné les pages à toute vitesse, s'est arrêtée vers la fin de l'album et a pointé le doigt sur une photo en noir et blanc où sa mère posait dans un manteau de fourrure à proximité de l'Acropole.

– Quinze ans plus tard, avec trente kilos en plus. Je ne veux pas devenir comme elle.

– Ce n'est pas automatique.

– Si, les filles finissent par ressembler à leur mère et les fils à leur père. C'est pour ça qu'on a des problèmes.

– Je n'ai pas de problèmes avec mon père.

– Tu en auras. Pierre a essayé d'y échapper. Peu de garçons ont mis autant d'acharnement à désespérer leur famille. Il est aspiré par la fatalité comme par un aimant. Ils n'étaient d'accord sur rien et pourtant, il pense comme lui. La même mécanique, en sens inverse. Il devient aussi pénible que papa.

– Tu ne parles jamais de tes parents.

– Ils sont morts et enterrés. Il n'y a rien à en dire.

– Tu me fais voir l'album ?

– Pas question. Moi, je l'aurais jeté. Pierre a tenu à le garder. Tu vois ce que je dis. On se fait toujours avoir par les sentiments.

Il y en a un autre qui s'est fait avoir. Je me suis retrouvé deux fois par semaine à courir comme un couillon au Luxembourg. Cécile m'a offert un survêtement à ma taille. Au début, ça a été infernal. Au bout d'un mois, je finissais un tour complet sans m'arrêter. Je n'en revenais pas. On courait le jeudi et le samedi pendant une heure, et le dimanche je faisais le ménage. Avec la pratique, c'était devenu facile. Je courais pour Cécile, pour l'aider à tenir sa promesse de ne plus toucher à une cigarette. Elle rechutait pour un oui ou pour un non et se trouvait toujours un bon motif. Quand j'arrivais chez elle, je reniflais l'odeur du tabac froid même si elle avait ouvert les fenêtres en grand avant pour aérer. C'était la faute de sa thèse qui n'avançait pas, de Pierre qui lui

écrivait qu'il voulait la lire, d'une copine qui s'était fait plaquer par un connard, du plaisir de fumer... Impossible de la
raisonner.

Il s'est produit un renversement imprévu. C'était un jeudi
après-midi, vers la fin mars. Il faisait froid et il bruinait. Le
Luxembourg était désert, balayé par un vent du nord qui
nous mordait les joues. Comme d'habitude, elle courait
devant moi. Je suivais sa foulée. Je me suis porté à son
niveau. Elle a accéléré. Je n'ai pas cédé. Je l'entendais souf-
fler. Jamais je n'avais été aussi léger. On restait au coude à
coude. J'ai poussé l'allure. Elle ne pouvait pas me suivre. Je
l'ai doublée. Je l'entendais qui peinait derrière. J'ai pris dix
mètres d'avance, puis vingt. J'ai attendu qu'elle revienne sur
moi. Elle était hors d'haleine. J'ai accéléré.

— Arrête Michel, j'en peux plus.

Elle était pliée en deux, les mains tendues sur ses genoux,
à chercher sa respiration. Elle a mis deux minutes à la
reprendre. J'attendais avec un petit sourire.

— T'as bonne mine.

— Tu trouves ? a-t-elle murmuré, le souffle court.

— Dommage que je n'aie pas mon appareil. Tu verrais la
tête que tu as.

— J'ai l'impression de peser une tonne.

— T'es sûre que courir ça fait maigrir ? Peut-être que, sur
toi, ça a l'effet inverse.

Elle a viré au rouge. Je suis reparti sans attendre sa
réponse.

— Espèce de p'tit con !

3

Tibor déchanta vite. Le monde du théâtre parisien se partageait en deux groupes d'égale importance qui se haïssaient avec véhémence : les salauds, qui montaient des pièces intéressantes, et les vendus, qui travaillaient sur les boulevards ; certains cumulards revendiquaient les deux étiquettes. La plupart des metteurs en scène étaient inscrits au parti communiste qui soutenait avec enthousiasme l'invasion soviétique. Lors d'une audition, un célèbre metteur en scène traita Tibor de fasciste et le fit expulser de la salle par ses assistants. Un autre lui fit part du mépris qu'il portait aux petits-bourgeois de son espèce qui profitaient de la classe ouvrière. Partout, il ne rencontra que haine, vexations et rebuffades. Ceux qui n'étaient pas communistes ne le connaissaient pas et ne pouvaient rien proposer à un comédien inconnu qui avait un accent bizarre et désagréable. Sa réputation passée le desservait. Les deux seuls metteurs en scène qui lui proposèrent des rôles pour l'aider ne comprirent pas son refus et le classèrent dans la catégorie des emmerdeurs et des prétentieux. C'est vrai que la modestie n'était pas la première qualité de Tibor.

Imré et lui déposèrent un dossier pour demander le statut de réfugiés politiques. L'hypocrite Rousseau qui dirigeait le service s'ingéniait à mettre des bâtons dans les roues des Hongrois qui affluaient. Comment prouver que vous êtes un fugitif, que votre vie est menacée quand vous avez quitté votre pays dans l'affolement ?

– Il me faut des preuves, vous comprenez ? C'est facile de dire que vous êtes pourchassés par la police politique. Si les Soviétiques sont intervenus, c'est à la demande du gouvernement hongrois que je sache et pour sauver ce pays de la contre-révolution des petits propriétaires. L'écrasante majorité de vos compatriotes approuve. Si ça se trouve, vous avez fui la Hongrie parce que vous êtes des délinquants ou que vous n'avez pas payé vos impôts. C'est à vous de me fournir les preuves, pas à moi. Pour l'instant, votre dossier est vide. Quand il passera en commission, vous avez intérêt à ce qu'il y ait du sérieux à l'intérieur. Sinon, ce sera un refus. La France n'est pas une terre d'accueil pour les voyous étrangers ! On a assez avec les nôtres.

À leur arrivée, début 57, ils furent effrayés par le prix des hôtels à Paris et s'installèrent dans un hôtel de passe de la rue Saint-Denis. Le gérant les mit à la porte le lendemain.
– Je ne veux pas de pédérastes !
– Les putes, c'est autorisé ? protesta Imré.
– C'est pas pareil. Je ne veux pas d'ennuis avec les flics.
Tibor ne trouvait aucun travail. Ils vendirent leurs montres, leurs boutons de manchettes, se nourrirent de pain sec et déménagèrent à la cloche de bois des petits hôtels borgnes qu'ils ne pouvaient plus payer. Imré dégota un boulot de manutentionnaire chez un mandataire en beurre, œufs et fromage des Halles qui était un brave homme, même s'il le payait au noir deux fois au-dessous du tarif. Ce n'étaient pas les Hongrois qui manquaient pour le sale boulot. Au moins, il lui laissait prendre les produits qui avaient mal voyagé. Tibor aurait pu aussi trouver un travail aux Halles mais il devait consacrer ses forces aux auditions et attendait sans rien faire

qu'Imré ait fini sa nuit de forçat. À force de partir sans payer la note, ils étaient tricards dans le quartier des Halles et avaient échoué dans un petit hôtel rue de la Huchette.

Un lundi soir, ils partageaient un café à la terrasse d'une brasserie de la rue des Écoles. Le moral était en berne. Imré avait l'épaule endolorie et les mains crevassées. Tibor était désespéré. Il avait attendu toute la journée de passer une audition pour un Feydeau. Après quatre heures à poireauter en plein vent, un assistant était venu leur annoncer que la distribution était complète.

— Je ne trouverai jamais un rôle dans ce pays de cons. Si on allait en Angleterre ? Eux, ils ne font pas d'histoires pour accueillir les étrangers.

— Je ne parle pas anglais, protesta Imré.

— Tu ne penses qu'à toi ! s'emporta Tibor, dont la reconnaissance n'était pas le point fort. Je suis en train de mourir ici.

— Je m'esquinte pour toi. Tu n'as que des reproches à m'adresser. Tu crois que ça m'amuse de patauger dans le fromage. Je sens le fromage, non ?

— Tu pues le fromage ! Tu n'avais qu'à bosser chez un fleuriste. Partons vite, Imré. À Londres, on me donnera des rôles intéressants.

— La seule chose que les Anglais t'offriront, c'est leur foutu mépris.

— J'ai joué *Macbeth* et *Othello*.

— Que tu joues Shakespeare en hongrois, passe encore, que tu le fasses chez eux sera considéré comme un crime de lèse-majesté ou une plaisanterie de mauvais goût. Dès que tu ouvriras la bouche, ils éclateront de rire. Là-bas aussi, ce putain d'accent te collera à la langue.

– Ce n'est pas vrai, je parle l'anglais.

– Pas comme à Oxford ! Pour eux, tu es un Hongrois, c'est-à-dire un sauvage.

– Il n'y a pas que le théâtre. Je peux faire du cinéma. Tu es toujours à me rabaisser.

– Pourquoi pas l'Amérique pendant que tu y es ?

– Et Bela Lugosi ? Il n'a pas réussi à Hollywood ? Son accent hongrois ne l'a pas empêché de tourner dans des dizaines de films.

– Pour jouer Dracula dans des films de vampires, c'est indispensable. C'est ça ton objectif ? Toi ? Des films minables ?

– Je veux jouer. Je suis un artiste, moi ! Pas un larbin !

Le ton montait. Les consommateurs dévisageaient ces deux étrangers qui s'engueulaient dans une langue incompréhensible. Un homme s'approcha d'eux et scruta Tibor.

– Excusez-moi, monsieur, vous ne seriez pas Tibor Balazs ?

– Que voulez-vous ? demanda-t-il, sur ses gardes.

– Je suis un de vos admirateurs. J'ai adoré *Le Retour des forains*. Je l'ai vu des dizaines de fois. C'est un film superbe.

Depuis quatre mois qu'il était arrivé en France, c'était la première fois que quelqu'un le reconnaissait. Pour un comédien, la reconnaissance est ce qui vous différencie du reste des mortels. Dans son malheur, Tibor avait eu la chance de croiser le seul cinéphile parisien capable de se souvenir d'un obscur film hongrois passé inaperçu à sa sortie quatre ans plus tôt. Il voyait dans ses yeux la même lueur de bonheur qu'il avait l'habitude de distinguer chez ses admirateurs hongrois.

– Vous avez vu *Le Retour des forains* des dizaines de fois ? Vous vous moquez de moi ?

– Je suis projectionniste dans un cinéma du Quartier latin. On a gardé le film six semaines à l'affiche et avec cinq séances par jour...

– Vous regardez les films que vous projetez ?

– Quand le film est bon, c'est le grand intérêt du métier.

Werner Toller était d'autant plus heureux de rencontrer Tibor qu'il adorait les acteurs, n'en rencontrait jamais et, malgré son caractère introverti, avait une âme de midinette.

– Vous n'êtes pas français. Vous avez un petit accent.

– Je suis allemand mais je ne retournerai pas en Allemagne.

– Nous, on est hongrois et on ne retournera pas en Hongrie.

– Messieurs, puis-je me permettre de vous inviter à dîner ? Nous parlerons cinéma.

Qui peut refuser une pareille invitation ? Quand Tibor et Imré pénétrèrent au Balto, ils se mirent à renifler. Il y avait longtemps qu'ils n'avaient rien senti d'aussi délicieux. Igor attendait sur la banquette et lisait *L'Express*. Werner fit les présentations. Igor le crut sur parole quand il lui présenta Tibor comme le plus grand acteur hongrois vivant. Il n'avait pas vu *Le Retour des forains* ni aucun film hongrois mais Werner ne se trompait jamais. En les entendant, Igor se revoyait quatre ans en arrière, à son arrivée à Paris. Les mêmes doutes, les mêmes craintes, la même histoire à raconter. En quelques minutes, c'était comme s'ils se connaissaient depuis toujours. Les Marcusot les rejoignirent pour le dîner. Madeleine qui adorait le cinéma y allait peu, à cause

d'Albert. Une fois par an, le 1er Mai. Leur seul jour de fermeture. Pour le jour des travailleuses, elle avait tenu bon, même
quand il y avait du boulot. Comme elle ne pouvait pas se
permettre de gâcher une pareille occasion, elle choisissait
avec soin son programme dans la catégorie romantique
comme *Autant en emporte le vent*. Elle avait tellement aimé
ce film qu'elle y était retournée l'année suivante. Elle se souvenait que Werner avait insisté pour qu'elle vienne voir *Le
Retour des forains*. Qu'une vedette de cinéma, fût-elle hongroise, et un si bel homme, vienne dîner chez elle la remplissait de bonheur.

– Que vous soyez là, c'est un signe de Dieu.

– Madeleine, je vous en prie, la reprit Igor, laissez Dieu
tranquille. Si Tibor et Imré sont là, ce n'est pas grâce à Dieu
mais à cause de M. Khrouchtchev, et je ne crois pas qu'il
agisse sur les conseils du Seigneur ou en pensant à lui.

Jacky fit le service. Les assiettes étaient pleines et fumantes.
On mangeait en silence.

– C'est délicieux. J'adore ça. Qu'est-ce que c'est ? demanda
Imré.

Les bonnes cuisinières sont comme les vedettes de cinéma.
Elles adorent les compliments. D'habitude, si les clients
appréciaient sa cuisine, ils étaient un peu avares sur les félicitations. Imré conquit Madeleine Marcusot.

– C'est une daube à la provençale, à ma façon.

– Vous mettez quoi pour que ça ait ce goût ?

Madeleine baissa la voix, regarda à droite et à gauche.
Personne ne devait surprendre son secret :

– Des clous de girofle et... du cumin.

– Ce goût ? Derrière la girofle et le cumin.

– Vous ne le répéterez à personne ?

– Je vous le promets.
– Tout le monde prend du gamay ou du côtes-du-rhône. Moi, j'utilise un vin fruité. Je fais mariner le bœuf dans du saumur-champigny et, à la fin, je rajoute un doigt de kirsch.
– C'est divin. Vous savez faire le goulasch ? Le vrai, à la hongroise ?
– Vous avez une bonne recette ?
– Il y a celle de...
Il fixa Tibor, qui mit un instant à comprendre.
– C'est la recette de Martha, ma maman. Elle qui aime tant Paris en serait heureuse, tu peux la lui donner.
– Le vrai goulasch se fait avec du bœuf, surtout pas de porc. C'est les pauvres ou les Autrichiens qui prennent du porc. Gîte ou paleron. Cinq cents grammes d'oignons frais, du paprika doux, une grosse cuillère à soupe de chaque, du cerfeuil frais haché fin, de l'origan, du poivre de Cayenne, deux poivrons, cinq cents grammes de tomates. Il faut des galuskas, des petites pâtes hongroises. On les fait avec de la farine, de l'eau et du sel. Vous faites blondir les oignons, vous pelez les tomates, vous coupez la viande en petits morceaux...
– Imré, l'interrompit Madeleine, venez nous préparer votre goulasch. Moi, la cuisine, il faut que je la voie. Vous m'avez mis l'eau à la bouche.
– Vous voulez que je vienne cuisiner un goulasch chez vous ?
– Quand vous voudrez.
Les dons personnels d'Imré en cuisine étaient limités au nécessaire de survie d'un célibataire ordinaire. Omelette, jambon et spaghettis. Il s'était un peu avancé avec Madeleine et s'était retrouvé devant le fourneau du Balto avec une cer-

taine angoisse. Elle l'avait préparé sur ses indications. Il lui avait confié à l'oreille le secret du goulasch de Martha :

– Il faut mettre le paprika dans les dix dernières minutes de la cuisson. Ça ne doit pas bouillir et pas accrocher. C'est meilleur quand c'est réchauffé. Personne ne sait pourquoi.

Werner, Igor, Albert, Jacky et Madeleine goûtèrent. Tibor et Imré attendaient le verdict.

– Je trouve ça fameux. Et vous ? demanda Madeleine.

– C'est un plaisir ! constata Werner.

– Il n'y a rien à dire, releva Albert, en connaisseur.

Dans sa bouche, cette seule observation équivalait à un compliment. Il interrogea sa femme du regard. Elle se retourna vers Imré.

– Vous accepteriez que j'inscrive ce plat à la carte ? Les clients en ont marre de la blanquette.

– J'en serais honoré pour mon pays, répondit Imré.

– Pour vous, dit Albert, le jeudi midi, ce sera gratuit. Il faut me mettre un peu moins de paprika. C'est trop pimenté pour le quartier. Et me lier la sauce avec un peu de farine.

Le goulasch fit son apparition le jeudi suivant comme plat du jour et, à une heure moins vingt, il n'y en avait plus. Imré et Tibor devinrent des habitués du Balto. Le Club doubla le nombre de ses membres. Au fil des semaines, une nouvelle clientèle apparut. Des Hongrois en exil s'étaient transmis la bonne nouvelle. Il y avait à Denfert un bistrot où on servait un goulasch comme à Budapest, copieux et pas cher, même s'il n'était pas assez relevé, mais on ne peut pas tout avoir. Après le déjeuner, ils prirent l'habitude de rester dans la salle du restaurant. Ils avaient du temps et adoraient les échecs. C'est ainsi que le petit commerce se développe. Par la bouche et par l'oreille.

4

La vie ou la survie tiennent à des détails imprévisibles. À une grippe par exemple. J'étais rétabli de mon rhume mais, en cet hiver sinistre où les cours d'eau débordaient et les inondations paralysaient le pays, l'abominable virus m'a frappé. Pas moi. J'aurais préféré mais il m'a épargné. Nicolas, qui affichait une santé de fer et n'avait pas été malade un seul jour depuis la onzième, l'a attrapé. Comme des millions d'autres. Nicolas absent, c'était la porte ouverte à la catastrophe. Sans lui, j'étais perdu. Lachaume, notre prof de maths qu'on appelait Rabougri, et qui faisait plus pitié qu'envie avec son éternel foulard noir autour du cou, a échappé à l'épidémie.

Je suis passé voir Nicolas qui a été touché de mon attention et que je m'inquiète de sa santé. Je n'ai pas osé lui parler de cette échéance fatidique qui approchait, inexorable et meurtrière : la compo de maths. Les penseurs, les psychiatres et les ministres de l'Éducation ne se sont jamais préoccupés des angoisses archaïques, des cauchemars traumatiques et des dégâts irréversibles occasionnés dans notre conscient et notre inconscient par les compositions en général et celles de maths en particulier. J'étais en suspension au-dessus du gouffre et la terre entière s'en foutait. Je m'étais ruiné auprès de la mère Bonbon du Luxembourg. J'ai apporté à Nicolas un assortiment des friandises dont il raffolait. Un énorme paquet de rouleaux de réglisse, carambars, Coco Boer, roudoudous, Mistral, oursons et cigarettes en chocolat. Et les malabars qu'il adorait pour les tatouages en décalcomanies.

J'espérais que ça le requinquerait et contribuerait à son rétablissement rapide. Il a eu une crise de foie. Je n'ai pas voulu importuner Cécile qui était toute à son ménage et passait son temps à changer d'avis entre la poursuite de sa thèse ou psycho.

J'ai travaillé comme un fou mais plus je bossais, moins je comprenais et plus je me décomposais. J'ai dû affronter seul et sans filet l'épreuve reine. Pour nous, Français, Berezina et Waterloo sont synonymes de défaites cuisantes et amères. Au moins, il y a eu bataille. Nous avons été écrasés. Mais nous nous sommes battus avec vaillance ou désespoir et nos adversaires, même anglais, ont reconnu notre courage. Là, c'était au-delà de la honte. J'ai déchiffré l'énoncé comme si c'était du chinois. Rabougri avait dû se tromper de sujet. J'ai vu mes camarades qui turbinaient, tête baissée, sans états d'âme. Je suis resté durant une heure à fixer le vide infini de ma nullité. L'agneau qui arrive à l'abattoir doit être dans cet état d'esprit. Il attend le coup de couteau comme une délivrance à son tourment. J'ai rendu copie blanche, immaculée de tout raisonnement mathématique. Rabougri pourrait m'adresser des reproches, sauf celui de lui avoir donné du travail.

On peut essayer de fuir les réalités, tromper son monde, se dissimuler derrière le masque de la vertu, faire l'autruche, s'inventer des excuses et des prétextes, tergiverser et reculer, l'avenir dépend de notre résistance au grand écart et le bonheur de notre capacité de lâcheté. La vérité revient à la vitesse d'un boomerang. Vous renoncez à fuir, vous êtes au bord de l'abîme. Si vous ne sautez pas, il faut payer comptant.

Le soir, pendant le dîner, j'attendais avec appréhension la

question fatale. Ma mère paraissait avoir oublié. Mon père avait de mauvaises nouvelles de grand-mère Jeanne qui venait d'être hospitalisée pour la deuxième fois pour son problème au cœur. Il envisageait de monter à Lens pour la voir le dimanche suivant et voulait qu'on l'accompagne. Juliette devait aller à l'anniversaire d'une amie et j'ai prétexté des révisons pour la composition d'histoire-géographie.

– Au fait, Michel, comment s'est passée cette compo de maths ? a demandé ma mère en servant le potage aux légumes.

Elle prévoyait la réponse traditionnelle : « Pas mauvaise impression, faut attendre. » Ne pas crier victoire et rester modeste : deux qualités ancrées dans la famille Delaunay.

– Ça a été... un désastre.

– Pourquoi ?

J'avais préparé un topo où il était question d'échecs retentissants, de Trafalgar et de ligne Maginot, de déculottées majeures et de grands hommes, cancres avérés qui avaient fait le désespoir de leurs parents, obtenu le prix Nobel et fini au Panthéon. Je me suis emberlificoté. J'ai eu un blanc. Pas d'excuses. La vérité. Le jugement de Dieu.

– Einstein... dans sa jeunesse... lors de la bataille... avec Pasteur... Churchill aussi... comme Nicolas... Ce n'est pas grave, une mauvaise grippe... Ça fait des années que je copie sur lui.

Ma mère a laissé tomber la louche dans la soupière. La nappe a été maculée de soupe. Elle me dévisageait bouche ouverte, pétrifiée, ne sachant pas si j'étais sérieux ou si j'avais osé une blague aussi stupide que moi.

– J'ai rendu copie blanche. Je n'ai même pas compris l'énoncé.

– Pour Nicolas, tu plaisantes ?

– Je triche depuis des années. J'en ai assez de mentir.

Je lui aurais annoncé que je me prostituais ou que je posais des bombes pour le FLN ça ne lui aurait pas fait plus d'effet. Elle a contourné la table, s'est approchée de moi, rouge de colère. J'ai vu sa main droite se dresser. Je n'ai pas bougé, pas cherché à éviter ou à me protéger. Je savais qu'elle frappait fort. La gifle faisait partie du paiement. Son bras est resté en suspension, frémissant.

– Hélène ! Ça suffit ! a hurlé mon père qui s'est précipité.

Elle aurait dû frapper. Ça aurait remis les compteurs à zéro. C'était une histoire entre nous deux et c'est devenu une affaire de famille. Il s'est interposé. Son bras levé menaçait mon père. Il la fixait, impassible. Elle a fini par le baisser.

– Ce n'est pas une raison pour le frapper, a dit mon père d'une voix qui se voulait persuasive.

Elle tremblait, fébrile, et maîtrisait avec peine l'exaspération qui affleurait.

– Ton fils avoue qu'il est un menteur et un tricheur et tu trouves ça normal !

D'habitude, ils se disputaient loin de nous, dans leur chambre. Ils veillaient à préserver les apparences et on faisait comme si on n'avait rien entendu.

– Tu ne dis rien ! Tu ne fais rien ! Tu ne réagis pas. Tu leur passes tout. Mon père n'aurait pas toléré cette honte un quart de seconde. Il savait tenir sa maison. On le craignait. Et gare quand il sortait la ceinture. Chez les Delaunay, il y avait une morale. Les enfants obéissaient à leurs parents. On a vu le résultat. Mon frère Daniel s'est conduit en héros, Maurice a réussi...

253

– Arrête ! Il a épousé l'héritière d'une des plus grosses fortunes d'Algérie.

– Et toi, qu'est-ce que tu as fait ? Tu n'as pas épousé la fille du patron ?

– C'est honteux ce que tu dis.

– Maurice s'occupe de ses enfants, lui. Les tiens se conduisent mal. Ils ne respectent rien. Ils n'ont pas peur de toi.

– Chez moi, on ne bat pas les enfants. Quand ils font une connerie, on discute, on se parle. Mon père disait toujours...

– Elle est belle l'éducation chez les Marini ! l'interrompit-elle. On a vu ce que ça a donné avec Franck. Michel prend le même chemin.

– Tu mélanges tout.

– Je te connais. Il faut comprendre, excuser. Il va avoir droit à des félicitations peut-être ?

– Je n'ai jamais frappé mes enfants et ce n'est pas aujourd'hui que je vais commencer.

– Je ne suis pas d'accord !

– C'est comme ça et ce n'est pas autrement.

Elle est sortie en claquant la porte de la salle à manger. Effrayée, Juliette s'est levée et l'a rejointe. Mon père s'est assis à côté de moi, m'a mis la main sur l'épaule.

– Ne t'inquiète pas, grand, elle s'énerve. Elle va se calmer.

– Je suis désolé, je ne voulais pas...

– Ne t'en fais pas, je suis là. Que se passe-t-il au bahut ?

– C'est les maths. Je suis archinul.

– Avant, tu avais de bons résultats.

– Mes bonnes notes, c'était grâce à Nicolas.

– C'est bizarre. J'aurais cru que... Ce n'est pas grave. Dans la vie, quand on sait lire, écrire et compter, ça suffit. Les maths, la physique, la philosophie, c'est du pipeau. Moi, j'ai mon certificat d'études. À l'école, j'étais au fond de la classe. Toujours dernier, sauf en gym. Est-ce que j'ai eu besoin du baccalauréat ou de diplômes pour réussir ?

On a fait le tour du quartier pendant une heure. Il me tenait par l'épaule. Ça faisait des années que j'arpentais le secteur et personne ne m'avait remarqué. Lui, il connaissait tout le monde, les commerçants, les concierges, des passants. Il les saluait, leur disait bonsoir, souriait, blaguait, bavardait, me présentait comme son deuxième qui avait grandi trop vite et le dépassait déjà. Avec cette génération, il ne faut s'étonner de rien. On aurait dit un député au marché.

– Tu as des nouvelles de Franck ?

– Aucune.

– Et sa copine, elle en a ?

– Ce n'est plus sa copine, papa. Ils se sont séparés avant son départ.

– Des fois, tu donnes des nouvelles, ça n'empêche pas.

– Franck n'aime pas écrire. Quand il partait en vacances, il n'envoyait pas de cartes postales.

– Là, ce n'est pas pareil, c'est la guerre.

Un couple lui a demandé où en était l'installation de leur salle de bains qui avait quinze jours de retard. Il leur a expliqué que de nos jours, ce n'était pas comme avant. À cause de la grippe et des ouvriers malades. Il leur a promis de s'en occuper personnellement. Ils sont repartis en le remerciant.

– On a un tel boulot que je ne vais pas pouvoir leur envoyer quelqu'un avant je sais pas quand. Plus tard, tu pourrais faire une école de commerce.

– Tu dis toujours que le commerce, ça ne s'apprend pas.

– Le commerce, c'est facile, ce qui est compliqué, c'est la comptabilité, le droit, les impôts et la paperasse

– Toi, tu n'as pas fait d'études et tu as réussi. Tu pourrais m'apprendre ce que tu sais.

– Le commerce, c'est vrai, ça ne s'apprend pas. C'est un jeu. Rien qu'un jeu.

– Je ne comprends pas.

– Toi, tu es le chat, et le client, c'est la souris. Une souris, c'est malin. Un chat, c'est patient. Et surtout, comme il veut bouffer la souris, il se met à la place de la souris. Pour penser comme une souris. Le chat, il doit avoir beaucoup d'imagination pour attraper la souris. À toi de savoir si tu veux être un chat ou une souris. Et l'imagination, ça ne s'apprend pas dans les écoles de commerce. Qu'en penses-tu ?

– Moi, s'il n'y a pas de maths, je ne dis pas non.

– Formidable ! Crois-moi, tu vas avoir la belle vie. J'ai de grands projets en tête. Ensemble, on va casser la baraque.

Quand j'en ai parlé à Igor, il m'a dit que j'étais un petit con et que j'allais le rester.

– Il n'a pas tort mon père, avec le commerce, tu peux gagner plein d'argent.

– Et tu vas bosser toute ta vie pour du fric ? C'est ça ton rêve ?

– Que veux-tu que je fasse ? Je suis nul en maths !

– Je vais te dire, Michel, être chauffeur de taxi, c'est le meilleur métier du monde.

Igor était convaincant. Ils étaient trois taxis au Club et n'avaient pas la même opinion que lui. Un bon métier quand vous n'aviez pas mal au dos. Ils avaient des sciatiques et des vertèbres tassées, respiraient des gaz d'échappement du matin au soir, s'énervaient dans les encombrements, tremblaient de se faire égorger par un minable décidé à voler leur recette et ils étaient harcelés par les agents de police aux aguets pour leur mettre des contraventions.

– C'est la nuit qu'il faut bosser. On n'est pas nombreux. Tu n'as pas de patron sur le dos. Tu te sens libre. Pas de circulation. Pas de flics. Et les voyous ont des occupations plus lucratives que d'agresser les chauffeurs de taxi. La nuit, c'est différent.

Igor s'était fait une clientèle d'habitués, de noctambules, de patrons de restaurants et de boîtes de nuit ou d'artistes qu'il raccompagnait au petit matin.

– Les gens de la nuit, ils savent vivre. Ils ne mégotent pas. Les pourboires sont souvent plus importants que le prix de la course. La nuit, tu te fais des amis. Des vrais. Le jour, les gens n'ont pas le temps de se parler ou de s'écouter.

Quelques mois après ses débuts, un peu avant minuit, Igor avait pris un client rue Falguière et l'avait emmené à Franklin-Roosevelt. Pendant la course, l'homme n'avait pas desserré les dents. Il y a des clients peu causants. Au moment de payer, l'homme lui demanda :

– Vous êtes russe ?

Igor le dévisagea. Il ne l'avait jamais vu. L'homme avait une stature imposante, une chevelure abondante, les traits burinés d'un bagnard en cavale. Il fit oui de la tête, méfiant. L'homme continua en russe :

– D'où vous êtes ?

– De Leningrad.

– Moi, je suis né en Argentine. Dans ma jeunesse, j'ai vécu à Orenbourg, vous connaissez ?

– C'est dans l'Oural ?

– Mon père y était médecin. On est venus en France avant la révolution.

– Moi, j'étais médecin à Leningrad. Je m'appelle Igor.

– Moi, c'est Jef.

Igor et Joseph Kessel parlèrent du pays dans la voiture pendant deux heures. Kessel l'invita à prendre un verre chez lui et ils continuèrent à discuter jusqu'au petit matin. En russe. De la guerre, de Paris, de musique, de Dostoïevski, des échecs et de mille autres choses. Comme s'ils s'étaient toujours connus. Igor devint plus que son chauffeur attitré. Souvent, ils dînaient ensemble. Il le présentait comme un de ses vieux compagnons. Jef l'invitait mais payait le montant précis de la course. On ne donne pas de pourboire à un ami. Plus d'une fois, Igor lui glissait à l'oreille qu'il était temps de rentrer chez lui et le raccompagnait à sa porte. Il ne le considérait pas comme un client. Kessel était le seul autorisé à s'asseoir devant. Il lui dédicaçait ses livres en russe et faisait souvent des apparitions au Balto. Madeleine, très fière, lui mijotait des plats pour lui seul. Il se lia d'amitié avec la plupart des membres du Club et certains se sont reconnus dans des personnages de ses livres. La première fois où Victor Volodine l'aperçut, Igor et Kessel jouaient aux échecs. Il n'en revenait pas qu'Igor soit à tu et à toi avec une pareille célébrité. Il se présenta à Kessel en claquant les talons.

– Comte Victor Anatolievitch Volodine des cadets de la garde du tsar.

Victor a probablement raté sa carrière et aurait dû être comédien. Kessel l'a cru dur comme fer et, sans Igor, lui aurait acheté le poignard de Raspoutine. Quand, un peu plus tard, Igor lui raconta la vérité à son sujet, il eut le plus grand mal à l'admettre, tellement Victor était criant de vérité dans son rôle d'aristocrate déchu.

5

Que pouvait faire un acteur hongrois inconnu à Paris qu'aucun metteur en scène ne voulait engager, à cause de cet accent qui faisait rire dès qu'il ouvrait la bouche pour déclamer son texte ? Rien. Se débarrasser de son accent était devenu son obsession. C'était une marque indélébile qui lui collait aux cordes vocales comme un de ces mauvais virus qui vous bouffent de l'intérieur. Imré jurait que c'était sans espoir, que les Hongrois ne perdaient jamais leur nasillement et que seules des années d'un travail acharné et quotidien pourraient le gommer. Tibor n'avait ni le temps ni la patience et il n'y a rien de pire qu'un comédien condamné au silence. Igor et Werner s'y sont mis. Ensemble, puis chacun de leur côté. Ils n'étaient d'accord ni sur la méthode ni sur les exercices. C'était une mission impossible. La pitié contre la charité. Comment progresser quand le professeur n'a pas compris la leçon ? Werner, qui traînait son phrasé allemand comme une punition, était le plus mal placé pour l'aider. En parlant avec une extrême lenteur, Igor arrivait à dissimuler ses origines. Dès qu'il se laissait aller, c'était la Volga qui débordait.

– Igor, je suis désolé, tu me fais penser à ce professeur de natation que j'avais au lycée de Cologne. Il nous apprenait en lisant le manuel, lui ne savait pas nager.

– Avec toi, il va prendre ton accent teuton.

– On ressemble à deux eunuques qui parlent d'amour.

– Un Français serait l'idéal.

– Et qui soit pédagogue.

Parmi leurs connaissances, un seul avait le profil. Ils y pensèrent en même temps.

– Il ne voudra pas.

Gregorios Petroulas était un cas unique au Club. Il avait fui son pays car les communistes y étaient pourchassés et exterminés. Il avait quitté la Grèce en 49, à la fin de la guerre civile. Sa tête était mise à prix par les extrémistes d'un mouvement royaliste qui avait tué ses deux frères. Gregorios était un communiste viscéral et contrarié, ce qui le rendait imprévisible, même pour ses meilleurs amis. Il avait la réputation d'être lunatique, passait de l'exaltation à l'abattement et de la volubilité à la prostration en une seconde sans qu'on sache pourquoi. Il était chaleureux, vous serrait dans ses bras et, l'instant d'après, vous traitait d'abruti, de racaille et de fasciste, ce qui, jurait-il, était un pléonasme, du grec *pleonasmos* qui signifie excès. Gregorios ne pouvait faire une phrase sans retrouver l'étymologie d'un mot grec, signe évident que notre civilisation était grecque, que nous lui devions notre identité sans en avoir la moindre reconnaissance, du latin *cognoscere* mais c'était une exception.

– J'ai honte de ce que j'ai fait, disait-il parfois, plongé dans ses souvenirs.

– Qu'est-ce que tu as fait ?

Il relevait la tête, haussait les épaules.

– C'est fini. Tout le monde s'en fout. Alors, tu joues ?

Gregorios était professeur de latin et de grec ancien dans

une dizaine de cours privés. Cette activité le faisait courir d'un bout à l'autre de la région parisienne pour dispenser son précieux savoir. Les seules écoles qui lui proposaient du travail étaient tenues par des prêtres ou des bonnes sœurs qui mettaient un point d'honneur à maintenir actif l'enseignement des langues mortes mais Gregorios haïssait les églises en général et les curés en particulier. À son arrivée à Paris, ancien professeur de français au lycée de Patissia à Athènes, Gregorios s'attendait à être accueilli à bras ouverts. L'Éducation nationale lui avait répondu qu'il n'avait pas les diplômes requis pour enseigner en France. Le seul boulot qu'il avait trouvé, c'était à Sainte-Thérèse, une institution pour jeunes filles comme il faut du XVIe arrondissement. Son recrutement avait été d'une rapidité miraculeuse. Le père directeur l'avait fait asseoir devant lui, l'avait toisé et, sans formalités, avait commencé à lui parler en latin. Gregorios lui avait répondu du tac au tac et, pendant une heure, ils avaient bavardé. Le père directeur l'avait recruté sur-le-champ, lui faisant confiance pour le grec qu'il ne pratiquait pas. À chaque fois qu'ils se croisaient, ils échangeaient dans la langue de Virgile.

– Tant que nous le parlerons ensemble, lui disait-il en latin, ce ne sera pas une langue morte.

Gregorios devait avoir une façon personnelle et vivante d'enseigner. Ses élèves avait eu au baccalauréat des notes qui dépassaient, et de loin, leurs pitoyables et habituels résultats. Ce fut le point de départ de sa nouvelle carrière. Le père directeur qui l'avait pris en affection lui avait obtenu un permis de séjour et une carte de travail en un rien de temps. Il était si content de ses services qu'il l'avait recommandé à ses collègues de l'enseignement catholique. Gregorios était devenu la référence incontournable pour les humanités des institutions religieuses de l'archevêché de Paris. Plus on le réclamait, plus ça le mettait dans une rage proche de l'apoplexie. Il dissimulait sa répulsion pour les soutanes, leur prêchi-prêcha et ces familles bien pensantes pour qui le catéchisme était fondamental, en se disant, pour se soutenir dans son calvaire quotidien, que ces religieux n'étaient pas grecs et n'avaient rien à voir avec les monstruosités commises dans son pays et bénies par l'Église orthodoxe. Il était mal payé et complétait son revenu en donnant des leçons particulières à ses débiles d'élèves. Il rencontra ainsi le père désespéré d'un de ces imbéciles qui fut émerveillé par son savoir et lui demanda de devenir sa plume. Gregorios hésita. C'était un député poujadiste, ignare, stupide et réactionnaire, dont l'unique conviction était de détester les rouges. Il accepta sous la pression comminatoire de son épouse et parce que les Grecs ont inventé le discours. C'était sa façon de poursuivre l'œuvre de Démosthène et de Périclès. Il truffait ses allocutions de citations grecques et latines qui faisaient l'admiration des parlementaires unanimes, lesquels applaudissaient avec chaleur ce collègue si cultivé. Il nous prenait à témoin de ses cas de conscience et de ses dilemmes. Pavel, qui était son meilleur ami et son partenaire attitré, l'écoutait avec politesse. Très vite, ses soliloques se terminaient par un :

– Si je dis ce que je pense des curés, ils me foutront à la porte. Je suis coincé.

– Ce n'est pas grave, lui répondait-il. Tu n'es ni le premier ni le dernier à te vendre pour un plat de lentilles.

– Je ne suis pas un vendu. Que ferais-tu à ma place ?

– Je jouerais. La pendule tourne. Tu vas te retrouver en zeitnot et perdre à cause du temps.

– Ce n'est pas de la lâcheté, Pavel. Tu me connais. Le pire, c'est qu'ils me prennent pour un des leurs alors que je les hais. La seule chose que je ne regrette pas, c'est d'en avoir tué quelques-uns.

Gregorios aurait pu retourner en Grèce après l'amnistie. Mais il était tombé amoureux de Pilar, une jeune femme discrète aux traits fins, fille de réfugiés républicains et qui enseignait l'espagnol dans un de ces cours privés. C'était une famille fréquentable. Ils pouvaient se raconter les trahisons, les horreurs et les ignominies de leurs guerres civiles respectives. Gregorios découvrit sans surprise que l'Église catholique espagnole valait en abominations et en abjections son Église orthodoxe grecque. Pour les beaux yeux de Pilar qui ne voulait pas se séparer de sa famille, il renonça à retourner au pays et se transforma en Parisien. Ils se marièrent et, pour lui faire plaisir et en dépit de ses convictions, accepta le mariage religieux. Ses amis se moquèrent de lui. Il se fâcha avec eux. Ils s'installèrent dans un petit appartement à la porte de Vanves et eurent trois enfants. Pilar se transforma en bigote imprévue et intraitable qui le traînait à la messe et aux vêpres sans lui demander son avis, ne ratait aucune fête et vouait une vénération mystique à Jean XXIII. Entre Pilar, son député devenu gaulliste de gauche et ses curés nourriciers, Gregorios avait peur de se renier, de finir calotin et subissait cette triple calamité telle une fatalité. Un fardeau qu'il portait comme Sisyphe, les Grecs, en plus de la sculpture, de la littérature, de la philosophie, de l'architecture, de la politique, de la stratégie, du sport et des compétitions sportives, ayant aussi inventé la mythologie. En véritable professeur, il ne pouvait s'empêcher de vouloir le bonheur des élèves malgré eux.

– Tu fais du latin, Michel?

– Non.

– C'est capital d'apprendre le latin, même si c'est une langue moins intéressante que le grec et qui lui a beaucoup emprunté.

– Mon problème, c'est les maths.

– Ce sont les Grecs qui ont inventé les mathématiques : Euclide, Pythagore, Archimède, Thalès. Que des génies. Si tu veux, je t'apprends le grec.

– Écoute, Gregorios, déjà en français, je n'y comprends rien.

– Tant pis pour toi. Tu resteras un barbare. Du grec *barbaros* qui signifie stupide.

Quand Igor et Werner lui demandèrent d'aider Tibor, Gregorios refusa. Il avait un emploi du temps de ministre et pas une minute à consacrer à un nouvel élève.

– Ça tombe bien, il n'a pas d'argent, il ne peut pas te payer, observa Werner. Fais un effort, Gregorios. Tu connais sa situation. Tu es le seul à avoir une élocution parfaite. On te prend pour un Parisien.

– Tu es un excellent pédagogue. Tes élèves ont des notes exceptionnelles, poursuivit Igor.

– Par pitié, mes amis, ne m'enlevez pas cette bouffée d'oxygène. Le seul moment de répit dans mes journées de fou, c'est ici que je le passe, au milieu de gens normaux, qui ne sont pas des culs bénis. Vous n'avez aucune idée de ce que j'endure.

Ils insistèrent. Chacun de leurs arguments se heurtait au

refus ferme et poli de Gregorios. Sa partie d'échecs quotidienne lui était indispensable. Il refusait de sacrifier cette petite heure de liberté. Werner avait renoncé et cherchait une solution de repli quand il remarqua Igor qui hochait la tête, lèvres serrées, paupières clignotantes.

– Il y a une raison absolue, murmura Igor.

– Désolé, mes amis. Rien ni personne ne me fera changer d'avis.

– Tibor est pressenti pour jouer Œdipe et avec sa prononciation, il n'a aucune chance.

– L'Œdipe d'*Œdipe roi*?

– Peut-on imaginer Œdipe avec un accent hongrois?

– C'est vrai, ce n'est pas possible. Si vous aviez pu entendre Sophocle en grec, vous auriez compris ce qu'était le théâtre. L'*Orestie* d'Eschyle est un poème tragique où les mots sont une musique. En français, c'est grotesque.

Igor se précipita sur le taxiphone et prévint Imré qui informa Tibor que Gregorios allait lui donner des leçons gratuites pour perdre ce chuintement maudit. Imré lui répéta ce que lui avait dit Igor:

– Un metteur en scène pense à toi pour le rôle d'Œdipe.

– Œdipe? C'est merveilleux. Ma mère m'en a parlé comme d'une pièce exceptionnelle. Elle l'a vue à sa création à Budapest. Quel metteur en scène? Quel théâtre? demanda Tibor, excité.

– Pas de précipitation. Travaille ton texte pour que l'audition soit parfaite.

Peut-être Imré aurait-il dû réfléchir un peu, être plus précis ou prendre des précautions. Tout à sa joie d'avoir trouvé une solution, il laissa Tibor et Gregorios face à face.

– Je te remercie de ta gentillesse, Gregorios. Tu n'as pas

beaucoup de temps. J'apprécie le service que tu me rends. J'espère un jour arriver à parler le français comme toi.

– Les Grecs n'ont pas d'accent. Nous avons inventé la diction. N'aie pas peur, Tibor, je ne te ferai pas parler avec des cailloux dans la bouche.

– Je serai ton meilleur élève. Pour moi, c'est une question de vie ou de mort.

– Si tu veux perdre ton nasillement, Tibor, tu dois parler lentement. Comme si tu réfléchissais à ce que tu vas dire. Détache chaque syllabe, poursuis sur la même tonalité et accentue la dernière ou quand ta respiration tombe. Par exemple : j'ai commandé, insiste sur le *dé*, un thé au lait, insiste sur le *lè*.

– J'ai commandé un thé au lait.

– Mets tes doigts dans ta bouche, tire tes lèvres vers les oreilles et laisse monter le son de ton ventre.

– J'ai com-man-dé un thé au lè.

– C'est parfait ! On va travailler sur le texte. Ce sera plus pratique.

Gregorios sortit deux brochures de son cartable et en donna une à Tibor, qui l'examina d'un œil surpris.

– Il vaut mieux prendre le vrai texte.

– C'est le bon. La traduction est excellente.

– Il n'y en a pas besoin. On travaille sur *La Machine infernale*.

– De quoi parles-tu ?

– De la pièce de Cocteau.

– Tu joues *Œdipe roi*, la pièce de Sophocle.

– Je ne dois pas jouer cette vieillerie mais la pièce de Cocteau sur Œdipe !

– Comment oses-tu comparer la misérable bouffonnerie

de cette tantouse avec *Œdipe roi*, une des plus grandes pièces de l'humanité ?

– C'est lourd, dépassé, grandiloquent, figé.

– Nous avons inventé le théâtre et la psychologie vingt-quatre siècles avant Freud.

– L'inconvénient, c'est que vous n'avez rien inventé depuis. Le monde a changé, vous ne vous en êtes pas rendu compte.

– Comment un Hongrois pourrait-il comprendre Sophocle ?

Gregorios s'est levé avec dignité, a ramassé ses brochures et il est parti sans payer l'addition.

– Tu sais ce qu'elles te disent les tantouses ?... Espèce de vendu aux curés ! hurla Tibor en lui jetant son thé au lait dans le dos.

Ces malentendus expliquent pourquoi Tibor a conservé son accent. Gregorios et lui ne se sont plus reparlé et s'ignoraient avec ostentation. Imré réussit à lui trouver des petits rôles. Tibor accepta. Il devait se faire connaître et remarquer. Tibor a joué à onze reprises un inspecteur de police dans la série *Les Cinq Dernières Minutes* où il secondait le commissaire Bourrel. Son seul dialogue se résumait à quatre ou cinq « OK, patron » qu'il réussissait à prononcer comme un Français, grâce à de longues répétitions avec Igor. Malgré la modicité du texte, c'était bien payé. Tibor commit l'erreur de se disputer avec le réalisateur à qui il réclamait de développer son personnage. Il nourrit beaucoup d'espoir lorsqu'il fut engagé à la Comédie-Française. Il fit le hallebardier dans *Athalie*, un soldat romain et un sénateur dans *Bérénice*, un grand d'Espagne et un valet dans *Ruy Blas*, et un prince maure, un marchand et un gondolier dans *La Bonne Mère*.

C'étaient des rôles muets, de pure figuration. Il avait beau avancer de quelques pas vers le devant de la scène, il restait dans l'ombre et il en crevait.

Imré eut l'idée de changer son nom. Pas facile de le lui faire admettre. Tous l'ont encouragé. Après pas mal d'essais et d'hésitations, on trouva que François Limousin sonnait cent pour cent français. Tibor ne devrait plus évoquer sa nationalité. En dépit de son nouveau patronyme, le metteur en scène décelait un petit phrasé déplaisant pour l'oreille et discutait avec son assistant pour savoir s'il était alsacien ou belge ou peut-être du Limousin. François Limousin ne trouva pas plus de travail que Tibor Balazs. Ce pseudonyme fut abandonné au bout de deux ans de batailles inutiles. Tibor reprit son nom. Grâce à un compatriote qui travaillait dans un studio de doublage à Boulogne-Billancourt, Imré lui trouva deux rôles : celui du roi Hubert dans *La Belle au bois dormant* de Walt Disney et celui de Brutus dans une vingtaine d'épisodes de *Popeye*, personnages pour lesquels la prononciation n'avait pas d'importance.

Imré avait trouvé un emploi de magasinier chez un grossiste en prêt-à-porter, rue d'Aboukir. Il trimbalait d'un bout à l'autre du Sentier des montagnes de coupes et de balles de tissu sur un diable. Il n'en pouvait plus de travailler pour Tibor qui le laissait se fatiguer. Il voulait qu'il le soulage en prenant un petit boulot. Tibor fut furieux d'être mis au pied du mur. Imré avait posé un ultimatum : « Je te laisse six mois pour trouver un vrai rôle. »

À la fin de l'année, le rôle espéré avait été attribué à un autre. Il ne se résignait pas à avoir un vrai travail avec un patron qui vous engueule et des collègues désagréables.

Grâce à Igor, il dégota un poste de portier de nuit à L'Acapulco, une boîte de strip-tease et d'attractions internationales
à Pigalle. Dès le début de la soirée, il arpentait le boulevard
de Clichy, vêtu d'un uniforme et d'une casquette bleu turquoise d'officier de la garde impériale – on ne savait pas
laquelle –, et hélait les passants, de préférence les étrangers,
en leur offrant des tickets de réduction sur les consommations et cinquante pour cent sur les bouteilles de champagne.
Ce n'était pas un boulot désagréable, sauf quand il fit si froid
en mars ou qu'il pleuvait. Son patron était content de lui.
Dans la journée, il gardait un peu de force pour passer des
auditions. Il n'obtenait aucun rôle, même pour des tournées
en lointaine province. Entre les doublages de dessins animés
et L'Acapulco, il ne se débrouillait pas si mal. Il était fâché
avec les chiffres. Il ne savait ni compter ni économiser. Il
fumait des Dunhill. Au moins deux paquets par jour. Il n'en
tirait que trois bouffées et les écrasait sans les terminer.
D'après Tibor, Imré n'était qu'un gagne-petit. Dès qu'il avait
trois sous, Tibor se payait des vêtements hors de prix. Imré,
de son côté, ne s'en achetait jamais. Pourtant, il en aurait eu
besoin. Il récupérait des habits au gré de ses pérégrinations
dans le Sentier. Au Balto, Tibor prenait la carte et commandait sans se soucier du prix. Jacky, qui connaissait leurs difficultés et le montant de leur ardoise, scrutait Imré qui finissait
par hocher la tête. Jacky lui servait le filet au poivre avec le
frichti pommes sarladaises aux gésiers dont il raffolait tant.

– Tu ne manges rien ? demandait Tibor la bouche pleine.

– Je n'ai pas faim, répondait Imré, détaché.

Tibor bénéficiait au Balto d'un traitement de faveur dû à
son statut de vedette, même s'il n'en était plus une. Pour
Madeleine, un artiste de cinéma ne pouvait être astreint aux

contingences matérielles de n'importe qui. Il avait, et de loin, la plus grosse ardoise. Quand elle dépassait la ligne rouge, Jacky prévenait Albert qui alertait Madeleine qui, pour Tibor, ne refusait jamais un dépassement. C'était le seul à en bénéficier. Quand l'ardoise atteignait le seuil de la douleur, elle en touchait un mot à Imré qui la faisait redescendre à une limite acceptable. Il endurait en silence. De temps en temps, il balançait :

– Tu devrais surveiller ce que tu manges, Tibor. Tu as grossi.

– Tu trouves ?

– En France, les séducteurs sont minces. Si tu veux jouer les jeunes premiers, tu devrais perdre quatre ou cinq kilos.

Tibor se mettait au régime. Il n'avait aucune volonté. Il ne mangeait plus rien au Balto et se faisait inviter par les danseuses et les techniciens de L'Acapulco avec qui il avait sympathisé et qui l'adoraient. Avec le temps, la petite ruse de Tibor s'était éventée.

– Ce qui me fait grossir, c'est de ne pas travailler ! En Hongrie, je mangeais ce que je voulais sans prendre un gramme. Tout ce temps perdu. Où en est cette proposition de tournée en Bretagne ?

Imré avait eu la réponse négative la semaine précédente.

– Ils ont du mal à boucler leur budget.

– Dans ce pays, rien n'aboutit jamais. Partons aux États-Unis. Là-bas, ils font des centaines de films chaque année. Bela Lugosi me donnera un coup de main. Les Hongrois s'aident les uns les autres.

– Tibor, si tu veux tenter ta chance, vas-y. Moi, je n'irai pas. Je ne parle pas anglais. En France, j'ai une chance de m'en sortir.

6

C'était un dimanche triste et maussade. Il tombait des cordes. Chacun était perdu dans ses pensées. Imré lisait à Jan et Gregorios l'article de Morvan Lebesque du *Canard enchaîné*. Ils n'auraient raté ses chroniques sous aucun prétexte. Igor et Leonid le trouvaient moraliste et préféraient les dessins du *Hérisson*. Tibor regardait tomber la pluie. Tomasz rêvait les yeux ouverts. Pavel n'en finissait pas de traduire et de modifier son livre sur la paix de Brest-Litovsk. Kessel lui avait arrangé un rendez-vous avec un éditeur qui lui avait demandé des coupures. Dans un coin, Vladimir faisait la comptabilité d'un commerçant. Werner et Piotr discutaient à voix basse comme des comploteurs. Leonid et Virgil jouaient aux échecs. Avec Igor assis près de moi, on suivait la partie en silence. M. Lognon, debout comme à son habitude, appréciait en hochant la tête. Leonid était le meilleur joueur du Club. Personne n'avait réussi à le battre. Obtenir une partie nulle contre lui était considéré comme un exploit. Seuls, Igor et Werner y étaient arrivés. À une époque, pas si lointaine, il avait été classé dans les quarante meilleurs joueurs d'URSS. À la trente-troisième place. Ce qui le mettait au-dessus d'un champion de France. Il avait remporté quatre années consécutives le tournoi des pilotes de l'Aeroflot, avait eu l'insigne honneur de faire deux parties contre Staline. On l'avait prévenu. Il l'avait laissé gagner après l'avoir mis en difficulté, ce qui lui avait valu une tape amicale sur l'épaule et de passer commandant de bord sur un Tupolev. J'inscrivais sur mon carnet leurs coups respectifs. Virgil Cancicov était un bon joueur mais ne pouvait rivaliser avec Leonid. Il se lançait dans des attaques forcenées qui laissaient Leonid de marbre. Virgil s'usait face à une défense hermétique et perdait ses pièces une à une. Leonid était d'une patience de chat et attendait de porter l'estocade. Virgil sentait s'approcher l'instant inexorable de la mise à mort et reculait. De façon inattendue, il sacrifia un fou. Leonid fronça les sourcils et réfléchit en se massant le menton. Il avança sa tour et Igor sourit. Je notai la position. M. Lognon fit une moue admirative.

Depuis quelques mois, il venait au Club sans en être membre. On ne l'avait pas vu entrer et personne ne l'avait remarqué. Il était là, mains croisées derrière le dos, le ventre en avant, une pipe éteinte à la bouche. Il ne dérangeait personne et avait une qualité appréciée par tous : il savait écouter. Il restait des heures durant face à Pavel, Tomasz, Imré, Vladimir ou n'importe qui, d'un air attentionné et affable, sans intervenir, ni poser de questions. Il écoutait avec intérêt. Il hochait la tête avec son allure bonhomme de retraité compatissant. De temps en temps, il bourrait ou rallumait sa pipe. On ne l'entendait dire que des « Ben, mon pauvre vieux » ou « C'est incroyable, ce qui vous est arrivé » ou des banalités de ce genre. M. Lognon n'était pas causant. On savait de lui les trois ou quatre détails qu'il avait laissés filtrer : il était retraité EDF, sa femme était gardienne d'immeuble, les journées étaient longues et ça le distrayait un peu de venir regarder les parties. Il commandait un demi sans faux col et passait l'après-midi à le siroter. Sans rien demander, il était devenu un membre de fait, même s'il ne jouait pas. Parfait kibitz, il ne gênait personne. Quand on lui proposait de participer, il répondait qu'il jouait trop mal et que sa passion, c'était la belote bridgée, jeu qui n'était pas pratiqué au Club. Quand on lui demandait comment il allait, il répondait toujours : « Ça va, merci et vous ? »

La seule fois où il y eut un malaise, c'est quand Werner lui demanda son prénom. Au Club, c'était la pratique.

– Si ça ne vous dérange pas, monsieur Werner, je préfère qu'on m'appelle par mon nom. Je n'aime pas mon prénom. À EDF, mes collègues m'appelaient Lognon. Mes amis aussi.

On a pas mal ri, quand il n'était pas là, à imaginer de quel prénom ridicule ses parents avaient pu l'affubler. Tomasz a cherché dans un calendrier des PTT. On en a trouvé que personne ne connaissait : Paterne, Guénolé, Fulbert ou Fiacre. C'était devenu un jeu entre Pavel, Tomasz et Tibor. Ils lançaient un prénom au hasard et guettaient s'il se retournait : « Eh, Léonce… Ignace… Landry », « Oh, Enguerran, heu… Parfait… Aymard », « Pst, Romaric, non Barnabé. » Ils n'ont pas trouvé. Lognon restait imperturbable. Ils ont essayé Adolphe, Benito et Rodrigue. D'après Leonid qui raisonnait en ingénieur, il pouvait se prénommer Anicet ou Casimir et faire comme s'il n'avait pas entendu, ou c'était un prénom absent du calendrier. On a fini par oublier Lognon, son prénom mystérieux et s'habituer à sa présence, sauf qu'on ne l'entendait pas venir, qu'on le découvrait un peu en retrait de la table en train de suivre le jeu et qu'il disparaissait comme par enchantement

– Il y a des tas de gens dont on connaît le prénom et qui nous emmerdent, disait Werner qui appréciait sa discrétion. On a chacun nos petits secrets. Celui-là n'est pas méchant.

L'inspecteur Daniel Mahaut faisait de rares apparitions au Club, occupé par ses enquêtes qui l'absorbaient sans horaires précis, et comme il habitait en banlieue, dès qu'il avait un peu de temps, il rentrait chez lui pour profiter de sa famille. Il restait proche d'Igor et de Werner qu'il invitait le dimanche dans le pavillon de Corbeil qu'il avait retapé. Il attendait la mutation qui le renverrait dans sa Guadeloupe natale. Ses filles ne voulaient pas retourner au pays. De temps à autre, il apparaissait pour prendre un verre. Il y en avait toujours un qui avait un problème avec l'administration ou une contravention à faire sauter. Daniel rendait service sans rechigner et quand il secouait la tête, on savait que c'était impossible. On a été surpris de le voir en ce dimanche de pluie. Il avait passé la nuit en planque et venait d'être relevé. Igor lui a demandé ce qu'il voulait boire. Daniel s'est figé en apercevant la silhouette massive de Lognon qui lui tournait le dos et suivait une partie entre Pavel et Virgil.

– Oh, Désiré !

Lognon redressa la tête et se retourna, stupéfait qu'on l'appelle par son prénom.

– Mahaut !

– Qu'est-ce que tu fais là ?

– Ben et toi ?

– Tu t'es mis aux échecs ?

– Vous vous connaissez ? demanda Igor.

Daniel ne répondit pas. Il y eut un long silence. Il fixait Lognon et hésitait. Il ne savait pas ce qu'il avait dit ni ce qu'il faisait là.

– Vous vous connaissez ? répéta Werner.

Lognon avança vers Daniel et lui glissa quelques mots à l'oreille.

– Ce n'est pas vrai ! s'exclama Daniel. Je rêve. Vous êtes fous !

– Tu le connais ? insista Igor.

– Messieurs, poursuivit Daniel après un instant de réflexion, je vous présente l'inspecteur Désiré Lognon des Renseignements généraux.

– Fais pas le con ! lança Lognon.

– Il est chargé de vous surveiller. Je ne m'en étais pas rendu compte mais vous êtes une bande de terroristes qui menace la sécurité des pays de l'Est et les relations franco-russes.

Des divers sentiments qui agitèrent le groupe, l'incrédulité dominait. Seul, Leonid demanda à Lognon de sortir du Balto pour lui casser la gueule sur-le-champ. Cette solution présentait, de l'avis général, plus d'inconvénients que d'avantages. Frapper un représentant de l'autorité, fonctionnaire en service de surcroît, pouvait coûter cher. Leurs situations respectives ne leur permettaient pas ce genre de plaisir. Que faire de Lognon ? Devait-on l'expulser du Club ? Le mot « expulsion » résonnait à leurs oreilles de façon désagréable et leur rappelait de fâcheux souvenirs. On n'allait pas se mettre à agir comme eux ? Et puis, pouvait-on expulser un inspecteur de police ? Dans leurs pays, ça aurait été impossible, ils étaient chez eux partout. En France, on ne savait pas. La logique policière voulait que ce soit pareil.

– Qui a un casier judiciaire ? s'exclama Tomasz d'un air agressif.

– Pavel peut-être ? observa Vladimir, le sourire en coin. Le Département d'État lui refuse un visa pour l'Amérique. Si ça se trouve, c'est un repris de justice.

– C'est faux, je suis victime d'une chasse aux sorcières ! rugit Pavel avant de comprendre qu'il le faisait marcher.

Dans ce groupe habitué aux confessions collectives,

Lognon fut sommé de s'expliquer. Non, il n'avait rien remarqué d'important, à part des secrets sur l'art de roquer au bon moment ou la meilleure façon de faire pat. Non, il ne parlait pas du déroulement des parties. En haut lieu, ça ne les intéressait pas. Oui, il faisait un rapport bimensuel à ses supérieurs. Ils étaient sans informations utiles. On le lui reprochait. Il ne pouvait pas inventer. Oui, c'était normal de surveiller des étrangers, des communistes et des réfugiés politiques. Non, ils n'étaient pas dangereux. Non, il ne leur avait pas dit qu'à son avis ça ne valait pas la peine de les surveiller : il n'avait pas envie d'être envoyé ailleurs, à infiltrer des ouvriers, des étudiants ou des fellaghas. Ici, c'était peinard. On demanda à Lognon s'il n'avait pas honte de ce qu'il faisait. Il réfléchit et hocha la tête. Non, il obéissait à un ordre légitime donné par une autorité légitime. Il n'avait ni manipulé, ni trompé, ni frappé personne. Il se contentait d'être là et d'ouvrir ses oreilles. On l'avait choisi car il inspirait confiance avec sa tête de voisin de palier qui savait s'intégrer comme un caméléon dans les groupes sans se faire remarquer. Les gens ne se méfiaient pas lorsqu'on ne posait aucune question. C'est la question qui fait le flic. Lui, il n'en posait pas. C'était sa technique. Mettre les gens en confiance et la fermer. Plus long mais efficace. En général, les gens ont besoin et envie de parler. Lorsqu'ils trouvent une oreille attentive, il n'y a plus besoin de poser de questions. Il faut de la patience. Il n'y a qu'à attendre. Il pouvait les diriger sans qu'ils s'en rendent compte avec des expressions du visage : l'étonnement, la surprise, l'effarement, l'intérêt, la compassion. Surtout la compassion. Oui, il continuerait tant qu'on le lui demanderait. Il valait mieux que ce soit lui qu'un autre. Il craignait des sanctions s'il révélait qu'il avait été démasqué et ça l'embêtait de mettre en cause un collègue. Ils le firent sortir de la salle. Le groupe délibéra avec Daniel Mahaut.

– A-t-on le droit de lui interdire de remettre les pieds au Balto ? demanda Werner.

– C'est incroyable qu'on n'ait rien vu, observa Vladimir. Qu'on ne se soit rendu compte de rien. On se ramollit. C'est de vivre en France. Là-bas, on se méfiait de tout le monde, on était sur nos gardes. Ici, on ne se méfie de personne. C'est comme ça qu'on se fait baiser.

– Et quand tu te méfiais, ça changeait quoi ? fit Pavel.

– Si on nous surveille, constata Leonid, c'est qu'on nous craint. On représente une menace, sinon, pourquoi on nous surveillerait ?

Triomphant, Imré fixa Tibor :

– Tu te souviens de ce que je t'avais dit !

– Tu ne vas pas nous faire croire que tu avais deviné que c'était un flic ! s'exclama Pavel.

– C'est vrai, Imré m'a dit : « C'est bizarre ce type, il a de grands pavillons », répondit Tibor.

On détailla les oreilles de Lognon. Soudain, elles nous parurent immenses, ouvertes, décollées et, désormais, menaçantes avec leurs lobes comme agrandis de façon artificielle. Nous n'en avions jamais vu d'aussi larges. On échangeait des regards dubitatifs comme si on s'en voulait de n'avoir rien remarqué ou de ne s'être doutés de rien.

– Ce flic ne doit plus remettre les pieds au Club ! lança Gregorios.

Avant que d'autres ne le rejoignent sur cette position, Daniel Mahaut intervint :

– Ce serait la dernière des erreurs à commettre !

– Il nous espionne, objecta Imré.

– Le principal, c'est de le savoir. Si vous connaissez à l'avance la tactique de votre adversaire, vous êtes certain de pouvoir le battre, non ?

Cet argument adressé à des joueurs d'échecs patentés les laissa sans réaction.

– Que proposes-tu ? dit Igor.

– Je connais le bonhomme. Il est malin comme un singe. On peut s'arranger avec lui. Demandez-lui de soumettre son rapport à Igor ou Werner.

Lognon hésita quelques instants avant de refuser :

– Pas question. Si je vous soumets un rapport, ça ne prouvera rien. Je pourrai en rédiger un derrière votre dos. S'il y avait un problème, je m'engage à vous prévenir avant. C'est à prendre ou à laisser.

Ils ont accepté. Lognon s'est approché de Daniel :

– C'est toi qui leur as donné cette idée à la con.

– Je leur ai conseillé d'être raisonnables. Tu devrais me remercier.

– J'en ai infiltré des groupes et des réseaux. C'est la première fois qu'on découvre mon identité. À cause de toi.

– Tu devrais prendre ta retraite, Désiré, tu vieillis.

Lognon s'adressa à Leonid et à Virgil :

– Si vous la finissiez, cette partie ? Allez-y. Je ne vous dérangerai pas. Faites comme si je n'étais pas là.

– Méfie-toi, Grandes Oreilles, dit Gregorios d'une voix lente, si un seul de nous a des ennuis un jour à cause de toi, je te retrouverai. Où que tu sois. D'abord, je te couperai les oreilles, et après, je préfère ne pas te dire ce que je ferai de toi.

– Vous n'avez pas le droit, je suis fonctionnaire.

– Mon pauvre ami, si tu savais ce que j'ai fait à des fonc-

tionnaires pendant la guerre civile, tu partirais en courant.
N'oublie pas que, chez les Grecs, la trahison se paye avec
des yeux crevés.

– Je ne vous causerai aucun tort, je vous le promets.

Maintenant, quand il entrait, on le remarquait, le ton baissait ou les conversations s'arrêtaient. Ça leur rappelait des
souvenirs du pays et de leurs clubs d'échecs. Un peu la même
ambiance, en moins oppressant. Lognon n'a pas voulu qu'on
l'appelle par son prénom qu'il détestait. Ce qui était compréhensible. On l'appelait Grandes Oreilles. Rien n'a changé ou
presque. Au bout de quelques mois, on a constaté qu'il venait
moins souvent. Il passait en fin de semaine, demandait, tris-
tounet, des nouvelles de chacun. Personne ne lui répondait. Il
s'inquiétait de ce qu'il allait mettre dans son rapport.

– Mets qu'on est tranquilles comme de bons citoyens et
qu'on ne fait pas de politique, répondait Gregorios. Et
souviens-toi que ce sont les Grecs qui ont inventé la vengeance !

On ne l'a plus aperçu que quatre ou cinq fois par an.
Imprévisible et discret, on ne le voyait pas entrer ou sortir. Il
était là, à suivre une partie, sans qu'on sache s'il venait pour
le service ou le plaisir. Quand l'un des joueurs s'emportait,
disait une connerie, pestait contre le gouvernement ou
l'administration, ils regardaient s'il était là et ça les soulageait
de ne pas le voir. Leonid ou Pavel menaçait le râleur :

– Attention, si tu continues avec ton mauvais esprit, je te
dénonce à Grandes Oreilles !

7

J'ai ouvert avec mon trousseau et déposé les courses sur la table de la cuisine. J'ai entendu sa voix, venant du fond de l'appartement :

– Michel, c'est toi ?

– Qui tu veux que ce soit ?

Cécile prenait son bain et me parlait à travers la porte.

– Tu peux rentrer, si tu veux.

– Je t'attends dans le salon.

Après plusieurs revirements, Cécile avait décidé de terminer sa thèse sur Aragon et d'enchaîner avec une licence de psycho. Elle gardait en travers de la gorge la demande de Pierre de lire sa these et était revenue plusieurs fois à la charge.

Le nettoyage de l'appartement avançait à petits pas et se heurtait à des difficultés techniques qui ne relevaient pas du bon vieux ménage. Ce qui semblait simple devenait compliqué. Chaque pièce révélait un problème que nous ne savions pas résoudre. Pouvait-on récupérer des volets en bois vermoulus ? Des tapis tachés par on ne savait quoi ? Les fuites d'eau dans un mur ? Pourquoi la chaudière à gaz au-dessus de l'évier ne s'allumait-elle plus ? Elle brinquebalait quand on la bougeait. Allait-on mourir asphyxié d'un seul coup ou est-ce qu'on le sentait avant ? Comment décoller du papier peint avec un couteau sans arracher le revêtement ? Pourquoi cet aspirateur n'aspirait-il plus ? Cécile refusait, par principe, d'appeler des artisans.

– Ce sont des poujadistes ! Je ne leur filerai pas une thune.

On demandait conseil à M. Bisson, le droguiste de la rue de Buci, qui nous a vendu la moitié de sa boutique. Les produits étaient inefficaces ou on ne savait pas les utiliser ou on n'avait pas le matériel. Elle perdait courage.

– Je te laisse terminer, Michel. Je dois travailler ma thèse.

Il avait bon dos Aragon. Elle passait son temps à décortiquer ses bouquins, ses articles et ses discours, à prendre des notes, à les classer, à remplir des fiches cartonnées, à les ranger dans des boîtes en bois avec des intercalaires de couleur et à téléphoner pendant des heures à sa copine Sylvie, vautrée dans le canapé, à échanger les derniers potins de la Sorbonne. Quand je lui ai demandé si je pouvais la lire, elle m'a envoyé promener :

– Qu'est-ce que vous avez à me harceler ? Tu la liras quand j'aurai fini.

– Il faudrait que tu viennes voir sous l'évier.

– Qu'est-ce qu'il y a encore ?

– Des souris.

Ces petites boules noires étaient-elles des crottes de souris ? D'après M. Bisson, c'était une certitude. Il proposait soit de la mort-aux-rats en boîte d'un kilo, très efficace mais, passé l'effet de surprise, elles n'en mangeaient plus, soit la tapette traditionnelle avec un ressort coupant comme une guillotine vendue sans le gruyère pour les appâter. L'idéal, c'était de prendre les deux. Cécile a refusé :

– Si une souris se fait décapiter, c'est toi qui vas la ramasser ?

– Si tu veux, je te prête Néron. À la maison, il n'y a plus de souris et il s'embête.

– Je n'aime pas les chats.

On a planqué la nourriture dans deux armoires en hauteur fermées à clé. Je n'étais pas doué pour le bricolage. Je laissais tomber pour bouquiner dans un fauteuil du salon pendant qu'elle travaillait à côté. Souvent, je l'observais à son insu. Elle ne travaillait pas. Elle restait pensive, les yeux dans le vague.

– Et tu n'en as pas parlé à Franck ? me demanda-t-elle à brûle-pourpoint, un jour où je grattais le parquet à lattes à la paille de fer pour faire disparaître des auréoles.

– Depuis qu'il est parti, je ne lui ai pas écrit. Lui non plus.

– Il ne vous a pas téléphoné ? Vous n'avez reçu aucune lettre ?

– Aucune. Il va finir par t'écrire, c'est sûr.

Elle n'a pas répondu. Elle s'est replongée dans son livre. Je voyais qu'elle ne lisait pas.

– T'en as pas marre de travailler ? Si on allait courir un peu ? ai-je proposé.

– Je n'ai pas envie.

– Si on allait faire une partie d'échecs ?

– Je ne vois pas le plaisir qu'on peut avoir à rester des heures le cul sur une chaise pour bouger des pions et attendre. Moi, les jeux de société, je trouve ça rasoir.

– Je te présenterai à mes copains. Tu vas bien t'entendre avec eux. Ce sont d'anciens communistes. Enfin pas tous. Certains ne sont pas communistes. D'autres si. Toi, tu comprendras. Il y en a qui s'y connaissent drôlement en littérature. Tu verras peut-être Kessel ou Sartre.

– Ils viennent souvent ?

– En général, le soir. Des fois, dans la journée.

– On y va.

On a pris le 21. En dix minutes, on était à Denfert. Je

n'avais pas choisi le bon jour. Il y avait une effervescence et un brouhaha inhabituels.

– C'est un club d'échecs ? me demanda Cécile à voix basse.

– En général, c'est silencieux.

On était tombés au milieu d'une engueulade générale. Dans ce cas, il n'y avait aucun moyen de rester en dehors. Ceux qui cherchaient le calme et la tranquillité devaient traverser la place et changer de bistrot. On pouvait passer plusieurs semaines dans une totale quiétude et soudain, c'était l'explosion et l'affrontement. Quand, ce 12 avril 61, à bord de la fusée *Vostok*, Youri Gagarine effectua le premier vol humain dans l'espace, la terre entière comprit qu'il s'agissait d'un de ces événements majeurs qui changent l'histoire de l'humanité. Mais ce qui faisait l'admiration ou l'unanimité ailleurs produisit au Club des cris et des grincements de dents entre les coupés et les découpés, comme disait Igor. C'est-à-dire entre ceux qui haïssaient l'idéologie socialisante et qui lorgnaient vers l'Amérique et ceux qui avaient fui les pays de l'Est mais étaient restés socialistes. Pour ces derniers, seul le système avait dérapé. Le principe demeurait éternel et l'idéal exaltant. Ils étaient pris dans l'étau de leurs contradictions, à s'extasier des progrès et des victoires d'un pays où ils étaient des parias et qui les aurait zigouillés s'ils n'étaient pas passés à l'Ouest. Le combat planétaire USA vs URSS interrompait les parties d'échecs ou les lectures et les meilleurs amis s'invectivaient et s'insultaient. Entre ces deux blocs d'égale importance et à jamais irréconciliables, les occasions d'engueulades étaient innombrables. De Gagarine qui venait de niquer les Américains à Botvinnik qui écrasait ses concurrents pour la énième année consécutive avec une facilité désespérante et allait rester champion du monde d'échecs pour des décennies, en passant par l'influence de la pensée de Lénine sur l'invulnérabilité de l'équipe de hockey russe et les lanceurs de marteaux soviétiques qui les projetaient plus haut et plus loin grâce à la qualité de l'acier russe et de l'entraînement des masses.

– C'est bien une preuve absolue, non ?

– Je croyais que tu étais contre le système ?

– J'essaye d'être impartial, de reconnaître les résultats à leur juste valeur.

– C'est ce système qui les produit.

– Je respecte un peuple qui fait l'admiration des honnêtes gens.

– Tu as dit que tu étais d'accord avec ce système.

– Je n'ai pas dit ça.

– Si, tu l'as dit !

– Non ! Ce système est une aberration. Il écrase l'homme et ne le respecte pas. Je suis marxiste, pas communiste.

– Les communistes et les marxistes sont des enfoirés de salauds !

– Toi, tu n'es qu'un sale fasciste !

C'était reparti. Le monde était séparé en deux camps, sans rien au milieu. Chacun s'en mêlait, apportait son témoignage, son expérience. On ne savait plus qui avait dit quoi. Plus personne n'écoutait. Le ton montait comme un geyser. Ils finissaient par s'apostropher en russe, en allemand, en hongrois et en polonais.

Cécile commit l'erreur grossière d'intervenir. Je n'aurais pas imaginé qu'elle le fasse et n'ai rien pu tenter pour l'en empêcher.

– Si je peux me permettre, osa-t-elle en interrompant

Tomasz. Je crois qu'il faut replacer cet événement dans sa perspective historique et considérer le caractère révolutionnaire de cette prouesse technologique en voyant d'où est partie l'URSS. Ils ont créé une industrie spatiale en quinze ans. C'est le résultat d'une démarche planifiée et d'une recherche...

Cécile ne finit pas sa phrase.

– Qui c'est celle-là ? cria Tomasz.

– Je suis d'accord avec vous, mademoiselle, enchaîna Pavel. Mais il faut préciser que l'essentiel de cette recherche a été fourni par les pays frères et notamment par...

– Qui vous êtes ? hurlait Tomasz, hors de lui.

– C'est une amie, c'est moi qui l'ai amenée, ai-je avancé.

– Les femmes ne sont pas admises dans ce club ! C'est assez pénible de devoir supporter ces vieux cocos pour ne pas supporter en plus une bonne femme !

– La bonne femme, elle te dit merde ! Espèce de vieux réac !

Cécile n'aurait pas dû gifler Tomasz. La claque sonna comme un coup de cymbales. Il y eut deux ou peut-être trois secondes de silence intégral, de stupeur et d'effarement. On essayait de réaliser ce qui venait de se passer. On regardait ce visage figé qui rougissait avec la marque des doigts imprimée dessus. Plus tard, Leonid a expliqué que ce temps très court était nécessaire pour que l'effet de la douleur remonte de la joue au cerveau de Tomasz. Leonid n'aimait pas les Polonais. Tomasz se jeta sur Cécile et voulut l'étrangler. Elle était vive et lui échappa. La cacophonie atteignit son paroxysme. Des tables tombèrent, des parties furent à jamais interrompues, des pièces écrasées et des verres brisés. Avec peine, j'ai réussi à tirer Cécile par le bras avant qu'elle ne se fasse écharper par Tomasz retenu par Pavel et Leonid.

– Qu'est-ce qui t'a pris ? T'es malade ? ai-je lancé.

– C'est la meilleure ! Tu prends la défense de ce connard ? Elle est belle ton amitié !

Avant que j'aie pu rétorquer, elle avait traversé le boulevard Raspail entre les voitures qui pilaient et klaxonnaient. Je l'ai vue disparaître dans le métro. Je suis retourné au Balto. Au clivage récurrent s'était ajouté un nouveau sujet de discorde. Les femmes avaient-elles le droit de venir au Club ? Le problème ne relevait plus de l'affrontement droite-gauche. Ceux qui étaient d'accord quelques instants auparavant s'affrontaient et faisaient cause commune avec leurs anciens ennemis.

– Il n'y a aucune règle dans ce club qui interdise à une femme de venir, affirma Igor qui parlait avec son autorité de membre fondateur.

– Les règles, ce sont celles de la démocratie et de la majorité, lança Gregorios. Je vous rappelle que ce sont les Grecs qui ont inventé la démocratie. Votons ! Et moi, je vote contre. On est tranquilles entre hommes.

Pour la première fois, Imré et Tibor manifestèrent leur désaccord en public.

– On n'est pas dans un club anglais, expliqua Imré. Ici, la seule règle, c'est la liberté.

– On ne peut pas laisser les communistes tout envahir et tout pourrir.

– Tu dis n'importe quoi, Tibor.

– Le vrai problème, c'est les femmes et Gagarine !

On sentait qu'un sujet pernicieux venait d'apparaître. Comme un virus inconnu qui vous contamine à votre insu.

Les rares à jouer les conciliateurs et qui voulaient éviter l'irréparable se faisaient agonir par les deux camps. Allait-on en venir aux mains ? Laisser des idées décider à notre place de ce qu'on voulait ? Oublier qui étaient nos amis ? La politique et les femmes allaient-elles encore une fois être la cause de nos malheurs ? Pouvait-il y avoir une discussion aussi importante sans vainqueur ?

– On n'a aucune raison de s'engueuler. Nos femmes nous ont oubliés et personne ne veut de nous.

– Tu joues ou tu fais la révolution ?

Le silence est revenu. Jusqu'à la prochaine victoire ou la défaite suivante. Je me suis éclipsé. J'avais introduit le loup dans la bergerie et je m'attendais à en supporter les conséquences. Aussi paradoxal que ce soit, personne ne m'en a tenu rigueur.

Le lendemain, j'ai sonné à la porte de Cécile. Elle m'a ouvert avec son immense sourire et accueilli comme si rien n'était arrivé. Quand j'ai remis les pieds au Club, personne ne m'a fait de réflexion, à part que j'étais nul aux échecs. Comme quoi, les notions de faute et de culpabilité sont relatives. Grand-père Delaunay clame haut et fort qu'il n'y a rien de pire que de vouloir le bien des gens malgré eux. Mais pour moi, le pire, c'est de ne pas vouloir le bonheur des autres ou d'y renoncer. On ne pourra pas dire que je n'ai pas essayé. Peut-être que si Gagarine avait attendu un jour ou deux pour faire des loopings dans le firmament, Cécile aurait été accueillie à bras ouverts.

8

J'étais dans une sale situation. Pas désespérée, non : foutue. Quand j'ai déplacé mon fou de g2 en c6 pour mettre la reine de Tomasz en échec, je croyais avoir trouvé un superbe coup mais je joue trop vite, sans réfléchir à toutes les possibilités. Igor a secoué la tête, navré. Il a vu mon erreur avant moi. Tomasz sentait la faille. À ma droite, Pavel suivait la partie d'un œil impassible, la tête posée sur ses poings. Tomasz avait la réputation d'être un bon joueur. Il jouait peu. Il préférait regarder et commenter même si les kibitz n'avaient pas le droit de parler. En réalité, il évitait de se mesurer aux meilleurs et ne jouait pas contre Leonid ou Igor. Tomasz hésitait. Il lui suffisait d'avancer sa tour en f4 pour me mettre mat le coup suivant. C'était gros comme une montagne. Il avança sa main vers sa reine, comme si elle était en danger, et resta le bras en suspension.

– Tu joues comme une patate, grommela Pavel.

– Ah oui, et toi tu es Botvinnik peut-être ? répondit Tomasz.

– Michel, c'est un débutant. Comment tu peux jouer aussi mal ?

Tomasz fixa l'échiquier. Son visage s'éclaira.

– Là, je ne suis pas d'accord, protestai-je. Si vous êtes deux contre moi, ce n'est plus du jeu.

Tomasz dirigeait sa main vers sa tour et allait la saisir quand la porte claqua. On sursauta. Vladimir entra, excité, fébrile, essoufflé au point de transgresser une des règles du

Club. Il s'adressa a Igor en russe. Quelques mots criés qui firent bondir Igor et Pavel qui parlait le russe couramment.

– C'est Noureev. Il est passé à l'Ouest ! nous traduisit Igor.

– Lors de l'embarquement à l'aéroport du Bourget, continua Vladimir, frénétique, il a bousculé les deux agents du KGB qui l'accompagnaient. Il a sauté par-dessus la barrière et il a couru comme un fou, poursuivi par d'autres agents du KGB. Il a réussi à se réfugier dans un bureau de la douane française. Noureev est libre !

– Qui c'est ? demanda Tomasz.

– Tu ne connais pas Noureev ? dit Igor, surpris.

– Comment pourrait-il connaître le plus grand danseur du monde ? s'exclama Leonid. Qu'est-ce qu'ils y connaissent les Polonais à la danse ?

– Avec Leonid et Vladimir, on est allés le voir danser la semaine dernière dans *La Bayadère* à l'Opéra de Paris, dit Igor. On en avait les larmes aux yeux. Au troisième acte, il y a eu un frisson dans la foule. Il a enchaîné avec une grâce inouïe une série de cabrioles, de tours en l'air et de pas courus à une vitesse effarante. Personne n'avait jamais vu ça. Noureev n'est pas un danseur, c'est un oiseau. Un goéland. Il ne touche pas le sol. La pesanteur ne le concerne pas. Il vole. Il remplissait seul l'immense scène du Kirov. Il n'y a que lui, la lumière et la musique. Il virevolte dans l'atmosphère. Tu le suis du regard et il t'emporte dans ses tourbillons. Aujourd'hui, on va faire tomber les bouteilles. Jacky, apporte du champagne.

– Tu ne préfères pas du mousseux ? C'est pareil.

– Le meilleur, le Cristal !

– Du Roederer ? C'est cher.

– Donnes-en deux !

Le père Marcusot apporta le champagne avec des gobelets en plastique.

– Tu n'espères pas nous obliger à boire là-dedans ? s'emporta Leonid.

– Elles me reviennent une fortune vos petites fêtes.

– Ne t'occupe pas de ça. Aujourd'hui, c'est un grand jour.

– Pour moi, ce sera un 102, intervint Tomasz.

Cet après-midi-là, Albert Marcusot fit sa meilleure recette de l'année, vida son stock de champagne et de mousseux et renouvela la moitié de sa verrerie. La petite fête coûta les yeux de la tête à Igor, Leonid et Vladimir. La liberté de Noureev n'avait pas de prix. Igor demanda le silence pour porter un toast au Kirov, le meilleur corps de ballet du monde. Il leva son verre en le tenant haut comme un étendard et fut interrompu par Vladimir :

– J'accepte de porter un toast à Noureev qui est un danseur d'exception mais le meilleur ballet, c'est le Bolchoï !

– Tu plaisantes, j'espère, le Kirov est la référence absolue.

Vladimir prit à témoin l'assemblée qui, pour sa quasitotalité, ne connaissait ni l'un ni l'autre.

– Dans le temps, peut-être, aujourd'hui le Bolchoï fait l'unanimité.

– Vous les Moscovites, vous crevez de jalousie. Le Mariinsky est si vaste qu'on pourrait y mettre deux fois l'Opéra de Paris.

– Je ne te parle pas de la taille du théâtre mais de la renommée du ballet.

– Diaghilev, Nijinski et Vaganova, vous en avez entendu parler à Moscou ?

– Ils ont pris leur retraite depuis trente ans.

– Les Ballets russes, qui les a inventés ?

– C'était avant guerre. Demande à qui tu veux, à des connaisseurs, ils te diront que le Bolchoï est le meilleur et de loin.

– Ah oui ? Et Noureev ? D'où il est ? De Moscou ? Non mon cher, il est de Leningrad ! Vers quinze ou seize ans, quand il a voulu rentrer au Bolchoï, vous n'en avez pas voulu. Vous vous rendez compte ? Le Bolchoï est passé à côté de Noureev ! Ils n'ont pas vu son talent. Le malheureux dormait dans la rue comme un miséreux. C'est le Kirov qui l'a accueilli et révélé. Quand son génie a éclaté dans *Le Corsaire*, le Bolchoï a essayé de le débaucher. C'est au Kirov qu'il a signé ! Cite-moi un seul danseur du Bolchoï qu'on puisse comparer à Noureev ? Même depuis vingt ou trente ans.

Vladimir a cherché et n'a rien trouvé à rétorquer. Leonid a renchéri :

– J'ai vu deux fois le Bolchoï et dix fois le Kirov. Igor est dans le vrai. Je ne dis pas ça parce que je suis de Leningrad. Rien ne peut dépasser le Kirov en beauté.

Vladimir a haussé les épaules.

– Avec vous, on ne peut pas discuter. Vous êtes de mèche.

– Tu me déçois, Volodia. Le Kirov est incomparable. C'est une évidence. Paie une bouteille pour te faire pardonner, conclut Leonid.

Tomasz est venu me chercher pour finir la partie d'échecs. J'ai fait celui qui n'avait pas le temps.

– On parle de choses importantes.

– J'allais gagner.

– Tu n'as pas vu que tu allais être mat ?

Il m'a dévisagé, incrédule, C'était le moment de porter

l'estocade, comme j'avais vu Pavel ou Leonid le faire si souvent :

– Il n'y a rien à espérer de toi. Tu resteras toujours un petit joueur de banlieue.

Tomasz s'est assis devant l'échiquier et a passé le reste de l'après-midi à tourner le jeu dans tous les sens sans arriver, et pour cause, à comprendre d'où venait le danger.

9

Imré pleurait et il n'y avait rien à faire. À vrai dire, il ne pleurait pas mais des larmes coulaient quand il parlait de Budapest.

– Ça ne sert plus à rien de te mettre dans cet état, disait Tibor en le prenant par l'épaule pour le réconforter.

J'essayais aussi de lui remonter le moral. Imré avait le regard écarquillé des gens qui font des cauchemars les yeux ouverts. Il revoyait le cinéma Corvin assiégé où les étudiants fabriquaient des cocktails Molotov à la chaîne, les mitrailleuses tirant sur les civils réfugiés sous les arcades, les piles de corps enchevêtrés. Il entendait le grognement des chenilles de chars qui faisaient *whou-whou* sur l'asphalte et les cris d'incompréhension de la foule désespérée.

– J'avais un copain au cinéma Corvin, il s'appelait Odon, il escaladait les chars comme un acrobate, lançait son cocktail enflammé contre la tourelle et sautait avant que le char ne s'enflamme. Il en a dégommé deux douzaines à lui seul.

Je ne sais pas ce qu'il est devenu. On a fui le cinéma quand ils ont commencé à tirer dessus.

Chaque homme, dans sa vie, commet une certaine quantité d'erreurs. Il cherche et trouve des bonnes ou des mauvaises raisons, souvent des excuses ou des prétextes. La pire de toutes les raisons est la découverte de sa profonde stupidité. Après les tragiques événements qui avaient ensanglanté la Hongrie, Tibor, Imré et la plupart des cent soixante mille compatriotes qui avaient fui le pays se posèrent les mêmes questions durant des décennies : les Hongrois étaient-ils des imbéciles ? Avaient-ils pris leurs désirs pour des réalités ? Étaient-ils crédules comme des enfants ? Auraient-ils pu éviter cette catastrophe qui avait tué vingt-cinq mille d'entre eux ? Comment avaient-ils pu sous-estimer à ce point leur adversaire ? À chaque fois, après d'interminables discussions, et avoir revisité les épisodes de la déroute, ils concluaient que c'était inévitable. Pour Imré, le doute n'était pas permis. L'incendie ne s'était pas allumé de façon spontanée. Personne n'avait compris comment ça s'était enflammé. Quelqu'un avait soufflé sur les braises. Au cours des mois précédents, Radio Free Europe, qui émettait en hongrois de l'Autriche et était captée dans presque tout le pays, n'avait cessé de pousser les Hongrois à la rébellion en jurant que l'Occident viendrait à leur secours. Le peuple devait manifester sa volonté de se soulever. Il pourrait compter sur le soutien des pays européens et des Américains dont les bases en Allemagne étaient à moins d'une heure d'avion de Budapest. Des millions de Hongrois avaient écouté cette radio et acquis la conviction que les armées occidentales allaient les aider à se libérer du joug soviétique et qu'ils devaient se révolter. Les jeunes et les étudiants profitèrent du flottement de la direction du parti communiste puis du retrait provisoire des troupes soviétiques, interprété comme la confirmation des thèses de Radio Free Europe. Au début, ils crevaient de trouille d'avoir osé se rebeller. À partir du 23 octobre, la peur avait disparu. Ils avaient l'impression de revivre la révolution de 1848. Il n'y avait aucun chef, ni personne pour diriger la révolution. Pendant une petite semaine, la Hongrie fut aux émeutiers et la liberté leur était acquise. Il n'y avait aucune organisation et une grande confusion régnait. Ils pouvaient abattre la statue de Staline sans se faire fusiller. Les Français et les Anglais empêtrés dans la crise de Suez n'avaient pas plus l'intention d'intervenir qu'Eisenhower qui ne songeait qu'à sa réélection. Radio Free Europe, financée par la CIA, se contrefichait des Hongrois.

– La plupart des peuples sur cette terre se sont fait avoir soit par les Russes, soit par les Américains, m'expliquait Imré en reniflant. Nous, on est les seuls à s'être fait baiser par les deux. N'écoute jamais les conneries qu'on peut dire à la radio.

Imré pleurait parce que le monde avait changé. Au Club, les consensus étaient rares. Ils aimaient pinailler et ergoter. Aujourd'hui, les événements de Budapest ne se reproduiraient plus. Sur ce point, il y avait unanimité. Les Hongrois étaient morts pour rien. Ceux qui ne disaient rien étaient embêtés de ne trouver aucun argument contraire. Les signes, positifs et objectifs, allaient dans le sens d'une démocratisation inexorable.

– C'est irréversible, expliquait Vladimir.

Le communisme noir, celui des procès truqués, des camps, du KGB et de Staline, était en train de s'évanouir comme la glace fond au soleil et le jour succède à la nuit ;

ces deux allégories étant respectivement de Vladimir et de Pavel. Tomasz évoquait la chrysalide qui devient un papillon et Gregorios l'accouchement dans la douleur. Quelles que soient les images, elles aboutissaient à une seule conclusion. En cet été 61 resplendissant, le communisme changeait. Enfin ! Grâce au petit père Khrouchtchev, des écrivains et des poètes fusillés ou disparus dans les camps étaient réhabilités. Avec lui, on pouvait espérer. Dans les pays de l'Est, des journaux libres avec des journalistes indépendants fleurissaient. Ils n'étaient pas arrêtés et emprisonnés quand ils suggéraient d'en finir avec les plans autoritaires et absurdes, de revenir à un peu de libéralisme dans l'économie ou parlaient de démocratie, d'élections libres, de création de partis politiques, de syndicats défendant les intérêts des travailleurs et de supprimer les polices secrètes. Partout, ces journaux s'arrachaient. Des livres qui circulaient sous le manteau étaient imprimés de façon officielle. Khrouchtchev avait même autorisé Soljenitsyne, un ancien prisonnier, à publier un roman remarquable dont l'action se déroulait au goulag.

– C'est dans le sens de l'Histoire, confirmait Pavel.

Le 13 août 1961 au matin, le ciel s'écroula sur leurs têtes et ils se réveillèrent avec une gueule de bois qui allait les plomber plusieurs années. Dans la nuit, les autorités de la République démocratique allemande avaient fermé 69 des 88 points de passage entre les zones soviétique et occidentale, construisant dans la nuit un premier mur de barbelés et de briques qui fut étendu sur 155 kilomètres autour de Berlin et 112 autres entre les deux Allemagnes, murant les fenêtres et les portes des maisons situées sur la ligne d'un mur de

3,60 mètres de haut, s'enfonçant à 2,10 mètres de profondeur, lesté de 96 miradors, 302 tours de contrôle, 20 bunkers et 259 unités avec des chiens de garde. Ce qui les déroutait le plus, ce n'était pas la brutalité et l'ignominie de la méthode, ni ses justifications idéologiques, le procédé dictatorial, le mépris des humains, les vies brisées, non, ça ils connaissaient. Ce qui les bouleversait, c'était leur erreur d'analyse, leur aveuglement collectif, de ne pas avoir compris, d'avoir voulu garder la conviction que le système pouvait s'améliorer. Il n'y a rien de pire pour un marxiste que de ne pas comprendre le matérialisme historique. Il n'y avait plus aucun espoir de retour possible. Ce mur, c'était comme une nouvelle prison dans laquelle on les renfermait. Ils étaient semblables au détenu qui attend sa libération imminente et à qui on annonce une prolongation de peine à perpétuité.

– Pour nos familles, c'est fini, dit Vladimir, effondré.

– Cette fois, on est coupés pour toujours. On ne reverra plus le pays, murmura Igor.

– On est des cons. On ne changera jamais, renchérit Imré.

Comme d'habitude, que ce soit une bonne ou une mauvaise nouvelle, ils saluèrent cet événement avec des bouteilles de clairette-de-die.

– Tant qu'on peut boire, profitons-en pendant qu'on est vivants, enchaîna Leonid.

– Je lève mon verre, dit Werner qui ne faisait pourtant pas dans le lyrisme, à tous ces salauds qui nous rendent si sympathiques.

Imré fut soulagé de constater qu'il n'y avait pas que les Hongrois à s'être fait baiser.

Dans les semaines qui suivirent, on vit apparaître au Club plusieurs Allemands paumés. Les francophones s'installèrent à Paris. Les anglophones subirent une punition supplémentaire en émigrant à Londres. Nikita Khrouchtchev fut désigné comme membre d'honneur à vie du Club pour sa contribution permanente au développement de celui-ci.

10

Tibor avait disparu depuis deux jours. Imré avait donné l'alerte. Igor avait prévenu Daniel Mahaut, qui avait lancé des recherches à la Préfecture, au service des personnes disparues, mais sans résultat. Imré était désespéré. D'après Jacky, Tibor était déprimé, il ne mangeait plus rien et buvait plus que d'habitude. Imré confirma qu'il ne dormait plus et avait des pensées morbides. L'idée qu'il se soit supprimé se répandit. On ne retrouvait pas son corps. L'inquiétant, c'était que Tibor n'avait rien emporté. Pas un des vêtements auxquels il tenait tant. Ni ses chaussures en crocodile, ni sa veste en daim, ni son costume en prince-de-galles de chez Christian Dior qui lui avait coûté les yeux de la tête. Son argent personnel, fruit de ses pourboires, était toujours dans la boîte à biscuits. Ce n'était donc pas un départ volontaire.

De ces constatations, Daniel Mahaut avait conclu qu'il s'agissait d'une disparition inquiétante. Il fit des recherches dans les hôpitaux et cliniques de la région parisienne, en vain. Tibor avait quitté son service à L'Acapulco vers quatre heures du matin. Personne n'avait rien relevé d'anormal ou d'inhabituel dans son attitude. Il n'était pas arrivé chez lui. Peut-être une mauvaise rencontre à Pigalle où les voyous pullulaient. Surtout la nuit. Dieu sait dans quel sombre trafic il avait pu se compromettre. Lognon s'y était mis. Avec les RG, ils avaient leurs sources. Il nous avait promis qu'il chercherait et avait fini par reconnaître que Tibor avait vraiment disparu. Quand on s'évanouissait sans laisser aucune trace, ce n'était pas bon signe. Mahaut et deux de ses collègues se lancèrent dans un travail titanesque de pointage des fiches d'hôtels et de meublés. Imré nous apprit que les Hongrois se suicidaient en se jetant dans les flots tumultueux du Danube qui n'était pas bleu mais boueux. Il craignait qu'il se soit noyé dans la Seine. Peut-être qu'à présent son corps dérivait en mer du Nord.

Les jours et les semaines passèrent et on a parlé de lui à l'imparfait. Personne ne s'en est rendu compte. Sauf Imré qui a quitté le Club en claquant la porte. On ne l'a pas revu pendant trois jours. Igor est allé chez lui pour s'excuser et le ramener au Balto parmi ses amis.

Le père Marcusot avait un vrai motif d'inquiétude. Tibor laissait derrière lui la plus grosse ardoise qu'un patron de bistrot auvergnat eût jamais consentie.

– Si ça se trouve, c'est pour ça qu'il a disparu, envisageat-il un soir.

– Albert, c'est une honte de penser une horreur pareille, répliqua Madeleine. Pauvre Tibor. Lui, si naïf, si gentil. Il a dû avoir un accident.

– Il a rencontré l'homme de sa vie et il n'a pas osé le dire à Imré ! suggéra Jacky. Tibor, je le connais, ce qui lui manque, ce n'est pas des rôles, c'est du pognon. Il s'en est trouvé un plein aux as et il est en train de roucouler au bord d'une piscine sur la Côte d'Azur. J'ai vu le regard des mecs, même s'il a pris vingt kilos, il est resté beau gosse. C'est une vedette, ça attire. C'est vrai quoi, ils sont comme nous, après tout.

Si Madeleine protesta par principe, personne ne trouva l'idée de Jacky saugrenue. On y avait tous pensé. Sauf Imré. Il restait seul sur une chaise, le journal posé sur le guéridon, songeur, et personne n'osait le déranger. Je venais m'asseoir à côté de lui et lui demandais de me parler de Tibor. Je l'avais peu connu. Je ne savais pas qui il était. Quand je l'avais salué, il m'avait observé comme si j'étais un Iroquois. Il ne faisait rien de la journée que manger les croissants destinés aux clients, lire le journal, fumer la pipe, rêvasser en buvant du thé au lait et s'atteler à des traductions que personne ne lui avait commandées. Toujours habillé avec soin et recherche. Il ne jouait plus aux échecs. Madeleine lui passait ses caprices et le nourrissait comme quatre, les bons repas étant le meilleur remède contre la mélancolie. Il lui récitait des poèmes en hongrois. Elle n'en comprenait pas un traître mot. Il avait traduit Rilke de l'allemand en hongrois et le lui retraduisait en français. Elle trouvait ça très beau. Elle le trouvait merveilleux, lui jurait qu'il n'avait aucun accent. Ça le renforçait dans sa conviction qu'il était victime d'une conjuration.

La nouvelle a éclaté de façon inattendue et aurait dû les rendre heureux. Quand on est persuadé que quelqu'un est mort et qu'on apprend qu'il est vivant, on devrait sauter de joie et manifester son soulagement, mais quand ils ont su que Tibor était vivant, les membres du Club ont été consternés. Même Imré aurait préféré qu'il se balade sans lui à Saint-Tropez. La raison de leur consternation s'étalait en première page de *France-Soir*, qui relatait son arrivée triomphale à

Budapest. Tibor Balazs était retourné au pays ! C'était la première fois qu'un homme ayant fui un régime communiste effectuait le chemin en sens inverse. Et, loin de le tourmenter ou de lui faire un procès, la Hongrie l'accueillit comme le fils prodigue qui témoignait de la supériorité des démocraties populaires sur les impérialistes. C'était un geste spontané et volontaire qui avait surpris tout le monde, y compris les autorités hongroises qui s'évertuaient à empêcher leurs ressortissants de fuir et n'étaient pas habituées au mouvement inverse. Tibor s'était présenté à la frontière autrichienne. Quelques minutes plus tard, la réponse arrivait de Budapest : « Laissez-le entrer ! » Il fut interviewé par la radio d'État et déclara :

– Je reviens en Hongrie. La vie à l'Ouest est insupportable et odieuse. Je n'en pouvais plus de rester loin de mon pays et de ma mère. Je demande pardon au peuple hongrois.

Son retour était la preuve éclatante que l'Occident était ignoble, rien d'autre qu'un mirage et de la propagande, et que les émigrés allaient revenir au pays. Non seulement il ne fut pas mis en prison ou inquiété, mais Tibor fut fêté et célébré en héros national. Il retourna à Debrecen et retrouva Martha. Elle n'avait jamais perdu espoir. Elle savait qu'il allait revenir et ne l'abandonnerait pas. Il fut engagé comme professeur d'art dramatique au conservatoire de Budapest et, par la suite, apparut dans plusieurs films hongrois.

Tibor laissait une note impressionnante impayée. On parlait de mille cinq cents francs, certains disaient beaucoup plus. Toujours est-il que, peu de temps après sa réapparition, Albert investit dans une affichette sous cadre : « Le crédit est mort, les mauvais payeurs l'ont tué. » Imré décida qu'il payerait cette dette jusqu'au dernier centime. Albert refusa. Ce n'était pas lui qui avait consommé. Il connaissait sa situation difficile. Imré fut intraitable. S'il refusait, il ne remettrait plus les pieds au Balto. Albert accepta. Imré utilisa les huit cent soixante et onze francs que Tibor avait laissés dans la boîte à biscuits et mit plus d'un an pour s'acquitter du solde.

Malgré ses efforts, Imré n'arriva pas à l'oublier et le fit revenir, plus tard, sous une forme des plus inattendues. Ils mirent un point d'honneur à ne plus parler de lui, même si tous l'enviaient d'avoir eu le courage de faire ce dont ils rêvaient : retourner au pays.

11

Ma mère voulait passer les fêtes de fin d'année à Alger chez son frère Maurice. C'était devenu une tradition et il était hors de question d'y déroger. Mon père n'était pas d'accord. Il trouvait inutile d'aller au-devant du danger. À Paris, il y avait des attentats mais on ne se sentait pas menacé. Là-bas, ça explosait chaque jour, sans qu'on sache qui, du FLN ou de l'OAS, posait les bombes. D'un côté, le gouvernement clamait haut et fort qu'il avait la situation en main, que le pays était quasi pacifié, de l'autre, personne n'y croyait. Au cours d'un déjeuner dominical, il a été catégorique :

– Si tu veux y aller, je ne peux pas t'en empêcher. Juliette n'ira pas, je m'y oppose.

Grand-père Delaunay trouvait aussi que c'était imprudent et, face à cette alliance inhabituelle, ma mère a renoncé.

Cécile a reçu une lettre de Pierre qui, dans son coin du bled constantinois, semblait vivre sur une autre planète, à l'écart des événements. Il en avait connaissance par la radio ou les journaux et attendait une permission. Il ne nous disait pas où. Cécile espérait qu'il reviendrait à Paris, jusqu'à ce qu'on reçoive une carte postale avec deux chameaux dans la palmeraie de Tébessa qui nous a laissés perplexes :

Ma Cécile,

On pensait aller se baigner. On a eu droit à sept jours à cent kilomètres de notre base. Ici, c'est le paradis terrestre. On passe nos journées à se gaver de figues de Barbarie et de dattes et à jouer au jokari. On a fait un championnat interarmes et j'ai perdu en demi-finale face à un trou-du-cul de légionnaire qui a trois poumons et n'arrête pas de péter en courant. J'ai sympathisé avec lui. En double, je joue avec mon pote Jacquot. On s'est qualifiés pour la finale qui aura lieu demain. On va les écrabouiller. J'attends toujours de lire ta thèse. N'oublie pas qu'Aragon est un amoureux.

– Je n'arrive pas à imaginer Pierre jouant au jokari, ai-je commenté.

– Ni moi qu'il sympathise avec un légionnaire.

On s'est regardés. On a pensé la même chose. J'attendais qu'elle m'en parle.

– Et si on récurait les volets ? Ceux qui donnent sur la petite cour, a-t-elle suggéré.

– Tu as vu leur état ? C'est irrécupérable. Ils n'ont pas été nettoyés depuis la guerre de quatorze.

– Tu es toujours en train de râler. Tu ne changeras jamais.

302

Elle s'est jetée sur moi et s'est mise à me chatouiller. De temps en temps, ça lui prenait. Ça l'amusait. J'aurais aimé rester impassible pour l'embêter. Je ne résistais pas longtemps et je m'écroulais. Elle en riait autant que moi. Ce jour-là, j'ai pris une série de photos d'elle en train de bricoler et de gratter le papier peint du couloir. Elle était d'humeur joyeuse et a fait le pitre avec le balai et l'aspirateur. Elle n'aimait pas poser. J'attendais le bon moment pour la photographier par surprise. Pour les volets, j'avais raison. Quand on a ouvert celui de droite, il était vermoulu et s'est détaché de ses gonds.

Aucune nouvelle de Franck. Quinze mois de silence. On ne savait pas s'il était en Algérie, en France ou en Allemagne. Quand mon père s'est adressé au ministère des Armées, on lui a répondu qu'il appartenait au lieutenant Franck Marini de donner de ses nouvelles à sa famille. Maurice a réglé le problème en décidant que, cette année, ils viendraient passer les fêtes à Paris. Dès qu'il m'a vu, il a lancé :

– Hi Callaghan, how do you do ?

– Very good, tonton.

J'ai eu le droit au petit coup amical sur le menton.

– Comment ça va au bahut ?

– Très bien.

– Il paraît qu'ils ne veulent pas de toi à Polytechnique parce que tu es trop doué ?

Il a éclaté de rire. Je n'ai pas apprécié qu'il se paye ma tête devant les cousins. J'aurais voulu lui répondre du tac au tac et lui clouer le bec. Je suis resté sec. Ma mère lui a fait visiter le magasin qu'il ne connaissait pas. Ils avaient dû s'agrandir et avaient repris la boutique voisine qui servait d'atelier et de service après-vente. Il est tombé un jour d'affluence et a été sidéré par le monde qui faisait la queue en prenant un ticket à un distributeur de numéros. Mon père n'a pas fait d'efforts.

– Tu m'excuses, Maurice, je dois m'occuper de ces messieurs dames.

Un couple signait un bon de commande. L'homme remit un chèque à mon père. Celui-ci l'agrafa avec négligence et montra le dossier à Maurice qui ouvrit des yeux ronds à la vue du montant.

– Une brique ! Je n'en reviens pas.

Ma mère était fière de lui expliquer le fonctionnement des différents services et le mal qu'ils avaient à recruter des techniciens compétents pour s'occuper des travaux.

– Je suis épaté. Vous êtes champions !

Quand elle lui a dit le chiffre d'affaires atteint cette année, il n'a pas voulu la croire.

– Et encore, on rate des ventes. Si on trouvait le personnel, on pourrait réaliser trente ou quarante pour cent en plus. Et je ne te dis pas la marge.

– Eh ben là, Hélène, je dis bravo, bravo, bravo ! Je suis content de voir que ces séminaires de management ont porté leurs fruits.

– Ça m'a beaucoup aidée, reconnut ma mère.

– Il faudrait que tu suives le séminaire « Réussir vos soudures dans la plomberie », lui balança mon père, tu pourras ouvrir un magasin dans la Casbah.

Pendant les deux jours qui suivirent, on passa notre temps à faire des courses en vue du repas de réveillon qui promettait d'être fastueux.

Cécile a décidé de partir deux semaines chez son oncle qui habitait à côté de Strasbourg, la seule famille qui lui restait. Elle a écrit une lettre à Pierre, en lui joignant une copie sur papier pelure du premier chapitre de sa thèse. Elle n'a pas voulu que je le lise

– Quand il me le renverra, je te le donnerai. Tu veux lui mettre un mot ?

J'avais tant de choses à lui dire. C'était la première fois que je lui écrivais depuis son départ. Je l'ai remercié pour ses disques que j'écoutais chaque jour en pensant à lui. Ça faisait plein d'envieux parmi mes copains. Je les lui rendrais dès son retour. Je lui ai donné quelques nouvelles de H-IV, de Sherlock et de Rabougri en lui expliquant mes mésaventures mathématiques. Je lui ai raconté mes rencontres du Club. J'en rajoutais un peu en affirmant que c'était une bande de révolutionnaires surveillés par les RG. J'étais sûr que ça l'intéresserait. J'en ai profité pour lui demander si, de là où il était, il pouvait obtenir des nouvelles de Franck et, s'il en avait, de m'en donner. J'aurais voulu lui dire que je trouvais son absence interminable et que nos discussions me manquaient. Je me suis rappelé qu'il avait horreur qu'on étale ses sentiments. J'ai raturé deux lignes et n'ai rien évoqué de personnel. Cécile était curieuse :

– Tu écris un roman. Qu'est-ce que tu lui racontes ?

Elle a essayé de lire par-dessus mon épaule mais j'ai glissé la lettre dans l'enveloppe sans qu'elle l'ait lue.

Malgré le froid, on est allés courir au Luxembourg. On a fait cinq tours complets.

Je l'ai accompagnée à la gare de l'Est. En sortant, j'ai aperçu un baby dans un café en face. Je n'ai pas pu résister.

Ma mère a tenu à ce que son frère vienne s'installer chez nous.

– Pourquoi payer l'hôtel ? On a de la place.

J'ai dû émigrer dans la chambre de Juliette pour laisser la mienne aux cousins. Maurice et Louise ont pris la chambre de Franck. Ça faisait un peu campement. On avait l'impression d'être en vacances. Il y avait de l'encombrement dans la salle de bains et pour les toilettes. À la guerre comme à la guerre, disait mon père, qui était le seul à ne pas apprécier cette joyeuse pagaille. Il s'en allait à l'aurore et rentrait tard après avoir téléphoné qu'on ne l'attende pas pour dîner. Il avait du travail au magasin. Il avait prétexté que grand-mère Jeanne était malade pour partir trois jours à Lens. Juliette m'a empêché de dormir durant les quinze jours de notre cohabitation forcée. Elle ronflait. Personne n'avait eu l'occasion de s'en rendre compte. J'avais beau la secouer, elle se retournait et recommençait au bout de cinq minutes. Quand je le lui avais dit, elle avait été vexée et avait prétendu que je mentais. Une nuit, je suis allé chercher mes cousins Thomas et François. Ils ont constaté que je disais la vérité. Juliette a été obligée de l'admettre et m'en a beaucoup voulu.

Quand il venait à Paris, Maurice avait un programme et un seul. Voir le plus de films possible, et, cette fois, on a eu le droit de l'accompagner. Il a posé ses conditions : il choisissait le film et la salle. Et pas de dessins animés. À Alger, il n'avait pas le temps et c'était dangereux. Des bombes explosaient dans les salles. Les films étaient doublés et, pour lui, c'était un crime. John Wayne en français, ça le faisait rire, et Clark Gable, ça le faisait pleurer. Pendant que Louise et ma mère arpentaient les grands magasins et les boutiques du Faubourg-Saint-Honoré, on allait chaque jour voir un film américain en version originale. À chaque fois que Louise l'entraînait voir un film français, il s'endormait. C'était une preuve ça, non ? Il descendait les Champs-Élysées, le nez en l'air, se fiant à l'affiche, aux vedettes et au titre, et il décortiquait les photographies pour évaluer si on allait s'emmerder ou pas. Il est tombé en arrêt sur une affiche.

– Ça va être formidable. C'est un film français, avec de l'action comme dans un film américain.

J'ai compris d'où me venait mon surnom en allant voir *Callaghan remet ça*, la suite, comme il me l'expliqua plus tard, de *À toi de jouer Callaghan* et de *Plus de whisky pour Callaghan*, des polars humoristiques et vitaminés qui figuraient au sommet de son panthéon cinématographique aux côtés de *Lemmy Caution* avec Eddie Constantine, deux héros adaptés des œuvres de Peter Cheney. À la sortie, il me gratifia d'un petit coup de poing sur le menton :

– Au moins, on ne s'est pas emmerdés.

Après le film, on est allés prendre une glace au Drugstore. Il adorait sa décoration saloon et western. Il y a rencontré un ami pied-noir, un marchand de chaussures qu'il n'avait pas revu depuis deux ans. Il avait réussi à vendre son magasin dans la banlieue d'Alger et à en racheter un boulevard Voltaire. Il lui conseillait de suivre son exemple. Maurice est devenu rouge.

– Putain ! Tu crois que j'ai attendu tes conseils à la con ? Ce n'est pas possible, bougre de crétin ! Je n'ai pas un magasin de vingt mètres carrés à Saint-Eugène, moi. J'ai trente-deux immeubles ! Si je vends quoi que ce soit, c'est le cimetière. On m'a prévenu ! Je ne peux rien faire. Je suis coincé. On va s'en sortir, crois-moi. On va les écraser ! On va rester chez nous !

Un consommateur s'en est mêlé. Le ton est monté. Le type

l'a traité de facho et de pourri de colon. Maurice n'avait pas suivi les séminaires de diplomatie. Il lui a craché à la figure, l'a traité de sale coco d'enculé de sa mère. L'autre n'a pas apprécié. Ils se sont attrapés au collet et se sont secoués en essayant de se frapper. Des serveurs sont intervenus. On s'est fait raccompagner, sans ménagement, à la porte du Drug-store, sans avoir fini nos glaces. On a eu une consolation : il ne les avait pas payées.

12

Le réveillon était somptueux. De mémoire de Delaunay, on n'avait jamais vu une aussi belle table, avec l'argenterie qui brillait, le service de Limoges, les napperons en dentelle et les verres en cristal de Baccarat. Personne n'a évoqué l'incident du Drugstore. On n'allait pas gâcher la fête pour des imbéciles. Des parents de Louise se sont joints à nous. On était quinze. On aurait pu nourrir le double. Ma mère et Louise avaient tout prévu dans les moindres détails. Le repas était programmé pour durer deux heures. Nous devions être à Saint-Étienne-du-Mont pour la messe de minuit à vingt-trois heures.

– Si tu trouves un truc pour y échapper, m'a glissé mon père pendant l'apéritif, je te paye ton Circuit 24.

C'était une proposition monumentale. Ma mère refusait de me l'acheter. Elle trouvait que c'était un jeu idiot et que je ne le méritais pas. On se parlait comme des conspirateurs, à voix basse et la bouche en coin.

– Je vais dire que je suis malade et tu seras obligé de me garder.

– Elle ne te croira pas.

– Les huîtres, ça m'avait rendu malade quand on était allés à La Baule. Et je vais boire du vin blanc. Je ne supporte pas le vin blanc.

– Elle va s'en rendre compte.

– Que complotez-vous tous les deux ? a demandé grand-père Philippe en venant s'asseoir entre nous.

– Je lui racontais le film qu'on a vu cet après-midi. C'était formidable.

– Michel, il y a d'autres mots dans la langue française que « formidable ». Aujourd'hui, tout est formidable. Tu ne peux pas renouveler ton vocabulaire ?

– Tu as raison, je ne dirai plus « formidable ».

– J'ai appris que ta maman était fatiguée, a-t-il dit à mon père. J'espère que ce n'est pas grave.

– C'est le cœur. Le docteur veut qu'elle fasse un régime.

– C'est une manie ! s'est-il exclamé. Ils vont nous tuer avec leurs régimes.

– Ce n'est pas drôle d'être à l'hôpital pour Noël. Ce soir, papa est avec elle.

– Ne t'inquiète pas, elle va remonter la pente.

– À table ! a lancé ma mère en apportant un gigantesque saumon fumé.

Il y avait dans l'air une bonne humeur communicative. Peut-être que le gewurztraminer y contribuait. J'ai tendu mon verre. Maurice l'a rempli. Pas mauvais. J'ai eu droit à une deuxième tournée sans que quiconque le remarque, à part mon père qui essayait de me dissuader du regard. Dans l'actualité, le seul sujet qui monopolisait l'attention, c'était l'acquittement de Marie Besnard.

– Elle les a zigouillés. Elle est redoutable, a affirmé mon grand-père.

– Elle est innocente, a tenté Louise.

– Landru aussi protestait de son innocence. Si elle est innocente, moi je suis le pape, a clamé Maurice.

– Les experts ont dit que...

– Je vais te dire ce que je lui aurais fait moi, a proclamé Philippe, péremptoire, je lui aurais fait boire son arsenic, celui qu'on a trouvé dans son garage, et pendant son agonie, avant qu'elle crève : hop, la guillotine !

– C'est affreux ce que vous dites, s'est exclamée Louise.

– Et ceux qu'elle a empoisonnés pour leur piquer leur héritage, ce n'est pas horrible, peut-être ?

– Elle a été acquittée ! Et...

– Bon Dieu de bois ! Qu'est-ce que tu y connais aux criminels, ma pauvre fille !

Personne ne lui a laissé le temps de s'expliquer. Il n'y avait jamais moyen de discuter. Quand on n'était pas d'accord avec grand-père, on était un con ou une conne. Il a secoué la tête et levé les yeux au ciel. Elle a renoncé. Elle aurait dû savoir qu'on n'avait pas le droit de faire cavalier seul. Chez les Delaunay, on chassait en groupe et on avait la même opinion.

– J'espère que tu n'as pas mis d'arsenic dans le saumon, a demandé mon père à ma mère.

– Un peu dans les huîtres, a-t-elle répliqué.

Ils ont ri pendant deux minutes. On a débarrassé le centre de la table. Ma mère et Maria s'y sont prises à deux pour apporter avec précaution une pyramide d'huîtres argentées.

Quinze mains se sont tendues en même temps, ont attrapé les huîtres, balancé un peu de vinaigrette à l'échalote et hop, elles étaient avalées en moins de deux. On aurait dit un concours, à qui en mangerait le plus grand nombre le plus vite. Il y en avait tellement que la pile a paru rester longtemps intacte. Ma décision était prise. J'allais me gaver d'huîtres. Combien pouvait-on en manger avant de s'écrouler ? Deux, trois douzaines ? Plus ? Vers dix heures, j'étais décidé à simuler un mal de ventre et à me tordre de douleur. Mon père resterait avec moi et les autres partiraient à la messe. Il fallait boire du vin blanc. Un peu plus. Un Circuit 24 méritait de prendre quelques risques.

– Je trouve que celle-là a un drôle de goût, a fait Philippe en examinant son huître d'un air soupçonneux.

– Qu'est-ce qu'elle a ? s'est exclamée ma mère, inquiète.

– Elle sent un peu l'arsenic. Un peu amer et pas désagréable, a-t-il affirmé, content de lui.

– Tu es bête, a-t-elle dit, soulagée.

– Fais attention, Paul, tu viens de manger une huître bourrée d'arsenic, a lancé Maurice.

– De ce côté-là, je suis tranquille. Mon héritage n'a aucun intérêt. Louise, méfie-toi de ton mari. Il ne va pas te rater.

J'ai été le premier à entendre la sonnette de la porte d'entrée, couverte par les rires et le vacarme.

– Papa, je crois qu'on a sonné.

– Je n'ai rien entendu.

Le silence s'est fait. La sonnette a retenti. Des coups longs.

– Michel, va ouvrir. Je me demande qui ça peut être à cette heure-ci.

– Ce doit être la gardienne, a dit ma mère pendant que je quittais la table.

J'ai ouvert. Je suis resté pétrifié. Sur le palier, quatre gendarmes en uniforme me toisaient. Mon père est arrivé. Il a posé la main sur mon épaule.

– Messieurs, vous désirez ?

– M. Paul Marini ? a demandé le plus âgé.

– C'est moi.

- Nous cherchons Franck Marini.

· Franck ? Il n'est pas là. Il est en Algérie. Il fait son service.

– Non monsieur. Votre fils a déserté.

– Quoi ?

Ma mère nous a rejoints.

– Que se passe-t-il ?

– Je ne sais pas. Ils disent que Franck a déserté.

– Ce n'est pas possible !

De sa sacoche, le gendarme a tiré une liasse de papiers et lu la première feuille en pesant chaque mot :

– Nous agissons en vertu d'une commission rogatoire délivrée par M. Hontaa, juge d'instruction militaire au tribunal permanent des forces armées de la ZNA d'Alger...

Il trébucha sur ZNA et n'avait pas l'air de savoir ce que ça voulait dire. J'ai senti les doigts de mon père s'enfoncer dans mon épaule. Le gendarme a interrogé du regard son voisin qui a fait une moue expectative et il a repris sa lecture :

– ... qui a délivré un mandat d'arrêt à l'encontre de Franck Philippe Marini, né à Paris XIVe le 25 mai 1940, et ordonné une perquisition de son domicile.

Il a avancé, suivi de ses trois collègues. Ma mère a refermé la porte derrière eux avec précipitation. Les autres ont voulu des explications. Les conversations se sont enchevêtrées. On ne savait plus qui répondait quoi à qui. On a piétiné dans l'entrée et le couloir. Grand-père Delaunay a évoqué ses relations au ministère. La réflexion n'a pas plu au chef des gendarmes. Il le noterait dans son rapport. Ils nous ont fait rentrer dans le salon. Un des gendarmes nous a surveillés, posté devant la porte. Ses collègues ont perquisitionné en présence de mon père. On est restés debout, sans se parler, à se dévisager. Ma mère a dit quelque chose à Maurice dans le creux de l'oreille. On a commencé à se parler en chuchotant. Au bout de dix minutes, un gendarme est apparu dans l'entrebâillement de la porte. Il a voulu que son collègue relève les identités des présents et a demandé à Maurice de le suivre.

– Pourquoi moi ? Je n'ai rien à voir avec lui.

– S'il vous plaît !

Ils ont disparu. On a écouté les bruits confus qui nous parvenaient à travers la cloison. Maurice est revenu. Comme Louise et lui occupaient la chambre de Franck, les gendarmes voulaient savoir ce qui leur appartenait. Mon père est apparu avec les gendarmes qui avaient fini leur perquisition. Ils avaient saisi des dossiers, des cahiers, des livres, des revues et un agenda, et les avaient glissés dans des sacs plastique fermés avec de la cire rouge et un tampon officiel. Ils ont fait signer le procès-verbal de saisie à mon père. Le chef des gendarmes lui a remis une convocation à se présenter le 27 décembre à quinze heures à la gendarmerie de la caserne de Reuilly pour faire leur déposition.

– Une déposition, pour quoi ? a demandé ma mère.

– Au sujet de votre fils, madame.

– C'est facile : je n'ai aucune nouvelle de lui depuis son départ en Algérie et je ne veux pas en avoir.

Le chef des gendarmes était embarrassé. Il a discuté à voix basse avec un de ses collègues qui a fait oui de la tête.

– Si vous voulez, je peux la prendre sur-le-champ.

Ils se sont installés dans la cuisine. Ils ont fait de la place sur la table encombrée. Mon père leur a proposé une boisson. Ils ont accepté un café. Ils n'ont rien voulu manger. D'après ce qu'ils nous ont raconté, un des gendarmes, le blond, a noté leurs déclarations à la main. Les parents n'ont obtenu aucune information. Les gendarmes n'étaient pas au courant de cette affaire.

– C'est un juge d'Alger qui a lancé la procédure. Vous devez vous mettre en relation avec lui. Il y a un problème dans ce dossier. Pour les autres, ils délivrent un mandat d'amener. Quand il y a un mandat d'arrêt, c'est plus grave. Si vous êtes en contact avec lui, dites-lui que c'est son intérêt de se livrer aux autorités. De toute façon, on les attrape tous. Tôt ou tard.

Ils sont repartis si vite que grand-père, comme hébété, en se laissant tomber dans le fauteuil, s'est demandé s'il n'avait pas fait un mauvais rêve. Louise s'est assise et lui a tapoté la main. Maurice répétait : « Je n'en reviens pas ! » Maria n'aurait pas dû intervenir pour demander d'une voix guillerette si elle pouvait servir les vols-au-vent. Ma mère l'a rembarrée. On était atterrés, même nous, les enfants, qui ignorions ce qu'étaient le tribunal permanent des forces armées, les mandats d'arrêt et les perquisitions. Notre inquiétude était amplifiée par l'angoisse et le désarroi de nos parents. On savait d'instinct que c'était une catastrophe pour la famille, une menace majeure, liée aux événements, à la guerre et à ce qu'on nous cachait. Il n'y a rien de tel que l'arrivée d'un quatuor de gendarmes pour casser un réveillon de Noël. Je revoyais Franck lors de nos adieux au bistrot de Vincennes. Sa désertion restait incompréhensible. Je me suis demandé de quelle façon j'allais l'annoncer à Cécile. Maurice s'est assis à table

— Les enfants, si on ne veut pas rater la messe, il faut se dépêcher

Ma mère s'est approchée de mon père et lui a lancé :

— Tu vois, je te l'avais dit. J'avais raison.

— De quoi tu parles ?

— C'est de ta faute !

— Ce n'est pas de ma faute ! Pas de la tienne ! Et pas de la sienne ! C'est cette putain de guerre.

— C'est à cause de son parti de merde et de ces idées pourries qu'ils lui ont mises dans la tête. Si tu avais réagi, ça ne serait pas arrivé.

— C'est du délire ! Je t'interdis de dire ça !

— Tu n'as rien à m'interdire ! C'est toi le responsable !

On a attendu qu'il réagisse, que le ton monte, que ça explose. Il est resté là, les yeux pleins d'incompréhension, puis son regard est devenu flou. Plongé dans ses pensées, il a soupiré et, tête baissée, a fait demi-tour, ouvert le placard, pris son manteau, et il est sorti en fermant la porte sans bruit.

— Tu exagères, Hélène, a lâché grand-père. Il n'y est pour rien. Tu devrais aller lui parler.

— Jamais !

— Fais attention à ce que tu dis. Je te trouve un peu tendue. Il faudrait que vous preniez des vacances.

— Papa, c'est…

— Ça suffit ! Contrôle-toi un peu. Allez, on se prépare. On a assez mangé comme ça.

Plus question de repas de fête. Ils se sont habillés en silence.

– Michel, qu'est-ce que tu attends ?

– Maman, je vais être malade.

– C'est les huîtres, a-t-elle observé, il ne les supporte pas.

– Il a bu trop de vin blanc, a dit Louise.

– Du vin blanc à son âge ! On aura tout vu.

– Maurice, tu lui as donné du vin blanc ?

– Il est grand maintenant. Il a bu un verre.

– Deux, ai-je précisé.

– C'est incroyable, a fait Louise. On ne sert pas de vin à un enfant. Tu ne penses à rien.

– Va te coucher, a dit ma mère. Je vais te donner un peu de bicarbonate.

Je me suis allongé sur le canapé. Juliette est venue me voir. Je pensais que c'était pour me remonter le moral. Elle m'a glissé au creux de l'oreille, avec un sourire épanoui :

– Tu vas mourir empoisonné.

Ils sont partis. À leur tête, on n'avait pas l'impression qu'ils allaient célébrer une naissance mais un enterrement. J'ai attendu dix minutes. J'avais une bonne heure et demie devant moi. Je me suis habillé. J'ai ouvert la porte avec précaution. L'immeuble était silencieux. J'ai descendu les escaliers dans le noir pour ne pas éveiller l'attention des concierges. Dehors, il faisait un froid polaire. Le vent soulevait des tourbillons de neige et les rares passants se pressaient, cols relevés.

Je l'ai cherché partout. Les rues étaient désertes. J'ai remonté la rue Gay-Lussac jusqu'au Luxembourg. Les restaurants et les cafés étaient fermés. La rue Soufflot était vide et la place du Panthéon balayée par des bourrasques glacées. Je l'ai retrouvé dans son bougnat de la rue des Fossés-Saint-

Jacques, le seul endroit ouvert en cette nuit de Noël. C'était un bistrot de mécréants qui jouaient au tarot et rigolaient en picolant. Il suivait la partie, attentif. Je me suis assis à côté de lui. Il m'a découvert, un peu surpris, et m'a passé le bras autour de l'épaule.

– Tu veux boire une bière ?

– Non merci.

– Prends un Coca.

Il s'est adressé au patron :

– Jeannot, mets-nous deux Coca, s'il te plaît.

– Je préfère un panaché bien blanc.

Les autres lui ont proposé de jouer avec eux au tarot. Il a décliné l'invitation.

– Merci, les gars. On aime mieux regarder.

Il a fini son verre, s'est penché et m'a demandé :

– Ils sont partis ?

J'ai fait oui de la tête. Il s'est levé et a payé.

– Allez, on rentre.

On s'est retrouvés dans le froid. Il m'a abrité dans son manteau.

– Dis, papa, peut-être que c'est le moment ou jamais d'aller à la messe et de mettre un cierge pour Franck.

– Tu sais, Michel, si Dieu est si grand que ça et qu'il voit tout, il n'a pas besoin qu'on lui demande quoi que ce soit pour se décider mais si tu veux, on y va.

Je m'en suis longtemps voulu d'avoir renoncé à aller à l'église. Quand on voit ce qui s'est passé après, une bougie, ce n'était pas grand-chose. S'il y a tellement de gens dans le monde qui allument tellement de cierges ou de veilleuses, il faut croire que ça doit bien servir et que, de temps en temps, au milieu de la multitude des flammes qui clignotent, il y en a une qui retient son attention ou alors, nous n'allumons ces lumières que pour nous rassurer dans notre nuit humaine. Mais, quand on pense aux milliards et aux milliards de lumières qui ont été allumées depuis le début de l'humanité, de prières et de courbettes, on peut se dire aussi que Dieu, s'il existe, n'attend plus rien de nous.

Janvier-décembre 1962

1

Il y a des tâches insurmontables comme affronter la réalité, dire la vérité ou reconnaître ses erreurs. On contourne, on évite, on passe à autre chose et on fait sienne la morale jésuite : mentir par omission n'est pas mentir. Quand Cécile est revenue de vacances, je ne lui ai rien dit.

– Comment ça s'est passé ?

– Comme des fêtes en famille.

On s'est souhaité une bonne année et plein de bonheur.

– C'est quoi ton vœu le plus cher, Michel ? m'a-t-elle demandé en coupant un kouglof rapporté de Strasbourg.

– À part un circuit 24, ce serait de te prendre en photo.

– Tu en as pris des tas et elles ne sont pas terribles.

– Je pourrais prendre des photos de toi dans ton bain.

– Tu plaisantes ?

– Ce serait artistique.

– Tu n'as rien trouvé de plus original ?

– Si on ne peut plus rigoler. Toi, ce serait quoi ton vœu ?

– Moi, je ne veux rien. Un vœu, c'est triste et impossible. Je n'ai pas envie de rêver.

– Tu pourrais penser à Pierre, souhaiter la fin de la guerre et son retour.

– Je pense à Pierre, la guerre va finir et il va rentrer.

– Et ta thèse ?

– Elle sera finie dans les délais et je serai reçue. Tu n'as pas répondu.

J'hésitais à lui parler de la visite des gendarmes. On aurait échafaudé des hypothèses, trouvé des explications bancales. On aurait fait le même vœu. Je la connaissais. Elle aurait pris son air le plus détaché pour me répondre qu'elle s'en fichait, que ce n'était plus son problème.

– Ce dont j'ai vraiment envie, c'est d'encore un peu de kouglof.

Elle m'avait invité pour un chocolat chaud et avait oublié d'en acheter. Elle a fait un café au lait. On a fini le kouglof.

– Mon oncle a un restaurant. Je ne te dis pas ce que j'ai mangé pendant quinze jours. Tu trouves que j'ai grossi ?

– Puisqu'on est dans le non-dit, je préfère continuer à ne rien dire. On va se remettre à la course à pied.

Pourquoi aurais-je parlé de Franck ? Depuis plus d'un an, elle évitait d'aborder la question. Et puis, quoi dire ? On ne savait rien. Maurice avait des relations. Elles ne servaient à rien. Il y avait un mur invisible et infranchissable dès qu'il prononçait les mots « déserteur » et « juge d'instruction ». Ses contacts promettaient de le rappeler. Il passait des heures à côté du téléphone à guetter un appel qui ne venait pas. Ceux qu'on recevait n'étaient pas ceux qu'il attendait. Il passait son temps à raccrocher au nez des gens. Il avait organisé une permanence devant l'appareil. On avait comme consigne de ne pas s'en servir, au cas où on le contacterait. Quand il rappelait, il n'y avait personne et il laissait des messages inutiles. Grand-père Delaunay avait décidé de reprendre les rênes avant qu'on aille dans le fossé mais les gens haut placés qu'il connaissait avaient pris leur retraite. Personne ne se souvenait de lui. De Gaulle avait fait le ménage dans les ministères et mis des hommes à lui partout.

Les vacances s'étaient terminées sans qu'on ait de nouvelles. Maurice, Louise et les cousins étaient repartis pour Alger. Maurice se montrait optimiste. Là-bas, il avait ses réseaux et obtiendrait vite des informations. Mais ses amis en Algérie étaient comme ceux d'ici, ils haussaient les épaules avec fatalisme et lui conseillaient de ne pas s'en occuper. Au tribunal d'Alger, on le renvoyait de bureau en bureau. Même son ami Fernand, qu'il considérait comme son frère, chef de service à la Préfecture, se montra évasif et fuyant. « Laisse tomber, Maurice, finit-il par dire, impuissant. Ne t'en mêle pas. »

Deux mots résumaient la tragédie : justice militaire. C'était secret. Comme une menace sourde ou une maladie honteuse, on en parlait à voix basse. Personne ne devait savoir. Ou on allait au-devant de soucis innombrables. Quand Maurice téléphonait, mon père se précipitait et ma mère prenait l'écouteur et ils discutaient à trois. Le juge d'instruction au tribunal permanent des forces armées avait refusé de le recevoir. Il n'avait pas pu pénétrer dans l'enceinte de la caserne d'El-Biar et avait attendu en plein soleil. Un parachutiste lui avait dit qu'il perdait son temps et ne devait plus revenir. Pendant un mois, notre vie s'est organisée autour de ces appels nocturnes. Mon père peut dire ce qu'il veut sur

Maurice, il n'a pas ménagé ses efforts pour recueillir des informations. Il avait trouvé une solution. Ma mère s'y est opposée avec énergie. Maurice connaissait « une personne très bien » qui tenait, à Bab el-Oued, un hôtel fréquenté par Massu, Bigeard et la moitié de l'état-major. Malgré les injonctions de mon père, elle refusait que son frère ait recours à cette personne. Il a fallu que Philippe s'en mêle pour qu'elle cède :

– Tu nous emmerdes, Hélène, avec tes états d'âme ! Laisse Maurice s'en occuper. C'est des histoires d'homme !

– C'est notre dernière chance, expliqua Maurice pour la convaincre. Elle connaît tout le monde à Alger.

Igor, Werner, Pavel ou Gregorios avaient affronté des situations inextricables et traversé les plus cruelles épreuves sans paniquer. Quand j'ai poussé la porte du Club, Grandes Oreilles bavardait avec Tomasz. J'étais persuadé qu'ils allaient deviner mes problèmes à mon visage ou à mon attitude. On peut traverser les pires tourments sans que quiconque s'en doute. Je me suis assis et j'ai kibitzé la partie en cours. J'ai attendu que l'un d'eux demande : « Qu'y a-t-il, Michel ? »

Personne n'a rien remarqué. Je suis resté avec ce secret au fond de moi. À quoi servait-il d'avoir autant d'amis si on ne pouvait pas leur parler ? J'étais décidé à interroger Igor. Lui, il comprendrait et saurait quoi faire. Le dimanche, j'étais sûr que Grandes Oreilles ne serait pas là. À mon arrivée au Balto, un groupe agglutiné autour de Madeleine et Imré écoutait la radio. Albert passait d'une station à l'autre avec fébrilité.

– Que se passe-t-il ?

– Tu n'es pas au courant ? m'a lancé Imré.

324

– De quoi ?

– Il y a eu un attentat contre Sartre. Il a peut-être été tué ! s'est exclamé Jacky.

Ce 7 janvier 1962, un attentat au plastic de l'OAS avait dévasté le petit appartement où Jean-Paul Sartre vivait avec sa mère, au quatrième étage du 42, rue Bonaparte, depuis 1946. L'année précédente, un autre avait causé quelques dégâts. Cette fois, l'appartement avait été ravagé, son piano détruit, ses manuscrits dispersés.

Grâce au téléphone auvergnat du père Marcusot, Sartre a trouvé dès le lendemain un studio à louer à deux pas du Balto, au dixième étage d'un immeuble moderne du 222, boulevard Raspail. Il y a emménagé dans la plus grande discrétion par crainte d'un nouvel attentat. Les locataires avaient une trouille bleue de l'avoir comme voisin et une dizaine ont signé une pétition que l'administrateur de biens a jetée à la poubelle. Sartre s'est mis à fréquenter plus souvent le Balto et les bistrots du quartier. Il avait sa table, dans la salle du restaurant, à proximité de la porte du Club. Il passait ses matinées à écrire et personne n'osait le déranger à part Jacky qui lui servait dès qu'il arrivait un café crème et le renouvelait à chaque signe de main. Parfois, il s'asseyait à côté de Sartre. Ils discutaient. On se demandait ce qu'ils pouvaient se dire. Jacky n'avait qu'un unique sujet de conversation : l'équipe de football du Stade de Reims. Nous en avons déduit que Jean-Paul Sartre aimait aussi le football. Un jour, on a interrogé Jacky :

– Que pouvez-vous vous raconter ?

– De quoi on parle ?

– Vous avez discuté pendant une heure. Qu'est-ce qu'il t'a dit ? Il s'intéresse au foot ?

– Oh, c'est quelqu'un de compliqué. Il n'arrête pas de me poser des questions sur mon boulot.

– Sur ton boulot ?

– Ouais. Il trouve que par rapport aux autres garçons de café, je ne joue pas à être garçon de café. Je l'intéresse beaucoup. Il dit que je suis sincère, que je ne fais pas semblant, que je ne suis pas dans un jeu par rapport à ce que je fais mais dans la réalité par rapport à ce que je suis. Il paraît que je suis le seul garçon de café qu'il connaisse qui ne joue pas avec sa condition pour la réaliser mais que je suis, essentiellement, garçon de café, et ça, ça l'épate. Il a vraiment du temps à perdre ce mec, non ? Vous prenez quoi ?

Il arrivait à Sartre de rester l'après-midi à travailler dans la salle du restaurant sans pousser la porte du Club. Si Igor, Leonid et Gregorios avaient une immense admiration pour lui, Imré, Vladimir, Tomasz, Piotr ou Pavel le détestaient pour sa défense du communisme stalinien, son double langage sur les événements de Budapest et pour avoir affirmé lors du procès Kravchenko que tout anticommuniste était un chien. Ils passaient devant lui sans le voir ni lui dire bonjour. Sartre ne leur accordait pas un regard. Quant à moi, à chaque fois que je le voyais, je lui faisais un signe de la tête. Il me répondait d'un petit hochement. Une fois, il n'avait plus de feu. Je lui ai proposé d'aller en chercher.

– Je veux bien.

Je lui ai apporté une pochette d'allumettes.

– Merci beaucoup.

Il m'a souri. Je n'ai pas osé lui dire qu'on avait un point commun et m'adresser à l'ancien élève du lycée Henri-IV. Je voulais lancer quelque chose d'original. Je ne savais pas trop quoi. Comment être intelligent face à Jean-Paul Sartre ?

– Vous avez vu hier ? Le Racing a encore mis une pâtée au Stade de Reims. C'est plus ce que c'était.

Il m'a fixé de son œil rond. Il est resté muet, a allumé sa cigarette, s'est plongé dans son travail et a continué à écrire. J'en ai conclu que j'avais fait une gaffe et que c'était un supporter des Rémois. Une autre fois, j'ai ramassé une de ses feuilles qui avait glissé par terre. De sa voix métallique, il m'a dit :

– Merci, jeune homme.

– Vous savez, je suis au lycée Henri-IV.

– On s'y amusait beaucoup. J'en ai gardé un bon souvenir.

J'ai été très fier de cet échange. Je l'ai dit à Cécile. Elle serait bien venue le voir. Son contact avec le Club avait été si mauvais qu'elle ne voulait pas y remettre les pieds.

Les grands écrivains ont remarqué la supériorité des femmes sur les hommes et leur ont donné une maîtrise psychologique instinctive. Au Club, personne n'avait détecté un changement dans mon attitude. Cécile avait fini par déceler un comportement inhabituel. On avait fait notre tour du Luxembourg et on se reposait devant la fontaine Médicis.

– Qu'est-ce que tu as, Michel ?

– Je suis un peu essoufflé.

– Tu fais une drôle de tête.

– Ah bon ?

– Tu as des problèmes ?

– Non.

C'est au lycée ?

Elle a insisté. Les grands écrivains ont finement observé que les femmes insistent. Jusqu'à ce qu'elles obtiennent satisfaction et que le héros avoue. Ce qui est une source d'explosion. Ayant beaucoup lu, j'étais décidé à ne rien avouer. Après avoir disséqué Isabel Archer, Jane Eyre ou Marguerite Gautier, j'étais prévenu qu'elles pouvaient utiliser des armes auxquelles les hommes ne savaient pas résister.

– Tu n'as pas le droit de me mentir, petit frère.

– Je ne mens pas.

– Si c'était important, tu me le dirais ?

– Arrête, Cécile. Allez, on fait un autre tour.

On est repartis à petites foulées. J'ai vu à son regard qu'elle ne me croyait pas. Les grands écrivains ont souvent résolu le problème de leur héros par une fuite salutaire mais dans rien de ce que j'ai lu les deux protagonistes ne partaient tous les deux en courant.

– Tu as beau dire. Tu fais une drôle de théière.

Je n'ai rien dit à Cécile. Je n'ai rien dit à Igor. Chaque soir, j'espérais une réponse. Quand la sonnerie du téléphone retentissait, on se précipitait. Les tentatives de Maurice s'avéraient infructueuses. Les connaissances de son amie hôtelière se faisaient tirer l'oreille. Elle allait continuer à se renseigner. Personne n'était capable de nous dire pour quelles raisons Franck avait déserté et ce qui était advenu de lui.

2

– Ceux qui ne sont pas montés dans un Sturmovik 2 ne connaîtront jamais l'impression délicieuse de conduire un fer à repasser, m'expliquait Leonid. Surtout un Messerschmitt 109 qui fait près de deux tonnes de moins, vole

200 km/h plus vite et te colle aux fesses comme un aimant. Là, tu commences à transpirer et t'as les balloches au fond du panier. Tu entends les balles siffler autour de toi, trouer la carlingue, ton mitrailleur s'écroule en sang, ton manche à balai ne répond plus. Tu ne sais plus quoi faire. Personne ne t'apprend comment on se sort de ce guêpier parce que personne ne s'en est sorti vivant. Ton seul dieu s'appelle Parachute. Tu me croiras si tu voudras, jamais je ne me suis dit que j'étais perdu. Deux fois j'ai pu me poser, une fois je me suis crashé. J'ai été blessé sept fois. J'ai toujours eu confiance dans ma bonne étoile. Deux ou trois fois, j'ai eu chaud. Au début, on n'avait pas de mitrailleur à l'arrière. Après, quand Iliouchine nous en a mis un, sous une verrière rallongée, c'était pire. Le zinc était instable comme un cul-de-jatte sur une patinette. Avec le recul de nos canons de 37, on n'avait aucune précision. Le petit père Staline a piqué une grosse colère. Ils savaient ce que ça voulait dire. Ils ont bossé jour et nuit. On est passés au biplace, avec de nouveaux moteurs et des structures blindées. À la fin 42, on a commencé à avoir des ilioucha corrects, avec des canons de 20, et là, on leur a fait mal. Nos bombes nettoyaient tout sur mille mètres carrés. On dégommait leurs chars et leurs stukas comme à la parade. C'est dans l'Oural que la guerre a basculé.

— Tu connaissais vraiment Staline ?

— Je lui avais été présenté lors de bataille de Prokhorovka. J'avais été blessé à l'épaule quand mon avion avait été abattu. Il m'a félicité pour mon courage, décoré de l'ordre de Koutouzov qu'il venait de créer et décrété que j'étais un héros. Il faisait peur aux autres. Moi, je ne le craignais pas. Il l'a senti et ça lui a plu. Je lui parlais comme à un ami, comme à n'importe qui. Il m'a dit : « Leonid Mikhaïlovitch, il paraît que personne ne connaît autant de blagues que toi. » Je ne sais pas comment il le savait. Il m'a demandé de lui en raconter quelques-unes. Je me suis lancé comme je le faisais chaque soir avec mes camarades. Il riait à gorge déployée. Ça ne lui arrivait pas souvent. Son état-major riait aussi. On a pas mal bu pour fêter la victoire. On était heureux. On savait qu'on allait gagner la guerre. Il m'a demandé si je connaissais des blagues sur lui. Ils se sont arrêtés de rire. Que pouvais-je lui répondre ? Mon général tremblait. Si je lui disais oui, je risquais de me faire fusiller sur-le-champ ou envoyer je ne sais où. Si je lui disais non, il ne m'aurait pas cru. Je ne me suis pas démonté, je lui ai dit que je n'en connaissais qu'une. Il m'a demandé de la lui raconter. C'est comme ça qu'on est devenus copains.

– C'était quelle histoire ?... Non, Leonid, ne me dis pas que c'est la blague du soleil qui avance dans la journée et passe à l'Ouest.

– Si ! Il a adoré et me l'a fait raconter à plusieurs reprises. À chaque fois, elle produisait le même effet. L'état-major était terrorisé. Lui, il en avait les larmes aux yeux. Il la disait avec moi, me relayait, ajoutait des détails. Il s'en étranglait de rire. Un jour, un général a affirmé qu'il était choqué par cette insolence et que ça ne le faisait pas rire. Il lui a répondu que les héros ont droit à de petits privilèges et qu'avec eux on peut faire des exceptions. On le disait d'une patience infinie, rusé comme un renard. Un jour, il m'a demandé qui me l'avait racontée. Je lui ai dit que c'était un ami lieutenant mort au combat. J'ai vu qu'il ne me croyait pas. Il ne m'en a pas voulu. Grâce à lui, j'ai été nommé colonel et j'ai reçu l'étoile d'or de héros de l'Union soviétique. Ce n'était pas une décoration de faveur mais pour un combat aérien où j'avais abattu trois Messerschmitt 109 et un Junkers 87, un de leurs putains de stukas, par un abordage volontaire en plein vol. C'était assez fréquent dans l'armée de l'air soviétique. Il y en a eu des centaines. On se battait pour notre terre et on n'avait pas peur de mourir. Les kamikazes japonais n'ont rien inventé. Mon parachute s'est ouvert. C'est la plus haute distinction que peut recevoir un militaire russe. J'ai eu l'immense honneur de la recevoir deux fois. La deuxième fois, c'était après la bataille de Berlin. Celle-là, je n'en suis pas fier.

Mon père ne parlait pas de la guerre. Quarante mois de stalag. À mourir d'ennui. Quand Leonid Krivochéine me racontait sa guerre, c'était un film d'action. On faisait un saut de vingt ans dans le passé. Brevet de pilote au Collège militaire de l'air de Perm, affecté comme sous-lieutenant au régiment de chasse aérienne de la Garde, il cumulait 278 missions, 91 victoires homologuées, dont 65 individuelles et 26 en coopération, plus 96 chars, 151 pièces de DCA et 17 locomotives détruits au sol, et 25 décorations et titres de guerre. Son avancement rapide était dû à son courage et au carnage des troupes soviétiques qui l'avait laissé, à la fin du conflit, seul survivant de sa promotion.

Au début, j'avais du mal à le croire. Malgré ses yeux cernés et fatigués, il paraissait à peine plus vieux que Franck. Avec sa peau blanche, ses mèches blondes en bataille et ses joues imberbes, il ressemblait plus à un aristocrate anglais juvénile qu'à un aviateur russe. Je lui donnais à peine trente ans quand il approchait des cinquante. Igor le tenait en haute estime et me confirma la véracité de ses propos. Dès qu'il évoquait la bataille de Koursk où il avait abattu deux avions ennemis avant d'être descendu par un Henschel 129, ou la terrible campagne de Pologne, les autres lui sautaient dessus. Vladimir Gorenko était le plus dur :

– Tu ne vas pas continuer à nous casser les couilles, Leonid. Tu as gagné. Tu as eu un paquet de médailles. Staline t'a embrassé et t'a décoré. Iliouchine a dit que tu étais le meilleur pilote du monde et Tupolev te considérait comme son fils. On a donné ton nom à des rues et à des écoles. Tu as été un héros de l'Union soviétique. Bravo, camarade, mais aujourd'hui, tu n'es qu'un trou-du-cul de taxi parisien. Arrête de nous emmerder avec cette putain de guerre. On ne veut plus en entendre parler !

Leonid encaissait les rebuffades sans s'énerver et recommençait aussitôt.

– Si je n'en parle pas, Vladimir, si je ne dis pas ce qu'on a vécu, qui le saura ?

De temps en temps, il reniflait par saccades comme si une odeur désagréable l'incommodait et scrutait ses partenaires pour voir s'ils y étaient sensibles. Il sortait de sa poche une petite fiole en verre opaque et versait cinq gouttes sur un mouchoir qu'il appliquait sur ses narines. Je n'avais pas osé le questionner et avais interrogé Igor.

– Ce n'est rien. Il a un petit problème avec son nez. Il renifle un médicament.

Été comme hiver, il portait le même pull cachemire noir à col roulé au bord pendouillant et un Burberry élimé acheté à Londres du temps de sa splendeur. Il arborait une Lip Président au bras droit, une montre au verre grossissant avec un boîtier en or, qui, en plus de dix ans, n'avait pas pris une seconde de retard sur l'horloge parlante. C'était son bien le plus précieux. Chaque jour, Leonid emportait deux sandwichs, un au jambon et un au gruyère, que Madeleine prépa-

rait avec amour en lui doublant les portions. Elle les envelop-
pait dans un sac de tissu qu'il glissait dans la poche intérieure
de son imperméable. Plus d'une fois, Madeleine retrouvait un
sandwich entier et lui reprochait de ne pas manger. Leonid
souriait comme pour s'excuser. Il n'avait pas faim. L'alcool
lui suffisait. Il buvait sans être ivre ni tituber. Il avait une
réputation de buveur exceptionnel et plus d'un imbécile qui
avait voulu tester sa résistance s'était écroulé sous le comptoir
tandis qu'il s'éloignait de sa démarche nonchalante en haus-
sant les épaules, montait dans son taxi et conduisait sans
dévier d'un centimètre. Personne ne pouvait expliquer cette
résistance incroyable. C'était, et de loin, le meilleur joueur du
Club. Même quand il était dans une situation difficile ou qu'il
avait beaucoup bu, il arrivait à s'en sortir en faisant pat. Sa
notoriété s'était répandue et plus d'un joueur poussait la
porte du Club pour l'affronter. Des étudiants des grandes
écoles voisines, Centrale ou Polytechnique, se déplaçaient
dans l'espoir de le battre. Leonid n'acceptait aucune partie
sans parier une bouteille de côtes, la tournée générale ou
l'apéro. Souvent, ceux qui se mesuraient à lui repartaient ridi-
culisés et titubants. À part Igor et Werner, ses meilleurs amis,
et Virgil, qui rêvait d'en venir à bout, les autres avaient
renoncé à le défier. Les perdants devaient supporter ses sar-
casmes : « Tu fais des progrès, Tibor, mais à reculons », ou :
« Tu n'es qu'un petit joueur de banlieue, Imré », ou, à
Gregorios qui n'avait pas d'humour : « Sur l'échelle de 1 à 10,
tu es à moins zéro. »
    La pire des insultes échiquéennes était réservée à ceux qui
osaient contester sa suprématie et qu'il traitait de crêpes
molles. À plusieurs reprises, j'avais fait des tentatives pour
qu'il m'accepte comme adversaire. Il éludait avec un sourire :

– Dans dix ans, quand tu sauras jouer, on en reparlera. Exerce-toi avec Imré ou Vladimir. Quand tu les battras à chaque fois, tu viendras me voir.

Je passais des heures à l'observer, à noter ses coups et à lui poser des questions. Leonid était un passionné et n'avait besoin ni d'un plateau, ni des pièces. Il jouait dans sa tête. Il disait connaître par cœur deux cent quatre-vingt-sept parties, les plus utiles, et les débuts et les fins de quelques centaines parmi les meilleures. Il ne les avait pas comptées, ce qui était étonnant car il était toujours d'une précision absolue. Il mémorisait chaque coup, évoquait une série d'échanges identiques, la comparant avec telle séquence d'un tournoi célèbre, se demandait ce qu'Alekhine, le maître absolu, qui connaissait plus de mille parties et contre lequel il avait eu l'honneur de jouer à trois reprises sans le vaincre, ou Botvinnik, le champion des champions, qui l'avait toujours étrillé, auraient fait dans cette situation. Je le suivais tant bien que mal. Je n'en comprenais pas la moitié. Un jour où il me voyait perdu, il disposa des pièces :

– Celui-là est facile. Tu dois faire mat en quatre coups.

Il me laissa face à ma nullité. Les pièces s'agitaient dans un ballet inutile. Pavel et Virgil me rejoignirent. On chercha pour aboutir à la conclusion évidente que, cette fois, il s'était planté.

– Il a dit en quatre coups ? interrogea Virgil.

– Il n'y a pas trente-six solutions. On n'est pas idiots, affirma Pavel. Il s'est foutu de toi.

– Va demander au champion comment il le fait en quatre coups, suggéra Virgil. Moi, je l'affirme, ce n'est pas possible. En cinq peut-être, pas en quatre.

– Il est en train de jouer.

– On s'en fiche, répondit Pavel. Il se prend pour qui à la fin ?

J'osai aller le déranger pendant une partie face à un étudiant. Leonid venait de jouer et d'appuyer sur le bouton de la pendule.

– Dis, Leonid, tu es sûr que tu ne t'es pas trompé ? Le mat en quatre coups, c'est impossible. On est tous d'accord.

– Tu ne peux pas attendre, non ? Je t'ai dit qu'on ne doit jamais déranger un joueur. Sauf s'il y a le feu au Club. Dans le temps, on ajoutait : ou si les Allemands attaquent. Il n'y a pas de danger ? Fous-moi la paix !

Je suivis la partie. À en juger par ses traits tendus, son jeune adversaire était dans une passe inextricable. De temps en temps, il jetait un œil à l'aiguille de la pendule qui se rapprochait du seuil fatidique du XII. Puis il poussa un long soupir, secoua la tête comme si elle lui pesait et renversa son roi.

– Bravo, murmura-t-il d'une voix pointue.

Il avança la main vers Leonid qui la serra du bout des doigts.

– Jacky, cria Leonid, amène une bouteille de côtes. C'est monsieur qui invite. Vous ne désirez pas boire un coup, jeune homme ? ajouta-t-il.

– Non merci.

– Quand vous voulez, fit Leonid en se versant un grand verre de côtes-du-rhône.

Il le vida d'un trait et le remplit de nouveau.

Puis il déploya sa carcasse en se massant le dos et daigna se déplacer à notre table.

– Ils sont bizarres ces petits gars de Polytechnique. Forts

en maths et pas terribles aux échecs. Celui-là, il pourrait y arriver mais il joue cul serré. Il a trop peur de perdre.

– Tu nous offres un verre ? interrogea Pavel.

– Je t'inviterai quand tu auras fait des progrès. Et ce n'est pas demain la veille.

– Cette fois, tu t'es planté ! lança Virgil en se rapprochant de la table.

– Vous n'êtes qu'une bande de crêpes molles, dit Leonid en déplaçant blancs et noirs en quatre coups. Mat ! Même mon chat n'aurait pas envie de jouer avec vous.

Virgil et Pavel s'éclipsèrent sans insister.

– Quant à toi, me dit Leonid, tu vas terminer la partie et essayer de comprendre pourquoi ce petit con a abandonné. Au moins, il l'a vu venir.

Je me penchai sur son échiquier et redressai le roi.

– Il était dans une position favorable, non ?

– Ce n'est pas compliqué. Pas évident mais assez simple. Je vais te donner une indication. On a vu une séquence identique la semaine dernière, il y avait un cavalier en moins.

Je restai vingt minutes face à l'échiquier comme si j'essayais de découvrir le secret des hiéroglyphes.

– Tu es sympa, Leonid. Mais je n'y arriverai pas. Les échecs, c'est comme les maths, je n'y comprends rien.

– Le jour où tu utiliseras la cervelle que tu as dans la tête, ça ira mieux pour toi.

– Je ne demande que ça. Comment faire ?

– Si j'avais la réponse, j'abandonnerais le taxi. Et j'aurais les poches pleines de pognon.

– Tu as déjà été vraiment soûl ?

Il réfléchit, rappelant des souvenirs lointains.

– Ivre mort, tu veux dire ? À deux-trois reprises, quand

j'étais jeune, j'ai senti la tête me tourner un peu. Pendant la guerre, j'en ai pris des bonnes. Je suis resté debout.

Madeleine et Igor complotaient pour l'amener à avaler le plat du jour. Il y touchait à peine et alignait les pichets de côtes, et gare à celui qui refusait de le servir quand il en redemandait un.

– Je paye. Je ne suis pas soûl. Je ne fais pas de scandale. Fais ton métier et sers à boire.

– Leonid, disait Igor, tu ne manges plus rien. Tu maigris et on ne te reconnaît plus. Je me demande comment tu fais pour tenir. Un jour, tu n'auras plus la force de conduire.

– Je n'ai jamais eu un accident de ma vie.

– Je me mêle de ce qui ne me regarde pas, poursuivait Madeleine. Vous avez la peau sur les os. Vous êtes bel homme, Leonid. Si vous continuez, aucune femme ne voudra de vous.

– C'est un souci de moins.

– Je crois que vous avez un problème avec l'alcool.

– Madeleine, c'est sans alcool que j'ai des problèmes. Comme disait mon père : Tant que les mains ne tremblent pas, la vie est belle. Ce qui est grave, c'est quand tu commences à en renverser. La vodka nous réchauffe le cœur. C'est le seul alcool qui ne gèle pas... Je vous ai raconté la blague de Lénine et de Gorki ?

Ils essayaient de se souvenir et hochaient la tête les uns après les autres.

– Un jour, Gorki rend visite à son vieil ami Lénine et l'invite à boire un rouble de vodka. Lénine invoque les restrictions imposées par la révolution et refuse de boire plus d'un demi-rouble. Gorki le connaît bien. Il l'avait invité à

Capri avant guerre. Ils avaient fait de sacrées noubas. Il insiste et lui fait remarquer que deux personnages de leur importance peuvent s'offrir un petit extra. Personne n'osera rien leur dire. Lénine résiste avec véhémence et Gorki lui demande les vraies raisons de son obstination. Lénine se prend la tête entre les mains : « Tu vois, Alexis Maximovitch, la dernière fois que j'ai partagé un rouble de vodka avec un ami, ça m'a fait un tel effet qu'en sortant je me suis cru obligé de faire un discours aux ouvriers qui m'attendaient et, à l'heure actuelle, j'essaie toujours de comprendre ce que j'ai pu leur dire pour qu'ils fassent autant de conneries. »

3

Souvent, après le lycée, je n'avais pas le temps d'aller au Club et n'avais pas envie de rentrer. Je passais à la bibliothèque de la mairie, surtout depuis l'arrivée de Christiane. Son mari avait été muté par son entreprise de Toulouse à Paris où elle ne connaissait personne. La transition avait été brutale. Elle n'arrivait à s'acclimater ni à la ville et sa grisaille, ni à Marie-Pierre, la bibliothécaire en chef qui ne l'aimait pas sans qu'elle sache pourquoi et lui réservait les boulots les moins agréables comme ranger les livres ou réclamer aux lecteurs la pénalité d'un centime par jour de retard. Christiane obtempérait sans se rebeller. Dès qu'elle parlait, on remarquait son accent. La première fois, j'ai cru qu'elle s'amusait. Elle ne se contentait pas comme Marie-Pierre d'oblitérer des fiches, elle accompagnait chaque prêt d'un commentaire : « Très bon choix », ou : « Vous allez adorer, c'est un de ses meilleurs romans ». Et, quand elle n'aimait pas le livre ou l'auteur, elle se contentait d'un : « C'est un bouquin sur lequel il y a des choses à dire. »

Je l'avais connue au début de ma période Dostoïevski. Après *Le Joueur*, et sous le coup de l'émotion, j'avais décidé de m'attaquer à son œuvre complète. C'était le minimum à faire pour le remercier. Vingt-neuf romans sur l'étagère sur les quarante et quelques écrits par le grand Fédor. J'en avais pris cinq et les avais posés sur sa table.

– Ah, *Les Pauvres Gens*, pas mal pour un premier roman, observa Christiane. Mais je n'ai jamais aimé les romans épistolaires. Tu dois lire les *Carnets du sous-sol*. C'est la suite, vingt ans plus tard. C'est un drame terrible, sur le cynisme et la haine de soi. Un des romans préférés de Nietzsche.

Elle tamponnait avec délicatesse les fiches cartonnées puis les feuillets jaunes collés sur la page de garde avec la date, quatre semaines plus tard, dernière limite pour rapporter les livres.

– *Le Double* ? Je ne l'ai pas lu.

– Pour quelle raison la bibliothèque municipale n'a-t-elle pas l'intégralité des œuvres de Dostoïevski ? Ce n'est pas normal. Pourquoi en manque-t-il onze ?

– Je n'en sais rien. Ce n'est pas normal. Je vais me renseigner.

Une dizaine de jours plus tard, je lui rapportais les cinq livres et en prenais cinq autres.

– Tu ne vas pas me dire que tu as lu ces cinq romans en onze jours ? demanda-t-elle avec son accent chantant.

– Je lis tout le temps, même en classe.

– En classe ? répéta-t-elle, incrédule.

– Je mets le livre sur mes genoux. Je fais semblant d'écouter. J'arrive à bouquiner tranquille. Les cours sont si ennuyeux.

Presque tous les soirs, on discutait bouquins. Elle essayait de me convaincre de renoncer à cette pratique de lire l'œuvre d'un écrivain d'une traite.

– C'est idiot. Il faut garder le meilleur, aller à l'essentiel. Une grosse moitié de ce qu'ont écrit Balzac, Dostoïevski, Dickens ou Zola n'a aucun intérêt. Tu perds ton temps en lisant leurs mauvais livres.

– Comment le saurai-je si je ne les lis pas ? Vous pouvez porter un roman aux nues et moi pas. J'ai adoré *Les Nuits blanches* et vous me dites que c'est le plus mauvais de Dostoïevski. Qui a raison ?

J'ai suivi son conseil et abandonné la lecture systématique d'un auteur. Elle me poussait vers des romans contemporains mais on n'avait pas les mêmes goûts

– Tu vas lire *Portrait de femme*, m'a-t-elle suggéré un soir où j'avais évoqué les mystères du suicide d'Anna Karénine. Avant que j'aie pu répondre, elle était descendue de son estrade, avait disparu entre deux rayonnages et était revenue avec un livre à la couverture beige.

– Tu me diras ce que tu en penses.

Je ne connaissais ni le titre ni l'auteur de ce roman. Je l'ai feuilleté et me suis arrêté au hasard sur un paragraphe. J'ai lu trois fois dix lignes à cinquante pages d'intervalle. Il y a dans la lecture quelque chose qui relève de l'irrationnel. Avant d'avoir lu, on devine tout de suite si on va aimer ou pas. On hume, on flaire le livre, on se demande si ça vaut la peine de passer du temps en sa compagnie. C'est l'alchimie invisible des signes tracés sur une feuille qui s'impriment dans notre cerveau. Un livre, c'est un être vivant. Les gens, rien qu'à les

voir, vous savez à l'avance si vous serez leur ami. Christiane a
cru que j'avais accroché. Elle n'a pas pu s'empêcher d'ajou-
ter :

– Je ne veux pas anticiper. Mais à côté d'Isabel Archer,
Karénine, c'est de la roupie de sansonnet.

Portrait de femme, et après *Les Ailes de la colombe* m'ont
valu chacun trois journées de colle. Je gardais cette vieille
habitude de lire en marchant. Mon ange gardien me guidait.
Je n'avais pas besoin de voir où je mettais les pieds. Je m'arrêtais aux feux, j'évitais les poteaux, les autos et les autres piétons et j'arrivais au bahut pile à la sonnerie. Mais cette fois,
j'étais resté vissé sur le trottoir, au bord d'un passage clouté,
transporté à Gardencourt :

« *... Le manoir qui datait de l'époque Tudor se dressait sur
une petite colline, dominant une rivière qui n'était autre que la
Tamise, à quelque quarante miles de Londres. Ponctuée de
pignons, la longue façade de brique rouge, dont le temps et les
intempéries avaient déployé toutes les fantaisies de coloris pour
en embellir et en affiner la teinte, présentait à la pelouse ses
plaques de lierre, ses faisceaux de cheminées et ses fenêtres
emmitouflées dans les plantes grimpantes...* »

Mes retards répétés me valaient les foudres de Sherlock,
persuadé que j'étais un dilettante ou un de ces je-m'en-fou-
tistes qu'il détestait. Comment lui expliquer que c'était plus
fort que moi. J'étais en retard. Pas d'excuse un point c'est
tout, vous me ferez trois heures. Ça ne me dérangeait pas.
Mes parents n'en savaient rien. Je récupérais à temps la
lettre les avisant de la retenue et le jeudi après-midi, je pouvais bouquiner tranquille.

Cécile a été la seule à s'en mêler. On avait rendez-vous à la fontaine Médicis pour courir au Luxembourg. J'étais en face du jardin, attendant pour traverser qu'Isabel Archer ait réglé son problème avec Gilbert Osmond. J'ai fini par avancer. J'ai entendu le cri de Cécile :

– T'es malade !

– Qu'est-ce qu'il y a ?

– T'as vu de quelle façon t'as traversé ?

– Comment ?

– En lisant ! Quand on traverse, on regarde : à gauche et à droite. Tu es passé au vert, le nez plongé dans ton bouquin. Tu as failli te faire écraser par trois voitures. Il y en a une qui a fait un écart et toi, t'as rien vu ?

– Ben non.

– Ça ne va pas, Michel ?

– Ce n'est pas extraordinaire.

– Tu te fous de moi ?

– Ça fait des années. Il ne m'est rien arrivé. À part d'être en retard et de me prendre une colle.

– T'es maboul !

– Je ne suis pas un cas unique. Il y a plein de gens qui lisent en marchant.

– Comment tu peux les voir puisque tu es en train de lire ? Je n'ai jamais vu personne lire dans la rue. Ça n'existe pas. Des fois, des gens lisent les titres du journal. Mais ils sont arrêtés. Quand ils avancent, ils ne lisent pas. Ce n'est pas possible. C'est de la folie. Pure et simple.

– J'ai un radar.

– Tu vas me jurer que tu ne liras plus en marchant !

Les grands romanciers ont souvent remarqué que les femmes ont un besoin impérieux de certitudes. Une longue partie de leurs récits consiste dans l'obtention de la promesse. Elles reviennent à la charge, elles insistent tant et plus, elles en font une affaire de vie ou de mort et les hommes finissent par céder.

– Comme tu voudras.

– Jure-le !

– Ce n'est peut-être pas utile d'en arriver là.

– Jure ! Ou ce n'est plus la peine de dire qu'on est amis.

– Je te le jure.

Cécile m'a gratifié d'un de ses sourires qui me faisaient fondre. Elle m'a embrassé comme si je venais de lui sauver la vie. Elle n'a pas pris la peine de me demander ce que je lisais. On a fait quatre tours du Luxembourg. Elle nous a payé une gaufre à la crème de marron. Les grands romanciers ont constaté que, si les femmes obtiennent des hommes des serments absolus, la plupart du temps, les hommes sont parjures. Les uns et les autres ne leur accordent pas la même valeur. Cette trahison occupe la deuxième partie de l'histoire. Ceux qui se débrouillent bien ont de quoi faire un deuxième tome. Peut-être que la nouveauté dans le roman moderne, miroir de son époque, est d'avoir permis aux femmes de se renier elles aussi, de trahir comme les hommes et de devenir solitaires.

4

– Le dossier est grave ! Ça veut dire quoi ? hurla mon père au téléphone.

– Paul, inutile de crier comme ça. Tout l'immeuble va t'entendre, gémit ma mère qui tenait l'écouteur.

– Je m'en fous ! J'en ai rien à cirer. C'est quoi grave ? reprit-il pour Maurice qui venait de nous appeler. C'est ta mère maquerelle qui t'a dit ça ?

– Paul, les enfants, observa ma mère.

– Eh ben quoi, les enfants ? Qu'est-ce qu'ils ont les enfants ? Ils ne savent pas ce que c'est une pute ? Michel, tu sais ce que c'est une pute, hein ?

– Je crois, oui. C'est...

– Ça suffit ! Les enfants, allez vous coucher, lança ma mère en lui prenant le combiné et en lui donnant l'écouteur.

– Maurice, c'est moi... Qu'est-ce que tu veux dire par : ce n'est pas une simple affaire de désertion.

Mon père reprit le téléphone des mains de ma mère.

– C'est quoi cette histoire à la con ? Où on est ? Sur la lune ? On est en France ! Il y a des lois, bordel de merde. J'ai le droit de savoir ce qu'il lui est arrivé. Tu comprends ? C'est un droit !... Il y a encore des avocats à Alger ? Vous ne les avez pas tous tués ? Tu attends quoi pour te bouger le cul et aller voir le meilleur avocat de cette putain de ville ?... Je les emmerde moi, le tribunal, le juge et toute l'armée française ! Ce n'est pas la gestapo ! Je vais leur montrer ce que c'est un mec qui en a dans la culotte !

Il raccrocha sans ménagement.

– Je pars demain matin à Alger !

– Laissons Maurice s'en occuper.

– Il ne fait rien. À part tirer un coup au bordel.

– Paul, je t'en prie.

– Mon fils a un problème. Je ne vais pas rester ici les bras croisés. Il a besoin d'aide.

– Il faudrait savoir où il est pour l'aider. Tu vas le retrouver comment ? Par l'opération du Saint-Esprit ? Il avait un sursis, cet imbécile. Personne ne l'obligeait à s'engager. Il avait la chance de faire des études. Tant pis pour lui. C'est un homme, plus un enfant !

– Je dois y aller. C'est comme ça et ce n'est pas autrement !

Mon père est parti le lendemain. Il y avait de la place dans l'avion. Durant cinq jours, on n'a eu aucune nouvelle de lui. Maurice est allé le chercher à Maison-Blanche, l'aéroport d'Alger. Mon père lui a dit qu'il avait l'intention de se débrouiller sans lui. Maurice l'avait vu monter dans un taxi et ne savait pas où il était. Ma mère a continué de travailler comme si de rien n'était. On écoutait les nouvelles à la radio et, entre les bombes et les attentats, ce qu'on entendait n'était pas rassurant.

Cécile a téléphoné quand elle ne m'a pas vu à notre rendez-vous au Luxembourg. Je lui ai dit que j'étais malade. J'ai senti au son de sa voix qu'elle ne me croyait pas.

– Qu'y a-t-il, Michel ?

– Rien.

– Tu as une drôle de voix.

– C'est cette bronchite chronique.

– Si tu peux, demain, je serai au Luxembourg.

Je suis passé au Balto. Je voulais tout raconter à Igor. Il faisait une partie avec Werner. Imré la suivait avec attention. Je me suis assis en face de lui, guettant le moment opportun.

– Tu en fais une tête, remarqua Imré.

– Qu'est-ce que tu as ? demanda Werner.

– Je n'ai pas envie de vous embêter avec mes problèmes.

– On a l'impression que tu vas à un enterrement, fit Igor.
– Quelqu'un est mort chez toi ? poursuivit Imré.
– Ce n'est pas ça.
– Si personne n'est mort, ne fais pas cette tête, conclut Igor.
– Tu exagères, répondit Werner. Laisse-le parler.

J'allais commencer quand j'ai aperçu Lognon. Il était là, entre Werner et Igor, et, comme d'habitude, personne ne l'avait vu ou entendu arriver. On venait de remarquer sa présence, sans savoir depuis combien de temps il était là.

– Alors, Grandes Oreilles, toujours à fouiner ? lança Imré.
– Laisse tomber, dit Igor. Il est préférable de ne pas parler ici.
– C'est vrai, reprit Lognon d'une voix basse en me regardant. Surtout au téléphone. Mais si on ne se parle plus, la vie va devenir bien triste, vous ne croyez pas ?

Il fit demi-tour et s'éloigna de son pas de chat vers la table voisine où Vladimir et Tomasz jouaient et ne se rendirent pas compte qu'il les kibitzait.

– Que voulait-il dire ? demanda Werner.
– Je crois savoir, dis-je en fixant la silhouette massive de Grandes Oreilles.

Le soir, on a attendu en vain un appel de mon père. Juliette manifesta son inquiétude.

– Ma fille, ça ne sert à rien de te faire du souci pour ton père. Il nous téléphonera quand il pourra.

Pour la rassurer, ma mère a appelé Maurice qui n'avait aucune nouvelle.

– Tu vois ce que je te disais. Comment peut-il penser qu'il fera mieux que tonton Maurice avec ses relations ? Il se croit toujours plus malin.

J'ai retrouvé Cécile à la fontaine Médicis, décidé à lui révéler ce qui se passait. À peine étais-je arrivé qu'elle sortait une lettre de Pierre de sa poche.

– Tiens, il te répond enfin.

Ma Cécile,

Désolé pour le retard, je manque à mes obligations épistolaires. Le moral était en berne. Le premier chapitre de ta thèse me réconforte sur ton implication mais je ne suis pas sûr que tu sois sur la bonne piste pour évoquer cette vieille carne. Tu lui rends service en le mettant ainsi sous toutes ces influences que tu lui prêtes. Attention à ne pas trop dériver : le communisme n'est ni une variante ni une évolution du surréalisme comme tu le sous-entends. Moi, je profiterais que le crocodile est encore vivant pour aller lui poser quelques questions qui le rendront moins sympathique. J'attends la suite avec impatience.

Le sondage effectué sur mes camarades de belote et de jokari et sur ceux avec qui j'en ai discuté s'est révélé catastrophique. La politique, ils s'en foutent. La démocratie est la dernière et fabuleuse invention du capitalisme pour maintenir en place l'ordre existant. Les exploités ne sont ni endormis ni abrutis, ils sont achetés. On leur donne des miettes et ils se précipitent dessus comme des rats affamés. Ils font confiance à de Gaulle pour les diriger. Surtout depuis qu'il est question de rapatrier notre régiment en métropole. Eux, ce qu'ils veulent, c'est en profiter. La révolution, ils ne veulent pas en entendre parler. Les prolos d'aujourd'hui rêvent de cocotte-minute, de voiture avec caravane et de télévision. Comment faire la révolution avec ces mecs-là ? J'ai renoncé à toute velléité d'écrire quoi que ce soit. Mon grand livre sur le bonheur du monde s'est évanoui dans les hauts plateaux du Constantinois. Le saint-justisme était une connerie. Même Saint-Just n'avait pas osé en faire une théorie. À quoi ça sert d'essayer de prouver que tu as raison quand la seule réalité se résume à survivre ou mourir ? Ici, tu te rends compte que l'humanisme est une foutaise. Respecter les autres ne sert à rien. Il faut les écraser. Question de vie ou de mort. C'est la loi de l'évolution. J'avais noirci trois cahiers de cent vingt pages pour démontrer qu'il fallait zigouiller sans remords les imbéciles et les ennemis de la liberté, les empêcher de nuire, et j'avais écrit des tas de fadaises sur la révolution, la stupidité de la démocratie et l'ignominie du droit de vote pour la foule des cons qui nous entourent. Hier soir, en revenant de patrouille, j'ai tout détruit. Le saint-justisme était un beau rêve, il a disparu à jamais dans les flammes d'un feu de camp.

Hier, je suis devenu une merde, comme les copains. J'ai tué un homme que je ne connaissais pas. Je l'ai aligné dans mon viseur et j'avais le choix. Tirer ou ne pas tirer. Il ne se doutait de rien. Je me suis demandé ce qu'il pensait, quelles étaient ses opinions, s'il était pauvre ou riche, s'il avait des parents, une femme, des enfants. Je n'avais aucune réponse à ces questions. Il avait le tort d'être un fellagha et j'ai tiré. À près d'un kilomètre, sa tête a explosé. On en a eu huit mais ça ne changera rien.

Quant à toi, Michel, ça m'intéresse de rencontrer tes copains révolutionnaires. Je ne savais pas qu'il en existait encore. Rends-moi un service. Demande-leur avant qu'ils l'oublient : quelle est la meilleure recette pour le cocktail Molotov ? Ça pourra toujours servir. Je serais heureux de faire quelques parties d'échecs avec eux. Prends des leçons, p'tit con, parce que j'étais un champion même si ça fait une paye que je n'y ai pas joué. Là où j'ai fait des progrès, c'est au baby-foot. Il y en a un au mess et je suis le goal attitré d'un lieutenant de la Légion qui est un champion de baby. On a gagné le tournoi contre les paras de Constantine. Sans commentaire. Est-ce que tu as des nouvelles de ton couillon de frère ? Il s'est volatilisé...

J'ai rendu la lettre à Cécile. On restait silencieux. Elle hésitait. Je m'attendais à ce qu'elle me demande des explications. Elle n'avait pas envie de me poser la question. Elle s'est levée et elle est partie à petites foulées. Je lui ai emboîté le pas. Comme d'habitude. La fuite par le sport est une forme banale de l'incommunicabilité.

Le soir, on a reçu un appel de mon père. Ma mère a décroché. Il y a eu un moment de flottement. Je me suis précipité. J'ai pris l'écouteur.

– Surtout, qu'il ne parle pas, qu'il ne dise rien ! ai-je crié. On est sur écoute !

– Quoi ?

– Il ne doit rien dire au téléphone. La police nous écoute !

– Allô ? Allô ? criait mon père dans le téléphone.

– Paul, il y a Michel qui dit que tu ne dois pas parler.

– Pourquoi ?

– Il ne faut pas le lui dire, maman.

– Si je ne le lui dis pas, il ne le saura pas. Et...

– Allô ? Allô ? Vous m'entendez ?

– Paul, tu as des nouvelles ?

– C'est la catastrophe. Franck est poursuivi pour le meurtre d'un officier. C'est pour ça qu'il a déserté.

– Qu'est-ce que c'est que cette histoire ?

– Il a tué un capitaine parachutiste. J'ai pris le meilleur avocat d'Alger. Il a disparu depuis deux mois.

Ma mère s'est laissée tomber sur la chaise.

– C'est incroyable ! Tu... tu es sûr de ce que tu dis ?

– D'après l'avocat, il est peut-être passé du côté du FLN C'est pour ça qu'ils ne le retrouvent pas.

– Ce n'est pas possible !

– En fait, on n'a pas accès au dossier. On a réussi à avoir des renseignements par...

J'ai pris l'appareil des mains de ma mère.

– Papa, c'est Michel. Et toi, comment ça va ?

– Ne t'inquiète pas, mon grand.

– Quand est-ce que tu rentres ?

– Je ne sais pas. On doit le trouver avant la police militaire. Les déserteurs, il paraît que...

– C'est dangereux ? Il y a des attentats ?

– Des fois, on entend des explosions. On ne sait pas où. Je suis à l'hôtel Aletti dans le centre-ville, c'est comme à Paris. Les gens sortent le soir, vont au restaurant, se baladent en famille et mangent des glaces. Je parle avec beaucoup de monde. Ils sont persuadés qu'ils vont rester. Ils n'ont rien compris. On ne se croirait pas dans un pays en guerre.

– Fais attention à toi, papa.

J'ai rendu l'appareil à ma mère.

– Écoute, je ne sais pas ce qu'il raconte. Tu ne peux pas rester longtemps parti. On ne peut rien pour lui. Il y a des tas de commandes à prendre. C'est ici qu'on a besoin de toi.

– Tu n'as rien compris, Hélène ? Je suis venu pour chercher mon fils. Je ne partirai pas tant que je ne l'aurai pas trouvé.

Elle a raccroché, haussé les épaules et m'a fixé, méfiante :

– C'est quoi cette histoire d'écoutes téléphoniques ?

– Avec les moyens modernes, la police peut enregistrer les communications. Il faut être discret au téléphone.

– Comment tu sais ça, toi ?

– Je l'ai lu. Dans un roman.

– Tu lis trop, Michel. Tu ferais mieux de travailler.

J'étais dans ma chambre en train de bouquiner quand Juliette est entrée.

– Je te dérange ?

– Juliette, je t'ai dit cent fois de frapper avant d'entrer.

Elle s'est assise sur le bord de mon lit. Néron nous a rejoints et a commencé une grande toilette.

– Tu lis quoi ?

– *Le Lion*, de Kessel. C'est un ami qui me l'a prêté. Kessel le lui a dédicacé : « À Igor Emilievitch Markish. Pour nos belles soirées passées et plus belles encore à venir. Avec toute mon amitié. Jef. » Je ne peux pas te le laisser, tu le trouveras à la bibliothèque.

– Je n'aime pas les livres de la bibliothèque. Ils ne sont pas propres.

– Tu risques plus en prenant l'autobus ou en allant au cinéma.

– Il est bien ce livre ?

– Il n'y a pas beaucoup d'action et c'est magique. On est dans une réserve au Kenya au milieu des guerriers masaï. C'est l'histoire d'une fille de ton âge qui est amie avec un lion. Il n'est pas dressé. C'est un fauve. Elle sait vivre avec les animaux sauvages et pas avec les humains.

Je lui ai tendu le livre. Elle avait les yeux dans le vague.

– Ça veut dire que Franck a tué quelqu'un ? C'est ça ?

– Pour l'instant, il a disparu. Il se cache. Papa s'en occupe.

– Si on le prend, il va lui arriver quoi ?

– Je crois qu'il ira en prison.

Elle est restée songeuse. Néron s'est roulé en boule au pied du lit et s'est endormi.

– Pour combien de temps ?

– Ça dépend de ce qu'il a fait.

– Pour nous, ça va être embêtant ?

– Je ne sais pas.

– S'il ne le trouve pas, papa ne va pas revenir ?

– Il est obligé de s'occuper du magasin.

– Je peux dormir avec toi ce soir ?

Quand je me suis réveillé, Juliette n'était plus dans ma chambre. Néron et *Le Lion* avaient disparu. J'avais deux heures de maths avec Rabougri et j'ai hésité à y aller. J'ai failli téléphoner à Cécile pour savoir si je devais ou non demander la recette du cocktail Molotov et si elle avait envie d'aller courir. Je me suis dit que ce n'était pas le jour de la voir. Je n'aurais jamais pu lui dissimuler quoi que ce soit. J'ai attrapé *L'Arrache-cœur* que je me gardais au chaud et suis parti au bahut.

J'arrivais place du Panthéon quand j'ai entendu, dans mon dos, une voix connue :

– Continue d'avancer. Ne te retourne pas. Prends la rue Valette à droite. Regarde devant toi. On ne lit pas en marchant !

J'ai commencé à descendre la rue Valette. Une foule d'élèves attendait devant l'entrée du collège Sainte-Barbe.

– Arrête-toi ! Rentre dans cet immeuble !

J'ai poussé la porte du 13. J'ai avancé dans un couloir mal éclairé et me suis retourné. Franck était en face de moi.

5

Un jour, les combats s'étaient arrêtés. Finis les bombardements, les mitraillages en piqué, les explosions, les déflagrations des tanks et des canons, l'odeur âcre du pétrole et du bois brûlé et les hurlements. Enfin, la paix. Pas de cris de victoire, non. Un silence inquiétant. Les villes détruites à perte de vue, transformées en champs de gravats monumentaux. Les civils hagards qui ne retrouvaient rien. Les rues qui avaient disparu. Les cadavres que personne n'avait la force d'enterrer. Les files interminables des prisonniers barbus, sales et hirsutes. Pourquoi ? Qui ? Est-ce qu'on va recommencer ? Pendant la campagne de Pologne, quelques mois plus tôt, la libération des camps. L'impossible à nommer et à comprendre. La découverte des charniers, l'industrie de la mort, les cohortes de squelettes vivants, le typhus, les vainqueurs plus amers que les vaincus. La honte, la haine, la folie. Et, jusqu'en avril, en Allemagne, des camps monstrueux aux portes des villes. La vengeance sur les soldats allemands arrêtés et sur les populations civiles.

Le 8 mai, l'escadrille de Leonid fut la dernière à rentrer de mission. Pour lui, ce ne fut pas un soir de fête. Il lui fallut attendre des semaines pour participer, le dimanche 24 juin, à la parade de la victoire sur la place Rouge. Malgré le ciel maussade, le plus grand défilé militaire de tous les temps. Un triomphe comme il n'y en avait pas eu depuis la Rome antique. Les tambours par centaines et une cohorte de fanfares jouant *Les Adieux d'une Slave* donnaient la chair de poule aux millions de survivants en délire, et l'armée innombrable défilant devant les maréchaux côte à côte : Joukov sur son cheval blanc et Rokossovsky sur son cheval noir et les étendards et les drapeaux des armées vaincues du Reich jetés pêle-mêle aux pieds du vainqueur juché sur le mausolée de Lénine. À la tête de son escadrille de Yak 9, Leonid passa à trois reprises au-dessus de Moscou. Ce soir-là, il reçut des mains du petit père des peuples sa deuxième étoile d'or de héros de l'Union soviétique.

Au bout de quarante-sept mois de combats ininterrompus, le colonel Leonid Mikhaïlovitch Krivochéine découvrit son pays dévasté et Leningrad, sa ville, rasée, ses parents morts de faim, de froid et de maladie, la liste interminable des amis disparus au combat ou dans les bombardements. Il ne retrouva pas Olga Anatolievna Pirojkova, son amie. Il n'avait plus de ses nouvelles et ne lui avait pas écrit depuis plus de trois ans.

Deux jours après son retour, un cauchemar le laissa le cœur palpitant et en sueur. Son avion tombait en flammes, tournoyait comme une toupie et lui, prisonnier du cockpit, voyait le sol qui n'en finissait pas de se rapprocher. Les nuits qui suivirent, les démons de la guerre vinrent le harceler et il revit les massacres de civils et de militaires. Les fusillades, les viols, les exactions et les spectres des déportés le hantaient et le réveillaient en sursaut à deux heures trente précises. Il restait éveillé, sans pouvoir retrouver le sommeil, et refusait les somnifères que lui prescrivait le médecin major Rovine. Prendre un médicament signifiait être malade et, en dépit de cette fatigue, il se sentait en pleine santé. Il patientait dans son cabinet, assis face au jeune médecin qui compulsait de nombreux livres spécialisés dans l'espoir d'y trouver un traitement et lui posait deux ou trois questions avant de replonger dans ses livres. Dimitri Vladimirovitch Rovine avait, dans les services de santé, vécu les mêmes batailles que Leonid. Ils se demandaient comment ils avaient fait pour survivre et ne pas se croiser. C'était un médecin qui ne croyait pas à la vertu des médicaments, persuadé que nous sommes l'unique cause de nos maux. « Nous en sommes à l'âge de pierre », disait-il comme pour s'excuser.

Il délivrait ses remèdes d'un air sceptique et perplexe et paraissait surpris quand ça réussissait. Très vite, ils devinrent inséparables. Rovine avait les trois qualités qui font un bon ami : il parlait sans cesse de la guerre, buvait sec et était un remarquable joueur d'échecs.

– Je ne connais pas de remède pour toi.

Leonid décida de casser son corps pour l'obliger à dormir. Une lutte contre lui-même. Il marchait jusqu'à l'aube sans croiser âme qui vive. À la première sonnerie du clairon, il accompagnait les fusiliers marins dans leur entraînement qu'on disait le plus dur de l'armée. Il trouvait des forces cachées pour suivre le train d'enfer qu'imposaient les adjudants à la troupe des deuxièmes classes. Dans la journée, il allait à la base aérienne établir avec précision le stock de pièces détachées de l'armée de l'air, travail démesuré et inutile que personne ne lui demandait. Il osait batailler contre la bureaucratie militaire pour qu'on cesse de commander n'importe quoi et, comme on murmurait qu'il pouvait être nommé commandant du district aérien, on lui promettait que le nécessaire serait fait. Sergueï Iliouchine en personne lui proposa de rejoindre son bureau d'études pour travailler sur le projet d'un avion à long rayon d'action, chargé de raids en profondeur sur les arrières de l'ennemi. Leonid ne s'imaginait pas en ingénieur sédentaire, surtout à Moscou, et ne rêvait que d'une chose : piloter. Iliouchine insista. Leonid accepta sous réserve d'être premier pilote d'essai et n'obtint pas de réponse.

Le soir, il buvait et jouait avec Rovine. L'alcool n'avait aucun effet sur lui. Il augmenta la dose. Il descendait plusieurs bouteilles de vodka avec son partenaire d'échecs qui s'écroulait avant d'avoir été battu, finissait par sombrer, abruti de fatigue, et sortait du sommeil comme un ressort, une heure plus tard. Il avait les paupières gonflées, les tempes lourdes et une enclume au fond du crâne avec un maréchal-ferrant qui lui martelait le front. Seules, les poches de glace pilée qu'il gardait du soir au matin le soulageaient un peu.

Une nuit qu'il déambulait le long de la Neva, l'odeur arriva, insidieuse et ambiguë. Il retourna dans sa chambre. L'odeur le suivait.

– Vous ne trouvez pas que ça pue ? demandait-il à ses collègues de la caserne, qui reniflaient et ne décelaient rien d'autre que le chou qui cuisait... Non, pas celle-là. Il y a des cadavres en décomposition quelque part.

On chercha, en vain. L'odeur putride restait, collante, amère. Personne ne doutait de lui. C'était un héros de l'Union soviétique, un des hommes les plus décorés du pays, un intime de Staline. Les généraux, les commissaires politiques lui parlaient avec respect et considération. On chercha encore, on fouilla dans les caves, les recoins les plus sombres de la forteresse, on sonda les berges du fleuve, les palais avoisinants détruits. On pensait qu'un charnier caché allait être mis au jour. On n'en trouva aucune trace. L'odeur persistait, insupportable. Même quand le vent du nord soufflait et balayait tout sur son passage ou qu'il plaquait une pile de mouchoirs sur son nez, ou quand il mit un masque à gaz. L'odeur passait à travers. Elle l'empêchait de dormir, elle l'étouffait. Les traitements des meilleurs professeurs de l'université s'avéraient inefficaces. Il trouva un moyen de l'atténuer. Il imprégnait un mouchoir de vodka et l'alcool effaçait la puanteur. Il s'enivrait de le respirer. L'odeur s'infiltrait derrière la vodka. Il se demanda s'il n'était pas en train de pourrir de l'intérieur. Quand un célèbre professeur reconnut son impuissance, lui avoua que le seul traitement possible était une thérapie qui pouvait prendre des années sans aucune certitude d'aboutir, Leonid décida d'en finir. Il n'avait pas survécu à quatre ans de guerre pour mourir à petit feu. Il prit cette décision en une seconde. Ce fut une évidence. C'était la seule solution. Il mit ses affaires en ordre, écrivit une lettre à l'intention de sa sœur qui vivait à Moscou, à qui il léguait le peu qu'il possédait, et demanda à être enterré au cimetière Tikhvine à la laure Nevski. Il se prépara. Il avait pensé que ce serait angoissant, qu'il serait bouleversé et que des regrets viendraient le tenailler. Il se sentait calme et serein. Il finit un flacon de vodka et rangea son bureau. Avant de partir, il se demanda quelles étaient les dix plus belles choses qu'il avait vues dans sa vie et décida qu'il appuierait sur la gâchette après la dixième. Il pensa à sa mère Marina, à son sourire qui lui pardonnait tout et au rire communicatif de sa sœur. Et revinrent les souvenirs de Leningrad avant la guerre, avant que la plus belle ville du monde ne soit anéantie. Il revit les images de sa jeunesse, les aurores boréales sur le lac

Ladoga pris en glace, l'Ermitage et ses trésors disparus, Petrodvorets et ses jardins suspendus, Saint-Nicolas-des-Marins avec ses milliers d'icônes scintillantes et Smolny, la blanche et bleue, avec ses fins bulbes dorés dans le ciel immaculé. Il fut désorienté de constater que toutes les merveilles de sa ville dataient du temps des tsars et des prêtres, que sa génération n'avait rien apporté que la destruction. Il ne méritait pas de vivre après avoir laissé survenir un pareil désastre. Il compta sur ses doigts.

Il en était à huit quand, malgré l'heure tardive, des coups furent frappés à sa porte. Il ouvrit à Rovine qui avait vu de la lumière à sa fenêtre. Il tenait une grosse théière en porcelaine blanche et voulait que Leonid boive le breuvage qu'il lui avait préparé. Il insista, l'écarta du bras, s'assit d'autorité sur une chaise, lui demanda de fermer les fenêtres et versa un liquide vert foncé dans un bol.

– Qu'est-ce que c'est ?

– Du thé.

– Il a une odeur d'éther ton thé.

– Ça a été compliqué de s'en procurer. J'en cherche depuis un mois. Bois.

Leonid but le liquide brûlant, à petites gorgées.

– Si on se faisait une partie ?

– Je te remercie, Dimitri Vladimirovitch, ce n'est pas le moment.

– Tu as sommeil peut-être ?

– J'ai du travail.

– Tu sais ce qu'on dit dans les kolkhozes ?... On doit toujours remettre au lendemain ce qu'on peut faire le jour même. Tu as peut-être peur que je te batte ?

Leonid se dit que les échecs avaient été son seul véritable

plaisir dans la vie et qu'une dernière partie serait une bonne fin. Encore fallait-il la gagner. Rovine était un joueur coriace qui attaquait peu, se réfugiait derrière une défense hermétique et, excellent finisseur, attendant la faute adverse sans prendre de risques. Rovine disposait les pièces sur l'échiquier. Leonid prit une bouteille de vodka et deux verres.

– Tu plaisantes ? Pas d'alcool ! Toi, tu bois du thé. Par contre, moi avec plaisir.

Rovine saisit le mouchoir imbibé de vodka dont se servait Leonid et le jeta à la poubelle. Il versa du thé dans le bol de Leonid et de la vodka dans son verre.

– Pourquoi tu fais ça ? C'est quoi ce thé, il est infect ?

– Ne pose pas de questions inutiles et joue. Je te laisse les blancs. Tu en auras besoin. J'ai l'intention de te donner une leçon.

Leonid hésita entre deux pièces, se reprit, avança un pion de deux cases et actionna l'horloge. Rovine prit son pion et le mit face à celui de Leonid.

– Je m'en voudrais d'être désagréable avec toi, observa Rovine. Mais ce jeu est intéressant si on respecte deux ou trois règles. Aux échecs, une pièce touchée est une pièce jouée. J'aimerais que tu t'en souviennes.

– Tu as raison, Dimitri Vladimirovitch. Je ne recommencerai plus. Pendant que nous sommes dans les règles, je te rappelle que tu dois appuyer sur le bouton de l'horloge avec la main qui a joué.

Ils jouèrent sans parler, absorbés par le jeu. D'un geste machinal, Leonid attrapa la bouteille de vodka. Rovine fut plus rapide que lui et lui servit le reste de la théière. La partie dura près de deux heures. L'aiguille de l'horloge était proche du XII. Leonid montrait des signes d'énervement, désarmé face à cette défense de plomb.

– Tu as profité de mon état pour prendre l'avantage. C'est déloyal.

– Il te reste trois minutes et tu seras zeitnot.

– Tu joues le coin du bois. C'est d'un ennuyeux.

– L'important, c'est de gagner. Si j'avais attaqué, tu m'aurais battu.

– Tu ignores la règle qui interdit à un subalterne de battre son supérieur ? Moi, au moins, j'ai laissé Staline gagner la partie.

– C'est la différence qu'il y a entre nous. Moi, je l'aurais battu. Et tu n'es pas mon supérieur.

Leonid mit sa tête entre ses mains et fixa le plateau avec intensité à la recherche d'une solution miracle qui allait le sortir de ce guêpier. Sa situation était désespérée et il n'y aurait aucun coup de théâtre. Il s'apprêtait à renverser son roi quand il renifla à plusieurs reprises.

– Je ne sens plus rien !

– Je suis content pour toi.

– C'est ce que tu m'as donné à boire, c'est ça ? Qu'as-tu mis dans cette théière ?

– Des choses simples.

Leonid se leva, ouvrit en grand la fenêtre et respira à pleins poumons l'air glacial de la nuit.

– C'est extraordinaire, je ne sens plus rien ! Dis-moi, Dimitri Vladimirovitch, je suis guéri ?

– Je suis désolé, Leonid Mikhaïlovitch, cette odeur va revenir. On ne sait pas guérir ce que tu as. Peut-être une psychanalyse, mais ce n'est pas le genre de la maison. Quand cette odeur reviendra, renifle ça.

Il sortit de sa poche une petite fiole marron et la lui remit.

– C'est de l'essence pure d'eucalyptus. Utilise-la quand l'odeur revient. Deux fois par jour, tu prendras du thé d'eucalyptus. Ce n'est pas bon. Il n'y a pas d'autre traitement. Matin et soir, tu feras des fumigations d'eucalyptus. Le plus difficile va être d'en trouver.

– Pourquoi ne pas m'en avoir fourni avant ?

– À l'université, on méprise ce genre de remède. Une vieille femme qui vend des tisanes me l'a conseillé. Il m'a fallu remuer ciel et terre pour en trouver.

Rovine lui donna un comprimé pour calmer son mal de tête sans lui dire que c'était un somnifère.

– Je te remercie, Dimitri Vladimirovitch. C'est la première fois que je suis heureux de perdre une partie.

Cette nuit-là, Leonid dormit comme un enfant.

6

On est restés quelques secondes face à face. On s'est embrassés. Il me serrait fort contre lui et ne me lâchait pas. J'ai senti son odeur bizarre de terre humide et de tabac mélangés.

– Je suis heureux de te voir.

– Moi aussi. On se demandait où tu étais. Comment tu vas ?

En seize mois, ses cheveux avaient poussé et faisaient des boucles. Une barbe de plusieurs jours lui donnait un air sévère. Il avait maigri. Il flottait dans un blouson fripé et poussiéreux.

– Depuis combien de temps es-tu rentré ?

Il avait l'oreille tendue, aux aguets. Il posa le doigt sur sa bouche et me tira dans le renfoncement sous l'escalier. Une personne le descendait. Il me plaqua de la main contre la porte de la cave. Le bruit des pas avait cessé. On entendit le bruit métallique d'une clé dans une serrure. Une vieille femme, avec une canne, prenait son courrier dans la boîte aux lettres. Elle s'éloigna dans le couloir et sortit de l'immeuble. La lumière s'était éteinte. J'ai voulu la rallumer. Il a retenu ma main et m'en a empêché.

– Ne fais pas de bruit, chuchota-t-il. On va passer par là. L'immeuble a une sortie sur la rue Laplace.

On a avancé dans la pénombre, guidés par le rai de lumière de la seconde porte d'entrée.

– Tu vas y aller comme si de rien n'était et tu regardes s'il n'y a pas de flic ou de mec en civil qui traînent ou qui ont l'air bizarre. Tu te mets devant la vitrine du boulanger et tu observes à droite et à gauche. Est-ce que tu as un peu d'argent sur toi ?

J'ai fouillé et sorti de ma poche de la petite monnaie.

– Deux francs cinquante. Ce n'est pas beaucoup. Tu prends la rue Laplace. Tu t'arrêtes un peu plus loin. On va au Bois-Charbon.

La rue était déserte. Je n'ai rien remarqué d'anormal et me suis éloigné vers l'École polytechnique. J'affichais un air décontracté. Franck était sur mes talons.

– C'est sur la gauche.

On est entrés chez un bougnat qui faisait une partie de 421 avec un client. On est allés s'asseoir au fond du bistrot.

Des habitués bavardaient au comptoir sans nous prêter attention.

– Deux crèmes, a demandé Franck au patron.

On est restés sans se parler. Il nous a apporté les consommations.

– La police est venue à l'appartement. Ils ont perquisitionné.

– C'était quand ?

– Le soir de Noël.

– Ils n'ont pas traîné.

– Ça a fait une histoire, je ne te dis pas.

– J'imagine. Et papa, où il est ? Je le guette depuis plusieurs jours.

– Papa ? Il est en Algérie.

– Qu'est-ce qu'il fout là-bas ?

– Il te cherche.

– Quand est-il parti ?

– Environ un mois. On a attendu des nouvelles par Maurice. Il n'arrivait à rien. Il y est allé pour te retrouver. Maman ne voulait pas mais quand il a pris une décision, il n'y a pas moyen de le retenir.

– Il ne se rend pas compte. Ce n'est pas la France là-bas, c'est le Far West. Il faut le prévenir que je suis là.

– Ça ne va pas être facile. On est sur écoute. À son hôtel, il doit l'être aussi.

– Comment vous savez ça ?

– On m'a prévenu qu'il fallait être discret au téléphone. Je vais essayer de me débrouiller.

Il buvait son café crème en soufflant pour le refroidir. Ses doigts étaient jaunes de nicotine.

– J'ai besoin d'argent, Michel.

– Je n'en ai pas. J'ai mon livret de Caisse d'épargne. Si j'y touche, maman le verra et me demandera pourquoi.

– J'ai faim. J'ai rien bouffé depuis hier matin.

– Ce n'est pas possible !

– D'après toi, avec quoi on achète à manger ?

– Je croyais que tu avais des amis.

– Mes amis, ils veulent me livrer aux flics. Je suis seul. Il n'y a plus que toi et papa.

Il écarta le pan de son pardessus et je vis la crosse de revolver enfoncé dans sa ceinture.

– Je n'ai plus rien à perdre.

– T'es malade, Franck ! J'ai un peu d'argent que j'avais gardé pour... Je n'ai pas dépensé ma semaine. Je vais te donner...

– Ça ne suffira pas ! cria-t-il, énervé.

Il se reprit aussitôt. Le patron nous fixait en fronçant les sourcils.

– J'ai besoin de fric, poursuivit-il à voix basse. Il faut que je me tire et vite. Sinon, ils vont m'avoir.

– L'argent, je sais où en trouver. Ce n'est pas un problème. Je connais des gens qui vont m'aider. Le temps que papa revienne. Demain, tu en auras un peu. Où je peux te joindre ?

– Je n'ai pas d'adresse. Je dors dans des caves, mon vieux. J'en change chaque soir. Eh oui, je n'ai pas le choix. Si tu empruntes de l'argent, personne ne doit savoir que c'est pour moi. Pour me contacter, mets ton livre sous le bras gauche. Si c'est urgent, sous le bras droit. Et arrête de lire en marchant ! Tu veux te faire écraser ou quoi ?

– C'est marrant, tu me dis pareil que Cécile. Mot pour mot.

– Tu la vois toujours ? Elle va bien ?

– Tu veux vraiment savoir ?

Il hésita et poussa un soupir.

– Non, je n'y tiens pas. T'as des clopes ?

– Je ne fume pas.

– De l'argent, tu peux m'en apporter ce soir ?

– Je vais essayer.

– On se retrouve ici après tes cours. Si tu ne me vois pas, c'est qu'il y a un problème. Je reprendrai contact quand ce sera possible. Et surtout, ne dis rien à Cécile, ni à maman. À personne. Laisse-moi ton argent.

– T'as vraiment tué quelqu'un ?

Il a hoché la tête d'un mouvement continu.

– C'était un salaud ! Je ne regrette rien.

– Que s'est-il passé ?

– Je préfère ne pas en parler.

Je me suis levé. J'ai posé mes deux francs cinquante sur la table et suis sorti du bistrot. J'avais raté deux heures de maths et ce n'était pas fini. Comment progresser dans ces conditions ? Il y a des obligations auxquelles il est impossible de se soustraire. Une sorte de fatalité. J'ai fait un détour par Maubert et le boulevard Saint-Michel pour ne pas risquer de tomber sur Sherlock et j'ai évité le Luxembourg pour ne pas croiser Cécile. Il allait me falloir trouver une explication en béton armé pour justifier une journée d'absence. L'avenir des garçons de la famille s'annonçait sombre. Je suis parti chez Igor. Je n'y étais allé que deux fois, l'année précédente, quand il avait décidé de s'installer, non loin de chez Werner, dans un petit appartement au quatrième étage sur cour d'un immeuble en brique de la rue Henri-Barbusse. Il avait fait appel aux bonnes volontés pour déménager et peindre en blanc du sol au plafond. J'ai sonné pendant cinq minutes. J'allais redescendre quand j'ai entendu la porte s'ouvrir et aperçu Igor, en pyjama, les cheveux ébouriffés, le visage hagard.

– Quelle heure il est ?

– Onze heures.

– Du matin ! Oh merde ! Tu es cinglé de me réveiller. Tu ne sais pas que je travaille de nuit ? Je me suis couché à huit heures. Et avec le boucan que fait le connard du dessus, je n'arrive pas à m'endormir.

– J'ai un problème, Igor.

Il m'a fixé en plissant les yeux et s'est frotté le front.

– Je n'en ai rien à foutre, Michel. Je veux dormir, tu comprends ?

– C'est un gros problème.

Il a fait demi-tour et a disparu dans son appartement.

– Qu'est-ce que tu attends ? Entre !

Il a claqué la porte derrière moi. Je suis allé m'asseoir dans la cuisine. J'ai entendu un bruit de douche. Igor est revenu, dégoulinant d'eau, enveloppé dans un drap de bain comme un empereur romain. Il était de mauvaise humeur et s'est préparé un café.

– J'espère pour toi que tu as un vrai gros problème, a-t-il maugréé.

7

Au diable les principes s'il suffisait d'une pilule pour avoir une vie normale. Avec le sommeil, Leonid récupéra sa vitalité disparue et rajeunit de dix ans. Il sortit à nouveau avec ses amis et se remit à faire la fête. On retrouva le Leonid d'avant-guerre, bel homme et séducteur, qui captivait une assemblée jusqu'au petit matin en racontant des histoires drôles. Après les guerres, et celle-là avait été une hécatombe, les femmes sont plus nombreuses que les hommes et ce colonel célibataire, auréolé de ses décorations prestigieuses, était un bon parti. Leonid n'avait nulle intention de se laisser passer la bague au doigt et profitait de sa bonne fortune. Sa compagnie était recherchée. Il était invité dans les nombreuses fêtes qui animaient les nuits de Leningrad. Les survivants avaient besoin de rattraper le temps perdu et de profiter de la vie.

La reconstruction de la ville et des monuments détruits mobilisait les énergies. Au cours d'une soirée pour le lancement des travaux du Kirov, il rencontra Sonia Viktorovna Petrovna qui travaillait à la restauration des staffs du palais d'Hiver. Difficile d'imaginer couple plus différent et personne n'a compris comment ils avaient fait pour se plaire. Ils n'avaient aucun goût en commun, ne partageaient aucune idée, étaient en désaccord sur tout, mais deux choses les rapprochaient : Sonia faisait l'admiration de Leonid car elle buvait autant que lui sans être soûle et ils avaient une entente physique parfaite. Ils se marièrent deux mois plus tard. L'officier de l'état civil et l'assistance furent impressionnés par le message chaleureux de félicitations que leur envoya Staline. Un mariage simple, à la soviétique, arrosé de vodka, avec la photographie traditionnelle devant la statue équestre de Pierre le Grand qui venait d'être restaurée.

Leonid était un militaire matérialiste, un fils de la révolution, un communiste à la foi inébranlable pour qui se poser la question de savoir si le Parti avait raison était aussi saugrenu que de se demander si un et un faisaient trois. Sonia était une idéaliste qui avait vu sa famille et ses amis décimés par la guerre et les arrestations et haïssait les communistes. Leonid n'était pas comme les autres. Il y avait dans ce colonel bardé de décorations une fragilité et une vulnérabilité qui la bouleversaient. Il se blottissait contre elle et oubliait ses angoisses. Elle avait toujours froid, même en plein été. Il la prenait dans ses bras et la réchauffait. Il s'endormait au petit jour. Elle n'osait pas le réveiller.

Leonid savait qu'une révolution technologique se préparait et il voulait en être. Depuis la fin de la guerre et grâce aux matériels et aux chercheurs allemands récupérés par l'Armée rouge et au département des opérations scientifiques du NKVD[1], les constructeurs soviétiques se livraient une guerre acharnée pour être le premier à faire voler un avion à réaction. Après de longues tergiversations, le commissariat à la Défense avait sélectionné deux bureaux d'étude pour développer le projet d'un avion de chasse pouvant atteindre une altitude de 12 500 mètres, avoir une autonomie d'au moins 700 kilomètres et voler à plus de 850 kilomètres-heure, une vitesse et des caractéristiques démentielles qui donneraient au pays un avantage décisif dans l'hypothèse probable d'une guerre contre les anciens alliés. Leonid devait opérer un choix stratégique. À quel constructeur s'adresser ? Au solide Yakovlev ou aux jeunes ingénieurs Mikoyan et Gourevitch qui semblaient disposer de moyens et de relations illimités ? On disait le plus grand bien de leur nouveau Mig mais il n'avait pas eu de contact avec eux. Leonid

---

1. Le NKVD, service de sécurité et police secrète soviétique, sera scindé en MGB et MVD en 1946 et rebaptisé KGB en 1953.

connaissait Alexander Yakovlev. Il avait piloté tous ses avions, du Yak 1 du début de la guerre à la dernière version du Yak 3, et il lui avait donné de précieuses indications pour leur permettre d'évoluer. Yakovlev ne fut pas surpris de sa demande. Il connaissait ses qualités et accepta de l'intégrer dans son équipe de pilotes d'essai. Il lui présenta le prototype de l'avion à réaction du futur, le Yak 15. Leonid ne donna aucune explication à Sonia si ce n'est que de nouvelles fonctions l'appelaient à Moscou. Elle ne pouvait pas l'accompagner. Il s'attendait à des reproches. Elle se résigna à une longue séparation. Il préparait les formalités administratives de son départ quand il reçut un appel téléphonique de Yakovlev :

– Il y a un problème, Leonid Mikhaïlovitch. Je suis dans l'obligation d'annuler notre projet.

– Pourquoi ?

– C'est un ordre de Timochenko. Je suis désolé.

Le commissaire du peuple à la Défense avait une réputation détestable. Rovine lui déconseilla de chercher à avoir des explications. Leonid, furieux, était décidé à passer outre à l'interdiction et à intégrer l'équipe de Yakovlev. Il obtint un rendez-vous et fit le voyage à Moscou, où Semion Timochenko le reçut avec amabilité.

– Il est impossible de te laisser intégrer l'équipe de Mig ou Yakovlev. La mortalité chez les pilotes d'essai est si élevée qu'il n'est pas question qu'un héros de l'Union soviétique risque sa vie dans une activité aussi dangereuse.

– J'ai pris plus de risques pendant chaque jour de guerre.

– Sur les quatre-vingts pilotes de ta promotion, tu es le seul à avoir survécu. Tu fais partie des cinq pour cent de survivants des soldats russes qui ont commencé **la** guerre.

Imagine ce qu'on dirait s'il t'arrivait un accident. Il faut laisser la place aux jeunes. Et les pilotes d'essai sont célibataires.

– Je divorce demain matin.

– Inutile.

– Je peux encore servir mon pays.

– Tu auras l'occasion de le faire.

– Je veux voler. Je vais être obligé de m'adresser à qui tu sais.

– Il m'a dit qu'il me rendrait responsable s'il t'arrivait quoi que ce soit.

On proposa à Leonid le commandement d'un régiment aérien. C'était un honneur pour un homme de son âge. Il ne sauta pas de joie à l'idée de cette promotion. L'obéissance des militaires n'est souvent que de la résignation. Il aurait dû comprendre que le moment était venu pour lui de se ranger. Malgré sa notoriété et ses médailles, il avait envie de se mettre aux commandes d'un avion et de piloter, de se retrouver en tête à tête avec le ciel immense pour lui seul. Ses amis lui disaient qu'il devait passer à autre chose, faire des enfants à Sonia, fonder une famille. Il leur répondait qu'il se sentait comme un oiseau en cage et allait mourir d'ennui si on l'enfermait dans un bureau.

À l'automne 46, Leonid apprit que la compagnie d'aviation civile Aeroflot cherchait des pilotes pour assurer les nouvelles lignes qui allaient être ouvertes. Il présenta sa candidature, persuadé qu'on allait l'accueillir à bras ouverts. On le refusa. Il n'avait pas de brevet civil. Il demanda un congé et s'inscrivit à l'Institut aéronautique civil de Leningrad. Le plus dur fut d'apprendre à parler l'anglais. Il obtint son brevet du premier coup. La compagnie rejeta une nouvelle fois sa candidature, sous prétexte qu'elle était draconienne sur la sobriété de ses pilotes, ce qui fit rire longtemps sur le tarmac de l'aéroport de Cheremetievo. Cette fois, il s'adressa à qui de droit. Leonid Krivochéine fut un des rares pilotes, le seul de ce grade, à démissionner de l'Armée rouge pour intégrer Aeroflot où il fut engagé comme commandant en second sur le nouvel Iliouchine 12 qui venait d'être mis en service sur la ligne Moscou-Londres.

L'année suivante, il passa premier pilote. Aux commandes de son avion, il était l'homme le plus heureux du monde. Il ajouta une réputation justifiée de séducteur à ses titres de gloire. Aeroflot le prit comme symbole de sa nouvelle campagne et sa photographie, dans son bel uniforme bleu marine, ornait les affiches publicitaires de la compagnie. Leonid était un héros. Tous les Russes connaissaient son nom et ses faits d'armes. Les enfants jouaient à l'imiter. Il avait sa photo dans les livres de classe. On parlait de lui avec le respect que les hommes doivent aux demi-dieux et il serait encore un héros du peuple si, lors d'une escale à Orly, il n'avait rencontré Milène Reynolds.

8

Il était midi. Igor m'avait écouté avec attention, posé trois questions et il avait fini la cafetière.

— Tu aurais pu m'en parler avant.

— J'ai essayé. Ce n'est pas facile d'arriver et de déballer ses petits problèmes comme un VRP. D'après toi, c'est grave ?

– Comment savoir ? Avec l'armée, c'est dans tous les pays pareil. Le secret. Même quand ça ne sert à rien. La priorité, c'est de prévenir ton père. Si on l'appelle à son hôtel, la police saura que ton frère est à Paris. On doit lui parler ailleurs.

– Chez mon oncle Maurice.

– Trop risqué. Il faut être plus rapide que la police. Laisse-moi un peu de temps. Je vais demander des tuyaux à un spécialiste.

– Je crois savoir qui c'est.

– Si tu sais, tu l'oublies.

Il a quitté la cuisine et il est revenu avec une liasse de billets qu'il a posée sur la table.

– Il y a soixante-dix mille francs.

– Sept cents francs, tu veux dire.

– Je n'arrive pas à me faire aux nouveaux francs.

– C'est beaucoup. Je vais prendre trois cents francs. En attendant que mon père revienne, ça devrait lui suffire.

– Prends tout. On ne sait pas ce qui peut arriver. S'il en a besoin, ça l'aidera.

– C'est une grosse somme, je ne sais pas si je pourrai te rembourser et je ne peux pas m'engager pour mon père.

– C'est sans importance. Ce n'est que de l'argent.

– Je te remercie, Igor, pour ce que tu fais. Je ne l'oublierai pas.

– Tu as de la chance, Michel, mais ce n'est pas pour toi que je le fais.

– Ce n'est pas pour mon frère, tu ne le connais pas.

Igor a versé dans sa tasse un fond de café, s'est levé et en a refait.

– Tu vois, quand j'ai quitté l'URSS, il y a dix ans, je n'avais pas préparé mon départ. J'ai dû fuir très vite. J'ai abandonné ma femme, mes enfants, mon travail. Je me suis décidé en une minute. Ou je partais sur-le-champ, ou c'était le peloton. Je n'avais rien. Je suis parti avec une miche de pain. J'ai eu de la chance. En chemin, j'ai rencontré une personne qui m'a aidé. Un paysan d'un kolkhoze forestier de Carélie. Il savait que j'étais un fugitif. Il aurait pu m'abattre ou me livrer. Il m'a indiqué le chemin vers la Finlande en évitant les gardes-frontières. Il m'a donné des biscuits et des harengs séchés. Quand je lui ai demandé son nom pour le remercier, il m'a dit que je n'avais pas besoin de le savoir, que s'il l'avait pu, il serait parti avec moi, et qu'il me demandait de me souvenir de lui qui restait là.

– Tu ne parles jamais de ta famille.

– Ni moi ni les autres. On y pense chaque jour, chaque heure. On n'a aucun espoir de les revoir. C'est impossible, irréaliste et dangereux. On ne dit rien. On les garde au fond de notre tête. Il n'y a pas un instant où je ne me demande pas ce que font ma femme ou mes enfants. Je sais qu'eux aussi pensent à moi. Et c'est insupportable.

Il est resté silencieux, yeux baissés.

– Prends ce pognon et arrête de me les casser avec tes états d'âme. On se laisse un message au Balto.

Inutile de me présenter au bahut sans une lettre d'excuse. Je me demandais ce que je pourrais bien raconter à Sherlock pour cette absence injustifiée. Sans un mot de mon père, il me faudrait un motif original ou un certificat médical. Deux choses impossibles à trouver. Dès le lendemain, j'allais devoir surveiller le courrier pour intercepter la lettre du lycée. Je me suis rendu au Balto. J'ai attendu dans mon coin. Je n'arrivais pas à fixer mon attention sur *L'Arrache-cœur.* Vers trois heures, Igor est arrivé.

– Ne t'inquiète pas. Je sais comment il faut faire.

– Comment ?

Il sortit de sa veste une feuille noircie recto et verso d'une fine écriture.

– J'ai pris des notes. Viens, on va essayer.

On est allés à la poste de l'avenue du Général-Leclerc. Igor a demandé à la téléphoniste un numéro à Alger. On a eu la communication au bout d'un quart d'heure.

– Hôtel Aletti, bonjour.

– Je voudrais parler à M. Marini, s'il vous plaît.

– Il est sorti. Sa clé est au tableau.

– Vous savez quand il revient ?

– Il ne nous a rien dit. Il va souvent déjeuner au restaurant de l'Amirauté.

– C'est loin de chez vous ?

– Un kilomètre.

– Je vous remercie. Je rappellerai.

Igor raccrocha.

– Tu aurais pu demander le téléphone de ce restaurant.

– Ce n'est pas possible. J'ai le numéro de téléphone d'un bar qui se trouve à cinq minutes de son hôtel. Il faut qu'il y aille. La police n'aura pas le temps de le mettre sur écoute.

On a essayé toutes les vingt minutes. La téléphoniste connaissait le numéro par cœur et le réceptionniste de l'hôtel abrégeait d'un « Désolé, monsieur, toujours pas rentré ». On voyait le temps avancer avec appréhension. Igor devait récupérer son taxi. Il me fallait retrouver Franck à six heures et être rentré avant ma mère. À cinq heures et quart, nouvelle tentative.

– Il est arrivé. Ne quittez pas, je vous le passe.

On a attendu quelques instants. J'ai entendu la voix de mon père dans l'écouteur :

– Paul Marini, j'écoute.

– Monsieur Marini, je suis un ami. J'ai des informations pour vous.

– Qui êtes-vous ?

– Je suis avec une personne qui était avec vous lors de l'incorporation de votre fils Franck. Vous êtes arrivé en retard à cause d'une panne sur votre DS. Vous êtes rentrés à pied et il tombait des trombes d'eau. Vous voyez de qui je veux parler ?

– Oui. Que voulez-vous ?

– Vous devez vous rendre sur-le-champ au Grand Café. Comptons dix minutes. On se retrouve là-bas. Au bar. C'est d'accord ?

– J'y serai.

Igor a raccroché et demandé à la téléphoniste le numéro de téléphone du Grand Café à Alger. Pour des raisons inconnues, il lui a été impossible d'obtenir la communication. Encombrement de lignes. Ou un attentat. Ça ne passait pas. Il ne fallait pas s'exciter, ça arrivait vingt fois par jour. Le temps s'écoulait et on s'énervait. Il était six heures moins vingt. Je voyais arriver le moment où j'allais devoir abandonner Igor sans pouvoir parler à mon père.

– Ce n'est pas grave, me dit Igor. Si on ne l'a pas d'ici dix minutes, rejoins ton frère et donne-lui l'argent. C'est le plus urgent. Ton père, je lui parlerai. Espérons qu'il attendra.

Un retraité a fait des histoires. Nous monopolisions le guichet. Il s'impatientait de ne pouvoir accéder à la préposée.

– Les lignes sont encombrées.

– Moi, j'appelle à Amiens.

– Vous attendrez votre tour, monsieur, lui répondit-il sans se démonter. Un peu de patience.

– Igor, je peux te demander encore quelque chose ?

– Si c'est légal, j'accepte.

– C'est pour le lycée. J'ai manqué la journée et je n'ai pas d'excuse. Si je fais le con, je risque de me faire virer.

– Ne compte pas sur moi pour imiter la signature de ton père.

– Si je jouais la franchise avec Sherlock ? Je vais le voir dans son bureau. Je lui dis la vérité : « Voilà, Franck est un fugitif, un déserteur. Il m'a demandé de l'aider. Je ne pouvais pas l'abandonner. » Il le connaît et il l'apprécie. Un surveillant général doit pouvoir comprendre ça. Non ?

– Autant aller le dénoncer à la police. Il y a un principe fondamental de survie sur cette terre. Si tu avais vécu de l'autre côté, il serait vissé au fond de ton crâne : ne jamais faire confiance ! À personne ! Tu m'entends ? C'est un mot meurtrier. Il a tué des milliers de couillons dans ton genre.

– Même à quelqu'un que tu connais ?

– Même à ton père, à ta mère, à ton frère ou ta femme.

– Toi, je te fais confiance.

– Je n'aurais rien à gagner à te dénoncer. Tu crois que j'hésiterais une seconde à vous balancer, toi et ta famille, si la police me menaçait de me retirer ma carte de réfugié politique ?

Je l'ai dévisagé. Son regard était imperturbable.

– Tu plaisantes, Igor ?

– Pour Alger, cabine 5, lança la téléphoniste.

On se précipita dans la cabine. Igor décrocha le récepteur et moi l'écouteur.

– Grand Café, j'écoute, fit une voix de femme.

– Bonjour, madame, je voudrais parler à un de vos clients, M. Marini. Il se trouve au bar.

On entendit la femme qui interrogeait :

– Il y a un M. Marini ?

– Oui, c'est moi.

– Qu'est-ce que vous faites ? cria mon père. J'allais partir.

– Il n'y avait pas de ligne, expliqua Igor en me passant l'appareil.

– Papa, c'est moi. Je suis avec un ami. La ligne de l'hôtel est sur écoute et celle de l'appartement aussi. On doit surveiller ce qu'on dit. Ici, ils ne peuvent pas nous écouter. Franck est à Paris. Je l'ai vu ce matin.

– Comment il va ?

– Il a l'air fatigué et tendu. Il a besoin d'argent. Il n'avait rien mangé depuis hier.

– Donne-lui ce que tu as.

– Est-ce que je peux en demander à maman ?

– Il ne vaut mieux pas. Donne-lui ton argent, je vais revenir.

– Le monsieur qui t'a parlé peut me donner de l'argent pour Franck. Tu le rembourseras ?

– Évidemment. Je rentre à Paris dès que je trouve une place d'avion.

Igor me prit le téléphone des mains et parla en jetant des coups d'œil à sa feuille :

– Monsieur, je suis l'ami de Michel. Vous ne devez pas prendre l'avion. La police le saura. En plus, les vols sont complets. Retournez à votre hôtel. Dites que vous avez eu des nouvelles de votre fils, qu'il a réussi à passer au Maroc et que vous partez le retrouver. Si le réceptionniste vous questionne, dites-lui qu'il est à Tanger. Ne donnez pas de détails. Ne prenez pas de taxi. Vérifiez que vous n'êtes pas suivi. Allez au port d'Alger Il y a un bateau, le *Lyautey*, qui part ce soir pour Marseille à vingt et une heures. Ils ne demandent pas les papiers d'identité à l'embarquement. Achetez un billet de seconde et payez en espèces. Ne parlez à personne. À Marseille, prenez le train pour Paris. Vous voulez que je répète ?

– Vous êtes des services secrets ou quoi ?

Je me suis précipité rue Laplace. Je suis arrivé au Bois-Charbon un peu après six heures. Franck n'était pas là. Je me suis installé au fond du café à la place où nous étions le matin. J'ai commandé un panaché bien blanc. Le patron jouait au 421 avec le même client et, au comptoir, j'ai reconnu les mêmes têtes patibulaires. Peut-être que c'étaient des flics et qu'ils allaient me sauter dessus. J'ai attendu. Franck ne venait pas. Avait-il eu un problème ? Comment savoir s'il avait été arrêté ? Difficile de demander au patron s'il l'avait vu. Je suis resté jusqu'à l'extrême limite du possible. Je devais être rentré à sept heures moins le quart. Je n'avais que les billets remis par Igor. Le patron a dévisagé le napoléon d'un air soupçonneux. Il m'a rendu la monnaie sans rien dire. Sur le chemin, je me suis retourné à plusieurs reprises. Je ne l'ai pas vu. Je suis arrivé cinq minutes avant ma mère. Je l'ai rejointe dans la cuisine où elle préparait le dîner.

– Qu'as-tu fait, Michel, aujourd'hui ?

– On a eu maths et français. La prof d'anglais est malade.

– Encore !

– Et toi, ça va au magasin ?

– On ne sait plus où donner de la tête. Avec l'absence de ton père, on perd des commandes chaque jour.

– Je pense qu'il va rentrer bientôt.

– Espérons. En plus, j'ai un séminaire la semaine prochaine et je n'ai pas envie de le rater.

– Dis-moi une chose, maman, tu es vraiment fâchée contre Franck ?

– Fâchée ?... Non.

– Tu n'en parles pas. Tu n'as pas l'air de t'inquiéter.

– Je ne peux plus rien pour lui. Mais c'est mon fils, il le restera toujours, quoi qu'il ait fait.

– S'il te contactait, que ferais-tu ?

– Je lui dirais d'assumer ses actes.

– S'il te demandait de l'aide ?

– Je lui conseillerais de se rendre à la police et de faire confiance à la justice de son pays. Il n'y a pas d'autre solution pour lui. Pourquoi ces questions ?

– On n'en avait jamais parlé. Je ne savais pas ce que tu pensais.

Ma mère a téléphoné à l'hôtel Aletti. On lui a dit que mon père avait quitté l'hôtel. Elle a été surprise d'apprendre qu'il était parti au Maroc.

9

Depuis Moscou, l'Iliouchine 12 volait au-dessus d'une masse compacte de nuages. À l'est, un soleil blanc éclairait un ciel immaculé. Face à ce spectacle magique, Leonid et Sergueï, son copilote, en oubliaient le vacarme abrutissant des moteurs.

– Tu as des projets pour ce soir ? demanda Leonid.

– J'ai envie d'aller au cinéma. Au moins, à Londres, on peut voir des films américains.

Il se tourna vers le radio qui, à l'arrière du poste de pilotage, était absorbé dans son travail et n'écoutait pas, pour une fois, leur conversation. Alexandra, la nouvelle hôtesse de l'air dont on disait, avec raison, qu'elle avait le plus beau derrière de la compagnie, leur apporta du thé brûlant et des biscuits. À l'instant où elle donnait la tasse à Leonid, celui-ci tendit l'oreille d'un air inquiet.

– Vous entendez, Alexandra Viktorovna ?

– Rien de particulier, mon commandant.

– Je vous l'ai déjà dit, ma petite, appelez-moi Leonid.

– Mon commandant, il y a un bruit bizarre sur le moteur numéro 2, comme si un type tapait avec un petit marteau ! lança Sergueï, affolé.

Leonid tendit l'oreille et fit une moue catastrophée.

– Camarade copilote, il faut confisquer le marteau au type du moteur numéro 2 !

Sergueï manipula des boutons. Des voyants s'allumèrent et s'éteignirent.

– Petit marteau confisqué au type du moteur numéro 2, mon commandant.

– Et voilà, Alexandra. Plus de bruit. Vous avez beaucoup de chance de m'avoir dans cet avion.

– Mon commandant, j'entends des gémissements qui proviennent du moteur numéro 2.

– Sergueï Ivanovitch, le moment est venu de rendre le petit marteau au type du moteur numéro 2.

Sergueï manipula les mêmes boutons.

– Marteau rendu, mon commandant. Le type demande une faucille.

Ils éclatèrent de rire. Le radio se leva et tendit une dépêche à Leonid.

– Mauvaises nouvelles de Londres, mon commandant, fit le radio.

Si le smog de l'hiver 52 fut le plus meurtrier, avec quatre mille morts dus au gaz sulfureux des centaines de milliers de poêles au charbon, des gaz d'échappement et des rejets industriels, celui de l'hiver 51 restera dans les annales comme un des pires qu'ait connus la capitale britannique. On ne voyait rien à vingt mètres et ça puait l'œuf pourri. Les Londoniens, qui en avaient vu d'autres, se racontaient de délicieuses blagues sur les bains fortuits dans les eaux de la Tamise, un peu fraîches en cette saison, n'est-ce pas, et s'encourageaient en se rappelant que, grâce à ce brouillard fantomatique, Claude Monet avait inventé l'impressionnisme. À plusieurs reprises, Londres fut coupée du reste du monde. Aucun avion ne pouvait se poser à Heathrow. Ce mardi 9 janvier 51, quand Leonid reçut l'ordre de se dérouter sur Paris, il pensait se poser au Bourget. L'aéroport parisien était saturé par ces arrivées inattendues et il fut détourné sur Orly. En cette fin de journée, personne ne pouvait lui donner d'indication sur la durée de leur immobilisation. Leonid craignait la mauvaise humeur de ses passagers. L'annonce de ce retard ne provoqua aucune réaction négative en cabine. Sur les deux douzaines de Russes, Leonid transportait un vice-ministre et une délégation de sept membres du Soviet suprême qui décidèrent de profiter de ce contretemps météorologique pour développer les relations franco-soviétiques. Il fallait trouver des taxis et un hôtel pour la délégation. Y aurait-il des places au Meurice ?

Dans l'aérogare, la délégation du Soviet suprême prit d'assaut le seul guichet ouvert où rien n'était prévu pour les accueillir. Une femme jeune et altière, vêtue de l'uniforme d'Air France en serge de laine bleu pétrole avec sa veste à soufflets et son béret en feutre, affichait un sourire imperturbable. Deux des représentants du peuple avaient des notions de français qu'elle mettait une mauvaise volonté évidente à ne pas comprendre.

– Ici, vous êtes à Air France. Pas à l'office du tourisme, répondait-elle sans se départir de son sourire exaspérant.

– Où office tourisme ?

– À cette heure, il est fermé. Essayez sur les Champs-Élysées.

– Vous téléphoner Champs-Élysées.

– Vous pouvez utiliser les cabines publiques, un peu plus loin dans le hall.

Ils y allèrent. Le bureau des PTT obéissait aux horaires nationaux. L'opératrice avait fermé son rideau métallique. La responsable d'Air France refusa qu'on utilise son téléphone.

– C'est une ligne interne réservée au service.

– Moi plaindre compagnie, rugit le vice-ministre.

– Vous devez vous adresser au bureau des réclamations.

– Où bureau ?

– Au premier étage. Il est fermé. Il ouvrira demain.

Leonid arriva au comptoir d'Air France avec les quatre membres de son équipage au moment où le vice-ministre insultait en russe la responsable. Et ce qui l'énervait le plus, c'était ce sourire qui ne la quittait pas. Leonid resta un instant à détailler cette femme à la beauté sculpturale. Elle avait le front large, de longs cheveux auburn qui tombaient en boucles sur les épaules, des yeux bleu turquoise et des sourcils immenses. Il avait l'impression confuse de l'avoir vue auparavant. Si j'avais rencontré cette femme, je saurais où et quand. Je n'aurais pas oublié ce visage, pensa-t-il. Elle ressemblait à une actrice américaine. Au cinéma, Leonid ne mémorisait pas le nom des artistes, à part Chaplin et Laurel et Hardy. La seule comédienne qu'il identifiait était Greta Garbo. Cette femme, c'était son contraire. Apostrophé par le vice-ministre, il lui promit qu'il allait arranger les choses avec elle.

— Moi pas parler français, lui dit-il avec son sourire le plus convaincant.

Il poursuivit avec son anglais aéronautique. Ses explications laborieuses se heurtaient à un mur. Elle parlait un anglais sans accent.

— Vous, française ou anglaise ?

— Ma nationalité ne vous regarde pas.

— Pouvez-vous parler moins vite ?

— Je vais vous le répéter une dernière fois. Vous êtes à Orly, pas au Bourget.

— C'est à cause du brouillard sur Londres.

— Je n'ai reçu aucune instruction. Mon service est terminé.

— Vous devez nous aider.

— Vous êtes à Air France, pas à Aeroflot.

— Nous sommes perdus, nous ne savons pas où aller.

— Je ne suis pas une agence de voyages.

— Je vais être obligé de prévenir l'ambassade.

– Vous pouvez téléphoner au pape et au président des États-Unis. Et arrêtez de me sourire de cette façon idiote, vous vous prenez pour Cary Grant ?

La femme tira la grille de son comptoir, la verrouilla à clé et disparut dans un bureau. Le vice-ministre et la délégation mirent cet incident sur le caractère pimenté des femmes françaises, ce qui laissait augurer un séjour plus agréable qu'à Londres. L'aérogare se vidait. Ils se précipitèrent à l'extérieur et s'engouffrèrent dans des taxis. Les cinq membres d'équipage se retrouvèrent face au dernier, qui refusa de tous les embarquer : il n'avait que quatre places disponibles. Ils insistèrent et lui promirent un gros pourboire. Il refusa et mit un point d'honneur à justifier la réputation des taxis parisiens.

– Trois à l'arrière et un devant. Dépêchez-vous ou je m'en vais !

Un commandant de bord doit s'assurer de la sécurité de son équipage. Il les laissa partir et guetta un taxi qui avait peu de chances d'arriver. Il patientait avec résignation quand il vit une 203 blanche passer à côté de lui, s'arrêter et faire marche arrière. La vitre passager se baissa et la responsable d'Air France apparut. Leonid sentit une bouffée d'optimisme l'envahir. Il s'avança.

– Vous allez à Paris ? lui demanda-t-elle avec un sourire énigmatique.

– Vous me sauvez la vie.

– Désolée, je ne suis pas taxi. Comme je suis dans un bon jour, je vais vous indiquer le chemin. Vous allez tout droit et vous trouverez la nationale 7. Vous la prenez sur votre droite. Vous attraperez peut-être un taxi ou un bus. Sinon, Paris n'est pas loin. Vous ne pouvez pas vous tromper. Vous avez de la chance. Il ne pleut pas. Vous voyez, il ne faut pas grand-chose pour qu'un homme arrête de faire le beau. Dix kilomètres à pied et finis les sourires. À quoi ça tient !

Elle démarra. Il la vit disparaître. Il trouva la nationale où les voitures roulaient comme des bolides. Il tendit le pouce. Aucun véhicule ne s'arrêta. Il poursuivit sa route. Il avançait en faisant du stop. À un croisement, après une demi-heure, un panneau indiquait : « Paris : 11 km ». Il releva le col de son blouson. Sur le côté droit de la route, il aperçut une tache blanche qui, au fur et à mesure, prenait la forme d'une voiture. La 203 gisait sur le bas-côté, le pneu avant gauche éventré. La femme faisait des signes de main aux voitures qui la frôlaient. Les pans de son manteau volaient. Quand elle vit Leonid, elle s'immobilisa et remit de l'ordre dans sa tenue.

– Bonsoir, dit-elle. Je ne pensais pas vous revoir si vite.

– Vous avez de la chance, il ne pleut pas.

– Je n'ai pas vu le nid-de-poule.

– Je croyais que les trous sur les routes, c'était en Russie. Grâce à vous, à l'avenir, je serai attentif. Vous ne changez pas la roue ? Il doit y avoir un mode d'emploi dans la boîte à gants.

Elle lui montra la manivelle qui gisait près de la roue cre vée.

– C'est impossible. Je n'y arrive pas. Vous pouvez m'aider ?

– Désolé, je suis commandant de bord, pas dépanneur.

– Vous n'êtes pas galant.

– Moi ! Au contraire ! Je vais vous rendre service. Vous devez chercher un garagiste. Si vous continuez sur cette route, vous trouverez un garage. Maintenant, ils sont fermés. Ils vous dépanneront demain matin.

– Profitez-en. Défoulez-vous.

– Une petite crevaison, et hop : un sourire.

Cette femme avait un regard qui le troublait. Leonid se sentait tout petit. Souvent, au cours des années suivantes, et jusqu'à sa dernière heure, il repenserait à cet instant précis où sa vie avait basculé. Il se souvenait de l'interminable silence qui avait suivi cette dernière phrase, d'avoir hésité, que son ange gardien lui avait dit : « Réagis, Leonid Mikhaïlovitch. Tu vas te faire avoir. Tu n'es pas de taille. Elle va te manger vivant. Continue vers Paris. Sauve-toi. Laisse-la se débrouiller avec son pneu crevé. » Pourquoi ne l'avait-il pas écouté ? Au hasard des époques, les réponses changeaient. Longtemps, il pensa que la voix de notre mauvaise conscience était faite pour ne pas être obéie. Sinon, le remords n'existerait pas et une vie sans regrets n'a pas d'intérêt. Ensuite, il avait conclu qu'aucun homme ne pouvait résister à un pareil sourire ou ce n'était pas un homme. Aujourd'hui, il se disait qu'il avait été con, comme tous les hommes sont cons devant un sourire de femme. Leonid se baissa, ramassa la manivelle pour changer la roue, et ses ennuis commencèrent.

Impossible d'enlever l'enjoliveur, de dévisser les écrous, de trouver l'emplacement où bloquer le cric, de le lever avec la manivelle. À croire qu'un ingénieur sadique avait juré d'assassiner celui qui essayerait d'aider une femme en peine. Pendant la guerre, Leonid avait changé des moteurs d'une demi-tonne, des pneus d'avion plus lourds que lui, des trains d'atterrissage en miettes, rectifié et raccordé des pièces incompatibles, ce n'était pas une Peugeot qui allait le ridiculiser. Il s'arc-bouta, se bloqua les reins, cria, s'arracha la peau des doigts, il ne put bouger les écrous, à croire qu'ils étaient soudés. Il hurla, entendit ses vertèbres craquer. Ses muscles se déchiraient. Son sang se bloquait dans son cerveau. L'air manquait à ses poumons. Une seconde avant l'explosion de son cœur, il réussit à en faire bouger un. Les trois autres lui demandèrent autant d'efforts.

Une heure plus tard, il était en nage, les genoux meurtris, les mains et le visage noirs de crasse et de cambouis, son pantalon et sa chemise souillés de terre, de graisse et de transpiration. Il se redressa, tremblant, le souffle court.

– Vous n'y seriez pas arrivée, observa-t-il, épuisé.

Elle s'approcha de lui, essuya son front maculé de sueur. Sa main caressa son visage. Elle se colla contre lui. Il sentit un parfum qu'il n'avait jamais respiré, une odeur lointaine d'Orient et d'horizon en flammes. Elle lui passa les mains autour des épaules, l'attira vers elle et posa sa bouche sur sa bouche. Il la prit dans ses bras avec la force qui lui restait. L'époque était aux longs baisers. Le leur dura une éternité. Les voitures qui passaient klaxonnaient. Ils n'entendaient rien.

Après le plus long baiser de sa vie, il y eut la plus longue nuit. Leonid, qui en avait connu de nombreuses, à Leningrad et Moscou, qu'il qualifiait de sublimes, phénoménales, époustouflantes, mémorables ou ahurissantes, ne trouva aucun adjectif pour caractériser cette nuit qui le laissa sans voix. Comme si, dans ses ténèbres, il s'était approché du tabernacle interdit et avait été marqué à jamais au fer rouge.

10

Mon père est arrivé au mauvais moment. Le commissaire Bourrel allait révéler le nom du meurtrier. On attendait avec impatience les cinq dernières minutes pour avoir la solution de l'énigme policière. À l'instant fatidique, la porte d'entrée a claqué et il s'est engouffré dans l'appartement sans aucune considération pour le suspens criminel. Il ressemblait à un homme qui n'a pas dormi depuis deux jours, a voyagé debout dans un couloir bondé, pas rasé et pas aimable. Sans répondre aux questions de ma mère, il s'est précipité dans la douche et nous avons attendu une demi-heure à la porte de la salle de bains.

– Alors, Paul ? a demandé ma mère.

– Je ne l'ai pas retrouvé.

– Je te l'avais dit. C'était inutile d'aller là-bas. Quelle perte de temps.

Ils sont partis se coucher. On était embêtés, on ne saurait jamais qui avait tué le marchand de fromage.

En pleine nuit, mon père m'a rejoint dans ma chambre. J'ai senti sa main sur mon épaule. Il n'a pas voulu allumer la lampe. À voix basse, je lui ai raconté ce qui s'était passé après l'appel téléphonique d'Igor. Comment j'avais manqué Franck et comment il s'était manifesté le lendemain matin sur le chemin d'Henri-IV.

– J'ai raté les cours jeudi, vendredi et samedi matin. Ce n'est pas de ma faute. J'ai réussi à intercepter la lettre du lycée. Il faut que tu fasses quelque chose.

– Je m'en occuperai. Où il se trouve ?

– Il vit dans des caves et il en change chaque jour.

– Et ses amis ?

– Il m'a dit qu'ils le livreraient à la police. Il ne compte que sur nous. Il a peur. Il est méfiant et sur ses gardes. Il a un revolver.

– Pour quoi faire ?

– Il a dit qu'il ne se laisserait pas attraper.

Mon père est resté silencieux. J'entendais sa respiration profonde. Il a murmuré : « Ce n'est pas possible. »

– Vous vous êtes retrouvés de quelle façon ?

En allant au lycée, je n'ai pas vu Franck. Arrivé sur la place du Panthéon, je l'ai entendu, il était derrière moi, à trois ou quatre mètres. C'était sa façon de procéder. Il m'a guidé. On a descendu la rue Mouffetard l'un derrière l'autre. On est allés dans un petit bistrot rue Censier. Je lui ai demandé s'il avait eu un problème la veille.

– T'as du fric ? m'a-t-il demandé, toujours à l'affût.

Je lui ai passé sous la table les sept cents francs d'Igor. Franck ne s'attendait pas à avoir autant d'argent.

– D'où il vient ce fric ?

– C'est un ami qui me l'a prêté.

– Tu lui as dit que c'était pour moi ?

– Comment faire autrement ? Il a réussi à contacter papa qui sera là demain ou après-demain.

– S'il est sur écoute à son hôtel, les flics sauront que je suis à Paris.

– Est-ce que tu vois des flics ? Tu ne prends pas assez de précautions ?

Il n'avait pas l'air content. Il a rejoint le patron, lui a donné de l'argent. Il avait peut-être une ardoise. Il était fébrile.

– Faut qu'on se tire.

Au lieu de s'éloigner, on a attendu à proximité de l'entrée du métro. On faisait semblant de se parler. Franck surveillait le bistrot. Il s'est un peu détendu. On s'est retrouvés au Jardin des Plantes. Il fumait clope sur clope, des Celtiques. Il m'en a proposé une.

– Je ne fume pas. Que s'est-il passé ?

Il ne répondait pas. Il s'est mis à pleuvoir. On s'est réfugiés au Muséum d'histoire naturelle. Il n'y avait personne à part nous. Deux gardiens disposaient des bassines pour récupérer l'eau qui tombait de la verrière. On s'est assis dans la grande galerie face à une girafe naturalisée.

– On était dans l'arrière-pays oranais, sur les hauts plateaux. On tenait la région. Il y avait des petites bandes de fellaghas très mobiles. On n'arrivait pas à les coincer. On débarquait dans les villages. On en ramassait quelques-uns. Les officiers de renseignement les interrogeaient et on les entendait hurler à cent mètres. Ils les massacraient. Des fois, on les traînait dans des hélicoptères qui revenaient à vide. Après l'interrogatoire, on les emmenait faire un tour dans la campagne. On leur disait de se casser. Ils partaient en courant ou comme ils pouvaient et on les dégommait.

– Tu veux dire que tu leur tirais dessus ?

– Ici, ça paraît invraisemblable, là-bas c'est quotidien. C'est cette guerre. Eux, de leur côté, question atrocités, ils ne se gênent pas non plus. Tu es pris dans un engrenage : ne pas les obliger à parler, c'est accepter les attentats et les Français égorgés. Tu finis par te convaincre que tu dois faire un sale boulot pour éviter le pire.

Il n'arrivait plus à parler. J'attendais qu'il continue mais il n'était plus avec moi.

– Que s'est-il passé, Franck ?

– Le capitaine de la compagnie a demandé des volontaires pour la corvée de bois. Personne ne s'est proposé. Il ne pouvait pas y aller seul. Il y avait sept fellaghas. Trois étaient amochés et deux pouvaient à peine avancer. Comme j'étais lieutenant, il m'a désigné pour l'accompagner. Un des Arabes avait un môme de dix ou douze ans qui le soutenait. On était fin novembre et, en plein soleil, il faisait une chaleur à crever. Mon treillis me collait à la peau. On s'est éloignés d'un kilomètre. Il leur a dit de partir. Il en a eu deux. Je lui ai demandé de laisser le môme. Il l'a mis en joue. Les autres se cachaient derrière un arbre. Il attendait qu'ils apparaissent pour les aligner. Je lui ai crié d'arrêter. Il ne m'a pas écouté. Il a eu le père. Je lui ai mis une balle dans la tête. Voilà ce qui est arrivé. Je me suis barré. Ils ont utilisé les grands moyens pour me retrouver. Je suis passé à travers les mailles du filet.

– En France, il y a des juges. Ce n'est pas pareil.

– Au TPFA, ils ont le doigt sur la couture du pantalon. Ils ne jugent pas, ils appliquent les ordres et à la niche. Peut-être qu'avec un juge d'instruction classique et un tribunal civil, j'aurais eu une chance. Là, c'est zéro pour cent. Regarde ce qui s'est passé en octobre, ils ont foutu des centaines d'Arabes à la Seine, et qui a protesté ? Personne. Tout le monde s'écrase. La presse comme les syndicats. Ils font ce qu'ils veulent. Moi, ils ne m'auront pas. Je dois quitter la France. Aller dans un pays où ils ne pourront pas me chercher. Il faut que papa m'aide. J'ai besoin de pognon.

– Il est à cran. Je ne l'avais jamais vu comme ça. Il est parti. Il te contactera.

– Faut dormir, mon grand. C'est bien ce que tu as fait. On va l'aider. On peut être fiers de lui.

Il m'a embrassé dans le noir. Je ne l'ai pas entendu sortir de ma chambre. Je ne savais pas s'il était encore là. J'ai allumé la lampe de chevet. Il n'était plus là.

11

Leonid soupirait, les yeux perdus dans de faméliques cirrocumulus. Sergueï l'observait à la dérobée. Son commandant de bord ne lui parlait pas, ne réagissait à aucune de ses blagues et n'admirait plus le somptueux derrière de la jeune Alexandra. Le radio confirma l'atterrissage à Londres. Le beau temps les attendait.

– Putain de météo, grogna Leonid.

À l'aéroport, il laissa son équipage partir sans lui.

– Je vous rejoins à l'hôtel dès que possible.

Par l'intermédiaire du chef d'escale d'Air France à Heathrow, il réussit à contacter Milène à Orly. Elle ne s'attendait pas à son appel.

– Milène, c'est moi.

– Où es-tu ?

– Je viens d'arriver à Londres. Je suis si heureux d'entendre ta voix. Je n'ai pas arrêté de penser à toi.

– Moi aussi.

– J'ai trente heures de battement avant le vol retour.

– Ce n'est pas long.

– On peut se voir, peut-être ?

– Je t'attends.

– Comment faire ? Je ne peux pas venir à Paris. Je n'ai pas de visa. Si je prends l'avion, ils le sauront.

– J'y avais pensé. J'étais persuadée que c'était fini entre nous.

– Milène, on ne peut pas ne plus se voir. Tu ne veux pas qu'on se revoie ?

– Ne dis pas ça.

– Moi, je ne peux pas bouger. C'est toi qui dois venir.

– Je termine mon service à vingt heures. Je pourrais prendre l'avion pour Londres. Attends, je regarde… C'est impossible, le dernier vient de partir.

– Si tu ne peux pas venir à Londres et que je ne peux pas aller à Paris, on ne se verra plus.

– Si tu faisais Moscou-Paris, ce serait facile.

– Aeroflot n'a pas de ligne sur Paris. Milène, j'ai besoin de toi. Tu comprends ?

– Leonid, ça ne m'amuse pas de te dire ça. Notre histoire est invivable. On a vécu quelque chose de très beau. Continuer serait de la folie. Est-ce que tu te rends compte qu'on est coincés ? On ne peut pas se battre contre la terre entière.

– Je m'en fous. Rien ni personne ne nous empêchera de nous revoir.

– On n'y peut rien, Leonid. C'est impossible.

– Laisse-nous une chance au moins.

– On vit dans des mondes différents et incompatibles.

– Dis-moi que tu ne ressens rien et j'arrêterai.

– C'est compliqué nous deux. Ça ne marchera pas.

– Je ne t'ai rencontrée qu'une fois. Je ne te connais pas, et tu ne me connais pas mais ce qui s'est passé entre nous est plus fort que tout. C'est la première fois que ça m'arrive. Et toi ?

Il y eut un long silence. Que se passa-t-il dans la tête de Milène ? Eut-elle peur de passer à côté d'une aventure exceptionnelle ? Ou était-ce de l'orgueil ? Se dit-elle : Moi, je réussirai là où les autres ont échoué ? Ou a-t-elle soudain cessé de raisonner sans se demander pourquoi les obstacles

insurmontables une minute auparavant semblaient dérisoires, comme effacés par un coup de baguette magique ?
– Tu es à quel hôtel ?
– Le Hyde Park Hotel. C'est dans le centre.
– Vas-y.

Milène arriva à deux heures du matin. Leonid s'était endormi habillé, lumières allumées. Il entendit des petits coups frappés à sa porte, se leva avec peine et, ensommeillé, ouvrit la porte. Il mit quelques instants à réaliser qu'elle se trouvait là, face à lui, avec ce sourire qui l'envahissait. Elle se précipita dans ses bras.

En fin de matinée, inquiet de ne pas voir Leonid qui était toujours le premier debout, Sergueï vint aux nouvelles. Il le découvrit les cheveux en bataille, enveloppé dans la descente de lit, ignorant l'heure, le jour et le lieu où il se trouvait. Par l'entrebâillement de la porte, il aperçut une jambe fine qui dépassait des draps, entendit une voix féminine demander : « What happens, darling ? » et conclut que c'était un mauvais moment pour lui proposer d'aller visiter la Tour de Londres.

Le voyage retour fut gai et détendu. Alexandra eut droit à la collection complète des blagues sur les hôtesses de l'air gelées en altitude.

Désormais, le vol du mardi vers Londres était joyeux. Personne n'était dupe des raisons de la bonne humeur de Leonid qui disparaissait dès l'arrivée et revenait pour les formalités d'embarquement. Nul ne s'en inquiétait. Le MGB[1], informé

---

1. Créé en 1946, le MGB, service secret extérieur soviétique, fusionnera avec la police secrète intérieure MVD et sera rebaptisé KGB en mars 1953.

de la situation par le radio, n'y trouva rien à redire. Un héros de l'Union soviétique a le droit de s'amuser. L'enquête de routine, enclenchée par l'attaché militaire de l'ambassade soviétique, fut bâclée par un agent débordé. Il n'y avait rien à craindre de Milène Reynolds, une Française née Girard, épouse du directeur d'une compagnie d'assurances de la City. Rien dans son rapport sur sa séparation d'avec son mari. Rien non plus sur le retour de Milène à Air France. Il était récent. Ni l'un ni l'autre n'ayant accès à des informations stratégiques, on classa ce dossier succinct, d'autant que l'un avait des relations haut placées.

Une fois par semaine, Leonid retrouvait Milène. Il attendait dans la salle des pilotes de l'aérogare d'Heathrow jusqu'à une heure tardive de la nuit l'arrivée du DC 3 de la Postale qui livrait et récupérait le courrier. Milène avait réussi à convaincre l'équipage de la laisser embarquer dans l'avion-cargo alors que le transport de passagers était interdit par la compagnie. Mais que n'aurait pas fait un commandant de bord pour les beaux yeux de Milène ? Elle savait demander et aucun homme ne refusait. Elle faisait le voyage sur le strapontin en fer puis profita des sacs postaux. Sur le tarmac d'Heathrow, Leonid repérait le bruit du Dakota avant qu'il ne soit visible et n'entame la manœuvre d'approche. Avec le temps, c'était devenu une habitude. Sauf quand il y avait du smog, bien entendu.

Des fois, à cause de la météo, le temps leur était compté. Ils n'allaient pas à Londres et restaient dans un coin de l'aérogare à se parler et se tenir les mains. Et quand ils se séparaient, c'était un déchirement et une crainte. Une semaine à attendre. Milène occupait les pensées de Leonid. Aucune femme n'avait accaparé son esprit. Elle était avec lui nuit et jour. Cette présence lui était douce. Il lui parlait, lui souriait, la caressait à trois mille kilomètres de distance. Elle lui répondait qu'elle pensait sans cesse à lui. Elle avait loué une petite maison à Hounslow. Ils pouvaient rester couchés durant deux jours et deux nuits d'affilée, inséparables, sans presque se nourrir. Ils se promenaient comme deux étudiants dans les parcs de Londres. Milène préférait celui de Greenwich pour ses cèdres monumentaux et ses écureuils intrépides qui venaient manger dans le creux de sa main. Elle l'emmena au British Museum mais Leonid s'ennuyait dans les musées.

Elle lui fit découvrir le cinéma américain. Ils allaient à l'Odeon de Richmond, qui projetait deux films par séance. Il ne comprenait pas tout. Les acteurs parlaient vite. Elle lui expliquait au creux de l'oreille. Une fois, ils allèrent à Covent Garden. Leonid adorait les ballets. Au début, elle était stupéfaite de la quantité de whisky qu'il absorbait sans en être affecté. Les deux premières bouteilles ne lui faisaient aucun effet. À la troisième, son œil s'allumait, il riait pour un rien mais il marchait droit et gardait sa raison. Leonid n'aimait pas boire seul et Milène ne buvait pas. À peine trempait-elle ses lèvres dans le verre. Avec elle, il arrêta de boire. Souvent, ils passaient une partie de la soirée au Black Fox, le pub du quartier. Rien ne les distinguait des habitués. Ils partaient au dernier moment, découvrant l'heure tardive avec stupéfaction, et se précipitaient à Heathrow, elle pour retourner à Paris et lui à Moscou. À la semaine prochaine.

Les congés à Leningrad, autrefois une fête, devenaient pesants. Les parties d'échecs avec Dimitri Rovine, qui le ravitaillait en essence pure d'eucalyptus, lui paraissaient interminables et Leonid les perdait avec indifférence.

– Tu fais des erreurs de débutant. Que se passe-t-il ? Tu as l'air préoccupé.

– Dimitri Vladimirovitch, je peux t'avouer un secret.

– Si c'est un secret, Leonid Mikhaïlovitch, il est préférable de ne rien me dire. Dans notre pays, chacun doit garder ses secrets.

– J'ai rencontré quelqu'un.

– Depuis cinq ans que je te connais, tu as dû avoir une centaine de liaisons, peut-être plus, non ? Je vais te confier un vrai secret, je t'envie.

– Celle-là n'est pas pareille.

– C'est le principal intérêt des femmes. Imagine qu'elles se ressemblent. Il n'y aurait plus besoin de changer. Qu'a-t-elle de différent ?

– Tout.

– Tu as de la chance d'avoir rencontré une femme différente.

– On ne peut pas vivre ensemble.

– Elle est mariée ?

– Ils sont séparés.

– S'il n'y a pas de mari, où est le problème ?

– C'est une Française. Elle vit à Paris.

– Leonid Mikhaïlovitch, tu es fou ! Tu n'avais pas assez de femmes ici ?

– Je n'ai pas choisi. Elle non plus.

– Ça dure depuis combien de temps ?

– Six mois. Je fais la ligne Moscou-Londres et elle travaille à Paris. Elle vient à la sauvette et on se voit pendant mon escale.

– Que vas-tu faire ?

– Que veux-tu que je fasse ?

– Mon pauvre Leonid Mikhaïlovitch, tout compte fait, je n'ai pas envie d'être à ta place.

12

– Cécile, j'ai quelque chose à te dire.

Elle s'est arrêtée de courir, s'est baissée et a repris son souffle en laissant pendre ses bras. Elle m'avait téléphoné le matin, étonnée que je ne vienne plus au Luxembourg.

– Que se passe-t-il, Michel ? Tu m'oublies ? Tu as une petite amie ou quoi ?

J'ai bafouillé :

– Je n'en ai pas. Je suis enseveli sous le travail.

– Attends une seconde, je m'assois et tu me le répètes.

Le lundi précédent, mon père m'avait accompagné au lycée. Il avait vu Sherlock et justifié mon absence par un deuil dans la famille et un enterrement en province. Il mentait avec un tel naturel qu'un instant je me suis demandé qui était mort sans qu'on me prévienne. La nuit, mon père m'avait rejoint dans ma chambre. Franck l'avait contacté quand il sortait de chez un client. Ils avaient discuté longtemps. Il avait essayé de le convaincre de se rendre. Ses arguments s'étaient heurtés à un refus catégorique. Franck voulait de l'argent pour fuir à l'étranger. Mon père lui avait promis de l'aider.

C'était devenu une habitude : quand la maison dormait,

mon père me réveillait et me tenait informé. Seule innovation, Néron nous rejoignait pour ces conciliabules nocturnes et, pour éviter de lui écraser la queue, mon père allumait la lampe de chevet. Quand il ne venait pas, j'attendais qu'on soit seuls au petit déjeuner, je l'interrogeais du regard et il me faisait un signe de tête qui voulait dire qu'il ne s'était rien passé.

Une nuit, il était venu avec une idée à la con. Le genre d'idée qu'on trouve géniale sur le coup et qui se révèle une telle catastrophe qu'on se demande comment elle a pu un jour germer dans un cerveau sain.

– Et si tu en parlais à sa copine ?

– À Cécile ?

– Elle arriverait peut-être à le convaincre.

– Ils sont séparés depuis deux ans. Il l'a plaquée d'une sale façon. Il n'a pas osé lui dire en face qu'il s'engageait et que c'était fini entre eux. Il m'avait dit qu'il lui écrirait pour s'expliquer. Il ne lui a jamais écrit. On n'agit pas comme ça. Elle ne veut plus en entendre parler. À chaque fois que je lui ai tendu la perche, elle m'a cloué le bec.

– Tu ne connais rien aux femmes. C'est quand elles disent non qu'elles pensent oui.

– Ah bon ?

– Crois-moi. Je m'y connais. On n'a rien à perdre. Si elle refuse, on aura essayé. Elle arrivera peut-être à le convaincre de ne pas partir et de se défendre. Elle peut faire ça en souvenir de leur relation. Il n'y a pas besoin d'aimer quelqu'un pour l'aider. Il y a beaucoup de gens qui sont ensemble, se séparent et restent amis.

– Admettons qu'elle accepte. Comment fera-t-elle pour le rencontrer ? Il se cache. Il ne voudra pas la voir.

– Tu te souviens de Sanchez ?

– Votre technicien qui a pris sa retraite ?

– Franck est chez lui. Sanchez vit seul dans un pavillon à Cachan. Il a toujours travaillé pour les Delaunay. J'ai confiance en lui. Il n'a posé aucune question.

– À mon avis, elle refusera.

Cécile me rejoignit sur un banc en face des tennis.

– Alors Michel, qu'y a-t-il ?

Je lui ai raconté l'arrivée des gendarmes le soir de Noël, le départ de mon père en Algérie, le retour de Franck et sa vie de fugitif. Elle m'a fixé d'un œil peu commode. Elle n'a formulé aucun reproche. Elle m'a écouté jusqu'au bout.

– Tu as eu raison de m'en parler.

– C'est normal. Si je ne t'avais rien dit, je me le serais reproché toute ma vie.

Sa main a effleuré ma joue.

– Merci p'tit frère.

J'aurais dû me sentir merdeux. C'est honteux de mentir à quelqu'un qui vous fait confiance. Je n'éprouvais aucune culpabilité, au contraire. Plus tard, j'ai compris que cela n'avait eu aucune importance que je le dise ou non à Cécile et que cette idée vienne de moi ou de mon père, je n'étais qu'un messager. La décision, c'était elle qui l'avait prise. Si elle l'avait voulu, elle aurait haussé les épaules et poursuivi sa course. Elle a décidé d'aller à Cachan. J'ai tenté de l'en dissuader avec des arguments dignes de *L'Armée des ombres*.

– C'est quoi ce délire ? Il faut arrêter la parano.

Elle a pris la ligne de Sceaux et n'a pas voulu que je l'accompagne. Je ne sais pas ce qui s'est passé là-bas. Le lendemain, elle a demandé à voir mon père. On s'est retrouvés à côté de chez elle, à la brasserie alsacienne de la place Saint-André-des-Arts.

– J'ai vu Franck. Il m'a dit que vous prépariez son départ.

– C'est ce qu'il a demandé. Je ne peux pas rentrer dans les détails. C'est plus difficile que prévu.

– Il accepte l'hypothèse de se livrer. Il veut voir un avocat.

– On pourrait consulter maître Floriot. C'est le meilleur.

– Franck veut un avocat de la Ligue des droits de l'homme. Ça sera un procès politique.

Ils sont allés voir les deux et n'ont pas été plus avancés pour autant. Les avocats ne pouvaient se prononcer sans avoir pris connaissance du dossier et faisaient tous les deux la même analyse. Les faits reprochés étaient graves. Le meurtre et la désertion en présence de l'ennemi étaient punis de la peine de mort. Si on lui accordait les circonstances atténuantes, il risquait la perpétuité ou une peine de vingt ans avec une libération possible au bout de dix ans de réclusion. Sanchez servait d'intermédiaire. Franck ne sortait pas du pavillon. Mon père ne me donnait aucun détail. Le soir, il ne venait plus dans ma chambre.

À plusieurs reprises, je suis allé chez Cécile. J'ai trouvé porte close. J'avais mon trousseau de clés. Ça me gênait de l'utiliser. Je lui téléphonais. Elle n'était pas chez elle. Un soir, j'avais sonné sans grand espoir.

– Michel ! Je suis heureuse de te voir.

– Tu avais disparu. Je me demandais ce que tu devenais.

– Ton père ne t'a pas dit ?

– Il ne me dit rien. Que se passe-t-il ?

– Je pars avec Franck.

– Quoi ?

– On va quitter la France.

– Je croyais que tu...

– Moi aussi...

– C'est de la folie.

– J'ai vu un autre avocat. Avec les nouvelles cours martiales qui jugent sans instruction, il n'est pas optimiste. Franck risque gros. Il ne va pas gâcher sa vie et purger quinze ans de taule pour avoir tué un salaud.

– Tu te mets dans une situation impossible.

– Je l'accompagne mais je reviens quand je veux. On ne peut pas m'en empêcher. On ira dans un pays où il n'y a pas d'extradition. On vivra libres dans un pays libre. On s'est retrouvés. Tu comprends, Michel ? Pourquoi s'empoisonner la vie quand on peut être heureux ? On ne disparaît pas. On vivra ailleurs. Tu pourras venir nous voir. Ton père et ses amis s'occupent de nous trouver un cargo qui nous emmènera en Amérique du Sud. On devrait partir de Rotterdam.

– Quand ça ?

– C'est imminent. Ça m'embête pour Pierre. Je ne pourrai plus lui écrire. Quand on sera en Hollande, je lui enverrai un mot pour qu'il ne s'inquiète pas. Je lui dirai que je pars pour quelques mois. Je ne lui donnerai pas de détails. Le courrier pourrait être ouvert. On n'est jamais assez prudent. À son retour, tu lui expliqueras. Je peux compter sur toi ?

13

Vers vingt-deux heures, Leonid sortit de la salle de repos des pilotes. Il ne se lassait pas de regarder les avions atterrir. Deux heures à attendre avant qu'elle n'arrive. Il traîna dans l'aérogare qui se vidait. Un électricien posait des câbles et deux menuisiers s'affairaient sur le stand de la Pan Am. Le panneau indicateur central était figé sur les mouvements du lendemain. On n'affichait pas les avions du courrier. Par le poste de douane déserté, il arriva sur le tarmac et resta à l'abri du crachin. Les avions alignés lui envoyaient des signaux argentés. Il tourna autour à les détailler, indifférent à la pluie. Il s'approcha du nouveau Super Constellation et l'admira en connaisseur. Il tendit l'oreille. À l'est, il détecta un bruit familier. Au ras de la piste secondaire, deux points jaunes apparurent dans la nuit, le Dakota de la Postale resta en suspension, se posa et roula vers son hangar. Un camion le rejoignit et le déchargement du courrier commença. Leonid avança jusqu'au DC 3 et reconnut Jean-Philippe, le copilote avec qui il avait sympathisé. Il attendait que Milène apparaisse à la porte avant.

— Comment ça va, Jean-Philippe ?
— On a été secoués sur la mer du nord. On était en surcharge.
— Comme d'habitude.
— Il n'y a rien à faire. On a beau râler, ils s'en foutent. On se serait crus dans un tambour.

– Je m'en doute. Il faut monter haut. Milène n'est pas avec vous ?

– On ne l'a pas vue.

Leonid retourna vers l'aérogare. On faisait le plein et chargeait la soute avec le courrier pour le continent. Pour quelle raison n'était-elle pas là ? Était-elle malade ? Avait-elle raté l'avion ? Pourquoi ne l'avait-elle pas prévenu ? À l'hôtel, il aurait des nouvelles.

Il se pressa, attrapa la dernière navette. Il n'y avait aucun message. Il demanda au réceptionniste de contacter Milène à Paris. On lui passa l'appel dans sa chambre. Elle n'était pas chez elle. Il sentait une palpitation inconnue à la base de son cou. Il n'avait plus rien à boire. Le réceptionniste refusa d'ouvrir le bar. Même pas une bière. Il lui proposa de l'argent. L'homme demeura intraitable.

Leonid sortit, fit le tour du quartier et se souvint que, dans ce pays, les pubs se couchaient avec les poules. De retour à l'hôtel, il réveilla Serguei et lui arracha sa bouteille de vodka. Leonid fit appeler, de nouveau, le numéro de Milène. À deux reprises, il laissa sonner le téléphone dix minutes sans qu'elle décroche. Il avait chaud et transpirait. Il ouvrit la fenêtre en grand et l'air glacé le soulagea. Il s'assit dans le fauteuil. Il s'inquiétait. Sans savoir de quoi il devait avoir le plus peur. Il s'endormit. Un rêve agité d'avions vrombissant au milieu des éclairs et de réceptionnistes soûls. Et le hurlement insupportable du carillon. Comme une sirène de bateau en détresse. Le fil de téléphone s'enroulait autour de son cou, l'étouffait et lui brûlait la peau. La sonnerie interminable lui perçait les tympans. Il ouvrit les yeux. Le téléphone sonnait, sonnait. Il se précipita et décrocha.

– Ah, monsieur, fit le réceptionniste, j'avais peur que vous ne soyez endormi. Je vous passe Paris.

– Allô, Leonid, c'est Milène.

– Enfin. Je suis si heureux de t'entendre. Qu'est-il arrivé ?

– J'ai essayé de te joindre à Heathrow. Ils ne t'ont pas trouvé.

– J'ai fait un tour en t'attendant. Pourquoi tu n'es pas venue ?

– Je ne viendrai plus, Leonid.

– Quoi ?

– C'est fini entre nous.

– Qu'est-ce que tu dis ?

– C'est terminé.

– Ce n'est pas possible !

– J'en ai assez de cette vie bancale. Je n'en peux plus.

– Tu connais ma situation. Je n'ai pas le choix.

– C'est trop compliqué, Leonid. J'espérais autre chose pour nous.

– On ne se quitte pas comme ça. Tu aurais dû m'en parler.

– Depuis des mois, à chaque fois que j'aborde la question, tu me réponds que nous nous aimons et que l'important, c'est l'instant présent.

– Ce n'est pas vrai ?

– On n'a aucun avenir, Leonid. Quand on s'aime, on vit ensemble. Nous sommes dans une impasse. Plus on attendra, plus ce sera dur. On va continuer combien de temps ? Deux ans ? Cinq ans ? Plus ? Moi, je veux un homme chaque jour de ma vie, faire des projets, construire du solide. Le temps passe si vite, on n'a pas le droit de le gâcher. On aurait pu avoir une belle vie. On ne profite de rien. Il vaut mieux arrêter maintenant.

– Pourquoi tu ne me l'as pas dit en face ?

– Je n'en aurais pas eu le courage.

– Je t'aime, Milène.

– Je t'aime aussi, Leonid, et je te quitte.

– On peut en parler. Essayer de trouver une solution.

– Il n'y a pas de solution. Nous le savons.

– On ne peut pas se séparer de cette façon, pas par téléphone !

– Je ne viendrai plus à Londres. C'est fini, Leonid, fini. Oublie-moi, je t'en supplie.

Milène raccrocha. Il resta longtemps avec l'écouteur qui faisait bip bip dans la main. Il quitta l'hôtel et marcha dans Londres désert. Les premières lueurs du jour apparaissaient. Les camions de livraison de lait commençaient leur tournée. Un livreur aperçut la vitrine d'un magasin de spiritueux brisée avec une pierre. Il y manquait plusieurs bouteilles d'alcool.

Dans l'après-midi, Leonid embarqua pour le vol retour. Il avait sa tête des mauvais jours. Sergueï ne lui adressa la parole que pour les opérations techniques.

– C'est mon dernier vol sur Londres, Sergueï Ivanovitch, je vais demander à être affecté sur les lignes intérieures. L'important, c'est d'être au-dessus des nuages et ils sont partout les mêmes.

Sergueï le connaissait et savait qu'il ne devait pas répondre. Alexandra apporta du thé et des biscuits. Leonid ne fut pas aimable. Il renifla à plusieurs reprises avec le visage contracté.

– Ça pue dans cet avion ! Il y a un cadavre qui pourrit là-dedans ! Vous ne sentez pas ?

– Non, commandant.

– Vous pourriez nettoyer au lieu de faire la mijaurée !

14

Les jours suivants, Cécile avait disparu de chez elle. J'ignorais où elle était. J'attendais que mon père me dise quelque
chose. Il utilisait sa tactique favorite : il partait à l'aube, rentrait tard et se couchait aussitôt.

Un matin vers cinq heures, j'ai réussi à m'extraire de mon
lit. Je l'ai rejoint dans la cuisine où il prenait son petit déjeuner debout.

– Que fais-tu là ? Va te recoucher.

– Qu'est-ce qui se passe ?

– Je te l'ai dit ; Michel, moins tu en sauras, mieux ça
vaudra.

– Pourquoi ?

– Ce n'est pas de ton âge.

– Ce n'est pas juste.

– Tu crois quoi ? Que ça m'amuse de jouer aux espions ?
On va être dans la merde. Et je ne veux plus que tu sois mêlé
à ça. Tu vas me promettre que, quoi qu'il arrive, si qui que
ce soit te demande si tu as vu ou entendu parler de Franck,
la réponse est non. J'insiste, Michel. Qui que ce soit. Tu
entends ? Tu ne sais rien. J'attends de toi une promesse
d'homme.

Quand mon père dégainait la promesse d'homme, c'était
du solennel. Celui qui y manquait s'attirait les foudres

éternelles et aurait été réduit à un état de larve sans honneur, méprisée par l'humanité entière pour avoir trahi ce serment suprême. Il m'a fixé droit dans les yeux. J'ai été obligé de jurer et de retourner me coucher.

Le lendemain soir, mon père est rentré plus tôt et on a eu un dîner de famille.

– Tu vas y rester combien de temps ? lui a demandé ma mère.

– En deux ou trois jours, ce devrait être réglé. C'est une opportunité exceptionnelle.

– Nous avons déjà du mal à livrer nos clients, si on doit installer deux cents salles de bains, on n'y arrivera pas.

– On se débrouillera. Si on veut développer la société, il faut passer aux gros chantiers.

Ma mère n'avait pas l'air convaincu. Elle s'est levée pour débarrasser et elle est retournée dans la cuisine. Juliette était intéressée.

– C'est quoi ce chantier, papa ?

– Un lotissement de deux cents maisons. Là-bas, ça pousse comme des champignons.

– Et c'est où ?

– Dans le Nord.

Je ne comprenais plus rien.

– Tu ne devais pas aller à Rot…

J'ai reçu un coup de pied sous la table.

– C'est dans la banlieue de Lille, ma chérie.

Ma mère a appelé Juliette pour qu'elle vienne chercher la salade. Mon père m'a fait un clin d'œil et a posé un doigt sur sa bouche.

Au petit déjeuner, ma mère a observé qu'elle ne s'était pas rendu compte du départ de mon père. Je regrettais de ne pas avoir revu Franck et Cécile et qu'ils soient partis sans que je leur dise adieu. Je les imaginais dans le port de Rotterdam, au milieu des marins, des bateaux et des grues. Je suis passé au Club. Virgil faisait une partie contre Vladimir et ne savait pas où étaient les autres.

En pleine nuit, le téléphone a sonné. Je me suis levé avec peine. Quand je suis arrivé dans le salon, la sonnerie avait cessé. J'ai décroché. Il n'y avait personne. Ma mère était de mauvaise humeur d'avoir été tirée de son sommeil.

– Ce doit être ton père. Il est malade de nous appeler à trois heures du matin. Je ne vais pas me rendormir. Laisse décroché, je ne veux pas que ça recommence.

Le lendemain soir, j'ai eu le choc de ma vie. À la sortie d'Henri-IV, sur le trottoir d'en face, Cécile attendait. Ce n'était pas possible qu'elle soit là. Elle devait être à Rotterdam avec Franck et mon père, ou ailleurs mais pas là. En cette fin avril, il faisait froid. On était couverts comme en hiver. Elle avait un petit pull de rien et gelait sur place, à l'angle de la rue Clovis. Je l'ai vue avant qu'elle ne me voie. Je lui ai fait un signe de la main. À son visage tendu, j'ai compris que rien ne s'était passé comme prévu. J'en ai eu la chair de poule. Les voitures m'empêchaient de traverser. Elle me parlait en criant. Je n'entendais rien. J'ai manqué me faire écraser pour la rejoindre.

– Où est Franck ? Il n'est plus à Cachan !

Mon père ne pensait pas à ma mère quand il m'avait fait jurer de ne rien dire. Il m'avait eu avec sa promesse à la con.

– Je ne sais pas.

– Ne me mens pas, Michel ! Où il est ?

Un petit groupe s'était formé autour de nous. J'ai enlevé mon duffle-coat et le lui ai mis sur les épaules.

– Viens.

Sous le regard de mes copains, on s'est éloignés vers la place de la Contrescarpe. On s'est installés à la terrasse de La Chope. J'ai commandé deux grands crèmes. Elle frissonnait.

– Franck a disparu. Ton père doit savoir où il est.

– Mon père ne me dit rien. Quand je le lui ai demandé, il ne m'a pas répondu.

– Ton père est chez toi ?

Le serveur a apporté les consommations. Elle a posé les mains sur la tasse pour se réchauffer. Je me demandais si je devais dire la vérité, mais laquelle ? Devais-je trahir ma promesse et compromettre mon père et Franck ? Ou mentir à Cécile et perdre sa confiance ?

– Il doit être au magasin.

– Tu es sûr ?

– Il est peut-être en clientèle.

– Tu l'as vu ce matin ?

– Il part avant qu'on soit levés. Il a beaucoup de travail. Pourquoi ces questions ?

– Hier, on avait rendez-vous. Pour partir. À midi. Dans un bistrot à la porte de Pantin. J'ai attendu. Ils ne sont pas venus.

– Qui ?

– Ton père et Franck. On devait se rendre en Hollande. Prendre un bateau pour l'Argentine. J'ai attendu jusqu'à quatre heures. Je ne pouvais pas appeler, il n'y a pas de téléphone. Je suis allée à Cachan. La maison était fermée.

– C'est toi qui as téléphoné cette nuit ?

410

– Je voulais parler à ton père. Ce matin, j'y suis retournée. Toujours personne. Où ils sont ?

– Ils ont dû changer de cache.

– Ils ne m'ont pas prévenue ! Ce n'est pas normal.

– Il y a peut-être eu un contretemps.

– Je dois parler à ton père.

– Dès que je le vois, je lui dis de t'appeler.

– S'il y avait quelque chose, tu me le dirais ?

– Cécile, rentre chez toi.

Elle m'a pris la main, l'a serrée avec force.

– Ne me fais pas ça, Michel.

– Viens, je vais te raccompagner.

Mon père est rentré tard. On regardait *La Piste aux étoiles*. Rien qu'à voir sa tête, ma mère s'est écriée :

– Je parie que ça a échoué.

– Ils voulaient nous faire bosser pour des prunes. Je leur ai dit qu'il ne fallait pas se foutre de nous.

– Tu as raison, Paul. On a assez de travail comme ça.

J'ai rejoint mon père dans la salle de bains. Il m'a envoyé promener.

– Ah, ce n'est pas le moment. Va te coucher !

Dans la nuit, j'ai senti une main qui me secouait dans le noir. J'ai allumé la lampe de chevet. Mon père était assis au bord du lit. Néron nous a rejoints et a commencé une toilette en règle.

– Franck est parti.

– Où ça ?

– Loin.

– En Argentine ?

– Tu n'as pas à le savoir.

411

– Il est parti sans Cécile !

– C'est lui qui a décidé. Elle voulait partir avec lui. Moi, je n'y voyais pas d'inconvénient. Il a changé d'avis.

– Pourquoi il ne lui a rien dit ?

– C'est sa décision. C'était assez compliqué comme ça. Je crois qu'il n'a pas voulu lui imposer cette vie.

– Comment peut-il agir ainsi ?

– Au cours de ces deux jours, j'ai voulu lui parler. Impossible. Il était fermé et méfiant.

– On ne peut pas la laisser dans le doute. Tu dois lui téléphoner. Tu lui expliqueras. Dis-lui que je ne savais rien.

Mon père a sorti une enveloppe blanche de la poche de sa robe de chambre et me l'a tendue.

– Tu lui donneras ça.

Sur l'enveloppe, il y avait marqué : «Pour Cécile». J'ai reconnu l'écriture de Franck.

– Il a mis un temps fou à l'écrire. Il l'a terminée assis sur la passerelle. Il jetait les brouillons dans l'eau. Un marin lui a crié de venir. Il a glissé la feuille dans une enveloppe. Il est revenu vers moi. Il m'a dit que tu la lui remettrais.

– Ne compte pas sur moi, papa.

– Je vais lui envoyer par la poste.

J'ai pris l'enveloppe. Mon père s'est levé.

– Ton frère, c'est un drôle de type. Quand il est remonté sur le bateau, il ne s'est pas retourné. Il a disparu à l'intérieur. J'ai attendu sur le quai comme un con. Le bateau est parti. Il ne m'a pas fait un signe de la main. Je n'en croyais pas mes yeux. Je me disais : «Il va apparaître. Ce n'est pas possible qu'il se barre sans me dire au revoir.» Je ne lui demandais pas de me remercier. Un regard, un petit sourire et un signe d'adieu.

Cécile était imprévisible. Elle pouvait se jeter par la fenêtre ou avaler l'autre moitié de sa pharmacie. Je n'ai pas fermé l'œil de la nuit. J'ai tourné et retourné cette enveloppe dans tous les sens. Que lui écrivait-il ? Si je l'ouvrais avec de la vapeur et que je la recollais, elle ne le verrait pas. Je pourrais amortir le coup. Ou bien ne pas lui donner. Lui raconter une histoire à dormir debout. Qu'il avait dû fuir avec la police à ses trousses. Qu'il n'avait pas eu le choix et que, bientôt, il la contacterait. Gagner du temps. Lui laisser un espoir.

15

Leonid avançait dans Leningrad. En cette fin mars, un redoux avait transformé la neige en boue noirâtre. La ville était un chantier titanesque. Tout avait été détruit et était reconstruit à l'identique. Arrivé sur l'immense place Moskovskaïa, il se dirigeait vers la Maison des Soviets quand il s'arrêta. Ses jambes tremblaient et il sentait une palpitation à la base de son cou. Il hésita et fit demi-tour. Sur son uniforme de commandant de bord, il avait accroché ses vingt-sept décorations. Elles lui couvraient le côté gauche de la poitrine et, sur le côté droit, il avait aligné ses deux étoiles d'or de héros de l'Union soviétique. Les passants le dévisageaient avec circonspection. Il s'assit sur un parapet du canal Griboedova pris par la glace.

À son retour de Londres, il avait demandé un congé et était resté quatre jours à boire comme il n'avait jamais bu.

Il essayait de noyer avec la vodka cette puanteur qui l'étouffait. Il n'avait plus d'essence d'eucalyptus et n'arrivait pas à s'en procurer. Dimitri Rovine avait disparu et personne ne savait où il se trouvait. Il buvait un demi-flacon d'un trait et reprenait sa respiration. Pendant quelques minutes, l'effluve de vodka effaçait l'odeur de putréfaction qui revenait petit à petit, insidieuse et sournoise. Il prenait des douches d'eau glacée, se frottait avec une brosse et du savon brun à en avoir la peau rougie, puis il retournait au seul remède qui le soulageait. Il imbibait un linge de vodka, le collait sur son nez et inhalait par de courtes aspirations à en avoir le tournis. Il s'écroulait, nu, sur son lit trempé d'alcool, fenêtres ouvertes, sombrait dans un sommeil tourmenté, bientôt réveillé par cette odeur pestilentielle.

Le matin du cinquième jour, des coups frappés à la porte le tirèrent de son cauchemar. Il se leva avec peine, se vêtit d'une robe de chambre et ouvrit à une femme d'une soixantaine d'années. Ses cheveux blancs dépassaient d'un foulard noir à fleurs multicolores. Irina Ivanovna Rovine se présenta. Il fit entrer la mère de Dimitri dans sa chambre. Elle renifla et fit semblant de ne rien remarquer.

– J'ai besoin de votre soutien, Leonid Mikhaïlovitch.

Il tomba des nues quand elle lui apprit l'arrestation de Dimitri. Trois miliciens étaient venus le chercher à l'hôpital militaire. Depuis dix-neuf jours, elle n'avait aucune nouvelle. Par hasard, elle avait appris qu'il était incarcéré à la sinistre prison Kresty. Elle avait attendu durant une journée sur un banc. Une fonctionnaire du ministère des Affaires internes l'avait informée que son fils était sous le coup de l'article 58 sans lui donner plus de précisions. Ce dossier relevait de la Sécurité d'État. Ses efforts pour en savoir plus s'étaient heurtés à un mur. Poser la question suscitait la méfiance. Les collègues de Dimitri refusaient de s'en mêler. Le directeur de l'hôpital avait une confiance inébranlable dans les services officiels et, comme dans ce pays on n'arrêtait pas les gens sans raison, il devait y en avoir une. Si on le soupçonnait de trahison et d'activité contre-révolutionnaire, c'est qu'il était coupable. Elle avait monté des dizaines d'escaliers, frappé à des centaines de portes, répété cent fois son histoire, dès qu'elle prononçait les mots « article 58 », ses interlocuteurs mettaient un terme à l'entretien et l'envoyaient vers un autre bureau.

– Dimitri m'a parlé de vous comme de son meilleur ami, que vous étiez un héros décoré par le camarade Staline. Je vous demande de nous aider. Je ne réclame aucun passe-droit. Je veux savoir ce qu'on lui reproche. S'il a commis une faute, il doit la payer. Mais je suis persuadée qu'il est innocent. Mon fils n'est pas un traître.

– Je suis stupéfait par cette accusation. Pendant la guerre, Dimitri a eu une conduite exemplaire. Il a été décoré de l'ordre du Drapeau rouge. Je suis bien placé pour savoir que cette décoration n'a pas été accordée à n'importe qui. Je ne vois pas de quelle trahison on peut l'accuser. Il passe sa vie à l'hôpital à soigner les malades avec une conscience et un dévouement exceptionnels. C'est un médecin d'une rare efficacité. Sans lui, je ne sais pas ce que je serais devenu. S'il avait été un mauvais Soviétique, je m'en serais rendu compte. Dès demain, j'irai me renseigner. Si on ne me répond pas, j'irai à Moscou voir le commissaire du peuple et, s'il le faut, je contacterai le camarade Staline en personne. Vous pouvez me faire confiance. Je ne le laisserai pas tomber. Dimitri est un grand ami. Je suis convaincu qu'il s'agit d'une erreur.

Irina se précipita et, avant qu'il ait pu réagir, s'agenouilla, attrapa sa main et l'embrassa à trois reprises. Il l'aida à se relever. Elle était en larmes. Il la prit dans ses bras et la serra contre lui.

– Je vous le promets, Irina Ivanovna, Dimitri sera bientôt libre.

Les hommes ne pleurent pas. Les héros encore moins. Assis sur le parapet du canal, Leonid avait des larmes qui coulaient. Il ne les essuyait pas, indifférent aux regards des passants devant ce militaire à l'uniforme inconnu, bardé de décorations. Il pensait à Milène. Que faisait-elle ? Était-elle à son travail ou chez elle ? Pensait-elle à lui ? Pouvait-on aimer quelqu'un et s'en séparer ? Il reniflait. L'odeur horrible avait disparu. Il se leva, décidé à affronter les services de sécurité de la Maison des Soviets. Quelle idée d'arrêter un homme qui n'avait fait que soigner les autres avec dévouement ? Il repensait à leur dernière rencontre quand il lui avait révélé son amour pour Milène et un frisson le saisit. Et si Rovine le dénonçait ? S'il révélait son aventure avec cette Française, leurs retrouvailles en cachette à Londres ? Qu'allait-on croire ? Ne dirait-on pas que lui aussi trahissait ? Son passé militaire et ses médailles ne pèseraient rien. On en avait arrêté et fusillé des plus décorés et des plus gradés. Rovine ne le trahirait pas. Les lâches n'attendent pas, ils dénoncent le monde entier dès leur arrestation et, à son retour à Moscou, on lui aurait demandé des comptes. Leonid était une belle monnaie d'échange, un petit poisson contre un gros. Peut-être Rovine n'en avait-il pas eu l'idée ? Et si elle lui venait, au fond de son infâme geôle de Kresty, comme la solution pour s'en sortir ? Qui pouvait dire qu'il résisterait ? Qu'il ne donnerait pas son meilleur camarade ou son frère si sa vie était en

jeu ? Rovine connaissait les relations de Leonid. Si sa déten-
tion se poursuivait, ne lui en voudrait-il pas de ne pas le
soutenir ? À quoi servait un ami s'il ne vous tendait pas la
main le jour où vous en aviez besoin ? Rovine n'en arriverait-
il pas à la conclusion que Leonid était un couard et qu'il
pouvait le balancer sans remords ? Que ferait-il à sa place ?
S'il avait un espoir d'échapper au MGB ou au redoutable
MVD ? Moi, je n'hésiterais pas, se dit Leonid en s'éloignant.
Qui sait ce qu'il a fait ? On n'arrête pas les gens sans un motif
valable. Là où il est, personne ne peut rien pour lui. En
intervenant, je me compromettrai. Chacun a le devoir de
sauver sa peau. Il ne m'a pas encore trahi et il le fera tôt ou
tard.

Leonid se rendit à l'immeuble d'Aeroflot et se déclara
prêt à reprendre du service. Il rentra chez lui et attendit. À
chaque fois qu'on frappait à sa porte, il redoutait de voir des
miliciens. Rovine ne devait pas lui en vouloir assez pour le
dénoncer ou se doutait que ça ne le sauverait pas.

Un matin, alors qu'il s'apprêtait à sortir de chez lui, il
aperçut Irina Rovine qui montait les escaliers. Il retourna
dans son appartement et la laissa sonner sans lui répondre.
Il n'avait rien à lui dire. Cinq jours plus tard, on lui porta un
ordre de mission. Il reprenait la ligne de Londres. Dans son
sac de voyage, il rangea le peu de biens qu'il possédait, c'est-
à-dire quasi rien. Trois bijoux qui lui venaient de sa mère,
deux costumes, trois chemises, ses décorations, son brevet
de pilote, son Leica, un paquet de photographies et les
médailles que son père avait gagnées durant la Grande
Guerre. Sachant qu'il ne la reverrait jamais, il fit un dernier
tour dans sa ville, arpenta la perspective Nevski encombrée
de chantiers jusqu'au pont Anitchkov auquel on venait de

rendre ses quatre chevaux de bronze, puis il arriva à Smolny. Il ne restait que les murs écroulés et les dômes en oignon éventrés. Il la revoyait dans sa splendeur d'avant-guerre.

À l'aéroport de Moscou, il retrouva son équipage comme si de rien n'était. De Londres, Leonid téléphona à Orly.

— Milène, c'est moi.

— Leonid, je suis contente de t'entendre. Comment vas-tu ?

— Je n'ai pas arrêté de penser à toi.

— Je t'en prie, n'insiste pas.

— Je suis à Londres. Je vais passer à l'Ouest.

— Quoi ?

— Ma décision est prise.

— C'est de la folie.

— Je viens te rejoindre. Je veux qu'on vive ensemble.

— Ne fais pas ça. Je te connais, tu le regretteras.

— Si tu veux de moi, je serai l'homme le plus heureux qui soit.

— Tu ne te rends pas compte de ce qui va arriver.

— On va faire des projets. On va avoir un avenir. Tu m'auras avec toi chaque jour et chaque nuit et plus seulement le mardi. Sauf si tu n'en as pas envie.

— Je ne sais pas quoi dire.

— Tu ne vas pas me laisser repartir ? C'est une chance pour nous. On a droit au bonheur. Est-ce que tu m'aimes ? Dis-moi ce que tu penses ?

Milène regarda l'écouteur.

— Est-ce que tu veux de moi ?... Je t'en prie, Milène, réponds.

— Je t'attends, Leonid.

– Je t'aime.
– Moi aussi.

Le mardi 2 avril, le colonel Leonid Mikhaïlovitch Krivochéine se présenta à la police de l'air d'Heathrow et demanda l'asile politique en Angleterre. On l'emmena à Londres. Pendant trois jours, il répondit aux questions des services spéciaux anglais qui vérifièrent ses déclarations et lui accordèrent ce qu'il demandait. Ce n'était jamais arrivé qu'un haut militaire soviétique passe à l'Ouest. En temps normal, la presse britannique et la presse française auraient fait leurs gros titres avec cette histoire de transfuge. L'affaire fit cinq lignes dans les brèves des pages intérieures. Les rares rédacteurs qui envisagèrent d'y consacrer un article y renoncèrent en se demandant si, par hasard, ce n'était pas un contre-feu des services secrets soviétiques. Leonid n'avait pas choisi le bon moment. Le 5 avril 51, une cour civile de l'État de New York condamnait à mort Ethel et Julius Rosenberg pour espionnage au profit de l'URSS. Dans le monde entier, cette condamnation suscita horreur et indignation. Il y eut des milliers de manifestations pour protester contre cette mascarade judiciaire, sinistre miroir des procès de Moscou. La mobilisation internationale fut impuissante à empêcher l'électrocution de ces deux innocents.

Dans le DC 4 qui décollait pour Paris, Leonid ne pensait pas aux Rosenberg car il n'en avait pas entendu parler mais à Dimitri Rovine qui pourrissait dans un bagne de Sibérie. Il s'en voulait de n'avoir rien tenté pour aider son ami. Il essayait de se persuader que cela n'aurait servi à rien. Le visage de Dimitri disparut, effacé par celui de Milène. On dit qu'il n'est pas nécessaire de réussir pour entreprendre, c'est une vérité profonde. Ce qui relève de la conviction et de l'espoir échappe à la logique. Quand un homme accomplit son rêve, il n'y a ni raison ni échec ni victoire. Le plus important dans la Terre promise, ce n'est pas la terre, c'est la promesse.

16

Cécile avait lu la lettre près de la fenêtre. Une feuille de cahier à spirale déchirée écrite avec un stylo à bille bleu et une écriture penchée. Elle était restée le regard perdu dans le vague pendant des minutes interminables. La lettre lui avait échappé. Elle l'avait ramassée et me l'avait tendue sans paraître affectée. Elle était d'un calme inattendu.

– Je vais nous faire du café.

J'étais arrivé vers sept heures et demie du matin. Je n'avais pas sonné. J'étais entré avec mon trousseau. Elle dormait, recroquevillée sur le canapé du salon. Je m'étais assis sur le parquet, en face d'elle. Je la fixais, sans oser la réveiller. Elle avait fini par ouvrir un œil et n'avait pas été surprise de me voir là. J'avais déposé l'enveloppe sur le canapé sans dire un mot.

Cecile,

*Tu sais que je n'aime pas écrire alors je ne vais pas être long. Il n'y a rien à attendre de moi. Je m'en vais. Je pars sans toi. Sans te le dire en face. Comme d'habitude. Il y a quelques jours, tu m'avais convaincu de rester C'était agréable de **croire*** *en notre avenir, qu'on allait refermer le livre de cette guerre. À cet instant, j'ai voulu te parler mais pour ce que j'ai fait, il n'y aura pas d'amnistie. Je ne veux pas t'infliger la vie que je vais avoir. Je t'ai menti. Je ne suis pas un héros. J'aurais bien voulu.*

J'ai rencontré une jeune Algérienne, une Kabyle. Elle était employée à la cantine de la caserne. Je suis effondré de te l'écrire. Je sais le mal que je vais te faire. La famille de Djamila ne voulait pas qu'on se fréquente. Elle est tombée enceinte. On a décidé de partir tous les deux. Mais dans ce pays, ce n'est pas possible. C'est interdit. Son père l'a envoyée de force dans leur village du djebel. Quand je suis allé voir les autorités françaises, on m'a répondu qu'il avait le droit. Je devais la fermer. Ils avaient autre chose à faire qu'à s'occuper de mes petits problèmes. Je n'ai pas accepté. J'ai décidé d'aller la chercher. J'ai déserté. J'ai vécu comme un chien. J'ai réussi à la retrouver. On s'est fait prendre dans les environs de Tlemcen. On se cachait dans un village abandonné. On attendait le bon moment pour passer au Maroc. Le simoun s'est levé et quand on les a vus, c'était trop tard. Ils nous ont attrapés sur la route d'Oujda. On n'avait pas de papiers. Ils voulaient nous amener au poste. Je n'avais pas le choix. J'ai profité de l'inattention d'un jeune appelé pour me saisir de son fusil-mitrailleur. Qu'est-ce qu'il en avait à foutre de nous, ce petit capitaine ? Il aurait dû nous laisser partir. Il voyait qu'on n'était pas des terroristes. Il a ordonné à ses harkis de nous arrêter mais ils n'ont pas bougé. Il s'est avancé pour me désarmer. Je lui ai crié de s'arrêter. Il a voulu prendre le FM. J'ai tiré. Les types de la patrouille ont riposté. J'en ai eu un autre. Djamila a été blessée. Ils l'ont emmenée. Je me suis sauvé. J'aurais dû te le dire avant. Je n'y suis pas arrivé.

On m'appelle, je dois y aller.

Franck

J'ai retrouvé Cécile dans la cuisine devant un bol de café fumant. Je me suis assis en face d'elle. J'ai posé la lettre sur la table. Je me suis servi du café et du lait. J'ai attendu que ça refroidisse. On est restés là, dans la pénombre, avec Franck entre nous. Franck dont on ne savait pas quoi dire, parce qu'il nous avait étouffés et anéantis dans sa fuite. Je la dévisageais. Pensait-elle à lui ? Peut-être pas. Que fait-on dans ces cas-là ? On doit exprimer ce qu'on ressent et ce qu'on pense. Je ne ressentais rien et ne pensais à rien. Je crois que Cécile non plus. J'ignore combien de temps nous sommes restés comme ça. Je n'ai pas regardé ma montre. On ne s'est rien dit. Je me suis levé. Cécile n'a pas bougé. Je suis parti.

17

Leonid retrouva Milène et ce fut le plus beau jour de sa vie. Dix ans plus tard, il en parlait encore avec des larmes aux yeux. Elle dut patienter longtemps avant que les inspecteurs de la Sûreté nationale lui accordent un laissez-passer. Quand il quitta les bureaux de la douane, elle se précipita, se jeta dans ses bras et ils restèrent blottis l'un contre l'autre dans une étreinte interminable. Ils partirent dans la 203 blanche et furent bloqués dans un encombrement sur le quai de la Tournelle par une manifestation en faveur des Rosenberg. Milène lui raconta leur histoire. Révoltée par cette condamnation, elle voulait garer sa voiture et rejoindre les manifestants. L'idée qu'on puisse défiler avec des pancartes, des banderoles, en hurlant des insanités contre le gouvernement, la

police et un État allié paraissait une incongruité à Leonid qui
n'avait connu que les manifestations officielles où on avançait
en rang dans une organisation parfaite et sans surprise.

– Qu'est-ce que ça peut vous faire à vous, Français,
qu'on condamne ces deux Américains ?

– Ils sont innocents ! C'est une honte ! Un scandale !

– Ce sont des espions. Ils ont trahi leur pays. Ils méritent
d'être fusillés.

– Comment peux-tu dire une horreur pareille ? C'est abominable !

– Ils ont été condamnés. C'est une preuve. Surtout aux
États-Unis.

Ce fut leur première dispute et un fréquent sujet de conflit
entre eux.

– Tu ne connais pas les Américains. Tu ne sais pas de quoi
ils sont capables, criait-elle.

– À côté de nous, ce sont des enfants de chœur.

Leonid aurait dû être plus prudent. Son destin, par le plus
mystérieux des hasards, allait se confondre avec celui des
Rosenberg dont il se contrefichait.

Milène habitait un appartement situé au dernier étage
d'un bel immeuble de l'avenue Bosquet. Ils retrouvèrent leur
complicité londonienne et s'émerveillaient que chaque jour
soit un mardi. Elle voulait qu'il se sente comme chez lui,
débarrassa un placard et lui aménagea un bureau. Elle lui fit
découvrir Paris, lui apprit le français, les rudiments de la
cuisine, à faire les courses et à être vigilant avec les commerçants de la rue Clerc qui oubliaient de rendre la monnaie.
Elle l'emmena dans les grands magasins, l'habilla de pied en
cape et lui acheta tant de vêtements qu'elle dut lui

abandonner un autre placard. Ce furent des mois d'insouciance et de bonheur. Milène travaillait sans compter son temps et Leonid attendait le soir avec impatience. Elle lui racontait ses journées dans le détail et il lui posait mille questions sur les avions et les compagnies aériennes auxquelles elle ne savait pas répondre.

Pendant plusieurs mois, quand Air France quitta l'aéroport du Bourget pour celui d'Orly, elle partit tôt, rentra vers minuit et, épuisée, se coucha sans toucher au repas qu'il lui avait préparé. Lui restait accoudé au balcon, à fumer des Gauloises, à admirer les verrières du Grand Palais et, le nez en l'air, la tour Eiffel. Il marchait du matin au soir dans Paris, visitant chaque quartier avec méthode sans arriver à s'habituer à la circulation et aux voitures qui ignoraient les piétons. À son arrivée, Leonid avait une poignée de roubles sans valeur et quinze dollars. Milène mettait de l'argent dans un porte-monnaie. Il prenait dedans ce dont il avait besoin. Quand il n'y en avait plus, elle en remettait sans qu'il ait à réclamer. Il faisait les courses et s'occupait de l'appartement. Jamais elle ne lui fit de réflexion. Un jour, elle lui demanda d'acheter du mimosa. Elle adorait cette fleur et son parfum. Il prit l'habitude d'en fleurir l'appartement et mit un point d'honneur à en trouver hors saison.

Pour les vacances au mois d'août, ils partirent deux semaines en Corse et Leonid tomba amoureux de Bonifacio. La veille de leur retour, ils dînaient sur le port. Il lui prit la main et la serra.

– Je n'en peux plus, Milène. Je m'ennuie à mourir. Je ne sers à rien. J'ai besoin de travailler.

– Si c'est pour l'argent, ne t'inquiète pas.

– Un homme doit travailler, tu comprends ? Pas attendre que sa femme rapporte l'argent et vivre à ses crochets.

– Ça ne me dérange pas.

– Moi si !

Ils cherchèrent une solution mais quel métier pouvait exercer un ex-pilote soviétique ? Par un ami directeur d'exploitation, elle lui obtint un rendez-vous avec le chef du personnel qui, impressionné par ses états de service, lui fit passer les tests d'aptitude physique et d'homologation. Pendant six mois, Leonid attendit. Quand il téléphonait pour savoir où en était son dossier, il n'arrivait pas à avoir de réponse. Il se présenta au siège d'Air France, demanda à voir le chef du personnel. On lui répondit qu'il n'était pas disponible. Excédé, Leonid fit un scandale. On lui annonça que sa candidature n'était pas retenue sans lui donner d'explication.

Milène garda pour elle ce que son ami directeur lui avait révélé. La compagnie ne pouvait prendre le risque de se mettre mal avec les autorités soviétiques. Elle l'encouragea à déposer sa candidature auprès d'autres grandes compagnies aériennes. La plupart ne recrutaient que des nationaux. Leonid contacta Sabena, BOAC et KLM, remplit une montagne de dossiers, se soumit à une kyrielle d'examens, de contrôles, d'entretiens et il attendit.

Pour fêter le premier anniversaire de leurs retrouvailles, elle l'invita à La Tour d'Argent et lui offrit une Lip qui coûtait une fortune, la réplique exacte de celle créée pour le général de Gaulle et offerte par celui-ci au président Dwight Eisenhower. Avec son boîtier en laiton doré à l'or et son dateur, elle avait la particularité d'être équipée d'un verre loupe qui accroissait la lisibilité du cadran. Elle croyait qu'il serait heureux de ce cadeau, ce fut le contraire.

– Moi, je n'ai rien à t'offrir. Je ne vais pas te faire un cadeau avec ton argent.

– Je n'en ai pas besoin. Mon cadeau, c'est toi.

Elle lui prit la main mais, comme elle était en face de lui, elle se trompa de bras et attacha la montre au poignet droit. Leonid crut que c'était la pratique en France et la porta toujours ainsi. Il lui offrit sa montre d'aviateur avec l'aigle déployé, insigne du régiment de chasse de la Garde, la seule de l'Armée rouge à avoir l'emblème impérial gravé sur le cadran au-dessous de la faucille et du marteau. Elle enleva sa montre. Il lui mit la sienne au poignet droit. Elle jura qu'elle la porterait toujours.

Elle lui souriait et plus rien ne comptait. Elle lui posait mille questions sur sa guerre. Il lui donnait des détails secrets qu'il n'avait racontés à personne. Il parlait jusqu'à l'aube. Elle l'écoutait avec passion, avide de précisions. Elle voulait tout connaître de sa vie. Quand il l'interrogeait sur son passé, elle refusait de répondre. De sa voix grave, elle disait avoir vécu de mauvaises années et ne plus vouloir les évoquer.

– Pensons à nous et à notre bonheur.

Elle le prenait dans ses bras, l'embrassait et lui faisait l'amour comme si chaque étreinte était la première. Quand il se réveillait, elle était partie à son travail. Il se retrouvait, désœuvré, à tourner en rond dans ce quartier cossu. Il se remit à boire. Personne ne le remarqua. Comment y échapper dans une ville où il y avait un bistrot à chaque coin de rue et des oreilles compatissantes innombrables qui l'écoutaient d'autant plus qu'il payait un verre ? Il en avait connu du malheur ce Russkoff, même si peu le croyaient quand il racontait les années d'enfer de sa guerre patriotique. Ses frères de comptoir se demandaient dans quel film il avait vu ces scènes de bataille aérienne.

Après quinze mois d'attente, Leonid reçut une réponse positive de KLM.

– Je n'y croyais plus, avoua-t-elle.

– Moi, je n'ai pas cessé d'y croire. La chance tourne. Il faut savoir attendre.

Ils firent une fête mémorable avec leurs amis et Leonid épata une assemblée de connaisseurs en descendant au goulot une bouteille de dom-pérignon comme s'il avait bu un verre d'eau. Milène lui offrit un costume en prince-de-galles et décida de mettre toutes les chances de leur côté. Durant deux jours, elle le fit travailler en jouant le recruteur, lui posant des questions délicates, embarrassantes, ambiguës et lui fit apprendre les bonnes réponses par cœur.

Le samedi 22 novembre, elle l'accompagna à Amsterdam. Elle lui laissa conduire la 203 et, pendant le voyage, le fit réviser. Au siège de la compagnie, Leonid fut pris de court et ne trouva rien à répondre. Il était recruté pour la Garuda Indonesian Airways et devait prendre son poste à Djakarta avant la fin du mois. Les conditions étaient avantageuses. Ils furent surpris de son refus. Le voyage du retour fut lugubre. Leonid ne desserrait pas les dents. Elle essayait de lui remonter le moral :

– Ce n'est pas grave. On va continuer nos recherches.

– On a fait le tour des compagnies européennes. C'est foutu.

– Tu aurais peut-être dû accepter.

– Tu m'aurais suivi là-bas ?

Milène détourna un instant son attention de la route. La

voiture fit un écart. Ils restèrent sans parler jusqu'aux environs de Compiègne. Leonid se mit à renifler.

– Ça pue dans cette voiture.

– C'est le tabac. Ouvre la fenêtre pour aérer.

Leonid était l'homme le plus précis que j'aie rencontré. D'une précision diabolique. À croire qu'il avait tenu un journal intime minutieux. Chaque fait de sa vie était gravé au fond de sa mémoire. Il se souvenait du jour et de l'heure de chaque instant passé avec Milène. Ce qu'ils avaient fait ensemble et où ils étaient allés. Ce qu'ils s'étaient dit. Et le lendemain. Et chaque journée de leurs deux ans et deux mois de vie commune.

– C'est à partir du jeudi 27 novembre 52, à notre retour d'Amsterdam, que j'ai dérapé. Je ne réalisais pas ce que je faisais. Je râlais du matin au soir. Je ne cherchais plus un travail que j'étais certain de ne pas obtenir. Je passais mon temps dans les bistrots à picoler. À Leningrad, ça n'avait pas de conséquences, je n'avais personne sur qui passer ma colère. À Paris, ça me rendait odieux. Je lui pourrissais la vie avec mon caractère de cochon. Elle ne disait rien. Pas un mot, pas une plainte. Elle aurait dû me remettre à ma place. Elle me laissait éructer, je ne me rendais pas compte à quel point j'étais invivable. Plus je buvais, plus je m'enfonçais. Je lui reprochais de m'avoir entraîné dans ce précipice, je l'accablais de mon amertume et elle encaissait sans réagir. Peut-être que si elle avait hurlé et m'avait remis à ma place, ça nous aurait sauvés. Elle supportait en silence. Je n'arrivais plus à dormir. Je faisais des cauchemars. Je la réveillais la nuit. J'ouvrais les fenêtres en grand pour chasser l'odeur qui me poursuivait. Je refusais de me soigner. Le samedi 18 avril, lors d'un dîner avec huit de ses amis et sa cousine de Nantes, je ne sais pas ce qui m'a pris, je me suis mis à l'insulter à cause du rôti trop cuit, que c'était une incapable, une bonne à rien. Un de ses amis, un steward, est intervenu. Je lui ai balancé une baffe. Il s'est mis à saigner du nez. Non seulement, je ne me suis pas excusé mais j'ai menacé de casser la figure aux cons de son espèce qui me faisaient chier. Elle ne m'a pas fait de réflexion. Le mardi 12 mai, j'ai pris sa voiture sans le lui dire. Elle ne voulait pas que je la conduise. Je n'ai pas compris ce qui s'est passé. J'ai freiné trop tard et je me suis encastré sous un camion. Je m'en suis sorti sans une égratignure. J'ai plié la belle 203 blanche. À cette époque, on ne poursuivait pas les ivrognes au volant. Je m'attendais à ce que Milène explose mais elle ne m'a pas fait un reproche. La seule chose qu'elle a dite, c'est : « Ça n'a aucune importance, le principal, c'est que tu ne sois pas blessé… » Regarde, Michel, tu as en face de toi le roi des cons. J'avais la plus belle et la meilleure femme du monde. J'ai gâché ma chance par ma stupidité et mon arrogance. Je ne te raconte pas la vie de chien que je lui ai fait mener. Je n'en suis pas fier. Et puis, le vendredi 19 juin 53, elle est rentrée. Elle avait le visage défait. J'étais avachi sur le sofa en train d'attaquer une nouvelle bouteille de muscadet. Elle s'est assise sur le bord du coussin, s'est versé un verre de vin qu'elle a bu d'un trait. Elle avait les yeux brillants. Je n'avais pas vu qu'elle pleurait. « Ils ont exécuté les Rosenberg, a-t-elle annoncé. – Ils ont bien fait. – C'est horrible ce que tu dis ! – Ce sont des traîtres. Ils ont eu ce qu'ils méritaient. – Fous le camp ! – Quoi ? – Dehors ! Je ne veux plus jamais te voir ! »

18

Depuis une semaine, je n'avais pas osé rappeler Cécile. J'espérais la croiser au Luxembourg. Je ne l'apercevais pas. Je regrettais de lui avoir donné cette lettre. Si j'avais eu le courage de l'ouvrir, je l'aurais brûlée. Elle serait restée dans le doute. Ç'aurait été préférable à ce naufrage. Lui qui n'écrivait jamais avait rédigé une seule putain de lettre dans sa vie et il aurait mieux valu qu'il meure ce jour-là. Il serait resté celui qu'on aimait. Il a détruit nos illusions avec ses mensonges, sa méfiance et son hypocrisie. S'il avait dit la vérité : j'en aime une autre et on va avoir un enfant, ça n'aurait rien changé et on l'aurait aidé, même Cécile. C'était de tromper qui était impardonnable. Presque deux semaines. Je téléphonais chez elle matin et soir. Elle ne répondait pas. À l'heure du déjeuner, je l'attendais à la fontaine Médicis. J'essayais de lire *Fortune carrée*. Je n'arrivais pas à maintenir mon attention. Pour changer, j'ai pris quelques photographies des sculptures éclairées par un soleil qui transperçait les feuillages. Soudain, en fixant la statue d'Acis et Galatée, j'ai compris. Elle me détestait. Elle m'en voulait. Je lui avais porté la mauvaise nouvelle et j'étais le frère du dernier des salauds. Il fallait que je lui dise que je n'avais rien de commun avec lui, qu'on était différents, que c'était un médiocre qui ne méritait pas la moindre considération. Qu'il fallait l'oublier, le larguer, le considérer non pas comme un souvenir qu'on chérit mais comme un fumier, qu'il n'était plus mon frère, que je le reniais et le chassais de ma vie et de mon esprit. Je voulais la convaincre qu'on devait vivre comme s'il n'avait pas existé, se promettre de ne plus prononcer son prénom, qu'elle méritait mille fois mieux que ça, qu'elle devait tourner la page et penser à son avenir. J'ai couru jusque chez elle. J'ai sonné dix minutes. J'avais mon trousseau de clés. J'ai ouvert la porte. L'appartement était dans le noir. Impossible de savoir si Cécile était partie pour longtemps.

Les cours se poursuivaient, monotones et soporifiques. J'ai fini *Le Lion* et *Fortune carrée* et les ai rendus à Igor qui m'a prêté d'autres romans de Kessel, tous dédicacés. Il y tenait comme à la prunelle de ses yeux. Il trouvait que je lisais trop vite et n'en profitais pas assez. Il avait fallu négocier. À présent, il me les donnait deux par deux. On en discutait avec passion. On n'était pas d'accord. Il aimait son lyrisme et son climat de mystère quand j'appréciais son style documentaire épuré à l'extrême et ses analyses psychologiques. Je lisais durant les cours, le livre posé sur les genoux. J'avais la certitude de ne pas perdre mon temps. Nicolas me prévenait d'un coup de coude ou de genou si le prof venait à se déplacer ou si mon attitude lui paraissait louche.

Une cloche a résonné, avec un rythme régulier. Pas la sonnerie. La cloche de la tour Clovis. L'appariteur est entré et est allé murmurer à l'oreille du professeur d'espagnol.
– Messieurs, rangez vos affaires, a dit ce dernier en se levant. Nous descendons dans la cour. Et en silence !
Les élèves s'engouffraient dans les couloirs et les escaliers. Les surveillants répartissaient les lycéens dans la cour d'honneur et les collégiens dans le cloître. Quand on sonnait le rassemblement général, c'était mauvais signe. C'était arrivé une seule fois ces quatre dernières années. Dans le plus grand

recueillement, Beynette, le proviseur, entouré des professeurs, avait annoncé le nom de celui qui était tombé au champ d'honneur. La chorale avait chanté la *Marseillaise*. On avait fait une minute de silence et on était remontés en classe.

La cloche s'est arrêtée. Le microphone grésillait et la voix du proviseur a retenti dans les haut-parleurs :

– Mes enfants, c'est avec une profonde douleur que je vous réunis en cette veille de vacances. J'espérais ne plus avoir à organiser cette triste réunion. Je viens d'apprendre que le lieutenant Pierre Vermont a été tué avant-hier lors d'un accrochage avec des forces ennemies. Ce décès nous touche. Il avait fait sa scolarité dans cet établissement. C'était un jeune homme brillant et un étudiant remarquable qui, peu de temps avant son incorporation, m'avait confié son envie de rejoindre le corps enseignant. Ici, Pierre Vermont n'avait que des amis...

Il continuait. Je ne l'entendais plus. J'ai mis un instant à comprendre. À réaliser qu'il parlait de mon Pierre. Je suis sorti du rang et me suis approché d'un surveillant.

– Ce n'est pas de Pierre Vermont dont il parle ?

– Retourne à ta place, ça va être la minute de silence.

Je suis resté comme un piquet. Je revoyais Pierre en train de danser le rock. Je l'entendais rire et s'emporter contre la sainte trinité du couple, du drapeau et du pognon ou démontrer avec conviction et véhémence qu'il fallait tuer tous les religieux, curés et rabbins de la terre, et que la seule concession qu'il acceptait était que leur mort soit douce et rapide. Je n'arrivais pas à l'imaginer inanimé et sanglant. J'étais sans réaction ni tristesse. Une mort comme une constatation. C'était l'absurdité qui me choquait. Pas qu'il soit mort mais qu'il ait été tué quatre jours avant la fin de la guerre. Comme si le dernier mort était plus con que le premier. Sa disparition aurait dû me bouleverser. J'étais stupéfait par cette nouvelle et effrayé par mon indifférence. J'ai pensé à Cécile. Qui allait lui apprendre le décès de son frère ? Comment allait-elle réagir ? La *Marseillaise* a retenti. J'ai eu la chair de poule des pieds à la tête. Je suis parti en courant et l'appariteur qui voulait m'empêcher de sortir s'est fait repousser sans ménagement. J'ai descendu la rue Saint-Jacques comme une flèche jusqu'au quai des Grands-Augustins. J'ai monté quatre à quatre les escaliers et tambouriné à la porte. Personne n'a ouvert. Je me suis assis sur la dernière marche et j'ai attendu. Dans le noir. Longtemps. Elle n'est pas venue. En partant, j'ai frappé à la loge de la concierge.

– Excusez-moi, madame, vous savez où se trouve Cécile Vermont ?

– Elle est partie depuis quinze jours. Je lui garde son courrier.

– Elle est chez son oncle, à Strasbourg ?

– Elle ne m'a rien dit. Vous vous sentez mal, jeune homme ? Vous voulez vous asseoir ? Vous êtes blanc comme un linge.

Je suis allé à Denfert. Je ne suis pas entré au Balto. À travers la vitre, je voyais Samy jouer au baby et au comptoir, Imré discuter avec Werner. Je n'avais envie de parler à personne. Quand je suis rentré, il était tard. Ils dînaient en regardant le journal télévisé.

– Tu as vu l'heure ? m'a lancé ma mère. Va te laver les mains avant de passer à table.

– Je n'ai pas faim.

Mon père m'a rejoint dans le couloir.

– Que se passe-t-il, Michel ?

433

– Tu te souviens de Pierre Vermont ? Le frère de Cécile.

– Celui qui t'a donné les disques ?

– Non, il me les avait prêtés. Il est mort. En Algérie. Dans un accrochage.

– Merde ! Quel âge il avait ?

– Je ne sais pas.

– La petite, elle a réagi comment ?

– Elle ne le sait pas.

– C'est moche. À la fin de la guerre, c'est con.

– Maintenant, elle est seule.

– Elle n'a pas de chance.

– Tu vois, on dit que ce sont les salauds qui s'en tirent et les braves types qui y restent. C'est vrai. C'est Pierre que j'aurais voulu avoir comme frère. Un type qui se comporte comme un héros et dont tout le monde parle avec respect.

– Tu n'as pas le droit de juger Franck. Tu ne sais pas ce qu'il a vécu.

– Je n'ai plus de frère. Pour moi, il est mort !

Je suis allé dans ma chambre. J'ai claqué la porte. Je voulais qu'on me foute la paix. Personne n'est venu me chercher. Je me suis couché. J'ai éteint la lumière. Je n'arrivais pas à dormir. J'entendais rire Pierre dans le bistrot de Maubert. Il m'avait tant apporté et, de mon côté, je ne lui avais rien donné. Je me sentais frustré par cette dette. Et puis, je l'ai vu, dans un halo de soleil, sur le rempart de sa forteresse, au bord du désert, scrutant l'immensité. Dans son uniforme défraîchi, le col relevé, les pans de sa tunique ouverte soulevés par le vent. Il avait des cheveux blancs et le visage ridé. Il souriait.

19

Cécile apercevait une montagne couverte de forêts dans le lointain, à travers la fenêtre. Elle détourna la tête et fixa l'homme en blouse blanche assis en face d'elle, derrière une table métallique. Il consultait une liasse de papiers. Il prenait son temps et examinait les chiffres avec attention. Elle scrutait le moindre signe sur son visage impassible. Il eut une moue satisfaite.

– Vos analyses sont excellentes et je donne mon accord. Nous devons respecter notre législation. On va vous prendre un rendez-vous en fin de journée avec un confrère qui vous délivrera un deuxième avis conforme. Ma secrétaire vous fournira ses coordonnées. Ensuite, on fera l'intervention. Vous rentrez le matin, à jeun, vous ressortez dans l'après-midi.

– Et s'il y a un problème ?

– On n'a jamais eu de problème.

– Le plus tôt sera le mieux.

Le médecin consulta son agenda.

– Vendredi matin, si vous voulez.

– C'est d'accord.

– La veille, vous prendrez ce sachet dans un verre d'eau et ces deux pilules.

– Après, que dois-je faire ?

– Un séjour au grand air pour vous reposer. Vous avez une petite tension. Une semaine au minimum, deux, ce serait l'idéal.

Cécile avançait le long d'une allée bordée de châtaigniers en fleur. Le soleil couchant illuminait le lac et les montagnes. Elle s'assit sur un banc et contempla l'immense jet d'eau qui s'élevait, se vaporisait sous le vent et se perdait dans le ciel. Cinq cygnes sauvages volaient en file indienne. Il faisait nuit quand elle pénétra dans un hôtel majestueux entouré d'un parc. Elle se dirigea vers la réception et, en la voyant, le réceptionniste lui tendit sa clé. Elle s'éloigna vers l'ascenseur, hésita, fit demi-tour et revint vers lui.

– Je voudrais téléphoner à Paris. C'est long ?

– C'est rapide aujourd'hui, répondit le préposé avec un accent appuyé.

– Odéon 27 53.

– Je vous le passe dans quelques minutes.

Cécile entra dans la cabine, posa ses affaires sur la chaise. Le téléphone sonna. Elle décrocha.

– Allô, bonjour, je voudrais parler à Michel.

– Ne quittez pas, je vais le chercher, lui répondit une jeune fille.

Juliette entra dans la chambre de son frère.

– Il y a quelqu'un pour toi au téléphone.

– Qui c'est ?

– Je ne sais pas. Une dame.

Michel prit le combiné.

– Allô ?

– Michel ? C'est moi. Comment ça va ?

– Ben... c'est...

– Moi, ça va.

– Tu es chez toi ?

– Je suis en… en vacances. J'avais besoin de m'éloigner un peu, tu comprends ?

– Ta concierge m'a dit que tu étais partie chez ton oncle.

– Heu… oui… Et je suis allée voir une copine. Il faut que tu me rendes un service, Michel. Il n'y a qu'à toi que je peux le demander.

– Je t'en prie.

– Tu peux aller chez moi ? Tu as mes clés ?

– Oui.

– Tu vas prendre ma thèse et me l'envoyer. Elle est dans ma chambre, dans le tiroir droit du bureau. La clé est dans le petit vase grec sur le radiateur. Je vais m'y remettre. Il faut que j'avance. J'ai du temps pour travailler dessus. C'est possible ?

– Sans problème.

– Tu peux m'envoyer des livres ? Je n'ai pas envie de les racheter.

– Attends, je prends un stylo.

– J'ai besoin des *Voyageurs de l'impériale*, des *Beaux Quartiers*, d'*Aurélien*, du *Crève-cœur*, du *Cantique* et des *Yeux d'Elsa*. Ils sont sur l'étagère. Ils sont annotés. Tu les mets dans un carton et tu me l'envoies par la poste. Il y a une caisse avec mes fiches. J'en ai besoin aussi. Je vais te donner l'adresse. Je te rembourserai.

– Tu plaisantes ?

– Attends. *Les Voyageurs* et *Les Beaux Quartiers*, ce n'est pas la peine. Avec les autres, ça me suffit. Tu n'as qu'à les lire.

– Vraiment ? Je peux ?

– Prends les livres que tu veux. Je te donne mon adresse. Tu notes ?

– Je t'écoute. Vas-y.

– Tu m'envoies le colis à... la poste restante d'Évian.

– Tu ne veux pas que je te l'adresse chez ton amie ?

– La poste, c'est plus pratique.

– Comme tu veux. C'est quoi le département ?

– Heu... la Savoie, je crois. Et toi, ça va au bahut ?

– Cécile, il faut que je te dise.

– Oui ?

– Il est arrivé quelque chose.

– Quoi ?

– C'est Pierre.

– Pierre ? Qu'est-ce qu'il a ?

– Il a eu... il a...

– Il a eu quoi ?

– Il a... Il a été tué.

– Qu'est-ce que tu dis ?

– Dans une embuscade.

– Hein ?

– Il est mort, Cécile.

– Arrête, Michel !

– Je te jure.

– Ce n'est pas possible !

– Ça fait cinq jours.

– Ce n'est pas vrai ! La guerre est finie !

– Pierre est mort, Cécile.

Elle sentit sa tête tourner. Une bouffée de chaleur lui monta au visage et l'empêcha de respirer. Elle chercha sa respiration et s'écroula comme une masse.

– Allô... Allô ?... Cécile !... Réponds ! Qu'est-ce qui se passe ? Cécile ? hurlait Michel dans le combiné qui pendait dans le vide.

20

Au Club, Leonid était un cas unique. Le seul, avec Gregorios, à être resté un communiste pur et dur, un Soviétique convaincu. Il soutenait Khrouchtchev puis Brejnev contre vents et marées et lisait la *Pravda* qu'il achetait chaque jour dans un kiosque rue La Fayette. Lui n'avait pas fui pour des raisons politiques ou sous la menace mais par amour. Il avait gardé ses opinions et les revendiquait avec fierté. Et ceux qui avaient sauvé leur vie de justesse et avaient été broyés par le système lui tenaient rigueur de son orthodoxie.

Comme tous les mercredis, Imré et Vladimir, chacun tenant un côté du journal, lisaient *Le Canard enchaîné* et commentaient les titres. Ils se mirent à pouffer.

– Vous connaissez la dernière de Jeanson ? lança Vladimir, hilare. Pourquoi est-ce que les généraux sont si cons ?

On formula des hypothèses logiques, saugrenues, farfelues et débiles. On se demanda s'il visait de Gaulle, Massu ou Franco. On dut s'avouer impuissant.

– Parce qu'on les choisit parmi les colonels ! poursuivit Vladimir.

Tout le monde éclata de rire, sauf Leonid. J'étais le seul à qui il racontait sa vie. Personne d'autre ne l'écoutait. Igor soutenait que l'évocation du passé rendait mélancolique et que c'était la première cause de l'alcoolisme. C'était une règle, écrite nulle part et approximative. Difficile de ne pas ouvrir ses valises et de refouler les vieux souvenirs fripés qui ne demandaient qu'à resurgir au premier coup de blues et de côtes-du-rhône. Leonid n'avait pas d'excuse. L'alcool ne lui faisait aucun effet.

– Tu nous emmerdes avec tes souvenirs à la con ! Trouve-toi une femme, une vraie, et fais-lui un enfant pendant que tu bandes encore, lui criait Vladimir.

– Tu aurais mieux fait d'y penser à tes enfants avant de te barrer. Aujourd'hui, ça leur fait une belle jambe d'avoir un père comme toi !

– On avait dit qu'on ne parlerait que du présent et de l'avenir, rappelait Werner.

– C'est le petit qui voulait savoir.

– Il nous fait chier, le petit, il n'a qu'à jouer au baby-foot ! grognait Gregorios.

– C'est mon invité. Et je parle de ce que je veux avec mes amis.

D'être élevé au rang d'ami de Leonid était un passeport respecté et je n'en étais pas peu fier.

– Ce sont des jaloux. Ils ont fui la queue entre les jambes. Je suis le seul à avoir choisi la liberté pour l'amour d'une femme. Personne ne m'y obligeait.

– Tu ne le regrettes pas ?

– Si tu avais connu Milène, tu ne poserais pas la question. Elle m'accompagne et, comme je pense à elle, chaque instant de ma vie est un bonheur.

– Quand elle t'a mis à la porte de son appartement, tu n'as pas essayé de revenir ?

– Je me suis retrouvé sur le palier comme un couillon. J'ai eu la plus mauvaise des réactions. Je suis descendu. Persuadé qu'elle allait me courir après. Tu imagines à quel point j'étais stupide et arrogant. J'ai attendu une demi-heure devant l'immeuble. Elle n'est pas venue me chercher. Lorsque je suis remonté, mes affaires étaient dans les escaliers. Je me suis toujours battu pour sauver ma peau. Quand mon avion était en flammes, quand j'ai reçu une rafale de mitrailleuse, quand je suis tombé derrière les lignes ennemies, je n'ai pas renoncé. À cet instant, j'ai compris que c'était fini, qu'il était inutile de discuter, de protester, de demander pardon et de supplier. Avec ce genre de femme, c'est tout ou rien. Le problème, c'est que le jour où tu le réalises, c'est trop tard. Si c'est cassé, tu ne peux pas recoller. Et il me restait un peu de fierté. Tu comprends ce que je veux dire, Michel ?

– Moi, j'aurais tenté ma chance.

Leonid a fini le pichet de côtes et en a demandé un autre à Jacky. Il s'est resservi deux grands verres d'affilée. Il m'en a proposé un.

– Je ne bois pas d'alcool.

– Qu'est-ce que tu veux ?

– Un demi-panaché bien blanc.

Jacky a râlé. On lui passait les commandes sans les grouper et il était fatigué.

– Je te raconte des histoires. En fait, j'ai essayé de la reconquérir. Je me suis battu mais elle était plus forte que moi. Quand tu aimes, tu n'as aucune susceptibilité, aucun amour-propre. J'espérais revenir en arrière. Ce soir-là, je ne sais pas si je te l'ai dit, c'était un vendredi, je me suis retrouvé à la rue, avec mes affaires. Je les ai déposées à la consigne de la gare d'Orsay. C'était à côté. J'ai passé ma première nuit dehors, en face de chez elle. Elle a fermé la lumière à une heure vingt-cinq. Depuis quelques jours, elle lisait *Léon Morin, prêtre*. Elle adorait ce livre. Le matin, quand elle est sortie, je me suis précipité. J'ai failli me faire écraser par un camion. Elle est montée dans sa voiture. Elle venait de la récupérer. J'ai frappé deux coups contre le carreau. Elle a été surprise de me voir. Elle a baissé la vitre. « Milène, il faut qu'on se parle. »

Elle a remonté la vitre, a démarré et elle est partie. Je suis resté sur le trottoir comme une andouille. J'ai attendu cinq journées interminables. Elle n'est pas revenue. Je ne voulais pas m'éloigner, de peur de la manquer. Je n'avais pas un rond sur moi. Pas un centime. Le premier jour, le concierge de l'immeuble a eu pitié et m'a donné à manger sur le rebord de sa fenêtre. Ensuite, il refusait de m'ouvrir la porte de sa loge et il me faisait signe de m'en aller comme si j'avais été un chien. Je ne me rasais plus, je ne me lavais pas. J'étais obligé de mendier. Avec la tête que j'avais, les gens avaient peur et s'éloignaient. J'avais tellement faim que je me nourrissais dans les poubelles. J'étais dégueulasse. Je ne pouvais pas me changer. Je n'avais plus de quoi payer la consigne de la gare. Je me suis fait ramasser par la police pour vagabondage. Au poste, le deuxième jour, un type est venu me voir. Il était habillé d'un costume très élégant. Je ne le connaissais pas. Le brigadier lui a ouvert la porte de la souricière. Il s'est assis à côté de moi sur la paillasse. Il avait un flacon de cognac dans la poche intérieure de son manteau. Il en a bu une gorgée et m'en a proposé. Il avait un très léger accent. Je le lui ai pris des mains. Je n'ai jamais eu autant de plaisir à boire un coup. Ça m'a fait un bien fou. Je sentais l'alcool me couler dans la gorge. Je lui ai fini sa bouteille. Il m'a offert une Winston. Nous sommes restés côte à côte à cloper comme deux vieux copains. Il savait tout de moi. Qui j'étais et ce que j'avais fait. Il a sorti de son autre poche intérieure une énorme liasse de billets de banque. Il m'a proposé un marché. Il me donnait cette somme si je ne revoyais pas

Milène. Au début, je ne comprenais pas ce qu'il voulait. Il m'a expliqué les conditions. Cent mille francs, et à cette époque, c'était une sacrée somme, contre la promesse de ne plus lui parler. Je lui ai dit que je pouvais prendre cet argent et manquer à ma parole. Il m'a répondu qu'il croyait en ma loyauté. L'alternative était : avoir un peu d'argent pour m'en sortir ou ne pas avoir un rond. Dans les deux cas, elle était perdue. Il m'a redonné une cigarette et m'a laissé réfléchir le temps de la fumer. J'étais décidé à promettre, à prendre le fric et à retourner plaider ma cause. Quand je lui ai dit que j'acceptais, il a pris le papier tenu par l'élastique qui entourait les billets. C'était un petit texte en français et en anglais, pour être certain que je le comprenne. Il m'a demandé si je croyais en Dieu. Je lui ai répondu que non. Il m'a dit : « Ce n'est pas grave. Vous êtes orthodoxe, vous allez lire ce document et prêter serment en levant la main gauche. » Je l'ai levée. J'hésitais. Ça avait du mal à sortir. Il ne disait rien. Il attendait que je me décide. Je n'avais jamais vu un homme aussi calme et sûr de lui. J'avais la main gauche en l'air. J'ai cédé. J'ai promis. À cet instant-là, j'ai su que je l'avais perdue. Il m'a dit que j'avais fait le bon choix, qu'il avait confiance en moi, et il m'a donné l'argent. Je suis sorti du commissariat. Et depuis, je n'ai pas revu Milène. Je l'ai vendue pour un peu de fric. Je ne la méritais pas.

– C'était quoi cette promesse ?

Leonid a pris son portefeuille en cuir noir et, d'un rabat, a extrait un bout de papier jauni, usé aux plis, froissé, taché, déchiré, raccommodé avec du papier collant et me l'a tendu. J'ai eu du mal à le déchiffrer. Les quatre lignes en caractères rouges tapées à la machine à écrire s'estompaient :

Moi, Leonid Mikhaïlovitch Krivochéine, donne ma parole de ne jamais revoir Milène Reynolds, de ne jamais la contacter et de respecter sa volonté jusqu'à la fin de mes jours. Je fais cette promesse solennelle sur mon honneur de militaire titulaire de deux étoiles d'or de héros de l'Union soviétique. Fait à Paris, le jeudi 25 juin 1953.

Il me montra sa montre au bras droit et caressa le verre.

– Je la regarde cent fois par jour. Elle n'a pas pris une seconde de retard sur l'horloge parlante. Tu te rends compte à quoi ça tient la vie? À cause de ces salopards de Rosenberg. Si leur condamnation à mort avait été commuée en perpétuité, nous serions toujours ensemble.

– Leonid, ils étaient innocents !

– C'étaient des criminels ! Ils savaient ce qu'ils risquaient. On n'a pas le droit de trahir son pays. Aux États-Unis, on ne condamne pas les innocents. C'est obligatoire. Pourtant, ce qui est arrivé, ce n'est pas de leur faute, c'est de la mienne. Ici, il y en a qui croient que j'ai des regrets d'avoir gâché ma vie et perdu ma situation pour une aventure sans lendemain. Je te l'ai dit, je ne regrette rien. Ce que j'ai vécu avec elle durant 794 jours a été si exceptionnel et si intense que j'en suis rempli pour la vie entière. Si c'était à refaire, je recommencerais sans hésiter. Dans mon malheur, je ne suis pas à plaindre. J'ai eu la chance de rencontrer Igor – sans lui, je serais un clochard – et de me faire quelques amis, et les amis, c'est pour la vie. Si un jour tu croises une femme au bord de la route, qu'elle fait des signes de la main et te demande de l'aider, surtout, ne t'arrête pas. Changer une roue, c'est l'affaire des dépanneurs. Eux, ils sont blindés. Ils ne mélangent pas le boulot et les sentiments. Si j'avais respecté les bons vieux principes marxistes de la division et de la séparation du travail, je n'en serais pas là aujourd'hui. On nous bourre la tête de principes inutiles comme la politesse ou la galanterie et on ne nous apprend pas la règle fondamentale : méfie-toi des femmes qui sourient, ça cache des arrière-pensées. C'est quand une femme ne sourit pas qu'elle est naturelle. Si elle tombe à l'eau et crie au secours, envoie-lui une bouée et passe ton chemin. Ce sont des conseils élémentaires qu'un père devrait donner à son fils pour le prémunir contre les dangers de la vie. Le mien ne m'a pas mis en garde.

– Il y a une chose que je ne comprends pas, Leonid. Comment peut-on aimer une femme et ne pas se battre pour être auprès d'elle ?

– J'ai donné ma parole. C'est mon destin, ma façon à moi de lui être fidèle. Tu n'as pas besoin d'être aimé pour aimer. Depuis neuf ans, chaque année le 5 avril, elle reçoit un bouquet de mimosa. Un bouquet anonyme. Elle sait que c'est moi qui le lui offre. Si elle le souhaitait, il ne tiendrait qu'à elle de me revoir. Il lui suffirait d'aller chez le fleuriste qui lui donnerait mon adresse. Elle ne le veut pas. Je respecte ma promesse. Peut-être un jour changera-t-elle d'avis.

– Ça fait dix ans que vous êtes séparés. Ça n'est pas possible de continuer à y croire.

– J'aurais préféré tourner la page. Tu ne décides pas d'aimer ou d'oublier. C'est une idée qui ne t'abandonne jamais. Le jour, je vis avec elle et la nuit, quand je me réveille, c'est à elle que je pense. Je suis amoureux comme au premier jour. Tu peux te lasser d'une femme, en vouloir une autre. Ce n'est pas de l'amour, c'est du désir. Parce que l'amour, le vrai, c'est intellectuel. C'est dans la tête que ça se passe et il y a des jours où je me dis qu'il aurait été préférable que je l'oublie. Jacky, donne-moi un 102.

Que ce soit pour les centaines de parties d'échecs dont il avait mémorisé chaque coup et qui faisaient de lui un joueur redouté ou pour son aventure avec Milène dont chaque détail restait vivace, Leonid était admiré et envié pour sa mémoire exceptionnelle, mais c'était elle qui faisait son malheur. Il aurait mieux valu qu'il soit comme chacun de nous, ne se souvienne, et encore, que de deux ou trois parties et ne conserve que les moments lumineux de sa vie amoureuse. On redoute toujours de perdre la mémoire. C'est elle la source de nos maux. On ne vit bien que dans l'oubli. La mémoire est le pire ennemi du bonheur. Les gens heureux oublient. Cette fâcheuse histoire expliquait pourquoi Leonid était le seul taxi parisien à refuser de transporter un client à l'aéroport d'Orly. Pourtant, c'était une course qui rapportait. Dix ans après, il refusait toujours mordicus. Comme s'il avait peur d'y faire une mauvaise rencontre.

21

Dans la famille Catastrophe, je demande les rapatriés. Même Eugène Sue, qui s'y connaissait en rebondissements invraisemblables, n'aurait pu imaginer une telle succession de tuiles. Il aurait trouvé que c'était exagéré et qu'aucun destin n'accumulait autant de malheurs. Les Delaunay ont débarqué d'Algérie. Maurice, Louise et les cousins Thomas et François, avec leurs valises, leur épagneul Toby, leur accent pied-noir et leur amertume. Ils avaient abandonné leurs trente-deux immeubles, leurs commerces, leurs voitures, leurs meubles et leur soleil.

– Jusqu'au bout, on y a cru. On espérait un miracle. La France nous a abandonnés. C'était le sauve-qui-peut. La panique générale. On se battait pour monter dans les bateaux. On est partis sans rien. Une main devant, une main derrière. Ils nous ont tout pris, expliquait Maurice, effondré.

– Là-bas, tu étais riche. Ici, tu es pauvre. Moi, à ta place, je serais resté, affirmait mon père.

Quelques années auparavant, grand-père Philippe avait réparti son héritage entre ses deux enfants. Ma mère avait hérité de notre appartement et de l'entreprise familiale. L'oncle Maurice avait investi sa part dans des immeubles au centre d'Alger et d'Oran. Il avait souscrit des emprunts et donné sa garantie personnelle. Il devait continuer à rembourser dix ans et n'encaissait plus les loyers.

– Il ne nous reste que des dettes et nos yeux pour pleurer, se lamentait Louise.

– On est là ! C'est quand on a des problèmes que la famille est importante, clamait ma mère pour leur remonter un moral en berne. Vous êtes ici chez vous.

Ils se sont installés. Quand ils venaient en vacances, l'ambiance était joyeuse. On rigolait et on ne pensait qu'à s'amuser et à en profiter. L'atmosphère n'était plus à la rigolade. L'appartement était transformé en camping désorganisé. Si on avait pu donner notre avis, on aurait préféré qu'ils vivent ailleurs. C'était un mauvais moment pour débarquer. Pour des raisons dont on ne voulait pas parler. J'ai fait un effort. Thomas et François ne lisaient que des bandes dessinées. Quand je leur ai conseillé des livres, ils m'ont regardé comme si j'étais débile.

Maria était une femme énergique qui avait une haute conception de sa fonction. Elle faisait partie de la famille. Ma mère lui avait abandonné les rênes du quotidien et, du matin au soir, elle gérait la maison sans avoir personne sur le dos. Du jour au lendemain, elle s'était retrouvée avec la smala Delaunay qui ne levait pas le petit doigt, se croyait à l'hôtel et lui donnait des ordres qu'elle refusait d'exécuter. Elle les détestait et les considérait comme des intrus. Les vieilles rancœurs entre pieds-noirs et Espagnols remontaient à la surface. Louise se plaignait de son mauvais caractère. Pour ma mère, Maria était une perle. Ça a explosé après que la machine à laver eut rendu l'âme. Maria avait trop de travail et a donné ses huit jours. Ma mère l'a retenue en l'augmentant mais elle a continué à râler.

Juliette avait placé ses espoirs dans l'arrivée des cousins. Enfin quelqu'un avec qui parler. La *chiacchierona* a été déçue. Louise n'arrêtait pas de pleurer et la fatiguait avec ses plaintes incessantes. Les cousins l'avaient rembarrée. Ils passaient leurs journées devant la télé et elle les gênait. Alors, Juliette continuait à parler seule, elle se vengeait des cousins qui prenaient un bain chaque matin en vidant le cumulus et leur laissant l'eau glacée.

Personne n'aurait pu prévoir le conflit qui allait se déclarer entre Toby et Néron. Notre chat était furieux de la présence de cette bête baveuse qui laissait des poils partout et aboyait sans motif. Dès qu'ils s'étaient aperçus, ils s'étaient haïs. Il avait fallu les séparer et les enfermer. Toby ne quittait plus l'ancienne chambre de Franck, et Néron restait dans celle de Juliette. On avait oublié cent fois de fermer les portes et ils s'étaient écharpés autant de fois. Toby avait sauté sur Néron pour le tuer, s'était fait ouvrir la truffe d'un coup de patte rageur et avait hurlé à la mort pendant une nuit entière. Ensuite, ce chien qu'on pensait idiot avait fini par comprendre qu'il devait raser les murs devant notre chat.

Il ne faut jamais garder ses soucis pour soi mais s'en ouvrir à ses amis. J'en ai parlé à Leonid qui jouait aux échecs avec Igor. J'avais de la chance. Question détresse, fatalité et adversité, c'étaient des spécialistes. Ils m'ont expliqué qu'en mathématiques, ça s'appelait la loi des séries. Un Américain du nom de Murphy en avait dérivé une application qui se vérifiait avec une logique irréfutable. Si j'ai compris ce qu'il affirmait : la tartine tombe toujours du côté de la confiture ou reste collée au plafond et, quand elle retombe, c'est sur le tapis ou la figure ou la cravate.

– Si, par le plus grand des hasards, elle tombe du côté non beurré, continua Igor, c'est que tu t'es trompé de côté en la beurrant.

– J'ai essayé avec des blinis et du tarama, c'est pareil, poursuivit Leonid.

De fil en aiguille, ils ont réussi à me persuader que l'installation des Delaunay chez nous était une aubaine dont je devais me réjouir.

– On ne veut pas te décourager, Michel. À ton âge, tu dois apprendre à apprécier l'instant que tu vis. Le pire est devant toi. À côté de ce qui t'attend, le présent, quel qu'il soit, est une douceur.

– Attention, tu ne dois pas être indifférent au quotidien. Tu dois t'en détacher. Comme cela, rien ne peut t'atteindre.

Cette discussion m'a rendu heureux. J'étais ravi de

comprendre un concept scientifique. J'ai changé d'attitude vis-à-vis de mes cousins. Ils ne se sont rendu compte de rien et ne décollaient toujours pas de la télé.

Au bout de deux semaines, une sorte d'organisation du désordre est apparue. Mon père a retrouvé ses bonnes habitudes de partir à l'aube et de rentrer le plus tard possible. Ma mère le suivait de peu. La famille s'est agrandie et on s'est fait une raison. Louise était la seule à ne pas avoir compris que certaines questions ne devaient pas être posées, au risque de compromettre ce délicat équilibre

– Qu'est-ce qui s'est passé avec Franck ? demandait-elle. Où est-il ?

Elle a essayé avec mon père qui est parti sans répondre, avec ma mère qui l'a regardée d'un œil noir, avec Juliette qui ne savait pas, avec moi qui faisais comme si je ne l'entendais pas, avec Maria qui ne lui parlait plus. Elle a essayé, de nouveau, un dimanche midi, pendant que mon père découpait le poulet et elle s'est fait clouer le bec par grand-père Philippe :

– Tu nous emmerdes, Louise, avec tes questions à la con. Franck est en voyage !

À chaque fois que le téléphone sonnait, je me précipitais. Ce n'était jamais pour moi. Un soir, Cécile s'est manifestée. Elle était revenue. Il était tard. Elle avait une voix fatiguée, un peu absente. Elle ne souhaitait pas qu'on se voie. Elle devait s'occuper de l'enterrement de Pierre qui devait avoir lieu en province dans le caveau familial.

– Si tu veux, je peux venir.

– Ce n'est pas la peine.

– Je voudrais être avec toi.

– Il va y avoir la famille. Des gens que je n'ai pas vus depuis des années.

– On sera ensemble. Moi aussi, j'ai beaucoup de peine.

– N'insiste pas, Michel, je veux être seule avec Pierre. Les autres sont des étrangers pour moi. Je suis fatiguée. Il faut que je me repose. Je resterai un moment là-bas. On se verra à mon retour. Tu seras là ?

– Figure-toi que les Delaunay d'Algérie ont débarqué. C'est le bordel à la maison. Cette année, on ne partira pas en vacances. On aura du temps au mois d'août. Cécile, maintenant, c'est moi ton frère.

– Oui, tu es mon petit frère. Je t'appellerai.

On était début juillet. Ma mère n'est pas rentrée. On était un peu inquiets. Elle n'était jamais absente sans prévenir. Elle avait quitté le magasin en fin d'après-midi sans dire où elle allait. On avait téléphoné chez grand-père. Elle n'était pas chez lui. On avait commencé à dîner sans elle. La porte d'entrée a claqué. Ma mère est apparue comme une furie. On était réunis autour de la table. Maria faisait le service.

– Paul, il manque cinq millions en bons du Trésor à la banque ! Où sont-ils ?

Mon père s'est levé. Sa serviette est tombée dans l'assiette de soupe. Il restait debout, la bouche ouverte, pris au dépourvu.

– Qu'en as-tu fait ?

Quand ma mère revenait aux anciens francs, c'est qu'il y avait un problème.

– Heu… Ah oui, les cinq millions. Je voulais t'en parler.

– Tu te fous de moi ?

– Écoute, on pourrait voir ça plus tard. En tête à tête.

– Tout de suite !

Les Delaunay d'Algérie ont été les témoins de l'engueulade. Avec Juliette, on ne savait plus où se mettre.

– Écoute, Hélène, il vaudrait mieux qu'on en discute tous les deux.

– Je veux une explication !

– Je ne peux rien te dire.

– Comment ça ? Tu prends cinquante mille francs à la banque à mon insu. Tu imites ma signature et tu ne peux rien me dire ?

– J'en ai eu besoin.

– De cinq millions ? Pour quoi ?... Tu te moques de moi ? C'est l'argent de la famille. Je voulais le donner à mon frère. Il en a besoin. Tout a disparu !

– C'est de l'argent que j'ai gagné ! J'avais le droit de le prendre. Et tu vas arrêter de me parler sur ce ton devant les enfants.

– Je parle sur le ton que je veux. Je ne te reproche pas d'avoir pris de l'argent ! Je te reproche de me l'avoir caché. Et en imitant ma signature !

– Je te rembourserai.

– Ah oui ? Avec quoi ? Avec mon argent, peut-être ?

– Tu ne me crois pas ?

– Qui me dit que tu n'as pas mis cet argent dans ta poche ? Que tu n'as pas une poule ? Que tu n'as pas perdu aux courses ou aux cartes ?

– Comme si tu ne savais pas ce que je fais de mes journées.

– Dis-moi la vérité !

– Je ne peux pas, Hélène.

– J'espère que ce n'est pas pour Franck? Ce n'est pas pour lui?

– Non.

– C'était pour ça le voyage dans le Nord? Tu me prends pour une imbécile. Je m'en doutais. Tu as vu Franck. Tu l'as aidé.

– Jamais!

Ma mère s'est tournée vers moi. Elle m'a fixé droit dans les yeux.

– Michel, est-ce que tu as vu ton frère?

Un frisson m'a parcouru. Mes cheveux se dressaient sur la tête et mon visage s'enflammait. Je soutenais son regard et m'efforçais de retrouver mon calme. Mon père avait le visage baissé. Aussitôt, j'ai repensé à la promesse d'homme qu'il avait exigée. J'étais coincé. J'entendais encore ses paroles: « Quoi qu'il arrive et qui que ce soit. »

– Non, je ne l'ai pas vu, ai-je prononcé d'un air détaché.

– Tu ne lui as pas parlé?

– Je te l'aurais dit, maman.

– Et toi, Juliette?

– Maman, je te promets. On n'a pas vu Franck.

Elle a dévisagé mon père d'un air dur.

– Si ce n'est pas pour lui, il va falloir que tu m'expliques. Tu me connais, quand j'ai une idée en tête, je n'abandonne jamais. Crois-moi, ça ne va pas se passer comme ça!

Mon père a mis sa veste. Il est sorti. Le matin, quand on s'est levés, il n'était pas là. Après cet incident, on n'a plus entendu parler des bons du Trésor. Je n'ai pas su si c'était le prix du voyage ou ce que mon père avait donné à Franck pour voir venir. On n'a pas abordé le sujet.

Ma mère a clamé que les fellaghas ne feraient pas la loi à la maison. On ne changerait rien à nos projets et à nos habitudes. On irait en vacances à Perros-Guirec comme chaque année au mois d'août. J'ai téléphoné à Cécile à plusieurs reprises. Elle ne répondait pas. Je suis passé chez elle. La concierge m'a confirmé qu'elle n'était pas revenue et elle ne savait pas où elle se trouvait.

Alors qu'on descendait les valises, un gendarme s'est présenté. Mon père était convoqué à la préfecture de police. Deux inspecteurs lui ont posé mille fois les mêmes questions. Pourquoi était-il rentré en France ? Il avait parlé de Tanger. Son fils se trouvait-il au Maroc ? La diplomatie n'étant pas son fort, il leur a dit qu'il les emmerdait, eux et toute l'armée française. Ils l'ont gardé deux jours. On a dû reculer le départ.

Le lendemain de notre arrivée en Bretagne, mon père a prétexté du travail à Paris pour y retourner et nous a laissés. Il a fallu supporter un mois de flotte entrecoupé de rafales glacées et de bourrasques. Impossible de se baigner, de rester sur la plage ou de se promener sur le sentier des douaniers transformé en pataugeoire sans risquer de se rompre le cou. On regardait tomber la pluie. On jouait au Monopoly. Les Delaunay d'Algérie ne savaient pas jouer aux échecs. Ils adoraient acheter des immeubles et des hôtels. J'ai passé plusieurs appels à Cécile, sans succès.

Mon père est revenu nous chercher. On est rentrés plus tôt que prévu. Leurs dossiers scolaires ayant brûlé dans l'incendie du lycée Bugeaud, les cousins devaient passer un examen pour entrer à Henri-IV. Ils ont été recalés. Leur accent a dû leur jouer un mauvais tour. Je ne les ai pas ratés, eux qui se prenaient pour des cadors. Grand-père a fait jouer en vain ses relations. Louise voulait les inscrire à Stanislas qui avait une excellente réputation mais ils n'avaient plus les moyens. Les cousins ont été refusés à Montaigne et à Buffon. Ils ont fini à Charlemagne, qui accueillait les rapatriés sans examen.

Le 15 septembre, j'ai reçu un appel de Cécile. Je n'avais eu aucune nouvelle d'elle depuis deux mois.

– Je suis heureux de t'entendre. Je suis passé chez toi. Ta concierge te l'a dit, non ?

– Il faut qu'on se voie, Michel.

– Demain, on peut se retrouver au Luxembourg.

– On doit se voir tout de suite.

– Je suis en train de faire travailler mes cousins d'Algérie. Ils se sont fait jeter de H-IV. Ils sont archinuls.

– C'est urgent.

– Tu ne peux pas attendre un peu ?

– Non !

Une demi-heure plus tard, j'ai sonné à sa porte. Elle m'a ouvert. Elle avait changé. Elle portait le grand pull blanc écossais de Pierre qui lui descendait à mi-cuisses. C'est la première fois que je la voyais en jupe. Elle avait une frange irrégulière sur le front. Ses cheveux noirs lui tombaient sur les épaules. Elle avait son air sombre des mauvais jours. Elle n'a pas répondu à mon « Bonjour, comment vas-tu ? ». Elle a fait demi-tour et s'est appuyée sur la table du salon. Une caisse en carton était posée dessus.

– Ce sont les affaires personnelles de Pierre. Je viens de les recevoir.

Elle a plongé la main dedans et en a sorti une poignée de lettres. Elle les a lancées d'un geste nerveux.

– Tu veux les lire ?

Je regardais, sans comprendre, les enveloppes éparpillées sur la table.

– Qu'y a-t-il ?

– Quand je t'ai demandé si tu avais prévenu Pierre que j'abandonnais ma thèse, tu m'as juré que tu ne lui avais pas écrit.

– C'est vrai.

– C'est ton connard de frère qui lui a écrit ! Tu lui en avais parlé avant qu'il s'engage !

Elle a sorti une enveloppe d'un cahier. J'ai reconnu l'écriture de Franck.

– Tu veux que je te la lise ? C'est touchant d'attention.

– Attends, je vais t'expliquer.

– En plus, il y a des explications !

Elle s'est levée, a pris une grosse liasse d'enveloppes et me l'a jetée au visage. Je l'ai attrapée.

– Tu étais la seule personne en qui j'avais confiance et tu m'as trahie. Toi ! Tu m'as menti. Vous les Marini, vous êtes tous les mêmes !

– Ce n'est pas vrai.

– Tu n'avais pas le droit !

– C'est que…

– Fous le camp !

– Je ne voulais pas…

– Tire-toi ! Je ne veux plus jamais te voir !

Je suis sorti. Sur le palier, j'ai attendu qu'elle me rappelle. J'ai poussé la porte. C'était fini. Je n'arrivais pas à m'y résoudre.

Les jours suivants, j'ai espéré la croiser et qu'on puisse se parler. Je traînais au Luxembourg et autour du quai des Grands-Augustins. Je ne l'ai pas revue. Si j'en juge par le résultat, le mensonge est, de loin, la solution la plus inutile et la plus inefficace qui soit. On n'y gagne que des emmerdements. Si j'avais trahi cette connerie de promesse d'homme, mon père ne m'en aurait pas tenu rigueur. Ma mère aurait peut-être compris que mon père n'avait pas d'autre solution que d'aider son fils et elle lui aurait pardonné. Si je lui avais dit la vérité, Cécile m'aurait gardé sa confiance. Je me sentais comme un funambule avant la chute quand il cherche à quoi se raccrocher et découvre le vide sous ses pieds.

Après plusieurs mois d'hospitalisation, grand-mère Jeanne est morte dans son sommeil. Grand-père Enzo dormait dans le fauteuil à côté d'elle et ne s'est rendu compte de rien. Quand il a reçu le coup de téléphone lui annonçant la nouvelle, mon père s'apprêtait à partir travailler. Il est tombé comme une masse sur la chaise et s'est mis à pleurer. Il n'était pas allé voir ses parents depuis la fin août. Il m'a demandé si je voulais venir avec lui à l'enterrement. Ma mère a répondu à ma place que c'était la semaine des compositions et que je ne pouvais pas les manquer. Elle lui a conseillé d'y aller avec Baptiste. Mon père a refusé d'appeler son frère.

– Il est cheminot. Il ira en train.

Il est parti sur-le-champ à Lens. J'ai téléphoné à mon grand-père. Ça ne répondait pas. Je lui ai écrit que je regrettais de ne pas pouvoir être à ses côtés, que je pensais beaucoup à lui et à grand-mère Jeanne. Juliette a signé la lettre.

Mon père est revenu dix jours plus tard. Je lui ai demandé comment allait grand-père Enzo.

– Je ne sais pas. J'espère qu'il ne va pas perdre la boule.

– Pourquoi tu dis ça ?

– Il a de drôles d'idées.
Il n'a pas voulu me dire lesquelles.

Il n'y a qu'au Club que je trouvais un peu de lumière. Le jeudi 22 novembre a été un jour exceptionnel. Kessel a été élu à l'Académie française. Ce n'est pas tous les jours qu'on a un copain qui devient académicien. On savait qu'il était candidat mais il y avait une telle opposition à accueillir ce fils d'émigrés juifs cosmopolites qu'on était sûrs que Brion serait élu. On était regroupés près de la radio, et aux informations, quand le journaliste a annoncé son élection, on a explosé de joie. Avant son arrivée, les bouchons de champagne ont sauté et, de l'avis unanime, il y a eu la plus grande fiesta de l'histoire du Balto. Même Jacky et le père Marcusot ont offert leur tournée. Quand il est arrivé, ç'a été de l'hystérie. Tout le monde le félicitait et voulait l'embrasser. Sartre nous a rejoints et a offert sa bouteille. Kessel trinquait avec chacun.

– On avait peur que la haine de certains académiciens t'empêche d'être élu, lui a dit Igor.

– On peut toujours plus que ce que l'on croit pouvoir, a répondu Kessel avec son immense sourire.

Il était tard. J'ai dû, à regret, rentrer à la maison. On m'a dit que la fête avait continué jusqu'à l'aube et que Marcusot avait commandé une verrerie neuve.

Chaque jour qui passait rendait l'absence de Cécile plus pénible. Leonid voulait me convaincre qu'il fallait espérer, forcer le destin, attendre le bon moment.

– Tu dois être persévérant, commença-t-il. Ce ne sera pas la première femme à changer d'avis.

– Je suis désolé de te contredire, l'interrompit Igor. C'est inutile de se faire des illusions. Quand c'est important, elles ne changent pas d'avis.

– Ce n'est pas vrai ! cria Leonid.

Ils partirent dans une discussion interminable et animée. Sans qu'ils s'en rendent compte, ils parlèrent en russe. Igor en prit conscience le premier et revint au français.

– On n'arrive pas à se mettre d'accord. On ne sait pas s'il vaut mieux attendre et espérer ou se faire une raison et renoncer.

– Demain sera meilleur. Je suis désolé de le constater, Igor Emilievitch, tu es négatif. Moi, je suis un optimiste.

– Je suis un optimiste aussi, répondit Igor. Le pire est devant nous. Réjouissons-nous de ce que nous avons.

Janvier-septembre 1963

1

Au Club, il y avait un homme à part. À l'écart. Il ne parlait jamais avec personne. Il restait debout à regarder les autres jouer aux échecs. Sans rien dire. Tout le monde l'évitait. J'avais demandé à plusieurs reprises qui il était. On me répondait « Je ne sais pas » ou « Ne t'en occupe pas ».

Il venait de façon épisodique, un peu comme Lognon. Il apparaissait sans qu'on s'en rende compte, disparaissait durant plusieurs semaines sans qu'on le remarque. Il était mince, presque maigre, le visage émacié avec une barbe de trois jours, les cheveux noirs ondulés, le front bombé, les pommettes saillantes, les yeux marron cernés enfoncés dans leurs orbites, le nez fin et le menton avec une fossette. Il fumait cigarette sur cigarette. Il portait hiver comme été un pardessus gris et défraîchi trop grand pour lui, dont il relevait les pans avec sa main gauche. Par les manches, on apercevait sa chemise en nylon élimée et tachée. Avec son pantalon flottant et ses chaussures usées, on aurait pu croire un vagabond. Jacky, si attentif aux commandes et aux renouvellements, ne lui demandait pas s'il voulait une consommation. Leonid ne manquait pas une occasion de le bousculer de l'épaule quand il passait près de lui. L'homme ne répondait pas et ne l'évitait pas. Lors de la fête pour l'élection de Kessel, j'avais été témoin d'un incident passé inaperçu.

L'homme se tenait éloigné du groupe. Kessel l'a vu, a pris une coupe, l'a remplie de champagne et s'est dirigé vers lui. Leonid l'a remarqué et, d'un mouvement de menton, l'a signalé à Igor qui a rejoint Kessel à l'instant où il la tendait à l'homme. Igor a posé sa main sur le bras de Kessel et l'a retenu. Ils sont restés quelques secondes figés. Ils ne se sont pas dit un mot. Kessel a renoncé, a posé la coupe sur la table et fait demi-tour. Igor a balayé le verre d'un geste nerveux. Il est tombé par terre et s'est brisé. L'homme a reculé, a contemplé cette assemblée joyeuse qui le rejetait et a disparu.

Cécile me manquait. Début janvier, je me suis dit que c'était le moment pour renouer et me faire pardonner. Je lui ai téléphoné. Une voix répondait que le numéro de mon correspondant avait changé et que je devais consulter l'annuaire ou le centre de renseignements. Je suis passé chez elle. Personne. Sa concierge ne l'avait pas vue depuis deux mois. Elle ne recevait plus de courrier. En janvier dernier, on s'était souhaité une bonne année et ça avait été la pire de notre vie. Même si on sait que c'est inutile, c'est à ça que servent les vœux. À faire le ménage du passé. Comme s'il y avait prescription. Mais peut-être qu'à côté de ce qui nous attendait, l'année qui venait de passer nous paraîtrait joyeuse.

Chaque jour, je m'asseyais près de la fontaine Médicis. Il n'y a rien de plus idiot que ces rituels qu'on s'impose, comme s'ils pouvaient conjurer le mauvais sort. J'étais persuadé que tôt ou tard, ce serait à cet endroit que je retrouverais Cécile. Il n'y avait qu'à s'armer de patience. Si elle avait quitté Paris, un jour ou l'autre elle y reviendrait et passerait là. Je prenais un livre et bouquinais près du bassin. Je faisais une photo de temps en temps. J'isolais un détail et attendais la lumière qui donnerait une forme inconnue aux sculptures. Nicolas m'avait suggéré de changer de thème. Le Luxembourg n'en manquait pas. En cinq ans, j'avais fait des centaines de photos de cette fontaine et de ses environs. Des rêveurs, des badauds, des lecteurs assis sur les chaises, des étudiants, des retraités, des jardiniers et des gendarmes. Et d'Acis et Galatée couchés sous le rocher. Il en émanait un mystère, inexplicable et fascinant, et tant que je n'en aurais pas compris le sens, je n'avais pas envie de changer.

Je l'ai reconnu, avec ses épaules voûtées et sa démarche fatiguée. Il s'est arrêté près d'une poubelle, a ramassé un journal, s'est assis sur une chaise et a commencé *France-Soir* par la dernière page, celle des bandes dessinées. Puis il l'a rangé dans la poche de son manteau et s'est mis face au pâle soleil de janvier. Il semblait dormir, jambes étendues. Une chaisière s'est approchée, son carnet de tickets à la main, et lui a touché l'épaule. Il s'est réveillé en sursaut, s'est levé et éloigné vers la fontaine en maugréant sans la payer. Arrivé à mon niveau, il s'est immobilisé. Je ne savais pas s'il faisait semblant de ne pas me reconnaître ou s'il cherchait dans sa mémoire où il m'avait vu.

– Je vous ai aperçu au Club, ai-je avancé.

– Votre tête ne m'est pas inconnue. Vous fréquentez cet asile de vieillards ?

– J'apprends à jouer aux échecs.

– Vous devriez vous amuser avec des jeunes de votre âge. En plus, ils ne savent pas jouer.

– Leonid est un champion. On vient de tout Paris pour l'affronter. Il ne perd jamais. Même contre des polytechniciens.

– Vous connaissez Leonid ?

– Je les connais tous.

– Mes félicitations. Ça commençait à sentir le hareng à la retraite. Un peu de sang neuf ne leur fera pas de mal. Vous permettez ?

Il n'attendit pas ma réponse pour s'asseoir sur la chaise voisine, allonger ses jambes sur une autre et poursuivre sa sieste. Un rayon de soleil éclairait son visage barbu. Il parlait un français impeccable. C'était une différence majeure avec les membres du Club qui offraient la gamme complète des accents d'Europe centrale et de l'Est. J'ai été frappé par la finesse et la blancheur de ses mains. Il les a croisées sur son manteau râpé. La chaisière s'est présentée. Il n'a pas bougé. J'ai payé les trois chaises.

– Vous n'auriez pas dû, a-t-il dit sans ouvrir l'œil.

– On ne peut pas y échapper. Ou il faut s'asseoir sur un banc.

– Et en plus, il respecte la loi. Vos fréquentations ont déteint sur vous. C'est une honte de payer pour avoir le droit de poser son cul dans un jardin. Vous ne trouvez pas ?

– Si.

– Avec des gens comme vous, ils auraient tort de se gêner. Moi, je refuse. Un jour, on vous fera payer l'air que vous respirez.

Il n'avait pas bougé une paupière. Sa respiration était calme et régulière. Je repris ma lecture et ne fis plus attention à mon voisin.

– Que lisez-vous ? demanda-t-il, les yeux toujours clos.

J'ai brandi la couverture pour l'obliger à se redresser.

– *Témoin parmi les hommes.* Bonne lecture.

– Et dédicacé par Kessel. Pas à moi. À un de mes amis.

– Il me l'a offert aussi.

– J'étais là quand on a fêté son élection.

– Je suis content pour lui. Il le mérite. C'est un grand honneur.

– Igor l'a empêché de vous donner une coupe de champagne.

– Je ne me souviens pas.

Il s'est redressé et a haussé les épaules. Il a attrapé un paquet de Gauloises dans la poche de son manteau, m'a proposé une cigarette que j'ai refusée et en a allumé une.

– Ils n'ont pas l'air de vous aimer.

– Je ne m'en rends pas compte.

– Pourquoi ils ne vous aiment pas ?... Ils ne vous parlent pas. Ils vous ignorent. Leonid vous bouscule. Igor vous interdit de trinquer et Kessel ne dit rien.

– Pour être membre d'un club, il faut payer une cotisation. Je n'ai pas voulu cotiser. Je suis un peu radin.

– Dans ce club, il n'y a pas de cotisation.

– J'ai du mal à me faire des amis.

– Personne ne vous oblige à y aller.

– Les journées sont longues. Je passe quand il pleut. Je garde un petit espoir. Mais je dois avoir une tête qui ne leur revient pas. Je vous fais peur ?

– Non.

– Vous me croyez, au moins ?

– Je connais Igor. Il n'agirait pas sans motif. Leonid non plus.

– À votre âge, vous devriez savoir pour quelles raisons les hommes se disputent. Pour de l'argent : on est tous fauchés. Je ne leur dois rien. Pour une femme : de ce côté, j'ai renoncé. Ou pour une idée, et nous sommes tous logés à la même enseigne.

– Vous êtes le seul avec lequel ils agissent ainsi.

– La vérité est simple. Quand je rentre quelque part, les gens se taisent. Quand j'avance, ils s'écartent.

– Vous êtes de la police ?

– Regardez-moi, est-ce que j'ai l'air d'un flic ? Vous voyez. Soyez franc, je vous mets mal à l'aise ?

– Non.

– Vous vous appelez comment ?

– Marini. Michel Marini.

– Je suis heureux d'avoir fait votre connaissance, jeune homme.

Il s'est levé et s'est éloigné. J'ai oublié de lui demander son nom.

2

La donna è mobile était de retour. Mon père n'allait plus travailler. Il passait son temps sur le canapé du salon à écouter son air préféré. Il mettait le bras du tourne-disque sur « répétition » et il recommençait sans cesse. Il connaissait le texte par cœur. Il chantonnait pour lui, sans qu'on entende sa voix. Il ne dérangeait personne. On n'avait pas l'habitude de le voir à la maison dans la semaine. Parfois, il sortait sans qu'on le remarque en laissant tourner le pick-up. Il passait ses après-midi dans le bougnat de la rue des Fossés-Saint-Jacques à jouer au tarot avec ses copains. J'allais le retrouver et m'asseyais à côté de lui. Des fois, il me demandait mon avis :

– Je joue quoi : une petite, une pousse ou une garde ?

C'était un bon joueur, malin et blagueur. Quand il me posait la question, c'était pour tromper ses adversaires. Ils jouaient les consommations. Certains n'avaient pas de quoi payer et il offrait la tournée.

– Dommage qu'on ne joue pas à un franc le point, j'aurais gagné du pognon, aujourd'hui.

Je rentrais comme d'habitude, avant sept heures. Il revenait après le dîner, farfouillait dans le réfrigérateur et mettait son disque sans se soucier de nous. Ce petit jeu durait depuis quatre mois. La disparition des bons du Trésor avait eu des conséquences imprévisibles. Il refusait de se justifier. Ma mère ne l'acceptait pas. À deux reprises, elle était revenue à la charge et m'avait interrogé. Coincé par la promesse faite à mon père, je restais sur mes positions. Elle n'était pas convaincue de ma réponse. La présence des Delaunay d'Algérie n'arrangeait pas la communication. Peut-être que s'ils avaient été seuls, ils auraient réussi à surmonter cette épreuve et à s'expliquer. Il aurait eu le courage de révéler la vérité et elle aurait eu la raison de l'accepter. Louise a été de mauvais conseil, poussant ma mère à l'intransigeance, jouant les scandalisées et les offusquées. Elle pensait à ses intérêts, lui conseillait de ne pas pardonner et de découvrir la vérité coûte que coûte. Mon père avait commis l'erreur de leur abandonner le terrain et de retourner à Paris durant les vacances d'été. Je les entendais discuter pendant les promenades mouillées sur le sentier des douaniers :

– Après ce que tu as fait pour lui, c'est une honte d'agir dans ton dos. C'est du vol. Il te prend pour une imbécile. Moi, je n'aurais pas accepté que mon mari me fasse un coup pareil. Ton frère a une autre envergure. Il a reçu une éducation. Va savoir s'il n'entretient pas quelqu'un. Cinq millions, c'est une somme. Et s'il recommençait ?

Début octobre, ma mère avait annoncé que son frère travaillerait dans l'entreprise avec elle. Mon père n'avait pas eu son mot à dire. Maurice avait été nommé directeur du magasin. Au début, la séparation des tâches était évidente. Il s'occuperait de la gestion et de l'administration avec ma mère, qui voulait prendre un peu de recul. Mon père continuerait à diriger le service commercial. Sa réaction a été immédiate. Il a décroché. Au lieu de se battre pour trouver des clients, il attendait qu'ils l'appellent. Ils ont mis trois mois avant de se rendre compte que le carnet de commandes donnait des signes de faiblesse. Mon père les calmait :

– C'est la faute de la crise.

On vivait dans un capharnaüm. Maria avait laissé tomber la famille. Dans la précipitation de son départ, on n'avait pas compris qui était décédé : son père ou son frère. Elle avait annoncé un matin qu'elle partait en Espagne pour l'enterrement. Elle avait sauté dans le car pour Valence. On pensait qu'elle allait revenir au bout de huit jours. On ne la voyait pas réapparaître. On faisait des supputations sur la durée des deuils en Espagne, plus longs qu'en France où on recommençait à bosser le lendemain des funérailles. Ma mère n'avait pas ses coordonnées. Elle s'est renseignée auprès d'autres bonnes espagnoles du quartier. En réalité, son départ était diplomatique. Maria en avait marre des Delaunay d'Algérie et avait trouvé ce prétexte pour se sauver. L'appartement était dans un état pitoyable. La vaisselle s'accumulait, le balai n'était plus passé, ni le chiffon, ni le plumeau. Le linge sale s'entassait. Mon père s'en est pris à Louise qui ne levait pas le petit doigt.

– Je suis de santé fragile. Après les épreuves que nous avons traversées, je n'ai pas l'intention de devenir ta boniche !

Le clou a été atteint avec la machine à laver achetée au Salon des arts ménagers. Maria était la seule à savoir s'en servir. Quand ma mère a voulu faire une lessive, la cuisine et le voisin du dessous ont été inondés. Maurice, se rendant compte que l'atmosphère devenait électrique, a débarrassé la table et fait la vaisselle. Il a proposé à mon père de se joindre à lui. Mon père l'a envoyé balader.

– La dernière fois que j'ai nettoyé les assiettes des autres, c'était au stalag. À moins que ça n'ait recommencé sans qu'on m'ait prévenu, ce n'est pas demain la veille qu'on me reverra à côté d'une lavette.

Un incident a déclenché les hostilités. Néron avait disparu. On l'a cherché partout : sous les lits, dans les placards où il se réfugiait parfois, dans les meubles, les tiroirs, la machine à laver et le réfrigérateur. On a retourné la maison, en vain. On en a déduit qu'il avait réussi à se faufiler par la porte. On a demandé aux voisins, personne ne l'avait vu. C'était un vrai mystère. Avec Juliette, on a fait le tour des caves, de la cour, de l'escalier de service. Pas de matou. On a interrogé le père Bardon, le concierge, qui a révélé le pot aux roses. Le matin, il avait vu les cousins sortir de l'immeuble avec Néron sous le bras. Ils ont juré que c'était faux, qu'il mentait, qu'ils ado-raient les animaux en général et les chats en particulier. Le mal était fait. On a rédigé une cinquantaine de petites affiches qu'on a punaisées dans le quartier. Juliette a piqué sa crise, s'est mise à les haïr et à leur rendre la vie impossible.

Début décembre, ils ont trouvé un appartement à Dau-mesnil, au fin fond du XIIe, un quartier inconnu qu'on avait traversé une fois quand on était allés au zoo de Vincennes. Ils ont déménagé sans notre aide. Juliette et moi avons refusé d'aller pendre la crémaillère. Ma mère y est allée seule

Après leur départ, on espérait retrouver la famille comme avant mais plus rien n'était pareil. À table, silence de mort. Les parents n'ouvraient plus la bouche. Ils ne nous deman-daient plus ce que nous avions fait au lycée. On allumait la télévision. Maria ne revenait pas. Ma mère s'est mise au ménage. Du matin au soir. Du sol au plafond. Louise venait la voir pour prendre le thé et la regardait astiquer, briquer, frotter et repasser. Elle restait en tablier toute la journée. Elle ne voulait plus sortir et n'avait plus envie de la suivre dans les boutiques. Au début de l'année, Maurice est passé à l'offen-sive. Il a rejeté des commandes signées sous prétexte qu'elles n'étaient pas rentables. Mon père n'a pas apprécié cette remise en cause de son travail. Ma mère a donné raison à son frère. On n'avait plus assez de clients pour perdre son temps avec ceux qui ne rapportaient pas. Maurice lui a demandé d'organiser un débriefing quotidien sur ses prospections et de transmettre un reporting sur ses activités.

– Un quoi ?

Mon père l'a envoyé promener. Il a arrêté de bosser.

– Dans une boîte, le patron, c'est celui qui ramène les chèques.

Il écoutait *Rigoletto*. Il s'est acheté *La Traviata* avec la Callas et la passait en boucle. Il jouait au tarot. Une question de temps pour qu'ils reviennent le chercher à genoux. Maurice a trouvé la parade. Il a embauché trois VRP, payés à la commission. Il ne lui a pas demandé son avis. Les affaires sont reparties. Sans lui. Quand j'y repense, je me dis qu'il n'a pas eu de chance avec ses fils. Au moment où il aurait eu besoin d'un coup de main, je ne lui ai été d'aucun secours. Obnubilé par l'absence de Cécile, je n'ai rien vu et rien fait pour l'aider. On n'en a jamais parlé.

Dans ce naufrage, il y a eu une bonne nouvelle. Une femme a téléphoné. Elle avait vu une de nos affichettes. On a récupéré Néron. Il avait trouvé refuge chez un coiffeur de Jussieu. Il avait perdu deux ou trois kilos. Il n'a manifesté aucune joie en nous revoyant. Ni aucune reconnaissance. Il passait son temps devant la porte, espérant se sauver à chaque fois qu'elle s'ouvrait. Peu de temps après, Maria est revenue d'Espagne et a repris le travail.

3

Le tirage et le développement de mes photographies me coûtaient une petite fortune. Ma semaine y passait. Impossible de sortir du format traditionnel et riquiqui. Au-delà du 9 × 11, les tarifs étaient prohibitifs. Ce n'était pas une bonne période pour demander une augmentation. Je me suis limité à une pellicule par mois. Le père de Nicolas m'a indiqué une boutique qui pratiquait des prix intéressants, surtout pour les

LE CLUB DES INCORRIGIBLES OPTIMISTES

grands formats. Coincé entre deux magasins de bondieuse-
ries de la rue Saint-Sulpice, Fotorama n'était pas qu'un marchand de matériel. Les deux vitrines affichaient deux
douzaines d'agrandissements d'une qualité remarquable.
Nombreux étaient les passants qui s'arrêtaient pour les admirer. Celle de droite était réservée aux reproductions tradition-
nelles : mariages, communions, portraits individuels ou de
groupe. Elles échappaient à la banalité grâce à un éclairage
particulier qui gommait les défauts des visages pour en faire
ressortir le caractère. Dans la vitrine de gauche, des photos en
noir et blanc de paysages de campagne sous la neige, d'arbres
blanchis, de poteaux et de fils télégraphiques pris dans la
glace. Je détaillais une autre série de photos, prises dans le
désert, de visages burinés de Touaregs, quand le panneau
s'ouvrit. Un technicien en blouse blanche déposa le tirage
d'un campement à la tombée du jour sur un petit chevalet.
Avec ses épaules voûtées et son air fatigué, je reconnus
l'homme du Club avec qui j'avais parlé au Luxembourg deux
semaines auparavant. Je m'écartai, il ne me vit pas. Il agença
les photographies dans un ordre différent, alternant les
planches lumineuses et sombres. Je m'éloignai avec ma pellicule dans ma poche. Arrivé en face du Sénat, j'ai réalisé que
j'avais eu tort de rebrousser chemin. C'était une bonne occasion de le connaître. Je suis revenu sur mes pas. Je suis entré
dans la boutique. Un homme en costume servait un client et
lui expliquait comment charger son appareil. J'ai attendu
qu'il finisse en admirant les clichés exposés sur les murs.
— Vous désirez ?
J'ai posé ma pellicule sur le comptoir.
— Vous les voulez en quel format ? En mat ou en brillant ?
— Est-ce que je peux voir votre technicien, s'il vous plaît ?

– De qui parlez-vous ?

– Je voudrais voir la personne qui mettait les photographies dans la vitrine.

– Je ne vois pas de qui vous parlez.

– Il était là il y a un quart d'heure. Il avait une blouse blanche.

– Je suis seul pour servir dans ce magasin.

– Je vous assure, je l'ai vu.

– Vous devez confondre, jeune homme.

Il m'a rendu la pellicule. Perplexe, j'ai quitté la boutique et j'ai attendu un peu plus loin. Je n'ai vu personne en sortir. Il avait beau être catégorique, je ne m'étais pas trompé.

Cela faisait trois ou quatre mois qu'on ne l'avait pas vu. Un dimanche après-midi, Leonid et Tomasz Zagielovski se livraient une partie acharnée. On était une demi-douzaine à kibitzer autour de la table. Avec les noirs, Leonid était en danger. Il s'était fait prendre un fou et un cavalier. Tomasz avançait ses pièces sans qu'il réagisse. Igor et Imré échangèrent un regard dubitatif. On aperçut Lognon en même temps. Il était derrière nous, les mains dans le dos.

– Qu'est-ce qu'il fait là, Grandes Oreilles ? grommela Gregorios.

– Comment allez-vous, monsieur Petroulas ? Je vous félicite pour votre dernier discours. Il a beaucoup plu en haut lieu. Vous relevez la moyenne générale.

– Pourquoi venez-vous ? Vous perdez votre temps avec nous. Vous n'avez pas une femme et des enfants avec qui rester le dimanche ?

– Si vous ne me voyiez plus, vous m'oublieriez et vous

vous ennuieriez. Jolie partie, monsieur Zagielovski. Vous allez gagner.

– Il est mat dans trois coups, murmura Leonid.

– Ce n'est pas possible ! fit Tomasz.

– Trois coups. Quoi que tu fasses.

On fixait l'échiquier. Chacun essayait de deviner ou de prévoir. Il y avait une vingtaine de pièces sur le plateau. Après quelques minutes de réflexion, de l'avis unanime, c'était impossible.

– Il n'y a rien à tirer de vous, lança Leonid. Vous n'êtes qu'une bande de petits joueurs de banlieue.

– Vous vous vantez, répondit Lognon.

– Vous pariez ?

– Tu sais qu'on ne joue pas d'argent ici, dit Igor.

– C'est une règle pour les membres du Club. Il n'en fait pas partie, que je sache ? Si vous êtes si sûr de vous, monsieur Lognon, vous misez combien ?

– Je vais vous donner une leçon. Vous êtes un prétentieux, monsieur Krivochéine.

Il prit son portefeuille, en sortit trois cent trente francs en billets qu'il compta et plaça sous un verre.

– Je suis prêt à jouer cent francs de plus si vous voulez. À condition que vous gagniez en trois coups.

– Pari tenu.

Leonid attrapa le sous-bock de son demi et griffonna trois lignes au dos.

– Je propose que Michel prenne ma place. Il jouera les trois coups que je viens de noter. Cela vous convient, monsieur Lognon ?

– C'est régulier.

Il se leva et me tendit le carton. Je m'assis à sa place, face à Tomasz.

– Vas-y, dit Tomasz.

Je suivis les instructions écrites de Leonid. Tomasz répliqua. Je continuai à exécuter, lui pris sa tour et vis son visage devenir soucieux. Il posa son menton sur ses poings et réfléchit au point de s'attirer une réflexion de Gregorios :

– Tu as juré de nous endormir ou quoi ?

Il s'était coincé. Il ne pouvait pas prendre mon cavalier. Son fou le bloquait. Il bougea un pion. J'avançai ma dame comme Leonid l'avait prévu.

– Échec et mat !

Un murmure parcourut le groupe. Ils félicitèrent Leonid, qui affectait l'indifférence.

– Merci, mes amis. Ce n'était pas si difficile. Vous auriez dû le voir.

Il prit l'argent et malaxa chaque billet avec un plaisir ostensible.

– Je suis content que vous soyez venu, monsieur Lognon. C'est toujours agréable d'avoir en face de soi de bons joueurs. Il faudrait venir plus souvent.

– Je reconnais que c'est bien joué, dit le policier, les mâchoires serrées.

– Vous me devez cent francs. N'oubliez pas de les apporter. Si je ne suis pas là, vous pouvez les laisser à Jacky. On va trinquer à votre santé. Ne partez pas. Et une bouteille de champagne offerte par la Préfecture.

– On a du cristal-roederer, si tu veux. Cuvée spéciale, dit Jacky.

– Si elle est spéciale, mets-en deux. Ça t'évitera un déplacement. Et pas de verres en carton !

Jacky a disparu. Je l'ai suivi du regard. J'ai aperçu l'homme qui se tenait à l'écart, près de la porte. Il m'a souri et fait un petit signe de la main. Il s'est écarté quand Jacky a apporté les bouteilles de champagne. Leonid a servi tout le monde, y compris Lognon, mais pas lui. Ils se portaient des toasts, se souhaitaient une bonne santé, buvaient cul sec, se resservaient et l'ignoraient. Comme si personne ne le voyait. J'ai trinqué avec Igor et Imré. Je me suis retourné. En deux secondes, il avait disparu. Leonid m'a donné une tape dans le dos.

– J'ai envie de t'offrir un cadeau, Michel. Qu'est-ce qui te ferait plaisir ? Profite, grâce à notre ami Lognon, j'ai de l'argent. Dépêche-toi.

– On se fait une partie un jour ?

– Tu en demandes beaucoup.

– Ça ne te coûtera rien.

– Jouer contre un mauvais joueur, c'est une corvée. Allez, assieds-toi et, pour une fois, joue bien.

– Pas ce soir. J'ai la tête qui tourne. Je dois rentrer. On la fera une autre fois.

J'ai quitté le Balto, les abandonnant à une fête arrosée à la santé de Lognon. Dehors, j'ai cherché l'homme. Je ne l'ai pas vu. Arrivé au carrefour Port-Royal, il était là, assis sur un banc. Je me suis avancé.

– C'est vous qui mettez la panique à la boutique ? m'a-t-il demandé.

– Pourquoi a-t-il dit que vous n'étiez pas là ?

– Parce que je ne suis pas censé y être. Je travaille là-bas de façon épisodique. Je rends service. Ce n'est pas officiel. Hier, vous avez filé une peur bleue au patron. Il ne faut pas recommencer. J'ai besoin de ce boulot.

– Vous n'êtes pas déclaré, c'est ça ?

– On ne peut rien vous cacher.

Il a haussé les épaules, fataliste. Avec ses yeux plissés comme un chat, il avait l'air de sourire.

– Vous pouvez vous asseoir, si vous voulez.

Je l'ai rejoint sur le banc. Il a pris un paquet de Gauloises et m'en a offert une.

– Je ne fume pas, merci. Vous… vous êtes étranger ?

Il a acquiescé.

– On ne dirait pas. Vous n'avez aucun accent.

– J'ai appris jeune. Avec un Français. Quand il y a des flics, je prends l'accent vosgien.

– Vous n'avez pas de papiers ?

– Je suis encombré de papiers. Ce ne sont pas les bons.

– Vous n'avez pas l'asile politique ?

– J'ai rempli un dossier. Il y a longtemps. Ils l'ont perdu. J'ai laissé tomber.

– Vous vous appelez comment ?

Il a fumé sa cigarette jusqu'au filtre, sans se presser, l'a jetée à terre et écrasée.

– Je m'appelle Sacha, a-t-il dit d'une voix absente en fixant ses chaussures poussiéreuses.

– Pourquoi les autres vous rejettent ?

– Je vous l'ai dit, je ne le sais pas. Je n'ai commis aucun délit. Rien de répréhensible. Vous n'avez qu'à leur poser la question.

– J'ai demandé de nouveau à Igor. Il ne m'a pas répondu.

– Ils n'ont pas compris qu'ici nous sommes des hommes libres dans un pays libre. Chacun a le droit de faire ce qu'il lui plaît et d'aller où il veut. Donnez-moi votre pellicule, je vous la développerai. Gratis. Je vous ramènerai les photos. Je sais où vous trouver. Vous êtes souvent à la fontaine Médicis, je crois ?

Je lui ai donné la pellicule. Il l'a prise en faisant la moue.

– Vous avez quoi ?

– Un Brownie Kodak.

– Ce n'est pas l'idéal.

– C'est pour les photos de famille.

– Je ne vous garantis rien.

Il releva le menton. Je suivis son regard. De l'autre côté de l'avenue, Lognon gesticulait, suivi de Tomasz Zagielovski qui semblait paniqué.

– Il doit être furieux d'avoir perdu autant d'argent, dis-je à Sacha. Tomasz doit être embêté d'en être la cause.

– Tant pis pour eux. Quand on ne sait pas jouer aux échecs, on apprend.

– Ce n'était pas évident. Personne n'aurait pensé que Leonid allait s'en sortir. C'est un champion.

– Tartacover contre Bernstein, tournoi de Paris, 1937. Leonid connaît ses classiques.

– Vous aussi.

– Il a la mémoire sélective des survivants. Ce qui nous gêne ou ne nous intéresse pas, on l'oublie. On garde ce qui nous sert, sinon on n'a aucune chance de s'en sortir.

Ils traversèrent, Lognon râlant et Tomasz s'excusant. Ils disparurent boulevard Saint-Michel.

– C'est bizarre les grandes oreilles qu'il a ce type, remarqua Sacha. C'est un signe, non ?

Il alluma une Gauloise et s'amusa à faire des ronds.

4

Quand je suis rentré du lycée, grand-père Enzo était dans le salon, assis sur un fauteuil, avec une valise de chaque côté et un sac entouré d'une ficelle. Maria lui avait fait un café au lait et offert des sablés maison. Il nous attendait en fumant sa pipe. Il n'avait pas prévenu de son arrivée. On a été surpris de le voir. Il venait trois-quatre jours à Paris, le temps de régler quelques affaires. Mon père a insisté pour qu'il dorme chez nous. Ma mère ne voulait pas. On les entendait discuter dans la cuisine sans comprendre ce qu'ils disaient. Elle a fini par accepter. Ils lui ont proposé la chambre de Franck.

Au cours du dîner, il nous a révélé la raison de sa venue à Paris. On a été stupéfaits. Il avait décidé de quitter la France et de retourner en Italie. Avec la maladie de grand-mère, il avait remis ce projet qui lui trottait en tête depuis longtemps. Son père était originaire de Fontanellato, un village des environs de Parme. Il n'avait eu aucun mal à retrouver la famille restée au pays quand son père et ses deux frères cadets avaient émigré en France pour trouver du travail. Son cousin, fils de l'aîné des Marini, avait récupéré la ferme familiale. Il l'avait contacté. Ricardo Marini l'avait invité à revenir chez lui où sa chambre et sa famille l'attendaient.

– Tu es malade ? Tu es tombé sur la tête ! s'est exclamé mon père.

– Paul, ça n'a rien d'extraordinaire.

– Tu nous as toujours dit que notre pays, c'était la France.

– L'Italie me manque.

– Si au moins tu y étais allé, ne serait-ce qu'une fois, en vacances, je comprendrais. Tu n'y as jamais mis les pieds. Tout d'un coup, tu ressens l'appel du pays, c'est ça ?

– On en parlait avec ta mère. Elle voulait qu'on aille à Venise et à Rome. On n'a pas pu. J'ai commencé à apprendre l'italien. Je me débrouille un peu mais je manque de pratique.

– Comment je ferai quand tu seras là-bas ? Tu peux me le dire ?

– Pour faire quoi ?

– Pour m'occuper de toi !

– On ne t'a pas vu souvent à Lens avec ta mère.

– Tu arrives à un âge où tu pourrais avoir besoin d'aide.

– Je ne compte pas sur toi. Ni sur ton frère. Vous avez vos vies. Si tu as envie de me voir, je ne pars pas en Australie.

– Qu'est-ce qu'il fait le cousin ?

– Il a pris sa retraite. Ses enfants s'occupent de la ferme. Ils font de la tomate. Et du porc.

– C'est le jambon de Parme ? a demandé Juliette.

Grand-père Enzo s'est installé dans la chambre de Franck. Il n'a posé aucune question.

Le lendemain, à son réveil, je prenais mon petit déjeuner. Mon père était sur le départ. Il nous a rejoints dans la cuisine.

– Tu pars tôt au travail.

– Il faut s'accrocher.

– Je vais voir ton frère aujourd'hui.

– Tant mieux.

– Tu as tort d'être comme ça avec lui. Il a eu des malheurs. Il faut le comprendre.

– Moi aussi, j'ai des problèmes, papa.

– Je peux t'aider, Paul ?

– S'il y avait une solution, je le saurais.

– Il faudrait qu'on se voie avant mon départ. En tête à tête.

– Si tu pars, on ne se verra plus.

– Depuis sept ans que je suis à la retraite, je viens une fois par mois à Paris. Je venais avec ta mère, elle voyait ton frère. Le seul de la famille que j'ai vu, c'est Michel. On allait au musée du Louvre. Toi, tu n'avais pas le temps.

– Je travaille, papa. J'ai une affaire sur les bras. Et moi, les musées, ça m'ennuie.

– Je ne te reproche rien. Je veux profiter du temps qu'il me reste. Je vais visiter l'Italie.

– Pourquoi ?

– Que veux-tu que je fasse ? Aller au parc, regarder la télé, jouer à la pétanque ? Ici, la vie est grise. J'ai besoin de lumière. Aujourd'hui, j'ai envie de voir en vrai ce que j'ai admiré dans les livres. Avec ma retraite, j'ai la possibilité de vivre comme ça me plaît. De prendre mon temps. J'ai la chance d'être en bonne santé. Le cousin Ricardo est un brave homme. À Fontanellato, la ferme est grande. Tu pourras venir quand tu voudras. Au moins pour les vacances.

– Si ça se trouve, je viendrai avant.

Il est parti.

– Il a un travail fou, ai-je dit pour l'excuser. Je vais te préparer ton petit déjeuner.

– Toi, tu as le temps ou pas ?

– Cet après-midi, je n'ai pas cours, si tu veux, on va au Louvre.

– Avant mon départ, j'aimerais revoir quelque chose.

Sur la façade du 4 de la rue Marie-Rose, non loin de la porte d'Orléans, il y avait une plaque de marbre : « Ici, Vladimir Ilitch Oulianov, dit Lénine, a vécu de juillet 1909 à juin 1912. » On a pénétré dans un immeuble bourgeois qui sentait bon l'encaustique. Il est passé devant moi. On a monté deux étages. Il a sonné à une porte. On a entendu un verrou et une chaîne qu'on tirait. Un homme âgé avec un énorme embonpoint est apparu.

– Bonjour, camarade, a-t-il dit en serrant la main de mon grand-père. Ne faites pas de bruit. Les voisins, ils n'aiment pas les visites.

Il a fermé la porte avec précaution, il est allé s'asseoir sur une chaise près de la fenêtre et a repris la lecture de son livre comme si nous n'étions pas là. L'appartement était sombre et vieillot. Je m'attendais à ce que mon grand-père me fasse le guide. Il restait immobile et silencieux face à un miroir doré sur lequel étaient collés de vieilles photos et des papiers jaunis comme s'il essayait de les déchiffrer. Dans le couloir, un drapeau rouge poussiéreux et deux vitrines remplies d'objets éclairés par une ampoule si faible qu'on ne voyait quasi rien. Au bout du couloir, la chambre de Lénine était décorée d'un papier peint à fleurs décollé et gondolé. Sur le lit, un jeu d'échecs. Au-dessus, un cadre avec une photo de Karl Marx. Le bureau en bois portait un plumier, des feuilles de papier, des enveloppes à son nom et une lampe à pétrole. La bibliothèque était remplie de livres anciens. Je me suis approché pour voir ce qu'il lisait. Les livres étaient faux et ne contenaient que du papier blanc. La chambre de Kroupskaïa, la femme de Lénine, avec un lit à une place, était austère et sentait le moisi. Les murs étaient tapissés de photos et de fac-similés de lettres. Deux lits d'enfant occupaient une alcôve obscure. Dans la cuisine sur cour, un réchaud et une marmite en fonte posée dessus. Mon grand-père m'a rejoint.

– Michel, on s'en va.

On s'apprêtait à sortir quand le vieil homme nous a demandé :

– Vous voulez signer le livre d'or ? On a eu M. Chou En-lai le mois dernier.

Mon grand-père a fait non de la tête.

– Ne faites pas de bruit dans les escaliers, a dit le gardien en fermant la porte.

Dehors, après cet appartement renfermé et pétrifié, on avait l'impression de respirer de l'air pur. Grand-père avançait avenue du Général-Leclerc d'un bon pas. J'avais du mal à le suivre. Il avait les yeux rouges.

– Ça va ? Qu'est-ce que tu as ?

Il s'est arrêté.

– Je n'aurais pas dû y retourner.

Au carrefour Alésia, il s'est précipité dans un bistrot enfumé où on jouait aux courses. Il a demandé un café et un calva, et moi un demi. Le serveur a déposé les consommations sur le comptoir. Il a mis trois sucres dans son café et a remué avec lenteur.

– Que s'est-il passé avec Franck ?

Je ne pouvais pas ne pas lui en parler. Dans le brouhaha, je lui ai raconté l'essentiel. Il m'a écouté sans me regarder et a avalé son verre de calva.

– Il va bien au moins ?

– Je ne sais pas. Je me dis que s'il avait eu un problème, on l'aurait su.

– Où il est ?

– Papa n'a rien voulu me dire.

– Comment ça se passe à la maison ?

Maman n'a pas digéré l'histoire des bons du Trésor. Papa est coincé. Il sait que maman ne pardonnera jamais à Franck ce qu'il a fait et qu'il l'ait aidé. Et avec Maurice, ce n'est pas la joie.

– Donne-moi des nouvelles de la famille, écris-moi, mon garçon. L'adresse, c'est Enzo Marini chez Ricardo Marini à Fontanellato, Émilie-Romagne. Tu te souviendras ?

– On n'est pas loin du club d'échecs. Tu te souviens ? Je t'en ai parlé. Tu veux qu'on y aille ?

– Je n'ai pas envie.

– Un autre jour.

– Je vais partir, Michel. Après-demain.

– Tu pourrais rester. Tu n'es pas obligé de t'en aller. On jouerait aux échecs ensemble.

– Tu as vu ce temps pourri. Là-bas il fait beau. Tu viendras me voir en Italie et on jouera aux échecs des journées entières. Tu as intérêt à faire des progrès. Je t'emmènerai à Florence et à Sienne. Tu verras, c'est le plus beau pays du monde.

Avec mon père et Juliette, on l'a accompagné à la gare de Lyon. On est arrivés une heure à l'avance. Il n'était pas cheminot pour rien ! Il a examiné la locomotive d'un œil critique. Il connaissait le trajet, les horaires, les changements de trains. Il avait prévu de s'arrêter une semaine à Milan pour voir la ville.

– Ça coûte la peau du cul ! a-t-il lancé au préposé derrière son guichet.

– Vous avez une réduction sur le réseau français. En Italie, vous payez plein pot.

– Je suis un ancien cheminot.

– Les Italiens s'en foutent.

– Vous voyez, les enfants, a-t-il dit, dépité, il n'y a aucune solidarité internationale. C'est chacun pour sa pomme. Comment vous voulez qu'on s'en sorte ?

Mon père a monté ses valises et l'a installé dans son compartiment. On attendait sur le quai qu'il apparaisse à la fenêtre, nous envoie des baisers et nous fasse de grands signes d'au revoir de la main. Le train a démarré et disparu sans qu'on l'aperçoive. Mon père était furieux.

– Que va-t-il foutre là-bas ? Hein ? Vous pouvez me le dire ? Durant des années, il nous a cassé les pieds en nous répétant qu'on était français. Cent pour cent pur beurre, qu'il disait. Il était susceptible sur la question. Il s'est battu avec un voisin qui le traitait de Macaroni. Et la première chose qu'il fait quand il le peut, c'est de retourner au pays. C'est quoi cette connerie ? Les racines, c'est là où tu vis. Dans la terre que tu as sous les pieds. Pas en Italie. Là-bas, c'est un étranger. Je ne lui donne pas six mois pour revenir. Maintenant qu'il a vendu chez lui, où il ira ? Je ne pourrai pas m'occuper de lui. Il n'aura qu'à aller chez Baptiste. Il pourra lire *La Vie du rail*. Ils se raconteront des blagues de la CGT et les derniers potins du Parti.

– À propos de Parti, on est allés au musée Lénine.

– Ah bon !

– Il avait l'air bouleversé. Pourquoi ?

– Tu n'as qu'à lui demander.

– Il est parti en Italie.

– C'est comme ça et ce n'est pas autrement.

Deux jours après le départ de grand-père Enzo, mon père est arrivé en retard pour le dîner. Il portait un paquet enveloppé dans un papier blanc. Il l'a posé sur la table. Comme un cadeau pour ma mère.

– C'est pour toi.

– C'est quoi ?

– Ouvre, tu verras.

Ma mère a tiré sur la ficelle, a écarté les pans de la feuille et découvert une boîte à chaussures. À l'intérieur, il y avait des dizaines de liasses de billets de cent francs. Des bonaparte.

– Il y a cinq millions. L'argent des bons du Trésor, je te les rends. Devant les enfants. Tu ne pourras pas dire que je t'ai pris quoi que ce soit. Tu peux les compter.

– D'où ça vient ?

– Disons que je les avais empruntés et aujourd'hui, je te les rends.

– Tu crois que je suis une girouette ? Tu prends l'argent sans m'en parler ! Tu refuses de me dire à quoi tu l'as utilisé ! Tu le ramènes comme si de rien n'était. Je suis une dinde que tu peux manipuler comme si j'avais seize ans ? Tu penses que je vais accepter ça ?

Elle a pris la boîte et disparu dans sa chambre en claquant la porte. Juliette est allée la rejoindre.

– C'est incroyable ! s'est exclamé mon père. Elle n'est jamais contente. Je prends l'argent, elle râle. Je le ramène, elle râle. Je ne sais plus quoi faire, moi.

– Tu aurais pu lui dire la vérité.

– Elle ne doit pas savoir pour ton frère ! Tu as promis, Michel.

– Je n'ai rien dit. Et cet argent, où tu l'as eu ? Ce n'est pas Franck qui te l'a rendu.

Il a hésité.

– C'est ton grand-père.

– Grand-père Enzo ?

– Il a vendu la maison de Lens et les meubles. Il a partagé en trois. Une part pour Baptiste, une pour moi et une pour lui.

– Il n'y a aucune raison de le cacher à maman.

– Tu ne peux pas comprendre. D'avoir pris les bons du Trésor m'a mis dans une position épouvantable. Comme ça, je rattrape le coup sans en avoir l'air.

– Tu aurais dû lui en parler.

– Ce n'est pas un gamin qui va me donner des leçons !

– Je disais ça pour t'aider.

– Tu ne m'aides pas. Tu m'emmerdes !

La restitution de l'argent n'a pas arrangé ses affaires. Au contraire, la situation n'a fait qu'empirer. Il aurait mieux fait de le garder. Quand j'en ai parlé à Igor, il m'a dit que mon père avait eu tort. Quand on a fait une connerie, on ne la rattrape jamais. Il faut aller jusqu'au bout en espérant qu'on aura un peu de chance pour s'en sortir. Sinon, tu payes deux fois. Pour la connerie et pour avoir essayé de t'en sortir.

Grand-père Enzo n'est pas revenu. Il visitait l'Italie en autobus de façon méthodique et avait trouvé une combine astucieuse. Il dormait dans les couvents qui y sont innombrables. C'était propre, on y mangeait comme quatre et ça ne coûtait presque rien. Ça le faisait marrer d'en profiter, lui qui haïssait les curés. Il nous envoyait des cartes postales du duomo de chaque patelin pour nous donner envie. C'était plus beau que ce qu'il avait imaginé. Il nous écrivait aussi pour nos anniversaires. Il était heureux et bien accueilli. Il donnait un coup de main aux enfants de Ricardo pour la récolte des tomates ou du maïs. Ils s'entendaient bien, comme s'ils s'étaient toujours connus. Il nous a envoyé une photographie de Fontanellato où on les voit sur une place avec des arcades. Derrière eux, un château en brique et un parc. C'est vrai qu'ils avaient un air de famille. Il n'évoquait pas l'hypothèse d'un retour. Au contraire, il nous demandait de venir le voir et de découvrir notre pays. Il paraît qu'il parlait l'italien, avec l'accent romagnol, précisait-il, et personne ne remarquait qu'il était français.

5

Nicolas me mettait la pression pour que je lui prête les disques de Pierre. Il insistait. Je tenais bon. On ne peut pas toujours dire non à son meilleur ami, ou alors c'est, comme il me le répétait, qu'on n'est pas amis.

– T'es dégueulasse, Michel, je te prête les miens !

– Ceux-là ne sont pas à moi. J'en suis le dépositaire.

– Tu te fous de moi ! Ils sont à toi. Pierre est mort et sa sœur s'est barrée !

Ce n'était pas facile à vivre. Surtout quand cet ami est doué en maths et assis à côté de vous. Je passais chez lui. J'en apportais deux ou trois. On les écoutait à fond en fermant les yeux et je repartais avec. Il avait une passion pour Fats Domino et connaissait les paroles par cœur.

Il a fini par trouver une solution astucieuse. Pour son anniversaire, ses parents lui ont offert un magnétophone Philips à bande magnétique réversible. Je n'ai pas pu refuser qu'il les enregistre. Malgré des efforts répétés, le résultat variait de médiocre à mauvais. Quoi qu'on fasse pour éviter les bruits, il restait des grésillements, des chuintements, des craquements et un souffle sableux. On exigeait le silence absolu de ses frères. On calfeutrait les fenêtres et retenait notre respiration. On se réfugiait dans la salle de bains qui donnait sur la cour. J'actionnais le bras du pick-up. Il appuyait sur la touche « enregistrement ». On restait immobiles comme des statues jusqu'à la fin de la chanson. On ne pouvait pas éliminer les parasites. Il a fallu s'en contenter.

– C'est mieux que rien. D'ici la fin de l'année, on aura tout enregistré.

Au-delà d'un certain volume, on n'entendait plus la friture. C'est l'avantage du rock'n'roll. Rien ne lui résiste. On a essayé de passer le disque et son enregistrement. On n'est pas arrivés à synchroniser les deux. On obtenait un effet d'écho.

En sortant de chez Nicolas, j'ai aperçu Sacha, assis sur un banc de la place Maubert. Il fumait en faisant des ronds. Il m'a regardé approcher avec son sourire ambigu.

– Paris est petit, lui ai-je dit.

– On fréquente le même quartier. J'habite à cinq minutes.

– Je ne savais pas.

– J'ai vos photos. Si vous m'attendez, je vais les chercher.

– Ce n'est pas pressé.

– Elles sont superbes.

– Vous croyez ?

– Je m'y connais. J'ai été surpris. Il y en a trois ou quatre vraiment réussies. Venez, on va les chercher.

Je lui ai emboîté le pas. Sacha habitait un bel immeuble rue Monge mais logeait au septième étage sans ascenseur. L'escalier de service était pourri et n'avait pas été nettoyé depuis des années. Les marches en bois étaient déchaussées. L'humidité avait décrépi les murs. La peinture cloquait. Des fils électriques pendouillaient. Il n'y avait plus d'ampoule sur les deux premiers niveaux. La montée a été longue et pesante. Sacha avait la respiration haletante. Quand on est arrivés en haut, il était rouge. Il s'est éventé avec la main et a repris son souffle.

– J'arrête la cigarette.

Un couloir sombre et étroit desservait une douzaine de chambres de bonnes. Sacha a ouvert la troisième porte. On est entrés dans une pièce spartiate d'une douzaine de mètres carrés éclairée par un vasistas haut perché. Un lit à une place fait au carré, une étagère chargée de livres, une table rectangulaire avec de la vaisselle dépareillée, une coupe de fruits avec deux pommes, un cendrier plein à ras bord, une chaise, une armoire sans porte avec quelques vêtements, aucune décoration, le tout rangé avec un soin maniaque. Le seul luxe apparent était un poste à galène vieillot qui reposait sur un tabouret et un vieux phonographe avec une pile de 78-tours.

– Ce n'est pas grand et ça ne coûte pas cher.

– Ça fait longtemps que vous habitez ici ?

– Un an après mon arrivée en France, Kessel m'a trouvé cette piaule.

– Vous le connaissez ?

– Un peu. De temps en temps, il nous donne un coup de main.

Il a enlevé son pardessus et l'a jeté sur le lit.

– Vous avez soif ? Il n'y a pas le choix. Je n'ai que de l'eau.

Il a pris une bouteille et il est sorti de la chambre pour la remplir au robinet, au fond du couloir. J'ai jeté un œil sur sa rangée de livres. Des auteurs inconnus. Il est revenu, a servi deux verres et m'en a tendu un.

– Vous êtes de quelle nationalité ? ai-je demandé.

– D'après vous ?

– Il n'y a aucun signe. Il n'y a que des livres en français.

– Quand je suis parti de Russie, je n'ai pas eu le temps d'emporter quoi que ce soit. Pour en trouver à Paris, en russe, il faut des moyens. Pour me procurer des romans intéressants, je vais à la bibliothèque municipale.

– Je ne vous ai jamais vu.

– Pour vous, c'est un endroit de passage. Vous rendez vos livres, vous en prenez d'autres. Vous bavardez cinq minutes avec Christiane et repartez en coup de vent. Moi, je ne suis pas pressé. Je suis assis. Je lis sur place. Au chaud. J'en profite jusqu'à la fermeture. Il n'y a pas de chauffage central ici.

– Il doit faire froid. Surtout la nuit.

– Quand vous avez vécu à Leningrad, vous avez l'habitude des températures polaires. Nous avons le cuir endurci. Vous voulez voir vos photos ?

– Avec plaisir.

Il est sorti de la chambre, a scruté de part et d'autre le couloir désert. On n'entendait pas un bruit. Il a attendu que la lumière s'éteigne. Il a posé la main sur sa bouche.

– Suivez-moi, a-t-il chuchoté.

Il avançait sur la pointe des chaussures. Nous avons descendu quelques marches dans l'obscurité. Sur le palier intermédiaire, il a ouvert une porte avec précaution. Il est entré dans les W-C à la turque. Il m'a fait signe de le suivre. J'ai eu un instant d'hésitation. Il a vu ma réticence.

– Ne craignez rien, a-t-il murmuré.

Je l'ai suivi à l'intérieur. Il a fermé la porte avec le loquet. Il a plongé la main à l'intérieur de sa chemise et a tiré un fin cordon autour de son cou. La cordelette retenait une clé pointue aux pans affilés. Il s'est appuyé sur le rebord en ciment et s'est élevé avec agilité. En équilibre, il a ouvert un regard avec la clé et fait basculer le panneau métallique. Il a plongé la main à l'aveugle à l'intérieur, a tâtonné et en a extrait un dossier en carton. Il me l'a tendu. Je l'ai pris. Il a reposé la plaque, a fermé le regard et il est redescendu. Il s'est essuyé les paumes et a remis la cordelette sous sa chemise. Nous sommes sortis des W-C. Il est resté aux aguets. Rassuré par le silence, il a avancé, sans allumer la lumière. Nous avons descendu les escaliers et avons débouché dans la rue. Il s'est engouffré sous le porche voisin. Nous avons débouché dans les Arènes de Lutèce. Nous nous sommes assis sur un banc au soleil. Il m'a désigné l'immeuble. Il s'est allumé une cigarette.

– C'est là que j'habite. Si vous mettez la chaise sur la table, que vous montez dessus et que vous vous hissez à la force des bras sur le toit, vous avez une vue superbe sur Paris.

– Je peux vous demander pour quelle raison vous mettez ça dans les toilettes ?

– Vous avez vu la porte de ma chambre ? Une feuille de papier à cigarette. Un coup d'épaule et on rentre chez moi. À cet étage, les gens travaillent. Dans la journée, c'est un endroit désert. Les chambres sont souvent cambriolées. À ma voisine qui est vendeuse à la boulangerie de la place Monge, ils lui ont même piqué son rouge à lèvres et son fer à repasser. Vous savez ce qu'ils m'ont pris ? Mon radiateur électrique ! Et en plus ce sont des vandales. C'est donc là où je cache mes trésors et je fais comme Alena Ivanovna, la vieille usurière de *Crime et châtiment*, la clé de ma cassette, je la porte autour de mon cou. Personne ne pensera à chercher dans les chiottes, vous ne croyez pas ?

– Pourquoi vous me le dites ?

– J'ai confiance en vous.

– Vraiment ?

– N'en parlez à personne.

– D'accord.

– À vos amis du Club, il ne faut pas leur dire que l'on se connaît.

– Comme vous voulez.

– Ce sera un secret entre nous.

Il a pris le dossier en carton et l'a ouvert. Il a sorti mes agrandissements. Les photographies de la fontaine Médicis étaient posées sur des cartons rigides et dessus, il avait collé une marie-louise qui faisait ressortir les détails du noir et blanc. J'étais bouche bée.

– C'est du 18 × 24. C'est un bon format. Il y en a plusieurs qui sont très réussies.

– Vous trouvez ?

– Vous avez du talent, Michel. Je m'y connais. Croyez-moi. Des photos, n'importe quel imbécile est capable d'appuyer sur le bouton. Des photographes, il n'y en a pas beaucoup. Vous savez cadrer, aller à l'essentiel, trouver l'axe efficace, chercher la lumière utile et décider au bon moment.

– Je suis content. Vous ne pouvez pas savoir. C'est la première fois qu'on me dit ça.

– Pourtant, les compliments, ce n'est pas mon genre.

– Le carton les met en valeur.

– Ne vous y trompez pas. Ce n'est pas comme un cadre pour un tableau. Je ne l'utilise pas pour faire joli. C'est un espace pour reposer la vue. Il est là pour isoler la photo. Rien ne doit la parasiter. Si la photo est médiocre, ça ne la rendra pas meilleure.

– Vous ne trouvez pas que je suis trop près ?

– Au contraire, c'est ça qui est intéressant, vous ne commettez pas l'erreur des débutants qui essayent de maîtriser la perspective. On ne l'attrape pas comme ça. Vous évitez les plongées ou les contre-plongées qui déforment et écrasent les sujets. L'appareil doit être solidaire de l'œil et rester à son niveau. Il n'a pas à faire de la gymnastique.

– Présentées comme ça, elles sont formidables. Le problème, c'est que je ne peux pas vous les payer.

– Je ne vous demande pas d'argent. Mes amis, je ne les fais pas payer.

– Pourquoi vous dites qu'on est amis ?

– On n'est pas amis ?

– Si... mais...

– Qu'il y a-t-il, Michel ? Vous ne vous sentez pas à l'aise avec moi ?

– Ce qui me dérange, c'est qu'on se vouvoie. Mes amis, je les tutoie. Je me sentirais plus à l'aise si on se tutoyait.

– J'ai horreur du tutoiement. Je préférerais qu'on continue ainsi. On peut être amis sans être familiers.

– Comme vous voulez.

– Avec le temps, peut-être. Si vous le permettez, j'en prendrai une ou deux.

– Vous voulez mes photos ?

– J'aime réunir des photographes sur un même thème. Je

vais organiser une petite exposition sur les sculptures de plein air. Je les mettrai dans la vitrine, si vous acceptez.

– J'en serais ravi.

– J'hésite entre ces deux-là.

Il regardait deux planches de Polyphème, en gros plan, profil droit. Une tache de soleil éclairait le visage en bronze qui exprimait sa douleur infinie.

– On a l'impression qu'il est vivant. Je choisis celle-ci. Je vous la rendrai après l'exposition.

Sacha était différent. Il n'avait pas le tempérament slave. Il ne s'énervait pas, parlait d'une voix douce et posée, un peu fatiguée, et vous fixait avec un sourire narquois. Je me suis demandé s'il jouait à cultiver ce côté énigmatique. Je ne crois pas. Il traînait dans le quartier. Je l'apercevais en train de lire, assis sur un banc du Luxembourg, entouré de moineaux qui venaient manger dans sa main les miettes de sa baguette de pain. On se croisait n'importe où. On discutait sur le trottoir pendant des heures. Il travaillait à Fotorama quand ça lui chantait. S'il l'avait voulu, il aurait pu avoir des papiers en règle. Il ne faisait aucune démarche pour en obtenir ou avoir un poste régulier. À plusieurs reprises, je suis revenu à la charge pour savoir pourquoi les membres du Club lui en voulaient. Il haussait les épaules, fataliste.

– Je ne leur ai rien fait de mal. Je suis comme les autres, si je ne m'étais pas sauvé, je serais au fin fond de la Sibérie. Dans un trou gelé. Je profite de chaque jour comme d'un cadeau. Durant des années, j'ai travaillé comme un fou, sans compter mon temps, sans prendre de repos. Pour rien. Ce temps m'avait été donné et je l'ai perdu. Aujourd'hui, je lis, je dors, j'écoute les concerts à la radio, je flâne dans Paris, je bavarde avec les gens, je vais au cinéma, je fais la sieste, je nourris les chats du quartier et quand je n'ai plus un rond, je me faufile entre les mailles du filet ou je vais bosser. Le minimum vital. Je n'ai jamais été aussi heureux de ma vie. Le scandale, ce n'est pas l'exploitation, c'est notre connerie. Ces contraintes qu'on s'impose pour avoir le superflu et l'inutile. Le pire, c'est les pigeons qui triment pour des prunes. Le problème, ce n'est pas les patrons, c'est le fric qui nous rend esclaves. Le jour de la grande bifurcation, celui qui a eu raison, ce n'est pas le couillon qui est descendu de l'arbre pour devenir *sapiens*, c'est le singe qui a continué à cueillir les fruits en se grattant le ventre. Les hommes n'ont rien compris à l'Évolution. Celui qui travaille est le roi des cons.

6

On n'a rien vu venir. Juliette et moi avions cru ce qu'on nous racontait. Un soir, mon père n'est pas rentré dîner. Ça lui arrivait. On passait la soirée sans lui à regarder la télé. Il revenait tard du magasin, mangeait un morceau dans la cuisine. On l'apercevait le lendemain, en train de se dépêcher. C'était l'ordre normal. Le deuxième soir, on a trouvé qu'il exagérait. Le troisième, ma mère nous a dit qu'il était en voyage d'affaires. Elle avait ce ton bizarre, un peu sec qui voulait dire : « N'insistez pas, je ne suis pas d'humeur. »

Le vendredi, ils sont revenus ensemble. On était contents de le revoir. Ils faisaient une tête d'enterrement. On s'est assis dans le salon. Comme quand il y a des invités.

– Vas-y, a dit ma mère.

– Les enfants, on doit vous parler. Vous avez dû remarquer que, depuis un certain temps, il y a des problèmes à la maison.

– Ah bon ? a fait Juliette.

Mon père a fixé ma mère en secouant la tête d'un air impuissant.

– Ma chérie, a poursuivi ma mère, ton père et moi, nous avons décidé qu'il était préférable de nous séparer.

– Quoi ? a lancé Juliette, en se dressant du fauteuil. Qu'est-ce que ça veut dire ?

– On a pensé que ce serait mieux.

– Vous allez divorcer ?

– Rien n'est décidé. Pour l'instant, on réfléchit. On fait le point. Vous êtes grands. Aujourd'hui, des parents qui se séparent, c'est banal. Vous n'êtes pas en cause. On sera toujours là pour vous. Vous continuerez à voir votre père mais on ne vivra plus ensemble.

– Vous n'avez pas le droit ! a crié Juliette.

Elle est partie en courant. On a entendu la porte de sa chambre qui claquait. Mon père s'est précipité. Elle l'a fermée à clé.

– Juliette, ouvre. Je vais t'expliquer.

– Il n'y a rien à expliquer ! a hurlé Juliette à travers la porte.

– Sois raisonnable, ma chérie. Tu me fais beaucoup de peine.

– Et moi ? Je n'ai pas de peine, peut-être ?

– Je t'en prie, ma Juliette.

– Je ne suis pas ta Juliette !

Pendant une heure, ils ont essayé de la convaincre d'ouvrir.

Elle ne répondait plus. Ils se sont relayés, utilisant tour à tour les mêmes arguments, de la supplique à la menace et la colère.

— Je ne sais plus quoi faire, a dit mon père, abattu. Je t'avais dit qu'on devait y aller en douceur.

— Il n'y a pas de bonne solution ! a crié ma mère. Quand il y a un abcès, il faut le crever ! Ça fait mal et après, c'est terminé. On a tergiversé, voilà le résultat. Elle s'en remettra.

Ils se sont demandé si mon père devait défoncer la porte d'un coup d'épaule. Ils ont fini par conclure que ce n'était pas opportun. Il fallait lui laisser le temps de digérer. Ils parlaient devant moi comme si je n'étais pas concerné. Mon père a rempli deux valises. Il est venu me voir dans ma chambre.

— Je vais y aller, Michel.

— Tu vas où ?

— Je suis à l'hôtel des Mimosas, à la gare de Lyon.

— Tu quittes Paris ?

— C'est un copain qui est propriétaire. Il me dépanne. Le temps que je me trouve un appart. On se verra, ne t'inquiète pas, mais je vais être pas mal occupé.

— Pourquoi tu dis ça ?

— Je n'ai plus de travail, mon grand. C'est fini.

— Et le magasin ?

— C'est celui de ta mère. Moi, je n'ai rien.

— Ce n'est pas possible !

— C'est comme ça et ce n'est pas autrement.

— Ce n'est pas normal ! C'est toi qui as tout fait.

— Le magasin, ce n'est pas grave. Moi, je m'en sortirai toujours. Ce qui me préoccupe, c'est toi et ta sœur.

— Vous… vous allez divorcer ?

— On hésite à cause de vous. On va voir si on peut trou

ver une solution. Je crois qu'elle a raison. Il y a un moment
où il faut savoir dire stop.

– Que vas-tu faire ?

– Je vais remonter la pente. J'ai des idées. Avec l'autre qui
n'est pas foutu de signer un client, je ne leur donne pas six
mois pour déposer le bilan.

Il a posé une main sur mon épaule. Il a serré.

– On va s'organiser. Écoute, Michel, tu ne dois pas juger
ta mère. Tu comprends ? Ce qui nous arrive, c'est la vie. Je
compte sur toi.

Il m'a pris dans ses bras et on s'est embrassés. Il est sorti
et il a fermé la lumière. J'ai tendu l'oreille. Il n'y avait aucun
bruit. En pleine nuit, j'ai senti une main qui me secouait.
J'ai allumé la lampe de chevet. Juliette, les yeux rouges et les
cheveux défaits, avait son oreiller sous le bras.

– Je peux dormir avec toi ?

J'ai soulevé ma couverture. Elle s'est allongée et blottie
contre moi. Je l'ai prise dans mes bras.

– Nous, on va partir aussi ?

– Non, on reste chez nous. C'est papa qui s'en va. Il ne
faut pas t'inquiéter.

– Maman m'a dit que ce n'était pas grave.

– Tu sais, Juliette, il ne faut pas toujours croire ce que
disent les parents. Un frère et une sœur, c'est pour la vie. Je
ne te trahirai jamais.

– Moi non plus.

Le surlendemain, ma mère et grand-père Philippe sont
arrivés accompagnés d'un homme en costume sombre à qui
ils parlaient avec la plus grande déférence. Ils lui ont fait
visiter l'appartement. C'était un huissier de justice. Il a
constaté que mon père avait quitté le domicile conjugal, qu'il

avait pris ses vêtements et ses effets personnels. Maria a attesté que Monsieur, il était parti avec les deux grandes valises. Les concierges ont confirmé. Mon père aurait dû se méfier de ma mère qui lui avait dit qu'ils réfléchiraient mieux chacun de leur côté. Quand on forme un couple, il ne faut pas réfléchir.

7

Le dimanche en début d'après-midi, Vladimir, aidé par Pavel, arrivait avec deux ou trois cageots débordant de provisions. Les commerçants de la rue Daguerre attendaient la fin du marché pour le payer en nature. Il étalait les victuailles sur les guéridons du Balto. Le souk était ouvert. «Ça nous rajeunit, disait Igor. On se croirait revenu au temps de la NEP. »

Ils se répartissaient le fruit de la sueur comptable de Vladimir suivant le principe néo-marxiste : À chacun selon ses envies et son plaisir, qui faisait l'objet de subtiles tractations.

– Prends le pâté en croûte. La semaine prochaine, tu me laisseras le jambonneau.

– Qui veut de la quiche lorraine ? J'en ai trop. Je t'en échange la moitié contre du gruyère.

Les commerçants complétaient à bon compte les faibles émoluments qu'ils lui payaient pour tenir leur comptabilité. Vladimir Gorenko avait eu le tort de traiter d'irréalistes et d'utopiques les objectifs assignés par le Commissariat au Plan et s'était accroché avec un vice-commissaire à qui il avait reproché de n'avoir jamais mis les pieds de sa vie dans une usine et d'être un apparatchik borné. À l'instant où ces mots étaient sortis de sa gorge, il les avait regrettés et avait su que son sort était scellé. À son retour à Odessa, il avait été convoqué au siège du MVD. Il s'était enfui dans la soute d'un cargo et s'était retrouvé à Istanbul. Une fois à Paris, il avait cherché, en vain, du travail et s'était reconverti en comptable. Son expérience de gestionnaire rompu à manipuler les comptes pour dissimuler des pertes colossales et les transformer en succès prolétariens lui donnait une longueur d'avance sur les fonctionnaires français. Il n'avait pas son pareil pour détecter la faille dans le dispositif administratif ou la réglementation fiscale et s'était fait une clientèle de petits commerçants pour qui payer des impôts et des charges sociales était une extorsion de fonds.

À ceux qui n'avaient pas d'argent, Vladimir donnait ce qu'il ramenait. Aux autres, il faisait payer le tiers ou le quart du tarif. Ils obtenaient des camemberts de Normandie pour un franc, du saucisson de l'Ardèche pour cinq francs le kilo, des poulets rôtis de Bresse à dix francs pièce, de la choucroute en vrac et des sardines pour rien du tout.

Ce dimanche-là, s'élevèrent quelques protestations.

– Je n'ai pas eu de pâté de lapin depuis des mois, grogna Gregorio.

– Qui a piqué les saucisses de la choucroute ? demanda Pavel.

– Ce n'est pas normal que Werner ait les rillons, râla Tomasz.

– Tu sais pourquoi il faut cueillir les cèpes quand ils sont petits ? demanda Leonid qui avait pris un os de Bayonne sur lequel il restait une montagne de jambon.

On chercha la réponse pendant cinq minutes.

– Ils ont plus de goût ?

– Ils se cuisinent mieux ?

– Il n'y en a pas beaucoup ?

– Vous n'avez pas dû aller souvent en forêt, conclut Leonid. Si tu attends, il y en a un qui les cueille avant toi. Dans la vie, c'est le premier qui passe qui se sert.

– Et la démocratie ? protesta Tomasz.

– Tu confonds avec l'égalité. La démocratie est un système injuste. On demande leur avis à des imbéciles de ton espèce. Sois content de ce qu'on t'a laissé. Il pourrait ne plus rien y avoir. Et dis merci à Vladimir.

Imré arriva le dernier. Il restait six œufs. Vladimir les lui donna.

– Je me ferai une omelette avec des haricots blancs. Ça doit être bon, non ?

– En Hongrie, c'est possible, fit Vladimir.

Imré était un célibataire mélancolique. Quand il rentrait chez lui, il n'avait pas le cœur à se faire la cuisine. Ce n'est pas drôle de manger en tête à tête avec soi. Il avait du mal à supporter le silence. Il mettait la radio à fond sans se préoccuper des voisins. Il ouvrait les fenêtres de son modeste deux pièces de Montrouge qui donnait sur la nationale 20 et profitait du bruit d'enfer de la circulation. Ça ne l'empêchait pas de dormir fenêtre ouverte. Personne n'avait remplacé Tibor qui le hantait comme un fantôme. Il s'était fait une raison. Il conservait ce vide au fond de lui. Ce n'était pas désagréable. Pour Imré, manger était une activité fonctionnelle, monotone et expédiée, à base de boîtes de conserve, lentilles ou haricots blancs avec de la vinaigrette en été ou réchauffés au bain-marie en hiver. Chez lui ou dans la rue, Imré parlait seul. Avec Tibor. De véritables discussions. Ils se racontaient leurs vies et leurs soucis, se demandaient des conseils, rigolaient, s'engueulaient. Les gens qui le croisaient n'étaient pas surpris de l'entendre. Ils n'y prêtaient plus attention. Les solitaires sont innombrables. À qui donc parleraient-ils, si ce n'est à eux-mêmes ?

– Je sais que tu n'aimes pas les flageolets. Ça fait grossir. Avec l'âge, on prend des kilos. C'est normal. Je n'ai pas envie de salade. En ce moment, les tomates sont hors de prix. Tu ne changeras jamais.

Pour échapper à l'ordinaire, Imré décida de se faire cuire au plat les œufs que lui avait donnés Vladimir. Il prit sa poêle, mit un peu de beurre, cassa un œuf, un deuxième. Quand il cassa le troisième, il entendit un « cui-cui » perçant et répété. Il pensa qu'un pigeon lui adressait un signe. Il se pencha à la fenêtre. Il n'y avait que des voitures à perte de vue. Les pigeons ne font pas « cui-cui », se dit-il. Il allait jeter le contenu du troisième œuf dans la poêle quand il aperçut une tache jaune inhabituelle dans la coquille. Il vit le poussin. Vivant ! Sous l'effet de la surprise, son bras bascula et la bête tomba. Sans réfléchir, il rattrapa la bestiole avant qu'elle ne se brûle les pattes. À cet instant, il se produisit un événement comme il en arrive un ou deux dans une vie. Un coup de foudre. Il n'y a pas d'autre mot pour qualifier ce qui se passa entre eux. Ils se regardèrent longtemps. Imré était sous le charme. Les œufs brûlèrent. On était samedi soir. Il s'ouvrit une boîte de haricots à la tomate.

Comment et pourquoi se trouvait-il là ? Raymond

Martineau, le fromager de la rue Daguerre à qui Vladimir posa la question, ne voulut pas le croire. C'était impossible. En vingt-neuf ans de métier, il n'avait jamais entendu parler d'une bêtise pareille.

– Si tu me dis ça pour avoir un œuf en plus, tu te trompes, mon gaillard. Ce n'est pas au père Martineau qu'on en raconte.

Peut-être que c'était un volatile particulièrement résistant et doué pour la vie. Pour Imré, c'était un miracle. Un vrai. Il ne voyait pas d'autre explication. Il en parla au curé de Saint-Pierre-du-Petit-Montrouge, l'église devant laquelle il passait chaque jour. Le prêtre lui demanda s'il se foutait de lui et le pria d'arrêter de blasphémer dans la maison de Dieu. Ça ne réconcilia pas Imré avec l'Église catholique. Pour lui, c'était la preuve qu'elle n'y connaissait rien en miracles et qu'elle était aveugle à la réalité et aux signaux du Seigneur. Quand il nous raconta cette histoire, le lendemain, on était persuadés qu'il allait se séparer de ce poussin. Il décida de le garder.

– Un poussin, c'est moins embêtant qu'un chien. On ne s'enrhume pas en le sortant deux ou trois fois par jour et c'est moins fatigant qu'un chat. Il n'y a pas de litière à changer et il n'est pas derrière votre dos à réclamer à bouffer douze fois par jour.

– Si ça te plaît, tu as raison. Tu vas l'appeler comment ? demanda Igor qui avait les idées larges.

– Je n'y ai pas réfléchi.

On a cherché quel nom on pouvait donner à un poussin. Nos expériences nous amenaient vers des vocables pour chiens et chats. Médor, Toby, Rex, Kiki, Mimine, Minette, Bibi, Pilou et quelques autres du même acabit ne faisaient pas l'affaire.

– Un animal de compagnie, il lui faut un nom, confirma Werner.

– T'as qu'à l'appeler « mon Poussin », affirma Gregorios qui avait peu d'imagination.

– « Cocotte » ? C'est parfait, intervint Virgil Cancicov.

– Appelle-le « ma poule », ça te changera, dit Tomasz qui avait mauvais esprit.

– Ça ne me plaît pas. Je vais l'appeler... Tibor.

– Ce n'est pas possible !

– Tu ne peux pas faire ça !

– Il s'appellera Tibor !

On chercha une ressemblance. Il n'y en avait pas. L'animal était petit et fragile, avec son duvet hirsute et son minuscule cui-cui. À plusieurs reprises, Imré l'emmena au Club. Igor et Werner firent une exception pour lui, les animaux n'y étant pas admis. C'était un bébé qui avait besoin de tendresse et souffrait de la solitude. Imré le mettait dans la poche de son pardessus. Il se révéla un animal vif et malicieux. On le prenait dans nos mains et on le caressait. Il nous faisait des cui-cui. Au bout de quatre mois, il avait atteint une taille respectable et pouvait rester seul chez Imré.

– Il me tient compagnie mais je vois loin. Un chat ou un chien ne sert à rien. Une poule, c'est utile et productif. Elle donne des œufs. Il suffit d'attendre. Les poules sont des animaux injustement méprisés. Elles ont une autre intelligence que la nôtre. Il y a dans la basse-cour une organisation hiérarchique complexe qui évite les conflits. Quand la poule trouve de la nourriture, elle prévient ses poussins par un pépiement. S'il y a un danger, elle a un cri différent selon que la menace vient du sol ou des airs. Quand je fais « Bi, bi, bi, bi », il se précipite pour manger. Et « Bou, bou, bou, bou », il sait qu'on va sortir.

Il le nourrissait des restes de ses repas : des boulettes de pain et de haricots blancs que l'animal picorait avec délicatesse.

– On dira ce qu'on veut. Rien ne vaut le poussin. Ils sont câlins, discrets, facétieux et propres. Celui-ci a de l'humour et de la tendresse. Quand je suis triste et que je n'ai pas envie de parler, il reste sur son coussin et respecte mon silence.

À ce régime, l'animal prospéra et devint une superbe poule blanche qui ne donna jamais un œuf. Ça ne dérangeait pas Imré. Au contraire. Elle le suivait et lui obéissait comme un toutou Ils avaient une relation et une communion que peu de gens connaissent. Quand Imré partait en vacances, il emmenait son animal avec lui au camping de Noirmoutier. Nous étions embêtés. Personne n'osait lui demander de ses nouvelles. Ça nous gênait de le questionner, de peur de dire : « Et Tibor, ça va ? »

On hésitait à évoquer ce compagnon ambigu. On en parlait en son absence.

– Il aurait pu choisir un autre prénom, soutenait Virgil.

– C'est vrai, c'est gênant, confirmait Igor.

– C'est vous qui avez un problème. Pas Imré, expliqua Gregorios. Parce qu'il est homosexuel et qu'il aime une poule. Ça vous dérange qu'il soit heureux avec Tibor.

– À mon avis, il devrait consulter un spécialiste ! lança Tomasz.

– N'oublie pas, espèce d'abruti de Polonais, que c'est nous les Grecs qui avons inventé la psychologie. Du grec *psukhê* qui signifie « âme », et *logos* qui veut dire « science ». Quand on donne de l'affection, on en reçoit en retour. Tu devrais arriver à comprendre ça ?

8

Les matins avaient changé. Avant, quand je me levais, il était dans la cuisine. Il finissait son petit déjeuner. Il écoutait les informations en sourdine sur le poste de radio et fumait sa première cigarette. Je m'asseyais à côté de lui. Il me demandait avec la voix de Gabin, de Jouvet ou de Bourvil si j'avais bien dormi. On ne se disait pas grand-chose. Lui, ça allait toujours. On était là, ensemble. S'il n'était pas pressé, il me préparait mon café au lait. Il attendait le bulletin météo et il partait. En se dépêchant. Comme chaque jour. À cause de ce putain de périphérique qui ne serait jamais terminé et qui foutait le bordel partout. Il avait des chantiers à chaque bout de Paris, des clients à voir en banlieue, un gros coup dans le collimateur, du matériel italien qui n'avait pas été livré et il ne savait pas comment il allait se débrouiller pour tout faire. C'est la vie. À ce soir mon fils et bosse fort.

Maintenant, l'appartement était calme. Ça ne sentait plus le tabac. Je me contrefichais de la météo. Je prenais mon café dans un silence de mort. J'avalais mon bol et me pressais. Pour ne voir personne. Pour partir avant qu'elles se lèvent. Je ne prenais pas de douche. Je me retrouvais dehors une heure à l'avance. Je lisais mon bouquin, tranquille. C'était l'époque Kazantzakis. Christiane me l'avait conseillé. Elle avait commandé la totalité de ses œuvres publiées en France.

Je n'étais pas enthousiaste pour lire *Le Christ recrucifié*. Je le prenais pour un de ces auteurs chrétiens conservateurs, à la morale de catéchisme. Elle me l'a imposé.

– Si tu ne le lis pas, ce n'est pas la peine de remettre les pieds dans cette bibliothèque !

Je suis tombé sous le charme de cette rédemption désespérée. Mais je ne me reconnaissais pas. Par moments, ma pensée s'échappait comme un courant d'air. J'ai mis deux mois pour terminer ce livre. Il y a eu un trou, comme un dégoût. J'ai arrêté de lire. Je n'en avais plus envie. Je me sentais fatigué et mou. Je restais assis. Une vraie crêpe. J'avais *La Liberté ou la Mort* sur les genoux, l'esprit ailleurs. Je n'arrivais pas à finir le premier chapitre. Je recommençais. Je décrochais. Depuis deux semaines, je n'avais aucune nouvelle de mon père. Quelques jours auparavant, j'en avais demandé à ma mère.

– Je ne suis pas chargée de le surveiller. Ce qu'il fait ne m'intéresse pas.

Je suis passé à l'hôtel des Mimosas à la gare de Lyon. J'ai été surpris. C'était un immeuble vieillot et sombre avec un escalier en colimaçon. Le réceptionniste ne le connaissait pas. Il a regardé sur son registre et a trouvé sa trace trois semaines plus tôt pendant deux nuits.

– Il m'avait dit que le patron était un ami.

– Le patron, c'est moi. Je ne me souviens pas de lui. Avec la gare, il passe du monde. Si je le vois, je lui dirai que vous le cherchez.

J'étais persuadé qu'il était parti, qu'il avait pris un train. Pour où ? Et s'il était allé rejoindre Franck ? Est-ce que je le reverrais un jour ? Peut-être qu'il était mort, qu'il avait eu un accident ou qu'il s'était suicidé et qu'on ne voulait pas nous le dire. Sinon, il aurait téléphoné. Quelle autre explication à son silence ? S'il n'était pas mort et qu'il nous avait abandonnés, ce n'était plus mon père. Ça me rappelait les romans de Dickens. La littérature, ce n'est pas des histoires. Il y a un fond de vérité.

J'étais dans ma chambre, couché sur mon lit. Je scrutais la peinture du plafond. J'écoutais Jerry Lee Lewis. Ma mère est apparue, l'œil noir.

– Michel, tu as vu l'état dans lequel tu es ? Je t'ai dit cent fois de ne pas mettre tes chaussures sur le lit. C'est quoi cette tenue ? Tu ne t'es pas changé depuis combien de temps ? Je ne veux pas que tu portes des chemises tachées. De quoi on a l'air ? Il faudrait que tu ailles chez le coiffeur. Quand je te parle, tu pourrais arrêter cette musique de sauvage !

J'ai levé les yeux au ciel et j'ai soufflé le plus fort que je pouvais.

– Tu vas changer d'attitude ! Si tu crois que je vais supporter tes caprices, tu te trompes. Je veux que tu fasses honneur à ton grand-père.

Je me suis tourné vers le mur. Je l'ai laissée continuer :

– Tu es malade ?... Ça ne va pas recommencer !... Réponds au moins ! Je ne sais plus quoi faire avec toi !

Le disque a gémi comme un sanglot interminable. La musique s'est arrêtée. Elle avait débranché la prise électrique. J'ai bondi du lit.

– T'es contente ? Il est rayé ! Ce n'est pas mon disque !

– Tu vas ranger cette chambre. Et prendre une douche. Ça sent le mouton là-dedans !

– Je m'en fous ! Je n'irai pas à son anniversaire !

– C'est ce qu'on verra !

Elle a claqué la porte. J'ai examiné le 33-tours sous la lampe. Par chance, il n'était pas rayé. Je l'ai remis sur la platine. J'ai augmenté le son pour que les voisins en profitent. Juliette m'a rejoint. Elle s'est assise sur le lit. On l'a écouté jusqu'au bout.

– J'aimerais jouer du piano comme lui.

– C'est vrai que tu ne veux pas aller à l'anniversaire de grand-père ?

– C'est maman qui t'envoie ?

Je n'ai pas eu le cœur de lui cacher la vérité :

– Je n'y vais pas parce que… papa est mort et que je porte son deuil.

– Ce n'est pas vrai ?

J'ai confirmé en hochant la tête.

– Il n'y a pas d'autre hypothèse, ma pauvre Juliette.

Elle a éclaté en sanglots, s'est levée d'un bond et elle est partie en courant. Les filles n'ont aucun courage. Je me suis couché sur mon lit. J'étais en train de lire la page de garde d'*Alexis Zorba* quand ma mère est entrée comme une furie.

– Qu'est-ce que c'est que cette histoire ? a-t-elle hurlé.

Elle m'a attrapé le bras et entraîné au salon sans que je puisse résister. Elle a décroché le téléphone et composé un numéro.

– C'est toi ? a-t-elle prononcé.

Elle m'a passé le combiné.

J'ai entendu la voix de mon père qui disait :

– Allô ?… Allô, Hélène ? Que se passe-t-il ?

Il était vivant. J'ai raccroché. En une seconde, j'ai senti une cassure. Pire que s'il était mort. Ma mère a dit quelque chose. Je ne l'ai pas entendue. Elle m'a pris la main. Je l'ai repoussée. Le visage me brûlait. Je suis parti en claquant la porte. Je me suis retrouvé dehors. J'ai marché sans réfléchir. J'étais furieux. Contre lui, contre elle, contre moi et la terre entière. Le salaud ! Il n'avait pas le droit de m'oublier. Il m'avait abandonné. S'il m'avait dit : « Je pars loin, j'ai des problèmes, on ne va pas se voir pendant quelques mois », j'aurais admis. Je réalisais que je n'étais rien pour lui. Je ne pesais d'aucun poids dans ses choix. Ce qui me semblait invraisemblable quelques minutes auparavant me paraissait évident et écrasant. Il m'avait rayé de sa vie, sans prévenir. Autour de moi, c'était le désert. Un à un ceux que j'aimais avaient disparu, s'étaient envolés ou m'avaient abandonné. Peut-être que c'était ma faute ? Je ne leur inspirais rien qui les retienne. Je n'avais aucune valeur. On ne se détache pas de ceux qu'on aime. Je tombais au fond d'un puits et personne à qui me raccrocher.

J'ai pris le métro à Gobelins. Direction Porte de la Villette. Si je disparaissais, personne ne s'en rendrait compte. La rame était peu remplie. Ça ne valait pas la peine de continuer dans ces conditions. Il n'y avait aucun espoir, aucune lumière. Qui me regretterait ? J'ai ouvert la porte du wagon. Le mur noir du tunnel défilait à toute vitesse. Les fils électriques ondulaient. Une seconde de courage pour ne plus y penser. Une indifférence totale. J'allais me faire écrabouiller entre le wagon et la paroi. Il resterait de la charpie. Je souriais de leur horreur quand ils verraient les morceaux de mon corps. Ils pleureraient de douleur et de honte. Ils se rejetteraient la faute et se déchireraient sur mon cercueil. On les montrerait du doigt pour avoir poussé leur fils au désespoir. Ils seraient hantés par la culpabilité jusqu'à la fin de leurs jours qui serait prochaine. Non, ce serait mieux que ça les ronge le plus long-temps possible. Qu'ils crèvent à petit feu dans le chagrin et l'amertume. J'ai tiré la porte un peu plus. Un air froid et humide m'a sauté au visage. Ma main tremblait. Soudain, j'ai pensé que je n'avais pas mes papiers. Ils retrouveraient un corps méconnaissable, sans nom. Et j'allais finir anonyme dans une fosse commune. Ils croiraient que j'avais fait une fugue. Pour en finir, il faut avoir sa carte d'identité sur soi. Sinon, ça n'a aucun intérêt. Je suis descendu à Châtelet.

J'étais à proximité du quai des Grands-Augustins. Si elle était revenue, ça changerait tout. Je n'y étais pas retourné depuis deux mois. J'avais les clés de l'appartement. Je ne voulais pas m'en servir. À chaque fois, je repartais démoralisé. Je n'ai pas eu besoin d'interroger la concierge. Dès qu'elle m'a vu, elle a fait un signe négatif de la main. Je suis resté sur les quais, indifférent aux passants qui me dévisageaient et aux cris des touristes sur les bateaux-mouches. Je me suis retrouvé au Luxembourg. Je suis passé devant la fontaine Médicis en détournant le visage. Je me suis assis en face du bassin. Je me suis mis à chialer. « Il n'y a que les gonzesses qui pleurent », disait mon père en rigolant. Je ne voulais pas pleurer. Pas pour lui. J'en avais rien à foutre de sa morale à deux balles, de ses promesses foireuses et de ses commentaires à la con. Il pouvait se moquer et jouer les costauds. C'était sa faute. Je ne le reverrais jamais. Tant pis pour lui. J'avais la tête entre mes mains à essayer de mettre un peu d'ordre dans le capharnaüm de mon cerveau quand j'ai entendu :

– Vous allez attraper un rhume carabiné à sortir en pull par un froid pareil.

Je me suis redressé. Sacha me faisait face, les mains dans les poches de son manteau.

– Je suis sorti un peu vite de chez moi.

Il s'est assis sur la chaise voisine. On est restés côte à côte sans rien se dire. À regarder les mômes qui jouaient avec les bateaux sur le bassin en les poussant avec leurs perches. Il y en avait un prisonnier sous la colonne du jet d'eau. Sacha a pris une Gauloise, m'a tendu le paquet froissé, a donné une pichenette du pouce dessous pour en faire sortir une. Je l'ai prise. Il a craqué une allumette. Je me suis penché pour l'allumer pendant qu'il protégeait la flamme dans le creux de ses mains. C'est comme ça que j'ai fumé ma première clope. À cause de mon père, de ma mère et pour me réchauffer. Et puis, il faut bien commencer un jour, se lancer, couper les fils, avancer sans les petites roues, se casser la gueule, se relever et recommencer. La cigarette avait un goût amer qui me collait au palais et me raclait la gorge, une odeur désagréable de caoutchouc brûlé. On les a finies en silence et écrasées sur le sol.

– Vous faites une drôle de tête, Michel. Vous avez l'air soucieux.

– Vous trouvez qu'il y a de quoi rire ?

– À votre âge, je n'arrêtais pas. Pourtant, c'était une période sinistre. Il n'y avait rien à bouffer. On n'avait pas de quoi se chauffer. Avec les copains, qu'est-ce qu'on rigolait. Les adultes faisaient des têtes d'enterrement, nous on en profitait. On a eu raison. Vous avez des problèmes ?

J'ai hésité à l'envoyer promener. De quoi il se mêlait ? Il ne pourrait rien y changer. Il attendait, le regard bienveillant.

– Mes parents se séparent. Mon père m'a oublié. Ma mère m'ignore. Mon frère est en fuite. Ma meilleure amie a disparu. Son frère est mort en Algérie. Mon grand-père est retourné en Italie. Et j'espère que je n'ai pas perdu ma carte d'identité.

– Je ne suis pas donneur de conseils, Michel. Mais question emmerdements, je suis un expert, vous pouvez me croire. Pour éliminer le chagrin, il y a trois remèdes. Il faut manger Un bon repas, des gâteaux, du chocolat. Ensuite, écouter de la musique. On se fait toujours avoir. On oublie. Il y a peu de chagrins qu'un moment avec Chostakovitch n'ait pas effacés, même quelques minutes. Il faut éviter la musique en mangeant.

– Le troisième remède, c'est de prendre une bonne cuite ?

– Grosse erreur. L'alcool ne fait pas oublier. Au contraire. Moi, la méthode que je préfère, c'est le cinéma. Une journée complète. Trois ou quatre films d'affilée. Là, on oublie tout.

– Ça coûte cher.

– Ça tombe bien. Je n'ai pas les moyens. Venez, je vous invite.

On a remonté la rue Soufflot jusqu'au Panthéon. On a pris à droite la rue d'Ulm. Encore un peu et j'allais rentrer à la maison.

– Vous connaissez la Cinémathèque ?

J'étais passé des centaines de fois devant sans la remarquer. J'avais vu des groupes qui discutaient sur le trottoir, qui rigolaient ou s'engueulaient. Dans le quartier, ce n'était pas original. Je ne savais ni que ça existait ni à quoi ça servait. Les places n'étaient pas chères. Quarante-sept centimes. J'aurais pu la payer. Sacha tenait à m'inviter.

– On va voir quoi ?

– Si ça vous intéresse, il y a une feuille avec le programme

516

sur la vitre. Moi, je ne cherche pas à savoir. Ça n'a aucune importance. On a la surprise.

En passant, il a serré la main d'un homme massif au front immense et aux cheveux en bataille qui parlait avec deux étudiants.

– Bonjour Henri, comment ça va ?

– Je suis furieux. On a deux copies du *Furie* de Fritz Lang. Il y en a une en anglais, sans sous-titres, en mauvais état. Elle n'arrête pas de casser. L'autre est doublée en italien, sous-titrée en espagnol, et fait sept minutes de moins que la version originale.

Je venais de pénétrer chez les fous. Ils se contrefichaient de la langue. On a eu le droit à la version italienne. Je dois avouer, à ma grande surprise, qu'après les premières minutes, ce n'était pas gênant. Je suis passé à côté des finesses du dialogue mais j'étais tellement captivé que ces films incompréhensibles sont restés ancrés dans ma mémoire bien mieux que ceux que j'ai vus l'année dernière et que j'ai oubliés. Une petite salle aux sièges en bois qui claquaient quand on se levait. C'était bondé en semaine, avec des retraités ou des gens qui n'avaient pas assez d'argent pour aller dans les cinémas du quartier, des apprentis cinéastes qui prenaient des notes dans le noir sur ce qu'il convenait de faire et de ne pas faire, des étudiants qui séchaient les cours, se battaient pour être au premier rang et s'en mettre plein les yeux ou s'asseyaient par terre. On a eu droit à *Los Olvidados* doublé en portugais et sous-titré en allemand. C'était lumineux de clarté. On a fini avec *Les Implacables* de Raoul Walsh, un western somptueux et en français : le bonheur.

Sacha avait raison. Le cinéma, ça fait oublier. C'est le meilleur remède contre la déprime. De préférence un film qui finit bien, qui rend meilleur, qui donne de l'espoir, avec un héros genou à terre, abandonné par ses amis, humain, avec de l'humour, au sourire enjôleur dont le meilleur pote meurt dans ses bras, qui encaisse les coups avec une résistance incroyable, triomphe des méchants et de leurs complots, rend justice à la veuve et aux opprimés, retrouve sa bien-aimée, une superbe blonde aux yeux bleus, et sauve la ville ou le pays au son d'une musique entraînante. À la sortie, les spectateurs restaient sous la pluie sur le trottoir ou dans les bistrots enfumés de la place de la Contrescarpe à essayer de savoir si c'était un grand film ou un très grand film, avec des subtilités byzantines sur la pensée cachée, l'arrière-plan ou le non-dit et des détails infimes qu'ils étaient seuls à avoir vus, des discussions passionnelles qui venaient à bout de vieilles amitiés, vous rapprochaient à jamais d'un inconnu ou créaient des haines et des rancunes tenaces. Ils se battaient pour déterminer qui était le meilleur metteur en scène dans sa catégorie, le plus innovant ou le plus créatif. Les mêmes noms américains, japonais ou italiens revenaient comme des leitmotivs. Sacha m'a appris à classer les films en deux catégories : ceux dont on peut parler pendant des heures après les avoir vus et ceux dont il n'y a rien à dire.

9

En récompense de la partie gagnée contre Tomasz et payée par Lognon, Leonid me devait une partie d'échecs. C'était idiot de vouloir l'affronter. Il n'y aurait ni suspens ni surprise.

La seule question qui se posait était : combien de temps allait-elle durer ? Je l'avais relancé :

— Je n'ai pas envie de perdre mon temps avec un pisseux de ton espèce !

— Tu avais promis, Leonid !

— Fais des progrès et, dans quelques années, viens me trouver, on en fera une.

J'aurais dû sauter sur l'occasion le jour où il me l'avait proposé. Je m'étais résigné à son refus. Pour marquer ma désapprobation, je ne lui parlais plus et ne répondais plus à ses bonjours. Début mars, il est venu me trouver :

— Michel, on va disputer notre partie, celle que je t'ai promise. Et tu vas me battre.

— Ce n'est pas possible !

Il avait les yeux pétillants. Malgré son endurance à l'alcool, je me demandais si sa consommation immodérée de côtes-du-rhône n'avait pas eu raison de sa lucidité.

— J'ai mon idée. On va rigoler.

— Tu vas me laminer.

— Tu te souviens de l'histoire de David et Goliath ?... Qui c'est qui a gagné ?

— Pourquoi tu me demandes ça ?

— À part celui-là, tu en connais beaucoup des David qui gagnent ? C'est une escroquerie biblique. On veut nous faire croire que David était malin. Ils ne se battaient pas à égalité. Le gringalet avait une arme redoutable. Mets-les sur un ring avec des gants. Qui est vainqueur ? Dans la vie réelle, c'est Goliath qui l'emporte. Pour une fois, dans un vrai match, à égalité, David va écraser Goliath.

Il avait mis en scène, dans ses moindres détails, un coup impossible à imaginer. Qui allait rester pour l'éternité dans les annales du Club. Une partie truquée. Personne ne le saurait. Ils se demanderaient comment un trou-du-cul de lycéen avait pu battre le trente-troisième joueur russe. C'est-à-dire un blanc-bec qui se bat à mains nues contre un combattant d'élite avec une kalachnikov.

– Excuse-moi, Leonid, je ne vois pas l'intérêt. Je voulais jouer une partie contre toi. Une vraie. Avec l'intention de résister au maximum. Pour le plaisir. Au Club, ils me connaissent. Ils savent que je ne suis pas en mesure de battre Imré ou Tomasz. Toi, je n'en parle pas. Ils ne le croiront pas.

– Michel, es-tu capable de garder un secret ?

– J'ai une tête de faux cul ou quoi ?

– Ça te dirait de gagner un peu d'argent ?

J'ai hésité.

– Tu pourras t'acheter ce que tu voudras.

– Il faut voir.

On a beaucoup écrit sur l'appât du gain. Je souhaite y apporter ma contribution. Ça commence jeune. Pour ma défense, je précise que je me suis fait avoir par un professionnel. Je n'étais pas de taille à affronter Victor Volodine. En vérité, j'ai été la victime consentante du fameux «concours de circonstances» qui remplit les prisons et assure avec constance la clientèle des guillotines et chaises électriques. Je ne suis pas cupide. Je crevais d'envie d'avoir un Circuit 24. J'allais au Bazar de l'Hôtel de Ville où il était en démonstration dans une configuration de Grand Prix du Mans et là, pendant deux minuscules minutes, et après avoir patienté dans la bousculade d'une interminable file d'attente, j'avais le droit d'accéder aux manettes d'une Ferrari TR 60 et de me mesurer à trois concurrents. Depuis plusieurs mois, j'avais demandé ce jeu exceptionnel à mes parents. Les turbulences familiales avaient réduit les fêtes et cadeaux de Noël à leur plus simple expression. Ma mère avait trouvé que ça coûtait un prix fou et que, vu mes résultats, je ne méritais rien.

Je n'avais vu Victor Volodine qu'une fois, deux ans auparavant. C'était un dimanche pluvieux. Igor et Vladimir s'affrontaient dans une revanche serrée. On était plusieurs autour de la table à suivre la partie. Sacha était debout, en retrait. À l'époque, je n'avais pas fait sa connaissance. Soudain, la porte s'ouvrit. Victor Volodine apparut, trempé et fébrile. Il s'exprima en russe.

– Victor Anatolievitch, ici on parle français. C'est une question de politesse, dit Igor.

– J'ai à te parler. C'est urgent. Allons dans ma voiture.

– Tu as vu le temps qu'il fait ?

Victor était rouge et continuait à parler russe. Vladimir s'adressa à Igor en français :

– Dis à ton patron qu'il vient de mettre de l'eau sur l'échiquier et que s'il continue à m'arroser, je foutrai dehors cette grosse baderne avec un coup de pied au cul, et avec beaucoup de plaisir.

– Tu as entendu ce qu'a dit mon ami Vladimir Tikhonovitch Gorenko ? On se verra demain.

– Je l'emmerde, lui et tous les communistes de la terre ! Je te préviens, Igor Emilievitch, si tu ne viens pas, je te mets à la porte !

– Je m'en fous. Tu peux te chercher un autre chauffeur à exploiter. Je vais quitter la France. Au Portugal, mon diplôme de médecin est reconnu !

On s'est regardés, surpris.

– Tu ne vas pas partir ? demanda Vladimir.

– J'ai commencé les démarches pour obtenir une équivalence. Ce n'est pas fait. Question paperasse, ils sont champions.

– Tu ne parles pas portugais, observa Leonid.

– J'apprendrai. Ça ne doit pas être compliqué. Je suis médecin, pas taxi. Là-bas, je pourrai exercer mon métier. C'est important pour moi.

– Dites-moi, monsieur Volodine, demanda Imré, j'ai l'impression que vous rapetissez. Vous avez perdu dix centimètres.

– C'est la maladie des chauffeurs de taxi. À force d'être en voiture, on prend du poids et on se tasse. J'ai un gros problème, Igor. Tu dois m'aider. Sortons que je t'explique. J'ai toujours été bon avec toi. Tu ne peux pas me refuser ton aide.

– Je suis dans une partie acharnée, Victor. Si tu as quelque chose à me dire, tu peux parler sans crainte, ce sont des amis.

Victor attrapa une chaise. Il s'épongea le front sans qu'on sache si c'était de la pluie ou de la transpiration. Leonid prit sa bouteille de côtes, remplit le verre à ras bord, le donna à Victor qui le but d'un trait.

– Merci, Leonid Mikhaïlovitch. Je suis foutu, fit-il d'une voix caverneuse et désespérée.

– Tu es malade, Victor Anatolievitch ?

– Je préférerais… J'ai reçu une convocation pour me présenter au poste de police. J'y suis allé. Je pensais que c'était pour un problème de taxi. C'est une catastrophe.

– Que se passe-t-il ? demanda Igor.

– Tu me connais. Dans ma vie, je n'ai fait que le bien. Sauf durant la guerre civile. Mais c'était pour Dieu et le tsar.

– Si tu n'as rien sur la conscience, tu n'as aucune inquiétude à avoir, conclut Leonid.

– C'est à cause du poignard de Raspoutine.

– Tu en vends encore ! s'exclama Igor.

– Très peu. Et pas cher.

– Je croyais que c'était fini.

– Je n'en avais jamais vendu à un Canadien. Je me suis dit... si ça lui fait plaisir.

– Où est le problème ?

– Vu le prix qu'il l'a payé, il a dû croire qu'il était vrai.

– Combien tu lui as vendu ?

– ... Deux mille cinq cents dollars.

– Tu es fou !

– C'étaient des dollars canadiens. Il y avait la reine Elizabeth dessus. C'était un avocat de Toronto. Quelqu'un de bien. Au début, je lui ai fait le coup du mec qui refusait de vendre et qui tenait à son trophée aussi historique qu'émouvant comme à la prunelle de ses yeux. Il a insisté pendant une heure vingt, compteur en marche. J'ai cédé. J'ai pensé : Il le met dans sa vitrine. Il le montre à ses amis. Comme d'habitude. Ce con a voulu faire l'intéressant. Il a fait une donation au musée de Toronto. Qui s'est rendu compte qu'il y avait le même au Metropolitan de New York. Le Canadien n'a pas été content. Il a déposé plainte. Les deux musées aussi.

– La police t'a interrogé ?

– J'ai nié. Je leur ai dit que ça ne pouvait pas être moi, vu que l'original se trouve au musée russe de Saint-Pétersbourg.

– Cette ville s'appelle Leningrad ! objecta Igor.

– Jamais ! Elle s'appellera toujours Saint-Pétersbourg ! Ce sont les tsars qui l'ont construite, pas les cocos !

– On ne va pas encore discuter de ça ! intervint Leonid.

– Ton copain l'inspecteur de police, il a pris du galon. Il ne pourrait pas se renseigner et arranger le coup ?

– Daniel Mahaut ? fit Igor. N'y compte pas.

– Fais attention, si j'ai un problème et qu'on me retire ma licence, ça vous retombera dessus.

– Igor, je ne peux pas me permettre de perdre mon boulot ! lança Leonid.

– Victor Anatolievitch, si j'interviens, ce n'est pas pour toi. Je te préviens, c'est la dernière fois. Tu mens comme tu respires. Tu abuses de la confiance de tes clients ! Je ne veux pas être ton complice.

– Mon pauvre Igor, tu n'as rien compris à la vie. Ça ne m'étonne pas d'un matérialiste. C'est comme les reliques de saint Antoine, les tableaux de Corot ou les chapeaux de Napoléon. Qu'est-ce que ça peut foutre la vérité ? L'important, c'est de rêver. Il n'y a pas que l'argent dans la vie !

J'ignore ce qu'a fait Igor. L'affaire s'est arrêtée là. On n'en a plus entendu parler. Les musées ont retiré leur plainte. D'après Pavel, ils se sont rendu compte que ça aurait un effet négatif sur les donations. Il paraît qu'aux États-Unis et au Canada, le ridicule tue. Victor a arrêté de vendre les poignards qui ont égorgé Raspoutine. Sauf à un ministre congolais, un Zurichois, une Miss Univers brésilienne, un député gaulliste et un armateur grec.

Deux mois plus tard, Igor a reçu une réponse positive. Son diplôme était reconnu et valable. Il a offert sa tournée pour fêter l'événement. Les sourires et les encouragements étaient forcés. Il est parti au Portugal pour les formalités. On était tristes à l'idée de ne plus le voir. On ne le montrait pas. Il était heureux à l'idée d'exercer son métier à Lisbonne. Il nous ınvitait à venir le voir quand on voulaıt. Il était de retour trois jours plus tard. Il avait l'air sombre d'un homme à qui il vaut mıeux ne pas poser de questions. En réalité, les autorités portugaises l'acceptaient comme médecin militaire pour soigner les troupes coloniales dans la guerre en Angola. Il avait refusé. Werner nous a dit qu'il avait perdu son calme et insulté un médecin colonel de l'armée. Il a repris son boulot de taxi et continué ses recherches pour trouver un pays qui accepte ses diplômes.

Depuis deux ans, Victor Volodine avait grossi et pris un menton supplémentaire. Il mangeait beaucoup, ne faisait aucun exercice, avait pour principe de dépenser son argent en repas copieux et arrosés, costumes pied-de-poule avec gilet sur mesure, bretelles américaines et bottines en crocodile. Depuis l'épisode des poignards de Raspoutine, on ne l'avait pas revu au Club. Sa société gérait plusieurs licences de taxi. Il aurait pu s'arrêter, se laisser vivre. Il refusait de prendre sa retraite et continuait à abattre ses onze heures quotidiennes. Igor et Leonid travaillaient pour lui et ne s'en plaignaient pas. Victor avait une piètre opinion d'Igor qui ne suivait aucune de ses recommandations. Leonid avait profité de ses conseils et compris qu'être chauffeur de taxi n'était pas synonyme de service public. Leur cible privilégiée était les touristes étrangers, de préférence ne parlant pas le français, qu'ils récupéraient près des grands hôtels de l'Opéra et des Champs-Élysées et baladaient dans Paris en leur faisant prendre les avenues encombrées. Victor m'a expliqué la combine mise au point avec Leonid. Il allait organiser des paris sur notre partie d'échecs. Personne ne risquerait un centime sur moi. Lui miserait sur moi. À un contre dix. Ils allaient gagner beaucoup d'argent. J'aurais ma part.

– C'est de l'arnaque !

– Il ne faut pas exagérer. On va prendre un peu de pognon à des gens qui n'en ont pas besoin et qui ne doivent pas se douter qu'on va les berner. Comme je le dis : si Dieu, dans son infinie miséricorde, a créé des pigeons, c'est pour qu'ils se fassent pigeonner. S'il ne l'avait pas voulu, lui qui peut tout, il les aurait faits moins cons. Qu'est-ce qui te plairait, mon garçon ?

Il a vu mon embarras.

– Une heure avec une petite délurée ? Ça te dirait ? Moi, à ton âge, on ne pouvait pas m'arrêter. J'en connais deux ou trois qui ne sont pas farouches. Tu pourrais choisir : une blonde, une négresse ? Tu les aimes comment ?... Pas les deux, mon cochon ?

Désarçonné, affolé, j'ai rougi, bafouillé. Cet individu adipeux me dégoûtait avec son impudence et sa suffisance. Je cherchais quoi dire qui claque comme une gifle, pour lui manifester ma colère, mon dédain, ma répulsion, mon indignation, ma haine. Quelque chose de vexant, de méprisant qui lui fasse honte jusqu'à la fin de ses jours, qui le renvoie à ses bassesses, à sa médiocrité et à ses turpitudes. Lui crier que j'étais différent, que je ne trahirais pas mes amis, que je n'avais rien à voir avec un réactionnaire cupide de son espèce. Que son être me révoltait. Que seuls la pitié et ses cent vingt kilos m'empêchaient de lui cracher à la gueule.

– Je veux un Circuit 24.

10

On dit beaucoup de mal des postiers et des fonctionnaires en surnombre de la Ville de Paris. C'est injuste. Dans mon quartier, il y avait un point sur lequel ils étaient inattaquables : la ponctualité. Durant des années, le facteur a déposé le courrier de l'immeuble sur le paillasson des concierges entre 7 h 38 et 7 h 40. Le père Bardon partait à 7 h 45 à son travail d'huissier à la mairie de Paris où il prenait son service à 8 h 15. Il ouvrait la porte de sa loge, ramassait la pile de lettres et de journaux, les déposait à l'intérieur et s'en allait après avoir lancé « À ce soir, ma puce » à la mère Bardon. Cette familiarité devait trouver son origine à une époque lointaine où elle ne ressemblait pas à un fût de bière avec des bras de déménageur. Elle lui répondait : « Bonne journée, biquet. » Personne ayant croisé cet énergumène aigri et vindicatif ne se serait aventuré à le comparer à un chevreau. J'avais une fenêtre de cinq minutes. Je quittais l'appartement à 7 h 30 pour arriver au lycée à 7 h 59. J'attendais dans les escaliers, lumière éteinte, tapi sur le palier du premier étage et blotti contre la fenêtre de la cour intérieure pour bouquiner tranquille, que le préposé jette le courrier sur le paillasson et reparte. Je me précipitais sur la pointe des pieds. En quelques secondes, je repérais l'enveloppe à en-tête du lycée Henri-IV, la subtilisais et la glissais dans ma poche. Les bulletins trimestriels bourrés de : « Peut mieux faire s'il le voulait mais il ne le veut pas », « Constant dans l'inconstance » et autres réflexions cyniques et désagréables, les consignes à répétition, les avertissements et les courriers fâcheux ne sont jamais arrivés à mes parents. Depuis le début de l'année scolaire, j'imitais la signature de mon père. Je n'avais pas eu besoin de m'exercer pour contrefaire son gribouillis. Je laissais passer les lettres quand il n'y avait aucun risque. C'était le seul moyen que j'avais trouvé pour avoir une paix royale. Je n'ai pas eu de problèmes à cause du bahut. Mes parents ne se sont doutés de rien. C'est de là que vient ma sympathie pour les facteurs.

Les cours étaient à mourir d'ennui. Il faisait beau. Coincé au fond de la classe, près de la fenêtre, j'apercevais la coupole grise du Panthéon. Pourquoi n'y a-t-il jamais de tremblement de terre à Paris ? J'avais envie d'être dehors. Je regardais ma montre. Chaque minute de cet après-midi était interminable. Assis à côté de moi, Nicolas bossait. Il transcrivait avec fidélité, soulignait avec sa règle et un stylo bille quatre couleurs. C'était un sujet d'observation, comme une espèce d'insecte inconnu qu'un savant découvre, captivé. Il était heureux d'apprendre et gobait avec satisfaction ces litanies fastidieuses. Je me contrefichais de mes notes, de passer dans la classe supérieure et de la carotte de mon avenir. Je continuais à lire, le bouquin sur les genoux et le cartable ouvert en dessous pour le laisser tomber dedans, au cas rarissime où le prof viendrait à se dégourdir les jambes dans les allées. Kazantzakis me donnait du mal. Impossible de rester concentré sur *La Liberté ou la Mort*. Mon esprit vagabondait. Je pensais à Cécile. Où était-elle ? Que faisait-elle ? M'en voulait-elle toujours ? Quand la reverrais-je ? Je me demandais comment retrouver quelqu'un qui a disparu quand on n'est pas de sa famille. Peut-être Sacha aurait-il une idée ? On a frappé deux coups à la porte. Le prof d'anglais s'est arrêté. L'appariteur est entré.

– Marini, a-t-il lancé. Vous êtes convoqué chez M. Masson.

Je me suis dressé. Kazantzakis est tombé dans le cartable. Nicolas s'est levé pour me laisser passer. Il m'a donné une tape dans le dos pour m'encourager. J'ai emboîté le pas à l'appariteur.

– Qu'est-ce qu'il me veut ? ai-je demandé.

– Quand il appelle en plein cours, ce n'est pas bon signe, a-t-il répondu.

Dans le couloir interminable, j'ai compris. C'était le facteur, la poste ou ma mère. Ou le voisin du cinquième que je n'avais pas entendu venir et qui m'avait surpris, assis dans les escaliers, la semaine dernière, et n'avait rien compris à mes explications embrouillées. Ils avaient découvert le pot aux roses. J'allais passer un sale moment. Difficile de nier ou de prétendre que le courrier se perdait. Ça s'appelait : détournement de correspondance par un débile pris au piège de sa stupidité. C'était le conseil de discipline et le renvoi assurés. La honte et la déchéance, le chemin vers la guillotine. Je cherchai des circonstances atténuantes. Peut-être qu'en pleurant, en plaidant l'imbécillité profonde et le traumatisme familial, la casse se limiterait à un renvoi de trois jours. J'avais une irrésistible envie de pisser. Et de fuir. Si je partais en courant, personne ne me rattraperait. Où aller ? L'inconvénient de la fuite est qu'elle ne vous éloigne pas du point de départ. C'est comme un boomerang. Il fallait affronter. En descendant l'escalier d'honneur, j'ai pensé à Isabel Archer et à Alexis Zorba. Peut-être que la différence entre les hommes et les femmes est qu'elles percent les abcès avec courage, alors que les hommes trouvent toujours une mauvaise raison de vivre avec ? On est arrivés devant le bureau du surveillant général. L'appariteur a frappé deux coups. On a entendu : « Entrez. » Il a ouvert la porte. J'ai fermé les yeux. Comme le fusillé qui entend : « Feu ! »

– Que vous arrive-t-il, Michel ?

Sherlock me faisait face, souriant, dans l'encadrement de la porte. Était-il sadique ? Voulait-il la jouer copain et me tendre un piège pour que j'avoue ?

– Je pense que vous savez pour quelle raison vous êtes là ? a-t-il dit d'une voix grave.

Je cherchais dans la liste interminable. Si j'ouvrais la bouche, je risquais d'avouer une faute non découverte. C'était comme aux échecs. Quand on ne connaît pas son adversaire, on joue un coup à blanc pour le laisser se dévoiler. J'ai hoché la tête d'une mine contrite.

– Je m'en doute, monsieur.

– J'imagine que ce n'est pas facile pour vous. Si vous souhaitez en parler, je suis toujours disponible, vous ne me dérangerez jamais.

Il m'a enserré les épaules de ses deux bras, puis il est sorti. J'ai aperçu mon père assis face à son bureau.

– Je vous laisse, a dit Sherlock.

Il a fermé la porte derrière lui.

– Ben, qu'est-ce que tu fais là ?

Il est venu vers moi.

– Je ne savais pas à quelle heure tu sortais. Ni si tu avais cours. Alors, je me suis renseigné.

– Tu m'as foutu la trouille de ma vie !

– Michel, je suis désolé, j'aurais dû te prévenir.

J'ai mis quelques secondes à comprendre qu'on ne pensait pas à la même chose. Où est cachée la colère ? Dans quel repli de notre cerveau croupit-elle ? Pourquoi prend-on du plaisir à blesser et faire du mal à ceux qu'on aime ? Était-ce la tension accumulée depuis des semaines ou la peur bleue que je venais de ressentir ? Ou y avait-il une autre raison, plus profonde et personnelle, que je ne voulais pas admettre ?

– Le problème, c'est que tu nous as oubliés ! Tu n'en as rien à foutre de nous ! Je n'aurais pas imaginé que tu sois capable de nous faire un coup pareil. Tu nous as abandonnés !

– Ne dis pas ça. Je t'en prie. Je me suis retrouvé dans une situation impossible.

– C'est de ta faute. Maman a raison.

– Je ne voulais pas que ça se passe comme ça.

– Comment tu as pu rester six semaines sans donner signe de vie ? Tu trouves ça normal ?

– C'est plus compliqué que je ne le croyais.

– Ce n'est pas de ça que je parle. C'est de ton silence. Un coup de téléphone, on ne demandait rien d'autre. Pour dire, la santé est bonne, à la semaine prochaine.

– Tu as raison, j'aurais dû appeler. Ta mère ne t'a rien dit ?

– On se dit bonjour le matin, bonsoir quand elle rentre du magasin et bonne nuit.

– Ce n'est pas facile pour elle non plus. Il faut vous parler. C'est que… je vis à Bar-le-Duc.

– Où ça ?

– Dans l'Est. C'est le chef-lieu de la Meuse.

– Qu'est-ce que tu fous à Bar-le-Duc ?

– Je suis en train de monter une affaire. J'ai trouvé un associé. Je voulais m'installer à Versailles. Lui, il est de là-bas. Il dit que si ça démarre à Bar-le-Duc, ça réussira partout.

– Ils n'ont pas le téléphone dans ce bled ?

– J'ai un travail d'enfer. Tu n'imagines pas.

– Je m'en fous ! Ce n'est pas une raison. La famille, elle est morte !

Je suis sorti en claquant la porte. Sherlock était dans le couloir et discutait avec l'appariteur. Mon père m'a rejoint. Ils nous ont regardés passer d'un air navré. Ils n'avaient pas eu besoin de tendre l'oreille pour suivre notre conversation. On s'est retrouvés dehors. On a marché.

– Michel, je suis venu pour qu'on discute.

– Il n'y a plus rien à se dire. Le mal est fait.

– Tu es grand. Tu peux comprendre.

– Tu nous as laissés tomber. C'est tout !

– J'ai pris ma journée. On est dans les problèmes et les travaux jusqu'au cou. Je reprends le train de 17 h 54. Je t'offre un demi-panaché, bien blanc ?

– Je n'en ai pas envie !

– De quoi tu as envie ?

– Je veux un Circuit 24.

– Tu veux que je t'achète un Circuit 24 ? C'est combien ?

C'était trop cher. Pas en ce moment. Dans quelques mois, peut-être, si ça se passait comme il l'espérait. Pour l'instant, il avait un budget limité au strict nécessaire et ne pouvait se permettre aucune dépense superflue.

– C'est maintenant que j'en ai besoin. Pas dans dix ans !

– Tu pourrais demander à ta mère.

– Elle m'a dit qu'elle n'avait pas d'argent, que les affaires allaient mal et que je devais m'adresser à mon père !

– Ça va mal ! Je m'en doutais. Maurice est nul.

– Elle dit aussi que tu ne payes pas la pension qui avait été convenue.

– Avec quoi ? Elle connaît ma situation. Je n'ai pas demandé un sou pour mon travail pendant quinze ans. J'ai remboursé l'emprunt que j'avais fait avec ma part d'héritage. Je suis parti avec mes vêtements. Il me faut du temps pour me rétablir. Je rattraperai mon retard, capital et intérêts. Ne t'inquiète pas pour elle, ni pour vous. Vous ne manquerez de rien. Je ne veux pas qu'elle vous mêle à nos histoires.

Il était énervé. Il a attrapé son paquet de Gitanes et en a porté une à sa bouche. J'ai avancé la main. Il m'a laissé en prendre une. Il les a allumées.

– Tu fumes ?

– Ça fait un moment.

– Ah bon. Écoute, je te téléphonerai une fois par semaine.

– Il ne faut pas te croire obligé.

– Comme ça, on pourra se parler. Le dimanche soir, ça te va ?

– Je ne sais pas si je serai là. Tu reviens quand à Paris ?

– Dès que possible. Fais-moi confiance.

– Faut que j'y aille. J'ai du boulot.

– On a encore une heure devant nous.

Il me regardait avec ses grands yeux ronds et son sourire de vendeur de salles de bains. Dans cinq secondes, il allait prendre la voix de Gabin ou de Jouvet. J'ai fait demi-tour. Sans lui serrer la main. Sans l'embrasser. Je ne me suis pas retourné. Chacun son tour.

11

Pour être certain qu'aucun membre du Club ne la connaisse, Leonid avait choisi la partie jouée lors de la finale de l'obscur tournoi de Sverdlovsk gagné en 43 par Botvinnik, le seul et unique représentant de Dieu sur terre qui avait flanqué une trempe au redoutable Alexander Konstantinopolsky, adepte de la guerre de tranchées et de la défense en béton. L'adversaire usait ses forces à attaquer une citadelle inexpugnable. Quand il avait perdu plusieurs pions et pièces majeures, il bougeait les siennes en utilisant la tactique du rouleau compresseur. Aucun risque. Un jeu d'apparatchik. À mourir d'ennui. J'ai mis quinze jours à apprendre cette partie par cœur. Je l'ai répétée des dizaines de fois. J'en rêvais la nuit. Je n'avais pas droit à l'erreur. J'ai appris les cinquante-deux coups joués par Botvinnik avec les blancs et mémorisé les cinquante et un coups de Konstantinopolsky interprété par Leonid. J'étais en train de travailler à la fontaine Médicis sur mon échiquier de poche quand Sacha est apparu. Il pensait que je serais là et me proposait de l'accompagner à la Cinémathèque. J'ai fait disparaître la feuille de la partie dans ma poche.

— Pas aujourd'hui. Je m'entraîne. Dimanche, je joue contre Leonid.

— Vous ne gagnerez pas.

— Je vous affirme que si ! Il y en a qui veulent prendre des paris.

— Ce n'est pas possible. Si j'avais de l'argent, je miserais contre vous et je gagnerais.

— Je vous en prie, ne misez pas sur Leonid. C'est sur moi qu'il faut parier. J'ai analysé son jeu. Il a des faiblesses. Je travaille la défense Caro-Kann.

— Ça fait vingt ans qu'on ne la joue plus.

— Raison de plus. Il ne se méfiera pas.

– Je ne savais pas que vous jouiez aussi bien. Je viendrai voir ça.

Leonid et Victor avaient choisi leur jour avec soin. Ça tombait le 31 mars, veille de 1ᵉʳ avril. Ils en riaient à l'avance. Leonid a refusé que j'en parle à Igor.

– Ce sont tes amis, Leonid. Ça ne te gêne pas de leur faire un coup pareil ?

– Ils ne sont pas riches. Ils ne perdront pas beaucoup d'argent.

– Igor, ça me dérange. Surtout lui.

– Ne t'inquiète pas. Il ne parie jamais.

La veille, on s'est retrouvés en face du Bon Marché. Je suis monté dans son taxi. Une répétition générale. Il voulait être certain de ma mémoire. On a joué la partie dans sa voiture en un temps record. Comme en blitz. Au quarantième coup, il s'est arrêté, pensif. Il fronçait les sourcils et semblait contrarié. Sa maigreur naturelle accentuait son trouble.

– Leonid, il y a un problème ?

Il a secoué la tête, a repris le cours du jeu. Au cinquante-deuxième coup, j'ai mis mon cavalier en e6. Mat ! Botvinnik avait renversé une partie perdue et gagné avec panache.

– Il faudra la jouer moins vite, dit-il, d'une voix absente.

– Il y a quelque chose qui ne va pas ?

– Non.

– Si tu préfères, on peut échanger. Je prends les noirs. Ce n'est pas grave si je perds. Ce serait logique.

– On ne change rien !

– Personne ne croira que je peux te battre.

– Ils croient encore que le parti communiste défend les

travailleurs. Ce sont des crêpes molles. Ils sont prêts à gober n'importe quoi

– Même si tu étais ivre mort, je n'y arriverais pas. La supercherie est trop grosse. Ils vont s'en rendre compte.

– Victor est malin Il a tout prévu. À demain.

C'était l'affluence des grands jours. Dans la semaine, Leonid avait préparé le terrain en annonçant que Victor Volodine était tombé sur la tête : il avait décidé de miser sur le petit Michel et de prendre les paris à un contre dix. Ça ne plaisait pas à Igor.

– On ne joue pas d'argent dans ce club.

– Si cet imbécile de Victor veut perdre son argent, pourquoi ne pas en profiter ? objecta Vladimir.

– C'est un principe. Et les principes sont faits pour être respectés.

– C'est une règle valable entre nous, rétorqua Pavel. Victor Volodine ne fait pas partie du Club.

– Ça me paraît invraisemblable qu'il parie sur Michel. Il n'a aucune chance. Pas une sur des millions.

– Aux courses, Victor mise sur les grosses cotes, expliqua Leonid. Ce qui l'intéresse, c'est de gagner gros.

– J'ai du mal à y croire.

– Michel a fait des progrès, précisa Leonid.

– Je n'avais pas remarqué, fit Igor.

– Avec Leonid, vous dites que c'est un homme qui n'a pas de morale. On va lui donner une bonne leçon, dit Virgil.

– C'est l'exception qui confirmera la règle, conclut Gregorios. Tous contre Victor Volodine !

À l'exception de Werner qui travaillait dans son cinéma de la rue Champollion, tous les membres du Club étaient là.

Même Lognon qu'on n'avait pas vu depuis deux mois. Victor est arrivé vers quinze heures, sanglé dans un costume taillé sur mesure et un peu étroit. Il sentait l'eau de toilette à deux mètres.

– Comment allez-vous, Victor ? demanda Pavel. On ne vous voit pas souvent.

– Le dimanche, je ne reste pas dans un local confiné qui pue le tabac et la bière. Je m'oxygène les poumons. Je vais à Longchamp ou à Auteuil. Les chevaux, il n'y a rien de tel. Je viens de m'en acheter un avec un ami, un baron de vieille noblesse. Un futur crack. On va le faire tourner sur les hippodromes de province.

– Vous avez dévalisé une parfumerie ? demanda encore Pavel.

– Quand je viens ici, je prends mes précautions.

– Il paraît que vous misez sur Michel contre Leonid ? questionna Virgil.

– Vous me prenez pour une poire ? Il n'a pas une chance sur mille. Autant mettre une fillette face à un poids lourd sur un ring.

Ils se sont regardés, désorientés. Leur espoir de gagner de l'argent s'éloignait.

– Je parie sur le petit Michel à deux conditions.

– Lesquelles ?

– Il jouera avec les blancs.

Ça s'appelle ferrer le poisson. Proposer comme un obstacle ce que tout le monde accepte sans réserve. Personne n'éleva d'objection.

– Et Leonid jouera avec ça.

De la poche intérieure de son costume, il sortit des lunettes de soudeur qui protégeaient la vue des projections en ne laissant aucun espace entre la peau et l'extérieur. Les verres étaient recouverts de peinture noire.

– Il ne verra rien. Il jouera à l'aveugle. De mémoire. Ce sera un petit handicap. Ça rétablira l'équilibre. Messieurs, dans ces conditions, je prends les paris. Pour Michel et contre Leonid.

– Ça change tout.

– Ce n'est pas pareil.

Ils se sont mis à discuter. Leonid pouvait-il mémoriser ou pas les positions d'une partie ? Il ne l'avait jamais fait. On peut être un grand joueur et ne pas se souvenir de la place de ses pièces et de celles de l'adversaire, fût-il un débutant. Ça hésitait, tergiversait, pinaillait et ça aurait duré jusqu'à la fermeture du bistrot si Leonid n'avait enlevé le morceau :

– Victor Anatolievitch, aujourd'hui, on est dimanche, tu n'es pas mon patron et je te dis ce que j'ai sur le cœur. Tu n'es qu'un sale trouillard de fasciste de mes deux. Si tu crois que ta combine minable va me faire perdre, tu te mets le doigt dans le trou du cul. Des parties à l'aveugle, j'en ai joué et gagné des centaines. Et contre des champions.

Il sortit de sa veste une liasse de bonapartes et de racines.

– Il y a huit cent cinquante francs. Tu peux compter ! À combien on joue ?

– Deux contre un.

– T'es qu'un suceur du sang des pauvres. Ça ne m'étonne pas d'un blanc !

Il s'apprêtait à remettre son argent dans sa poche quand Victor l'arrêta :

– Quatre contre un. Je n'irai pas plus loin.

– À l'aveugle, je joue à du sept contre un.

– T'es malade ?

– T'as peur ? Retourne à ton tiercé.

– Si t'es sûr de toi, c'est du cinq contre un. Dernier mot.

– Tope là !

Ça libéra les autres. Les mains sortirent les portefeuilles. Les billets apparurent. Chacun y allait de son pari. Victor et Vladimir notaient les mises sur un carnet. Lognon déposa trois liasses de billets sur la table et garda la main dessus.

– Dites-moi, monsieur Volodine, vous trouvez que j'ai de grandes oreilles ?

Nous nous sommes dévisagés. Jamais personne n'en avait parlé devant lui. Comment pouvait-il le savoir ? On cherchait l'imprudent.

– J'en ai vu des plus grandes, répondit Victor opportunément. Les cosaques en ont des immenses.

– Si Dieu m'a donné de grandes oreilles, c'est pour que je puisse entendre à distance. Vous avez dit cinq contre un ?

– Affirmatif.

– Ce sera trois mille pour moi. J'ai aussi un pif d'enfer. Vous qui êtes un spécialiste des coups de poignard, vous allez dérouiller.

– T'es sûr de toi ? demanda Imré à Leonid.

– Des parties, j'en ai des centaines dans la tête.

– Je n'ai pas envie de perdre.

– C'est le jour ou jamais de te faire des couilles en or. Du cinq contre un !

– Le petit n'a aucune chance ! claironna Tomasz. Je lui ai mis deux trempes cette semaine. Si vous voulez, j'en fais une contre lui après.

Imré aligna deux cent quarante francs. Le Club s'était rempli de clients du Balto qui misaient sur Leonid. Le père

LE CLUB DES INCORRIGIBLES OPTIMISTES

Marcusot, attiré par la foule, fit une apparition et en profita pour prendre les commandes.

– Albert, ça vous dit de miser ? Michel ne peut pas gagner, lui lança Vladimir.

– Je ne joue jamais aux jeux de hasard.

– Vous en avez de l'argent, père Marcusot, vous pouvez vous permettre, dit Victor.

– La galette, elle est là, fit-il en tapant des deux mains sur sa bedaine. Personne ne me la prendra. Messieurs, ici, on consomme, je vous écoute.

Igor était débordé et se grattait le menton.

– Tu ne joues pas ? me demanda-t-il.

– Heu… je n'ai pas d'argent… Il va gagner.

– Est-ce que je peux aider Michel ? demanda Igor.

– Et puis quoi encore ! râla Leonid.

Sacha s'est approché. Il avait un billet de cent francs à la main et allait le poser sur la table quand Leonid lui saisit le bras.

– Toi, tu ne joues pas ! lui lança-t-il.

– Dehors ! poursuivit Igor. Combien de fois il faut te le dire ? On ne veut pas de toi dans ce club !

– Ici, on est en république. On est libres et je vous emmerde !

Il alla s'asseoir, attrapa un journal qui traînait et se mit à lire. Gregorios me tapota l'épaule avec un sourire paternel.

– Ne t'inquiète pas, Michel. Ce n'est pas grave.

Ils me dévisageaient avec gentillesse. Ils se demandaient combien de temps j'allais tenir face à l'ogre, même aveuglé. Ils savaient que je n'avais pas l'ombre d'une chance contre Leonid. Ils n'étaient pas inquiets pour leur investissement. L'idée que je puisse gagner la partie ne rentrait pas dans le champ du concevable. Aussi invraisemblable qu'un martyr qui dévore le lion ou qu'un homme qui s'envole en agitant les bras ou qu'une victoire du Liechtenstein sur l'Armée rouge. J'ai senti un tremblement et une irrésistible envie de pisser. C'était peut-être le moment ou jamais de fuir. On ne peut pas jouer quand on est malade et que votre vessie va exploser. Il y a eu une sorte de flash. Je les ai vus. Avec leurs yeux qui brillaient. Leurs sourires goguenards éclairant des dents prêtes à mordre. Ils se foutaient de moi comme de leur première chaussette. Ils se demandaient comment ils allaient dépenser leur mise multipliée par cinq grâce à ce couillon de Victor. Fallait-il qu'il soit stupide ce gros lard. Ils ne valaient pas mieux que lui. La vie est un casino. D'un côté, il y a ceux qui croient que la chance existe qui vont perdre et ceux qui n'y croient pas et gagnent à chaque coup. Aujourd'hui, c'était Victor le casinotier, avec son air de croque-mort compatissant, il savait qu'il allait les dépouiller et ne devait pas montrer la joie qui le submergeait.

– Décontracte-toi, m'a conseillé Vladimir.

Je me suis mis face à l'échiquier. Leonid a fini le 102 de Tomasz et a commandé une bouteille de côtes à Jacky.

– J'espère être fier de toi, m'a dit Igor.

– Leonid, n'oublie pas qu'on a misé sur toi, s'exclama Imré. On a besoin de pognon.

– Michel, joue comme d'habitude, fit Tomasz.

– Ce serait mieux si on jouait dans le silence. Je dois me concentrer.

Gregorios prit les lunettes et les essaya.

– On n'y voit rien.

– C'est étudié pour, expliqua Victor d'une voix chaude.

Il faut se méfier des petits gros, des joufflus débonnaires

avec leur air angélique de premier communiant. Ils sont les plus redoutables. Leonid m'a rejoint. Il a posé son verre de vin sur le guéridon. Il a mis les lunettes opaques. Il a levé la tête comme s'il cherchait la lumière, a avancé la main au hasard, a tâtonné et failli renverser sa dame.

– Si tu veux, je bougerai les pièces pour toi, dit Pavel. Tu me dis où les mettre.

– Pour une fois, Pavel va gagner une partie, lança Tomasz.

– Moi aussi, j'ai besoin de silence, fit Leonid. Quand tu veux, Michel.

Tous se taisaient et attendaient l'entame. J'ai réfléchi. Comme un joueur qui commence et se demande quel va être son deuxième coup. Sauf que j'étais Botvinnik, le meilleur joueur du monde. J'ai mis mon pion e2 en e4. Ce grand con de Konstantinopolsky a rétorqué par son pion c7 en c6. Les hostilités commençaient de façon originale. J'ai répondu d2 en d4 et il m'a bloqué d7 en d5. Surtout, ne pas jouer trop vite. « Ça doit avoir l'air naturel », m'avait répété Leonid la veille. À chaque coup, Leonid donnait ses instructions et Pavel déplaçait la pièce pour lui. Au neuvième coup, j'ai fait un petit roque. J'ai entendu un murmure dans les rangs des spectateurs.

– Il se débrouille le petit.

– Il joue pas mal.

Si un jour je ne trouve pas de boulot, je pourrai rentrer à la Comédie-Française. Je n'ai pas joué une partie mais un rôle dont je connaissais à l'avance chaque ligne, avec un partenaire qui maîtrisait son texte sur le bout des doigts. On s'est donné la réplique comme deux vieux cabots. On s'est appliqués. On ne faisait plus semblant. On était nos personnages, dans la sincérité, le spontané et le vécu, avec une pointe d'intensité, des petites hésitations, des attentes, des plis sur le front, des élans et des repentirs, des étonnements et des profondes réflexions. Les autres n'y ont vu que du feu. Leonid était un aveugle convaincant mis en difficulté au vingt-huitième coup par mon cavalier e2 en d4. En abandonnant le contrôle de la colonne roi, sa tour permettait à mon roi blanc d'accéder au centre. Leonid ralentit son jeu. On sentait qu'il avait un problème. Il avança la main dans le vide.

– Tu joues quoi ? demanda Pavel.

– Je veux mon verre, bordel !

Pavel lui donna son verre de côtes qu'il but d'un trait. La tension montait. Des soupirs, des raclements de gorge, des mouchoirs essuyaient des fronts en sueur.

– C'est extraordinaire qu'il se souvienne de toutes les pièces. Quelle mémoire ! dit Tomasz.

– Ta gueule ! lança Vladimir.

– J'ai soif, dit Leonid. Ressers-moi !

Pavel lui remplit son verre. Leonid le but à moitié et le garda à la main.

– C'est quoi le dernier coup du petit ? demanda-t-il d'une voix inhabituelle.

– Il a porté son cavalier de c3 et a pris le pion en b5.

À partir de ce moment, rien ne s'est passé comme prévu. Au quarante et unième coup, je devais lui prendre sa tour noire et forcer l'échange des tours pour lui enlever son dernier fou. Il attendait. Des gouttes de transpiration coulaient de ses tempes. Ses deux mains ont agrippé son visage. Il est resté de longues minutes, recroquevillé, tendu, ses doigts accrochés dans ses cheveux.

– Ce n'est pas possible ! fit-il.

– Si, je t'assure, dit Pavel.

Je ne suis pour rien dans ce qui est arrivé par la suite. J'avais fait ce qui était convenu. C'est Leonid qui a changé. Au lieu de mettre sa tour g1 en f1 comme l'avait fait Konstantinopolsky, il a déplacé sa dame en c6. Je ne savais pas quoi répondre. Ce n'était pas prévu ! Autour de nous, personne ne remarquait le changement. Je lui ai donné un coup de pied sous la table. Il a souri. Soudain, j'ai compris. Il avait trouvé mieux que Botvinnik. C'était plus fort que lui. Il n'a pas pu s'en empêcher. Il savait que ça allait lui coûter une petite fortune. Il a joué contre lui-même. Aucun des milliers de joueurs qui avaient étudié et disséqué cette partie n'avait vu que Konstantinopolsky pouvait gagner. Leonid a été plus doué que son maître. J'avais la certitude de ne pouvoir m'en sortir. Botvinnik allait perdre. Dans le groupe, certains ont senti que ça commençait à sentir le roussi pour moi. Igor me fixait d'un air navré. J'ai fait ce que j'ai pu pour ne pas perdre la face. Cette partie serait conforme à la morale. Goliath allait gagner et David se prendre une dérouillée.

Victor Volodine cherchait dans le fond de sa mémoire des réminiscences de ce jeu stupide. Sa dernière partie remontait à la guerre civile, lors du siège de Perekop en octobre 1920 avant son évacuation avec l'armée de Wrangel. Il avait vingt ans et n'y avait pas joué depuis quarante-trois ans. Il comprit à l'effervescence joyeuse qui agitait les spectateurs et à leurs réflexions désobligeantes que ça tournait au vinaigre.

– Vous perdez la main, Victor ?

– On vous a connu plus malin.

– Quelle idée de miser sur le gamin.

– À un moment, j'ai eu peur. Le petit a bien joué. Il l'a mis en difficulté. Leonid a renversé la situation.

– Préparez le pognon, Victor.

– On va boire à votre santé !

– Que se passe-t-il ? demanda Victor. Le petit va gagner.

– Il est mat dans trois coups. Il ne pourra pas y échapper, affirma Vladimir.

– Ce n'est pas possible !

Au cinquantième coup, au moment où j'allais être battu par Leonid, Victor, furieux, balaya le plateau de la main et envoya valser les pièces dans la salle. Avant qu'on ait pu revenir de notre stupeur, Leonid enleva ses lunettes, constata les dégâts, lui sauta dessus et lui balança plusieurs coups de poing sur le visage. Il frappait avec fureur. On a réalisé qu'il allait le tuer. Ils s'y sont mis à plusieurs pour les séparer. Il donnait des coups de pied dans le ventre de Victor. Avec une fougue inattendue pour son volume, celui-ci s'est redressé. Il avait un cocard sur l'œil. Son arcade sourcilière saignait avec abondance. Il a disparu sans demander son reste. Ils ont relâché Leonid. Sa chemise était rouge du sang de son patron.

– J'allais le battre ! hurlait Leonid.

– C'est certain. Il n'y a pas de mérite à battre Michel, dit Pavel.

– Imbécile ! C'est Botvinnik que j'allais battre !

Personne n'a compris. À part moi. La partie n'étant pas arrivée à son terme, ils ont, après une longue discussion, estimé qu'il n'y avait pas lieu de payer ou réclamer les paris. Chacun en est resté là, pas mécontent de s'en sortir à bon compte.

– Finalement, tu ne joues pas si mal, affirma Vladimir.

– Tu as fait des progrès, dit Igor. Je suis content.

– Il est devenu comme nous, a conclu Leonid.

Et il a été pris d'un rire nerveux, interminable et

contagieux. À gorge déployée, sans pouvoir s'arrêter. À en perdre le souffle. Il en avait les larmes aux yeux, il hoquetait. On ne savait plus s'il riait ou se tordait de douleur.

– Ma cousine avait des crises d'épilepsie. Ça y ressemble, observa Virgil.

– Ce n'est pas de l'épilepsie, affirma Igor. C'est un fou rire bizarre.

Ils se sont dit qu'il avait perdu la boule comme certains grands joueurs. Ils montaient à un tel sommet de réflexion, de pureté intellectuelle et de concentration cérébrale qu'ils basculaient de l'autre côté. Les plus intelligents d'entre nous n'utilisent que cinq ou six pour cent des ressources de leur matière grise. Eux gagnaient quelques pour cent, passaient dans un monde où le commun des mortels ne pouvait les suivre. Ça leur permettait de jouer des parties contre Jésus-Christ, Napoléon, Einstein ou eux-mêmes. On racontait l'histoire d'un grand maître espagnol qui, après avoir mis plusieurs branlées à Freud et Marx, jouait depuis dix-sept ans une partie pleine de rebondissements contre le Diable en personne. Ce dernier serait en mauvaise posture. Leonid revint parmi nous assez vite. Il était blême, épuisé, tremblant. Sa lèvre inférieure tressautait. Il pleurait comme un gamin.

– J'ai battu Botvinnik !

J'ai profité du brouhaha pour m'éclipser. Dehors, il bruinait. J'avais envie d'une cigarette. J'hésitais à m'acheter un paquet. Sacha attendait au passage clouté. Je suis resté sur le pas de la porte. Je ne voulais pas lui parler. Le feu est passé au rouge. Il n'a pas traversé. Il s'est retourné, m'a aperçu et souri. Il est venu vers moi.

– Vous avez fait des progrès, mon petit Michel, je vous félicite. Ou c'est ce pauvre Leonid qui se ramollit.

Un instant, j'ai eu peur qu'il n'ait reconnu la partie.

– Je ne sais pas si c'est Leonid qui avait trop bu ou vous qui avez eu de l'inspiration. J'ai du mal à y croire. La chance n'intervient pas aux échecs. Comment avez-vous fait pour lui résister ? J'ai cru que vous alliez le battre. C'était inéluctable. Pour le mettre en difficulté, il faut être talentueux. Vous avez joué comme un grand maître pendant quarante coups, Et puis, tout a basculé. Il s'en est sorti par une pirouette et vous avez joué comme une patate. Comme si vous ne saviez plus quoi faire ? Et ce porc de Volodine qui mise sur vous et contre Leonid, même masqué, c'était surréaliste. Vous avez de la chance que les autres soient d'indécrottables naïfs.

Il attendait ma réponse avec son sourire en coin et ses yeux plissés. Il m'a offert une Gauloise et donné du feu. Admettre que c'était une partie trafiquée, c'était reconnaître que j'étais un bidon. Si je disais la vérité, ça le dégoûterait d'avoir un tricheur comme ami. Je fumais à pleins poumons. En soutenant son regard. J'allais lui révéler la vérité quand j'ai été sauvé par l'arrivée d'Igor.

– Qu'est-ce que tu fous avec ce type ?

– On ne fait rien de mal. On discute.

– Ce n'est pas possible, Michel. Tu es avec lui ou avec nous ?

Mon regard allait de l'un à l'autre. Sacha restait impassible. Igor était rouge. J'avais peur qu'il lui saute dessus.

– Si tu me disais pourquoi, je pourrais comprendre.

– Ce sont de vieilles histoires qui ne te regardent pas. Je ne te dirai qu'une chose : méfie-toi de lui.

Sacha a choisi pour moi :

– Ne vous donnez pas cette peine, Michel.

– Je te préviens, a menacé Igor. On ne veut plus te voir ici. La prochaine fois que tu te ramènes, je te casse la gueule. C'est le dernier avertissement !

Sacha a souri et haussé les épaules.

– Je suis terrorisé. Je ne vais pas dormir de la nuit, a-t-il répondu d'une voix calme.

Il a fait demi-tour et s'est éloigné avenue Denfert-Rochereau d'un pas tranquille.

– Tu es libre de le rejoindre, m'a dit Igor. Mais il ne faudra pas revenir dans ce club.

– Je suis avec vous, Igor.

Il m'a mis la main sur l'épaule et m'a serré contre lui.

– J'en suis heureux, Michel. Tu as fait de sacrés progrès. Je t'ai parlé de mon fils ?

– Pas beaucoup.

– Il a ton âge. Vous vous seriez bien entendus. Tu fumes maintenant ? C'est nouveau ?

– Une de temps en temps.

Igor nous raconta les retrouvailles entre le patron et son employé. Victor avait le bras en écharpe, un œil fermé, une lèvre ouverte, le visage tuméfié d'une belle couleur violette, deux dents en moins et une bouche de travers qui le faisait zozoter. Il s'apprêtait à signifier à Leonid son licenciement pour faute très lourde avec coups et blessures qui auraient pu entraîner la mort de son supérieur hiérarchique. Celui-ci ne l'avait pas laissé terminer.

– Si tu me licencies, je te saigne comme un porc que tu es. Je prendrai le poignard de Raspoutine que tu m'as offert. Je n'ose pas te dire ce que je vais te faire. Tu me connais, Victor

Anatolievitch, je ne plaisante pas. Tu te souviens de ce qu'on leur faisait aux blancs quand on en attrapait un ? Tu vas souffrir avant de crever.

Après réflexion, Victor renonça à le licencier. Il fit comme si rien ne s'était passé et raconta qu'il avait glissé dans les escaliers de sa maison de L'Haÿ-les-Roses.

12

En juin, il s'est produit un événement mémorable. Je cherche d'autres adjectifs pour qualifier cet épisode : époustouflant, énorme, exceptionnel. Sauf que j'ai été le seul à le remarquer. Je pensais en entendre parler, avoir des échos admiratifs et des retours flatteurs. Je m'attendais à ce qu'on vienne me trouver, qu'on me serre la main, me tape sur l'épaule. J'ai patienté huit jours. Il ne se produisait rien. Ce n'était pas possible que cela passe inaperçu. C'était invraisemblable, illogique et injuste. Je devais m'endurcir. Après tout, Van Gogh n'a vendu aucun tableau de son vivant, Kafka est mort inconnu et Rimbaud a disparu dans l'indifférence générale.

– Ça te dirait de voir une chose extraordinaire ? ai-je demandé à Juliette quand elle eut terminé son bavardage.

– C'est quoi ?

Quand elle a une idée en tête, Juliette est capable de répéter vingt fois la même demande, de revenir à la charge sous des formes différentes. Elle pratique, de façon innée et avec succès, la technique du laminage par épuisement. Pour avoir la paix, vous finissez par céder. J'ai résisté.

Le ciel était limpide. L'air était doux. On a traversé le Luxembourg, descendu la rue Bonaparte jusqu'à Saint-Sulpice. On est arrivés en face de Fotorama. Je me suis arrêté devant la vitrine. Elle regardait sans comprendre.

– Qu'y a-t-il ?

– Examine les photographies.

Elle a fixé son attention sur les reproductions exposées. Elle s'est figée.

- Ce n'est pas vrai !

– Si !

Posées sur de petits chevalets, deux photographies d'Acis et Galatée, en noir et blanc. Sur le carton, il y avait une étiquette blanche et écrit en grands caractères : « Michel Marini ».

– C'est toi qui as fait ces photos ? s'est exclamée Juliette.

– Et il y en a d'autres à l'intérieur.

– C'est formidable !

- Comment tu les trouves ?

- Elles sont merveilleuses. Où tu les as prises ?

– C'est la fontaine Médicis. Au Luxembourg.

La porte du magasin s'est ouverte. Sacha est apparu, vêtu d'une blouse blanche.

– Comment allez-vous, Michel ?

J'ai fait les présentations. Sacha a impressionné Juliette avec sa voix grave, son calme et ses gestes délicats.

– Vous avez un frère qui a beaucoup de talent. Moi, à son âge, je ne faisais pas d'aussi belles photos.

La lueur d'admiration que j'ai vue dans les yeux de Juliette m'a fait aimer Sacha pour le restant de mes jours. J'étais dans un état proche de l'apesanteur, avec les joues en feu et des picotements dans le dos.

– Je ne suis pas le seul à l'apprécier, a poursuivi Sacha. On a vendu vos œuvres.

J'avais la bouche ouverte. Juliette aussi.

– Un amateur a acheté la série des cinq photos de la fontaine. C'est le patron qui a fait la vente. Il était ravi. J'ai remis ces deux tirages en vitrine mais je trouve qu'ils rendent mal les contrastes. C'est le début de la gloire. Venez, je vais vous payer.

Les oreilles me brûlaient. Nous l'avons suivi dans la boutique. Il a sorti une enveloppe blanche d'un tiroir.

– Le patron a demandé le prix affiché. Pour cinq clichés, il aurait fait une remise, mais le client n'a pas marchandé et a payé comptant. Les connaisseurs ne discutent pas. Il les a vendus trente francs pièce, moins les frais de tirage et la commission d'exposition. Il vous revient dix-huit francs par cliché, soit quatre-vingt-dix francs en tout.

Il a aligné cinq billets sur le comptoir. Un henri-IV et quatre richelieus. Je n'osais pas les prendre. Je fixais Sacha.

– Et pour vous ? Je voudrais vous payer.

– Vous plaisantez, Michel. Je suis rémunéré pour mon travail. Gardez votre argent. Vous en aurez besoin pour vous payer un bon appareil.

– Vous me conseilleriez quoi ?

– La perfection, c'est le Rolleicord. Il faut du métier et ils sont chers. Les reflex ou les compacts sont un peu moins chers et pratiques à utiliser. On en trouve d'occasion à des prix intéressants.

– Combien faudrait-il vendre de photos pour que je puisse m'en offrir un ?

Il a réfléchi.

– Entre quarante et cinquante.

– J'ai d'autres dépenses prévues. Je n'y arriverai pas

– Vous n'êtes pas pressé. Profitez de votre argent.

On s'est serré la main par-dessus le comptoir. J'ai ramassé les billets. Je les ai rangés dans mon portefeuille. Il nous a raccompagnés à la porte et s'est effacé pour nous laisser passer.

– Faites-nous de belles photos, Michel, et on vous les vendra.

– Il est bien ce monsieur, a dit Juliette dans la rue.

Dans ma tête, j'essayais de calculer. Combien de photos pour acheter un Circuit 24, un appareil photo correct et les deux douzaines d'albums en retard indispensables à une survie élémentaire ? Un chiffre effrayant. Deux cents ? Plus ? En sachant que mon catalogue se limitait à cinq photographies et qu'un Américain de passage en achetait deux ou trois les bons jours, combien devrais-je en avoir pour atteindre cet objectif démesuré ? Peut-être devrais-je m'intéresser au Sacré-Cœur et à l'Arc de triomphe pour augmenter les ventes ? Je n'avais pas envie de me lancer dans la carte postale. Peut-être qu'en fouillant dans mon stock, j'allais en trouver qui étaient passées inaperçues et que Sacha accepterait de les exposer. Ou peut-être celles de Cécile ? Est-ce que j'avais le droit de les utiliser ? Que devenait-elle ? Je me suis retourné comme si j'allais l'apercevoir derrière moi.

– Michel, c'est énervant à la fin, tu n'écoutes jamais ce que je dis ?

Juliette m'a rappelé à la réalité.

– Je n'écoute que toi.

Elle s'était trouvé une fonction. Elle allait faire ma fortune et la sienne. En parler aux pères de ses meilleures amies. Elle en connaissait deux douzaines qui ne savaient pas comment dépenser leur argent. Elle les a passés en revue.

– Le père de Nathalie, avec son salon de coiffure, il est plein aux as. Celui de Sylvie a acheté une propriété dans le Midi. Sa mère court les magasins pour la décorer. Je vais lui expliquer que tu es un génie de la photographie et qu'elle doit se précipiter pour les acheter avant que ça n'atteigne des prix prohibitifs. Je vais m'occuper de ta publicité. Par contre, il faut chercher une autre galerie. Celle-là n'est pas terrible. Il est gentil ton ami mais dans le business, pas de sentiments. On doit trouver moins cher comme commission. Tu ne crois pas ?

Je n'ai pas eu le temps de lui répondre.

– Je peux te montrer quelque chose ?

Elle m'a emmené rue du Four devant la vitrine d'un magasin de vêtements.

– C'est là.

Je cherchais ce que je devais remarquer. Elle m'a montré un serre-tête rose et blanc.

– Michel, je t'en prie. J'en ai tellement envie. Isabelle a le même.

Elle avait un visage éploré et paniqué. Je me suis dit que si ça lui faisait plaisir, je pouvais lui acheter un serre-tête. Je ne lui avais jamais fait de cadeau. Un artiste qui gagne de l'argent peut offrir un serre-tête à sa sœur.

La vendeuse l'a sorti avec délicatesse de la vitrine, sans rien renverser.

– C'est le dernier qui nous reste.

Juliette l'a essayé, s'est regardée dans la glace. Elle tournait sur elle-même. Elle rayonnait de bonheur.

– Comment tu le trouves ?

– Il te va à ravir. Je te l'offre.

Elle m'a sauté au cou et m'a embrassé. Quand je suis passé à la caisse, la vendeuse m'a annoncé le prix. Je n'en croyais pas mes oreilles.

– Vous devez vous tromper. Ce n'est pas possible. Un serre-tête ne peut pas coûter trente francs.

– C'est une marque ! a lancé Juliette. Pour un grand couturier, ce n'est pas cher.

– C'est exorbitant !

– Tu n'y connais rien. En plus, tu es radin !

J'ai eu quelques secondes d'hésitation. J'étais pris au piège. J'avais l'impression qu'elle me dépouillait. Avec une somme pareille, je pouvais acheter dix pellicules ou deux albums de rock. Juliette me dévisageait. Elle était blanche. Fallait-il que je me fâche avec elle et qu'elle me déteste pour le lui avoir refusé ? J'ai sorti mon portefeuille. J'ai payé en souriant mais chaque billet pesait une tonne.

– Merci, a dit Juliette. Tu as vu l'écharpe qui va avec ?

– Tu te fous de moi ?

– Elle n'est pas chère.

– Si je peux me permettre, a tenté la vendeuse, pour une écharpe de cette qualité…

J'ai quitté la boutique, tête baissée, Juliette sur mes talons.

– Garde-le ton argent ! Je te préviens : je n'en parlerai à personne de ton exposition à la noix. Je ne te ferai aucune publicité. Personne ne saura qui tu es ! Tant pis pour toi !

Ce pénible incident prouvait que les sœurs n'avaient aucune reconnaissance. Il n'existe pas dans la langue française d'équivalent féminin au mot « fraternel ». Personne n'en a eu besoin. En vérité, c'est à cause de sordides histoires de ceintures, de boucles d'oreilles et de colifichets que plusieurs génies sont restés méconnus. Surtout dans la photographie. J'ai profité de ma richesse imprévue pour investir dans *With the Beatles*, leur deuxième album qui venait de sortir. J'ai pu me soûler pendant des heures de cette musique divine. J'écoutais en boucle *All my Loving*... «*Close your eyes and I'll kiss you, Tomorrow I'll miss you*...» Je déambulais au paradis quand Juliette a tenté une intrusion :

– C'est quoi ce disque ?

– Dehors !

Je pouvais échafauder des projets grandioses. Compte tenu de mes diverses dépenses, il me restait trente-cinq francs ce qui représentait un peu moins du dixième d'un Circuit 24. Mes espoirs reposaient sur Sacha. En tablant sur un rythme modeste et raisonnable, il me faudrait une bonne année pour réunir les fonds nécessaires. Je devais augmenter ma production. J'ai trié les photos qui me paraissaient dignes d'être montrées. J'en ai gardé sept. Je suis passé à Fotorama pour avoir son avis. Son patron ne le verrait qu'à la fin de la semaine. J'ai fait un saut chez lui. Il n'était pas là. J'ai glissé les photos sous sa porte avec un petit mot : «Merci de me dire ce que vous en pensez. Michel.»

Au Balto, il y avait une fête pour l'épée de Kessel. Igor m'a proposé une coupe de champagne. J'ai trinqué à son entrée sous la Coupole prévue pour l'année suivante. Il l'a remplie de nouveau. Chacun y allait de son témoignage et expliquait sous les applaudissements et les encouragements quel grand écrivain et quel homme de cœur il était et la chance que nous avions de l'avoir pour ami. On attendait son arrivée. On a levé nos verres à sa santé. Ils me regardaient. Ils attendaient que je prenne la suite. Je me suis retrouvé comme un imbécile, avec leurs yeux braqués sur moi. J'étais pris au dépourvu. J'avais le choix entre répéter ce qui venait d'être raconté ou débiter un lot de platitudes. J'ai eu le plus mauvais réflexe. La fuite en avant. Si j'avais proféré les mêmes lieux communs que Vladimir ou Tomasz, personne ne m'en aurait voulu. J'ai fait l'intéressant :

– Pour parler de Kessel, il me faudrait du temps, je préfère le fêter comme il se doit : j'offre ma tournée en son honneur !

J'avais à peine fini que les applaudissements retentissaient.

– Michel qui offre une tournée !

– On aura tout vu.

Igor s'est penché à mon oreille.

– Tu es sûr ?

– Ne t'inquiète pas, j'ai de l'argent.

– Champagne ou mousseux ? a demandé Jacky.

– Je préfère la clairette, c'est meilleur.

Ce fut une belle fête. Vladimir, Leonid et Igor ont chanté *Le Chant des partisans* en russe. Ils avaient une façon un peu lente de le chanter, pleine de colère et d'amertume. Au deuxième couplet, les autres ont enchaîné en français. Les deux versions coïncidaient au millimètre. J'en avais la chair de poule.

Quand ma bouteille est arrivée, ils l'ont touchée pour vérifier si c'était un mirage ou un miracle. Ils voulaient tous en boire pour voir le goût qu'elle avait. Il paraît que c'était la meilleure clairette qu'ils avaient bue. En trente secondes, elle avait disparu. Leonid en a commandé trois d'un coup et a raconté des histoires. Il était intarissable.

– Quand Khrouchtchev est allé à New York pour l'assemblée des Nations unies, il a défié Kennedy dans une course à vélo. Malgré son mal de dos, Kennedy est arrivé bon premier. La *Pravda* a titré en une : « Triomphe soviétique à New York : Khrouchtchev deuxième, Kennedy avant-dernier ».

On a failli mourir étouffés par nos rires. Pavel a avalé de travers et Gregorios lui donnait de grands coups dans le dos.

– Et vous savez ce qu'est un quatuor à cordes soviétique ?

On a cherché la réponse. Ça a été un concours d'absurdités.

– Un orchestre symphonique de retour d'une tournée à l'Ouest !

Pavel est tombé à genoux. Les larmes aux yeux, il râlait et n'arrivait plus à reprendre sa respiration.

– Arrête, Leonid, tu vas le tuer.

Werner lui a lancé une carafe d'eau au visage. Jacky m'a présenté la note. J'ai payé vingt-deux francs pour ma première tournée. Si je compare à celles que j'ai payées depuis, celle-là a été la plus joyeuse. Igor est passé avec un chapeau pour recueillir les contributions à l'épée académique. Chacun mettait la main dedans sans qu'on voie ce qu'il donnait. De ma fortune passée, il restait dix francs. J'ai hésité un instant. J'en ai gardé la moitié. Un victor hugo m'a paru une participation appropriée.

J'avais la conviction d'avoir perdu mon père, qu'il s'était à jamais éloigné dans un territoire inaccessible. On ne se parlait plus que par téléphone. Il n'a pas vu mes photos exposées, perdu qu'il était au fin fond de son bled. Il ne l'a pas su. Ni ma mère. Elle n'avait pas le temps. Un soir, j'ai tapissé les murs de ma chambre de mes photos. Les bonnes, les mauvaises et les autres. Je ne les ai pas comptées. Il y en avait un paquet. J'ai éclusé deux boîtes de deux cents punaises dorées.

C'était une exposition de la fontaine Médicis. Sous toutes les coutures. Comme une mosaïque imparfaite et approximative. Il y avait aussi un panneau avec quarante-deux fois Cécile. Chez elle, dans la cuisine, sur le balcon, en train de faire le ménage, de courir, de lire assise près de la fontaine. Je la préférais dans ces portraits volés. Il y en avait un surtout que j'aimais. Ses mèches en bataille et ses yeux dépassaient à peine de ses genoux pliés serrés contre son visage. On aurait dit une vedette de cinéma qui prenait la pose. Comme si elle ne voulait pas qu'on la voie. Je n'avais donné aucune de ses photos à Sacha. Celle-ci lui aurait plu. Je n'avais envie ni de la montrer ni de l'exposer ni, surtout, de la vendre à quiconque. Personne ne la verrait jamais. J'étais heureux de l'avoir retrouvée. On pouvait rester à nouveau des heures côte à côte. Je lisais près d'elle. Elle était avec moi.

Le samedi midi, j'ai dit à ma mère que je voulais lui montrer quelque chose. À peine entrée, elle s'est figée et a explosé. Furieuse que je « saccage » ma chambre. Elle m'a ordonné de les enlever sur-le-champ. J'ai refusé. Le ton a monté. Comme ces incendies qui se propagent sans contrôle. J'ai hurlé que je ne voulais plus rester dans cette maison, qu'elle m'étouffait, que j'allais vivre avec mon père. Elle a éclaté de rire.

– Il n'y a qu'un problème. Ton père n'a même plus de quoi se payer le train pour venir à Paris. Si tu crois qu'il a les moyens de se charger de toi, tu te trompes. Tant que tu seras ici, tu feras ce que je te dis. Tu vas apprendre à obéir ! Ici, c'est moi qui commande, que ça te plaise ou non. Tu vas m'enlever ces horreurs et tout de suite !

Comme je ne réagissais pas, elle a commencé à les arra-

cher une à une. Sans enlever les punaises, elle les déchirait.
Je ne voulais pas qu'elle touche à celles de Cécile.

– Je vais le faire, ai-je crié.

Au retour des vacances en Bretagne, j'ai traversé une sale
période. J'étais déboussolé. Je suis passé voir Sacha pour
l'inviter à la Cinémathèque. Il croulait sous le travail. J'y suis
allé seul. Il y avait un film indien doublé en anglais. L'histoire d'un vieil aristocrate ruiné qui dépense son dernier
argent pour s'offrir un concert privé avec des musiciens. En
sortant, il m'est arrivé un accident. Soudain et imprévisible.
J'aurais juré que ça n'était pas possible, que mon ange gardien me protégeait. J'avais fait quelques pas sur le trottoir de
la rue d'Ulm. Je cherchais le paragraphe où j'avais arrêté ma
lecture quand j'ai été percuté de plein fouet avec brutalité. Je
me suis retrouvé par terre, désorienté et endolori. Je m'étais
cogné la tête. Je ne savais pas contre quoi. J'ai récupéré mes
esprits. Je l'ai vue. En face de moi. Elle se frottait le front qui
disparaissait derrière ses cheveux frisés. Elle paraissait surprise, comme égarée. On se découvrait, comme deux voyageurs perdus qui se trouvent sur une île déserte. Elle portait
un blue-jeans et des chaussures de tennis. Elle lisait *Le Matin
des magiciens* et moi *Bonjour tristesse*. Je n'avais aucune
chance.

Septembre 1963-
juin 1964

1

Il faut bien que les histoires commencent. La nôtre a démarré comme dans un film muet. On est restés un moment face à face à réaliser ce qui venait de nous arriver. Dans le brouhaha d'un monde rétréci au niveau du sol. Avec les spectateurs qui sortaient de la Cinémathèque et nous enjambaient. Il y avait aussi de la frayeur rétrospective et des palpitations qui n'en finissaient pas. On avait mal et on avait envie de rigoler. On aurait pu crier «Espèce d'imbécile!», s'énerver, râler, être désagréable, grogner «Vous ne pouvez pas faire attention où vous mettez les pieds!», comme dans le métro un million de fois par jour. Un groupe s'est arrêté. On s'apercevait entre leurs jambes. On entendait des bribes de conversation sur l'utilisation de la musique comme élément constructif de la dramaturgie dans le cinéma indien. Ils discutaient avec véhémence pour déterminer si elle devait être distanciée ou impliquée. On a éclaté de rire en même temps. Ça nous a servi de carte de visite.

– Qu'est-ce que tu lis ?

Je lui ai montré la couverture.

– C'est bien ?

– Pas mal.

– Mon père dit que c'est cucul la praline.

– Tu as vu *Quai des brumes* de Carné ?

– À la télé.

– À un moment, Gabin est dans une gargote paumée. Il rencontre un peintre illuminé joué par Le Vigan. Celui-ci lui dit : « Je peins malgré moi les choses derrière les choses. Un nageur pour moi, c'est déjà un noyé. » Tu t'en souviens ?

– Pas vraiment.

– Sagan est comme ça. Elle décrit des choses futiles et mondaines. Si tu te fies à l'apparence, c'est un roman à l'eau de rose. Sauf qu'elle raconte aussi les choses cachées derrière ces choses. Ce sont de vraies histoires d'amour. C'est la bibliothécaire qui me l'a conseillée. D'habitude, ce n'est pas mon genre de livre. Quand je découvre un auteur, je commence par son premier roman et je les lis tous à la suite.

– C'est marrant, moi aussi. Et qui tu as lu ?

– Je sors de ma période grecque. Kazantzakis, tu connais ? … C'est extraordinaire. C'est pour ça que j'avais besoin d'un peu de légèreté. Et toi, tu lis quoi ?

– Que des auteurs américains ou presque.

Elle a souri. Je n'avais jamais vu personne sourire comme elle. La littérature américaine, c'était un coin de la bibliothèque où je n'avais pas mis les pieds, une mine à prospecter quand j'aurais terminé la rangée Sagan.

Au-dessus de nous, le groupe s'animait. Il y en avait un qui affirmait que, dans un vrai film, la musique était inutile parce qu'il n'y avait pas de musique dans la vie. Ils se sont éloignés en débattant avec fièvre de l'influence de la bande-son.

– C'est bizarre ce qu'ils racontent, a-t-elle observé.

– À la Cinémathèque, on passe plus de temps à discuter des films qu'à les regarder. C'est quand il n'y a rien à dire d'un film que ça pose un problème.

J'ai été le premier à me redresser. Je lui ai tendu la main. Elle l'a attrapée. J'ai tiré pour la lever. Elle ne pesait pas lourd. Elle se massait l'arcade sourcilière et moi le nez. J'ai ramassé son livre et le mien.

– Et *Le Matin des magiciens*, c'est comment ?

– Génial ! C'est une révolution. Il faut que tu le lises.

– J'en ai entendu parler. Ils doivent l'avoir à la bibliothèque. Je t'ai fait mal ?

– C'est de ma faute. Je lisais en marchant.

– Moi aussi, c'est pour ça que je ne t'ai pas vue. C'est un drôle de hasard, non ?

– Il n'y a pas de hasard. Il était prévisible que l'on se rencontre aujourd'hui.

– Je crois plutôt que c'est un accident. On ne regardait ni l'un ni l'autre où on mettait les pieds.

– Il y a les rencontres qui doivent se faire et les autres qui ne se feront jamais. Tu es de quel signe ?

– Je suis Balance.

– Avec quel ascendant ?

– Je ne sais pas. C'est quoi ?

– Il y a une relation étroite entre la position des planètes à l'instant de ton jour et de ton lieu de naissance, ce que tu feras et ce qui t'arrivera.

– C'est l'horoscope du journal ? C'est une blague.

– Je te parle de choses sérieuses et prouvées.

– Tu crois à ça ?

– Dur comme fer. Il y a une influence réelle des astres sur notre comportement.

– Ce n'est pas possible ! Il existe des milliers d'influences et de hasards qui changent ta destinée. Il y a dix minutes, j'étais assis tranquille à la Cinémathèque. Je m'apprêtais à voir un deuxième film, un western sous-titré en français. Et au dernier moment, j'ai changé d'avis, je me suis dit : T'es assez resté enfermé, va marcher un peu. Je suis sorti. Et bing ! Tout n'est pas écrit.

– Les derniers travaux scientifiques prouvent le contraire. Des études menées sur des milliers de cas ont montré que la position de Mars se retrouve pour les sportifs, de Jupiter pour les acteurs et de Saturne pour les scientifiques. C'est une anomalie statistique inexplicable. À ce stade quantitatif, il est impossible que le hasard puisse seul établir ce lien. On n'en est qu'au début, si on était capable d'analyser en profondeur, on pourrait lire nos vies à l'avance et on verrait que c'était prévu que tu changes d'avis et qu'on se rencontre à ce moment précis et à cet endroit de la rue d'Ulm.

– C'est dingue !... Alors moi qui suis nul en maths, ça pourrait être d'origine astrale ?

– Il faudrait que tu te fasses faire ton thème. Ça ne m'étonnerait pas.

– C'était incompréhensible. J'ai bossé comme un malade. Avec mon frère, avec mon ex-meilleur copain, avec une copine et même tout seul. Résultat : une catastrophe. D'après cette copine, c'était psychologique. À cause d'un problème avec mon père et ma mère. Moi, je me demandais si je n'étais pas stupide. Maintenant, s'il y a une influence extérieure, ça explique tout. C'est même logique. On aurait dû y penser plus tôt.

On a parlé pendant une heure sur le trottoir mais je ne sais plus de quoi. Tout s'est mélangé. Elle parlait avec les mains et je l'écoutais avec conviction. Je faisais oui de la tête. Elle a regardé sa montre.

– Oh il est tard, il faut que j'y aille.

– Salut.

Elle a fait demi-tour et elle est partie. Je l'ai regardée s'éloigner comme un gland que je suis. J'avais une excuse. J'étais sous le choc de cette révélation époustouflante que ma nullité mathématique était une question de fatalité. Elle a disparu au coin de la place du Panthéon. J'ai réalisé que j'ignorais tout de cette fille. Je n'avais même pas pensé à lui demander comment elle s'appelait. Comment j'ai pu rater ça ? Ne pas lui demander où elle vivait, dans quel lycée elle allait, ce qu'elle faisait, si on pouvait se revoir. Une vraie flaque.

J'ai couru. Elle avait disparu. J'ai regardé de tous les côtés. Elle s'était volatilisée. Comment la retrouver, sans aucun indice ? Est-ce que le hasard nous remettrait face à face ? Ou les planètes ? La chance ne passe qu'une seule fois à votre portée. Si vous ne la saisissez pas, tant pis pour vous. J'avais gâché une occasion unique et exceptionnelle et ne pouvais m'en prendre qu'à moi-même. Je m'en suis voulu comme jamais. Mais si tout était prévu, il était peut-être écrit qu'on était faits pour se télescoper, que je la laisserais partir sans son nom et son prénom et que j'errerais jusqu'à la fin des temps à sa recherche. Je la croiserais peut-être dans soixante-dix ans. Je serais chauve, édenté et ventripotent. Elle, ridée et impotente. Je marcherais avec une canne. Elle serait heureuse de me revoir. On se rendrait compte qu'on avait passé des années à se chercher dans le quartier sans se trouver, se ratant de quelques secondes. Elle aurait souvent pensé à moi avant de se marier par dépit et d'avoir six enfants. On connaîtrait enfin nos prénoms. Je lui prendrais sa main décatie. On se sourirait avec tendresse.

2

Aux vacances d'éte, je croyais avoir touché le fond. Mon père avait fini par ouvrir son commerce d'électroménager le 3 juillet et il découvrit avec effarement que les congés payés sévissaient dans la Meuse. Les rares curieux qui s'aventuraient dans son magasin désert trouvaient que c'était beau et cher. Les affaires étaient dures. Il avait envie de nous faire découvrir Bar-le-Duc. Jusqu'au dernier moment, j'avais espéré échapper aux cousins. Depuis leur rapatriement en métropole deux ans auparavant, on se voyait souvent. Pour des raisons incompréhensibles, ils ne cessaient de me manifester leur attachement et leur sympathie. Je ne les supportais pas. Non seulement pour leur ignorance crasse et leur fidélité à l'Algérie française mais aussi à cause de cet accent pied-noir indéboulonnable qui ne les quittait pas. Je les soupçonne d'avoir mis un point d'honneur à le conserver et à le cultiver. Au début, je me foutais d'eux en le prenant. Ça les faisait rigoler. Mon père a renoncé à son projet de vacances dans la Meuse. J'ai donc eu droit du 15 juillet à la fin août aux Delaunay ravis à Perros-Guirec, son eau à dix degrés, ses crêpes en caoutchouc, ses embruns permanents, son sentier des douaniers transformé en glissoire, ses interminables parties de Monopoly et, corvée suprême, des devoirs de vacances. Les cousins faisaient entre dix et vingt fautes par page. Dans l'indifférence générale, je venais d'obtenir mon examen probatoire avec la moyenne de 10,2. Par solidarité familiale, j'ai dû m'appuyer chaque matin des dictées pour demeurés. Quand j'affirmais que les fautes d'orthographe se soignaient par de la lecture quotidienne, ils me regardaient comme si je parlais chinois. Le 30 juillet, ça a été plus fort que moi. Il y avait au menu « un merveilleux passage » de Paul Bourget, dixit grand-père Philippe qui le tenait pour le plus grand écrivain français du XXe siècle et dont *Le Disciple* était le livre de chevet. Je les ai envoyés promener et suis parti en claquant la porte. C'était la Sainte-Juliette et elle m'en a voulu à mort d'avoir gâché sa fête. Elle était persuadée que j'avais choisi ce jour pour l'embêter. Malgré les injonctions de ma mère, j'ai refusé d'admettre que j'avais été grossier et de m'excuser et pour aggraver mon cas, je n'ai plus participé aux dictées quotidiennes ni à l'achat d'hôtels rue de la Paix.

Un jour, ma mère m'a demandé pourquoi je ne prenais jamais de photos de la famille ou de la Bretagne. Je n'ai pas répondu.

– Je m'excuse d'avoir déchiré tes photos. Je me suis énervée. J'étais fatiguée.

– Mon appareil, je l'ai jeté !

– Pourquoi ? On te l'avait offert pour ton anniversaire.

– Il faisait des photos nulles.

– Si tu veux, je t'en offre un autre.

– Il vaut mieux que tu achètes des cartes postales.

Elle a acheté un Polaroid. Des photos aux couleurs tristes

et puantes qui les faisaient trépigner. Ils passaient leur temps à se mitrailler et à s'esclaffer en se découvrant dessus.

– Hé, Callaghan, pourquoi tu t'éclipses à chaque fois qu'on fait une photo de famille ? demandait Maurice.

– Parce que je ne veux pas être sur une photographie à côté de vous.

On a passé un mois en se parlant par onomatopées. J'errais seul sur la lande sans pouvoir lire à cause de la tempête et j'ai compris pourquoi il y avait autant de calvaires en Bretagne. Chaque après-midi, il y avait goûter dans une crêperie. Ils en faisaient des tonnes.

– Aïe, aïe, aïe, les yeux de ma mère, qu'est-ce qu'elle est bonne cette crêpe !

– Tu as goûté celle-là, mon fils ?

– Vous, vous êtes pieds-noirs, remarquait la crêpière avec sa coiffe bigoudène en pain de sucre.

– Oui madame, et on en est fiers !

Ils lui ont offert sa photographie instantanée. Elle a trouvé qu'on n'arrêtait pas le progrès. Une fois, à Paimpol, je ne sais pas ce qui leur a pris, peut-être à cause du cidre brut, ils se sont mis à entonner : « C'est nous les Africains qui revenons de loin… »

L'idée de retrouver le lycée éveillait en moi une excitation et un enthousiasme inconnus. Mais à la rentrée, le ciel m'est tombé sur la tête. Nicolas avait disparu. Mon plus vieil ami. Mon frère choisi. Avec qui je partageais tout ou presque. Qui était invité à la maison aux anniversaires. Dont le père m'avait dit, un jeudi soir, pour me remonter le moral, que je faisais partie de sa famille et que j'étais chez lui comme chez moi. Avec qui je travaillais en harmonie et dans le respect

mutuel. Évanoui. Envolé. Évaporé. J'étais passé de C en A.
Il aurait dû être dans une autre terminale que moi. Personne
n'avait eu de ses nouvelles. Je suis allé à leur appartement à
côté de Maubert. Ils avaient déménagé fin juillet. La
concierge ne savait pas où. Ils étaient partis sans prévenir. Je
ne l'ai pas crue. Je me suis précipité dans le premier bistrot.
J'ai pris un jeton pour le taxiphone. J'ai composé son
numéro. Une voix féminine a répondu :

– Il n'y a plus d'abonné au numéro que vous avez composé. Veuillez consulter l'annuaire ou le service des renseignements.

J'en tremblais de rage et de dépit. Huit jours avant mon
départ en vacances, on avait enregistré un album de Little
Richard et un de Jerry Lee Lewis. Je lui avais fait économiser
une fortune et il me remerciait en me laissant tomber comme
une vieille chaussette. Sans me dire qu'il partait. Surtout que
je lui avais prêté un disque de Fats Domino de la collection
de Pierre. Une importation introuvable. Pour ses vacances, il
allait chez ses grands-parents, dans un bled perdu des Deux-
Sèvres, réputé pour son ennui mortel et ses journées interminables. Il espérait bénéficier du silence absolu pour réaliser
un enregistrement parfait. Il avait fait un subtil chantage, à
base de sous-entendus :

– L'année prochaine, si on est ensemble, je ne pourrai pas
te laisser continuer à pomper pendant les compos de maths.
Avec Rabougri, c'était facile. Avec Peretti, ça sera autre
chose. C'est une peau de vache. Il n'arrête pas de passer dans
les rangs. Tous les trucs, il les connaît.

Le genre d'argument qui fait réfléchir. J'ai cédé. Je lui ai
prêté *Blueberry Hill*. Quand je le lui ai donné, il a eu un
petit sourire inhabituel.

– Tu peux me faire confiance.

J'ai perdu mon Fats Domino. Il savait qu'il allait quitter Paris. Pas un mot d'adieu. Pas un regret. Pas la moindre tristesse. Comme si j'étais un inconnu. Jamais je n'aurais cru ça possible. Pas de la part de Nicolas. J'avais le sentiment de m'être fait voler mes années d'amitié. Il n'avait pas le droit. Un jour ou l'autre, on se reverrait. Il ne perdait rien pour attendre. Je lui mettrais mon poing dans la figure. Le pire, c'est que dorénavant je me trouvais à côté de Bertrand Cléry qui avait peur de son ombre, mettait sa main gauche pour me dissimuler sa précieuse copie et, quand ça ne suffisait pas, faisait barrage avec son épaule. À chaque fois que je m'asseyais, j'en profitais pour laisser traîner mon coude ou bien je lui écrasais le pied. Je ne sais pas si c'est l'influence de Peretti, le niveau qui a baissé ou un coup de bol mais je me suis retrouvé un peu au-dessus de la moyenne et, pour une fois, je n'étais plus la tête de Turc.

À Henri-IV, j'éprouvais une certaine satisfaction à rester à l'écart de mes camarades. Chaque matin, je me donnais un objectif à atteindre. Ne dire bonjour à personne. Ne pas ouvrir la bouche de la journée. Ne répondre à aucune question. Ne serrer aucune main. Essayer d'être un homme invisible. Le résultat a dépassé mes attentes. Au bahut, plus personne ne m'adressait la parole. À l'exception de Sherlock que j'étais obligé de saluer. J'étais enfin seul. Je pouvais bouquiner sans être dérangé. Cléry a eu la bonne idée de déménager au premier rang. La place de Nicolas était vide. Je me baladais entre la colère et l'amertume. Au bout de huit jours, j'ai estimé que le moment était venu de retrouver mes vrais amis. Je suis retourné au Balto.

Igor et Leonid jouaient au baby-foot. Comme des patates.
En faisant des moulinets. Ils riaient aux éclats quand la balle
rentrait dans le but.

– Qu'est-ce que vous faites ?

– Tiens, un revenant, on croyait que tu avais déménagé, a
dit Igor, le regard fixé sur le jeu.

– On fait un peu d'exercice, a enchaîné Leonid.

– Apprends-nous à jouer, a demandé Igor.

– Ce n'est plus de votre âge. Il faut commencer jeune.

– Espèce de petit con, je cours plus vite que toi ! a lancé
Leonid.

– Nous, on t'a donné des cours d'échecs et ça ne nous
amusait pas.

C'est comme ça que je leur ai donné leur première leçon
de baby-foot. Ils ont adoré. C'est devenu leur passe-temps
préféré. Avant de jouer aux échecs, chaque soir, ils faisaient
deux ou trois parties. Il n'y a pas d'âge pour le baby-foot.
En quelques semaines, ils ont formé une paire connue sous
le nom des « Bolchos », réputée pour sa mauvaise foi et ses
contestations incessantes. Igor, à l'arrière, est devenu un gardien honorable et Leonid, un attaquant, même s'ils avaient
du mal à se conformer à certaines règles comme l'interdiction de parler russe à seule fin de distraire l'adversaire, ou
bien celle de garder la balle en la baladant pendant un
temps interminable avant de tirer. Parfois, Leonid poussait
des petits cris. Quand on lui a dit qu'il n'en avait pas le
droit, il s'est mis à éternuer avec violence et à tirer dans la
foulée. C'était de l'antijeu. On ne pouvait pas les en empêcher : ils faisaient semblant de ne pas comprendre le français.

– Tu n'as pas l'air dans ton assiette, a constaté Igor.

– J'ai un problème avec mon meilleur ami. Il s'est barré sans rien dire.

– Et c'est pour ça que tu fais cette tête d'enterrement ? a lancé Leonid. Viens, on va boire un coup.

Je leur ai raconté la trahison de Nicolas. Ils le connaissaient de vue.

– Ton Nicolas, c'est de la rigolade. J'ai fait bien pire, a expliqué Leonid en remplissant son verre. J'ai abandonné mon meilleur ami, Dimitri Rovine. Un médecin exceptionnel qui m'avait sauvé la vie. Il a été arrêté. Sa mère m'a supplié de tenter une démarche, d'utiliser mes relations pour adoucir son sort. J'aurais pu essayer de le sauver. Je me suis dit que ça n'en valait pas la peine. Que je risquais de me compromettre. Je l'ai abandonné à son sort.

– Si ça se trouve, ça n'aurait servi à rien et tu aurais pris un risque inutile, a dit Igor.

– Igor Emilievitch, toi, tu aurais fait quoi ?

– C'était une période où les gens disparaissaient sans qu'on sache pourquoi. Une sorte d'épidémie dont on avait honte de parler. J'ai fait comme les autres, Leonid, j'ai détourné le regard. Ne te fais pas de souci. Au pire, il a fait quelques années de bagne et il a été libéré en 53, après la mort de Staline. Aujourd'hui, il exerce son métier de médecin dans un hôpital de Leningrad ou ailleurs et il ne pense plus à toi.

Leonid s'est resservi du côtes-du-rhône. Sa main tremblait. Le goulot de la bouteille tapotait le bord du verre. Il m'a attrapé par les épaules.

– Tu sais pourquoi il a été arrêté, Michel ?

– Comment je pourrais le savoir ?

– Leonid Mikhaïlovitch, arrête ! s'est écrié Igor. C'est inutile !

– On l'a accusé de faire du marché noir de médicaments. De sa poche, il a sorti une petite fiole marron et l'a posée sur le comptoir.

– Tu sais pourquoi je prends dix gouttes de cette saloperie matin et soir ?

J'ai secoué la tête.

– Parce que ça pue ! Ça pue partout. Dimitri a eu pitié de moi. Il a voulu m'aider. C'est pour ça qu'il a été arrêté. Je vais te dire une chose, et ne l'oublie pas : les seuls amis qui ne te trahissent pas sont ceux qui sont morts.

Il a vidé son verre, remis la fiole dans sa poche, jeté un billet sur le comptoir puis s'est éloigné vers la porte.

– Où tu vas ? a demandé Igor.

– Je vais bosser.

Igor m'a souri d'un air triste.

– C'est un vrai con quand il s'y met. Il n'y est pour rien. Il ne peut pas s'empêcher de ressasser. Regarde, on aura tout vu : Leonid est parti sans vider la bouteille.

Il nous a servi à égalité le reste de côtes. On a trinqué.

– À notre santé.

– Igor, quand vous vous parlez avec vos noms à rallonge, on se croirait dans un roman de Dostoïevski.

– En Russie, on n'appelle pas quelqu'un monsieur ou madame. Pour marquer son respect ou son amitié, on utilise le patronyme, jamais le nom de famille. Gregorios te dirait que « patronyme » vient de « père ». Tu prends le prénom du père et tu ajoutes *ovitch* pour les hommes et *ovna* pour les femmes. Si un jour je rencontre Khrouchtchev, ce qui est improbable, je ne dirai jamais monsieur Khrouchtchev mais

Nikita Sergueïevitch parce que son père s'appelait Sergueï. Mon père s'appelait Emile. Mon nom pour l'état civil russe, c'est Igor Emilievitch Markish. Tu parlais de Dostoïevski. Son père s'appelait Mikhaïl. Son nom complet en russe, c'est Fédor Mikhaïlovitch Dostoïevski. C'est quoi le prénom de ton père ?

– Paul.

– En Russie, on t'appellerait : Mikhaïl Pavlovitch Marini.

– Ça a une autre classe.

3

Dans la vitrine de Fotorama, des photos de ponts de Paris la nuit. Mes photos avaient disparu. J'avais beau chercher à travers la vitre, je ne les apercevais pas sur les murs. Sacha était en train de discuter avec un jeune couple qui choisissait des photographies parmi des dizaines éparpillées sur le comptoir. J'ai attendu qu'il soit seul et suis entré. Il avait les traits tirés et fatigués.

– Bonjour, Sacha. Je voulais savoir si vous aviez vendu d'autres photos.

– En ce moment, on ne vend rien.

– Vous ne croyez pas que, si elles étaient en vitrine, elles se verraient mieux ?

– Je ne peux pas laisser les mêmes photos. Au bout d'un moment, on s'y habitue. Je les change chaque mois. Ne vous inquiétez pas, Michel, je vous ai gardé une bonne place.

Sur le mur du fond, mes cinq photographies agrandies en

brillant en 20 × 30 s'alignaient côte à côte parmi une vingtaine d'autres. Dans des présentoirs en bois, des centaines de clichés attendaient qu'un amateur les découvre.

– Le patron expose pour l'amour de l'art. À Paris, la photographie n'est pas reconnue et un photographe a du mal à vivre de son travail. Si on n'avait pas les communions et les mariages, on mettrait la clef sous la porte.

– J'ai déposé des photos chez vous.

– Je vous ai demandé de m'apporter de belles photos et vous me proposez vos fonds de tiroirs.

– Je n'en ai pas d'autres.

– Faites-en. Travaillez.

– J'ai un appareil médiocre et pas d'argent pour m'en payer un. Et puis, je n'en ai pas envie. J'ai envie de rien.

– Que se passe-t-il, Michel ? Vous avez un problème ?

– S'il n'y en avait qu'un, ce serait formidable. Autour de moi, c'est le désert.

– Venez avec moi, j'ai du pain sur la planche. On a eu un gros mariage à Saint-Sulpice. Douze photos en album cuir en cadeau pour leurs deux cent vingt invités. Ils veulent de la qualité et ils ne discutent pas les prix. Une famille comme on n'en fait plus.

Il a posé sur la porte d'entrée le panonceau : « On travaille pour vous. Sonnez longtemps et soyez patient. » Je l'ai suivi dans l'arrière-boutique. Une chambre noire où il tirait les photos avec un énorme agrandisseur qu'il manipulait a gestes précis. Il plaçait un négatif dans le passe-vues, posait le papier sous un margeur, ajustait les lames, réglait l'objectif à l'œil nu avec une molette de mise au point, ouvrait le diaphragme une quinzaine de secondes et répétait l'opération.

Je lui ai raconté l'affaire Nicolas et la réaction de Leonid. Il était absorbé par sa tâche. Je ne savais pas s'il m'écoutait.

– Ce n'est pas la faute de Nicolas, a-t-il fini par répondre sans détourner le regard de son plan de travail. C'est vous le responsable.

– Comment vous pouvez dire une chose pareille ? Je n'y suis pour rien !

– Vous affirmez que Nicolas s'est conduit comme un petit salaud.

– Je le confirme.

– S'il vous avait considéré comme son ami, il n'aurait pas agi ainsi. Il n'était donc pas votre ami. La faute est bien commise par vous qui prenez n'importe qui pour votre ami. Il faut savoir distinguer les vrais des faux amis. Avec ses amis, on prend souvent ses désirs pour la réalité. Vous avez été un peu léger dans votre choix. En revanche, Leonid a des raisons de s'en vouloir. Il connaît ou se doute de la vérité.

– C'est-à-dire ?

– Je crois que Dimitri Rovine est mort.

– Igor dit qu'il s'en est sorti et a dû retrouver son poste de médecin.

– Igor est un véritable ami pour Leonid. Il lui remonte le moral comme il peut. C'était une sale époque. On fusillait pour un rien. Dimitri a sans doute été fusillé quelques jours après son arrestation. C'était fréquent.

– Leonid avait l'air sincère.

– Faire semblant d'espérer, c'est ne pas être complètement un salaud. Au fond, la réalité, il la connaît. Le KGB n'annonçait pas les exécutions. Pour deux raisons. Ils étaient formalistes. Seul un tribunal pouvait condamner quelqu'un à mort. Ils tuaient et se taisaient. Personne ne pouvait rien leur reprocher. Très vite, ils se sont rendu compte que le problème, c'étaient les vivants. Il fallait les empêcher de se mobiliser pour leurs proches arrêtés, les empêcher de nuire. Affirmer que quelqu'un avait été condamné aux travaux forcés en application de l'article 58 voulait dire : il est vivant, même si on n'entendait plus parler de lui. Les proches conservaient un petit espoir. C'était ça l'important. Pouvoir se raccrocher à un minuscule espoir. Ils faisaient coup double. Ils liquidaient qui ils voulaient et les familles leur foutaient la paix.

Il continuait de travailler, enchaînant les tirages comme un automate.

– S'ils avaient dit la vérité, les familles auraient fait leur deuil.

– Pour une police politique, cela ne présente aucun intérêt. Leonid a raison de s'en vouloir. S'il avait fait jouer ses relations, il aurait obtenu sa libération. La faute commise par Dimitri n'était pas très importante. C'était moins grave de faire du marché noir que d'être un opposant au régime. Leonid connaissait Staline et des commissaires du peuple. C'était un héros de l'Union soviétique. S'il avait demandé cette faveur, il est probable que Dimitri aurait été relâché. Il a laissé tomber son meilleur copain. Un type qui lui a vraiment sauvé la vie.

– Vous, à sa place, vous auriez fait quoi ?

– Leonid a eu raison. Il a sauvé sa peau. Lui, il est vivant.

– Je ne vous ai pas demandé, Sacha, quel est votre patronyme ?

Dans la pénombre, je l'ai vu qui haussait les épaules.

– Il y a si longtemps que je ne l'ai pas entendu que j'ai fini par l'oublier. En France, il ne sert à rien

Sacha a regardé ses mains fines et blanches. Sous la faible lampe orangée, il les a tournées dans un sens et dans l'autre. Il s'est essuyé le front d'un revers de manche, poussant un profond soupir.

– Ces mariages mondains sont d'un casse-pieds. C'est à mourir d'ennui. On se demande ce qu'elle lui trouve. Ils sont moches, non ?

J'ai regardé l'image jaunie projetée sur le papier. Au moment du oui à la mairie.

– Ils ne vont pas ensemble.

– Il est banquier.

– Si vous voulez, je vous invite à la Cinémathèque. Ils passent *Le Salon de musique*.

– Je l'aurais revu avec plaisir mais je ne peux pas. J'ai une montagne de travail. La préparation des bains, le séchage. J'en ai pour la nuit.

– C'est en bengali sous-titré en anglais.

– C'est un excellent exercice qui remplace plusieurs heures de cours.

– Je vais attendre. Ils le repassent la semaine prochaine. Je n'aime pas aller au cinéma seul.

– Vous n'avez aucune excuse pour rater ce film. Vous me direz ce que vous en pensez. Je ne veux pas vous influencer. Vous m'inviterez une autre fois. Et je vous promets que si un Américain pénètre dans cette boutique, je l'oblige à acheter vos photos.

J'y suis allé seul. C'était un très beau film même si je n'ai pas tout compris. Et c'est à la sortie que… Voilà à quoi tiennent les rencontres. À un mariage tralala de m'as-tu-vu.

Si Sacha avait dit oui, si sa conscience professionnelle n'avait pas été supérieure à son amour du cinéma, il m'aurait accompagné, il ne se serait rien passé. Il avait du boulot. Ça a tout changé.

4

Il y avait dans ce pays quarante-huit millions d'habitants. Pour faciliter le calcul, on admettra qu'il y avait autant de femmes que d'hommes. Il y avait donc une chance sur vingt-quatre millions pour que je la rencontre. J'avais plus de probabilités de gagner le gros lot des Gueules cassées que de la croiser à nouveau. Je l'avais eue en face de moi. On s'était parlé. On avait été proches. Je l'avais laissée s'envoler. Quand j'avais demandé son avis à Igor, il m'avait expliqué qu'il n'était pas spécialiste en rencontres et m'avait conseillé d'interroger Leonid qui était un expert.

– T'es vraiment con. Je ne pensais pas que tu étais aussi niais.

– Il est jeune, a plaidé Igor.

– De mon temps, c'était autre chose, a poursuivi Leonid. Cette nouvelle génération est désolante. Déjà, quand tu connais leur nom, leur prénom, leurs goûts et où elles habitent, c'est difficile. La prochaine fois, tu sauras.

– C'est elle que je veux retrouver.

– Je t'ai pourtant parlé de Milène ? Quelle leçon aurais-tu pu en tirer ?

– Que tu n'as pas eu de chance.

– Je te parle d'une morale comme dans une fable de La Fontaine.

– Qu'il ne faut pas rêver et prendre ses illusions pour la réalité ?

– C'est mieux. Je vais te dire une chose qu'il ne faudra pas que tu oublies. La vie, c'est comme les montagnes russes, a déclaré Leonid d'un ton sentencieux. Tu descends très vite, tu restes longtemps en bas et tu remontes avec peine.

Il a voulu reprendre une autre bouteille. Igor l'en a dissuadé, arguant de la mauvaise influence du côtes-du-rhône sur la philosophie russe. On a fait une partie de baby. Ils ont gagné, mais à deux contre un avec deux qui trichent, ce n'est pas du jeu.

– Je compte sur votre discrétion.

– Tu nous prends pour qui ?

Le Club était le dernier endroit où un secret était gardé. Ce que l'un savait, les autres l'apprenaient. Les confidences chuchotées à l'oreille, à ne révéler sous aucun prétexte, étaient transmises avec la promesse de les conserver à jamais : « Tu me connais. Je suis une tombe. » Elles étaient dévoilées sous la même condition et ils juraient tous qu'ils ne la répéteraient à personne. « Ou alors, on ne peut plus avoir confiance en un ami. »

Dès le lendemain, à mon arrivée, je me suis retrouvé au centre d'une discussion animée. Pour Werner, c'était une distraction compréhensible, surtout après avoir vu *Le Salon de musique*. Tomasz affirmait que ça ne serait pas arrivé chez lui, les Polonaises étant célèbres pour leur vivacité d'esprit. Gregorios pensait que c'était naturel de courir après une personne du sexe opposé, du grec *hétéros* qui veut dire « autre » et que ça passerait dès le mariage, du grec *gamos* qui conduit à la monogamie ou à la polygamie. Les conseils pleuvaient et je ne savais plus où donner de la tête.

– La petite, si ça se trouve, elle t'a oublié au bout de deux secondes, affirma Imré.

– Si elle ne t'a pas demandé ton prénom, c'est que tu ne l'intéresses pas.

– Les filles, aujourd'hui, elles ont deux ou trois petits copains.

– Ou c'est une emmerdeuse. Et tu regretteras de l'avoir connue, conclut Pavel.

J'ai eu droit à la compassion soudaine de Grandes Oreilles qu'on n'avait pas vu depuis une éternité.

– Il y a beaucoup d'hommes, comme nous, qui sont transparents aux yeux des femmes. Il ne faut pas te décourager.

– Merci, monsieur Lognon.

– Je vais te dire une chose, mon garçon, une femme qui lit en marchant, je trouve ça suspect.

Ils ont discuté pour savoir si j'étais stupide, empoté, timide ou si c'était le fruit de mon inexpérience. J'ai lu la sentence sur leur visage. À leur sourire de condoléances. À leur gentillesse inhabituelle. À leur façon de me tapoter l'épaule pour me remonter le moral.

– Je peux vous demander autre chose ?

– Bien sûr, Michel. On est là pour t'aider.

– Vous êtes de quel signe ?

De toute évidence, le monde était séparé en deux camps. Ceux qui y croyaient, même un peu, et les autres qui prenaient les premiers pour des abrutis. Difficile de se faire une opinion. Malgré les antagonismes qui se révélaient, trois règles émergeaient. Tous connaissaient leur signe astral, y compris ceux qui trouvaient que c'était de la foutaise. Ils pouvaient dire aussi le signe de leurs proches et leurs principales caractéristiques. Aucun des opposants n'a été capable d'expliquer pourquoi il lisait son horoscope dans le journal quand il tombait dessus. La réponse «Par curiosité» faisait rigoler les convaincus.

– Je ne me précipite pas sur les petites annonces immobilières ou les cours de la Bourse. Ça ne m'intéresse pas. Alors, on se demande pourquoi tu perds ton temps à lire ce que tu appelles «des conneries», fit remarquer Imré, qui était Capricorne, à Vladimir, qui était Taureau et farouche détracteur.

La troisième constatation était que ça suscitait des débats sans fin où on pataugeait dans l'illogique et le contradictoire.

– Vous comprenez, expliqua Leonid qui était Sagittaire et n'y croyait pas. Milène était Taureau ascendant Cancer. Ça ne pouvait pas marcher entre nous.

– Bien que l'astrologie vienne du grec *astron* qui veut dire «étoile» et *logos* qui signifie «science», ceux qui croient à ces conneries sont des trous-du-cul de droite et les autres d'authentiques socialistes! affirma Gregorios, d'un ton péremptoire.

Ils ont été une dizaine à clamer:

– Alors là, je ne suis pas d'accord!

Je les ai laissés dans le brouhaha. J'ignore d'où ils tiraient l'énergie et la force de batailler sans lassitude pour avoir le dernier mot. Comme si leur vie en dépendait. Ils me fatiguaient. Je suis parti, avec mes doutes et mes hésitations. La probabilité que je la croise à nouveau était proche de zéro. Peut-être était-elle de passage à Paris et je n'avais pas l'ombre du début d'une chance de la revoir. J'ai levé la tête.

La lune me narguait. C'était une évidence que tout était écrit à l'avance et qu'on avançait dans le tunnel sans fin de notre malédiction. J'étais écrasé par le poids accablant de mon destin.

5

On dit que c'est dans les épreuves qu'on découvre ses amis. Le compte a été vite fait. Au Balto, ils s'étaient foutus de moi et m'avaient chambré. À l'exception de Gregorios qui n'avait pas d'humour. J'ai commencé mon enquête sur la prédestination.

– Pourquoi les histoires grecques finissent-elles dans le sang ? lui ai-je demandé. Oreste ou Œdipe pouvaient-ils échapper à leur destin ? Avaient-ils une chance de s'en sortir ?

– Ta question n'a aucun intérêt. Souviens-toi que, dans la tragédie grecque, les dieux sont impuissants et ne peuvent changer la vie des humains. Nul ne peut se soustraire à sa destinée : ni les dieux, ni les hommes. On connaît la fin dès le début. Il n'y a ni mystère, ni suspense. Si les héros ne meurent pas, il n'y a plus de tragédie. Si Clytemnestre pardonne à Agamemnon, si Oreste ne tue pas sa mère, s'ils se pardonnent, tu viens d'inventer la rédemption et le christianisme. Si Freud était né plus tôt, Œdipe aurait joui d'une retraite paisible. Il aurait dit : c'est de la faute de mon père et de ma mère. Il ne connaissait pas cette excuse et il s'est crevé les yeux. Jocaste l'ignorait et elle s'est pendue.

– Toi, tu ne crois pas aux horoscopes, et pourtant, tout est écrit à l'avance ?

– L'horoscope, c'est un truc pour les gogos. Notre marge de manœuvre est infime. Nous sommes déterminés par notre milieu social et nos capacités intellectuelles. Je passe ma vie à vérifier qu'il est impossible d'éduquer une majorité d'abrutis. On ne force pas son destin.

Le seul à m'avoir aidé a été Sacha. Il avait compris à quel point c'était important et en a fait une affaire personnelle.

– Reprenons depuis le début, Michel. Si nous n'avons pas trouvé de solution, c'est que nous avons mal posé le problème. Laissons tomber l'affectif. Imaginez qu'un policier soit à votre place. Il cherche cette jeune femme. Il utilisera les rares éléments objectifs à sa disposition. Les faits, rien que les faits. Pas de jugement ni d'opinion ni d'interprétation. À chaque question, il ne peut y avoir comme réponse qu'affirmatif ou négatif.

– Si vous voulez.

– Nous savons qu'elle aime la littérature américaine, lit *Le Matin des magiciens* et croit aux horoscopes.

– On n'en a pas d'autres… Affirmatif.

– Vous vous êtes parlé pendant une heure : de quoi ?

– Je ne me souviens de rien. À un moment, on a ri.

– Vous avez ri ensemble ou vous l'avez fait rire ?

J'ai haussé les épaules d'impuissance.

– Je ne vois pas ce que j'ai pu dire de drôle.

Il a réfléchi les yeux fermés.

– Je vais vous donner ma conclusion. Vous avez une chance de la revoir. Une jeune femme qui lit rue d'Ulm n'est pas de passage. C'est une étudiante. Elle vit dans le quartier.

On ne lit pas en marchant dans un coin qu'on ne connaît pas. Il y a une forte probabilité que vous la retrouviez un jour. L'idéal serait de rester à un endroit stratégique, à l'angle de la rue Soufflot et du boulevard Saint-Michel, et de n'en plus bouger, jour et nuit. Tôt ou tard, elle passera là. Malheureusement, c'est impossible de faire le point fixe. D'après votre description, ce n'est pas une coquette, elle ne fréquente pas les magasins de mode, ni les coiffeurs : regardez dans les librairies, traînez vers la Sorbonne et la Contrescarpe.

Sacha m'a redonné le moral. Je l'ai cherchée. Partout où c'était possible. J'ai fait la sortie des lycées et des collèges des environs. J'ai arpenté le boulevard Saint-Michel, les ruelles alentour et les innombrables cafés, bistrots, bougnats et brasseries du quartier. J'ai regardé dans les boutiques, les librairies, chez les disquaires, dans les jardins, sur les bancs publics. Rien. Je rendais compte à Sacha de l'inutilité de mes recherches. Il m'encourageait à poursuivre :

– Personne ne vous a dit que ce serait rapide. Si vous renoncez, vous n'avez aucune chance d'y arriver. J'ai eu une idée qui sera peut-être plus efficace. Quand on n'y arrive pas par un chemin, il faut prendre la voie opposée.

– Je suis désolé, Sacha. Ce n'est pas très clair.

– Un problème a une entrée et une sortie. On peut commencer par le début ou par la fin. Nous sommes partis du postulat que vous deviez la retrouver. Nous n'avons jamais examiné l'autre hypothèse.

– Laquelle ?

– Elle vous cherche aussi. Elle croise le seul maboul de Paris qui lit en marchant. Et vous l'avez fait rire. Moi, à sa place, j'aurais envie de vous revoir. Dans ce cas, que peut-elle faire ? La même chose que nous. Elle partira des rares éléments en sa possession pour vous retrouver. Peut-être que si nous arrivons à croiser les deux recherches, ça ira plus vite. J'étais confondu par son intelligence. J'ai mesuré quel ami j'avais, capable de s'approprier mon problème comme si c'était le sien.

– Elle sait que vous fréquentez la Cinémathèque et que vous prenez vos livres à la bibliothèque. Voilà les deux endroits auxquels vous devez restreindre vos recherches.

– Je lui ai dit aussi que j'étais Balance.

– Cela n'a aucun intérêt.

– Je ne vous ai pas demandé de quel signe vous êtes ?

– Vous plaisantez ?

– C'est un élément objectif de notre conversation.

– On dira que c'est une plaisanterie.

Sacha a été l'exception qui confirme la règle. Je n'ai jamais su de quel signe il était. À partir de ce jour, j'ai passé mon temps dans un triangle de cent cinquante mètres de côté entre Henri-IV, la bibliothèque de la mairie du Vᵉ arrondissement et la Cinémathèque de la rue d'Ulm.

– À quoi elle ressemble ? a demandé Sacha.

J'ai essayé de lui expliquer. Le blue-jeans, les tennis, les cheveux frisés, ça lui parlait. Pour le reste, il ne la voyait pas. Impossible de décrire une image. Les mots étaient inutiles. Elle ne ressemblait à personne de connu qui puisse servir de référence. J'ai entrepris de dresser son portrait-robot. Il fallait cette urgence pour que je me lance. Dans mon développement artistique, je m'étais arrêté à la maternelle. Depuis, je n'avais réalisé aucun progrès. Je dessinais avec un manche à balai au bout du bras. J'étais dans l'incapacité de la représenter. Je me suis appliqué. J'ai pris un crayon gras et un fusain. J'ai fait quelques ombres, des dégradés. Pour moi, ça ressemblait à son visage. Avec une certaine interprétation. J'ai montré le portrait-robot à Christiane à la bibliothèque.

– Est-ce que tu as vu cette jeune femme ?

– On dirait une jument avec une crinière au vent, a-t-elle observé.

– C'est une jeune fille aux cheveux frisés.

– Des jeunes filles frisées à la bibliothèque, ce n'est pas cela qui manque.

J'ai regardé dans la salle. Il y en avait plusieurs assises autour de la grande table.

– Michel, il faudrait que tu prennes des cours de dessin.

– C'est trop tard. Tu es de quel signe, Christiane ?

– Capricorne, ascendant Scorpion.

– Et ton mari ?

– Il est aussi Capricorne.

– Pour bien s'entendre, il faut être du même signe ?

– Ça ne peut pas faire de mal. Tu t'intéresses aux horoscopes, maintenant ?

– À titre documentaire. Je fais une enquête. Au fait, j'ai cherché *Le Matin des magiciens*, je ne l'ai pas trouvé.

– Je ne sais pas pourquoi, il a été classé à Pauwels. Tu veux lire ça ?

– Ce n'est pas bien ?

– C'est un attrape-couillon. Tu t'intéresses aux horoscopes, tu veux lire *Le Matin*, tu ne vas pas me dire que tu crois aux extraterrestres ?

J'ai fait des stages prolongés à la Cinémathèque. À l'extrême limite du possible. J'avais quelques obligations scolaires qui me contraignaient à une présence aussi excessive qu'inutile sur les bancs du lycée. J'ai ingurgité un nombre incalculable de films. Des extraordinaires, des rasoir et des nanars d'avant-guerre. J'ai supporté avec abnégation une intégrale Dreyer et une Ozu, une rétrospective de films muets comiques mexicains et avec bonheur un hommage à Louise Brooks et un à Fritz Lang. Je m'asseyais au fond de la salle. Toujours à la même place. Près de la porte d'entrée. Pour ne pas la rater si elle venait. J'étais devenu un habitué. On me saluait. On me prenait à témoin pour avoir mon avis. C'est comme ça que j'ai fait la connaissance de William Delèze. Il était assistant réalisateur. Il avait travaillé avec un metteur en scène dont le film anticolonialiste n'était jamais sorti, bloqué par les trusts et le capitalisme sournois. Depuis, il n'assistait personne et passait son temps à discuter, à draguer et à rigoler. À chaque fois, il était là. Il était grand, avec une tignasse abondante, les cheveux en épis et quand il s'asseyait dans la salle, il y avait des râlantes. Il a fini par se mettre au dernier rang. La première fois, il s'est assis à ma place. Il s'est poussé d'un fauteuil sans protester. Nos places restèrent définitives. Le premier qui arrivait gardait le siège de l'autre. Il prenait des notes dans le noir dans un gros cahier à spirale qu'il noircissait d'une écriture illisible. Quand la lumière se rallumait, il avait du mal à se relire. Ses lignes se chevauchaient ou partaient en zigzag. Des fois, il prenait du retard et se penchait à mon oreille : « Qu'est-ce qu'elle a dit ? » ou : « Qu'est-ce qu'il a répondu ? » ou : « Il n'a pas fermé la lumière en sortant, non ? » ou : « T'as vu : les deux plans ne sont pas raccord, c'est affreux. » À la fin, il sortait se dégourdir les jambes dans le hall. En passant, il disait soit · « Grand film », soit : « Le prochain sera meilleur. » Durant la séance, les commentaires allaient bon train. Il lui arrivait de changer d'avis. «À la réflexion, c'est une merde» ou : «Tout compte fait, c'est un film qui donne à réfléchir.» Je n'avais pas envie de lier conversation ou de faire connaissance. Après avoir vu *Voyage à Tokyo*, il m'a demandé : «Vous êtes muet ?» J'ai répondu «Non». Pendant longtemps, on ne s'est pas parlé. Après *Écrit sur du vent* de Douglas Sirk qui m'avait mis de bonne humeur et avant le film suivant, j'ai fait une approche :

– Pas mal, hein ?

– Tu es un fou de cinéma, toi aussi ?

– Pas spécialement. Je cherche une jeune femme. D'après un ami qui s'y connaît, un jour ou l'autre, elle passera par là. J'attends.

Il m'a regardé avec ses sourcils levés en accents circonflexes. Je n'ai pas voulu donner de détails. Je me suis enhardi. Je lui ai montré le portrait-robot.

– Ce dessin te dit quelque chose ?

Il a tourné la feuille dans tous les sens, a cherché la bonne lumière. Il hésitait.

– C'est Bette Davis ?

J'ai été obligé de lui raconter rapidement mon aventure. La salle se remplissait.

– C'est une belle histoire, a-t-il dit. Je cherche un sujet de scénario pour pouvoir tourner mon premier film. C'est un bon début. Tu me raconteras la suite.

C'était la fin de l'entracte et le début du générique de *Vera Cruz*.

– Si par hasard, tu la croises…

– Je lui dis quoi ?

Il y a eu un «Silence !» et un «La ferme !». Je me suis assis. Je cherchais ce qu'il devrait lui dire. Je ne trouvais pas. William était absorbé par le film. Il avait raison. C'était un beau western.

J'ai continué à arpenter le triangle. J'ai étendu de cent mètres le périmètre de recherche. En vain. Des mois ont passé. Le seul que j'apercevais chaque jour était William, qui me demandait où ça en était et n'avait pas l'air content parce que son scénario était bloqué.

— Pourquoi tu n'inventes pas une histoire ?

— Le cinéma doit refléter la réalité. Il serait temps que tu avances. Et si tu rencontrais une autre femme ? Un peu d'action ne ferait pas de mal. Et pour les dialogues, si tu es seul, ce ne sera pas facile.

— Tu es de quel signe ?

— Je suis Taureau. J'ai un gros problème. Ma mère ne se souvient plus de mon heure de naissance. Tu te rends compte ? Impossible de connaître mon ascendant. Et toi ?

— Je suis Balance. Je ne sais pas encore si j'y crois ou non. J'attends de voir.

— Tu viens à la Cinémathèque, il y a *Les Enfants du paradis* à la prochaine séance ? En version intégrale.

— Je préfère aller au bas de la rue Soufflot.

J'avais l'impression désagréable d'une histoire qui se répétait. Ça ne m'était pourtant jamais arrivé. Et puis, je m'en suis souvenu. *Les Nuits blanches.* J'avais tellement aimé ce livre. Le sentimental transi qui rencontre une inconnue désespérée, se berce d'illusions, parcourt Saint-Pétersbourg désert en fabriquant son rêve et se casse le nez face à la réalité impitoyable. La différence, c'est cette certitude qui m'habitait. Je ne pouvais pas me tromper. Je n'étais pas un rêveur. J'attendais. Au carrefour du Luxembourg, dans l'après-midi, il passait des milliers de personnes. Je me fixais des objectifs impossibles : la onzième qui débouchera de la rue Monsieur-le-Prince ou la huitième qui sortira du métro ou la treizième qui descendra du 38, ce sera elle. Des défis à la con. Elle prenait peut-être une autre rue, à vingt mètres ou elle vivait dans un autre pays. À deux ou trois reprises, j'ai eu une hésitation. Une silhouette, une chevelure. Et si elle avait changé de coiffure, est-ce que je la reconnaîtrais ? J'avais un doute sur la forme de son visage. Et s'il s'estompait petit à petit ? Qu'il disparaissait ? Par moments, je me demandais si je n'avais pas rêvé, si je l'avais rencontrée, si ce n'était pas le fruit de mon imagination ou le héros des *Nuits blanches* qui venait se moquer de moi. Autant chercher un grain de sable dans le désert. Je me suis fixé un dernier défi, à ma portée : « Si elle n'est pas là dans cinq minutes, je me casse. »

J'ai rejoint William. Je suis arrivé quand les lumières s'éteignaient. Il m'avait gardé ma place.

Le lendemain soir, alors qu'on dînait, avec le chuintement ronronnant de la télévision, la sonnerie du téléphone a résonné. Comme d'habitude, Juliette s'est précipitée et a décroché. Elle a eu l'air surprise.

– C'est pour Michel.

– Qui c'est ? a demandé ma mère.

– Je ne sais pas. C'est un monsieur. Il veut parler à Michel.

Ma mère a froncé les sourcils. J'ai pris le combiné.

– Michel, c'est Sacha. Je vous dérange, peut-être ?

– Pas du tout.

– Dans le journal, j'ai lu une information qui peut vous intéresser. Bergier et Pauwels, les auteurs du *Matin*, donnent

une conférence pour leur revue *Planète*. Alors, je me suis dit
que…
 – Vous avez raison. Où a-t-elle lieu ?
 – Au théâtre de l'Odéon.
 – C'est quand ?
 – En ce moment.
Je crois avoir entendu : « Michel, où tu vas ? » quand j'ai
claqué la porte.

6

J'ai couru par acquit de conscience. Une course contre les
dieux. Ou avec. J'allais le savoir. Des centaines de personnes
sortaient du théâtre de l'Odéon et s'amassaient sur la place.
Les voitures étaient détournées par des policiers. Si elle était
là, je ne la retrouverais jamais dans cette cohue. Une rumeur
montait de cet attroupement. Il y avait dans l'air quelque
chose de mystérieux. Les gens avaient l'air épanoui. J'ai
monté les marches. Je la cherchais dans cette masse informe.
Soudain, j'ai aperçu le mime Deburau devant la porte. Si ce
n'était pas un signe du destin, c'est qu'il s'amuse à nous jeter
des petits cailloux pour nous faire retrouver notre chemin.
Grand, longiligne, le visage anguleux, le geste délicat, il serrait des mains innombrables. Je me suis approché de son
groupe. Il parlait avec animation. Il s'est arrêté, s'est tourné
un instant, m'a fixé de son œil noir et m'a souri. Avec chaleur. Comme s'il me connaissait.
 – Hier, je vous ai vu. À la Cinémathèque.

– C'était dans quoi ?

– À un moment, Garance vous dit : « Vous parlez comme un enfant. C'est dans les livres qu'on aime comme ça, et dans les rêves. Mais dans la vie ! » et vous lui répondez...

– « Les rêves, la vie, c'est pareil, ou alors, ça vaut pas la peine de vivre. Et puis, qu'est-ce que vous voulez que ça me fasse la vie ? C'est pas la vie que j'aime, c'est vous ! »

– J'ai adoré ce film.

– Moi aussi.

– Vous n'avez pas changé.

– Vingt ans ont passé. Je vous remercie.

Soudain, j'ai senti une légère pression sur mon épaule gauche. Deburau a fait demi-tour. Je me suis retourné. Elle était là. Devant moi. Sa main en suspension. Elle me regardait d'un air amusé.

– Qu'est-ce que tu fais là ?

– Ben...

– C'est incroyable de se retrouver ici !

– Ce devait être écrit quelque part.

– Il faut croire.

– Il y a un monde fou.

– Les conférences *Planète*, c'est toujours comme ça. Je ne savais pas que tu t'y intéressais.

– Je m'intéresse à tout.

– C'était génial, non ?

– Quoi ?

– La conférence de Bergier.

– Oui, c'était extraordinaire.

– Regarde, ils me l'ont dédicacé.

Elle m'a donné *Le Matin*. Je l'ai ouvert. Sur la page de

garde, était écrit à l'encre violette : « Avec Camille, est venu le Matin des Magiciennes. »

– C'est une belle dédicace.

– Ils nous expliquent tellement de mystères. Ce sont des génies. Tu l'as lu ?

– J'ai eu beaucoup de travail. Dès demain, je le prends à la bibliothèque. On pourra en discuter.

– Tu connais Barrault ?

– Pas vraiment.

– J'ai souvent pensé à toi.

– Ce n'est pas vrai ? Moi aussi.

– Je suis passée à la Cinémathèque plusieurs fois.

– J'ai vu un nombre de films, je ne te dis pas. Pourquoi tu n'es pas entrée ?

– Je regardais dans le hall. Je ne te voyais pas. Je savais qu'on se reverrait. Je m'appelle Camille.

– C'est très joli comme prénom. Moi, c'est Michel.

On s'est serré la main comme deux vieux copains.

– Tu es venu seul ?

– Je devais venir avec un ami russe. Au dernier moment, il a eu un empêchement. Et toi ?

– J'étais avec mon frère. Je t'ai aperçu et il a disparu. Je suis en terminale à Fénelon.

– Et moi à Henri-IV.

– J'ai un frère qui est à H-IV. En première. Et trois autres à Charlemagne.

– Vous êtes une famille nombreuse.

– J'ai aussi une petite sœur.

Le théâtre s'était vidé. La foule s'agglutinait sur le parvis. Les discussions n'en finissaient pas. Personne n'avait envie de s'en aller.

– Je ne sais pas où il a pu passer.

– Si tu veux, je te raccompagne.

– C'est mon frère aîné. Ça m'embête de rentrer sans lui.

– Ce n'est pas grave. Il retrouvera son chemin.

– C'est mon père. Si on ne rentre pas ensemble, il va faire des histoires.

Je n'osais pas être indiscret.

– S'il apprend qu'on est venus à cette conférence, il nous arrache les yeux. Il hait Bergier, Pauwels et *Le Matin*.

– C'est un scientifique pur et dur.

– C'est autre chose. On est une famille un peu particulière.

– On va avoir des choses à se raconter.

Elle s'est hissée sur la pointe des pieds à la recherche de son frère. Elle a fait un signe de la main. Un jeune homme rougeaud est apparu.

– Qu'est-ce que tu fous ? Où tu étais ?

– Gérard, je te présente un copain de la Cinémathèque. Michel, c'est mon frère, Gérard Toledano. Il prépare son bac aussi.

J'ai avancé la main et affiché un sourire de premier communiant.

– Michel Marini. Je suis heureux de vous connaître.

Il me dévisageait, le sourcil froncé. Il m'a écrasé la main.

– Camille : il faut se magner le train ! Tu m'as fait perdre mon temps avec tes idioties. Comment tu peux croire à ces conneries ? On aurait mieux fait d'aller au cinéma ! Qu'est-ce qu'on va dire à papa ?

– La vérité.

– Tchié faul lou koi ?

J'avais une impression de déjà-entendu. Il traînait un

accent pied-noir qui aurait fait plaisir aux Delaunay d'Algé-
rie et parlait avec les mains. Il a disparu dans la foule.
Camille l'a suivi. Elle s'est retournée.
– Demain, je sors à cinq heures.

Il faut bien que les histoires continuent. Je ne sais pas à
cause de qui ou grâce à qui c'est arrivé. Si les étoiles y sont
pour quelque chose ou le hasard ou notre volonté ou notre
envie ou si quelqu'un, quelque part, se distrait à tirer les
ficelles et s'emmêle dans les fils. En réalité, ça m'était égal
d'avoir l'explication. J'étais heureux. Je déambulais entre les
groupes. Six mois plus tard, je me suis demandé si j'avais eu
raison de persévérer et de la chercher. J'aurais dû écouter les
conseils avisés des membres du Club et ne pas vouloir forcer
le destin. J'aurais conservé le souvenir de notre rencontre sur
le trottoir de la rue d'Ulm. Une de ces belles passantes que
l'on ne sait pas retenir.

7

Une chance et pas deux. Je n'avais pas le mode d'emploi. Et
personne sous la main pour répondre aux questions fondamentales : comment fait-on ? Que doit-on dire ? Que va-t-elle
penser de moi ? Le lendemain à dix-sept heures, j'attendais,
au croisement de la rue Suger, dans le renfoncement d'une
porte cochère. Des centaines de filles de tous âges sortaient
du lycée Fénelon. Je n'en avais jamais vu autant réunies. À H-
IV, chaque année, on disait que le bahut allait devenir mixte

mais rien ne bougeait. Je me suis engagé dans la rue de l'Éperon. J'ai senti mille yeux de filles qui s'attardaient sur moi et me dévisageaient. J'ai fait semblant d'être perdu et j'ai exécuté un demi-tour salvateur vers le boulevard saint Germain. Le flot des lycéennes se dispersait. Je l'ai aperçue devant la porte du lycée qui regardait de droite à gauche. Quand elle tournait la tête de mon côté, je disparaissais derrière l'angle de l'immeuble. Elle allait me trouver idiot : je n'avais rien à lui raconter. Je n'osais pas avancer. Quand elle arriverait à mon niveau, j'apparaîtrais. Elle en mettait du temps à venir. J'ai risqué un œil. Elle s'éloignait dans l'autre sens. Je me suis élancé. J'ai fait le tour du pâté de maisons trois fois sur ma droite à toute vitesse par le passage du Commerce et en remontant la rue Saint-André-des-Arts. Je la cherchais et ne la voyais pas. J'ai entendu sa voix dans mon dos :

– Michel !

Elle était arrêtée devant la vitrine d'une boutique. J'étais essoufflé.

– Je suis sorti tard.

– Je suis contente de te voir.

Je ne savais pas trop quoi lui dire. Elle m'a devancé :

– Tu n'as pas faim ? Moi, quatre heures, c'est sacré.

Dans une boulangerie de la rue de Buci, elle a acheté un pain aux raisins. Elle voulait que j'en prenne un. C'étaient les meilleurs du quartier, paraît-il. Elle l'a fini en trois bouchées. On est allés au Bistrot du Marché, à l'angle de la rue de Seine. On s'est assis dans la salle. On a commandé deux cafés. Elle s'est penchée et m'a fait un signe de la main. J'ai avancé le buste au-dessus de la table.

– Tu as vu qui il y a au comptoir ?

– Je n'ai pas fait attention.

Je me suis retourné. J'ai fait le tour de la dizaine de consommateurs.

– Avec la veste en velours et le col roulé, c'est Antoine Blondin, a-t-elle chuchoté.

– Je ne le connais pas.

– Je croyais que tu étais un spécialiste de la littérature française.

– Je n'ai pas dit ça. Je m'intéresse à la littérature russe.

– Et grecque.

– Je connais Kazantzakis. C'est tout. Je n'ai rien lu de Blondin. C'est bien ?

– Tu n'as pas vu *Un singe en hiver*, l'année dernière ?

– Je ne vais pas beaucoup au cinéma, à part la Cinémathèque J'ai un copain qui est projectionniste rue Champollion. J'attends que les films passent dans sa salle.

– Hier, qu'est-ce que tu as le plus aimé ?

C'était la mauvaise question. J'aurais dû y penser et préparer une vague réponse. J'ai pris mon air sérieux.

– Je n'ai pas encore lu *Le Matin*. Je venais avec l'ami russe dont je t'ai parlé. C'est lui qui s'y connaît. Ce qui l'intéresse, c'est… les… magiciens, je crois.

– L'alchimie, tu veux dire.

– Oui. C'est son métier. Il fait des tirages photos. Toi, ça a l'air de te passionner ?

– Il faut que tu lises *Le Matin* et les revues *Planète*. Sinon, on ne pourra pas en parler.

– Je lis à toute vitesse. La semaine prochaine, c'est réglé.

– Il faut prendre son temps pour assimiler.

– Ne t'inquiète pas, je lis un roman de 400 pages en deux jours. Après, c'est gravé dans ma mémoire. Et le bac, ça se présente bien ?

– C'est un sujet tabou.

– Ah bon. Et pourquoi ?

– Il n'y a pas que le bac dans la vie, non ? C'est la seule et unique conversation du matin au soir. Je déteste les gens de mon âge. Ils sont limités et bornés. Ils ne pensent qu'à leurs parents ou à leurs petites études. On a l'impression que si la porte s'ouvre, ils vont être emportés par le courant d'air.

– On a le même âge.

– Avec toi, c'est différent.

– C'est vrai, le bac n'est pas mon obsession.

– Pour moi, c'est vital de l'avoir.

Elle a vu que je n'osais pas l'interroger.

– C'est impératif. Pour des histoires de famille. C'est compliqué. Et toi ?

– Depuis que je suis passé en A, tout va bien. Je te promets, on n'en parlera pas. Qu'est-ce que tu lis en ce moment ?

De la poche de sa veste, elle a sorti un livre à la couverture fripée et aux pages écornées. Elle me l'a tendu.

– *On the Road*. Jack Kerouac. Je ne connais pas.

– Ce n'est pas possible !

– Je n'en ai même pas entendu parler.

– Tu dois le lire de toute urgence. C'est le Rimbaud d'aujourd'hui.

– Je ne parle pas assez bien l'anglais. Tu es capable de lire en version originale ?

Elle a ouvert le livre au hasard et a traduit un passage souligné avec autant de naturel que si elle avait lu en français :

– « Mais alors ils s'en allaient, dansant dans les rues comme des clochedingues, et je traînais derrière eux comme je l'ai fait toute ma vie derrière les gens qui m'intéressent, parce que les seules gens qui existent pour moi sont les déments, ceux qui ont la démence de vivre, la démence de discourir, la démence d'être sauvés, qui veulent jouir de tout dans un seul instant, ceux qui ne savent pas bâiller ni sortir un lieu commun mais qui brûlent, qui brûlent, pareils aux fabuleux feux jaunes des chandelles romaines explosant comme des poêles à frire à travers les étoiles et, au milieu, on voit éclater le bleu du pétard central et chacun fait : "Aaaah !" »

Elle a fermé le livre. Elle était silencieuse, les yeux dans le vague.

– C'est très beau. J'aime beaucoup. Tu... tu es américaine ?

– Ma mère est irlandaise. Elle est prof d'anglais. Elle est venue à Paris pour ses études et elle a rencontré mon père.

– Tu as de la chance. Tu vas avoir une super-note au bac... Je n'en parle plus.

C'était son livre de chevet. Elle en parlait avec enthousiasme. Il n'y avait qu'à l'écouter. C'était un manifeste pour un monde nouveau, une autre façon de vivre, en dehors des conventions, des préjugés, du matérialisme et de la course au fric. On se fabriquait des besoins inutiles et factices dont on ne pouvait se détacher sans difficulté. Il fallait réagir avant de se faire piéger.

– Tu m'as convaincu. Je débute par *Le Matin* ou *Sur la route* ?

– Kerouac peut attendre. Il n'est pas facile à lire. C'est plus un état d'esprit. *Le Matin*, c'est une urgence.

– Je vais m'y mettre. Pour commencer, quel auteur américain tu me conseillerais ?

– Pourquoi pas Hemingway ? C'est son père spirituel.

– C'est triste qu'il se soit suicidé.

– Tu plaisantes ! Il a été assassiné !

– Par qui ?

– Le FBI.

– Tu es sûre ?

– On ne connaît pas le meurtrier avec précision. C'était peut-être la CIA.

– Personne n'en a parlé !

– C'est normal. C'est la conspiration du silence. Il fallait l'éliminer.

– Pourquoi ils auraient fait ça ?

– Il les gênait. Après sa mort, la presse n'a pas pu avoir accès à son dossier médical.

– Si c'est vrai, c'est un scandale !

– On en a parlé un peu et on est passé à autre chose. Ça n'intéresse pas grand monde. Ils ont gagné. Qui a tué Kennedy ? Et Oswald ? Et les autres ? Hemingway écrivait un livre sur Cuba, défavorable à son gouvernement. Il y avait vécu. Ce manuscrit a disparu !

Elle avait l'air si convaincue que je n'ai pas insisté.

– Michel, il faut que je te dise une chose importante.

– Je t'écoute.

– Je ne sais pas quelles sont tes intentions mais, entre nous, il n'y aura aucune histoire.

– Je ne comprends pas bien.

– Entre toi et moi, ce sera amical. Si tu avais d'autres idées, je préfère te le dire pour qu'il n'y ait pas de malentendu. Les choses doivent être claires. J'ai horreur du mensonge.

– Ça me fait simplement plaisir d'être avec toi.

– Moi aussi.

– Tu as lu ça dans ton horoscope ?

– Non. D'ailleurs, il faudra que tu me donnes ta date et ton heure de naissance. J'ai une amie qui nous fera notre thème astral.

– Je ne sais pas à quelle heure je suis né.

– Demande à ta mère.

– Je n'ai pas envie de connaître mon avenir. C'est toi que je veux connaître.

Elle a eu l'air désemparée par mon insistance. Elle a remis un sucre dans son café.

– Je veux qu'on soit amis. Uniquement amis. Rien d'autre. Tu es d'accord ?

– J'imagine que je ne peux pas dire non ?… Je peux te poser une question un peu délicate ?

– Essaye toujours.

– Vous êtes pied-noirs ?

– On a été rapatriés en 62.

– J'avais compris en entendant ton frère. Comment se fait-il que tu n'aies pas l'accent ?

– Parce que je ne veux pas. Je peux te demander quelque chose d'important ?

– Vas-y.

– Je voudrais que tu me promettes de ne plus jamais lire en marchant.

– Je veux bien si tu me promets la même chose.

C'est la première promesse qu'on s'est faite. La dernière aussi. Elle nous a peut-être sauvé la vie.

8

Fotorama était fermé. Sur la porte, il y avait le panonceau :
« On travaille pour vous. Sonnez longtemps et soyez
patient. » J'ai sonné pendant cinq minutes. Sacha est apparu,
vêtu d'une blouse blanche. En m'apercevant à travers la vitre,
il a affiché une mine renfrognée.

– Michel, j'ai un boulot délirant. Vous me dérangez ! a-
t-il grogné dans l'entrebâillement de la porte.

– Sacha, je vous en prie. C'est grave.

– Vous êtes malade ?

– J'ai besoin d'avoir votre avis. C'est important.

– J'ai trois cents photos à tirer pour ce soir. Revenez un
autre jour.

– Je vous en prie, Sacha, c'est rapport au FBI... ou à la
CIA.

Il a froncé les sourcils et m'a scruté avec des yeux de
chat. Il a jeté un œil à droite et à gauche dans la rue Saint-
Sulpice.

– Pourquoi pensez-vous que je puisse vous renseigner sur
ce sujet ?

– Je me suis dit : Sacha, il aura une idée. Si vous n'y
connaissez rien, j'irai au Club. Il y en aura bien un qui pourra
m'aider.

D'un mouvement de tête, il m'a fait signe de rentrer.
C'était à contrecœur. Il a fermé la porte et remis le panneau.
Je l'ai suivi dans le laboratoire de l'arrière-boutique. Il a tiré

le rideau, fermé la lumière et, dans l'obscurité orangee, poursuivi le tirage des photos sur l'agrandisseur.

– Je vous écoute.

Je lui ai rapporté ma discussion avec Camille et ce qu'elle m'avait dit sur la mort d'Hemingway. Sacha ne m'a pas répondu. Il continuait à travailler, avec des gestes précis. Il mettait les feuilles par trois dans le bac de révélateur. Il utilisait une pince pour les répartir. Il surveillait l'apparıtıon de l'image. Au bout de deux minutes, il transférait les feuilles dans le bain d'arrêt puis, avec une autre pince, dans la cuve de fixage. Après quelques dizaines de secondes, il les plongeait dans le bac de lavage et recommençait.

– Mon petit Michel, si vous ignorez la raison d'un attentat, d'un décès accidentel ou incompréhensible, d'une émeute inattendue ou d'une bonne moitié des saloperies commises sur cette terre, dites-vous que c'est l'œuvre du FBI et de la CIA.

– Ce n'est pas possible. Pas cinquante pour cent !

– On ne va pas chipoter. Il y a des bonnes et des mauvaises années. Ne vous inquiétez pas, l'autre moitié, c'est le KGB. Cependant, pour ce pauvre Hemingway, j'ai bien peur qu'il se soit fait sauter le caisson. Ce n'est pas l'envie qui leur aura manqué. Pour une fois, ils sont innocents.

– Pourquoi elle dit ça alors ?

Sacha sortait les feuilles de l'eau, les secouait et les suspendait avec des pinces à linge sur des fils tendus en hauteur.

– C'est une explication logique et rassurante pour des faits incohérents et inquiétants. C'est comme notre incrédulité face à la mort. À chaque fois, on a du mal à l'admettre. Le fait qu'un décès ne soit pas naturel est réconfortant. On peut raconter ce qu'on a envie, d'un air entendu, sans risquer d'être contredit. Les complots et les conspirations sont plus excitants que la réalité. Bergier et Pauwels en ont fait leur fonds de commerce. Elle s'enthousiasme, c'est de son âge.

– Je vous remercie, Sacha. Je vais vous laisser travailler.

– Qu'est-ce qui vous tracasse, Michel ?

– Je vous ai assez embêté avec mes histoires.

– Ne vous formalisez pas. Après tout, aimer *Le Matin des magiciens*, ce n'est pas une honte. Elle a envie de rêver et d'échapper au quotidien.

– Vous avez raison. Son auteur préféré, c'est Arthur Rimbaud.

– Michel, réfléchissez à tout ce qu'elle vous a dit. Ce qu'elle aime, ce n'est pas Rimbaud, c'est le poète. Ce n'est pas la poésie, c'est le rebelle. C'est l'évasion. Soyez idéaliste et révolté et elle vous regardera d'un autre œil. C'est fréquent avec les jeunes femmes rêveuses. Profitez-en, plus tard, elles changent. Un jour, elles veulent des enfants, une maison, un mari, des vacances à la mer et de l'électroménager. C'est ça qui tue la poésie.

– Comment faire ? Je n'ai jamais écrit de poésie. C'est vrai que je suis un peu rebelle mais ça ne se voit pas beaucoup.

– Je vais y réfléchir. Essayez de votre côté.

9

C'est comme ça que naissent les vocations. Je suis persuadé que les biographes de Rimbaud se trompent sur l'origine de son génie. Peut-être avait-il un secret. Une jeune fille de la haute société de Charleville qu'il croisait pendant la messe du dimanche à Saint-Rémi, à qui il ne pouvait adresser la parole et qu'il voulait éblouir en lui faisant passer ses poèmes, dissimulés dans un missel. Cette dinde a haussé les épaules et froissé en boule la page recouverte de sa fine écriture penchée. Je m'escrimais sur des alexandrins boiteux. C'est compliqué la poésie. On pense que ça vient en regardant la lune, face à l'océan en tumulte, le nez en l'air, de façon spontanée. Une sorte de torrent qui emporte la fièvre des mots et les transmute en allégories et en sensations. Il n'y a rien de moins naturel. Il faut trimer comme un menuisier avec un rabot sur une pièce de bois. Après avoir transpiré et souffert jusqu'à l'aube, on accouche de quatre lignes pâlichonnes. Je me suis retrouvé sur la banquette du Balto à noircir des feuilles de papier. Noircir est une image car je n'avais aucune inspiration. Je restais des heures face à une page blanche sur laquelle j'avais écrit : « Poème n° 1 ». J'avais les deux premières lignes. Ça commençait par :

Il fait très beau aujourd'hui
Le soleil brille et luit ...

Je me suis interrompu :... *luit... luit...* Hormis la rime que je trouvais jolie, je cherchais ce que le soleil pouvait faire après. J'ai pensé qu'il pourrait y avoir des nuages de traîne dans le ciel et un peu de vent. Je me suis arrêté. Ça ressemblait au bulletin météo. J'ai renoncé aux nuages et au zéphyr. Les cieux étaient vides. Rimbaud pouvait dormir tranquille. Le Balto n'était pas l'endroit approprié pour la création poétique. J'étais dérangé par les amis qui venaient me serrer la main, me demandaient comment j'allais aujourd'hui et si j'étais prêt pour un baby ou une partie d'échecs. Je prenais l'air de celui qu'on dérange dans un travail majeur.

– Tu es gentil mais ce n'est pas le jour.

J'avais aussi le spectacle permanent de Pavel Cibulka, atteint de logorrhée manuscrite et qui occupait trois tables avec son œuvre monumentale. Depuis que je fréquentais le Club, il passait ses après-midi au Balto. Le soir, il était veilleur de nuit dans un grand hôtel où ses manières raffinées et ses talents de polyglotte étaient appréciés. Cela faisait plusieurs années qu'il travaillait à cette œuvre titanesque. Malgré les vicissitudes, les aléas et les coups du sort, il poursuivait sa mission dans l'indifférence générale.

– C'est le lot commun des êtres d'exception qui portent en eux quelque chose qui les dépasse, dont ils doivent venir à bout et qui assurera à jamais leur célébrité dans l'histoire du genre humain, m'expliqua-t-il un jour où je lui demandais si ça valait la peine de se donner autant de mal pour en être si mal récompensé. Avec ton raisonnement d'épicier, Kafka serait allé jouer au billard au lieu de bosser et Van Gogh aurait été marchand de couleurs.

Trois ans auparavant, Kessel, la mine sombre, lui avait rendu l'épais manuscrit relié par une ficelle.

– Je te l'avais dit, Pavel. Aujourd'hui, aucun éditeur n'accepte de lire un ouvrage écrit à la main, surtout aussi volumineux. Tu dois le taper à la machine.

– C'est un travail considérable. Je ne suis pas dactylo. Je tape avec deux doigts. Ça va me prendre un temps fou.

– Tu pourras le retravailler. Tu as toujours la Remington que je t'ai donnée.

– C'est la bande qui déconne. Elle n'écrit plus qu'en rouge.

– Il faut que tu en achètes une autre.

Kessel mit la main dans sa veste et en sortit son portefeuille.

– Je te remercie, Jef. J'ai les moyens de me payer deux-trois bandes machine.

Durant trois années, Pavel retranscrivit les feuilles une à une. Il utilisait son auriculaire gauche et son médius droit. Son texte était serré. Il avançait avec opiniâtreté. Chaque page écrite de sa main de diplomate donnait un feuillet et demi en Garamond. L'ensemble faisait deux mille cent trente-quatre pages, sans la table des matières, ni l'index, ni les références bibliographiques qui pesaient une centaine de pages.

– Ça y est. J'ai fini.

Pavel poussa un soupir de soulagement, fixa la montagne des feuilles manuscrites qui s'empilaient devant lui. Il contemplait l'œuvre de sa vie qui allait établir sa notoriété mondiale. Nous le croyions sur parole. *La Paix de Brest-Litovsk : diplomatie et révolution* avait été édité après-guerre en tchèque et traduit en russe. À l'origine, c'était un pavé de mille six cent quatre-vingt-sept pages tassées. Pavel avait eu la chance d'accéder quand il avait fait son stage à l'ambassade tchèque à Moscou à des archives secrètes et inconnues. Des universités anglaises et américaines le citaient comme la source de référence sur ce sujet. Pavel avait repris son texte qu'il jugeait inabouti et y avait ajouté des développements qu'il avait censurés pour ne pas froisser les Soviétiques. Pavel nous rappelait à quel point ce traité était décisif. D'une importance supérieure à celui de Versailles, de Vienne ou à n'importe quel autre dans l'histoire de la planète. Kessel et Sartre l'avaient branché sur des éditeurs parisiens. À eux deux, ils les connaissaient tous. Leurs recommandations s'étaient avé-rées insuffisantes. Ils étaient polis et courtois. Certains étaient sympathiques. Le milieu de l'édition reconnaissait l'impor-tance de l'ouvrage et sa documentation exceptionnelle mais l'affaire finissait toujours par capoter. Igor affirmait qu'au-delà de mille pages, un livre d'histoire est impubliable.

– Surtout sur un sujet dont le monde entier se contre-fout comme de sa première chaussette, précisait Tomasz en l'absence de Pavel.

Après des efforts surhumains, des dilemmes sans fin, des cas de conscience, des repentirs et des années de travail incessant, Pavel avait raboté dans le vif. Il ne restait plus que mille deux cent trente-deux pages incompressibles.

– Plus court, ce n'est pas possible. J'ai enlevé les détails techniques, les précisions juridiques, les comptes rendus et les télégrammes diplomatiques. J'ai conservé le contexte his-torique et social, les enjeux fondamentaux, politiques et militaires. J'en suis au squelette. Au-delà, ça s'appelle de l'opérette historique. C'est à prendre ou à laisser.

Ils ont laissé. Ils lui ont conseillé de l'éditer d'abord en anglais. Si ça marchait aux États-Unis, il n'y aurait plus de problème. Pavel a entrepris de le traduire en anglais. Il atten-dait encore la reponse d'un jeune éditeur à qui Kessel avait donné le manuscrit. On sentait qu'il n'avait plus le cœur et son rythme s'en ressentait. Quand on s'ennuyait, que la conversation s'étiolait, il suffisait de lui demander où il en était pour que la machine démarre. Il était intarissable.

– Tu as avancé un peu ? l'ai-je interrogé.

– Tu ne veux pas le lire et me donner ton avis ?

J'ai hésité à lui avouer que je devais avaler *Le Matin des magiciens*, quatorze revues *Planète* et *Sur la route*.

– Écoute, Pavel. Je dois préparer le bac. C'est beaucoup de travail. Je le lirai pendant les vacances.

– Là, qu'est-ce que tu fais ? Tu travailles ton bac ?

– C'est différent... Je fais une étude sur la poésie.

– Un exposé ?

– C'est ça.

– En terminale, vous avez la Première Guerre mondiale et la révolution russe au programme.

– C'est un gros morceau.

– Tu n'as qu'à proposer un exposé sur la paix de Brest-Litovsk.

Il a poussé le pavé des mille deux cent et quelques pages devant moi.

– Ça te fera réviser. Il faudra y faire attention, Michel, je n'ai que cet exemplaire.

– Imagine que je le perde, qu'il y ait un incendie chez moi ou un dégât des eaux. Tu m'en voudrais à mort. Je le lirai ici. C'est promis.

Pavel exultait. Enfin, son talent était reconnu. Le jeune éditeur lui avait écrit. Son ouvrage avait retenu son attention. Il souhaitait le rencontrer dans les meilleurs délais pour s'en entretenir avec lui. Pavel venait de téléphoner du Balto. Une secrétaire d'une rare amabilité lui avait donné un rendez-vous pour le jour même. Jamais on n'avait vu un contact aussi rapide. On était heureux pour lui. Il offrit une bouteille de mousseux pour fêter l'événement. On lui donna une foule de conseils : d'être ferme sur les conditions et de ne pas montrer qu'il attendait ce dénouement comme l'arrivée du messie.

J'avais renoncé à chercher ce que faisait le soleil et envisageais d'aborder un autre thème comme le printemps avec ses hirondelles hésitantes ou l'été brûlant avec ses blés dorés et ses coquelicots rougis quand j'ai vu Pavel revenir, le visage hagard et blême. Il avançait comme un somnambule. Il s'est affalé sur la banquette qui a grincé sous la masse.

– Tu veux une bière, Pavel ?

– Je veux bien.

J'ai passé la commande à Jacky. Pavel restait prostré. Je n'osais l'interroger sur la déroute qui se lisait sur ses traits. Jacky a posé les bières sur la table. Pavel a bu son demi d'un trait et, comme il avait soif, il a sifflé mon panaché. Il a poussé un petit rot.

– Il n'a pas aimé ?

– Au contraire. Il l'a dévoré et m'a félicité. Il n'avait jamais lu un ouvrage de cette dimension.

– Où est le problème ?

– La guerre de quatorze. Ce qui marche, c'est la guerre d'Algérie.

– Pourquoi il t'a envoyé cette lettre ?

– À cause de Roman Stachkov.

– Qui c'est ?

– Si tu avais lu mon livre, tu le saurais.

– Je t'en prie, Pavel.

– Ça se passe fin novembre 17. Une période noire. Au début du mois, les bolcheviks ont réussi leur coup de force et renversé le gouvernement de Kerenski. Leur pouvoir ne tient qu'à un fil. Pour réussir la révolution, ils sont obligés de signer la paix avec les Allemands. Quel qu'en soit le prix à payer. Trotski est aux manettes. Il demande l'ouverture de négociations. Pour les Allemands, c'est l'opportunité de rapatrier les troupes enlisées sur le front russe afin de les redéployer sur le front ouest et remporter la guerre grâce à ces renforts décisifs. Les pourparlers doivent s'ouvrir à Brest-Litovsk où se trouve l'état-major allemand. La délégation russe conduite par Kamenev comporte un échantillon symbolique de soldats, de femmes et de prolétaires. À la gare, au moment du départ, Kamenev réalise qu'il n'y a pas de paysans alors qu'ils représentent quatre-vingts pour cent de la population russe. Comme le gouvernement bolchevik veut donner l'impression que le peuple entier est derrière lui, ils partent à la recherche d'un paysan. Dans Petrograd déserte et enneigée, ils tombent sur un vieux paysan barbu, aux cheveux hirsutes, aux vêtements douteux, en train de manger un hareng fumé avec ses doigts crasseux. Ils l'embarquent dans la délégation comme représentant de la paysannerie révolutionnaire. Roman Stachkov, c'est son nom, se fait remarquer lors des banquets de diplomates par ses manières rustaudes, son exubérance et sa gaieté déplacée. Il n'a pas l'habitude du champagne et de la nourriture en abondance. Il mange avec ses doigts, s'essuie sur la nappe, tape sur l'épaule du redouté général Max von Hoffman et déride l'impavide prince Ernst von Hohenlohe quand il emporte les couverts en argent sous sa vareuse. Au début, les Allemands croient que c'est un simulateur de haute volée, aux agissements machiavéliques destinés à leur soutirer des secrets. Ils vont mettre deux mois pour réaliser que ce n'est qu'un villageois égaré. Le plus drôle, c'est qu'il extorque de l'argent à Kamenev en le menaçant de s'en aller. Sa méconnaissance totale des enjeux de la

guerre ne l'empêcha pas d'entrer dans les annales comme un des négociateurs de ce traité. Il veut que j'écrive son histoire.
– Il a raison. Ça ferait un livre extraordinaire.
– Tu trouves, toi ?
– Si tu écris ce livre, après tu pourras faire éditer l'autre.
– Tu crois, toi ?
– J'en suis sûr. Qu'est-ce que tu lui as dit ?
– Qu'il aille se faire foutre !

10

On se voyait après les cours. Au début, celui qui sortait le premier allait chercher l'autre. Elle évitait les environs de H-IV pour ne pas croiser son frère. Elle m'avait recommandé de ne lui adresser la parole sous aucun prétexte, de ne pas me fier à son air sympathique qui dissimulait une redoutable hypocrisie. De mon côté, je restais à distance de Fénelon, pour éviter les regards en coin et les ricanements. On se retrouvait à mi-chemin, à la pâtisserie viennoise de la rue de l'École-de-Médecine. On prenait un café crème et on parlait pendant deux heures devant un *Apfelstrudel*. Quand il faisait beau, on arpentait le boulevard saint Germain ou les quais. Pour des raisons inconnues, elle refusait de me donner son numéro de téléphone. Je me l'étais procuré par le biais des renseignements. Quand je lui avais proposé de l'appeler, elle m'avait prié de ne jamais téléphoner chez elle. C'était compliqué, disait-elle. Je n'avais pas demandé pourquoi. Quand Camille assénait : « C'est compliqué », il fallait l'admettre comme un postulat et ne poser aucune question. Un obstacle insurmontable et inexplicable Je pensais que ses parents étaient sévères, avec une morale à l'ancienne. J'imaginais une mère irlandaise, rigide et puritaine, à cheval sur les principes. Un peu désuet mais le roman victorien n'existerait pas si l'éducation des jeunes filles ne posait aucun problème. Je pataugeais encore dans ma naïveté et mes illusions.

Quand elle le pouvait, c'est-à-dire quand elle était seule, elle appelait à la maison. Comme toujours, Juliette se précipitait pour répondre. Il n'avait pas fallu longtemps pour qu'elles fassent connaissance. Il arrivait qu'elle lui parle plus qu'à moi. Parfois, Camille écourtait la conversation en catastrophe : « Je te laisse ! » et elle raccrochait. Je devais résister aux interrogatoires quotidiens de Juliette qui voulait savoir comment elle était, ce qu'on faisait, où on allait. Comme j'éludais ces questions, elle les a posées à Camille. Elle voulait la rencontrer. Il a fallu que je m'y oppose avec véhémence.

En dehors des fins de journée, c'était compliqué de se voir. Le jeudi, c'était difficile. Il y avait toujours un frère qui traînait et aucun moyen de négocier. Le samedi, c'était très compliqué. Le dimanche, c'était impossible. Selon divers recoupements, déductions et suppositions ainsi que les avis autorisés de Leonid et de Sacha, elle évoluait dans une famille heureuse, soudée et envahissante. C'est l'inconvénient majeur des familles unies. La présence de tous est requise comme preuve du bonheur collectif. Un après-midi, on marchait côte à côte rue Bonaparte quand elle a plongé entre deux voitures. En une seconde, elle avait disparu derrière. J'ai aperçu trois jeunes hommes qui nous dépassaient. J'ai reconnu son frère aîné que j'avais croisé à la conférence de *Planète*. Le plus jeune m'a fixé d'un regard interrogateur.

Il m'a semblé l'avoir déjà vu à H-IV. Ils ont poursuivi leur chemin en bavardant. Camille est réapparue, fébrile et nerveuse.

– Ils m'ont vue ?

– Je ne crois pas.

– Ils t'ont vu ?

– Où est le problème ?

– S'ils nous voient ensemble, ça va faire toute une histoire.

J'étais troublé par cette attitude. Ça ne dérangeait pas Sacha :

– Il ne faut pas vous inquiéter. Elle ne vous a pas dit qu'elle ne voulait plus vous voir ?

– Non.

– Alors, vous êtes encore vivant. Il faudra vous y résoudre, les relations entre hommes et femmes sont placées sous le signe de la complication. Montrez-moi votre production.

J'ai sorti une feuille de ma poche et la lui ai donnée. Il l'a lue en trois secondes.

– C'est ça que vous appelez un poème ?

– Je vous avais prévenu.

– Vous n'étiez pas doué pour le dessin. Votre avenir dans les arts me paraît compromis.

– Et si j'empruntais le texte d'un grand poète ?

– Si elle le reconnaît, elle risque de ne pas apprécier. Vous passerez pour un imbécile. J'ai mieux à vous proposer.

C'est ainsi que Sacha a élaboré la stratégie des poèmes. Il se proposait de m'en fournir. Je pourrais les réciter à Camille. Je n'aurais même pas à mentir et à affirmer que j'en étais l'auteur. Moins j'en parlerais, mieux ça vaudrait. Laisser courir l'imagination. Ne donner aucune explication. Un artiste n'a pas à se justifier.

– Si, par hasard, elle posait une question qui vous embarrasse, ne répondez pas. Souriez. Et si vous le pouvez, prenez sa main et serrez-la fort en la regardant droit dans les yeux. Servez-vous de votre sourire, Michel.

Au dos d'une enveloppe, il écrivit un poème. À toute vitesse. Sans réfléchir, ni lever les yeux. Ça lui sortait de la main comme de l'eau d'une fontaine. Il me la tendit, griffonnée d'une dizaine de lignes. Je devais l'apprendre par cœur, il refusait de me la laisser.

– Si, en plus de ne pas écrire de poèmes, vous n'avez aucune mémoire, tant pis pour vous. Vous partirez d'ici quand vous le saurez. Ne comptez pas sur moi pour vérifier. On n'est pas en composition de récitation.

– J'ai peur de l'oublier.

– Pensez à elle, vous ne l'oublierez pas. Si vous n'en êtes pas capable, c'est que vous ne la méritez pas. Je ne pose qu'une condition. Vous ne devrez pas en changer une virgule. Je vous fais confiance. Si ça lui plaît, je vous en donnerai d'autres.

– Je pourrais en apprendre plusieurs d'un coup.

– Un poète qui produit trop, c'est suspect. La poésie demande du temps. Ça ne se fabrique pas à la chaîne. Un écrivain peut se lever le matin et se dire : Je vais écrire cinquante lignes ou cinq cents ou mille mots. Si un poète dit ça, c'est un imposteur. C'est comme les diamants. Quand on les ramasse à la pelle, ils n'ont aucune valeur : c'est du charbon.

Je n'ai pas envisagé un quart de seconde de demander du temps pour réfléchir ou de refuser ou de voir si les poèmes me plaisaient. Il me sauvait. J'ai accepté comme une évidence. Je n'ai posé aucune question. J'avais peur qu'il se rétracte et me laisse tomber. Ou qu'elle rencontre un poète, un vrai.

Un client est entré dans la boutique. Pendant que Sacha le servait, j'ai lu le poème. J'ai été étonné par sa clarté. Je l'ai relu. Je me le suis récité les yeux fermés. Je voyais Camille. Je souriais, avec sa main dans la mienne.

– Ça y est ? a demandé Sacha.

– C'est un très beau poème.

Sacha a souri. Il a pris l'enveloppe, l'a déchirée et a jeté les morceaux dans la corbeille.

– Merci pour ce que vous faites, Sacha

En traversant le Luxembourg, j'ai été pris d'une hésitation. Et si je l'oubliais ? Ne devrais-je pas en garder une trace par sécurité. J'ai pris une feuille pour écrire le poème. Je n'avais pas promis de ne pas le faire. J'ai pensé à Sacha. Je me le suis récité à nouveau. Je savais qu'il était imprimé dans mon cerveau.

11

C'est à cette époque que j'ai adopté le style qui allait être le mien pendant des années : une tenue débraillée, la chemise sortie d'un pantalon en velours ondulant, des tennis noires et ces cheveux hirsutes que je regrette tant aujourd'hui. J'ai dû affronter les réflexions de ma mère :

– Tu t'es lavé aujourd'hui ? Je ne t'entends pas souvent

prendre de douche. Qu'est-ce que c'est que cette tignasse ? Tu vas aller chez le coiffeur !

Devant elle, je sauvegardais les apparences et évitais l'affrontement. Avant de mettre un pied sur le trottoir, j'embrouillais mes cheveux et mes vêtements. Je reprenais l'apparence de celui qui sortait de son lit. Jusqu'au lycée, où Sherlock montait la garde.

– Vous vous croyez où, Marini ? Ce n'est pas le cirque ici. Monsieur se prend pour un bitels, peut-être ? Je vous rappelle que les tennis sont faites pour le sport et qu'il y a un oral au bac. C'est quoi, ce genre ?

Il fallait ruser, faire preuve d'imagination et d'astuce pour contourner la dictature du bien dégagé derrière les oreilles. Je n'étais pas seul. L'épidémie avait atteint d'autres élèves. On se retrouvait entre nous. On était entrés en résistance. On avait l'impression de vivre dans une cocotte-minute et qu'ils nous empêchaient de respirer. Ça chauffait mais le couvercle tenait bon. Un bras de fer interminable. On occupait le terrain. Chaque avancée était une petite victoire. Chaque défaite renforçait notre détermination. On savait qu'on allait gagner. On était les plus jeunes, chaque jour plus nombreux. Ils finiraient bien par crever.

– J'ai un cadeau pour toi.
Camille m'a fixé, surprise.
– C'est quoi ?
Je m'étais demandé quel serait l'endroit le plus approprié. Je ne me voyais pas jouer au poète devant une tasse de chocolat chaud dans l'arrière-salle bruyante de la pâtisserie viennoise où on était entassé les uns contre les autres. J'hésitais entre les quais et la place Fürstenberg. J'aurais dû y penser.

Je n'ai rien prémédité. Nos pas nous ont menés. A la fontaine Médicis. Comme un aimant. On était au bord du bassin. J'ai pris ma respiration et... le trou. Rien ne venait. J'avais la tête vide et légère comme une balle de ping-pong. Je faisais des efforts désespérés pour me rappeler ce foutu poème qui s'était enfui. Peut-être que je ne le méritais pas. Ça m'a donné l'idée d'un titre de poème : « Supplique pour un poème disparu ». Il ne restait plus qu'à l'écrire. Peut-être que c'était le métier qui venait. Elle a remarqué mon air crispé.

– Qu'est-ce qu'il y a, Michel ?

Je la regardais droit dans les yeux. Mes lèvres étaient fébriles :

– ... Lumières escarpées et sourires repris
Les miradors de nos cœurs à l'infini
Sur les temples effondrés, les paroles étouffées,
Les retours incertains et les envies frileuses
Nos ombres sanglantes endormies
Et les hurlements écrasés
Par les souvenirs tardifs
Les regards brodés d'incertitude
Pêle-mêle les chemins écartés
Les pâles lueurs, les rondes interrompues,
Nos souffles plus lourds qu'une montagne...

Elle me dévisageait avec des yeux étonnés, la bouche entrouverte, la main sur la balustrade. Un petit vent soulevait ses cheveux.

– C'est merveilleux, Michel.

– Oui.

– C'est de toi ?

Pour une fois, j'étais préparé. J'ai posé ma main sur la sienne. J'ai souri, les pensées perdues dans la fontaine magique. On est restés là jusqu'à la fermeture.

C'est comme ça qu'a commencé ma carrière de poète. Ce n'était pas glorieux mais j'avais réussi à éviter le pire. N'être rien d'autre que ce que j'étais. Que celui qui a toujours dit la vérité, qui n'a jamais dit oui quand il pensait non et n'a jamais dissimulé une parcelle de son incompétence, de son ignorance ou de son insuffisance me jette la première pierre. C'est valable pour ceux qui ont souri alors qu'ils n'en avaient pas envie ou paru intéressés quand ils se contrefichaient de ce qu'on leur racontait. Je suis le premier à le regretter. Avais-je le choix ? Cette ambiguïté ne me plaisait pas. Je me répétais que l'important, c'était la poésie et l'émotion ressentie et partagée. J'ai fait d'autres vagues tentatives. J'avais une enclume au bout du stylo et mon crachouillis a fini à la poubelle. Doit-on accepter ses limites comme une fatalité ? Je devais faire avec mon paquetage et il ne pesait pas lourd. On se bat avec ses armes et le rêve justifie les moyens.

– Vraiment, ça lui a plu ?

– Elle a adoré. Et je ne dis pas ça pour vous faire plaisir.

– Je suis très heureux, Michel. Vous ne pouvez pas savoir à quel point. Ce sont des poèmes d'une autre époque. J'avais un petit doute. Je me demandais si elle apprécierait.

Sacha a interrompu le développement des photos, a accroché les dernières pour qu'elles sèchent.

– On va fêter ça.

On est passés dans un petit réduit qui servait de coin-cuisine. Il a pris une bouteille de pastis et a servi deux grands verres.

– C'est beaucoup pour moi.

– Mon petit Michel, tous les poètes boivent. Plus ils boivent et mieux ils écrivent.

– Vous croyez ? C'est obligatoire ?

– Les poètes que j'aime buvaient beaucoup. Ou ils souffraient. S'il n'y a pas de douleur ou si on n'a pas la tête qui tourne un peu, la poésie est fade. Les meilleurs souffraient le martyr et buvaient trop. Les exceptions à cette règle sont rares.

On a trinqué aux poètes et à la poésie. Je ne l'avais jamais vu aussi gai et enjoué.

– J'aimerais bien en avoir un autre.

– Je vous ai prévenu, Michel. À petites doses. Il faut que chaque poème donne l'impression d'avoir été un combat. Vous ne lui offrez pas des chaussures. Un peu de mystère.

Il a pris une enveloppe, l'a retournée et, comme la première fois, il a écrit un poème en une minute. Sans difficulté, ni hésitation, ni repentir. C'était impossible qu'il l'imagine sur-le-champ. Combien en avait-il dans sa mémoire ? Il m'a tendu l'enveloppe.

– Je vais l'apprendre par cœur.

À la maison, après le dîner, j'ai expérimenté la théorie de Sacha. Je me suis servi un whisky. Mon père adorait en boire le samedi soir. Ça le rendait joyeux. Mais ce breuvage avait un goût de médicament et m'a brûlé la gorge. Je voulais finir le verre. Je n'y suis pas arrivé. J'en ai jeté la moitié dans l'évier. J'avais le ventre en feu. J'ai attendu, assis devant une feuille blanche. J'avais la tête qui tournait et envie de vomir. C'était formidable. Je commençais à ressentir le trouble de l'ivresse et à souffrir. J'ai été mal foutu une partie de la nuit. Sacha devait avoir des références précises en tête. La règle ne s'est pas vérifiée. L'inspiration n'est pas venue. Je m'attendais à voir le stylo courir sur la feuille et la noircir de vers magiques. Il m'est resté collé à la main. L'autre tenant mon ventre. À titre personnel, je certifie que le whisky est inefficace et ne m'a été d'aucune utilité pour la poésie. Le mystère de la création doit être ailleurs.

Le pont des Arts à la tombée du jour. Les réverbères se sont allumés. Nous contemplions depuis un long moment le Pont-Neuf accroché à la pointe de la Cité, le haut des tours de Notre-Dame, la perspective fluide des platanes sur l'eau argentée, les péniches silencieuses. Là, on était en dehors de la ville, dans un espace miraculeux et préservé. Personne n'y résistait.

– ...*Que sont devenus les oiseaux de nos âmes ?*
Envolés dans la longue plaine
Avec leurs cris sans pitié
Et leur folie comme une toupie impitoyable
Éperdues les raisons de nos flammes
Jaunes et rouges les yeux
De l'oubli de nos haines
Les bouleaux silencieux
Je reparle à la nuit
À la brume qui s'enfuit
L'éternité est une journée..

Elle m'a regardé avec une intensité inconnue. Il y avait de la clarté, une sorte de fièvre. Je m'attendais à ce qu'elle

m'interroge. Elle n'a rien dit. Elle m'a pris la main et l'a
serrée. On est restés sans se parler. On n'en avait pas besoin.

C'est ça qu'on appelle un engrenage. Une fois qu'on y a
mis un doigt, la main, le bras, tout le corps y passe. Plus
moyen de reculer, de revenir en arrière. Au début, on n'y
pense pas. Après, on réalise qu'on est prisonnier. Reconnaître sa faute, dire «Je t'ai trompé», est facile. Avouer :
«Je ne suis qu'une illusion. Je n'ai aucune qualité, rien de
remarquable ou d'original» est impossible. C'est se dénier
soi-même. Alors, on se tait. On continue. C'est à 18 h 45,
ce jour-là, que j'ai compris le sens de cercle vicieux.

12

Pour une fois, on est allés à la Cinémathèque. En commémo-
ration de notre gamelle, on a observé quelques secondes de
silence, tête inclinée vers le trottoir. Le premier qui riait avait
perdu et payait l'entrée. J'ai payé. Il pleuvait. On s'est réfugiés
dans la salle sans regarder le programme. Il y avait peu de
monde. La lumière s'est éteinte. Le générique est apparu. J'ai
mis quelques minutes à me rendre compte que je connaissais
la vedette de ce film. Tibor Balazs m'était sorti de la tête. Il
avait perdu ses rides, quelques kilos et paraissait dix ans de
moins. Celui qu'on appelait le Marlon Brando hongrois
composait un résistant déterminé et héroïque qui faisait sauter un train, égorgeait un officier de la Gestapo, se sacrifiait
pour sauver les membres de son réseau, n'avouait rien sous la

torture et finissait fusillé après avoir crié un déchirant : « Vive la Hongrie libre ! » La censure avait laissé passer.

J'ai raconté à Camille comment je l'avais connu. Sa fuite et son retour dans son pays. Elle le trouvait beau et « d'une virilité animale ». Le cinéma est l'art du mensonge et de l'illusion. Je ne lui ai pas parlé d'Imré, de leur amour impossible et du poussin. Les vedettes ont le droit à un crédit illimité dans le cœur des femmes.

– Si tu veux, un jour, on pourra aller au Club, je te présenterai à mes copains.

– Les échecs, je trouve ça rasoir.

En sortant de la Cinémathèque, on est tombés sur William Delèze. Sa chevelure de mouton ruisselait. Il s'est ébroué. Je n'ai pas réussi à éviter la manifestation de son bonheur de me revoir sous la forme d'une grande claque dans le dos.

– Tu avais disparu. Où étais-tu passé ? Je ne peux plus te garder ta place.

– Camille, je te présente William. C'est un copain cinéaste.

– Vous faites des films ?

Il n'a pas résisté. L'envie d'en parler a été plus forte que celle d'en voir un. On est allés prendre un café au bistrot d'à côté.

– Michel m'a parlé de votre rencontre. Ça partait bien et puis, j'ai trouvé que ça traînait un peu. Il faut des rebondissements. On allait s'emmerder dans mon film. J'ai eu une meilleure idée. Au début, c'est pareil et il croise une autre fille qu'il confond avec la première. Elle est hollandaise. Ils partent ensemble et ils vont découvrir le monde à vélo. J'ai écrit le scénario en un mois. Ça s'appelle *Promesses d'été*. Tous les gens qui le lisent adorent. J'attends la réponse de l'avance sur recettes. J'ai bon espoir. Mon futur producteur est copain avec un des membres de la commission. On attend la réponse de Jean-Claude Brialy. Il n'arrive pas à tourner et à lire en même temps. Je vais essayer d'être assistant sur son prochain film. Je pourrais lui en parler. Tiens, voilà le scénario, tu me diras ce que tu en penses. C'est la septième version.

Il a posé une brochure de cent cinquante pages sur la table, en face de Camille. Je lui avais, à plusieurs reprises, demandé de me donner un scénario à lire, pour voir comment c'était fait. Je l'ai feuilleté. Parfois, entre deux dialogues, ils descendaient de vélo mais continuaient à discuter en avançant côte à côte. Son idée, révolutionnaire, consistait à tourner un seul plan-séquence, sans coupure ni raccord et en temps réel. C'était une véritable prouesse technique.

Quand William démarrait, on ne pouvait pas l'arrêter. Il connaissait tout le cinéma français, les comédiens, les producteurs, les metteurs en scène. Il nous donnait des tas de détails passionnants qu'on ne lisait pas dans la presse. Jamais on n'aurait cru que c'était si compliqué de réaliser un film. C'était l'histoire de notre cinéma en train de se faire. Il a pris la main de Camille et l'a fixée droit dans les yeux.

– T'es beaucoup mieux en vrai.

– Comment tu peux dire ça ? a-t-elle demandé.

– Michel avait dessiné un portait-robot. Il t'avait fait une drôle de tête.

Je lui ai balancé un coup de pied sous la table. Je l'ai raté.

– Tu avais fait mon portrait ?

– C'était une idée comme ça. Pour te retrouver, ai-je bredouillé.

– J'aimerais le voir.

627

– Il n'était pas très ressemblant. Je l'ai déchiré.

– Tu n'as rien perdu, a poursuivi William. C'était assez cubiste.

Cette fois, je ne l'ai pas raté.

– C'est dommage, a dit Camille. Ça m'aurait fait plaisir.

Pour détendre l'atmosphère, William s'est lancé dans l'imitation de la mouche en piqué. Elle faisait des circonvolutions qu'il suivait de la tête, réussissait à l'attraper en plein vol. Dès qu'il ouvrait le poing, elle se sauvait et ça recommençait. Camille riait aux éclats.

– Tu sais faire du vélo ? lui demanda-t-il.

– Oui.

– Tu voudrais tourner dans mon film ? Tu serais formidable.

– Je n'ai pas le temps. Je prépare mon bac.

– Après. Cet été. C'est un rôle superbe.

– Ce ne sera pas possible.

– Je te laisse mon téléphone. Lis le scénario. Quand tu veux, tu m'appelles et on en parle.

Il s'est levé et a ramassé ses journaux.

– Au fait, Michel, je suis passé voir tes photos à Saint-Sulpice. Elles ne sont pas mal.

– Tu as aimé ?

– Tu te débrouilles bien pour un débutant. Ton ami, le photographe, il ne pourrait pas me développer quelques pellicules ?

– Tu n'as qu'à le lui demander.

– Il est cher, je trouve.

– Il ne m'a pas fait payer. Il se rembourse sur les ventes.

Il était pressé de partir. Il a oublié de payer ses consommations.

– Tu fais des photos ?

– J'essaye.

– Tu ne me l'avais pas dit. On peut les voir ?

– Si tu y tiens.

– William, ton copain, il a essayé de me draguer ?

– Il ne faut pas y faire attention. Il ne peut pas s'en empêcher.

À travers la glace de Fotorama, je voyais le patron de la
boutique qui approvisionnait les étagères en pellicules. Dans
la vitrine de droite étaient exposées des photos en noir et
blanc d'un bord de mer en furie, des gerbes d'écume giclant
contre la jetée et des passants résistant au vent de la tempête.

– Ce sont tes photos ? a demandé Camille.

– Les miennes sont à l'intérieur. Elles ont été exposées en
vitrine pendant un mois. Ils en ont vendu plusieurs.

J'ai poussé la porte et nous sommes entrés. En m'apercevant, le propriétaire a eu un grand sourire comme s'il était
content de me voir. Il est venu vers nous.

– Comment allez-vous… ?

Il a cherché mon nom et ne l'a pas trouvé.

– Je peux montrer mes photos à mon amie ?

– C'est fait pour ça. Vous voulez voir Sacha ?

– Il ne travaille pas le jeudi.

– En ce moment, c'est tous les jours. On a eu une belle
commande du ministère des Affaires culturelles. Les premiers tirages du plafond de Chagall. Sacha, votre photographe préféré est là, a-t-il crié à travers la porte.

On est passés dans la salle d'exposition. Camille s'est mise
au centre et a pivoté. Son regard faisait le tour des photo-

graphies accrochées aux murs. Elle s'est immobilisée sur le coin droit.

– Ce sont les tiennes.

Ce n'était pas une interrogation. Elle s'est avancée vers les cinq photographies de la fontaine Médicis. Elle les a détaillées avec attention.

-- Elles sont superbes, Michel.

– Tu trouves ?

- Vraiment. Il n'y avait que toi pour faire ces photos. Si j'avais de l'argent, je les achèterais.

– Ce n'est pas la peine, mademoiselle.

Sacha est apparu, avec sa blouse grise. Il avait les traits tirés et les yeux rouges d'un homme qui n'a pas dormi.

– J'ai un tirage de réserve. Je vous les offre.

– Ça me gêne.

– Vous n'aimez pas ces photos ?

– Elles sont magnifiques.

– On va profiter de la présence du photographe. Il va les signer. Vous êtes d'accord, Michel ?

Il n'a pas attendu ma réponse. Il est passé derrière le bureau et, dans un tiroir, il a pris une enveloppe blanche. Il en a sorti les cinq épreuves, les a étalées sur le comptoir. J'ai mis : « Pour Camille », et signé dans la bordure blanche chacune d'elles.

– Gardez-les précieusement. Dans vingt ou trente ans, elles vaudront une fortune.

– Ça ne m'étonnerait pas, a-t-elle répondu. Vous savez, Michel est un véritable artiste. Il est aussi l'auteur de poèmes magnifiques.

– Vous ne m'en aviez pas parlé, s'est-il exclamé avec un sourire en coin. J'aimerais bien les lire un jour.

– Ce n'est pas possible, a-t-elle poursuivi. Michel refuse de les écrire. Il me les récite.
– Il a raison. C'est plus beau quand on écoute.
Il a remis les photos signées dans l'enveloppe et l'a tendue à Camille.
– Avec les compliments de la maison.
– Je vous remercie. C'est un cadeau qui me touche beaucoup. Michel m'a dit que vous vous intéressiez au *Matin des magiciens*.
– Il vous a dit ça ?
Je ne savais plus où me mettre. Je lui ai fait un signe de tête.
– Je n'ai jamais rien lu de pareil ! a-t-il lancé.
– Moi non plus. Michel, lui, ne l'a pas encore lu.
– Je te l'ai dit, Camille, je lis utile, pour le bac. Pendant les vacances, j'aurai le temps.
– Dites-lui que c'est passionnant.
– Ce qui est intéressant dans ce livre, expliqua Sacha, même quand on n'est pas d'accord avec eux, c'est leur non-conformisme, le coup de pied dans la fourmilière.
– Ah, tu vois !
– On ne va pas vous embêter plus longtemps, suis-je intervenu. Vous avez du travail.
– Michel, avec Camille, vous avez un beau sujet de photographie. Qu'attendez-vous ?
– Elle n'aime pas qu'on la prenne en photo.
– Camille, vous permettez que je vous appelle Camille ?
– Bien sûr.
– Proposez-lui un échange. Une photo de vous contre un poème de lui. Vous ne seriez pas perdante, non ?
– Je ne sais pas s'il voudra.

– Michel, vous êtes d'accord pour ce marché ?

Si elle n'avait pas été là, je crois que je l'aurais embrassé.

C'est ainsi que j'ai fait mes premières photos de Camille. Au début, elle a voulu que j'écrive les poèmes. Je les ai tous transcrits. Sans en changer une ligne. Je n'en avais pas un nombre illimité. Le moment est vite arrivé où je n'en ai plus eu à offrir en échange. Sacha m'approvisionnait avec parcimonie et il développait les photos de Camille. Il les sortait en grand format, avec un grain fort et contrasté. Il refusait que je le paye. Un jour où je lui disais que ça me gênait d'accepter ses poèmes et d'être incapable d'en écrire, il m'a répondu que les poèmes appartenaient à ceux qui les aimaient, qu'il était heureux car il savait pourquoi il me les donnait et que c'était à cela qu'ils devaient servir.

Camille trouvait que je prenais trop de photos et que je n'écrivais pas assez de poèmes. Je lui ai expliqué que ça demandait du temps, qu'un poème valait plusieurs photos.

– ... *La mort croit m'avoir tué*
Mais mon corps n'existe pas
Je suis dans trois notes de musique
Un sourire famélique
Un souvenir fatigué
Et des chemins sur l'horizon
Oubliés par ce vent biscornu
Je suis dans ces lignes immuables
Ancrées dans les mémoires
Murmurées et cachées

Reprises et transportées
Mes tourments comme des farandoles...

– Michel, c'est merveilleux.
– Je sais.
– Elles sont tristes tes poésies.
– Pour ce poème, je veux une photo. Une seule.

13

Dans le contexte actuel, avec le constat d'huissier dressé après le départ du domicile conjugal de M. Marini, les nouvelles attestations émanant de vos salariés et de vos relations me paraissent suffisantes pour obtenir une décision favorable du tribunal. À l'heure présente, l'avoué adverse n'a communiqué aucune pièce dans la procédure. L'absence de témoignage au bénéfice de votre mari sera déterminante dans l'obtention du divorce à ses torts exclusifs. Il est de la plus haute importance que nous arrivions à l'audience des plaidoiries avec nos seules pièces...

La lettre émanait de maître Fournier, l'avocat de la famille. J'étais tombé dessus en triant le courrier sur le paillasson des concierges. J'attendais une colle de H-IV pour avoir fumé à l'intérieur du lycée. J'avais repéré son en-tête. Ce n'était pas la première fois qu'il écrivait à la maison. J'ignore pour quelle raison, ce matin-là, je l'ai prise et ouverte. Peut-être à cause du silence. Depuis des mois, on vivait dans une atmosphère ouatée, comme s'il n'y avait aucun problème. Ma mère me répondait d'un air naturel et d'une voix posée et convaincante comme son sourire :

– Il ne se passe rien, mon chéri. Tout va bien. Ne t'inquiète pas.

Mon père téléphonait le dimanche soir. On lui parlait à tour de rôle, Juliette et moi. Dans le fauteuil, ma mère gardait le nez plongé dans *Paris Match*.

– Comment ça se passe au lycée ?

– Ça va.

– Je suis content.

– Et toi ?

– Les affaires sont dures. Il faut s'accrocher.

Au début, on demandait quel temps il faisait à Bar-le-Duc, il répondait soit : « On se les gèle », soit : « Il fait un temps de chien. » Les conversations étaient courtes et se concluaient par « Je t'embrasse, mon chéri. À la semaine prochaine ».

Il venait à Paris en coup de vent. Pour voir des fournisseurs. Il partait avec le premier train et rentrait avec le dernier. Pour ne pas avoir de frais d'hôtel. Il me donnait rendez-vous dans un bistrot, arrivait avec une heure de retard. Une fois, on s'est ratés, chacun dans un café de la place de la République. Je l'accompagnais en métro à la gare de l'Est. Longtemps, il avait espéré que ce n'était pas fini, qu'il y avait une petite chance de sauver la famille. Quand ça ne va pas dans un couple, il paraît que l'idéal, c'est de se séparer pour faire le point.

– C'est comme la météo, tu comprends ? On laisse passer l'orage, et ensuite on retrouve le ciel bleu.

Vu le résultat, ça ne devait pas être la bonne méthode.

Un jour, j'avais eu une impression bizarre et désagréable.

Il était arrivé, essoufflé, en râlant après la circulation infernale, la puanteur des gaz d'échappement et la saleté des rues.

– C'est de la folie furieuse. Je me demande comment j'ai fait pour supporter cette ville pendant des années. Je ne peux plus respirer.

Je l'ai regardé comme un étranger.

À la lecture de cette lettre, mon sang n'a fait qu'un tour. J'ai failli remonter pour dire à ma mère ce que je pensais de son attitude. Je devais prévenir mon père du complot qui se tramait contre lui, pour qu'il puisse réagir et se défendre. J'ai réussi à le joindre à son magasin :

– Il y a un problème, papa. Il faut qu'on se voie de toute urgence.

– Dis-moi de quoi il s'agit.

– Je ne peux pas en parler par téléphone. C'est très grave.

– Tu as fait une bêtise ?

– Ce n'est pas moi. C'est rapport à maman.

Il allait se débrouiller pour venir à Paris. Il en profiterait pour voir un nouveau fournisseur à Boulogne. On s'est retrouvés dans une brasserie bondée en face de la gare de l'Est. Il est arrivé avec un paquet de catalogues de luminaires italiens. Il m'en a donné un pour que je me rende compte de la qualité. Il avait obtenu de les représenter en Lorraine.

– Qu'est-ce que tu en penses ?

– En luminaires, je n'y connais pas grand-chose.

– Ils ont vingt ans d'avance sur nous. Avec ça, je vais casser la baraque. Surtout, pas un mot à ta mère. Tu fumes, maintenant ?

– Ça fait un moment, papa.

– Je vais en prendre une.

Je lui ai donné mon paquet de Gauloises et la pochette d'allumettes.

– Alors, qu'est-ce qui se passe ?

Je lui ai tendu la lettre de l'avocat. Il l'a lue sans broncher.

– Quand je pense à tout le fric que j'ai filé à ce salaud.

– Ils n'ont pas encore gagné. Tu vas te défendre ?

Il a haussé les épaules, est resté un moment songeur.

– Il faudrait faire des faux témoignages. Ce n'est pas mon genre. Aller demander à des gens que je n'ai pas vus depuis des années de raconter des saloperies sur ta mère, je ne m'y vois pas.

– Elle le fait, elle.

– C'est de ma faute, Michel. J'ai quitté le domicile conjugal. Après, c'est foutu. On avait une belle famille. Et puis, ça a craqué. J'ai cru qu'on traversait une passe difficile comme il y en a dans tous les couples. Quand j'ai réalisé, c'était trop tard.

– C'est à cause de Franck ?

– La vérité, c'est qu'on n'était pas du même milieu. Ça ne se rattrape pas. Il y en a qui y arrivent. Nous, on n'a pas su.

– Tu pourrais avoir les torts partagés.

– Comment ? Elle a dix témoignages contre moi et le constat d'huissier. On se serait déchirés pour rien. Tu es capable de garder un secret ?

– Tu ne vas pas me refaire ce coup-là.

– J'aurais pu embêter ta mère sur la société. Mais on a trouvé un arrangement.

– Quel arrangement ?

– On a décidé de vous laisser en dehors de nos histoires. Je veux ta parole d'homme.

Il n'y avait pas moyen d'y échapper. J'ai promis.

– On a convenu que je prendrais les torts exclusifs. Je ne

verse aucune pièce au procès. Je garde l'autorité parentale avec elle. Elle a la garde et moi, un week-end sur deux quand je pourrai et la moitié des vacances. Elle a une petite pension pour vous deux et elle me verse une contrepartie financière pour l'entreprise.

– Ce n'est pas possible ? Tu nous as abandonnés pour du fric !

– Michel, ne dis pas de conneries ! Sinon, c'était la guerre et je n'ai pas les moyens !

– Tu n'avais pas le droit ! Tu aurais dû te battre !

– C'est la vie qui est comme ça, mon fils, et ce n'est pas autrement.

-- Finalement, tu t'es bien débrouillé.

Je me suis levé. J'ai ramassé mes clopes. Je me suis éloigné de quelques pas. Je suis revenu.

– Dis-moi où est Franck.

-- Tu n'as pas besoin de le savoir.

J'ai laissé la lettre de l'avocat sur la table de l'entrée. Ma mère a été surprise. Je lui ai dit que je l'avais ouverte par mégarde. Le dimanche soir, quand mon père a téléphoné Juliette a décroché et lui a parlé cinq minutes. Elle a voulu me le passer et m'a tendu le combiné.

– Tu n'as qu'à lui dire que je ne suis pas là.

Il n'a pas pu ne pas entendre. Ma mère a levé le nez de *Paris Match*. Elle n'a rien dit, a souri et a repris sa lecture. Les autres dimanches, j'ai refusé de lui parler. Ça a duré longtemps. Cette histoire est encore entre nous aujourd'hui.

Je n'ai jamais parlé de ma famille à Camille ni évoqué l'histoire de Franck et de Cécile, leur disparition, la déchirure familiale et l'exil de mon père dans une province lointaine. Je pensais à eux chaque jour. On dit que le temps cicatrise les blessures. Il ne faut pas beaucoup aimer ceux qui sont partis pour les effacer de votre mémoire. Ce qui dominait, c'était la colère, ce besoin de crier qui vous suffoque parce que vous le refoulez et que vous êtes impuissant. Une sorte de haine s'était installée. Pour des raisons inconnues, Camille refusait de parler de sa famille. On était à égalité. On partageait la paix des orphelins.

14

Je pensais y échapper. J'avais présumé de mes forces. J'ai résisté jusqu'à l'extrême limite du possible. Mais il y a un point qu'aucun homme ne peut dépasser. Notre volonté est sans effet face aux lois qui gouvernent le monde. Mon sort a été scellé quelque part, au fin fond de l'univers, à proximité de la galaxie d'Andromède, entre Orion et Aldébaran. Camille voulait faire établir mon thème astral. Elle avait besoin de l'heure précise de ma naissance. Je trouvais cette demande saugrenue. Je ne pouvais pas le lui dire en face. Elle y croyait dur comme fer et elle était susceptible sur cette question. J'ai prétexté que la douleur avait fait perdre tout souvenir de mon accouchement à ma mère, qu'elle était seule, dans un hôpital déserté, abandonnée par sa famille et son mari.

– Tu es né à l'hôpital de Port-Royal, en plein Paris !

Avec la séparation, ça ne s'était pas arrangé. Le divorce, c'est bien connu, est nuisible à la mémoire. Sans l'heure, impossible d'établir la carte du ciel au moment de ma naissance, pas d'horoscope, pas de nœud lunaire, pas de table des Maisons ni de signe associé. Je pensais être débarrassé de ses questions aberrantes.

Mes relations avec ma mère s'étaient améliorées de façon spectaculaire du jour au lendemain. On avait trouvé un équilibre. Je respectais trois règles, une sorte de minimum légal. Je devais veiller à mon apparence, avoir la moyenne au lycée et être présent aux repas familiaux ; surtout celui du dimanche midi avec la famille Delaunay au grand complet chez grand-père Philippe. En contrepartie, elle me fichait la paix sur le reste. C'est après avoir suivi le stage « Négocier avec succès grâce à la solution gagnant-gagnant » que ce changement inattendu s'était produit. Mon père aurait dû l'accompagner à ces formations dont il s'était tellement moqué. Ça lui aurait peut-être évité la Berezina actuelle. Un soir, pendant le dîner, j'ai eu une mauvaise surprise.

— Au fait, Camille a téléphoné, a dit ma mère en me passant les carottes râpées.

— Ah bon ?

— Elle est gentille, cette petite. Si tu veux, elle peut venir à la maison, je serais ravie de la connaître.

— Je l'ai quittée il y a dix minutes. Pourquoi elle a téléphoné ?

— Elle voulait connaître ton heure de naissance.

— Qu'est-ce que tu lui as dit ?

— Dix-sept heures trente précises. Je n'ai rien compris à ce qu'elle a raconté. L'accouchement s'est bien passé. Pour ta sœur, ça a été l'horreur. Les filles font plus de mal à leur mère. J'aimerais qu'elle fasse mon thème astral. Je suis née un 28 janvier à quatre heures dix du matin.

– Et moi, à quelle heure je suis née ? a demandé Juliette.

Si Camille avait quelques défauts, elle n'était pas rancunière. Elle ne m'en a pas voulu de mon mensonge, excitée à l'idée d'avoir bientôt mon thème. Une amie de sa mère tenait boutique de prédictions dans un appartement sur le parc Montsouris. Elle allait croiser nos horoscopes et nous serions fixés sur notre avenir.

– Tu n'y crois pas ? Je vais te convaincre.

– Camille, on ne peut pas prévoir ce qui va arriver. Ce serait trop facile.

– Il y a des gens qui savent, qui sont initiés et qui peuvent nous guider.

– Moi, je préfère ne pas savoir.

Quelques jours plus tard, elle m'a annoncé qu'il y avait un contretemps, un imprévu qui contrariait l'établissement de mon thème. Surgissant du néant après un parcours de millions de kilomètres, la comète de Holmes venait d'apparaître entre les constellations du Cancer et du Taureau, petite tache brillante avec sa queue en éventail, et tant qu'elle resterait visible, certaines vies en seraient bouleversées.

– Elle dit que c'est la comète des gens qui s'aiment et se retrouvent grâce à elle.

– Camille, tu ne peux pas croire à ce bobard ?

– Elle dit que tu vas être concerné.

– Nous, on ne s'est pas perdus. Ta copine, la voyante, elle ne peut pas nous dire si on va avoir notre bac ?

– Elle détermine les trajectoires. Pas les épisodes du chemin. Bientôt, tu auras une preuve.

Elle ne manifestait pas l'ombre d'un doute ou d'une hésitation. Son enthousiasme balayait mes certitudes. Les gens cartésiens sont ennuyeux. Sa fantaisie était belle.

Les dimanches où nous nous voyions étaient rarissimes. Elle avait des obligations familiales auxquelles elle ne pouvait échapper. Quand je lui posais la question, elle me répondait : – Ne me demande pas pourquoi ! Si je pouvais, on se verrait. Je ne peux pas !

Je passais mes dimanches après-midi au Club. De nouveaux visages apparaissaient, d'URSS, des pays Baltes, de Yougoslavie et de Roumanie, avec leurs accents roulants, leurs vêtements d'avant-guerre, leurs visages creusés par la méfiance et l'inquiétude. Recommençait la corrida des papiers, des dossiers, des preuves à fournir pour justifier que vous étiez un fugitif et que vous aviez fui dans l'urgence et la précipitation pour éviter l'arrestation et la prison. Les plus anciens les prenaient en charge, les hébergeaient, les branchaient sur les fournisseurs de véritables faux papiers. Ça coûtait cher et ils travaillaient au noir dans des restaurants et sur des chantiers pour se les payer. Plusieurs ont utilisé une filière d'émigration vers le Canada qui était plus accueillant que la France. Le dimanche était un jour d'affluence. La salle du Club ne suffisait plus et, petit à petit, le restaurant attenant avait été colonisé. La règle du français obligatoire était oubliée. On entendait toutes les langues ou presque. Était-ce d'avoir si longtemps parlé à voix basse, ils se défoulaient. Il y avait autant de bruit que dans le reste du Balto et ceux qui voulaient être tranquilles soupiraient en se rappelant le bon temps où les membres du Club se comptaient sur les doigts des deux mains.

– Vu l'importance et la bonne volonté de nos fournisseurs, on ne risque pas de manquer de clients, soutenait Igor. On est condamnés à se développer.

Sacha faisait un tour de façon épisodique. Je l'ai observé avec attention. Averti de leur hostilité, il s'amusait à les provoquer. Il apparaissait sans bruit. On levait la tête. Il était là, à nous observer. Un peu comme Grandes Oreilles. Les autres se contenaient, s'efforçaient au mépris et l'ignoraient. On relevait la tête, il avait disparu. Sans qu'on l'ait entendu sortir. Je veillais à maintenir les apparences et lui manifestais de l'indifférence. Il y tenait et ne voulait pas que j'intervienne ou que je m'en mêle.

J'avais fait de sérieux progrès aux échecs et commençais à être un joueur recherché.

– Être un bon joueur est une notion relative, m'avait expliqué Leonid qui acceptait de faire une partie quand il n'y avait personne de disponible. Les nouveaux sont vraiment nuls.

Je suivais une interminable revanche entre Imré et Pavel. Celui-ci profitait de l'absence de pendule pour gagner à l'usure. Igor est apparu, excité et l'œil fébrile.

– Mes amis, vous n'imaginerez jamais avec qui je viens de parler pendant deux heures.

À son agitation, on en a déduit que c'était une personnalité qu'on connaissait de nom. On a cherché parmi les vedettes de la chanson ou du cinéma, les présentateurs de télévision, les hommes politiques et les sportifs célèbres. On a cité la moitié de Paris. Sans succès.

– Il est français ? a demandé Gregorios.

– Non. Il m'a hélé boulevard Malesherbes. Je me suis dit : Igor, aujourd'hui, c'est ton jour de chance. Je l'observais dans mon rétroviseur. Je n'en croyais pas mes yeux. Lui, dans mon taxi ! J'ai hésité quelques instants et je me suis lancé. Je lui ai parlé en russe.

– C'est Gromyko incognito ? a suggéré Pavel.

– C'est un dieu vivant !

On a tous dit « Noureev ! » en même temps.

– Au début, je ne voulais pas lui dire des banalités du genre : je suis un de vos grands admirateurs, qu'il doit entendre vingt fois par jour. Il était un peu sur ses gardes. J'ai évoqué *La Bayadère* qu'on a vue en 61 avec Leonid et Vladimir. Il se souvenait de cette soirée magique et de la foule debout qui applaudissait et hurlait des bravos à n'en plus finir. Il a senti à quel point j'avais été bouleversé. Son cœur s'est ouvert. Je l'ai déposé à l'Opéra, côté entrée des artistes. Il était pressé et il continuait à discuter et à rire. C'est l'homme le plus beau du monde et le plus grand artiste. On est restés dans la voiture. On se souvenait du Kirov et de Leningrad. Il en avait les larmes aux yeux. Il était en retard. Je lui ai offert la course. Il m'a invité à le suivre à l'intérieur où il se produit avec le Royal Ballet. J'ai assisté à une partie des répétitions. C'est extraordinaire. Les autres s'arrêtent pour le regarder. On dirait un ange descendu sur la terre. Quand je suis parti, il est venu me remercier. Vous vous rendez compte ? Lui ! Me dire merci ! Pour lui avoir rappelé le pays.

– C'est une belle rencontre, a dit Imré.

Ce mot m'a fait dresser l'oreille. C'était annoncé. Je me demandais si je devais mentionner la comète de Holmes. Je n'ai pas eu le temps.

– Mes amis, a poursuivi Igor, aujourd'hui est un jour exceptionnel. Rudolf Noureev va nous rejoindre !

Ç'a été un concert d'exclamations, de stupéfaction et d'incrédulité.

– Dans le taxi, je lui ai parlé du Club. Il m'a posé mille questions. Il m'a serré la main et demandé l'adresse. Il va venir ce soir, après la répétition.

Il y a eu une clameur de panique et d'affolement. Ils tournaient dans tous les sens, remettaient leurs vestes, fermaient le col de leur chemise, ajustaient leur cravate, époussetaient leurs vêtements des cendres de cigarettes et des pellicules, se recoiffaient dans les miroirs. Ils faisaient la queue pour pisser et se laver les mains

– On ne peut pas le recevoir dans ce bordel ! a constaté Vladimir.

Ils ont débarrassé les tables, les ont frottées avec des lavettes, ont vidé les cendriers, rangé les caisses qui traînaient, essuyé les banquettes et balayé. Madeleine dirigeait la manœuvre et elle en a profité pour faire nettoyer les vitres par Goran et Danilo, deux nouveaux venus. Soudain, Igor a aperçu Sacha qui nettoyait le zinc du comptoir avec un torchon blanc. Il s'est précipité.

– Qu'est-ce que tu fous là ?

– J'apporte ma contribution à…

Igor ne lui a pas laissé pas le temps de finir sa phrase. Il l'a bousculé et attrapé par le revers de sa veste. Ils étaient de la même taille. Sacha était plus mince. Il aurait pu s'opposer. Il n'a offert aucune résistance. Igor l'a propulsé à l'extérieur avec vigueur.

– C'est la dernière fois ! Je t'aurai prévenu !

Sacha s'est éloigné sans répondre. Igor est revenu à l'intérieur. Il était furieux.

– Qu'est-ce que vous attendez ? Au boulot !

Le Balto ressemblait à un bistrot flambant neuf. Tomasz s'est fait prêter un Instamatic et une pellicule neuve par un joueur de flipper qui habitait au-dessus. On est tous sortis. Il faisait bon. On formait un comité d'accueil sur le trottoir du boulevard Raspail et le bord de la place Denfert-Rochereau. On guettait les taxis. Ils passaient sans s'arrêter. On attendait dans la bonne humeur. Au bout d'un moment, certains sont rentrés pour se reposer et boire un coup.

– À quelle heure il doit venir ?

– Ils ont pris du retard, a expliqué Igor.

Vladimir a montré son esprit de décision. Par les renseignements, il a obtenu le numéro de téléphone de l'administration de l'Opéra. On était groupés autour de lui. En ce dimanche de mai, personne n'a répondu. L'espoir de sa venue s'est dégonflé comme un soufflé froid. Ils sont partis un à un. Personne n'a fait de réflexions désagréables. Tomasz a rendu l'appareil photo. On est restés avec les membres du premier cercle.

– Si ça se trouve, il a oublié, a dit Pavel.

– Ou il n'a pas dégoté de taxi, a ajouté Gregorios, le dimanche, ça arrive.

– Ou il était fatigué et il est rentré se coucher, a proposé Imré.

Madeleine nous a rejoints.

– À mon avis, il ne viendra plus. En tout cas, c'est gentil d'avoir fait le ménage. Le patron offre sa tournée.

Je suis resté avec Igor, qui ne renonçait pas :

– Il a dû avoir un contretemps. Les répétitions, c'est long. Il va venir.

On ne s'était pas retrouvés ensemble depuis longtemps.

– Comment vont les études ?

– Ça se présente bien.

– Et avec ta copine ?

– Le dimanche, on ne peut pas se voir. Elle reste en famille.

– Mets-toi à la place de ses parents. Ils travaillent la semaine. S'ils ne profitent pas de leurs enfants le dimanche, ils ne les verront plus jamais.

– Jusqu'à quand ? Elle ne va pas passer sa vie avec eux. Les jeunes, vous êtes tous les mêmes.

– Je peux te demander quelque chose ? Pourquoi vous êtes comme ça avec Sacha ?

– Ce sont de vieilles histoires. Reste en dehors. Il ne mérite pas qu'on lui prête la moindre attention... On l'attend encore ou pas ?

– Imagine qu'il arrive et qu'il n'y ait personne pour l'accueillir, qu'est-ce qu'il pensera ?

– Tu as raison. On va l'attendre. Les artistes, ils n'ont pas d'heure. Il m'a parlé comme à un ami. Il ne m'oubliera pas. Tu sais quel est son rêve ?

– Non.

– Tu me promets de n'en parler à personne ? C'est un secret qu'il m'a confié. Il veut monter *Roméo et Juliette* de Prokofiev. Tu te rends compte ? C'est le plus bel opéra du monde. Tu connais ?

– Je ne suis pas très doué en opéra. Mon père adore Verdi et *Rigoletto*.

– Alors, il aimera. Demande à tes parents qu'ils t'achètent

le disque. *La Danse des chevaliers*, c'est mon morceau préféré. Tu écoutes et tu es transporté dans le ciel. Est-ce que tu sais pourquoi Prokofiev est le compositeur préféré des Russes ?

– Parce qu'il a du talent.

– Pas seulement.

– Il a composé de grands opéras et de la belle musique.

– Ça n'aurait pas suffi.

– Il est bon et généreux.

– Chez nous, ce ne sont pas des qualités.

– Je donne ma langue au chat, Igor.

– Prokofiev est adoré en Russie parce qu'il a tué Staline.

– Quoi ?

– Le 5 mars 53, on a réveillé Staline pour lui annoncer la mort de Prokofiev. Lui qui avait assassiné des millions de gens, ça l'a bouleversé. Surtout qu'il l'avait traumatisé, maltraité et humilié. Pour la première fois de sa vie, Staline a eu du remords. Il a fait une attaque et il est mort le même jour. À cause de Prokofiev.

– Je ne le savais pas.

– Michel, c'est une blague qu'on raconte à Moscou. Je suis sûr que si Prokofiev avait pu penser que sa mort nous débarrasserait de Staline, il se serait suicidé avec plaisir.

On est restés devant la porte d'entrée du boulevard Raspail. On attendait assis sur le banc. Il faisait bon. Les autres rentraient chez eux et nous faisaient des signes de main en nous disant qu'il ne viendrait plus et qu'on allait prendre racine. Le jour commençait à baisser. On s'était résignés. On en fumait une dernière. On a aperçu Leonid qui marchait, hagard, chaque main emmitouflée dans une bande Velpeau.

– Hé, camarade, on est là ! a lancé Igor. Qu'est-ce qui s'est passé ?

Il a mis un instant à sortir de son hébétude.

– Tu as eu un problème ?

– J'ai soif.

On l'a suivi à l'intérieur. Il semblait sur le point de défaillir. Il s'est mis à renifler, le visage crispé. Avec ses mains malhabiles et engourdies, il a attrapé la petite fiole dans sa poche, l'a ouverte et a aspiré à plusieurs reprises par chaque narine. Il a commandé un 102, a ajouté deux centimètres d'eau, l'a fini d'un trait et en a redemandé trois autres à Jacky.

– Pour moi, un 51, ai-je ajouté.

– Vous ne pourrez jamais imaginer ce qui m'est arrivé, a-t-il dit, la voix tremblante. Je l'ai revue.

– Qui ça ?

– Milène.

15

– J'aime travailler le dimanche, commença Leonid. Les gens sont détendus. Les pourboires sont meilleurs. J'avais chargé un couple d'Espagnols au Ritz. Ils voulaient le grand tour. La journée entière. La Malmaison, Auvers-sur-Oise et Versailles. Une sacrée belle course. À la porte Maillot, pour éviter une moto, je déboîte et je me prends le trottoir. Depuis dix ans que je fais le taxi, c'est la première fois que je crève un pneu. L'Espagnol sympa me dit : « C'est pas grave, on change la roue et on repart. » Vous me croirez si vous voudrez, je n'ai jamais réussi à démonter la roue. Les boulons étaient serrés à mort. J'ai forcé comme un fou. L'Espagnol, costaud comme un bœuf, essaye à s'arracher les mains. Impossible. À croire qu'elle était scellée. Ils ont pris un autre taxi. Je me suis acharné sur cette putain de manivelle. J'y suis arrivé au bout d'une heure. J'étais en nage. J'avais les paumes en sang. Du cambouis. Des éraflures. Dimanche, les pharmacies sont fermées. Je me dis, je vais rentrer, c'est un mauvais jour. Une femme avec une grosse valise s'approche et me demande de l'emmener à Orly. Je lui réponds que je ne veux pas y aller. Elle partait à New York. Elle me demande de la déposer à l'aérogare des Invalides pour prendre la navette. Mieux que rien. J'avais un reste de vodka. Je me suis désinfecté avec. La femme criait. Il paraît qu'elle avait plus mal que moi. J'ai mis un mouchoir autour de chaque main et j'ai conduit comme ça. J'ai porté la valise de la femme au comptoir d'Air France. Elle m'a filé un bon pourboire et m'a dit d'aller à l'hôpital me faire vacciner contre le tétanos. J'allais repartir quand quelqu'un m'a appelé par mon prénom. J'ai eu un frisson. Je me suis retourné. Elle était là. En face de moi. Elle n'a pas changé. Elle ressemble toujours à cette actrice américaine qui est si belle. Comment elle s'appelle, Igor ? Tu sais, celle du film ?

– Deborah Kerr.

– Les mêmes yeux. Les mêmes cheveux. Une reine. Dans ma tête, c'était comme si on s'était quittés le matin. Je ne sais pas combien de temps on est restés face à face.

– Comment ça va, Milène ?

– Ça va.

– Tu as l'air en forme.

– Toi aussi.

– Tu es toujours aussi belle.

– Il ne faut pas se fier à l'apparence. Les rides sont à l'intérieur.

– Tu ne travailles plus à Orly ?

– J'ai été mutée ici. C'est à cinq minutes de l'appartement. Je viens à pied.

– Depuis longtemps ?

– Près de cinq ans.

– C'est incroyable. Je ne voulais pas faire de course à Orly pour ne pas risquer de te rencontrer. Je suis venu des dizaines de fois ici. Je ne t'ai jamais vue.

– On a dû se croiser.

– Il faut que j'y aille. Le taxi est mal garé. Je vais prendre une prune.

– Tu es taxi ?

– Oui.

– Tu es content ?

– Je ne peux pas me plaindre. Bon. Salut. Maintenant, je vais éviter les Invalides.

Je me suis éloigné. J'étais heureux. L'avoir rencontrée était un cadeau inespéré. Je ne pouvais pas en demander plus. J'ai entendu « Leonid… ». Je me suis retourné.

– Je suis contente de t'avoir revu.

– Moi aussi.

– Je me suis souvent demandé ce que tu étais devenu.

– Tu vois. Pas grand-chose. J'ai toujours la montre que tu m'as offerte.

– Moi aussi.

– Qu'est-ce que tu as aux mains ?

Les mouchoirs étaient rouges. Ça pissait le sang de partout. Elle s'est fait remplacer par une collègue. Elle m'a emmené à l'infirmerie de l'aérogare. Dans la boîte à pharmacie, elle a pris du coton et de l'eau oxygénée. Elle a nettoyé les plaies. Je la regardais s'occuper de moi, affairée et méticuleuse. C'était un bonheur. Je n'avais pas mal. Elle sentait ce parfum si doux. J'ai oublié comment il s'appelle.

– Comment tu t'es fait ça ?

– J'ai eu un problème avec... la voiture.

Elle m'a fait ces pansements. On est allés à la cafétéria de l'aérogare. Il y avait peu de monde. On a pris un café. On a parlé, je ne sais plus de quoi. Comme avant. Des fois, on restait silencieux. On se regardait. C'est difficile de recoller les morceaux du temps que tu n'as pas eu.

– Tu ne vas pas avoir de problèmes avec ton travail ?

– Le dimanche c'est calme. Et ta voiture ?

– Je m'en fiche !

– Tu n'as jamais essayé de me revoir ?

– Milène, j'avais promis. À ce type.

– Tu es le seul homme que j'ai connu qui respecte ses promesses.

– On ne peut pas avoir que des défauts. J'ai pensé à toi chaque jour.

– Je me suis souvent dit : Leonid, il a dû se trouver une place de pilote. Il est peut-être dans cet avion, là-haut, dans le ciel. Il est heureux. J'en étais sûre.

– C'est vrai que si on m'avait dit que je finirais taxi, je ne l'aurais pas cru.

– On va se revoir ?

– Je ne sais pas. Et ma promesse ?

– Tu es avec quelqu'un ?

– Je suis libre comme un oiseau. Et toi ?

651

– D'après toi, pourquoi je travaille le dimanche ? Dînons ensemble, si tu veux.

– À une condition. C'est moi qui t'invite.

– Voilà. On a rendez-vous demain soir. Je passe la chercher en bas de chez elle à huit heures. C'est la vie qui recommence.

– Je suis content pour toi, a dit Igor.

– Je suis comme un gamin qui a la trouille pour son premier rencart. Tu en penses quoi, Michel ?

– Tu vas pouvoir refaire des courses à Orly.

Igor a offert une bouteille de mousseux pour fêter cette rencontre miraculeuse.

– Ce n'est pas un miracle. C'est à cause de la comète.

– C'est des conneries ! s'est exclamé Igor. C'est la chance.

– Cette fois, ce sera peut-être différent, a dit Leonid. J'ai fait attention. Je n'ai rien dit contre les Rosenberg.

– Leonid, ils étaient innocents ! ai-je lancé.

– Pour moi, ils étaient coupables ! Mais maintenant, je la ferme.

– Tu as raison, a conclu Igor. C'est le secret du bonheur.

On était en train de discuter du hasard, du tourniquet de nos sentiments, de l'influence des étoiles sur les chauffeurs de taxi et du mystère de nos vies quand un coursier est entré. Il tenait un pli à la main. On a eu la preuve qu'Igor ne s'était pas vanté. Pour se faire pardonner, Rudolf Noureev lui offrait deux places pour *Le Lac des cygnes* avec Margot Fonteyn. Une soirée de gala à l'Opéra de Paris pour l'inauguration du plafond de Chagall, en présence de l'artiste, de Mongénéral, de Malraux et du Tout-Paris. Igor était fou de joie. Leonid ne réagissait pas. Igor a compris. La mort dans

l'âme, il lui a laissé les deux places. Leonid a invité Milène. Il
lui a dit que Noureev lui avait envoyé deux invitations. Elle
a été impressionnée. Elle a accepté avec plaisir. Leonid a été
obligé de se louer un smoking et de s'acheter des mocassins
vernis. Il ne l'a pas regretté.

16

En quittant le Balto, je me suis dit que si c'était le jour des
rencontres, je devais retrouver Cécile. J'aurais aimé qu'elle
connaisse Camille. J'ai passé un coup de fil à la maison pour
prévenir. Ma mère m'a demandé de ne pas rentrer trop tard.
Je suis passé quai des Grands-Augustins. Cela faisait des
mois que je n'y étais pas allé. J'avais renoncé. La concierge
n'était pas là. Il n'y avait pas de courrier dans la boîte aux
lettres. J'ai monté les trois étages sans allumer. J'ai sonné à la
porte. Longtemps. Personne n'a répondu. J'étais persuadé
que notre vie allait redémarrer là où elle s'était arrêtée,
comme si de rien n'était. J'ai entendu un bruit. J'ai guetté.
Personne n'a ouvert. J'avais la clef de son appartement sur
mon trousseau. Si elle avait voulu, elle m'aurait demandé de
la lui rendre. Elle me l'avait laissée. Je suis entré. L'appartement était dans le noir. Des bribes de lumière pénétraient par
les volets ouverts. J'ai allumé les lampes et les lustres. Le
même désordre, la poussière en plus. Dans la cuisine, le réfrigérateur était vide et débranché. La chambre de Cécile, celle
de Pierre. Tout était immobile. Je suis revenu dans le salon.
Rien n'avait bougé depuis ma précédente visite. Mon regard

a été attiré par une caisse en carton sur la table. Dessus, une planche photographique était adossée contre une pile de livres de poche. Elle n'était pas là la dernière fois. Une de mes photographies de la fontaine Médicis trônait sur la caisse. Une des cinq achetées à Fotorama. Je suis resté pétrifié devant Acis et Galatée en gros plan. Il ne pouvait y avoir aucun doute. Par acquit de conscience, j'ai retourné la planche. Au dos, le cachet commercial de Fotorama. Le collectionneur mystérieux, c'était Cécile. Il n'y avait qu'elle pour acheter ces photographies. Pourquoi en avait-elle laissé une en évidence ? Pour témoigner de son passage et m'envoyer un signe amical ? Pour me dire, je ne t'oublie pas et j'ai aimé tes photos ou autre chose ? Elle savait que j'allais venir. Elle avait disposé la photo, en équilibre contre les livres, au-dessus de la caisse au centre de la table pour être certaine que je ne passerais pas à côté. Peut-être avait-elle caché un mot à mon intention ? J'ai feuilleté les livres, fouillé les tiroirs, remué les piles de documents, de journaux et de revues entassés. Je ne prenais aucune précaution. Je marquais ma venue comme un flic signe sa perquisition. Dans la poubelle, il y avait des cendres de papier brûlé et des bribes de cartes postales calcinées. Je l'ai renversée sur le tapis. Je n'ai rien pu en tirer. Dans la caisse en carton, les affaires de Pierre. Un paquet de lettres de ses amoureuses, plusieurs n'étaient pas ouvertes, son portefeuille avec un carnet d'adresses, dans la pochette, quelques billets et de la monnaie, dans un rabat avec une fermeture éclair : une feuille arrachée d'un bloc à spirale, pliée en huit, avec la recette du cocktail Molotov, et, en vrac, des photos, son livret militaire, ses cartes d'étudiant, des carnets remplis de notes et d'articles de presse découpés et collés à l'intérieur, ses cahiers d'Algérie, ses lettres et les réponses de Cécile, les six premiers chapitres de sa thèse sur Aragon, une dizaine de photographies d'elle que j'avais faites au Luxembourg liées par un élastique. Je la connaissais. Ce n'était pas un hasard. Il y avait une mise en scène. Je me suis assis. J'ai allumé une cigarette. J'essayais de décrypter le message qu'elle m'envoyait. Et puis, j'ai compris. Elle me laissait le tout, me l'abandonnait, me l'offrait. Un cadeau pour compenser son silence et sa disparition. Ou un échange. Me dire qu'avec ces photos de la fontaine, je l'avais rejointe, qu'elle gardait les autres comme une preuve de notre alliance. J'ai pris la caisse avec son contenu. J'ai laissé les livres sur la table et adossé contre eux la photo de la fontaine après l'avoir signée. Pour qu'elle sache que j'étais passé et qu'on se reverrait un jour. Quand elle l'aurait décidé.

Qui se souvenait de Pierre aujourd'hui ? Que restait-il de lui ? De son sourire immense, de ses idées tumultueuses, de sa volonté de changer le monde en tuant tous les salauds ? Ses conquêtes fragiles pensaient-elles encore à lui qui les repoussait pour qu'elles ne s'attachent pas ? Il reposait, oublié dans un cimetière de province. Je portais entre mes bras une caisse de quatre à cinq kilos, son œuvre, comme un tableau effacé à la va-vite. Soudain, j'ai entendu sa voix :

– Hé, p'tit con !

Aucun doute, c'était lui. Je me suis retourné. Je savais qu'il n'y aurait personne, seulement des passants anonymes et ma mémoire cabossée. J'ai posé la caisse sur le capot d'une voiture.

– T'es vraiment devenu un p'tit con ! C'est ça que je t'ai appris ? Continue comme ça et tu vas devenir une petite merde. Comme les autres. Ne fais pas semblant de ne pas comprendre. Regarde-toi dans une glace et tu auras envie de vomir. Tu n'as pas le droit. Pas toi. Ou alors, je n'aurai servi à rien.

Je n'avais pas besoin de l'interroger. Je savais. Il y a dans la langue française des mots dangereux. Par exemple : méprise qui veut dire erreur/fait de se tromper. Une méprise, c'est amusant. C'est un ressort de comédie. Sauf quand elle se transforme et devient le verbe mépriser. Pierre avait raison. Je ne pouvais plus mentir à Camille et lui faire croire que j'étais un poète et un artiste quand je n'étais qu'un imposteur. J'étais décidé à lui dire la vérité. Avec elle, je vivrais dans la clarté et pas dans le mensonge, ni la méprise, ni le mépris. J'ai téléphoné à Camille. Il était tard. Un homme avec un fort accent pied-noir m'a répondu.

– Bonjour monsieur, je voudrais parler à Camille. C'est important.

Il y a eu un grognement et un long silence. J'ai entendu dans le combiné :

– Camille, il y a quelqu'un qui veut te parler.

Dans le lointain, j'ai reconnu la voix de Camille qui demandait qui c'était.

– Je ne sais pas. Ce n'est pas des heures pour téléphoner, ma fille.

– Allô ?

– C'est moi. Je t'appelle parce que…

– Tu es fou ! Tu as vu l'heure ?

– Il faut qu'on se voie demain.

– Demain, c'est lundi. J'ai cours jusqu'à six heures. Je ne peux pas.

– C'est très important, Camille. Je t'attendrai…

Elle a raccroché. J'avais un poids en moins sur les épaules.

Je suis rentré avec la caisse de Pierre. Je l'ai posée dans un coin de ma chambre. Dessus, j'ai écrit en gros caractères : « Ne pas ouvrir ».

J'attendais, assis près de la fontaine. Il était six heures et demie. Du lycée Fénelon au Luxembourg, il faut moins de dix minutes, sans se presser. Elle ne viendrait pas. Elle avait dû avoir un problème ou n'avait pas apprécié mon appel tardif et elle m'en voulait. On ne se reverrait peut-être plus jamais. J'avais le cœur qui palpitait, la gorge nouée, les épaules lourdes. Mon regard s'est posé sur Polyphème avec son bras levé et ce mouvement retenu qui casse la perspective. À cet instant, j'ai ressenti une impression inconnue. Une sorte de dédoublement. De légèreté inhabituelle. Comme s'il y avait une autre personne en moi. C'était imprévisible. Je n'aurais pas cru que ça m'arriverait un jour. J'ai attrapé une feuille de papier. J'ai pris ma respiration. J'ai eu un frisson et c'est sorti. D'un jet. Sans me poser la moindre question. J'ai écrit huit vers. À toute vitesse. Comme Sacha. Je n'ai pas eu le temps de relire. J'ai levé la tête, le stylo en suspension. Camille était devant moi.

– Je suis désolée. J'ai été retenue par le prof de philo.

Je lui ai tendu la feuille. Elle l'a prise et l'a lue.

– ... *Je veux que souverain dans un palais de marbre*
Fixant les lustres éteints et les bougies en flammes
Ne contempler que moi et mon ombre agrandie
Dans les tours prisonnières la passion enfouie
Explose soudain et dispose de mon âme
Comme un oiseau enivré s'envole de son arbre
Je te cherche, je te perds et s'enfuit ma peine
Je t'attends, éperdu, au pied de la fontaine.

– Michel, c'est très beau.
– Tu trouves ?
– J'adore. Et il n'est pas aussi triste que les autres.
Je me suis levé. Je l'ai prise dans mes bras. Elle a fermé les
yeux. Je l'ai embrassée. Elle n'a pas protesté. Au contraire.
Elle m'a serré fort contre elle. Nous sommes restés là,
enlacés, envahis l'un par l'autre

– Pourquoi tu as appelé hier soir ?
J'ai hésité. Devais-je révéler la vérité ? De toute évidence,
les femmes aiment les poètes. Je l'ai regardée dans les yeux et
j'ai souri. Finalement, je ne lui ai rien dit et ne ferais aucun
commentaire sur cette comète.

17

Le compte à rebours avait commencé. Bac moins trente. Je
m'en fichais. Pas la moindre parcelle d'inquiétude ou de
doute quant au résultat. Depuis mon passage en section
littéraire, j'étais devenu bon en maths. Si j'avais eu un prof
comme Peretti avant, tout aurait été différent. Avec ses
méthodes pédagogiques inhabituelles, il ne se moquait
jamais de personne. Il n'était pas sarcastique, méprisant, suffisant ou agacé. On osait dire qu'on n'avait pas compris. Il
recommençait avec le sourire. Cela ne le dérangeait pas. Au
contraire, ça lui plaisait. Il n'était pas pressé. Camille, quant
à elle, était angoissée. J'essayais de la raisonner :
– Ta voyante a dit que tu allais réussir ?

– Oui.

– Si elle l'affirme, il n'y a aucune raison de t'inquiéter.
Tu vas l'avoir. Et si tu ne l'as pas, qu'est-ce qui se passera ?
Rien. Tu redoubleras. Tu ne seras pas la première. Ce n'est
pas une catastrophe.

– Mon père m'arrachera les yeux.

– C'est idiot cette pression. Au contraire, il devrait te
mettre à l'aise. Je vais aller lui dire ma façon de penser.

– Surtout pas ! Récite-moi un poème, je t'en prie.

– En ce moment, c'est plutôt les révisions, tu comprends ?

Elle me souriait et faisait oui de la tête. J'étais liquéfié.
C'est quoi un poète qui n'écrit pas de poème ? J'avais pensé
être sorti d'affaire mais à chaque fois que je prenais une
feuille et un stylo, il ne se passait rien. Aucun jaillissement.
J'avais beau me forcer, secouer la tête, fermer les yeux, faire
des stages intensifs près de la fontaine et appeler à la res-
cousse mes émotions et mes sentiments, je restais sec et
improductif. J'en venais à me dire que ma création se limiterait à cet unique poème. De nouveau, j'ai été obligé de
recourir aux textes de Sacha, même si Camille les trouvait
mélancoliques et sombres. Je me baladais entre la méprise et
le mépris. Je me dégoûtais de lui mentir et de la tromper.
Après une ultime et inutile tentative, j'ai décidé de lui révéler
la vérité. Quel que soit le prix à payer.

On s'est retrouvés comme chaque soir à la pâtisserie viennoise de la rue de l'École-de-Médecine. J'ai commandé deux
chocolats chauds.

– Camille, je dois te dire une chose importante.

– Moi aussi. Il faut que je te parle.

– Ah bon. Tu préfères que je commence ?

– Ce que j'ai à te dire est crucial.

Je me suis demandé ce qu'il pouvait y avoir de plus grave que mes mensonges. Sa voyante avait dû lui annoncer l'arrivée d'une autre comète.

– Je t'écoute.

Elle ne parlait pas. Elle avait les yeux baissés. Avec la tête de quelqu'un qui a un poids sur la conscience et ne sait pas comment s'en débarrasser. Je commençais à m'inquiéter.

– Je ne t'ai pas dit la vérité, Michel.

Elle s'est arrêtée. J'ai enfoncé mes doigts dans la banquette. Je m'attendais au pire. Je n'aurais pas cru que ce soit possible. Il fallait s'y résoudre. Il y avait quelqu'un d'autre.

– J'ai deux mauvaises nouvelles.

– Si on sortait ? Il fait chaud.

On est descendus vers la Seine. On a marché le long des quais. On s'est assis sur un banc. Elle devait chercher les mots appropriés, un peu comme le médecin qui vous annonce que vous allez mourir bientôt, que c'est triste et qu'il faut du courage.

– Je ne l'avais pas évoqué parce que je ne pensais pas que ça prendrait cette importance entre nous   Je suis juive.

– Ce n'est pas une mauvaise nouvelle.

– Dans ma famille, si.

– Je ne comprends pas.

– Entre nous, ce n'est pas possible, Michel.

– Parce que tu es juive ? Moi, je m'en fiche. Chez nous, on ne pratique pas beaucoup.

– Chez nous, c'est le contraire.

– On n'est plus au Moyen Âge.

– Tu ne connais pas ma famille.

– On est bien ensemble. On passe le bac. Tu es la première fille que je rencontre avec qui il se passe quelque chose. Tu

n'es pas obligée d'en parler a tes parents. On peut attendre
de voir comment ça évolue.

– On ne verra rien, Michel. Au mois de juillet, on quitte
la France.

– Quoi ?

– On émigre en Israël.

– Ce n'est pas possible !

– Ils ne se plaisent pas ici. Mon père dit que notre place,
c'est là-bas. Ils attendent qu'on passe notre bac. C'est la vraie
mauvaise nouvelle. C'est pour cela que je voulais que ça reste
amical entre nous.

– Tu n'es pas obligée d'y aller. Ils ne peuvent pas te forcer.

– Michel, je suis mineure.

– Tu as de la famille ici. Tu peux dire que tu dois faire
des études en France. Tu peux vivre chez un de tes oncles.
Tu iras voir tes parents pendant les vacances.

– C'est toute la famille qui part ensemble. Les billets sont
réservés.

– Et si tu ratais ton bac ? Personne n'est sûr de réussir.
Comme ça, tu resterais encore une année.

– Je veux le réussir pour mes parents. C'est un vieux rêve
pour eux. Avant de te connaître, j'étais contente d'y aller.
Enfin un pays neuf où tout est possible. Vivre dans un kibboutz : supprimer la propriété, les classes sociales, les salaires,
sortir les enfants du cocon familial, travailler pour la commu-
nauté, prendre les décisions ensemble. Tu devrais comprendre, toi.

– C'est des idées à la con ! Ça ne marchera jamais !

– Il vaut mieux qu'on ne se voie plus, Michel.

– Quoi ?

– Ce serait mieux qu'on arrête. Je n'ai pas envie... je ne veux pas...

– Il fallait le dire tout de suite que tu partais ! Couper court immédiatement.

– Je voulais qu'on soit amis, rien de plus.

– Je n'en ai rien à foutre de ton amitié ! Moi, j'y croyais.

– Je ne voulais pas d'une histoire entre nous. C'est de ta faute.

– Ah oui ? Et qu'est-ce que j'ai fait ? Hein ? Tu peux me le dire ?

– Je n'avais pas prévu que je rencontrerais un poète.

Elle s'est mise à hoqueter et a commencé à pleurer. Elle s'est dressée. Elle est partie en courant. J'essayais de mettre de l'ordre dans mes idées. Tout se bousculait dans ma tête. Elle se trompait. C'était un malentendu, un quiproquo, une méprise. J'étais comme groggy. Je me suis levé et j'ai hurlé :

– Je ne suis pas un poète ! Tu comprends ? Je ne suis pas un poète !

Elle était loin. Elle n'a pas dû entendre.

Je me suis mis à parler seul. À donner des coups de pied à des ennemis invisibles. Je maudissais les juifs, les kibboutzim, le socialisme, les comètes, les poètes et les femmes. J'avais envie de hurler. Un bateau-mouche bondé de touristes est passé. Ils prenaient des photos. Je les ai insultés. Ils n'ont pas compris. Ils riaient et faisaient des signes de la main. Je me suis juré que j'allais changer et qu'on ne m'y reprendrait plus. Ça a été le dernier jour de beau temps. Une dépression venue du Pôle nous a ramenés en hiver. Le ciel était noir. Il pleuvait des trombes. Ce temps me convenait à merveille.

18

C'est revenu d'un seul coup. Des fourmis dans le corps. Les poumons qui cherchent de l'air. J'ai retrouvé le vieux short de Pierre et le maillot de rugby du PUC. Je suis retourné au Luxembourg et ce n'était pas pour me pâmer devant cette foutue fontaine. J'ai recommencé à courir. Les premiers jours, je m'accrochais à un groupe de pompiers qui s'entraînaient. J'avais du mal à suivre. Je mettais un point d'honneur à rester dans leur foulée. Et puis, je les ai laissés derrière moi. J'enchaînais les tours à un rythme de course. Dès que j'en voyais un, j'accélérais pour le dépasser. Avec la pluie, le parcours boueux ressemblait à une piscine. J'adorais ce bruit de batterie, ce *floc-floc* des pas dans la terre détrempée. J'ai pulvérisé mon ancien record. Je ne comptais plus les tours. Deux heures sans interruption. J'arrêtais à la fermeture du Jardin ou au bord de l'épuisement quand le cœur cognait à toute vitesse dans mes tempes et que mes jambes flageolaient. Je rentrais trempé jusqu'aux os. Je répondais par onomatopées. Je prenais une douche brûlante et m'enfermais dans ma chambre. Juliette venait parfois s'asseoir sur mon lit. Elle parlait de tout et de rien et ne posait aucune question sur Camille. Elle ne quittait pas mes pensées. Pas facile de se raisonner. On ne commande pas à son cerveau. Plus d'une fois, j'ai voulu aller à Fénelon. Pour la voir. Pour discuter. Mais, je renonçais. Ce serait inutile. Pas possible de changer le cours des choses. De forcer son destin. Quand ça devenait intolérable, j'accélérais. À en perdre haleine. Il y a bien un moment où la tête finit par céder, par vous laisser tranquille. Est-ce qu'on peut avoir une crise cardiaque à dix-sept ans ? Plus je forçais, plus je pensais à elle. J'en chialais. Je n'avais pas besoin de me cacher. Personne ne peut distinguer les larmes de la pluie. Combien de tours pour oublier ?

J'étais plié en deux. Les poumons en feu. Un point de côté. Je soufflais. Je crachais. Je cherchais ma respiration. Il crachinait. On se serait cru en novembre, alors qu'on était en juin. J'étais près des tennis désertés. Je me suis redressé. Elle était là. En face de moi.

– Qu'est-ce que tu fais là ?

– Je te cherchais.

– Qu'est-ce qu'il y a ?

– Écoute... depuis l'autre jour... j'ai... je...

Elle avait les vêtements et les cheveux dégoulinants de pluie, les traits tendus et les yeux rouges. Sa lèvre inférieure tremblait.

– Michel, je n'en peux plus.

– Je te jure que ça ne va pas bien, moi non plus.

– Michel... partons.

Je ne comprenais pas ce qu'elle voulait dire. J'ai ouvert la bouche pour dire : « Quoi ? » Aucun son n'est sorti.

– Partons tout de suite. Tous les deux.

– Où tu veux qu'on aille ?

– N'importe où. Loin.

– Tu penses à quoi ?

– À un pays où personne ne nous retrouvera, où personne ne nous cherchera.

– Ça n'existe pas un pays comme ça.

– Aux Indes. En Amérique. Au bout du monde.

– Tu veux dire : partir pour toujours ?

– Oui. C'est ça. On ne reviendra jamais.

– Je ne sais pas quoi dire.

– On restera toujours ensemble. Tu n'en as pas envie ?

– Bien sûr que si.

– Alors partons.

– Ce n'est pas possible, Camille. Il y a le bac. La semaine prochaine.

– Ce sera trop tard. Je ne pourrai pas. Je n'aurai plus le courage. C'est maintenant qu'il faut partir.

– C'est dans les rêves qu'on fait ça. Pas dans la réalité.

– Si tu m'aimes, Michel, emmène-moi. Ne me laisse pas partir là-bas.

– S'enfuir sur un coup de tête, ce n'est pas une bonne idée.

– Allons chez ton grand-père, en Italie. Tu m'as dit qu'il était...

– On est mineurs ! On va se faire arrêter à la frontière ! On n'a pas assez d'argent pour acheter les billets.

– On peut essayer le stop. Il y en a qui font le tour du monde comme ça.

– Passons le bac. C'est ça l'important, pour toi comme pour moi. Ensuite, on trouvera une solution. À tête reposée.

– Alors, ce n'est pas possible ?

– Je ne crois pas.

Elle a hoché la tête à plusieurs reprises, comme pour se pénétrer de cette idée. J'ai voulu lui prendre la main. Elle l'a retirée.

– Il ne faut pas te...

– Je plaisantais, Michel. C'était pour voir.

– Je vais te raccompagner.

Elle a fait non de la tête et s'est éloignée.

– Camille, on va réfléchir.

On dit que la chance ne passe qu'une fois à votre portée, qu'il faut la saisir à son tour. Après, c'est fini. Elle est partie ailleurs et ne reviendra plus. Seuls les amnésiques n'ont pas de regrets. J'ai repensé à cette scène un million de fois. À chaque fois, j'ai abouti à la même conclusion. J'étais le roi des cons. Un trouillard. Sans envergure. J'appartenais à la catégorie qui restait au port et regardait s'en aller les bateaux. Pour partir, il fallait du courage. Qu'a-t-elle pensé de moi ? Où serait-on aujourd'hui si j'avais dit oui ? Dans quel pays d'Afrique ? À Aden ? À Pondichéry ? Aux îles Marquises ? Au fond du Montana ? C'est au pied de l'aventure qu'on mesure les rebelles.

J'avais besoin de parler avec Sacha, d'avoir son avis et qu'il me remonte le moral. À Fotorama, le patron m'a dit qu'il était malade. Une mauvaise grippe. Avec ce temps pourri, ce n'était pas étonnant. Je suis allé chez lui. Je n'y étais pas retourné depuis près d'un an. Je ne me souvenais pas que l'escalier de service était aussi crasseux avec ses marches pourries, ses murs cloqués et ses fils électriques pendouillants. Au dernier étage, il manquait une ampoule sur deux. Je ne savais plus quelle était sa porte. J'ai présumé que c'était celle où il n'y avait aucun nom ou initiale. J'ai frappé quelques coups. J'ai entendu sa voix de l'intérieur :

– Qu'est-ce que c'est ?

– C'est moi Sacha. C'est Michel.

Au bout d'une minute, le verrou a été tiré. Dans l'entre-bâillement, j'aperçus l'œil de Sacha.

– Vous êtes seul ?

– Oui.

Il a ouvert la porte. Il portait une robe de chambre en laine bleue à même la peau. Il avait une mine de déterré, les cheveux en broussaille et une barbe d'une semaine. Il a jeté un regard à droite et à gauche dans le couloir.

– Qu'est-ce que vous voulez ?

– Je venais prendre de vos nouvelles.

– Vous êtes la seule personne à Paris qui se souvienne de mon existence. Vous voulez rentrer ?

Il s'est reculé. J'ai pénétré dans la chambre de bonne. Il a fermé la porte et poussé le verrou. Une quinte de toux l'a secoué. Le cendrier était plein de mégots. Un lampadaire diffusait une faible lumière. Un livre en russe était posé sur la tablette près du lit défait. Les murs étaient tachés d'humidité.

– Il fait un froid de canard !

– C'est pour ça que j'ai attrapé la crève. Le propriétaire ne veut pas rallumer la chaudière au mois de juin.

– Il faudrait mettre un petit chauffage d'appoint.

– Oui, il faudrait.

– Je crois qu'il y en a un à la maison. Je vais aller vous le chercher.

– Ce n'est pas la peine. Le mauvais temps ne va pas durer. Vous voulez me rendre un service, Michel ?

– Bien sûr, Sacha.

– Ce serait bien si vous pouviez me prendre des médica ments. Je n'ai pas la force de descendre. Un truc pour la bronchite et la toux. Quelque chose de costaud.

– Je vais appeler votre médecin.

– Je n'en ai pas ! À la pharmacie, place Monge, adressez vous à celui qui a des cheveux en brosse et un foulard anglais. Dites-lui que c'est pour moi, il me connaît. Grâce à moi, vous allez faire une rencontre exceptionnelle. Un pharmacien qui fait crédit !

– Vous voulez que je vous fasse des courses ? Je peux passer chez l'épicier. Je trouve que vous avez maigri. Il faut reprendre des forces.

– Je n'ai pas très faim. C'est gentil de votre part, Michel. Vraiment.

Vu son état, je n'ai pas osé l'embêter avec mes histoires. Je suis repassé à la maison. Chez nous, on avait remis le chauffage central. On avait un radiateur électrique à huile qui traînait dans un placard et dont on ne se servait pas. J'ai fait attention. Personne n'a remarqué que je le sortais de l'appartement. Je l'ai poussé sur ses roulettes dans la rue. Le pharmacien de la place m'a donné un tas de médicaments et a inscrit la posologie sur les boîtes. Il a noté le montant sur un carnet. J'ai acheté des pommes, du jambon et du gruyère chez l'épicier. J'ai eu du mal à monter le radiateur au septième étage. On l'a branché. La température a monté rapidement. L'impression de glacière a disparu.

– Ça va vous coûter cher en électricité.

– Pour ça, ne vous inquiétez pas.

Il avait percé un trou minuscule dans le compteur électrique, pas plus gros qu'une tête d'épingle. À travers, il avait passé un trombone déplié qui bloquait l'avancée de la roue dentée.

– C'est ma voisine qui m'a montré. À l'étage, ils le font tous. En Russie, on n'aurait jamais osé. C'est de la fraude. Ici, ce n'est pas pareil. On enlève le trombone une semaine avant le passage du préposé d'EDF. Le compteur tourne un peu. Il paraît qu'il le sait mais il ne dit rien. Dites-moi, est-ce que vous avez fait de belles photos de Camille ?

– En ce moment, on prépare le bac. Il faut que vous preniez vos médicaments et que vous arrêtiez de fumer.

– C'est ça que j'ai oublié de vous demander. Des cigarettes.

Le lendemain, le chauffage central de notre immeuble est tombé en panne. La température est descendue à quatorze degrés. Le radiateur à huile avait disparu du placard.

– Il ne s'est pas envolé ! s'est exclamée ma mère d'un ton soupçonneux.

– Il y était la semaine dernière. J'en suis sûre, a protesté Maria.

– Je trouve ça bizarre.

– Je vous jure, madame.

– Michel, tu as touché au radiateur ?

– Qu'est-ce que vous voulez que j'en fasse ? ai-je clamé avec une bonne foi évidente.

L'énigme du radiateur volant nous a occupés durant des semaines. Ma mère montrait le placard où il était censé reposer à la famille. On l'a cherché partout. On a interrogé les voisins et la concierge. Elle a suspecté mon père de l'avoir emporté en catimini dans sa froide province. Il y a des mystères qui soulèvent l'incompréhension et alimentent les discussions et les polémiques comme l'abominable homme des neiges, le monstre du loch Ness ou les soucoupes volantes. Il n'existe pas plus de mystères que de beurre en broche. Seulement des menteurs, des faux culs et des couillons.

– J'aimerais avoir un peu chaud ! ai-je râlé. C'est incroyable ce qu'on gèle dans cette baraque. On se croirait en Sibérie. Pas moyen de bosser. Il ne faudra pas s'étonner si je rate mon bac !

19

En pleine nuit, je me suis réveillé. C'était une évidence. Je devais monter dans le bateau. Larguer les amarres. Ne pas regarder la côte qui s'éloigne. Affronter l'océan inconnu et passer le cap. Ma décision était prise. Je partirais avec elle. Je l'accompagnerais. Personne ne pourrait m'en empêcher. Restait à régler quelques détails techniques. Je me suis demandé si je devais agir avant ou après le bac. J'hésitais. Il fallait percer l'abcès et ne plus tergiverser. Je savais par Camille que son père rentrait de bonne heure de son travail. Ce ne serait pas facile d'emporter le morceau. S'imposer coûte que coûte. Mettre la pression et rester ferme pour obtenir satisfaction. J'ai séché le dernier cours et suis allé sonner à sa porte, décidé à utiliser l'expérience acquise aux échecs pour dicter ma volonté. Un homme d'une cinquantaine d'années, à l'allure avenante et à la carrure athlétique, m'a ouvert. À sa voix caverneuse, je l'ai reconnu.

– Bonjour, monsieur Toledano, je suis Michel Marini.

– Bonjour Michel, ça va ?

J'ai été surpris par cet accueil chaleureux, cette main tendue et ce sourire franc.

– Camille n'est pas là.

Je ne savais pas qu'il savait.

– C'est vous que je viens voir.

– Eh bien, rentre.

J'ai pénétré dans l'appartement. Des caisses en carton s'empilaient dans l'entrée. Avec des étiquettes pour les distinguer. Il était en train d'en préparer une dans la salle à manger.

– Bientôt le départ ?

– Ces caisses partent avant nous. Un petit café ?

– Je vous remercie, monsieur. Je n'en ai pas envie.

Il me fixait et attendait. Il s'est servi une grande tasse.

– Tu as tort. Avec ce temps de chien, ça réchauffe. Qu'est-ce qu'il y a, mon garçon ?

Il a vu que j'avais du mal à parler.

– Viens t'asseoir. Là, on sera tranquilles. Tu aimerais des croquets ? C'est ma femme qui les fait.

On s'est assis autour de la table. Il a ouvert une boîte en fer remplie de gâteaux secs.

– Tu peux y aller. Tu n'en as jamais mangé des comme ça.

Par politesse, j'en ai pris deux.

– Ils sont délicieux.

– Tu as remarqué, il y a des zestes d'orange. C'est la recette de ma mère, garantie de Constantine.

À un moment, il faut sauter. Même si l'eau est glacée ou qu'on ne sait pas nager. Avant que le bateau coule.

– Monsieur Toledano, je vais partir avec vous.

Il a arrêté de mâcher son croquet, a posé sa tasse. Il n'avait pas l'air surpris, ni en colère.

– Avec nous, en Israël ?

– Oui.

– Tu as envie de venir en vacances ?

– Non. Pour toujours.

– À cause de Camille ?
– Oui.
– Et elle, qu'est-ce qu'elle en pense ?
– Elle m'a dit adieu, que c'était fini.
– Elle a raison. Entre vous, ce n'est pas possible.
– Pourquoi ?
– Parce que tu n'es pas juif.
– Pour moi, ce n'est pas un problème. La religion, je m'en fiche. Je ne suis pas croyant.
– Tu es un garçon sympathique, Michel. J'aime les poètes.
– Comment vous savez ?
– Ma fille, elle me dit tout. Moi aussi quand j'étais jeune, j'adorais la poésie. Surtout Apollinaire. Tu connais Apollinaire ?
– Pas très bien.
Il a cherché dans sa mémoire.
– Je ne m'en souviens plus. C'était il y a longtemps
Il a fermé les yeux…

– … *Et que j'aime ô saison que j'aime tes rumeurs*
Les fruits tombant sans qu'on les cueille
Le vent et la forêt qui pleurent
Toutes leurs larmes en automne feuille à feuille…

– C'était quelque part là-dedans, a-t-il dit d'un air malicieux en pointant un doigt sur sa tempe. Quand on y pense, c'est incroyable ce qu'on a dans la tête. Je n'ai rien contre toi. Mais je préfère que ma fille épouse un juif. C'est mieux.
– Pourquoi ?
– Pour les enfants ! Tu as pensé aux enfants ?
– Pas encore.

– C'est le problème. Tu aimerais que tes enfants aillent à la synagogue ?

– Peut-être que mes enfants n'iront nulle part.

– Tu feras ce que tu veux avec tes enfants. Ceux de ma fille n'iront pas à l'église. La paix, c'est rester avec les siens. Les juifs avec les juifs, les catholiques avec les catholiques.

– Pourquoi partir ? Vous pouvez être juif en France.

– Si j'étais chinois, je vivrais en Chine. Ce serait normal, non ?

– Oui

– Je suis juif, je vais en Israël. Ce n'est pas compliqué. Toi, tu es français, Tu vis en France. Tu es catholique, tu n'as rien à faire en Israël. Ça n'empêche pas d'être amis. Mais chacun chez soi. Ma fille, je suis content qu'elle ne te voie plus. Ça aurait mal fini.

– Je ne crois pas que Camille soit heureuse de partir.

– Moi, je n'oblige personne. Mes enfants, ils sont libres. Si elle avait dit qu'elle voulait rester, je l'aurais laissée chez mon frère à Montreuil. Elle veut aller en Israël parce que c'est son pays là-bas et que la famille fait son *aliyah*. On est unis comme les doigts de la main. Et puis, dis-moi, tes parents, ils sont d'accord ? Ils t'ont fait une autorisation de sortie du territoire ?

– Non.

– De toute façon, je ne veux pas de toi. Tu es jeune, Michel, profite de la vie. Les filles, ce n'est pas ça qui manque. La mienne, tu la laisses tranquille, d'accord ? Je ne te chasse pas. Je dois finir deux caisses. Tiens, prends des croquets. Et continue les poèmes, je te jure, tu es doué.

Je me suis retrouvé sur le trottoir, un paquet de croquets à la main. Pour vous embobiner, il était très fort le père

Toledano. Je lui avais dit : « Merci monsieur », en sortant. Je n'étais pas outillé pour me battre contre un homme qui récite de la poésie avec l'accent de Bab el-Oued et vous offre un café avec des croquets. Pour argumenter avec une petite chance de réussite, il fallait une grande maîtrise de la dialectique. Vingt ou trente ans de parti communiste. Du vrai. De l'autre côté du Mur.

Deux heures plus tard j'ai poussé la porte du Balto. Vladimir distribuait les victuailles invendues : quatre poulets rôtis qu'il découpait, des bouchées à la reine, des friands, des tourtes, des ramequins, des œufs en gelée, du museau, des talons de jambon et de mortadelle. Chacun faisait son marché et repartait avec de quoi se préparer deux ou trois repas.

– Tu veux quelque chose, Michel ?

– Je te remercie, Vladimir.

– J'ai du gâteau de riz.

– Je n'ai pas faim.

– On se fait une partie ? m'a demandé Igor.

– Je n'ai pas envie.

– Qu'est-ce que tu as ?

– Un petit problème. Je voudrais avoir ton avis.

Grossière erreur. À ma décharge, en la matière, j'étais un débutant. J'aurais dû réfléchir avant de parler. Solliciter en public l'opinion d'Igor, c'était avoir aussi celle de Leonid, Vladimir, Pavel, Imré, Tomasz, Gregorios… Pas question de froisser des susceptibilités avec des apartés. On était là pour s'aider, non ? On s'est assis de part et d'autre de la banquette du restaurant. Leonid a commandé deux bouteilles de clairette. Je leur ai raconté mon histoire. Pas en totalité. Les derniers épisodes. Ils m'ont écouté en dégustant le mousseux avec les croquets. À la fin, ils sont restés pensifs.

– Ils sont très bons ces croquets, a dit Gregorios. Chez nous, on ne les fait pas pareil.

– Jacky, tu nous remets ça, a lancé Igor.

– C'est quoi la difficulté ? a demandé Pavel.

– Je vous ai expliqué. Son père ne veut pas de moi parce que je suis catholique.

– Il a raison, a-t-il répondu.

– C'est de la discrimination !

– Il a le droit de vouloir que sa fille se marie avec un juif.

– Je la connais. Elle est circonvenue par sa famille.

– Il ne l'oblige pas à la suivre. C'est vrai que leur place est là-bas.

– Pavel, tu es juif ?

– Bien sûr. Je ne crois plus en Dieu depuis belle lurette mais je suis juif jusqu'au bout des ongles.

– Pourquoi tu n'y vas pas, en Israël ?

– Moi, c'est aux États-Unis que je veux aller. Tu sais, Slansky a été condamné parce qu'il était juif. Comme la plupart de ceux qui ont été pendus avec lui.

– Moi, je te parle d'un père qui m'empêche de voir sa fille parce que je ne suis pas juif !

– C'est normal qu'il ne veuille pas de toi. C'est le contraire qui serait anormal, a affirmé Vladimir.

– S'il accepte ça, il n'est plus juif, est intervenu Igor.

– Tu ne vas pas t'y mettre toi aussi ?

– D'où tu viens ? Tu débarques de la planète Mars ou quoi ? Qui on est, d'après toi ? Des communistes pourchassés ? Des ennemis du peuple ? Dans ce club, on est tous juifs !

– Pas moi ! a crié Gregorios. Je suis athée. À la base, j'ai été baptisé orthodoxe. Je vais à l'église pour faire plaisir à ma femme.

– Moi, je suis peu pratiquant, a dit Leonid.

– Tu vois, on respecte le pourcentage originel, a continué Igor. Deux sur dix.

– Je ne savais pas qu'on était dans un club de bigots, ici !

– N'oublie pas, Michel, que si très peu de juifs étaient révolutionnaires, la plupart des révolutionnaires étaient juifs. Mais ils l'avaient tous oublié. En 21, il y en avait dix-sept sur les vingt-deux commissaires du peuple de Lénine. Staline le leur a rappelé. Nous aussi, on avait fini par ne plus savoir ce que ça voulait dire. On ne pratiquait plus. On ne mettait jamais les pieds dans une synagogue. C'était une caractéristique sans importance. On est redevenus juifs malgré nous.

– Je ne vois pas le rapport avec moi et Camille. Tu as un garçon de mon âge et une fille plus jeune, si je me souviens bien ?

– Elle avait deux ans à mon départ. Elle en a quatorze aujourd'hui.

– Si ta fille ou ton fils te disaient qu'ils veulent se marier avec un catholique, ça te gênerait ?

– Mes enfants, je ne les reverrai jamais. Je ne sais même pas s'ils sont vivants. Longtemps, je ne me suis pas senti concerné. C'était l'héritage d'un monde qui n'existait plus et méritait d'être détruit. J'étais antireligieux. D'un côté comme de l'autre, on nous a rafraîchi la mémoire. J'ai connu des médecins qui ont été assassinés, non parce qu'ils étaient croyants mais parce qu'ils étaient nés juifs. Le père de ta copine, je le comprends. Tu ne sais pas ce qu'il a vécu.

– Tu n'as pas répondu à ma question. Avec ta fille, aujourd'hui, ça te poserait un problème ?
– Un peu. Plus pour mon fils. À cause des enfants.
– Tu as oublié tes grands principes ? C'est à l'opposé de ce que tu as toujours affirmé !
– Peut-être que j'ai changé ou vieilli.
– On ferait mieux d'aller vivre en Israël, a dit Vladimir. On pourrait travailler tranquilles.
– J'y pense aussi, a poursuivi Igor. Au moins là-bas, j'aurais le droit d'exercer mon métier.
– Je croyais que la religion, c'était l'opium du peuple.
– Être sioniste, ce n'est pas être religieux, a affirmé Tomasz.
– Vous n'êtes qu'une bande de… de…
Des mots se bousculaient au bout de ma langue. Aucun n'est venu. Ils me fixaient, surpris de mon agressivité.
– Il ne faut pas t'énerver, Michel, a dit Leonid. On parlait pour causer.
J'avais envie de chialer. Quelque chose venait de se casser entre nous. Je ne faisais plus partie de leur groupe. Ils m'en avaient exclu. J'étais venu chercher un peu de réconfort et je suis parti avec le moral en berne. Comment avais-je pu être assez aveugle et stupide pour ne rien voir ? Je leur en voulais à mort. J'ai décidé de quitter ce club, de ne plus y remettre les pieds. Celui qui a dit que les révolutionnaires finissent en oppresseurs ou en hérétiques n'avait pas tort. Il a oublié qu'une partie deviennent des culs-bénits.

La veille du bac, je suis allé au cinéma. Il paraît que c'est la bonne méthode pour se détendre. Depuis des semaines, Werner m'invitait à venir voir le film du siècle selon les

affirmations d'Igor et Leonid qui en parlaient avec des tré-
molos dans la voix. Werner m'a trouvé une place dans la
salle. Il n'y avait pas beaucoup de monde. *Quand passent les
cigognes* a été un choc. Pas seulement pour l'harmonie parfaite entre le lyrisme et l'émotion qui nous emporte dans son
tourbillon mais surtout pour l'histoire, si simple et humaine.
J'ai reconnu celle de mes parents, séparés par la guerre, mais
eux s'étaient retrouvés. Le bac a été une formalité. On avait
été préparés comme des bêtes de concours agricole. À croire
que nos profs connaissaient les sujets à l'avance. Commença
ensuite cette période molle et indécise où on attend les résultats sans savoir si on doit s'inquiéter ou se réjouir. J'ignorais
si je devais lui téléphoner ou essayer de la voir. Le mieux,
c'était de ne pas montrer mon impatience. J'enchaînais les
tours du Luxembourg à un rythme d'enfer. Pas facile de se
débarrasser d'une idée fixe. J'avais encore un mince espoir.
Que Camille rate son bac. Si elle voulait qu'on ne soit pas
séparés, elle savait quoi faire. Le choix était entre ses mains.
Ses parents ou moi. Je serai fixé dans douze jours. Le
condamné à mort, face au peloton d'exécution, peut garder
un espoir et se dire, comme moi : pour l'instant, tout va bien.

20

Je m'étais interdit de retourner au Club, pas au Balto. J'ai
retrouvé mes potes du baby et mes réflexes anciens. Au
moins, ils ne coupaient pas les cheveux en quatre, se contrefichaient de l'Histoire comme si rien n'avait existé avant

eux, vivaient dans le présent, n'espéraient pas changer le monde mais en profiter et ne traînaient aucune malédiction dans leurs têtes. Leurs discussions, c'étaient les filles le samedi soir, le foot le dimanche et le rock tous les jours. Une grande bouffée d'oxygène. Je jouais avec Samy, toujours aussi redoutable. Je prenais un réel plaisir à ignorer les saluts des membres du Club. Je faisais semblant de ne pas entendre leurs bonjours et leurs « Michel, comment ça va ? ». Ils avaient déjà oublié la dispute de la semaine précédente. Ils pouvaient hurler et s'injurier, dix minutes après ils rigolaient et s'offraient des coups à boire. Je n'arrivais pas à me défaire de cette amertume. Je n'avais pas cette force. Hausser les épaules et sourire comme s'ils ne m'avaient pas abandonné pour un inconnu. L'amitié, si elle n'est pas plus forte que les convictions, n'a aucune valeur. Moi, j'aurais pris leur défense, contre le monde entier. J'en voulais moins au père de Camille qu'à Igor et ses principes désespérés. Il s'est approché du baby. Je fixais les joueurs avec obstination.

– Tu as le temps d'en faire une ?

– Igor, tu ne vois pas que je joue ? ai-je répondu sans lever les yeux.

– On peut en parler, si tu veux.

– Je n'ai pas besoin de ton aide. Tu ferais mieux de t'occuper de tes enfants !

– C'est dégueulasse ce que tu dis.

Il s'est éloigné vers la porte du Club. J'avais les joues qui brûlaient. Je me suis défoulé sur mes adversaires. On a gagné une dizaine de parties. On a abandonné sans être vaincus. On était crevés, en nage. On s'est retrouvés au comptoir. Le père Marcusot nous a servi deux panachés. Samy et Jacky vitupéraient contre la stratégie incompréhensible du Stade de Reims. Je les écoutais d'une oreille distraite.

– Comment tu expliques ça, Michel ?

– C'est un sacré problème.

– Ou alors, ils sont achetés.

– Par qui ?

– Va savoir ?

Notre voisin, un ouvrier du bâtiment, était persuadé que c'était la faute du Real de Madrid. Ils se sont lancés dans une discussion passionnée avec le père Marcusot qui préparait ses fameux croque-monsieur. Il n'était pas d'accord :

– En vérité, les Rémois, c'est des nuls ! Ils se sont encore pris une pâtée par le Racing.

J'étais hors jeu pour cette joute technique d'un niveau qui me dépassait. J'ai attrapé *France-Soir* qui traînait pour lire la page des bandes dessinées. J'ai commis l'erreur de parcourir mon horoscope. Je n'entrais pas dans une période de chance Si j'étais né la veille, ça aurait été le bonheur et la félicité. À une journée près, j'étais foutu. Le père Marcusot nous a offert du saucisson d'Aubrac produit par un de ses cousins. On a dégusté. Il était fameux. Il a découpé des tranches et s'est servi un ballon de bordeaux. Ils se sont mis à raconter des blagues. Une sorte de concours sans autre récompense que la rigolade.

– Et celle-là, tu la connais ? a dit le pote de Samy. Un curé se balade dans la brousse africaine quand il tombe nez à nez avec un lion féroce. « Mon Dieu, faites que ce lion ait une pensée chrétienne », supplie le curé. « Mon Dieu, bénissez ce repas ! » dit le lion.

On a éclaté de rire en même temps. Ça s'est transformé en fou rire. On en avait les larmes aux yeux. Je ne me souviens plus de ce qui s'est passé avec précision. J'étais plié en deux. Il y en avait un qui s'appuyait sur moi. J'ai entendu des cris Quand je me suis redressé, le père Marcusot, avec sa main gauche, agrippait le bas de son cou et sa main droite s'enfon çait dans sa poitrine. Il avait les mâchoires contractées et cherchait sa respiration. En quelques secondes, son visage est devenu rouge. Sa tête tremblait. Il s'est effondré. Jacky, derrière le comptoir, essayait de le soulever. Il était mince et le père Marcusot devait peser au moins une centaine de kilos. Il n'arrivait pas à le redresser. Madeleine, sortant de la cuisine, s'est mise à paniquer. Il hoquetait. On s'est précipités à son secours. On se bousculait dans l'espace étroit derrière le comptoir. Samy l'a attrapé par les dessous de bras et l'a traîné dans la salle, bousculant ceux qui s'agglutinaient autour. C'était l'affolement. Le père Marcusot râlait. Sa poitrine se soulevait par à-coups.

– Va chercher le toubib dans l'immeuble ! a crié Madeleine à Jacky.

Le père Marcusot suffoquait. Samy essayait d'ouvrir le col de sa chemise. Il n'y arrivait pas à cause du nœud papillon qui le serrait. Il a pris un couteau de cuisine et l'a tranché d'un coup sec. J'ai couru au Club où régnait le calme habituel.

– Igor, vite ! ai-je hurlé. Le père Marcusot a une crise cardiaque !

Igor s'est précipité avec Leonid. Il s'est agenouillé auprès du père Marcusot qui émettait un râle saccadé. Il lui a pris le pouls en posant deux doigts au milieu du cou.

– Appelez les pompiers ! a lancé Leonid. Poussez-vous ! Et la ferme !

Il a écarté sans ménagement le groupe qui se pressait pour voir. Madeleine, accroupie, lui tenait la main.

– Ne t'inquiète pas, disait elle.

Igor a commencé un massage cardiaque. Il appuyait avec vigueur sur sa poitrine, les deux mains au-dessus du plexus. Il attendait un moment et reprenait. Des pressions fortes et régulières qui enfonçaient la poitrine. Le père Marcusot a eu deux soubresauts. Igor lui inclina la tête en arrière, lui ferma les narines et, en lui tenant le menton, lui fit du bouche-à-bouche. On formait un ovale autour de son corps, serrés les uns contre les autres. Leonid, bras écartés, faisait contre-poids. Ils avaient des mines effrayées et douloureuses. J'étais sûr qu'Igor allait le sauver. Il lui insufflait de l'air dans les poumons. La poitrine du père Marcusot se soulevait à peine. Pendant une dizaine de minutes, Igor a alterné les compressions thoraciques et le bouche-à-bouche. On entendait son souffle. Il appuyait avec énergie. Il lui a pris de nouveau le pouls à la carotide, s'est penché, a posé son oreille puis sa joue contre sa bouche. Le père Marcusot ne réagissait pas. Igor s'est redressé et a secoué la tête d'un air impuissant.

– Je crois que c'est fini.

Madeleine lui caressait le visage. Elle s'est penchée et l'a serré contre elle.

– Albert, ça va aller. Les secours vont arriver. On va te soigner.

– On ne peut plus rien faire pour lui, Madeleine.

– Ce n'est pas possible, Igor ! Le médecin, où il est ?

– Il n'a pas souffert, tu sais. Il ne s'est rendu compte de rien.

Elle a fixé le visage de son mari, avancé sa main et, en tremblant, lui a fermé les yeux. Igor et Leonid l'ont aidée à se relever. Elle est tombée dans les bras d'Igor et de Leonid et a commencé à pleurer. Certains clients ont profité du désordre pour partir sans payer. C'est comme ça dans les bistrots parisiens, dès que le patron n'a pas l'œil sur sa caisse, elle s'évanouit aussi vite que ses amis.

Le Balto a été fermé le mercredi, jour de l'enterrement d'Albert Marcusot dans son pays, à Saint-Flour. C'était l'homme le plus malin que j'aie jamais rencontré. Il buvait et mangeait trop, fumait son paquet de Gitanes maïs et personne ne se souvient de l'avoir vu pratiquer le moindre exercice, hormis une partie de flipper. Il a bossé toute sa vie comme un Romain parce qu'il adorait son métier. Quand il était content, il tapait sur son gros ventre en s'exclamant : « La galette, elle est là. Et personne ne me la prendra ! » Il avait raison. Il est parti avec.

21

Le jeudi 2 juillet a été une sale journée. L'annonce des résultats du bac. Je ne suis même pas allé les voir. Un copain m'a annoncé que j'étais reçu avec mention assez bien. Tout être normalement constitué aurait dû être heureux, sauter de joie et aller déconner au monôme. Je m'en fichais. Depuis quinze jours, je n'avais aucune nouvelle de Camille. Pas de coup de téléphone, pas de lettre, pas de rencontre. Après les épreuves, j'avais attendu qu'elle se manifeste. On aurait pu passer ce temps ensemble. Chaque jour nous éloignait un peu plus. Je courais autour du Luxembourg à en avoir le souffle coupé. Dans l'après-midi, je suis allé au lycée Fénelon. Il était désert. Les listes des reçues et des recalées étaient affichées sur les panneaux. Elle avait la mention bien. Elle avait choisi. Le soir, à ma tête, ma mère a cru que j'avais échoué. Elle a ouvert une bouteille de champagne pour fêter l'événement. J'ai refusé de trinquer. Il paraît que j'étais un rabat-joie. Elle m'a demandé ce que je voulais faire l'année prochaine.

– Prof de gym.

– Toi ! Tu plaisantes ?

– Je n'ai jamais été aussi sérieux de ma vie.

Il ne cessait pas de pleuvoir. Combien de temps peut-on courir avant d'être obligé de s'arrêter ? Les pompiers, qui s'entraînaient, essayaient de s'accrocher. Dès que j'accélérais, je les laissais sur place. Pourquoi pas pompier ? Est-ce qu'il faut un diplôme ? J'allais leur demander. C'est mieux que d'enseigner le sport à une bande de mous. En passant devant la statue de Delacroix, je l'ai aperçue. Camille était adossée contre un arbre. À cause de la pluie, on est allés se réfugier sous l'abri champignon des gardiens.

– J'ai appelé chez toi. Juliette m'a dit que je te trouverais ici. Tu es trempé.

– J'aime courir quand il pleut.

– Elle m'a raconté que tu voulais être prof de gym. C'est une blague ?

– J'ai changé. Maintenant, j'ai décidé d'être pompier.

– Tu es fou ?

– Tu ne sais pas que c'est le rêve de tous les garçons ? Le grand camion rouge qui fait *pin-pon*, pour de vrai. En quoi mon avenir t'intéresse-t-il ?

– Tu as eu une mention. Tu dois être content ?

– Si tu commences à parler avec Juliette, tu n'as pas fini.

– Je suis passé à Henri-IV. J'ai vu les résultats. Je suis heureuse pour toi... Mon frère a raté son bac.

Soudain, le condamné à mort, face au poteau d'exécution, ouvre les yeux. J'ai compris ce qu'avait dû ressentir Dostoïevski quand on lui avait annoncé qu'il était gracié. Il a fait comme moi. Il a respiré plusieurs fois. C'est merveilleux de respirer. On n'y pense pas assez. J'étais inondé de sueur. Qu'est-ce qu'il fait beau aujourd'hui. Qu'est-ce qu'elle est belle.

– Alors, il va être obligé de le repasser ?

– En Israël. On part demain.

Le coup est parti. J'ai eu un tremblement. Combien de temps faut-il pour être touché ? Pourquoi est-ce que je ne meurs pas ?

– Putain, Camille ! Pourquoi tu ne restes pas ?

– Je ne peux pas, Michel.

– Ton père m'a dit que si tu avais voulu, tu aurais pu aller chez son frère à Montreuil.

– C'est ce qu'il t'a dit ?

– Je te jure.

– Son frère, il est dans un kibboutz, à la frontière jordanienne.

– Il s'est foutu de moi ?

– Comment as-tu trouvé les croquets de ma mère ?

Je me suis écroulé sur le banc.

– Fallait pas venir, Camille. Fallait me laisser courir.

Elle s'est assise à côté de moi. Elle m'a pris la main. Elle me fixait d'un drôle d'air.

– Michel, je t'aime. Je n'aime que toi. Je pense à toi jour

et nuit. À chaque instant. C'est insupportable. Je n'en peux plus. J'ai envie de vivre avec toi, de rester avec toi, de ne plus jamais te quitter.

– Moi aussi.

– Je me sens si proche de toi, tu comprends ?

– Pourquoi tu ne m'as pas fait signe pendant ces quinze jours ? Je me sentais mal.

– Je t'ai écrit deux lettres par jour.

– Je n'ai rien reçu.

– Je ne te les ai pas envoyées.

– Pourquoi tu es revenue ?

– C'est plus fort que moi.

– Camille, ne pars pas. On va trouver une solution.

– Je ne peux pas, Michel. J'ai seize ans. Je dois suivre mes parents. Je ne peux pas leur faire ça. Je suis coincée.

– Je suis prêt à partir avec toi.

– Ce n'est pas possible. Nos parents ne voudront pas.

– Alors, partons tous les deux. N'importe où. Tu me l'avais proposé. Tu t'en souviens ? Je connais un endroit où on pourra aller. Personne ne nous trouvera.

– Michel, écoute-moi. Est-ce que tu m'aimes ?

– Comment peux-tu me poser cette question ? Tu as un doute ?

– Tu vas m'attendre et je vais t'attendre.

– Combien de temps ça va durer ?

– Je ne sais pas. Longtemps. C'est une épreuve qu'on doit surmonter.

– C'est un supplice.

– Si on y arrive, on se sentira plus forts. Rien ne pourra plus nous séparer. On sera ensemble pour la vie. Et puis, ce n est pas le bout du monde. On réussira peut-être à se voir pendant les vacances. Tu es d'accord ?

– On a le choix ?

– Moi, je jure que je t'attendrai.

– Moi aussi. Je t'attendrai.

Elle m'a souri, a pris le sac posé à ses pieds et elle en a sorti un livre qu'elle m'a tendu.

– Je te le donne.

C'était son exemplaire du *Matin des magiciens* dédicacé par Bergier et Pauwels.

– C'est mon bien le plus précieux. Tu le liras en pensant à moi.

– Je te le promets. Il ne me quittera jamais. Moi, je n'ai rien à t'offrir.

– Ce n'est pas grave. Tu m'écriras ?

– Tous les jours. Attends.

J'ai pris mon portefeuille. J'en ai extrait une feuille de papier pliée en huit. Je la lui ai donnée. Elle l'a dépliée avec soin et a découvert son portrait-robot.

– Je savais que tu ne l'avais pas déchiré.

– Il n'est pas très ressemblant.

– Il me plaît beaucoup.

On est restés là, silencieux. On aurait voulu que ce moment dure toujours. On s'est levés. Elle avait les yeux rouges. Je l'ai prise dans mes bras et je l'ai serrée contre moi. Avec toute ma force. Elle m'a déposé un long baiser sur la bouche. J'ai eu un frisson de la tête aux pieds. J'ai fermé les yeux. Quand je les ai rouverts, elle était partie. Il pleuvait des trombes.

22

Dès le lundi, Madeleine Marcusot était de retour. Elle ne supportait pas l'Auvergne. Comme ses enfants avaient quitté la limonade et que le Balto était une trop grosse affaire pour une femme seule, elle avait décidé de le vendre au fils d'un cousin. Ils préparaient les papiers et les crédits avec le marchand de bière. Elle nous a présenté Patrick Bonnet. Il faisait jeune, il n'avait guère plus de trente ans. Désormais, c'était lui le patron. Il avait plein d'idées pour agrandir la terrasse, développer la restauration le soir et améliorer le standing. Il allait changer les flippers et ne toucherait pas aux baby. Un coup de peinture, ça ne ferait pas de mal. Il a offert une tournée générale pour fêter son arrivée. On a levé nos verres à la mémoire d'Albert. Madeleine l'aiderait au début. En octobre, elle reprendrait un petit restaurant à Levallois. Elle serait à côté de sa fille.

J'attendais mon tour au baby quand Sacha est arrivé. J'étais passé trois fois chez lui pour voir s'il avait besoin de quelque chose. Ses joues s'étaient creusées. Il avait des cernes gris et une barbe de quinze jours.

– Qu'est-ce que vous faites dehors ? Vous ne guérirez jamais avec ce temps de chien.

– Je n'avais plus de cigarettes.

– C'est mauvais pour vous, Sacha. Il faut arrêter de fumer.

– Michel, vous êtes gentil mais un peu casse-couilles.

Il est allé acheter deux paquets de Gauloises au tabac.

LE CLUB DES INCORRIGIBLES OPTIMISTES

Madeleine était dans la cuisine en train de préparer le plat du jour. Elle l'a aperçu et l'a rejoint. Ils se sont embrassés.

– Je suis désolé, Madeleine, je n'ai pas pu venir avant.

– Ce n'est pas grave, Sacha. Vous avez l'air fatigué. Ce n'était pas la peine de vous déranger.

– Je voulais vous présenter mes condoléances. Vous dire à quel point j'ai été bouleversé par la mort d'Albert. Vous savez à quel point je l'aimais.

– Il vous appréciait beaucoup aussi.

– C'était un ami. Une belle personne. Ç'a été si brutal.

– Je m'en veux, vous savez. Il était trop gros. Il n'y avait pas moyen de le mettre au régime. J'aurais dû être plus énergique.

– Vous n'y êtes pour rien. Il a été heureux.

Soudain, derrière nous, on a entendu un hurlement :

– Qu'est-ce que tu fous là ?

On s'est retournés. Igor était rouge de colère.

– Je t'avais prévenu : je ne voulais plus que tu foutes les pieds ici !

– Je suis venu voir Madeleine.

– Tu es interdit de séjour dans ce bistrot !

– Je t'emmerde !

Igor s'est précipité sur lui. Il était déchaîné. Il lui a donné une gifle monumentale qui lui a fait faire un demi-tour. Il l'a attrapé au collet et l'a traîné à l'extérieur, sur l'avenue Denfert-Rochereau. Il a commencé à le rouer de coups sur le corps et la tête. On était pétrifiés. On le regardait le tabasser à travers la vitre. Sacha n'offrait aucune résistance. Il n'essayait pas de se protéger. Il est tombé à genoux. Igor l'a saisi par le revers de son manteau et lui martelait la figure de coups rageurs. Sacha avait le visage en sang. Il ne se défendait pas.

Je me suis précipité sur Igor. Je l'ai ceinturé dans le dos. Il était plus grand et plus fort que moi et se débattait. Je m'accrochais à ses bras. Il a été obligé de le lâcher. Sacha s'est écroulé face contre le sol. Igor lui assénait des coups de pied violents dans le flanc.

— Arrête ! T'es fou !

J'ai réussi à l'écarter de deux mètres et à le maintenir à distance. Personne ne venait m'aider. Igor hurlait qu'il voulait le tuer. Il me repoussait. Je lui ai décoché un coup de poing dans le ventre. De toute ma force. Il ne s'y attendait pas. Il m'a dévisagé d'un air stupéfait et incrédule, la bouche ouverte qui cherchait l'air. Il s'est reculé en se tenant l'estomac. Je me suis agenouillé auprès de Sacha qui était inconscient, le visage en sang. J'ai entendu des éclats de voix. Madeleine empêchait Igor d'entrer au Balto :

— Sortez de chez moi ! criait-elle. Vous avez entendu ? Dehors !

Elle s'est tournée vers Patrick Bonnet :

— Je mets comme condition à la vente que cette brute ne remette plus les pieds ici !

— Je ne veux plus te voir ! a-t-il lancé à Igor en le menaçant du doigt. Ou ça ira mal pour toi !

Igor s'est éloigné vers la place Denfert-Rochereau. Sacha émettait une faible plainte. J'ai essuyé son front ensanglanté avec mon mouchoir. Madeleine et Jacky m'ont rejoint.

— Il faut appeler police secours, a dit Madeleine.

Non ! a grogné Sacha dans un gémissement.

Il s'est redressé avec peine. Il était hagard, la figure tuméfiée, un œil fermé, le nez de travers, une lèvre fendue. Il saignait de partout.

— Emmenez-moi à l'hôpital à côté. Vite !

Il a mis le bras sur mon épaule et on a avancé. Par moments, il défaillait. Je le soutenais avec peine. Il boitait et se tenait les côtes. Ce furent les trois cents mètres les plus pénibles de ma vie. On croisait des passants qui nous dévisageaient, effrayés. Ils s'écartaient comme si on était des pestiférés. Il respirait avec difficulté. Des gouttes de sang tombaient par terre et j'en étais aussi maculé que lui. À Port-Royal, il s'est effondré. Un agent de police qui faisait la circulation m'a aidé et, chacun le soutenant par un bras, on l'a traîné aux urgences de Cochin. Le policier est reparti. Deux infirmiers l'ont étendu sur une civière.

– Qu'est-ce qui vous est arrivé ? a demandé le plus vieux.

– Je suis tombé dans les escaliers, a murmuré Sacha.

L'infirmier a fait une moue.

– Je vais prévenir l'interne de garde. Il ne va pas tarder.

Il s'est éloigné. Je suis resté avec Sacha. Il a ouvert les yeux. D'un mouvement de la main, il m'a fait signe de m'approcher.

– Michel, il ne faut rien dire. Vous m'avez trouvé dans la rue. Vous ne me connaissez pas.

– Comme vous voulez, Sacha.

– C'est mieux. Je veux qu'ils me soignent, mais pas qu'ils m'opèrent.

– Il faut attendre le médecin. On va voir ce qu'il décide.

Un médecin est arrivé. Il m'a fixé en fronçant le sourcil. Il lui a palpé le corps. Sacha n'a pu retenir un cri. Il lui a examiné le visage avec attention. Ses doigts parcouraient chaque centimètre de peau avec la délicatesse d'un aveugle.

– Je ne veux pas qu'on m'opère !

– On va vous faire une radio, monsieur, ne vous inquiétez pas. Ce n'est pas douloureux.

Un infirmier a poussé le brancard. Sacha a disparu derrière une porte battante. Je me suis assis. Le même défilé de corps meurtris et sanguinolents déversés par des policiers ou des pompiers compatissants comme des cargaisons encombrantes avec cette odeur de peur accrochée à ces vivants en sursis. Quatre ans plus tard, je me retrouvais dans la salle des urgences où j'avais patienté après la tentative de suicide de Cécile. Où était-elle à cette heure-ci ? Est-ce qu'il lui arrivait de penser à moi ? J'aurais tellement aimé qu'elle soit avec moi, qu'elle me tienne la main. Est-ce qu'on se reverrait un jour ? Peut-être était-ce le médecin qui l'avait secourue à l'époque. Camille m'aurait dit que c'était un signe de me retrouver là, que c'était marqué quelque part dans les étoiles. Si elle avait été là, j'aurais crié qu'il n'y a pas de prédestination. C'était juste que j'habitais ce foutu quartier et que je n'avais pas de chance avec mes amis. Je me suis mis à chialer. Comme un gosse et comme un con. Le seul avantage d'être dans ce dépotoir humain, c'était que tout le monde s'en fichait et que personne ne s'en rendait compte.

Sacha a été ramené au bout d'une petite heure. Il était vêtu d'un pyjama vert et enveloppé d'une couverture grise. Ils l'ont mis dans le couloir et il fallait s'écarter pour laisser passer les autres civières qui allaient et venaient.

– Qu'est-ce qu'ils vous ont dit ?

– Tournez-vous et ne bougez plus.

Son visage avait été nettoyé avec de l'arnica. Il a essayé de se redresser. Il a grimacé de douleur. Le moindre mouvement lui arrachait un cri. Il respirait avec peine par petites aspirations. Sa voix venait du fond de la gorge :

– Il faut que je m'en aille, Michel. Vous allez m'aider.

– Sacha, vous ne pouvez pas partir comme ça.

– Ils n'ont pas le droit de me retenir contre ma volonté.

– Vous êtes incapable de marcher. Vous allez faire quoi ?

– Je ne veux pas rester ici. Je veux partir.

Il m'a agrippé le bras et tiré vers lui avec une force insoupçonnée. Il a essayé de se lever mais a dû renoncer à cause des élancements. Ses mâchoires étaient contractées. Un brancardier a poussé la civière dans une pièce où le médecin nous attendait. Il examinait les radios étalées sur un écran lumineux devant lui.

– Vous avez un enfoncement de la cloison nasale au niveau du sinus frontal et de l'ethmoïde. On va être obligés d'opérer.

– Je ne veux pas.

– Il y a des escarbilles d'os. Un caillot va se former. Vous allez beaucoup souffrir. Vous aurez de plus en plus de mal à respirer car vous n'avez plus de ventilation nasale. Les cornets sont écrasés. Vous risquez une infection. On peut vous opérer tout de suite. Sous anesthésie, vous ne sentirez rien. Ce n'est pas une grosse opération mais c'est impératif. Dans trois jours, vous êtes sorti. Vous avez aussi deux côtes cassées.

– Vous me remettez le nez en place et c'est tout ?

– Ça suffira pour aujourd'hui. Pour le reste, on verra plus tard. On y va ?

– Vous ne touchez à rien d'autre ?

– Promis. Vous vous appelez comment ?

– Gauthier. François Gauthier.

Le médecin a noté ce nom.

– Vous habitez où, monsieur Gauthier ?

– À Bagneux. Avenue Gambetta. Au 10.

Il a inscrit la fausse adresse de Sacha sur le bulletin d'entrée.

– Je n'ai plus de papiers. Il m'a tabassé pour me voler.

– Ne vous inquiétez pas. On est là pour vous soigner. L'anesthésiste va venir vous voir.

Il est sorti avec les radios. Sacha avait les yeux fermés comme s'il dormait. Il les a ouverts. Une larme a glissé sur sa joue.

– Il est têtu ce toubib.

– C'est pour votre bien, Sacha.

– Je m'appelle François Gauthier. Et vous ne me connaissez pas.

– Vous êtes un inconnu que j'ai ramassé dans la rue, vous vous êtes fait agresser par un voyou qui vous a piqué votre portefeuille.

– C'est la vérité.

– Il faut vous détendre. Il vous l'a dit, c'est une opération de rien du tout.

– Vous allez être content, Michel, je vais être obligé de m'arrêter de fumer. Rendez-moi un service. Je ne peux pas bouger le bras. Dans la poche droite de mon manteau, il y a un rabat. Donnez-moi ce qu'il y a à l'intérieur.

J'ai fait ce qu'il m'a demandé. J'en ai extrait un billet de cent francs plié en quatre. Il l'a pris et avec sa seule main gauche, l'a déplié.

– Prenez ce bonaparte, Michel.

– Qu'est-ce que vous faites, Sacha ?

– Je ne vous donne rien du tout. Vous me le gardez, en dépôt. Quand on se reverra, vous me le rendrez. C'est une tradition chez nous. C'est pour obliger celui qui se fait opérer à le récupérer. Si vous croyez que je vais vous laisser mon pognon, vous vous trompez.

– Je vous le rends demain.

– J'espère bien. Maintenant, j'ai une bonne raison de revenir.

Il a souri difficilement. Je lui ai pris la main. Elle était glacée.

– Reposez-vous, Sacha.

Il a fermé les yeux. Au bout d'un moment, j'ai senti la pression de sa main réchauffée qui se relâchait. Il s'était endormi. Un homme en blouse blanche est entré. Ils allaient lui faire des examens. Il a emmené Sacha sans le réveiller. J'ai rangé le billet de cent francs dans mon portefeuille.

Quand je suis sorti de l'hôpital, il pleuvait encore. Je suis retourné au Balto pour donner des nouvelles à Madeleine. Le bistrot était en effervescence. Patrick Bonnet avait fermé la porte du Club à clé, l'avait verrouillée avec un énorme cadenas et avait placardé une affiche : « Fermeture définitive de ce local. Jeux de hasard interdits. Consommation en salle obligatoire et renouvelable toutes les heures. » Leonid, Vladimir, Pavel, Imré, Tomasz et Gregorios essayaient de le faire revenir sur cette décision. Le nouveau patron est resté intraitable.

– Il n'avait pas à le frapper. Je ne veux pas d'ennuis avec la police.

– Il a eu raison ! La seule chose que je regrette, c'est de ne pas l'avoir fait moi-même ! a déclaré Leonid.

– On aurait dû s'en débarrasser plus tôt. Il nous nargue depuis des années ! a continué Vladimir.

– C'est un café-restaurant pour gens normaux, ici. Les excités, je n'en veux pas. Le club d'échecs, c'est fini ! Et si Igor revient, j'appelle les flics !

– S'il n'y a plus de Club et si Igor n'a plus le droit de venir, on ira ailleurs ! a dit Pavel.

– Tant mieux !

Ils sont partis en bloc et la tête haute. On a vraiment cru que Patrick Bonnet avait fermé le Club en raison de la bagarre entre Igor et Sacha. Plus tard, Jacky m'a dit que cette fermeture avait été décidée lors de la vente à Saint-Flour. Il comptait ainsi améliorer le standing et la rentabilité. Personne n'en a voulu à Igor. Il avait créé le Club, c'est à cause de lui qu'il a été fermé. Les exégètes datent de ce lundi 6 juillet la fin officielle du Club, de sa grande époque dont certains parlent encore aujourd'hui avec de l'émotion et des regrets dans la voix. Comme pour dire : c'était le bon vieux temps. Ils ont cherché un café accueillant dans les environs et n'en ont trouvé aucun. Aux beaux jours revenus, ils se sont installés à proximité de l'orangerie du jardin du Luxembourg. Ils ont pris l'habitude d'y jouer été comme hiver. Ils venaient de pays où les températures étaient polaires. Ça ne les dérangeait pas de rester assis des heures en plein air. Il paraît que c'est revigorant pour le corps et pour l'esprit. D'ailleurs, certains y jouent toujours.

23

Je me suis réveillé à trois heures du matin avec une angoisse qui m'étreignait la poitrine. Il n'y avait pas un bruit. Dehors, il pleuvait. C'était un mois de juillet pourri. Je me suis demandé comment allait Sacha et si son opération du nez s'était bien déroulée. J'irais lui rendre visite le lendemain. Je revoyais Igor le frapper avec rage et lui qui ne se défendait pas. Comment Igor avait-il pu se transformer en brute à ce point ? Pourquoi le haïssaient-ils tous ? Quel secret les unissait qu'ils ne voulaient révéler sous aucun prétexte ? Pourquoi avait-il prétendu s'appeler François Gauthier ? Qu'avait-il à cacher ? Soudain, j'ai réalisé que je ne connaissais que son prénom. J'ignorais son nom de famille. Était-il le fils d'un personnage célèbre et redouté ? Ou un de ces criminels de guerre que les polices traquent de par le monde et qui se font oublier sous des noms d'emprunt ? Ou il n'y avait aucune explication et ce n'était qu'une lubie de sa part. Autant les autres membres du Club ne faisaient pas mystère de leur nom, autant il s'appliquait à dissimuler le sien. Je décidai d'en avoir le cœur net et de passer chez lui pour avoir une réponse. Il devait y avoir son nom quelque part.

Le matin, je suis allé chez lui, rue Monge. Derrière la vitre de la loge de la concierge, la liste des résidents de l'immeuble était affichée par étage. Au septième, il y avait une dizaine de noms. Pas de Sacha, ni de Gauthier, ni aucun à consonance russe ou slave. J'ai monté l'escalier de service et suis arrivé au dernier niveau. Sa porte était anonyme. Elle était entrebâillée, la serrure arrachée, probablement avec un pied-de-biche qui avait fait éclater le bois du chambranle. La chambre avait été cambriolée. Elle avait été retournée de fond en comble. Le matelas et l'oreiller avaient été éventrés. Il y avait des plumes partout. L'armoire avait été vidée. Les vêtements étaient en tas. Les deux étagères avaient été décrochées. Les livres étaient par terre. Sa vaisselle gisait au sol. Je ne savais pas si je devais aller à la police ou prévenir Sacha à l'hôpital. J'ai

entendu du bruit. Une jeune femme sortait de chez elle. Je
l'avais croisée la semaine précédente en apportant quelques
provisions. Je lui ai montré les dégâts.

– Ça s'est passé cette nuit. Mais je n'ai rien entendu.

– Je venais chercher des affaires pour Sacha. Il est à
l'hôpital, ai-je affirmé avec aplomb.

– Ce n'est pas grave, j'espère ?

– Il sera sorti dans trois ou quatre jours.

– Il n'a pas de chance C'est son quatrième ou cinquième
cambriolage. Moi, l'année dernière, ils m'ont piqué mon fer
à repasser. La concierge ne surveille rien.

– Vous savez comment s'écrit le nom de famille de Sacha ?

– Je n'en sais rien. Je l'ai toujours appelé par son prénom.

J'ai pris un sac en plastique qui traînait et, à l'intérieur,
j'ai mis du linge de corps.

– Je vais ranger la chambre et remettre un verrou, a-t-elle
dit.

Quand je suis redescendu, il y avait de la lumière dans la
loge. J'ai frappé au carreau. J'ai vu apparaître la concierge.

– C'est pour quoi ? a-t-elle demandé en entrouvrant sa
porte.

– Vous me reconnaissez ? Je suis l'ami de Sacha. Je suis
venu lui chercher des vêtements. Il est hospitalisé pour
quelques jours. Sa chambre a été cambriolée cette nuit.

– Encore ! Il n'y a rien à voler dans ces chambres de
bonne. De mon temps, les voleurs ne s'en prenaient pas aux
pauvres.

– Vous avez l'orthographe exacte de son nom ?

– Il ne m'a pas dit comment il s'appelait.

– Le courrier qu'il reçoit est à quel nom ?

– Je travaille dans cet immeuble depuis sept ans et il n'a jamais reçu une seule lettre.

– Et l'électricité ?

– Le compteur est resté au nom du propriétaire.

– Et pour régler son loyer ?

– Il m'amène son terme en espèces chaque trimestre. Et il paye l'électricité en plus.

– Vous ne lui faites pas de reçu ?

– On n'en fait pas ici. Quand il a un peu de retard, on ne l'embête pas.

– Comment il l'a eue cette chambre ?

– C'était avant mon arrivée. Je crois que c'est un ami à lui qui l'a aidé.

– Il n'a pas d'amis, Sacha.

– La gardienne avant moi m'a dit que c'était quelqu'un de connu. Je ne me rappelle plus qui. Pourquoi vous me posez toutes ces questions ?

– Vous ne trouvez pas bizarre que cet homme n'ait pas de nom et que seule sa chambre ait été cambriolée ?

– Je ne suis pas de la police. Tant qu'il paye son loyer, qu'il ne fait pas de bruit et pas de saleté, ce n'est pas mes oignons.

J'ai tenté ma chance auprès du pharmacien de la place Monge. L'exception avec les cheveux en brosse et le foulard anglais. Je connaissais d'avance sa réponse.

– Sacha ? Je ne sais pas. Je l'ai toujours appelé comme ça. Comment va-t-il ? Il pense à ma petite note ?

Je suis retourné à Cochin, décidé à obtenir une réponse de la part de l'homme qui n'existait pas. Il allait m'expliquer d'une façon claire et précise les raisons de la haine que lui portaient les membres du Club. Cette fois, il ne s'en sortirait ni par un sourire évasif, ni par une pirouette. J'étais déterminé à ne plus me faire trimbaler par personne.

À l'accueil de l'hôpital, je me suis adressé à la préposée derrière sa vitre.

– Vous pouvez me dire dans quel bâtiment est hospitalisé M. François Gauthier ?

Elle m'a dévisagé, a décroché son téléphone et parlé un petit moment dans l'appareil.

– Vous pouvez vous asseoir. Quelqu'un va venir.

– Je veux juste avoir le numéro de sa chambre. C'est pour une visite.

– Vous devez patienter. Vous ne pouvez pas y aller seul.

Je me suis assis dans la salle d'attente. Au bout de dix minutes, j'ai vu apparaître le médecin qui avait ausculté Sacha la veille. Il m'a demandé de le suivre. Au lieu de pénétrer dans l'hôpital, nous sommes allés dans une pièce proche de l'accueil. Une femme corpulente était assise derrière un bureau. Elle ne s'est pas présentée.

– Vous voulez voir M. François Gauthier à quel titre ? m'a demandé la femme.

– Il a été opéré du nez. Je voulais savoir comment il allait.

– Vous le connaissez ?

Il y avait une lenteur réfléchie dans sa façon de s'exprimer. Elle pesait chacun de ses mots.

– Il est arrivé quelque chose ?

– Soyez aimable de répondre à ma question. Quelle est votre relation avec lui ?

– Hier, il était quasi inconscient sur le trottoir. Il avait été agressé et dépouillé. Il était en sang. Je l'ai amené ici.

– Vous ne connaissiez pas M. Gauthier avant ?

– Non.

– Pourquoi vous intéressez-vous à lui ?

– J'ai de la compassion pour ce pauvre homme. C'est interdit ? J'habite dans le quartier, je passais prendre de ses nouvelles. Il y a eu un problème ? Il est mort ?

– Il a disparu, a dit le médecin.

– Ce n'est pas possible ! Que s'est-il passé ?

– L'opération s'est déroulée à la perfection. Il s'est réveillé. Tout allait bien. On l'a mis dans une chambre avec un autre malade. Je suis allé le voir à la fin de mon service. On a bavardé. Il m'a remercié. Il a dîné. L'infirmière est passée trois fois dans la nuit. Il dormait. À cinq heures du matin, il avait quitté l'hôpital. Envolé.

– Ce n'est pas difficile de sortir d'ici. Il n'y a aucun contrôle.

– C'est un hôpital, pas une prison.

– On a été obligés de signaler sa disparition à la police, a dit la femme. C'est la loi. Le problème, c'est qu'il n'y a pas de Gauthier à l'adresse qu'il nous a donnée. Vous pouvez me communiquer votre identité ? Si la police veut vous interroger...

Je lui ai donné ma carte d'identité. Elle a noté mes coordonnées sur son dossier.

– Vous savez, je ne leur dirai rien de plus.

Elle m'a rendu ma carte. Je me suis levé et suis sorti, accompagné par le médecin.

– Sans trahir le secret médical, a-t-il poursuivi, je peux vous assurer que cet homme a besoin de soins après son opération. Il doit prendre des médicaments. Il a une attelle provisoire et des points de suture. Il y a des risques d'infection. Si vous le voyez, dites-lui de passer pour se faire soigner. On ne lui demandera rien. On a eu aussi les résultats de ses examens de sang. Il y a un problème. Il doit consulter. C'est urgent.

À sa façon de me parler, j'ai senti qu'il ne me croyait pas. Je ne devais pas être crédible. De toute façon, ils ne pouvaient rien prouver. François Gauthier n'existait pas.

Au Balto, plus aucun membre du Club n'était présent et les nouveaux ne le connaissaient pas. Sans conviction, j'ai interrogé Jacky et Madeleine.

– Sacha ? a dit Jacky. Je m'en fiche de son nom. Lui, c'est Samy. L'autre poivrot au bar, c'est Jean. Et toi, c'est Michel. Tu veux savoir comment je m'appelle ?

– Sacha ? a fait Madeleine. C'est Sacha. Il est russe. Avec un nom russe, je présume. Les autres aussi, on les appelait par leurs prénoms. Ils ont tous des noms à coucher dehors.

Je les ai informés de sa disparition et de l'importance qu'il se fasse soigner. Ils ont promis d'intervenir s'ils le voyaient. Par acquit de conscience, j'ai terminé mon enquête à Fotorama. Son patron ne l'avait pas vu depuis quinze jours.

– C'est un laborantin d'exception. En trente ans de carrière, je n'ai jamais vu quelqu'un de plus doué. Depuis qu'il est là, le chiffre d'affaires a augmenté. J'aurais bien aimé le salarier et que sa situation soit régularisée. C'est lui qui n'a pas voulu. Pourquoi ? Je ne sais pas. Son nom ?... C'est bizarre, je ne lui ai jamais demandé.

Je ne savais pas comment interpréter sa disparition. Il avait dû partir dans un coin pour se rétablir et avoir la paix. Il reviendrait quand il le voudrait. C'était son genre d'apparaître et de disparaître de façon inattendue, quand on l'attendait le moins. Il ne me laisserait pas tomber. Un jour ou l'autre, j'aurais de ses nouvelles.

Un moment, il avait été question qu'on aille quinze jours à Bar-le Duc. Mais mon père n'avait pas encore un appartement assez grand pour nous recevoir tous les deux. Comme récompense pour mon bac, j'avais le droit de choisir mes vacances.

– Qu'est-ce qui te ferait plaisir, Michel ? m'a demandé ma mère. L'Angleterre ? L'Espagne ? La Grèce ?

– J'aimerais aller en Israël.

– Quelle idée bizarre ! Pourquoi ?

– J'ai envie de connaître la vie d'un kibboutz. Ce doit être passionnant de rencontrer ces gens qui font pousser des tomates dans le désert. Il n'y a plus beaucoup de pionniers de nos jours

– Ce n'est pas dangereux ?

Je sentais que ça prenait un tour problématique. Je savais comment la convaincre.

– J'aimerais aussi aller à Nazareth et à Bethléem. Ça me plairait de visiter les lieux saints.

Maurice s'est renseigné et a trouvé que ça coûtait cher. Ce n'était pas le moment vu que les affaires n'étaient pas terribles. Finalement, au mois d'août, on retournerait à Perros-Guirec.

24

Patrick Bonnet n'a pas traîné. Des idées, il en avait à revendre. Il passait son temps à redessiner les plans avec l'architecte pour trouver la solution idéale. Dans la dernière version, il séparait le bar et le restaurant avec des entrées différentes, agrandissait le bistrot et la tabletterie en supprimant la cuisine actuelle, récupérait le local du Club et le transformait en cuisine ouverte sur les deux côtés, changeait les banquettes et décorait la salle de restaurant en brasserie comme celle de son cousin à la Bastille. Il était content de lui et nous a demandé notre avis. Madeleine ne manifestait pas un enthousiasme débordant. Elle allait devoir abandonner son territoire avant l'heure.

– Si tu casses tout, ça va te coûter cher.

– On fera cent couverts le soir.

– Il n'y a que les habitués qui viennent dîner. Les gens, ils préfèrent aller à Montparnasse. On travaille bien le midi.

– La clientèle existe, on va la chercher. Tu vas pouvoir prendre des vacances.

Il a offert sa tournée pour le départ de Madeleine. On a fêté en même temps le début des travaux. Pour la première fois, le Balto fermerait au mois d'août et tout serait terminé pour la rentrée de septembre. Les ouvriers sont arrivés le lendemain. Avec Samy, on leur a donné un coup de main pour démonter les vieilles banquettes et les charger dans le camion. Le contremaître ne parvenait pas à ouvrir la porte du Club. La petite clé n'entrait pas dans le cadenas. J'ai essayé mais c'était coincé. Il est allé chercher Patrick. Il a tapé sur la clé avec le manche d'un tournevis sans réussir.

– On a dû la forcer. Tant pis pour le cadenas.

Il a pris une tenaille, agrippé la vis et, d'un mouvement pivotant, l'a déchaussée de la porte. Il a pénétré à l'intérieur, allumé la lumière et poussé un cri de frayeur. Nous sommes entrés derrière lui. Sacha était pendu au milieu de la pièce. Son corps, accroché au bout d'une courte corde, s'est mis à tourner sur lui-même. Ses pieds étaient à peine à trente centimètres du sol. On a cru qu'il vivait encore. On s'est précipités pour le décrocher. Il était dur comme du bois. J'ai entendu la voix de Patrick qui criait de prévenir la police. Le visage de Sacha était gris, presque noir. Ses yeux ouverts contemplaient le plafond. Son cou semblait immense. Il avait une attelle sur le nez et sa mâchoire était tordue. Il y avait une chaise renversée à l'aplomb de ses pieds. En quelques instants, la pièce s'est remplie d'ouvriers et de clients, avec leurs clameurs et leur affolement. Jacky m'a mis la main sur l'épaule. Je m'accrochais aux jambes de Sacha et le soulevais. Je me suis écarté. Son corps est retombé de quelques centimètres. Je n'arrivais pas à détacher mon regard de ses mains aux doigts crispés. Samy a fait sortir tout le monde de la pièce. Je suis resté avec Patrick et Jacky.

– Qui c'est ce mec ? a demandé Patrick.

– Ceiui qui s'est fait casser la gueule l'autre jour, a répondu Jacky.

– Pourquoi il a fait ça ici ? Pour les travaux, on n'est pas dans la merde.

J'avais les larmes aux yeux. Je ne savais pas si c'était de la rage ou de la peine. Je me répétais : Ce n'est pas possible ! Sacha, je t'en prie. Pas ça. Arrête tes conneries ! On a entendu une sirène de police qui s'amplifiait, à en devenir insupportable. Sacha, pourquoi ? On se serait débrouillés. Il y a toujours une solution. Pourquoi tu ne m'as rien dit ? Tu n'avais pas confiance ? Je n'étais pas ton ami ? Hein, pourquoi ? Putain, Sacha pourquoi tu as fait ça ? Des flics nous ont fait sortir de la pièce.

La mort de Sacha, ça a été le mystère de la chambre jaune. Personne n'a su comment il était entré dans la salle du Club alors que les deux clés, celles de la porte et du cadenas, étaient sur le trousseau qui ne quittait jamais la ceinture de Patrick Bonnet. Qui avait ouvert la porte ? Qui l'avait fermée ? Où étaient les clés utilisées puisqu'elles ne se trouvaient pas à l'intérieur ? La police n'a pu éclaircir cette énigme. Ils nous ont interrogés. Personne n'avait rien vu ni rien entendu. La police a découvert un lacet de chaussures de cinquante centimètres derrière des tabourets empilés. On ignore s'il était à Sacha ou à quelqu'un d'autre ou s'il était là depuis des années. D'après un policier, Sacha avait ouvert le cadenas avec un fil de fer ou une épingle à cheveux (mais on n'en a pas trouvé) et il l'avait refermé en le saucissonnant avec le lacet, la porte entrebâillée. Il paraît que c'est des trucs de voyou. On a tous essayé mais c'était impossible. Ils ont trouvé un clou tordu sur le trottoir du boulevard Raspail, à proximité de la fenêtre. C'est avec ce clou qu'il aurait crocheté la serrure principale, puis refermé celle de l'intérieur. Il l'aurait ensuite jeté par la fenêtre et se serait pendu. On a essayé aussi, aucun n'y est arrivé, même Samy qui a eu des mauvaises fréquentations dans sa jeunesse. Personne n'a cru à cette mise en scène digne d'un polar à la noix. L'explication logique, c'était que quelqu'un avait aidé Sacha à mourir ou l'avait tué, puis était ressorti en fermant serrure et cadenas de l'extérieur. Cette hypothèse n'a pas été retenue. « Le mystère du pendu de Denfert-Rochereau ». Voilà comment *France-Soir* a présenté l'affaire le lendemain en bas de colonne à la page 5. Un homme dont on connaissait seulement le prénom, sans en être certain, et qui vivait dans la clandestinité. Le jour suivant, on n'en parlait plus. Oublié. Comme une vague se retire et lisse la plage de toute trace. Sa mort n'a pas été élucidée. Beaucoup pensaient qu'il avait été tué par le KGB ou un autre service secret. La police a été incapable de déterminer si les hématomes qu'il avait sur le corps et le visage dataient de sa bagarre avec Igor ou d'avant son décès. Peut-être s'était-il battu avec quelqu'un d'autre ? Il avait une plaie sur l'arrière du crâne. Était-il tombé en s'enfuyant de Cochin ? Ou l'avait-on assommé avant de le pendre ? On a appris que la mort remontait à deux jours et coïncidait avec sa disparition de l'hôpital. Son dossier médical établissait qu'il n'avait pas d'autres blessures. La police a classé l'affaire sans suite. Comme si on n'avait pas envie de connaître la vérité. J'étais persuadé, et je n'étais pas le seul, qu'il avait été éliminé par les gens qu'il fuyait depuis toujours. Quand ils l'ont décroché, ils ont posé son corps sur les tables. Un policier lui a fermé les yeux. La clé qu'il portait sur lui et dont il ne se séparait jamais avait disparu. Cela me semblait la preuve qu'on avait maquillé sa mort en suicide pour la lui voler et dérober ce qu'il y avait à l'intérieur de sa cachette. Mais tout ça, je ne pouvais pas en parler.

Trois jours plus tard, j'ai reçu une enveloppe marron en papier kraft renforcée avec du papier collant. J'ai reconnu l'écriture de Sacha. À l'intérieur, enroulée dans une feuille blanche, la clé attachée à sa cordelette. Sans un mot ni une signature. Sur le rabat, on apercevait une empreinte digitale rouge. Probablement du sang. Le cachet de la poste était illisible et ne permettait pas de déterminer, même avec une loupe, le jour où elle avait été postée. Si c'était Sacha, comme le laissait présumer la marque de sang, elle aurait dû arriver le lendemain ou deux jours après au plus tard. Pourquoi avait-elle mis cinq jours pour faire un kilomètre ? J'ai posé la question au facteur, il n'a pas su répondre.

Le soir, j'ai attendu que tout le monde dorme. J'ai quitté l'appartement vers onze heures. Je suis allé rue Monge. L'immeuble était calme et silencieux. Je n'ai fait aucun bruit. Comme un chat, j'ai traversé la cour et emprunté l'escalier de service dans le noir en me guidant à la rampe. Au dernier étage, j'ai pénétré dans les toilettes, fermé la porte derrière moi et allumé la lumière. J'ai escaladé le mur en m'appuyant sur le rebord comme Sacha me l'avait montré. J'ai pris la clé et l'ai glissée dans la serrure du regard derrière le tuyau. La lourde plaque de métal a basculé. J'ai plongé la main à l'intérieur de la cavité et entrepris de la vider. J'ai été surpris de tout ce qu'elle contenait. Un volumineux classeur avec de vieilles photographies, des dossiers en carton reliés par une sangle, trois gros cahiers en caractères cyrilliques et deux douzaines de calepins et carnets de tous formats, un petit livre d'Hemingway, un reflex Leica et une mallette avec des objectifs, une enveloppe blanche, épaisse, avec marqué dessus : « À l'attention de Michel Marini ». Je me suis assuré qu'il n'y avait plus rien à l'intérieur avant de remettre la plaque à sa place. J'ai utilisé un cageot à légumes qui traînait dans la cour pour transporter le tout et j'ai quitté l'immeuble. Je suis rentré chez moi et, dans ma chambre, j'ai commencé à explorer les trésors de Sacha. J'ai ouvert la lettre. Une vingtaine de feuilles recto verso d'une écriture appliquée...

Michel,

Quand tu liras cette lettre, j'aurai enfin trouvé la paix...

Leningrad 1952

1

Les bougies allumées des deux chandeliers posés sur le plateau de la cheminée se reflétaient dans la glace du salon. Irina fixa un instant son visage ridé et ses cheveux blancs et poussa un soupir, fatiguée. Ce soir était une nuit exceptionnelle. Elle avait sorti la nappe brodée au point de Hongrie, les verres en cristal de Baccarat et la vaisselle en porcelaine de Limoges achetés par son mari avant la révolution. Au milieu de la table agrandie avec des rallonges, elle avait placé l'immense plateau en bronze doré et martelé, ramené du souk d'Istanbul, du temps où on pouvait y aller en prenant le train d'Odessa. Quinze couverts étaient dressés. Chaque convive aurait deux verres, même les enfants qui ne buvaient pas de vin. À une autre époque, elle aurait mis des fleurs coupées dans un troisième verre. Cela faisait belle lurette qu'il n'y avait plus de marchands de fleurs dans cette ville pétrifiée par le gel. Elle avait découpé des fleurs en papier de couleur et en avait fait des guirlandes et des bouquets torsadés. On aurait cru qu'elles étaient vraies. Elle avait retrouvé dans les placards des objets oubliés, acquis pour le plaisir des yeux, devenus inutiles et dangereux. Elle se demandait si ça servait à quelque chose de se donner tant de mal, de prendre tant de risques. On n'aurait rien à lui reprocher. Elle aurait fait ce qui devait être fait. Avec sa sœur, sa belle-sœur et ses cousines, elle avait confectionné les matzot, même si, désormais, c'était interdit. Ce n'était pas la première fois qu'une femme devait braver cette interdiction. C'est qu'il n'était pas possible de célébrer la fuite d'Égypte sans ces galettes plates auxquelles on ne laissait pas le temps de lever. Cette année encore, il avait fallu faire preuve d'une imagination sortie de la nuit des temps pour trouver la farine, les poulets, les herbes, le concombre, le céleri, les radis noirs et l'os de veau. Elles avaient préparé le bouillon aux kneidlers, la carpe farcie et ce repas de fête avec des précautions dignes d'un service secret. Aucun des voisins n'avait rien vu, rien entendu et rien senti. Elle se souvenait de ce qu'Émile, son mari, avait raconté, avant de disparaître, pendant le siège, lorsqu'ils avaient célébré leur dernier Pessah ensemble, avec du pain rassis et des œufs durs pour seul repas : « Pendant l'Inquisition, les marranes de Séville avaient adopté la pratique un peu suicidaire de préparer des Séder somptueux. Alors qu'ils auraient dû être discrets, se fondre dans l'anonymat et y disparaître. Ils disaient : Que ce Séder soit le plus beau de notre vie, c'est peut-être le dernier que nous fêtons ensemble. » Depuis, elle mettait un point d'honneur à le célébrer dans les règles.

Valentina, sa sœur, qui avait du mal à se déplacer, mit une bûche dans la cheminée et attisa le feu. Vera, sa cousine, posa une assiette avec des herbes sur la table. On se serait cru dans une maison de retraite. La guerre et les purges n'avaient laissé que des vieux pour garder les enfants qui se poursuivaient dans l'appartement, se cachaient sous la table et derrière les fauteuils et riaient aux éclats.

– Doucement les enfants, vous faites trop de bruit. Ne courez pas. Les voisins vont nous remarquer.

Irina dressa l'oreille. Elle avait entendu le son familier de la clef dans la serrure Igor entra avec Nadejda. Elle avança vers eux mais se fit doubler dans le couloir par les deux enfants. La petite Ludmila se jeta sur Igor qui la souleva, la lança en l'air, la rattrapa et recommença. Piotr se blottit dans les bras de Nadejda.

– Comment ça va, mon chéri ?

– On a fait des dessins, maman.

– Ils ont été sages ? demanda Nadejda.

– Comme toujours.

– Il fait bon chez toi, maman, dit Igor à Irina en l'embrassant sur le front. Il y avait une panne dans le métro. On a marché pendant deux heures. On n'a jamais vu autant de neige à cette époque.

– Venez vous réchauffer.

– Irina Viktorovna, dit Nadejda en embrassant à son tour sa belle-mère, je t'ai laissé tout le travail. Je suis désolée.

– Ce n'est pas grave. Nous, on a le temps. Tout est prêt.

Irina s'approcha d'Igor qui se chauffait les mains dans l'âtre de la cheminée.

– Sacha vient dîner avec Anna.

– Quoi ? Tu ne m'avais pas prévenu.

– Il a téléphoné il y a deux jours pour prendre de mes nouvelles. Je n'ai pas pu faire autrement que de lui proposer de se joindre à nous.

– C'est incroyable ! Il ne vient jamais. Comment as-tu pu l'inviter ?

– J'étais persuadée qu'il allait refuser. Il a accepté.

– Il va nous gâcher la fête.

– Igor, il a une position importante. Tu dois être diplomate.

– Pour Lev, il n'a pas bougé le petit doigt. Et pour Boris, qu'est-ce qu'il fait ?

– Ce n'est pas lui qui décide. Il est comme nous. Il fait ce qu'il peut.

Igor déboucha une bouteille de vin de Crimée et la posa près d'un gobelet en argent. Il regarda sa montre avec un peu d'impatience.

– On ne va pas les attendre toute la nuit. Si on commençait ?

– Avec ce temps de chien, il doit avoir des problèmes, expliqua Irina. Les canaux sont de nouveau pris par la glace.

On sonna à la porte. Les enfants s'immobilisèrent et se turent. D'un geste machinal, Nadejda releva ses cheveux tressés dans le cou, s'approcha d'Igor, un peu inquiète, et lui posa la main sur l'épaule. Ludmila se précipita dans les jambes d'Igor. Il la prit dans ses bras.

– Ce n'est rien, ma chérie. Nadia, tu vas ouvrir ?

Elle se dirigea au fond du couloir et ouvrit la porte dissimulée derrière un épais tissu marron.

– Bienvenue, dit-elle à Sacha et Anna en les embrassant.

– Le métro est arrêté. On a été obligés de marcher dans la neige, dit Anna.

– Et les enfants ?

– On les a laissés à la maison. C'est ma sœur qui les garde.

Nadejda l'aida à enlever son châle et sa parka trempés. Anna, enceinte, avait du mal à se tourner dans l'étroit passage. Irina les rejoignit.

– Comment te portes-tu, Anna Anatolievna?

– Le mieux possible. J'ai mal aux jambes. On a marché trop longtemps.

– Avec un ventre pareil, tu vas avoir une fille, observa Irina. Viens te reposer.

Nadejda et Anna s'éloignèrent. Irina débarrassa Sacha de son manteau en cuir noir et de sa casquette bleue à bandeau rouge dégoulinant de neige mouillée. Il lui déposa un baiser sur la joue et lui sourit.

– Il fait bon ici. Dehors, on se croirait en décembre. Comment tu vas?

– Je suis heureuse de te voir. C'est bien que vous soyez venus. Oh, tu as les mains gelées.

– Tout le monde est là?

– On n'attendait plus que vous.

Sacha pénétra dans le salon sans se presser. Il embrassa Valentina, Vera et les enfants. Il avança les mains vers le feu de la cheminée. Igor s'approcha de lui.

– Tu aurais pu te changer! Quelle idée de venir en uniforme à un Séder!

– Je viens du Ministère. Tu pourrais dire bonjour!

Sacha enleva sa vareuse kaki et la tendit à Igor.

– Fais-y attention. J'espère que tu as les mains propres. Il ne doit pas y avoir de tache ou de faux pli.

Igor prit la veste. Sacha la retint et attira Igor vers lui.

– Il faut que je te parle seul à seul, glissa-t-il au creux de son oreille. C'est important.

Nadejda leur présenta une assiette avec du gâteau au

fromage blanc coupé en dés. Igor s'éloigna et posa la veste sur une chaise.

– Je ne sais pas comment tu fais pour réussir un gâteau au fromage aussi léger. Anna, tu devrais prendre la recette.

– Le plus difficile, c'est de trouver du fromage, répondit Nadejda.

– Comment changer ce pays avec des gens qui se lamentent en permanence ? Vous n'êtes pas les plus à plaindre, dit Sacha.

– Tu m'as entendue protester ? La semaine dernière, j'ai travaillé soixante-quinze heures à l'hôpital. Igor en a fait plus. Dans des conditions épouvantables. On n'est pas payés plus. On ne demande pas d'argent. C'est la première soirée qu'on passe ensemble depuis un mois. Quand on dit qu'on ne trouve rien à manger, ce n'est pas qu'on est anticommunistes, c'est que personne ne comprend ce qui se passe. Il n'y a rien à acheter nulle part. On fait des heures de queue pour rien. Avant la révolution, les pauvres pouvaient se payer du fromage. Aujourd'hui, même avec de l'argent, il n'y en a plus. On est fatigués, Sacha.

– Il y a des problèmes d'approvisionnement, le gouvernement y travaille. On va réussir.

– Si on passait à table ? lança Irina. Les enfants sont énervés.

Nadejda, aidée par Piotr et Ludmila, apporta les trois matzot, chacune recouverte d'une serviette brodée et les disposa sur le plateau aux côtés d'une coupelle avec des œufs durs, des raviers remplis de branches de céleri, des radis noirs, une compote de pomme à la couleur sombre, l'os de veau à la viande grillée et une coupe avec de l'eau dans laquelle elle rajouta du sel. Une fois tous assis, il restait trois places vides

– On est combien ce soir ? demanda Sacha en comptant le nombre de couverts.

– Il y a deux absents, expliqua Igor.

– Je croyais qu'on ne gardait une place que pour le pauvre.

– L'année dernière, Boris et Lev étaient parmi nous.

– Ils sont là où ils doivent être, répondit Sacha. S'ils n'ont rien à se reprocher, ils seront libérés.

– Si on faisait la prière ? intervint Irina.

– Il faut retirer ces deux assiettes.

– Mais, Sacha, c'est pour Boris et Lev ! insista Irina. C'est la tradition pour les absents. Pour qu'ils reviennent parmi nous. Là où ils sont, ce n'est pas dit qu'ils puissent célébrer le Séder.

– Vous avez la tête plus dure que la pierre ou vous êtes stupides ? On n'a pas le droit d'être réunis ensemble ce soir ! Ces pratiques moyenâgeuses sont interdites ! Ces matzot sont interdites ! Et en plus, vous vous solidarisez avec des contre-révolutionnaires !

– Tu peux nous dire pourquoi ils ont été arrêtés, eux ? demanda Igor. Un pédiatre et un professeur de musique ! Quels crimes abominables ont-ils commis ? Et les centaines d'autres qui disparaissent pour un oui pour un non ?

– Tu crois que je suis venu risquer ma peau et celle de ma femme avec une bande de fanatiques rétrogrades pour recevoir des leçons ?

– Pourquoi tu nous insultes, Sacha ? Je sais ce que tu fais au ministère et il n'y a pas de quoi en être fier.

– Je travaille pour mon pays et pour que la révolution triomphe !

– Je vous en supplie, faisons la prière, mes enfants, insista Irina d'une voix tremblante.

– Enlève ces deux assiettes, maman.

– Tu es devenu fou !

– Boris a avoué. Il a été condamné !

– Ce n'est pas possible ! C'est un médecin ! cria Igor. Il n'a rien fait d'autre que son métier.

-- Il est coupable. Et Lev aussi !

-- Sors de chez moi tout de suite ! hurla Irina en se dres sant. J'ai honte d'avoir eu un fils comme toi ! Va-t'en ! Je ne veux plus jamais te revoir ! Allez-vous-en !

Sacha se leva. Il fit un signe de tête à Anna qui le rejoignit. Il l'aida à mettre sa parka et son châle par-dessus. Il s'habilla et sortit sans un regard. Ils entendirent la porte se refermer.

– Récitons la Haggadah, mes enfants, dit Irina. Et prions pour notre famille.

2

L'hôpital Tarnovskij n'avait pas bonne réputation. Pas seulement parce qu'on y soignait de force les prostituées dans le sinistre bâtiment des maladies vénériennes et que la milice conduisait à son dispensaire de nuit les clochards, les vieillards séniles et les ivrognes ramassés dans les rues de Leningrad, mais parce qu'on y avait construit une immense morgue capable d'héberger pendant cinq ou six mois les corps de ceux qui ne pouvaient être enterrés à cause du sol gelé. C'est vrai qu'il n'était pas avenant avec ses baraquements en bois des années trente, ouverts aux courants d'air, chauffés par un poêle dont le conduit courait le long de la faîtière et ne réussissait à maintenir qu'une température de quinze degrés. On en disait le plus grand mal mais on n'y mourait pas plus que dans les autres hôpitaux de la ville. Il existait un immeuble récent en béton de trois étages, surnommé le Palais, qui, de l'extérieur, ressemblait à une prison, à cause des barreaux aux fenêtres. Il accueillait les dignitaires ou leurs familles qui bénéficiaient d'un régime de faveur, avec des chambres individuelles, le chauffage central et une cuisine distincte du reste de l'hôpital. Alors que les autres bâtiments étaient spécialisés en fonction de la pathologie, celui-là était généraliste et soignait les membres éminents du Parti. Y travailler procurait des avantages appréciables dont celui de profiter de repas abondants. Igor Markish avait commencé une spécialisation de cardiologie. La guerre l'avait empêché d'avoir le diplôme, mais il y avait été affecté car les médecins spécialistes étaient peu nombreux.

L'arrestation du professeur Etinguer avait semé la consternation parmi l'équipe soignante. Quatre hommes en uniforme du MVD l'avaient interpellé à la sortie de la salle d'opération et embarqué sans lui laisser le temps de se changer. Depuis une semaine, sa famille n'avait reçu aucune nouvelle. Larissa Gorchkov, la directrice de l'hôpital, ne s'en laissait pas conter. Elle téléphona au Ministère pour avoir des explications. Elle eut la pire des réponses :
– Jacob Etinguer est inconnu de nos services.
Une délégation de médecins s'adressa à un secrétaire de district du Parti qu'Etinguer avait sauvé après un infarctus aigu. Ils furent abasourdis quand ils apprirent que le professeur avait été arrêté sous l'accusation de meurtres, plusieurs

malades étant décédés dans son service. Ils eurent beau jurer qu'il s'agissait de morts naturelles, certaines remontant à trois ou quatre ans, le professeur venait de passer aux aveux. L'affaire était dans les mains du Procureur. Dans la *Pravda*, des articles détaillés expliquaient qu'un complot de médecins diaboliques venait d'être démasqué. Plusieurs dizaines de médecins, tous juifs, avaient été arrêtés. Ils étaient accusés, preuves à l'appui, d'avoir fait disparaître nombre de dirigeants et projetaient de s'en prendre au camarade Staline lui-même. Un grand procès était en préparation. Sur deux pages entières, la *Pravda* reproduisait les réactions indignées des personnalités étrangères et des partis frères du monde entier qui applaudissaient à l'arrestation de ce groupe de criminels sionistes.

Igor était en pause et buvait un thé chaud quand on le prévint qu'une femme l'appelait au téléphone de toute urgence. Il descendit au rez-de-chaussée. L'infirmière des admissions lui passa le combiné.

– Allô, j'écoute.

– Vous êtes Igor Markish ? demanda une voix indistincte, nasillarde et aiguë.

– Que voulez-vous ?

– Je vous informe que vous allez être arrêté.

– Quoi ? Qu'est-ce que vous dites ?

– Demain. À l'hôpital.

– Pourquoi ?

– Vous êtes médecin, juif et collaborateur du professeur Etinguer.

– Je n'ai rien fait.

– Les autres non plus. Ils ont été arrêtés. Ils seront

condamnés et fusillés. Ceux qui n'ont pas de chance seront envoyés en Sibérie.

– Pourquoi me prévenez-vous ?

– Peu importe. Vous avez un peu d'avance. Prenez vos précautions. Sauvez-vous par le lac Ladoga.

– Je ne peux pas abandonner ma femme et mes enfants.

– Quand vous aurez été fusillé, est-ce que ça les aidera ?

– Qui êtes-vous ?

– Aucune importance.

– Qui me dit que ce n'est pas un piège ?

– Le MVD n'a pas besoin de stratagème ni de prétexte pour vous arrêter. Si vous restez, vous n'êtes qu'un imbécile ! Pensez à votre famille !

La communication fut interrompue. Igor avait le visage décomposé. Il tremblait. L'infirmière s'approcha de lui.

– Il y a un problème, docteur Markish ? Je peux vous aider ?

– Je vais être arrêté !

Igor s'effondra sur une chaise et se prit la tête entre les mains.

Dans la cabine téléphonique de la gare de Vitebsk, Sacha relâcha la pression de sa main gauche qui pinçait son nez. Il enleva la petite cuillère qu'il avait glissée au fond de sa bouche, déroula l'écharpe qui entourait le récepteur et raccrocha le téléphone. Il respira à plusieurs reprises, resta un moment pensif. Il prit son mouchoir et essuya le combiné. Il rajusta son uniforme et sortit de la cabine publique. Il jeta un regard circulaire dans le hall. Il détestait ce style Art nouveau, ces volutes florales, ces lampadaires dorés et alambiqués, ces fresques aux tons froids. Il feignit d'admirer ce décor surcharge et la verrière à la Eiffel et fit un tour panoramique complet. Rien d'anormal ne retint son attention. Dehors, la tempête redoublait.

Au même moment, Igor sortit du Palais. Il ne portait que sa blouse blanche et frissonna en se retrouvant à l'air libre. Il neigeait à gros flocons. Il traversa l'hôpital à la recherche de sa femme. Nadejda exerçait comme sage-femme à la maternité. Elle était en salle de travail. Igor attendit quelques instants à la porte. Des cris de femme provenaient de l'intérieur. Il patienta une petite heure, hésitant sur la conduite à tenir. Nadejda fut surprise de le trouver là.

– Tu es malade, Igor ? Tu es tout pâle.

– Il faut que je te parle, Nadia.

Malgré le froid, il l'entraîna à l'extérieur. Ils se protégèrent derrière un auvent. Igor lui rapporta la conversation téléphonique qu'il venait d'avoir.

– Tu crois que c'est sérieux ?

– Tu veux dire quoi ? Qu'on me fait une blague ?

– Je suis tellement désorientée que... Tu n'as pas reconnu cette personne ?

– Je ne sais pas si c'était un homme ou une femme. Peut-être un patient qu'on a soigné et qui me prévient par gratitude.

– Qu'est-ce que tu vas faire ?

– Si je reste, ils vont m'arrêter. Je dois m'en aller !

– Je pars avec toi, Igor.

– Et les enfants ?

– Il y a leur grand-mère. Elle s'occupera d'eux.

– Si on fuit tous les deux, ils seront placés dans un orphelinat. Tu sais ce que ça veut dire ?

– Partons avec eux.

– Nadia, on ne passera pas avec les enfants. Il y a moins trente la nuit dans le golfe de Carélie. Ils ne survivront pas. Un homme seul peut y arriver. Ensemble, c'est voué à l'échec.

– Tu vas m'abandonner ?

– Propose-moi une seule autre solution. Si je réussis à passer en Finlande, on pourra attendre. Voir comment les choses évoluent.

– On sait comment ça va finir. Je veux venir avec toi.

– Tu n'as pas le droit de faire ça aux enfants, Nadia. Pense à eux. Si tu es là, ils comprendront mon départ. Si on part tous les deux, on les abandonne. À cet âge, on ne peut pas perdre sa mère.

– Je t'en prie Igor, ne me laisse pas. Je vais mourir. J'ai tellement besoin de toi.

Elle se jeta contre lui. Il la serra dans ses bras. Ils restèrent longtemps ainsi. Nadia avait le visage inondé de larmes.

– Tu vas reprendre ton service, Nadia. Comme s'il ne s'était rien passé. Je vais à la maison. Je prends des vête-ments, des biscuits secs, du hareng séché et je pars sur-le-champ. Ce soir, tu diras aux voisins que je ne suis pas rentré. Tu seras inquiète. Demain, quand ils ne me trouveront pas ici, ils viendront me chercher chez nous. Tu dois te désolida-riser et marquer ta réprobation, sinon tu perdras ton travail. N'hésite pas à me dénoncer au comité de quartier. Si tu n'as pas de mes nouvelles, dans trois mois engage le divorce.

– Ne me demande pas ça. J'en serai incapable.

– Tu dois être forte, Nadia. Pense à toi. Pense aux enfants. C'est eux le plus important.

– Je m'en fous des enfants ! Igor, je t'en supplie ! murmura-t-elle.

Il l'agrippa avec force par les avant-bras et la secoua avec désespoir.

– Tu vas me le promettre ! C'est pour vous sauver que je m'en vais. Demain, Ivan, l'infirmier qui est dans mon service, portera un message à ma mère. Il habite à cinq minutes de chez elle. Ensuite, n'essaie plus de la voir ou de l'aider. Tu coupes les ponts. Et avec toute ma famille. C'est la seule manière de t'en sortir. Ça ne va pas être facile. Je n'aurais pas cru que ça finirait de cette façon. La seule chose que je peux te dire, c'est que je n'ai aimé que toi. Tu le sais, mon amour, tu es la seule femme de ma vie. Je n'en aurai jamais d'autre. Et je te jure que si je survis, un jour on se reverra.

Il y a des moments dans une vie qu'aucun homme n'imagine devoir subir. Comme faire pleurer la femme qu'il aime, la repousser avec brutalité, avoir à se détacher d'elle quand elle s'accroche à lui et ne pas se retourner en l'entendant hurler et s'écrouler dans la neige. Ses cris et ses larmes lui déchirèrent le corps et se figèrent en lui. Ce sont eux qu'il entend pendant ses nuits d'insomnie.

3

C'était un immense bloc d'immeuble anonyme de trois étages dans la banlieue nord de Leningrad, à dix minutes de la station de métro de Devyatkino. Sur le mur d'entrée, une plaque en métal indiquait sur deux lignes : « Services municipaux - Entrée interdite. » Il avait été reconstruit à la fin de la guerre. Personne ne serait avisé de vouloir y pénétrer ou de se demander ce qui s'y faisait. On voyait des gens jeunes y entrer et en sortir. Ils n'avaient pas la gaieté et l'exubérance habituelles des étudiants qui crient et s'interpellent à la porte des facultés. Ceux-là étaient discrets et silencieux. C'était un bâtiment administratif à en juger par le drapeau rouge qui pendait au bout d'un mât. Pour des raisons inconnues, une bande blanche le coupait en son milieu de part en part, ce qui faisait surnommer ce lieu « la Bannière rouge », car il ressemblait à la décoration du même nom. On y pénétrait par un triple sas de protection. L'intérieur était austère comme un monastère bénédictin et cloisonné comme une prison. Des grilles partout. Avec des fonctionnaires en uniforme du ministère des Affaires intérieures derrière des guérites en béton armé qui vérifiaient les laissez-passer dans leurs immenses registres, ouvraient et refermaient les grilles, à l'aller et au retour, grâce à des boutons électriques qu'ils actionnaient après une double vérification. À leur arrivée, certains, peu nombreux, s'étonnaient de ce luxe de précautions, faisaient observer aux gardiens qu'ils passaient matin et soir et qu'il était inutile de vérifier leur autorisation à chaque passage. Les gardiens ne répondaient rien. Peut-être étaient-ils sourds ou muets ? Les étudiants finissaient par comprendre que la première des lois était le silence. Il était arrivé que des retards empêchent des étudiants de figurer sur les documents. Le préposé téléphonait à un interlocuteur qui autorisait ou pas l'entrée. On se pliait vite à cette règle. Elle faisait perdre du temps mais garantissait une sécurité absolue. Le temps ici n'avait aucune importance. Par contre, la sécurité, c'était leur métier. On pénétrait dans les salles de classe selon la même procédure. Le professeur entrait par une porte différente de celle des étudiants, actionnée de l'intérieur, qui laissait supposer qu'il existait un système de couloirs internes qui doublait les axes de circulation.

La journée démarrait par une heure de gymnastique. Les cours commençaient à sept heures et s'arrêtaient à midi, avec une pause de quinze minutes à dix heures. Les étudiants prenaient leurs repas dans un réfectoire situé en sous-sol. Les cours, souvent des exercices pratiques, reprenaient à treize heures et se terminaient à dix-neuf heures. Après le dîner, une heure d'activité physique. Le dimanche permettait aux étudiants de réviser leurs cours. Dans ce lieu, les principes qui régissaient le reste du pays ne s'appliquaient pas. Le personnel était innombrable. Les moyens illimités. On était dans un institut du MVD. Il en existait deux autres, un à Moscou et un à Kiev. Celui de Leningrad était le seul à avoir à son programme d'études des matières aussi importantes que la propagande, la désinformation et la manipulation. Elles dépendaient de la célèbre deuxième division du ministère qui s'occupait des ennemis de l'intérieur. Pour accéder à cet enseignement, il fallait avoir réussi les examens très sélectifs des deux premières années. C'était pour cela que la Bannière rouge avait cette réputation d'excellence. Seuls les meilleurs étudiants avaient accès aux meilleurs professeurs qui n'étaient pas des enseignants mais des praticiens confirmés dont certains exerçaient leur activité principale dans les ailes sud et ouest du bâtiment. Les premiers de chaque promotion étaient autorisés à émettre un vœu d'affectation. Avec un peu de chance ou beaucoup de relations, ils rejoindraient le troisième ou le quatrième bureau de cette deuxième division. Le service de la Propagande était considéré comme le plus prestigieux. Ce qui fait qu'ils ne quitteraient jamais cet immeuble. Ils entreraient et sortiraient par une autre porte et travailleraient sous l'autorité de leurs professeurs jusqu'au jour où ils les remplaceraient.

Huit militaires en uniforme, cinq hommes et trois femmes entre vingt et trente ans, attendaient que commence le cours de photomontage. La porte du fond s'ouvrit. Le commandant Sacha Markish entra. Disciplinés, les étudiants se levèrent, se mirent au garde-à-vous et le saluèrent. Sur un écran, défilèrent des diapositives. Du fond de la salle, un adjudant actionna un projecteur au fur et à mesure que, sur l'estrade, Sacha avançait dans son exposé. Avec une baguette en bois, il indiqua sur l'écran les points à noter qui illustraient sa démonstration.

– ...Votre travail consistera à éliminer les ennemis du peuple de toutes les photographies où ils apparaissent : photos de classe ou de groupe, réunions de famille ou banquets. Les photographies individuelles ne nous intéressent pas. Elles sont détruites. Celui qui a été condamné doit disparaître complètement. Il ne doit plus rester la moindre trace de son existence. Pour truquer une photo, on peut raccorder deux images pour n'en faire qu'une à partir des négatifs avant de les agrandir sur le positif. C'est une opération délicate qui exige des négatifs ayant la même exposition et le même contraste. On doit créer un jeu de cache et d'anticache pour assembler deux images. Sur le premier négatif, vous colorez la personne à enlever, sur le second : la partie opposée. Vous impressionnez le positif avec les deux négatifs l'un à la suite de l'autre ; les parties colorées n'ayant pas d'effet sur le négatif, il réunira les deux parties assemblées. On fait ainsi sortir de la photo celui qui n'a plus à y être. Le film utilisé devra avoir un grain plus gros que l'original. Il masquera le grain fin et l'image sera plus nette. Je vous apprendrai, dans certains cas, à utiliser des solutions au sulfite, c'est plus simple. Souvent, nous n'avons pas les négatifs. Le plus facile est de travailler sur la photographie développée. Avec un scalpel pointu, vous pratiquez une incision en suivant avec précision le contour de la personne ou du visage ou de l'objet à supprimer. Pour ne pas trembler, vous pouvez appuyer votre main sur un crayon posé en travers. À l'aide d'un tube de colle, on superpose les découpes. Il suffit de passer un peu de peinture ou d'encre sur les raccords et le fond de l'image pour que l'illusion soit complète. Avant de coller, colorez le papier découpé dans son épaisseur. Si le personnage doit être placé sur un fond gris ou noir, vous devrez peindre avec une couleur identique à celle du fond, sinon vous aurez un liséré blanc détectable. Pour un beau travail et pour masquer les imperfections, utilisez l'aérographe. Un compresseur projette un léger nuage d'encre grâce à un pistolet actionné par un cylindre à air comprimé dont vous réglez le débit. La peinture doit être diluée au maximum et la pression la plus basse possible. Encore une fois, il faut aller de la couleur la plus claire à la plus sombre et ne pas hésiter à utiliser un cache. Plus la pulvérisation est fine, meilleur est le résultat. Cela permet d'obtenir des effets de vieillissement, de salissures, des ombres, des effets de lumière ou de mouvement. Il est recommandé de passer plusieurs couches et de faire des dégradés. Vous pouvez aussi vaporiser la personne ou l'objet sur la photo directement mais il faut de la pratique. Vous obtiendrez des effets un peu éthérés et éloignés de la réalité. On verra dans quels cas cela présente un intérêt. Il est recommandé de porter un masque et des lunettes pour éviter les projections vaporisées des solvants. Les finitions près des bordures et les raccords doivent être faits à la main et au pinceau. Il est obligatoire de transformer cette photo retouchée en négatif. Double intérêt : ça permettra sa reproduction à l'infini et ça prouvera son existence. Si vous avez procédé avec minutie et habileté, on ne pourra pas prouver que le négatif est faux. Pourquoi ?...

Sacha interrogea ses étudiants. Son regard alla de l'un à l'autre. Ils étaient figés et cherchaient la réponse. Ils baissaient les yeux, compulsaient leurs notes sans trouver la solution.

– Pourquoi ?...Vous n'avez rien compris, bande d'imbéciles ! Parce qu'un négatif est toujours vrai ! C'est ce qui est impressionné dessus qui a été rectifié. Grâce à votre intervention, on ne se posera pas la question de la véracité. Ce qui est vrai, c'est ce qu'on voit ! Maintenant, vous devez vous interroger sur l'utilité de cette photo. Son sens politique. Quel message voulez-vous faire passer ? S'il s'agit de gommer un double menton ou un bourrelet ou des rides, le travail doit être invisible, comme celui des retoucheurs d'Hollywood. On peut reconstituer les cheveux disparus avec l'âge, noircir des cheveux blancs, effacer les outrages du temps. Il n'est pas admissible que des photos de nos dirigeants qui ne seraient pas valorisantes paraissent dans les journaux. Retoucher un visage ridé, grêlé ou boursouflé, enlever des boutons, effacer des cicatrices demande de l'expérience. Ce doit être plausible et rassurant. Le sujet ne doit pas rajeunir, il doit vieillir plus lentement que nous. L'idéal est de rajouter un sourire ou une lueur dans l'œil. On a reproché à notre service de faire des retouches ostensibles, voire grossières. C'est une application technique et pratique du matérialisme historique. On m'a souvent demandé de reprendre des retouches parfaites et de les rendre visibles. On aurait pu faire de l'art, comme de vrais faussaires, et personne n'y aurait rien vu. Mais il s'agit d'envoyer un message clair : voilà ce qui arrive aux traîtres ! Ils disparaissent. Ils sont effacés. Comme s'ils n'avaient jamais existé. Ces photos truquées de façon grossière sont volontaires. Ça encourage les proches à suivre le bon exemple, à manifester leur attachement à la révolution en mutilant eux-mêmes les photos des traîtres, en les faisant disparaître de leurs albums de famille et des cadres du salon. Combien de milliers de femmes ont effacé leurs maris arrêtés et leurs frères ? Combien de fils ont gommé à jamais leur père ? Il ne subsiste d'eux que des ombres, des trous, des vides, charcutés au rasoir. Au mieux, une main, une épaule, une botte : pas grand-chose. Ils nous prouvent ainsi de quel côté ils sont et ils ont la vie sauve. Sinon, comment leur pardonner d'avoir épousé un ennemi du peuple ? Comment faire confiance au fils d'une crapule ? Ceux qui oublient de faire le ménage doivent disparaître. Conserver des photos d'un ennemi est une preuve de culpabilité. Dans nos écoles, les professeurs apprennent à nos enfants à supprimer avec des ciseaux les criminels que nous n'avons pas encore retirés des manuels scolaires. Quand on est jeune, on comprend mieux et les nouvelles générations seront plus efficaces. Finalement, les seules photos qui resteront des disparus seront celles que nous aurons faites de face et de profil. Au moment de l'arrestation, nous faisons le nettoyage. On récupère les photos, les lettres, les carnets, les calepins, les cahiers, les pièces d'identité et on brûle tout dans les chaudières du ministère. Il ne doit rester aucune trace de nos ennemis. On ne peut pas se contenter de les tuer. Leurs noms doivent être effacés.

Personne ne se souviendra d'eux. Ils auront perdu et nous aurons gagné. C'est la sanction absolue. On enlève leurs livres des bibliothèques. Leur pensée n'existe plus. Il ne faut pas oublier aussi d'éliminer les ouvrages des ennemis qui les ont combattus. Si Trotski n'a pas existé, les antitrotskistes n'ont aucune raison de subsister.

4

Quand le colonel Yakonov raccrocha le téléphone, sa main tremblait et il transpirait. On ne recevait pas un appel nocturne et comminatoire de son ministre sans avoir des palpitations. Comment se faisait-il que cette affaire soit remontée à Moscou et qu'il n'en ait pas été informé par ses services ? Il n'avait qu'une certitude. Ce n'était pas un hasard. Il n'y en avait pas au MVD, ni au MGB, pas plus qu'il n'y en avait du temps du NKVD ou de l'OGPU et qu'il n'y en aurait dans le futur ministère s'il vivait assez vieux pour le voir. On ne faisait pas une carrière de trente ans dans les services de sécurité soviétiques en passant à travers les retournements de lignes et d'alliances, les purges et les guerres de clans sans maîtriser les règles fondamentales de survie. Il s'occuperait de ce dysfonctionnement plus tard. L'heure était à la bonne décision. Il avait quelques minutes pour la prendre. Sa vie en dépendait. Quand Abakoumov, qui ne recevait ses ordres que du Petit Père des Peuples en personne, prenait la peine de vous téléphoner pendant vingt minutes en vous donnant les détails que vous étiez censé connaître, vous passiez pour un imbécile et un incompétent, ce qui n'était pas en soi un handicap quand on voulait survivre dans cette administration. Lorsqu'il utilisait ce ton glacial et caverneux et terminait l'entretien d'un ambigu : «Je te laisse quarante-huit heures pour régler ce problème», c'était mauvais signe. Il n'y avait pas besoin d'avoir fait de longues études pour savoir que le compte à rebours avait commencé. Il prit son téléphone.

– C'est Yakonov. Le commandant Markish est-il dans les murs ou a-t-il quitté le service ?

– Un instant mon colonel, je vérifie... Le commandant Markish est à son poste.

Il raccrocha. Il était mal à l'aise. Yakonov était un instinctif. Il sentait et il savait. Il n'avait pas de diplômes. Il était sorti du rang et avait gravi les échelons jusqu'au sommet. Ce sixième sens faisait sa force. Il lui devait son ascension et d'avoir échappé aux nombreux pièges dans lesquels ses supérieurs et collègues avaient disparu. Il connaissait Sacha Markish depuis longtemps. Ils n'étaient pas amis. On n'en avait pas quand on travaillait au MVD ou au MGB. De vieilles connaissances, des survivants. Il n'était pas si nombreux les fonctionnaires de ce rang à avoir plus de vingt-cinq ans d'ancienneté. Markish était un agent consciencieux et honnête. Yakonov aurait mis sa main au feu qu'il était innocent, n'avait commis aucune faute et qu'on perdait son temps à chercher de son côté. On pouvait compter sur les doigts de la main les responsables qui travaillaient jusqu'à dix heures du soir sans y être obligés. On ne lui demandait pas son opinion. On exigeait un résultat. Tant pis pour lui. Markish ne serait ni le premier ni le dernier à se faire attraper pour rien. Avait-il le choix ? C'était sa peau ou celle du chef du service du photomontage du quatrième bureau de la deuxième division du ministère. Il devait jouer serré. Markish avait trop d'expérience pour se faire piéger avec les trucs habituels. Il s'empara du dossier Aeroflot qui lui donnerait un prétexte pour justifier sa venue et détourner sa méfiance. Il appela deux sergents du service de sécurité et leur ordonna de l'accompagner. Ils pourraient être utiles pour l'arrestation. Yakonov n'avait pas le droit à l'erreur.

Dans le laboratoire photographique éclairé par une faible ampoule jaune, Sacha, avec un tablier gris, était penché sur une photographie de groupe. Une quinzaine d'hommes et de femmes en blouse blanche étaient échelonnés sur trois marches devant un bâtiment en bois. Ça ressemblait à une réunion de médecins et d'infirmières. On aurait dit l'hôpital Tarnovskij par une belle journée de juin. Ils étaient souriants et détendus, les mains dans les poches. Certains avaient la cigarette au bec, d'autres avaient passé le bras par-dessus l'épaule de leur voisin. Igor Markish figurait sur la deuxième marche, troisième en partant de la gauche, un stéthoscope autour du cou, une cigarette à la main droite relevée comme s'il venait de la retirer de sa bouche, et la main gauche posée sur l'épaule de Nadejda qui souriait aussi, les cheveux au vent. Sacha mit une lunette-loupe à l'œil droit. Le visage d'Igor lui apparut, agrandi. Il attrapa un scalpel, en vérifia la pointe qu'il planta dans le col de la blouse d'Igor. Il la fit remonter le long du cou, détourant le visage. La coupe était si fine qu'elle en devenait invisible. La lame glissa le long de sa blouse jusqu'à la marche et repartit dans le sens opposé. Il souleva la photographie, appuya sur la découpe qui disparut sous son doigt. La silhouette d'Igor resta sur la planche. Sacha ouvrit une boîte à chaussures. Il plongea la main à l'intérieur et en sortit des dizaines de visages découpés. Il en choisit cinq qu'il positionna par l'arrière à la place de celui d'Igor. Il eut une petite moue. Il prit d'autres visages et essaya à nouveau. Aucun ne lui convint. Il remit les découpes dans la boîte. Il positionna la photo sur une plaque de marbre et, avec le scalpel, coupa la photo dans sa largeur. Il entreprit de recadrer les deux morceaux sans Igor. Il gratta, épousseta, enleva un pied qui dépassa et aligna les deux pans. Avec un pinceau fin, il les colla, les ajusta jusqu'à ce que tout coïncide et souffla sur la collure. Il prit un pinceau un peu plus gros qu'il trempa dans un pot de peinture blanche. Il recouvrit les coupures d'un trait régulier. Avec un autre pinceau qu'il plongea dans un tube de peinture noire, il entreprit de reconstituer la marche en bois et le battant de la porte qui apparaissait en arrière-plan. Quand il se redressa, les deux parties de la photo étaient raccordées. La porte était à la bonne distance. La marche reconstituée. Nadejda avait la main sur l'épaule d'un autre médecin. Il installa la photographie recomposée sur un chevalet droit, alluma plusieurs lampes qu'il disposa à contre-effet. Il régla la vitesse et la distance d'un boîtier Rolleiflex et prit plusieurs clichés. Il récupéra la photographie. Il attrapa un dossier en carton et glissa à l'intérieur les deux tirages : l'original et le retouché. Il ouvrit un immense registre noir et, à la suite du dernier nom, documenta en caractères cyrilliques une dizaine de colonnes sur les deux pages. Il referma le registre qu'il rangea à sa place dans le local d'archivage où des dizaines de rayonnages métalliques d'environ trois mètres de hauteur, ouverts de part et d'autre, portaient des milliers de dossiers cartonnés gris fermés par une sangle, chacun avec son étiquette sur la tranche. Il s'apprêtait à ranger le dossier d'Igor quand il entendit des coups frappés à la porte.

– Qui est-ce ? demanda-t-il.

– C'est moi, Yakonov.

Il ouvrit la serrure. Yakonov entra seul, un dossier sous le bras.

– Vous avez l'air surpris, Sacha Emilievitch ?

– Vous ne venez pas souvent ici, Anton Nikolaïevitch. Surtout à une heure pareille. Que se passe-t-il ?

– Vous ne vous en doutez pas ?

– De quoi ?

– C'est votre frère.

– Igor ?

Yakonov hocha la tête, sans répondre.

– Qu'est-il arrivé ?

– Vous l'ignorez ?

– Nous sommes en froid, vous le savez.

– Il a réussi à fuir avant son arrestation.

– Je l'ignorais. Je n'ai plus de contact avec ma famille.

– Vraiment ?

– On ne se voit plus depuis des années. Une fois, on s'est croisés par hasard lors de la réouverture du Kirov. On n'a pas échangé trois mots. Il ne m'a jamais pardonné de défendre mon pays et de faire partie du NKVD.

– Il s'est sauvé ! Il a disparu ! Vous vous rendez compte de ce que ça veut dire ?

– Je ne suis pas responsable de mon frère. J'ai rompu avec lui depuis longtemps.

– Il a reçu un coup de fil le prévenant de son arrestation.

– J'ignorais qu'il allait être arrêté. Comment l'aurais-je su ? Vous savez bien que cette décision ne dépend pas de notre service. Et même si je l'avais appris, je n'aurais eu aucune raison de le prévenir, aucun intérêt, aucune envie. Vous connaissez ma loyauté, Anton Nikolaïevitch.

– L'infirmière qui a reçu l'appel n'a pas pu nous dire si c'était un homme ou une femme. Elle a eu l'impression que c'était une femme.

– Ah, vous voyez.

– Vous auriez pu trouver une femme pour passer cet appel.

– Qui transmettrait un message pareil ?

– Votre femme.

– Mon épouse est enceinte de six mois. Vous croyez que je lui ferais courir un risque pareil ? Il faudrait être fou ! Ils peuvent se faire arrêter, lui et les siens, je ne suis pas concerné.

– Au moment où il a reçu cet appel, vous étiez à l'extérieur, vous avez pu contrefaire votre voix.

– Si j'avais passé cet appel, vous me connaissez, je me serais arrangé pour avoir un alibi.

– Il y a un doute. Et chez nous, un doute, c'est une certitude.

– Vous savez qui je suis. Vous savez ce que j'ai fait. J'ai été recruté en 27 et j'ai donné mille preuves de fidélité au régime.

– Il en faut une de plus, Sacha Emilievitch.

– Que puis-je faire de plus ?

– Témoigner au procès des Blouses blanches.

– Je ne suis pas médecin. De quoi pourrais-je témoigner ?

– De la culpabilité de votre frère et des autres prévenus. Que ces médecins complotaient contre le régime et s'apprêtaient à éliminer plusieurs responsables qui leur faisaient confiance pour les soigner. Leur chef s'apprêtait à empoisonner notre premier secrétaire en personne. On pourrait dire que vous avez surpris des conversations, que vous avez mené votre enquête et que vous avez informé vos supérieurs du résultat de vos recherches.

– Je n'y vois aucune objection. Je vous ai dit que nous avions rompu toute relation. Cela veut dire que cet homme n'est plus mon frère. On n'a pas le droit de trahir son pays.

– Vous seriez prêt à témoigner ? Au procès ? À Moscou ?

– Bien sûr, Anton Nikolaïevitch. C'est un devoir pour chacun d'entre nous de démasquer les traîtres.

– Vous êtes sûr de vous ?

– Vous l'avez souvent dit : nous sommes des soldats, nous nous battons et nous obéissons aux ordres.

– Je vais en référer en haut lieu. Abakoumov pensait que vous n'accepteriez pas. Je l'appellerai demain matin. Il sera content. Cette décision va nous faciliter la vie. Il n'y avait pas beaucoup de preuves dans ce dossier. Je suis soulagé que vous preniez les choses de cette façon. Vous m'enlevez une épine du pied.

– Le fait que je sois commandant au ministère des Affaires intérieures ne risque-t-il pas de rendre mon témoignage moins probant aux yeux des juges ?

– Ce qui est important, c'est que vous êtes son frère. Que vous témoignerez spontanément. Sans contrainte. On en reparle demain. Ah, j'oubliais : le dossier Aeroflot est revenu. Il y a eu des oublis.

Sacha prit la chemise cartonnée et examina avec attention une note accrochée.

– Je comprends, le dossier a été traité par la deuxième

section. Cet incident ne se reproduira plus. Je vais m'en occuper tout de suite.

– Ils ne sont pas à une journée près.

– Je dois réparer l'erreur du service. Je vais régler ça immédiatement.

– Ah, si tout le monde pouvait avoir votre conscience professionnelle, Sacha Emilievitch, les choses iraient mieux dans ce pays, dit Yakonov en quittant le laboratoire

Pour des raisons incompréhensibles, à la suite d'une manipulation ou d'une confusion malencontreuse ou d'une série d'erreurs humaines ou d'incompétences, le gagnant du tournoi 48 du personnel de l'Aeroflot figurait toujours sur une photographie où on apercevait les participants de la compétition dans leurs uniformes de pilotes, de stewards ou en costumes civils. Cet individu aurait dû disparaître depuis plusieurs années du portrait de groupe. Il se tenait au premier rang. Le président de la compagnie lui remettait la coupe du vainqueur. La note jointe, qui émanait du directeur de la sécurité interne du ministère de l'Aviation civile, ne donnait aucune information sur la faute commise ou la sentence. Elle précisait que le vainqueur déclaré était le deuxième. C'était logique de faire disparaître le premier pour cause de dopage idéologique. C'était un travail compliqué. S'il avait eu du temps, Sacha aurait découpé au cutter la silhouette de ce Leonid Krivochéine et décalé une rangée d'une vingtaine de personnes de la gauche vers la droite. Les minutes lui étaient comptées. Il se contenta de détourer au carré le visage de l'homme. Il fouilla dans la boîte à chaussures à la recherche d'un anonyme de remplacement. Il ne trouva aucun visage qui soit raccord. Il sourit, prit son portefeuille, en sortit sa carte du Parti. Il ôta sa photo d'identité où il était de face, casquette du MVD sur la tête, et la colla à la place du visage disparu. Il ajouta quelques coups de peinture noire au pinceau. C'était anachronique et pas raccord, mais ce ne serait ni la première ni la dernière photo trafiquée à ne pas l'être. Il apposa le tampon rouge du service sur la note, signa et parapha : « Vu, le chef de service du quatrième bureau », et déposa le dossier dans le casier « Retour à l'expéditeur ». Il enleva sa blouse grise. Dans un tiroir, il prit deux douzaines de cahiers et carnets. Il les rangea dans un sac qu'il accrocha sur son épaule, il enfila sa vareuse d'officier et son pardessus. On ne voyait pas qu'il avait dissimulé quelque chose sous sa veste. Il mit sa casquette, ferma la lumière et quitta à jamais ce laboratoire.

Pour des raisons tout aussi incompréhensibles, cette photographie continua son chemin. Elle fut imprimée dans le catalogue de l'Aeroflot qui fut distribué pour le tournoi 52. Personne ne posa la moindre question sur cet officier au visage impénétrable qui tenait la coupe 48. Sacha voulait laisser un souvenir avant son départ. Pour lui, c'était une petite blague désespérée, un clin d'œil dérisoire. Il n'aurait pas imaginé que cette photo le poursuivrait toute sa vie et lui vaudrait la haine sans rémission de Leonid.

Paris juillet 1964

1

...Je n'ai pas voulu partir sans réparer mon erreur. Tu donneras à Leonid la photographie qui lui revient, la vraie. Dis-lui de ma part que je ne lui en veux pas. Je comprends. À sa place, j'aurais agi comme lui. Je n'aurais pas pardonné. Je n'étais pas du bon côté...

J'ai interrompu ma lecture de la lettre de Sacha. Dans l'enveloppe, il y avait la photographie de groupe du tournoi de l'Aeroflot 48, avec Leonid qui recevait sa coupe. Impossible de savoir si c'était l'originale ou une retouchée. En passant le doigt, recto et verso, il n'y avait aucune trace de coupe et de collage.

...En avançant dans les couloirs interminables et déserts, j'ignorais si j'arriverais à quitter la Bannière rouge. Je m'en étais sorti en acceptant de témoigner. C'était provisoire. Je n'avais aucun doute sur la suite. Il n'y avait que deux hypothèses et j'étais perdant dans les deux cas. Ne pas témoigner

prouvait que j'étais complice du complot. Le frère est coupable parce qu'il est le frère. Témoigner, c'était connaître le complot et reconnaître ma culpabilité. Je savais trop comment ils raisonnaient pour avoir la moindre illusion sur mon avenir. Ils ne font pas de différence entre l'innocent et le coupable. Après le procès, je ne leur servirais plus à rien, ils se débarrasseraient de moi. Les témoins sont gênants et n'ont pas le droit à un tribunal. Une balle suffit. À la place de Yakonov, je n'aurais pas pris de risque. Je me serais mis aux arrêts et fait transférer à Moscou. Les grilles se sont ouvertes. Je me suis retrouvé à l'extérieur. Dans la nuit glaciale. La chance ne passe qu'une seule fois, Michel. À ce moment-là, ne réfléchis pas et fonce. Je suis retourné chez moi. Je ne suis pas monté dans mon appartement. J'avais aménagé une cache dans la cave d'un voisin arrêté. J'ai récupéré ce que j'y avais déposé. Avec ce que je venais de sortir de la Bannière rouge, j'avais des preuves en quantité suffisante et sauvé ce qui pouvait l'être. J'ai tout mis dans une besace et je suis parti.

Je n'ai pas dit adieu à ma femme. Anna Anatolievna devait dormir. À quoi bon la réveiller pour lui dire que son mari l'abandonnait ? Elle était enceinte de six mois. Elle avait d'épouvantables douleurs au dos et aux jambes et restait alitée. J'ai glissé un mot sous la porte pour lui dire adieu. Ne me juge pas, Michel. Ne pense pas : il s'est conduit comme le dernier des salauds. Il aurait dû lui parler et lui expliquer. Tu as peut-être raison de penser ça aujourd'hui. Si tu avais vécu à Leningrad en ces années noires, tu saurais qu'il n'y avait pas d'autre solution. Je l'ai prévenue qu'elle allait avoir des ennuis à cause de moi et devait divorcer le plus vite possible. Chez nous, tu te maries en dix minutes et tu divorces en cinq. La priorité était d'épargner les enfants. Je leur ai écrit les banalités qu'on raconte dans ces cas-là : que j'étais obligé de partir à l'étranger, que je pensais à eux, qu'ils devaient être courageux pour surmonter cette épreuve et que je ne les oublierais jamais. Est-ce qu'un enfant peut comprendre quand son père lui explique qu'il ne le reverra pas ? Un jour, tu auras des enfants et tu réaliseras ce que ça peut signifier pour un homme de s'en aller sans les embrasser, sans les serrer une dernière fois dans ses bras. Je me suis sauvé comme un voleur. En partant vite, je croyais que ça rendrait la séparation moins pénible. Sur le coup, j'ai été fort. La douleur m'a rattrapé plus tard, quand j'ai été à l'abri. Ça a été la déchirure. Je n'ai jamais eu de leurs nouvelles. Je ne sais pas si elle a divorcé, si elle est vivante ou si elle a été fusillée, si elle a eu un garçon ou une fille. Le mur est retombé. Chacun dans son cimetière mais vivant.

La Finlande est à soixante-dix kilomètres de Leningrad. Igor et moi, on connaissait cette région de Carélie pour l'avoir arpentée dans notre jeunesse. Avant la révolution, notre père avait une datcha au bord du lac Ladoga. On y pêchait l'été. Il n'existe aucun autre endroit au monde où la lumière soit aussi belle que sur ce lac au mois de juin quand le soleil disparaît à l'horizon et que la nuit n'arrive pas. Pendant des années, on a arpenté les chemins, les forêts et les milliers de lacs entre le Ladoga et le golfe de Finlande. À cette époque, ce territoire n'avait pas été annexé. La frontière n'existe que sur les cartes. En ce mois d'avril, il y avait un mètre de neige et une température polaire. La route la plus courte passe par Vyborg mais elle était très surveillée. J'ai opté pour les chemins du nord que je connaissais mieux. Le jour, je dormais dans des fortifications abandonnées. Les quatre premières nuits, j'ai suivi un sentier qui bordait en amont le lac gelé. Avant Priozersk, j'ai obliqué à travers les bois. Les gardes-frontières ne sortent pas la nuit. J'étais bien placé pour connaître les rondes de patrouille et les points de contrôle. Huit jours plus tard, j'étais passé en Finlande. Je pense qu'Igor a suivi le même itinéraire.

Je m'étais fait inviter par ma mère pour le Séder non par conviction, ni pour lui faire plaisir (je méprise ces superstitions), mais pour prévenir Igor qu'il était, à coup sûr, sur la liste des médecins juifs et allait être arrêté. Ils m'ont mis à la porte avant que j'aie pu l'avertir. J'ai été obligé de lui téléphoner. Je n'ai jamais dit à Igor que c'était moi qui l'avais sauvé. Ça n'aurait pas fait disparaître sa rancœur à mon égard. Je suis persuadé qu'il n'y a jamais pensé. J'aurais voulu qu'il me pardonne, non parce que je lui avais sauvé la vie mais parce que j'étais son frère et qu'il m'aimait. Je ne voulais pas rentrer dans ce marchandage. J'ai attendu son pardon pendant douze ans. J'ai compris qu'il ne viendrait jamais. Je ne lui en veux pas. C'est moi le seul et unique responsable. J'ai commis tant de crimes et j'ai été le complice de tant d'autres que je ne mérite aucune clémence. C'est légitime de payer pour ses fautes. De toute façon, je n'en avais plus pour longtemps. Je n'avais pas envie de me soigner et, pour ce que j'ai, il n'y a pas de remède.

Pendant des années, j'ai été un serviteur fidèle, convaincu qu'on avait raison, qu'il fallait se battre et détruire nos ennemis. C'était eux ou nous. Quand il y a une guerre, tu ne te poses pas de questions, tu obéis. Tu combats. Chaque soldat à sa place. Nous, on faisait une révolution. On changeait le monde et son *organisation pourrie. On allait en finir avec l'exploitation et les exploiteurs. C'était normal qu'il y ait des résistances. Que nos ennemis emploient tous les moyens afin d'empêcher l'Histoire de s'accomplir et que nous utilisions nos armes pour les détruire. On est obligé de tuer quand on ne peut plus discuter, ni transiger, ni trouver un compromis, ni se convaincre. Il n'y a pas d'alternative. Le gagnant est celui qui survit. La haine qui s'est levée contre nous était à la mesure de l'espoir suscité par l'Internationale ouvrière. Une tempête sans fin. Nous n'avons fait que nous défendre et riposter. Les capitalistes du monde entier se sont mobilisés pour nous éliminer. Ils tremblaient pour eux et leur argent. La Première Guerre mondiale ne s'est pas arrêtée en 18. Elle a commencé cette année-là. Quand notre pays a été attaqué par ceux qui voulaient écraser la révolution. Ils ont fomenté une guerre civile. Ils l'ont perdue. Ils ont continué en manipulant les ennemis de l'intérieur. Il a fallu les abattre. On a tué les aristocrates, les cadets, les sociaux-démocrates, les mencheviks, les banquiers, les industriels, les propriétaires, les bourgeois, les prêtres, ceux qui s'accrochaient à leurs privilèges et les autres, innombrables, qui s'opposaient à nous. On y croyait encore. Et puis, on nous a annoncé qu'il y avait des ennemis du peuple parmi nous. On les a éliminés. Trotski et sa clique. Les cosaques. Les koulaks. Les ingénieurs. Et d'autres encore. Plus on en fusillait, plus il en surgissait. Il fallait bien les extirper de nos rangs. On était révulsés par leurs crimes. Mais ça n'avait pas de fin.*

Moi, j'effaçais. Au départ, ça ne me dérangeait pas de faire disparaître le ventre de Lénine, ses chaussures boueuses, ses pantalons froissés et déchirés, ses chemises tachées, les ciga-rettes américaines et les bourrelets de Staline, ses poches sous

LE CLUB DES INCORRIGIBLES OPTIMISTES

*les yeux, son air blafard et méprisant, les signes de bour-
geoisie: cravate, gilet, montre, tableaux et phonographe.
Après, il a fallu effacer les compagnons de la première heure:
Kamenev, Zinoviev, Boukharine, Radek, Toukhatchevski, la
sœur de Lénine et des milliers d'autres moins célèbres et même
Gorki, l'icône de tout le peuple. Petit à petit, on a réalisé ce qui
se passait. On ne pouvait rien dire. On avait peur. Ceux qui
s'étonnaient disparaissaient aussitôt. On a continué. Quand ils
arrêtaient quelqu'un, c'était le nettoyage par le vide. Ils remplissaient des sacs et des caisses: des livres, des lettres, des
papiers, et ça alimentait les chaudières. Ils brûlaient tout. Ils
ont arrêté des peintres, ils ont brûlé leurs tableaux et leurs
dessins. Les manuscrits des écrivains ont disparu, les brouillons, les notes, les carnets. Quand ils ont arrêté Mandelstam et
l'ont envoyé en Sibérie où il est mort tout de suite, je me suis
demandé: que peut-on reprocher à un poète? En quoi peut-il
être nuisible? Pourquoi avoir détruit ses poèmes? Il n'en reste
plus rien. Ils étaient merveilleux. Que serait notre monde sans
les peintres et les poètes? Ils ont fusillé des centaines d'artistes,
d'écrivains, d'auteurs de théâtre et de poètes. Ils n'étaient pas
des contre-révolutionnaires. Leur seul crime était d'être juifs
ou catholiques ou polonais ou ukrainiens ou baltes ou paysans.
Je ne savais pas comment résister. Comment lutter contre le
feu qui détruit les poèmes? Je n'ai trouvé qu'une solution: les
apprendre par cœur. Je les imprimais dans ma tête. Là, on ne
pouvait pas les trouver, pas les enlever, pas les effacer. Quand
les sacs de saisie arrivaient, je volais quelques carnets des
flammes. Je les fixais dans ma mémoire. Je me les répétais
chaque nuit. J'ai su depuis que d'autres avaient fait de même.
Des femmes ont sauvé l'œuvre de leur mari disparu en*

mémorisant ses poèmes. Tant qu'on était vivant, on avait un espoir de les sauver.

Les textes que je t'ai donnés et que tu as récités à Camille, je n'en suis pas l'auteur. Ce sont les œuvres de poètes assassinés. Je te les ai transmis. Ici, j'ai eu le temps. Je les ai retranscrits un à un dans ces carnets. Je n'en ai pas changé un mot. La seule limite a été ma mémoire Je n'aurais pas cru pouvoir en apprendre autant. Il y en a des centaines. Pas une ligne n'est de moi. Je n'ai jamais su écrire de poème. Quand je le pouvais, j'ai noté le nom du poète. Pour beaucoup, je n'en connais pas l'auteur. J'ai sauvé le poème mais pas le poète. Ils resteront anonymes. Peut-être que des chercheurs ou des universitaires arriveront à reconstituer ce puzzle effroyable et à les attribuer à leur véritable auteur. Je sais que je peux te faire confiance. Je t'ai choisi parce que tu es d'une génération qui a été épargnée par les horreurs que nous avons vécues. Nous n'avons su en éviter aucune. Nous les avons toutes commises. Rien ne pourra nous racheter. Tu sauras quoi faire pour conserver la mémoire de ceux qui méritent d'être sauvés de l'oubli. Il n'y a que la mémoire qui soit belle. Le reste, c'est de la poussière et du vent.

Et qu'on ne vienne pas te dire : « Je ne savais pas. » Dans les loteries des fêtes foraines, il y a une grande roue que le patron fait tourner. Tu mises sur un numéro et tu gagnes un lot. « Misez gros, gagnez gros », qu'il crie aux passants pour les appâter. Pendant des dizaines d'années, on n'a eu qu'une trouille, que la roue s'arrête sur nous. Elle tombait sur le voisin. On disait ouf. Cette fois encore, ce n'est pas pour moi. Il n'y a aucune raison que je sois visé. Je suis innocent. Il est coupable. On ne savait pas de quoi. S'il avait été arrêté, c'est qu'il l'était. Ces victimes, ces

*martyrs, quand ils respiraient encore, personne ne leur accordait
la moindre attention et ils ne comptaient pas plus que la feuille
d'un arbre. Ceux qui pouvaient agir n'ont pas levé le petit doigt
pour les aider. Maintenant qu'ils ont crevé, on n'arrête pas d'en
parler. À se demander pourquoi on se préoccupe plus des morts
que des vivants. Peut-être parce qu'ils nous tirent de notre
sommeil et demandent justice. Il y a longtemps, Gorki a écrit à
Romain Rolland : « Il n'existe pas au XXe siècle un seul "peuple
trompé".» Proclamer : « On ne savait pas » est un mensonge
collectif rassurant. Les Russes comme les Allemands, les Français, les Japonais, les Turcs et les autres savaient ce qui se passait
chez eux. Personne n'est dupe. Les arrestations, les expulsions,
les exactions, les tortures, les déportations, les exécutions, la
propagande, les photos truquées. Celui qui protestait disparaissait. Alors, on se taisait. Igor, Leonid, Vladimir, Imré, Pavel,
moi-même et les autres, personne n'ignorait rien. Un jour, la
roue s'est arrêtée en face de nous. Nous avons eu la chance de
sauver notre peau. Nous ne sommes pas plus innocents que les
bourreaux auxquels nous avons échappé. Je reconnais mes
fautes et je suis plus bourrelé de remords que lady Macbeth. Au
moins quand tu meurs fusillé, tu passes pour un héros et tu finis
honoré avec ton nom sur un monument en marbre. Une fois par
an, on vient fleurir ta mémoire avec une gerbe ou un petit
bouquet de roses ou d'œillets. Ça fait plaisir à ceux qui
apportent les fleurs. Moi, j'ai agi par conviction. Faut vraiment
être le roi des cons, non ? J'ai effacé mon frère ! J'ai effacé mes
amis ! J'ai effacé des innocents ! C'est comme si je m'étais effacé
moi-même.*

*Je ne veux aucune prière à mon enterrement. Peu m'importe
ce qu'on fera de moi. Ne t'en préoccupe pas. Ça n'a aucune*

importance si je me retrouve à la fosse commune. À part toi, peut-être, personne ne viendra mettre de fleurs sur ma tombe. Fais attention à toi, Michel, il y a eu six cambriolages dans ma chambre de bonne. N'oublie pas la première leçon qu'on inculque aux apprentis du KGB. Il n'y a pas de hasard. J'ai du mal à terminer cette lettre. J'ai encore tellement de choses à dire. Au moment de m'en aller, je me demande s'il ne vaudrait pas mieux rester pour témoigner. Je crois que je vais arrêter là.

Je te lègue le peu que je possède. Il y a trois livres dans ma chambre qu'il faut rendre à la bibliothèque. Je te donne mes affaires, mon Leica et les objectifs, mes livres, mes disques, mes archives, mes photos, mes carnets de poèmes. Tu trouveras trois gros cahiers noirs écrits en caractères cyrilliques. La liste interminable de ceux que j'ai effacés et un classeur de photos en noir et blanc. Avant et après. C'est tout ce que j'ai pu sauver. Tu en feras ce que tu voudras. Mes économies se montent à 1 583 francs. Elles sont dans l'enveloppe marron. Paye le mois en cours à la propriétaire, la facture d'électricité et les notes que j'ai chez l'épicier de la rue Monge, le boulanger du coin et le pharmacien de la place. Mets un bouquet de marguerites sur ma tombe et garde le reste. Fais-moi un dernier plaisir : achète Roméo et Juliette *de Prokofiev et écoute-le en pensant à moi. Et fais de belles photos. Des vraies.*

2

C'était un été pourri. Un mois de juillet comme un mois de novembre. On gelait et il pleuvait.

Igor n'était pas chez lui. Je n'ai pas voulu laisser un mot dans sa boîte aux lettres. Je suis passé voir Werner, rue Champollion. C'était le seul, avec Igor, en qui j'avais confiance. Il était assis sur la marche de sa cabine de projection et fumait une cigarette à l'abri de la pluie. Il avait l'air content de me voir. Il passait *America America* et m'a invité à entrer. Je n'avais pas envie d'aller au cinéma. Je lui ai tout raconté.

– Sale affaire, a-t-il murmuré. Tu as bien fait de m'en parler.

Werner et Igor se sont occupés de tout. Ça s'est réglé en trois jours. D'après ce que j'ai compris, Daniel Mahaut est intervenu pour aplanir les difficultés. Les membres du Club se sont cotisés pour lui offrir des obsèques au cimetière Montparnasse. Ils auraient peut-être mieux fait de lui tendre la main avant. Il faut croire que ce n'est pas possible de pardonner. Chacun est resté dans son piège Il a bien fonctionné.

Quand je me suis réveillé, le matin de l'enterrement, il tombait encore des trombes d'eau. Est-ce qu'on remet des funérailles pour cause de déluge ? Chaque carrefour me rappelait une discussion passionnée, chaque bistrot un autre temps. Sont revenus Camille, Cécile, Pierre et Franck. Comme ces pantins désarticulés qui s'animent avec des gestes saccadés et ces rêves agités dont on ne sait pas si ce sont des cauchemars ou des bonheurs. Entre nous, ça aurait dû durer une éternité, des dizaines d'années, donner des amours et des ruptures, des vies entières et des enfants. Tout avait disparu comme un feu de paille. Si j'ignorais où il se trouvait, je savais que Franck était à l'abri et que tôt ou tard mon père me révélerait où il se cachait. Quant à Cécile, notre histoire ne pouvait pas s'arrêter là. Je me suis alors souvenu de ce qu'Igor et Sacha n'avaient cessé de me répéter, chacun de leur côté : « Tu es vivant, ne te plains pas, pour toi tout est possible. »

On s'est retrouvés au funérarium du boulevard Edgar-Quinet. Tous les membres du Club étaient là pour l'enterrement de Sacha dans le carré juif. Les anciens et les nouveaux. Madeleine est venue avec Jacky et Samy plus quelques clients. Il y avait aussi ses voisins, la concierge, les commerçants de la rue Monge, le patron de Fotorama et d'autres personnes que je ne connaissais pas. Je ne sais pas comment ils l'avaient su. Même Lognon était là. Un peu à l'écart. Comme d'habitude. On n'a pas su si Grandes Oreilles était en service commandé ou s'il était venu parce qu'à la fin, malgré lui et malgré nous, il était devenu membre de ce club. Ils faisaient une drôle de tête. Sacha n'aurait jamais cru qu'il y aurait autant de monde à son enterrement. Pour la mort, on se réconcilie parce qu'on sait que là, on est tous égaux. Chacun s'abritait comme il pouvait. Il y avait une forêt de parapluies. Ça ne servait pas à grand-chose. Des bourrasques les retournaient. Les caniveaux étaient gonflés d'une eau furieuse qui envahissait le trottoir. On ruisselait et on pataugeait dans les flaques et la boue. Le ciel était noir et on entendait le grondement du tonnerre. Igor et Werner devant, Imré et Vladimir derrière ont sorti le cercueil du fourgon mortuaire, l'ont porté à bout de bras et l'ont posé sur le sol. Les employés des pompes funèbres ont accroché des cordes aux poignées et l'ont descendu dans la fosse. Elle était remplie d'eau. Le cercueil de Sacha a disparu dans une masse boueuse. Igor s'est avancé face à la tombe noyée. Le vent a emporté sa kippa. Werner le protégeait avec un immense parapluie. Il a pris un petit livret dans sa poche et a commencé à réciter un texte, dans une langue inconnue, en butant sur les mots. Les autres membres du Club se sont alignés de part et d'autre et l'ont accompagné.

– C'est le Kaddish. La prière des morts, m'a glissé Gregorios à l'oreille.

Ils ont continué d'une voix grave, lente et saccadée, en appuyant sur chaque syllabe, sans se soucier de la pluie qui les trempait. C'était le pardon à Sacha. L'oubli du passé, des haines et des fautes. La promesse qu'ils étaient réunis et que plus rien, jamais, ne les séparerait. Ils ont terminé en même temps, ont fait trois pas en arrière et se sont inclinés. Igor pleurait. Toujours protégé par le parapluie de Werner, il s'est mis seul devant la tombe pour recevoir les condoléances. Tout le monde s'est rangé en file indienne, lui a serré la main, l'a embrassé et lui a dit un mot gentil. J'ai été le dernier à passer. Je ne l'ai pas embrassé. On est restés quelques secondes face à face. J'avais les larmes aux yeux. Je lui ai tendu un sac. À l'intérieur, il y avait les trois cahiers en caractères cyrilliques de Sacha et le classeur de photos. Il l'a feuilleté. Il m'a souri tristement, m'a passé la main dans les cheveux, bouleversé, et a murmuré un « Merci » que j'entends encore. C'est la dernière fois que je les ai vus tous réunis.

Après l'enterrement de Sacha, le temps s'est mis au beau et l'été a commencé.

Et toi tu t'en tires en laissant en arrière
Ceux à côté desquels ta vie aura coulé :
C'est là le premier coup qui frappe l'exilé.
Tu sentiras, bien loin de Florence et des nôtres,
Qu'il est dur de monter par l'escalier des autres,
Et combien est amer le pain de l'étranger !

DANTE,
Le Paradis, chant XVII

Composition IGS
Impression CPI Bussière, septembre 2009
à Saint-Amand-Montrond (Cher)
Éditions Albin Michel
22, rue Huyghens, 75014 Paris
www.albin-michel.fr

ISBN 978-2-226-19392-6
N° d'édition : 18756/06. – N° d'impression : 092598/4.
Dépôt légal : août 2009.
Imprimé en France.